ROBERT SHEA

DER WEISSE SCHAMANE

Robert Shea wurde 1933 in New York geboren. Nach dem Besuch der Schule studierte er Englisch und Literaturgeschichte und arbeitete anschließend als Redakteur bei verschiedenen Zeitschriften und als freier Schriftsteller. Seine spannenden historischen Romane haben viele Leser gefunden.

Außer dem vorliegenden Band ist von
Robert Shea als Goldmann-Taschenbuch erschienen:

Das Kreuz und die Laute. Roman (11989)

ROBERT SHEA

DER WEISSE SCHAMANE

R·O·M·A·N

Aus dem Amerikanischen
von W. M. Riegel

GOLDMANN VERLAG

Deutsche Erstveröffentlichung
Die 1. und 2. Auflage erschienen unter dem Titel
»Der Schamane«

Titel der Originalausgabe: Shaman
Originalverlag: Ballantine Books, New York

Umwelthinweis:
Alle bedruckten Materialien dieses Taschenbuches
sind chlorfrei und umweltschonend.

Der Goldmann Verlag
ist ein Unternehmen der Verlagsgruppe Bertelsmann

Made in Germany · 4. Auflage · 3/93

Umschlagentwurf: Design Team München
Umschlagfoto: Brimacombe / The Image Bank, München
Satz: IBV Satz- und Datentechnik GmbH, Berlin
Druck: Graphischer Großbetrieb Pößneck GmbH
Verlagsummer: 41519
Redaktion: Angela Kupper
MV · Herstellung: Peter Papenbrok/sc
ISBN 3-442-41519-5

Für Al Zuckerman,
den Freund, Mentor, Agenten,
Wörterschamanen

DANKSAGUNG

Ich bin überaus dankbar für die Hilfe von Paul Brickman, Julie Garriott, David Hickey, der Illinois Historical Society, Jim und Paula Pettorini, George Weinard, Timothy J. Wheeler sowie der Wisconsin Historical Society. Ein besonderes Wort des Dankes gilt meiner lieben Frau Yvonne Shea, die einen scharfen Blick für gute alte Bücher hat und eines Tages Thomas Fords *History of Illinois* mit nach Hause brachte.

»Das Land am Felsenfluß war schön.
Ich liebte meine Ansiedlungen,
meine Kornfelder und
die Heimat meines Volkes.
Ich kämpfte dafür.«

Schwarzer Falke

Buch 1

1825

Der Eismond

Januar

1

Der Ort der Schildkröte

Das schwarze Bärenfell war schon stark abgewetzt. Graue Wolke hatte es um Arme und Schultern hängen und schützte sich mit ihm gegen die bittere Kälte, die wie Messer in seine Wangen und seine Stirn stach. Die obere Hälfte des Bärenschädels hatte er auf dem Kopf. Er drückte schwer. Mindestens so schwer wie seine große Furcht vor der Vision, die seinen Geist belastete.

Seine Mokassins strichen über das welke braune Gras auf dem Weg. Er war lange gegangen, und seine Zehen waren schon ganz gefühllos, obwohl er sich Blätter in die Mokassins geschoben hatte.

Dann endete der Pfad, und vor ihm war nur noch der Himmel. Er stand am Rand des Abhangs und blickte hinaus auf den zugefrorenen Großen Strom. Er faßte den Hirschhorngriff seines Jagdmessers.

Es anzufassen gab ihm ein Gefühl von Kraft. Er zog es aus der ledernen Scheide an seinem Gürtel. Die Stahlklinge blitzte auf. Sie war so farblos wie der Himmel über ihm im verblassenden Licht.

Das Messer, das mir mein Vater hinterließ, dachte er. *Wo bist du heute abend, mein Vater?*

Die Wolken schienen zum Greifen nahe. Flußaufwärts wurde der Himmel fast schwarz.

Es roch nach Schnee in der Luft.

Er sah die Silhouette eines Falken mit gespreizten Flügeln, der weite Kreise über dem Land von Illinois jenseits des Flusses zog und, ehe es dunkel wurde, noch das letzte Tageslicht zur Jagd ausnützte.

Geist des Falken, stehe mir bei in dieser Prüfung. Hilf mir, die große Vision zu erblicken und ein mächtiger Schamane zu werden.

Der winzige schwarze Punkt am Himmel entfernte sich, bis er ihn nicht mehr sehen konnte.

Vielleicht fliegt er über die Winterstille von Saukenuk.

Er steckte das Messer wieder ein, wandte Himmel und Strom den Rükken zu und blickte nach Westen, woher er gekommen war. Dort erstreckte sich die Prärie mit ihrem mannshohen Gras, so weit er sehen konnte. Die Kälte hatte das Gras längst getötet, doch es stand trotzdem weiter, aufrecht gehalten von der Steifheit in seinen Halmen. Es bedeckte das Land und die Hügel, die sich bis in die Ferne hinzogen, wie ein Fell.

Er konnte das Winterjagdlager seines Stammes von hier aus nicht mehr sehen. Es schmiegte sich an die andere Seite der entfernten Hügel, geschützt von einem Wald, der sich den Ioway-Fluß entlangzog. Aber wenn er in diese Richtung blickte, konnte er wenigstens im Geiste Roter Vogel sehen. Ihre Augen waren schwarz wie Obsidianpfeilspitzen, und sie strahlten ihn an. Ein mächtiges Verlangen, sie zu sehen, überkam ihn. Er wollte mit ihr sprechen, ihre Stimme hören, ihr Gesicht mit den Fingerspitzen berühren. Der Gedanke, sie möglicherweise nie mehr wiederzusehen und nie mehr zu seinem Volk zurückzukehren, ließ ihn stärker frösteln als die winterliche Kälte.

O Erschaffer der Erde, laß mich überleben und zu Roter Vogel zurückkehren.

Er kniete nieder und spähte über den Rand der Klippe nach unten. Sein Bärenfell bauschte sich über ihm. Grauer Kalkstein, zerklüftet und runzlig wie ein altes Menschengesicht, erstreckte sich weit nach unten bis zu dem dichten blattlosen Gestrüpp am Fluß. Er suchte lange mit den Augen, bis er den schwarzen Fleck im Gestein des Abhangs entdeckte. Nur ein wenig später, und er hätte den Eingang der Höhle wohl nicht mehr gefunden.

Dann hätte er bis zum nächsten Morgen warten müssen. Oder er hätte den Eingang verfehlt, wenn er den Abstieg versucht hätte, oder wäre in den sicheren Tod abgestürzt. In seinem Leib breitete sich Eiseskälte aus. Das ging sehr schnell, man glitt aus und...

Genug mit diesen Überlegungen! Was ihn jetzt ängstigte, war das, was vor ihm lag. Er konnte immer noch den Tod finden, auch wenn er nicht abstürzte. Vielleicht durch das, was er in der Höhle vorfand.

Er verscheuchte auch diesen Gedanken. Er schob sich über den Rand der Klippe, fand Halt in den Löchern des Gesteins und schob sich langsam seitwärts nach unten. An manchen Stellen wurde der Pfad abwärts breiter und war fast so mühelos zu begehen wie ein Waldweg. Dann wieder ging es über rollenden Schotter steil bergab, und er konnte sich nur noch mit den Händen festhalten und mußte die Büffellederschuhe mit aller Kraft in den Boden stemmen, um nicht abzurutschen. Aber trotzdem blieb das Gefühl, in der Luft zu hängen.

Dann erreichte er die breite Plattform vor dem Höhleneingang. Er atmete erleichtert auf, als er endlich wieder ebenen Boden unter den Füßen spürte.

Von draußen war in der Höhle nichts zu erkennen. Als er eintrat, umfing ihn eine plötzliche Wärme, als beträte er ein wohlgeheiztes Haus mit einem hellen Feuer. Es roch nach altem Feuer – und nach noch etwas. Nach einem Tier. Wieder durchfuhr ihn Eiseskälte bis ins Mark. Doch es war kein frischer Geruch. Dafür dankte er dem Erschaffer der Erde, denn er war sich ganz sicher, daß es Bärengeruch war.

Eulenschnitzer hatte diese Höhle viele Winter lang für seine Visionen benutzt, aber nie einen Bären erwähnt.

Er blieb unsicher im Eingang stehen und wartete, bis seine Augen sich an das Dunkel gewöhnt hatten. Dann blickte er sich um. Hinten an der Wand glitzerte es ein wenig. Es sah wie eine reglose Gestalt aus, hüfthoch, mit scharf gekrümmtem Schnabel und ausgebreiteten Schwingen.

Und wieder durchrann ihn, als er dies erblickte, Eiseskälte. Er erkannte jetzt, daß die runden Gegenstände auf dem Boden Totenköpfe waren, Überbleibsel seiner Ahnen, wie er wußte, der großen Männer und Frauen seines Stammes. Grüne und weiße Steine, die vor langer Zeit Halsketten gewesen waren, funkelten neben den bleichen Kieferknochen der großen Toten. Und die Schwingengestalt über ihnen war der Geist der Eule, der die Toten auf dem Pfad der Seelen sicher führte. Eulenschnitzer hatte sich seinen Namen dadurch erworben, daß er diese Statue des Geists geschnitzt und hier aufgestellt hatte.

Er holte aus seiner Gürteltasche eine Handvoll heiliger Tabakkrümel und verstreute sie als Opfergabe auf dem Boden der Höhle.

Dazu sprach er: »Väter und Mütter, erlaubt mir, eure Höhle zu betreten. Ihr kennt mich. Ich bin euer Nachkomme.«

Er zögerte. Eigentlich war er ja nur durch Sonnenfrau, seine Mutter, ein Nachkomme dieser Vorfahren hier, die die heilige Höhle bewachten. Denn sein Vater war ein Blaßauge gewesen. Und Blaßaugen hatten keine Ahnen. Würden ihn die Vorfahren abweisen?

Doch die Totenköpfe auf dem Boden schwiegen und gaben kein Zeichen. Dafür konnte er nun noch weiter in die Höhle hineinsehen. Sie machte weiter hinten eine Kurve, und in dieser Kurve stand noch ein Standbild. Er musterte es kurz. Es sah aus wie ein Bär. Doch noch nie hatte er so einen Bären gesehen. Er war völlig weiß, von oben bis unten. Eulenschnitzer hatte kein Wort von einem weißen Bären gesagt.

Er seufzte schwer. Sein Magen krampfte sich zusammen.

Er versuchte sich einzureden, daß es nur gut für ihn war, hier zu sein. Er war hierhergekommen, um die Geheimnisse des Schamanen zu erfahren. Auf diesen Augenblick hatte er gewartet, seit er Eulenschnitzer zum ersten Mal gesehen hatte, mit seinen langen weißen Haaren und seiner Halskette aus kleinen Muscheln und seinem Stab mit dem Eulenkopf, wie er in den Feuerschein trat. Seit jener lange zurückliegenden Nacht, in der Eulenschnitzer gesprochen hatte, nicht mit der Stimme eines Menschen, sondern mit der eines Geists, ein gespenstisch hoch klingender Singsang, der ihn zugleich geängstigt und fasziniert hatte.

Der Schamane eines Stammes war immer größer als der Tapferste der Tapferen und größer als jeder Häuptling. Er hatte die Gabe und die Macht, Kranke zu heilen und die Zukunft vorherzusagen. Graue Wolke hatte seitdem den Wunsch verspürt, einen sehr hohen Rang unter den Sauk einzunehmen und wie der Schamane in die Welt der Geister zu gehen. Er wollte wie sie in die tiefsten Geheimnisse eindringen und die Antwort auf alle Fragen erhalten.

Nachdem er begonnen hatte, Graue Wolke zu unterrichten, hatte Eulenschnitzer versucht, ihn wieder zu entmutigen – doch nur, daran hatte Graue Wolke keinen Zweifel, um ihn zu prüfen.

Eulenschnitzer hatte gesagt: *Die Leute wollen gar nicht auf den Schamanen hören. Je wahrer seine Worte, desto weniger hören sie auf ihn.*

Diese Warnung hatte ihn verwirrt. Andererseits hatte er noch nie erlebt, daß die Leute nicht auf Eulenschnitzer hörten. Und so konnte ihn nichts von seinem Wunsch und seinem Entschluß, ebenfalls ein Schamane zu werden, abbringen.

Niemand aber konnte so viel erreichen ohne Risiko. Ein Krieger mußte töten, wenn er in großer Gefahr war, um das Recht zu erwerben, die Adlerfeder zu tragen, die das Zeichen seiner Tapferkeit war. Ein Jäger mußte ebenfalls das Tier töten, bevor es ihn tötete. Erst dann galt er vor dem Stamm als Mann.

Wie also konnte er mit diesen Geistern des Stammes sprechen, ohne selbst zuvor dem Tod gegenübergestanden zu sein?

Nur, welcher Art Tod? Sollte er in dieser Höhle hier erfrieren und verhungern und sein toter Leib hier liegen bleiben, bis Eulenschnitzer kam und ihn fand? Oder würde ein böser Geist kommen und ihn töten?

Was auch kommen mochte, er konnte nur sitzen bleiben und warten, wie es ihn Eulenschnitzer gelehrt hatte.

Er wandte den unbekannten Tiefen der Höhle den Rücken zu und setzte sich an den Eingang. Um sich warm zu halten, zog er sein Bärenfell eng um sich. Er steckte die Finger in eine seiner Gürteltaschen und holte die kleinen getrockneten Pilzstückchen heraus, die ihm Eulenschnitzer mitgegeben hatte. Er hatte sie aus einem mit einer Eule aus Perlen geschmückten Medizinbeutel geholt. Die heiligen Pilze wuchsen weit im Süden und kamen durch Händler hier herauf an den Großen Strom.

Er steckte die Pilze einzeln in den Mund und kaute sie langsam.

Du brauchst sie nicht hinunterzuschlucken, hatte Eulenschnitzer gesagt. *Behalte sie im Mund, bis sie dir von selbst die Kehle hinabrutschen, ohne daß du es bemerkst.*

Sein Mund wurde trocken, während die Pilze zu Brei wurden. Und es war genau, wie Eulenschnitzer gesagt hatte. Auf einmal waren sie weg, ohne daß er bemerkt hätte, wie sie in seinem Magen verschwanden.

Er mußte einmal rülpsen und glaubte, er habe bereits bei dieser ersten kleinen Probe versagt. Als er aber den Atem anhielt, verging das Gefühl der Übelkeit wieder.

Am Himmel draußen verschwand die letzte Helligkeit. Wie eine Decke fiel Schwärze über ihn, dick und undurchdringlich. Sie legte sich auf sein Gesicht und erstickte ihn fast.

Die Kerben in Eulenschnitzers sprechendem Stab, die der Schamane ihn zu zählen gelehrt hatte, sagten, daß heute nacht Vollmond sein würde. Doch das war gleichgültig. An diesem wolkenbedeckten Himmel heute würde er den Mond sowieso nicht zu sehen bekommen.

Eine kleine kalte Flocke fiel auf sein Gesicht. Dann noch eine und noch eine. Seine Nase und seine Wangen wurden feucht. Schnee.

Der Schnee würde ihn wohl zuschneien und erfrieren lassen.

Nun gut. Diese Angst mußte er überwinden. Er mußte in die andere Welt eintreten. Dort, so hatte es ihm Eulenschnitzer versprochen, war er dann in Sicherheit. Wenn sein Geist nicht in seinem Körper weilte, konnte ihm auch die Kälte nichts anhaben. Doch wenn Furcht ihn an diese Welt fesselte, so tötete ihn die Kälte.

Ein dumpfes Geräusch ließ ihn hochfahren.

Hinter ihm in der Höhe trampelte und kratzte etwas.

Ein schwerer Körper kam um die Biegung hinten getrottet. Er spürte, wie ihm das Herz bis zum Hals schlug, heftig und schnell.

Es *war* also etwas in der Höhle. Er hatte es schon gerochen, als er hereingekommen war. Alle Magie der Welt konnte ihm jetzt nicht mehr helfen.

Er hörte, wie Atem durch riesige Nüstern eingesogen wurde. Lange, langsame Atemzüge einer Kreatur, deren Brustkorb lange brauchte, bis er sich mit Luft gefüllt hatte. Dann hörte er ein Knurren, leise und entschlossen.

Das Knurren verwandelte sich in ein heftiges Fauchen, das den Boden der Höhle unter ihm erzittern ließ.

Sein Atem ging nur noch stoßweise. Er wäre am liebsten aufgesprungen und fortgerannt, doch Eulenschnitzer hatte ihm eingeschärft, daß es absolut verboten war, sich, wenn er sich einmal in der Höhle niedergelassen hatte, noch einmal zu bewegen. Nur sein Geist durfte sich bewegen.

Vielleicht geschah ihm nichts, wenn er alles genauso machte, wie Eulenschnitzer es ihm gesagt hatte. Doch Eulenschnitzer hatte kein Wort davon gesagt, daß er mit so etwas wie diesem hier rechnen müsse.

Lieber nicht hochblicken.

Das Kratzen der riesigen Klauen war jetzt direkt hinter ihm. Er bekam keine Luft mehr. Obwohl er von gleißender Helligkeit umgeben war, sah er nichts.

Er spürte –

Eine schwere Hand – nein, Pranke! –, die sich schwer auf seine Schulter senkte und sich um sie schloß.

Ohne es bewußt zu wollen, wandte er den Kopf nach hinten. Ebenso unbeabsichtigt hob er den Blick.

Und da sah er ihn dann. Er stand neben ihm wie ein weißer Baumstamm. Er hatte ein völlig weißes Fell. Und seine Pranken blitzten auf seiner Schulter.

Und er blickte nach oben und weiter nach oben.

Hoch aufragend, mit golden funkelnden Augen und einem aufgerissenen schwarzen Maul mit weißen Zähnen, die wie Speerspitzen blitzten, stand hinter ihm der Bär.

Als er sich der gewaltigen Erscheinung eines so mächtigen Geistes gegenübersah, schien sich sein ganzer Körper in Furcht und Schrecken aufzulösen. Er wäre am liebsten in sich selbst versunken und hätte das Gesicht in den Armen verborgen. Doch er hatte keine Gewalt mehr über seine Gliedmaßen.

Die Tatze des Bären auf seiner Schulter hob ihn hoch, zog ihn auf die Füße. Zusammen gingen sie aus der Höhle.

Was war mit den Wolken und mit dem Schnee passiert?

Der Himmel war übersät von Sternen. Sie bildeten einen Brückenbogen bis herab vor seine Füße. Ihr Licht warf einen schwachen Schimmer über das Eis des Flusses, und er konnte jetzt den Horizont und das andere Ufer wieder sehen. Durch das Sternengefunkel sah er den Abgrund vor dem Eingang der heiligen Höhle. Nur zwei Schritte weiter nach vorne, und er wäre in den Tod gestürzt.

Der Weiße Bär hatte sich auf alle viere neben ihm niedergelassen und schien auf ihn zu warten. Er mußte seinen Fuß auf die Sternenbrücke setzen und durch die Luft gehen. Aber wie sollte das gehen? Entsetzen packte ihn. Er stand auf dem schmalen Felsplateau hoch über dem Strom ohne Schutz und Stütze.

Auch dies war eine Prüfung. Die Brücke trug ihn nur, wenn er darauf vertraute. Alles, was ihm von nun an widerfuhr, waren Prüfungen. Und wenn er nicht jede einzelne bestand, wurde er nie ein Schamane.

Und wie sollte er dann weiterleben? Dann war er so gut wie tot, nichts als ein junges Halbblut, der Sohn einer Frau ohne Mann, das Kind eines nicht vorhandenen Vaters. Nichts als der Knabe, den sie Graue Wolke nannten, weil er überhaupt keine Farbe hatte, weder weiß war noch rot.

Und darum war dieser Weg hier der einzig mögliche für ihn. Er mußte über diese Brücke gehen, ganz gleich, ob er von ihr fiel und umkam, was dann nur eine andere Art Tod war.

Und er tat den ersten Schritt. Er erstarrte voller Schrecken, als sein Mokassin in die kleinen Lichtfunken einzusinken schien, statt von ihnen getragen zu werden. Doch es war auch, als bestehe die Brücke aus einer federnden Substanz. Seine Fußsohle jedenfalls trat nicht ins Leere. Er machte den zweiten Schritt. Sein Herz hämmerte, und das Blut rauschte ihm in den Ohren.

Noch ein Schritt. Seine Beine zitterten so sehr, daß er den Fuß kaum aufsetzen konnte. Seine Knie waren weich. Sein ganzer Leib schrie ihm zu umzukehren.

Der nächste Schritt war der schwerste. Jetzt befand er sich direkt über dem Abgrund. Er blickte nach unten, und sein ganzer Körper bebte. Er atmete kurz und hastig. Vor sich sah er im Sternenlicht kleine Wölkchen.

Noch ein Schritt und noch einer. Er hob balancierend die Arme seitlich hoch. Er sah nach unten. Der Strom war fest zugefroren. Auf seiner glatten schwarzen Fläche spiegelten sich die Sterne. Fiel er, war sein Aufprall auf dem Eis so hart, daß er sich sämtliche Knochen brach.

Er schwankte. Ihm war etwas schwindlig. Er blickte nach links und nach rechts. Die Ränder der Brücke waren direkt neben ihm. Wenn er danebentrat, ausglitt, hinabfiel, rettete ihn nichts. Wo war der Weiße Bär?

Angst konnte ihn abstürzen lassen. Selbst wenn diese Brücke aus Licht sein Gewicht aushielt, war sie doch so schmal, daß er irgendwann die Balance verlieren mußte und in den Tod fiel.

Doch wenn sie mich trägt, bedeutet das, daß ich leben soll. Und wenn ich leben soll, ist es mir nicht erlaubt zu fallen.

Nur seine Angst machte die Brücke so gefährlich. Er begriff, daß sie um so sicherer wurde, je mehr er an sie glaubte.

Ignoriere deine Angst nie, hatte ihm Eulenschnitzer gesagt. *Versuche nie, sie zu vertreiben. Die Angst ist dein Freund. Sie warnt dich vor Gefahr.*

Aber was ist, fragte er, *wenn ich mich der Gefahr stellen muß und bin nicht vor ihr gewarnt worden?*

Solange du auf ihre Warnung hörst, wird die Angst dich nicht davon abhalten zu tun, was du tun mußt. Nur wenn du so tust, als hörtest du sie nicht, wird sie dich knebeln und mit Lederriemen fesseln.

Obwohl er nach wie vor Angst hatte, ging er weiter. Entschlossener jetzt. Was für Geister ihm auch all dies zuführten, sie zeigten ihm diese Wunder gewiß nicht nur, um ihn danach zu vernichten.

Er war nun schon über der Mitte des Flusses. Er hörte ein tiefes Brummen hinter sich.

Er wandte sich um und sah, wie der Weiße Bär ihm auf seinen gewaltigen Tatzen mit den scharfen Klauen folgte. Er war so groß wie ein alter Büffelbulle. Jetzt kam er neben ihn und griff hoch nach seiner Schulter. Und jetzt wußte er, das war der Große Geist und sein Freund. Er vergrub seine Finger in dem dicken Fell und spürte dessen Wärme und die gewaltigen, starken Muskeln darunter.

Freude durchflutete ihn. War er eben noch fast von seinen Ängsten in die Knie gezwungen worden, so hatten sie sich jetzt zu Stärke und Erregung verwandelt. Er rannte weiter bis zum Scheitelpunkt der Sternenbrücke. Dort verspürte er den Drang zu tanzen und verfiel in den halb trottenden, halb schlurfenden Gang der Feldarbeiter, wenn sie sich freuten, daß die Ernte, die die Frauen in Saukenuk gesät hatten, gut ausfiel. Er ruderte mit den Armen wie die flügelschlagende Wildgans.

Jetzt sah er auch, daß die Brücke gar nicht über den Strom hinüberführte, sondern ihm folgte. Er sah nach oben. Der Sternenpfad endete bei dem einen Stern hoch oben, den ihm Eulenschnitzer als den gezeigt hatte, der stehen blieb, während alle anderen um ihn herumtanzten. Deshalb wurde er auch der Ratsfeuerstern genannt.

Die winzigen Lichter funkelten überall um ihn herum wie Schwärme winziger Vögel, und sein Herz war voller Freude. Es war alles so schön, daß es ihn zu singen drängte.

Und er sang. Er sang das einzige Lied, das er kannte und das diesem Augenblick auch angemessen schien. Das Lied der Schöpfung.

Erschaffer der Erde, du füllst die Welt mit Leben.
Du gibst der Erde das Leben und dem Himmel und dem Wasser.
Ich weiß nicht, Erschaffer der Erde,
wer du bist, doch du lebst in mir und in allem, was lebt.
Immer hast du im Leben gewohnt
und wirst es auf ewig.

Er sang und tanzte dazu, und der Weiße Bär stellte sich auf seine Hinterbeine und ging so mit schweren Schritten neben ihm her.

Das Licht vom großen Ratsfeuerstern wurde heller und schien die Schwärze des ihn umgebenden Himmels zu vertreiben. Und er wuchs, bis er eine Kugel von kaltem Feuer war, die den ganzen Himmel bedeckte.

Dann vernahm er ein Brüllen und sah, wie Wasser unten aus der glänzenden Kugel rann. Das Wasser leuchtete aus sich selbst heraus. Er beobachtete, wie es nach unten abstürzte. Er befand sich jetzt weit, weit über der Erde. Der Große Strom, ein kaum sichtbares glitzerndes schwarzes Band, wand sich um die ganze Erde herum. Gerade wie ein Speer fiel das Wasser aus dem großen Ratsfeuerstern nach unten, direkt auf die Stelle, wo der Große Strom seinen sich schlängelnden Lauf begann.

Er war überglücklich. Schon jetzt hatte er ein Geheimnis erfahren, das kein anderer Sauk kannte, außer Eulenschnitzer selbst – den wahren Ursprung des Großen Stroms.

In der leuchtenden Oberfläche des Sterns sah er eine quadratische dunkle Öffnung. Auf sie führte sein Pfad direkt zu. Der Weiße Bär, der noch immer auf seinen Hinterbeinen aufrecht neben ihm herging, steuerte zielstrebig darauf zu, und er folgte ihm an seiner Seite.

Die Farben des Regenbogens schimmerten im Licht des Sterns, der wie ein schlagendes Herz sanft pulsierte. Als er daran dachte, was für ein mächtiger Geist an diesem prächtigen Ort wohnen mußte – womöglich der Erschaffer der Erde selbst –, füllte sich sein Herz noch einmal mit Angst.

Er zitterte, und seine Schritte wurden langsamer. Er fühlte sich nicht imstande, einem solchen Wesen von Angesicht zu Angesicht gegenüberzutreten. Es mußte sein, als starre man in die Sonne. Es würde ihm die Augen aus dem Kopf brennen. Er verspürte Schwäche.

Sein Sternenpfad erbebte ein wenig unter ihm. Bei seinem nächsten Schritt erzitterte der Boden, als er auftrat. Der Weiße Bär war inzwischen weit vor ihm und hatte ihn hier draußen mit den Sternen allein gelassen, hoch über der Erde, auf einer schwankenden Brücke, die auseinanderzubrechen drohte.

Er blickte den Weg zurück, den er gekommen war.

Nichts als Schwärze. Er schrie, ruderte mit den Armen, taumelte.

Dann begann er zu laufen, hinter dem Bären her, seinem einzigen Beschützer, aber jetzt sanken seine Füße in die Brücke ein. Der Bär und das Sternentor und der Ratsfeuerstern selbst schienen immer weiter zu entschwinden.

Er sank zu Boden auf Hände und Knie, weil er Angst hatte, aufrecht stehen zu bleiben. Was versuchte seine Angst ihm mitzuteilen?

Es war nur recht, daß er Angst hatte, da ihm doch die Begegnung mit einem Geist bevorstand, der so ungleich mächtiger und gewaltiger war als er. Aber nun mußte er darauf vertrauen und daran glauben, daß dieser Geist ihm nichts zuleide tat.

Bei diesem Gedanken wurde die Brücke wieder fest unter seinen Händen, und er richtete sich wieder auf.

Er stand vor dem Eingang. Über ihm erhob und dehnte sich in schimmernden Kurven unendlich der vielfarbige Ratsfeuerstern.

Er sah den Weißen Bären nicht mehr. Er mußte wohl schon in den Stern hineingegangen sein. Er holte tief Atem und schritt trotz seiner Furcht durch das dunkle Tor.

Einen Augenblick lang blendete ihn gleißendes Licht. In der Luft raschelte und flatterte es.

Dann gewöhnten sich seine Augen an die Helligkeit, und er sah, daß er an einem Teich voll im Kreis schwimmender Fische stand.

Aber er wußte, daß es keine Fische waren, sondern Fischgeister. Die Geister der Forelle und des Lachses und des Barschs und des Glasaugenfischs und des Sonnenfischs und des Hechts, aller Fische, die in den Seen und Flüssen lebten und sein Volk nährten.

Voller Angst, was er noch alles sehen werde, hob er den Blick.

Er sah eine Schildkröte.

Sie war furchterregend groß. Sie befand sich auf dem anderen Ufer des bewegten Teichs, doch sie erhob sich trotzdem hoch über ihm, das Haupt weit oben im Himmel. Die Vorderbeine lagen auf einem bläulich schimmernden weißen Eisblock, und hinter diesem erhob sich ein Berg aus Eiskristallen. Die Falten um ihre Augen und ihren Mund sagten ihm, daß sie unsagbar alt war.

»Willkommen bei uns, Graue Wolke«, begrüßte ihn die Schildkröte. Ihre Stimme klang wie tiefer Donner.

Und wieder sank er auf Hände und Knie nieder.

»Habe keine Angst, Graue Wolke«, sagte die donnerrollende Stimme.

Er blickte wieder hoch und erkannte Milde und Güte in den großen gelben Augen unter den schweren Lidern. Der bloße panzerlose Leib der Schildkröte war von der blaßgrünen Farbe ersten Frühlingslaubs. Über der gepanzerten Brust bildete sich ein großer Wassertropfen, wie Tauniederschlag oder eine Träne, so groß wie ein Menschenkopf. Nach einer Weile fiel er herunter und platschte gewaltig in den Teich. Graue Wolke sah den Boden des Teichs, in dessen Mitte sich ein gähnendes schwarzes Loch befand. Dies mußte die Öffnung sein, durch welche das Wasser hinabfiel in den Großen Strom. Und der Teich wurde gespeist von den aus der Schildkröte rinnenden Tropfen. Der wahre Ursprung des Großen Stroms war also das Herz des Schildkrötengeistes.

Eulenschnitzer hatte ihm von der Schildkröte erzählt. Nach dem Erschaffer der Erde war sie der älteste und mächtigste Geist. Sie hatte bei der Erschaffung der Welt mitgeholfen und trug seitdem dazu bei, sie am Leben zu erhalten.

Er konnte kaum glauben, daß er tatsächlich die Schildkröte vor sich sah, und hob nur zaghaft und furchtsam die Augen. Er erblickte alle möglichen Tiere und Vögel an den Klippen des Berges aus Eiskristallen. Die ganze Schöpfung war versammelt. Bäume umsäumten den Berg. Ahorn,

Esche, Ulme, Eiche, Hickory, Birke, Kiefer, Fichte. Und ihre Wurzeln schienen ihr Wasser aus dem Eis zu ziehen.

Graue Wolke sagte: »Vater Schildkröte, ich danke dir, daß du mich hierherkommen ließest.«

Doch statt einer Antwort wandte sich das große Reptilienhaupt zur Seite. Er folgte dem Blick der gelben Augen.

Er sah einen Mann auf einer der Bergklippen nahe dem Schildkrötenkopf stehen. Er war groß und hager. Seine Augen waren rund und blau, und sein Gesicht war weiß. Ein Blaßauge! Wie kam ein Blaßauge hierher an den Ort der Schildkröte? Der Mann hatte lange schwarze Haare, durchzogen von grauen Strähnen, die er im Nacken zusammengebunden hatte. Den blauen Mantel hielt ein schwarzer Ledergürtel geschlossen, an dem ein Säbel und eine Pistole hingen. Seine weiße Hose stak in glänzenden schwarzen Schaftstiefeln. Nach dem Säbel zu schließen, mußte der Mann eines der Langmesser sein, dieser gefürchteten blaßäugigen, bleichgesichtigen Krieger.

Der Mann sah ihn unverwandt an. Sein Gesicht war schmal und von tiefen Furchen durchzogen. Alle Blaßaugen, die Graue Wolke kannte, hatten haarige Gesichter, buschige Bärte unter der Nase, manchmal auch lange bis auf die Brust. Doch dieser Mann hier hatte ein bartloses Gesicht. Seine Nase war groß und gebogen wie ein Falkenschnabel. Er sah, daß der Mann weinte. Tränen rannen durch die Furchen seines Gesichtes, während er ihn unverwandt anblickte. Und er erkannte, daß der Blick dieser blauen Augen nicht traurig war, sondern liebevoll.

Er erwiderte den Blick des Mannes und spürte, wie sich seine eigene Brust erwärmte.

»Ich habe dich hierhergeholt, um dich zu warnen«, sagte die Schildkröte mit ihrer gewaltigen Stimme, die ihn bis ins Mark erbeben ließ. »Du mußt meine Botschaft zu meinen Kindern bringen, den Sauk und den Fox.« Und während sie dies sagte, fiel ein weiterer großer Wassertropfen von ihrer Brust in den Teich, um weiterzufließen in den Großen Strom.

»Böse Tage kommen auf meine Kinder zu.«

Er bebte. Sein einziger Gedanke war, daß er seinem Volk eine solche Botschaft nicht überbringen konnte. Doch vielleicht erfuhr er noch etwas Gutes.

»Und wie können wir diesem Bösen entgehen, Vater Schildkröte?« fragte er.

»Das Böse kommt von den Blaßaugen.«

Er wandte sich erstaunt dem Blaßauge zu, der nun betrübt, fast traurig aussah. Wer war dieser Mann, und warum war er hier?

»Die Blaßaugen und meine Kinder können nicht gemeinsam auf dem gleichen Land leben«, sagte die Schildkröte. »Denn sie leben nicht auf dieselbe Art. Die meisten Blaßaugen haben nicht die Absicht, meinen Kindern etwas zuleide zu tun. Doch sie schaden ihnen bereits dadurch, daß sie in das Land kommen, in dem meine Kinder wohnen.«

Jetzt begriff er mit einem Schlag, wovon die Schildkröte sprach. Generationen von Sauk und ihren Verbündeten, den Fox, hatten schon in Städten am Zusammenfluß des Felsenflusses und des Großen Stroms gelebt. Im Sommer pflanzten und ernteten sie Mais und Getreide, Bohnen, Melonen und Kürbisse, und im Herbst verließen sie ihre Dörfer und Felder und zogen nach Westen, wo sie Winterjagdlager aufschlugen. Doch die blaßäugigen, bleichgesichtigen Krieger, die Langmesser, hatten den Sauk und den Fox erklärt, daß sie all ihr Land östlich des Großen Stroms aufgeben müßten, selbst ihre größte Stadt Saukenuk, um für immer nach Westen zu ziehen, in das Ioway-Land. Ihr Kriegshäuptling Schwarzer Falke hatte sich den Langmessern jedoch widersetzt und führte sein Volk jedes Frühjahr wieder zurück über den Großen Strom in das alte Land um Saukenuk.

Graue Wolke wußte, daß selbst die freundlichsten Blaßaugen nicht vertrauenswürdig waren. Eulenschnitzer hegte großes Mißtrauen gegen ihren schwarzgekleideten Medizinmann Père Isaac, der immer von dem Geist namens Jesus sprach und viele Nachmittage mit Graue Wolke zugebracht hatte, um ihn die Worte und Zeichen der amerikanischen Blaßaugen zu lehren.

Die Stimme der Schildkröte riß ihn aus seinen Gedanken. »Sage meinen Kindern, daß es einen großen Zusammenstoß zwischen ihnen und den Langmessern geben wird. Das Volk wird leiden, und viele werden sterben.«

Ist also dieser Mann hier eine Gefahr für mich?

»Gibt es keinen Ausweg, Vater Schildkröte?« fragte er noch einmal.

»Das Volk muß seinen Weg mutig gehen«, entgegnete die Schildkröte, »und Schwarzer Falke wird es führen. Er und seine tapferen Krieger werden den größten Mut beweisen, so daß man seinen Namen in dem Land, in dem er geboren wurde, niemals mehr vergessen wird.«

Und das goldene Auge der Schildkröte unter den schweren Lidern richtete sich starr auf ihn.

»Du wirst deinen eigenen Weg finden. Für einige wird dein Weg zum Heil sein. Doch viele andere werden voll Trauer der sinkenden Sonne entgegenziehen und dort für immer verschwinden.«

Er blickte verwirrt zwischen der Schildkröte und dem Blaßauge hin und her. Seltsame Dinge sprach die Schildkröte; sie glichen Eulenschnitzers Gesängen am Ratsfeuer. Mußte er wirklich seinem Volk diese traurige Botschaft überbringen?

Würde es ihm überhaupt zuhören?

Er wollte noch weitere Fragen stellen, doch der Weiße Bär neben ihm drängte ihn sanft fort. Und er wußte, daß sein Besuch am Ort der Schildkröte zu Ende war.

2

Der Geist des Bären

Roter Vogel stand am Rand des Jagdlagers neben der Baumgruppe, unter dem die Pferde Schutz vor dem Schnee fanden. Ihre Tränen mischten sich mit den Schneeflocken, die auf ihr Gesicht fielen. Wohin sie auch blickte, bedeckte ein weißes Tuch das ganze Land.

Mußte Graue Wolke sterben? Dieser Gedanke gab ihr das Gefühl, als presse die Faust eines Riesen ihr Herz zusammen. Gestern um die Mittagszeit hatte ihr Vater ihn ausgeschickt, seine Vision zu suchen, im gefährlichsten Monat des Jahres, im Eismond, wenn die Geister sich ihre Ernte unter den Lebenden holten und nur die Stärksten bis in das nächste Frühjahr überleben ließen. Als es dunkel geworden war, hatte es sogleich zu schneien begonnen. Holten die Geister sich Graue Wolke?

In ihren Augen brannten Tränen. Sie fühlte sich schwindlig. Sie wartete nun schon den ganzen Tag und hielt Ausschau.

Sie blickte nach Osten, wohin Graue Wolke zu seiner Geisterreise aufgebrochen war. Der Gedanke kam ihr, daß er schon tot sein könne. Der Wind mußte die ganze Nacht und den ganzen Tag über Schnee in die heilige Höhle geweht haben. Und Graue Wolke in seiner Trance war vielleicht schon erfroren, und sie weinte um einen Toten.

Sie schluchzte laut auf und schlug die Hände, die sie in Fäustlingen aus Eichhörnchenfell stecken hatte, vor das Gesicht. Der Schnee auf den Handschuhen war kaum kälter als ihre Wangen.

Dann blendete sie auf einmal ein Blitz, heller als die Sonne. Ein gewaltiges Donnerrollen warf sie fast zu Boden in den tiefen Schnee. Beim zweiten Blitz bedeckte sie verzweifelt ihre Augen, und schon in der nächsten Sekunde krachte ein gewaltiger, lange verrollender Donner los, der die Erde erbeben ließ.

Überall aus den zeltförmigen Wickiups blickten Menschen hervor und ließen sich über den gewittrigen Schneesturm aus. Der Schneesturm allein war schon der schwerste des Jahres. Begleitet von einem so heftigen Gewitter, konnte er nur die Ankündigung eines großen Ereignisses bedeuten. Auf den Dächern der Wickiups lag viel Schnee. Einige Frauen nahmen Reisigbesen, um ihn herunterzukehren, damit die Last nicht die Stützpfähle knickte und der Schnee nicht durch das Ulmenrindendach und die Schachtelhalmmatten schmolz und die Menschen und ihre Habe drinnen durchnäßte. Da der Schnee wegen der großen Kälte trocken und pulverig war, ließ er sich leicht entfernen.

Roter Vogel stand mit ihren Rehlederstiefeln schon fast bis zu den Knien im Schnee. Die bittere Kälte kroch an ihr empor und machte ihre Füße und Beine fast gefühllos. Wie mußte es erst für Graue Wolke sein?

Sie sah ihn so lebhaft vor sich, als stünde er direkt vor ihr. Wie groß er war! Fast so groß wie ihr Bruder Eisernes Messer. Aber Graue Wolke war schlanker, nicht so breitschultrig und kräftig gebaut wie ihr Bruder.

Sie sah auch, wie Graue Wolke den weichen Mund zu einem geheimnisvollen Lächeln verzog. Seine scharfe Nase verlieh seinem Gesicht Kraft. Seine großen Augen glühten. Seine Haut war sehr viel heller als die aller anderen Männer der British Band der Sauk und Fox.

Fühlte sie sich nicht auch teilweise wegen des Geheimnisses um seinen Vater so zu ihm hingezogen? fragte sie sich selbst. Blaßaugen, Bleichgesichter faszinierten sie von jeher. Jedenfalls die wenigen, denen sie begegnet war, so der Händler Jean de Vilbiss oder der schwarzgekleidete Medizinmann Père Isaac.

Jeden Sommer, wenn er Saukenuk besuchte, nahm Père Isaac Graue Wolke beiseite und zeigte ihm, wie man die Zeichen auf dem Papier verstehen und selbst solche machen konnte. Wie sie Graue Wolke beneidete! Wie sehr sie sich wünschte, daß Père Isaac auch sie diese Dinge lehrte!

Sie machte sich oft Gedanken über die Andersartigkeit und die Macht der Blaßaugen. Kein Sauk-Handwerker vermochte auch nur annähernd so gute Stahlschwerter anzufertigen, wie sie die Krieger der Blaßaugen trugen, weswegen sie ja auch Langmesser genannt wurden. Die stählernen Tomahawks, die die Blaßaugen gegen Pelze tauschten, zerschmetterten mit einem Hieb jeden Stein eines Sauk-Tomahawks in kleine Stücke. Kein Wunder also, daß sich die Stammeskrieger der Sauk und Fox die Waffen der Blaßaugen wünschten.

Roter Vogel interessierten am meisten die stählernen Nähnadeln und die eisernen Kochtöpfe und die bedruckten Kattunkleider und die Wolldecken. Wieso hatte der Erschaffer der Erde die Blaßaugen dazu befähigt, alle diese Sachen anzufertigen, nicht aber die Sauk und Fox? Ihr Volk kleidete sich in Tierfelle, die abgekratzt und gespannt und gerieben und mit Tierhirn und Frauenharn gegerbt werden mußten, bis sie weich und biegsam und geschmeidig genug waren, damit man sie auf der bloßen Haut tragen konnte. Doch die Kleidung der Blaßaugen war sehr viel bequemer und viel leichter zu reinigen und auch farbiger. Die Hemden und Hosen und Röcke der Sauk und Fox waren zwar manchmal bemalt oder mit gefärbten Vogelfedern geschmückt, aber normalerweise einfach braun oder so gefärbt wie die Tierfelle. Nur die besten Tierhautkleider bearbeitete man so lange, bis sie weiß waren. Aber die Kleider und Schals und Decken, welche die Händler der Blaßaugen brachten, wiesen alle möglichen Farben auf, blau und gelb, rot und grün, und Blumen oder andere Motive und Muster. Oft hatte sie endlos lange das gute Kattunkleid angestarrt, das ihr Vater Eulenschnitzer einmal für sie von einem blaßäugigen Händler erworben hatte, und sich gar nicht satt sehen können an den winzigen kleinen Rosen auf dem hellblauen Untergrund.

Verloren in ihre Gedanken über die Blaßaugen, hatte sie Graue Wolke und ihre Sorge um ihn ganz vergessen. Jetzt aber kehrte sie wie ein Schlag einer Kriegerkeule gegen ihre Brust zurück.

Bald wurde es wieder dunkel. Graue Wolke war jetzt schon eine ganze Nacht und einen ganzen Tag in der Höhle, und es hatte ununterbrochen geschneit. Und es schneite noch immer. Wenn ihn nicht bald jemand rettete, war er verloren.

Sie mußte zu ihrem Vater gehen und ihn bitten, Graue Wolke aus der heiligen Höhle holen zu lassen.

Sie drehte sich um und stapfte durch den tiefen frischen Schnee zurück, vorbei an den schneebedeckten Runddach-Wickiups des Winterlagers der British Band im Ioway-Land. Aus dem Eingang des Wickiups von Wolfspfote stürmte ein Hund heraus und jagte durch den tiefen Schnee. Seine kurzen spitzen Ohren angelegt, bellte er ihr nach. Wolfspfotes Hunde waren lästig. Sie bellten und schnappten nach jedem, der ihnen in die Nähe kam.

Doch dann hörte der Hund zu bellen auf. Sie hörte knirschende Schritte im Schnee hinter sich. Sie blieb stehen und drehte sich um. Es war Wolfspfote. Er stand vor seinem Wickiup neben dem hohen Pfahl, an dem sechs Sioux-Skalpe hingen, die er sich letzten Winter geholt hatte.

Er musterte sie intensiv mit verschränkten Armen unter der umgehängten hellroten Decke. Drei kurze Streifen an einer Ecke waren die Garantie des blaßäugigen Händlers, daß die Decke von höchster Qualität war. Trotz des Schnees hatte Wolfspfote keine Kopfbedeckung. Sein Schädel war kahlgeschoren, mit Ausnahme des steif nach oben stehenden rotgefärbten schmalen Schopfes in der Mitte, in den noch drei schwarze und weiße Adlerfedern geflochten waren.

Sie mochte Wolfspfote nicht. Ständig berief er sich darauf, daß er der Sohn des großen Häuptlings Schwarzer Falke war, dessen Wickiup nur eine kurze Strecke von seinem entfernt lag. Er lachte niemals, und sie wußte sehr genau, was er dachte, wenn er sie ansah.

Sie wandte sich ohne Gruß ab und ging weiter durch den Schnee. Doch die Begegnung mit Wolfspforte hatte sie daran erinnert, daß sie, auch wenn Eulenschnitzer ihr Vater war, letztlich doch nur die Macht einer Frau hatte und daß die Geisterreise von Graue Wolke Männersache war.

Eulenschnitzer liebte sie sehr und war gut zu ihr, doch wenn sie versuchte, sich in seine Schamanenangelegenheiten einzumischen, wurde er sehr wütend. Niemals würde er damit einverstanden sein, Graue Wolke zu holen. Er mußte ganz von selbst und allein wieder von der Höhle herabkommen. Alles andere entsprach nicht der Würde der Schamanen.

Sie überlegte auf dem Weg zu ihrer Familie, was sie zu sagen wagen konnte. Eulenschnitzer stand vor dem Eingang des Wickiups. Er hatte die Hände auf dem Rücken und starrte unverwandt und reglos hinüber zum Großen Strom.

Als er sie durch den Schnee heranstapfen hörte, wandte er sich um und streckte die Hände nach ihr aus. Als sie bei ihm war, legte er sie ihr auf die Schultern. Sie sah ihm ins Gesicht, das wegen der Dunkelheit schwer zu erkennen war, und versuchte seine Gedanken zu lesen.

Eulenschnitzers Gesicht aber war ganz ausdruckslos. Seine langen weißen Haare waren mit einem Stirnband gebändigt. Sie fielen ihm bis auf die Schultern, wo sie sich wie ein Schal ausbreiteten. Seine Halskette aus kleinen runden gestreiften Schalen von Wassertieren, die Megismuscheln genannt wurden, rasselte leise im Wind.

Sie zitterte immer innerlich in seiner Gegenwart. Der Schamane des Stammes konnte heilen, aber auch töten.

»Wie kann er in diesem Schneesturm überleben?« fragte sie, fast unter Tränen.

»Hast du den Blitz nicht gesehen, meine Tochter, und den Donner nicht gehört? Glaubst du wirklich, das bedeutet, daß ein junger Mann erfriert? Hör mir zu. Einmal in tausend Jahren kommt einer zu uns, der zu einem großen Schamanen bestimmt ist. Im Vergleich zu anderen Schamanen wie mir ist er dasselbe wie der Erschaffer der Erde zu den niederen Geistern der Tiere und Vögel. Aber um erkannt zu werden und selbst die Größe seiner Macht zu erkennen, muß dieser Mann sich schweren Prüfungen unterziehen. Ich habe in Graue Wolke einen Mann erkannt, der sich weit über alles Gewöhnliche erhebt.«

Eulenschnitzers offene Worte ermutigten Roter Vogel. »Aber bestimmt war er doch nun schon lange genug in der heiligen Höhle, mein Vater? Willst du ihn nicht holen gehen?«

Er schob sie von sich und starrte sie an. »Der Erschaffer der Erde bestimmt, wann es genug ist. Ein Mann muß leiden, um der Macht würdig zu sein, die der Große Geist ihm verleiht. Als ich den Weg des Schamanen einschlug, wanderte ich weit fort in die große Wüste des Westens und starb fast vor Hunger und Durst. Aber ich habe nicht so viel erduldet wie Graue Wolke. Das kommt daher, daß er zu einem viel größeren Schamanen bestimmt ist, als ich es bin, sofern er es überlebt. Übersteht er sein Leiden nicht, so ist er wie ein im Frühjahr lahm geborenes Fohlen. Dann ist er eine Beute der Wölfe. So will es der Erschaffer der Erde.«

Obwohl diese Rede Roter Vogel erschreckte, entgegnete sie forsch: »Aber es gibt doch Leiden, die selbst die Stärksten nicht mehr ertragen.«

Eulenschnitzer trat ärgerlich einen Schritt auf sie zu. »Vergiß nicht, was das Gesetz der Sauk und Fox jedem androht, der die Geisterreise eines Mannes stört, selbst wenn es als Hilfe gedacht ist. Er wird zum Großen Strom gebracht und im Sommer, an schwere Steine gebunden, hineingeworfen. Jetzt im Winter wird er durch ein in das Eis geschlagenes Loch hinabgestoßen. Die Strömung unter dem Eis ist stark. Sie trägt ihn rasch fort von dem Loch, und dann ertrinkt er in der Kälte und Finsternis dort unten.«

Roter Vogel wich zurück. Eulenschnitzer hatte, als sie gekommen war, ihren Schmerz gespürt und war darauf eingegangen, doch jetzt ärgerte er sich nur noch über sie. Sie wußte, daß sich dahinter auch die Furcht, sie werde ihr Leben für Graue Wolke riskieren, verbarg.

»Deine Mutter hat bereits nach dir gesucht«, sagte er. »Geh zu ihr und hilf ihr bei der Arbeit.«

Sie wagte nichts mehr zu entgegnen und eilte davon. Sie hob die Büffelfelldecke am Eingang des Wickiups ihrer Familie. Noch einmal blickte sie kurz zurück. Ihr Vater stand bereits wieder reglos da wie zuvor und blickte zum Großen Strom, wohin Graue Wolke gegangen war. Er hatte die Hände wieder auf dem Rücken liegen, die Finger waren ineinander geschlungen.

Auch er hatte also Angst um Graue Wolke. Und bei dieser Erkenntnis sank ihr das Herz noch tiefer.

Als sie das dämmrige Zelt betrat, erkannte sie, erhellt vom Licht der Feuerstelle in der Mitte, die Silhouette ihres Halbbruders Eisernes Messer, die sich als büffelhoher Schatten an der Wand abzeichnete. Sie reichte ihm die Hand zum Gruß.

»Es wird alles gut werden mit Graue Wolke«, sagte er leise und mit rauher Stimme.

Er war immer gut zu ihr. Sie war ihm dankbar für seine Worte, doch sie wußte, sie waren nicht mehr als ein gutgemeinter Wunsch. Obwohl er der

Sohn von Eulenschnitzers erster Frau war, konnte er nicht wie sein Vater die Zukunft vorhersehen und besaß auch sonst keine magischen Fähigkeiten. Seine Mutter war bei seiner Geburt gestorben, und manche behaupteten, die Geister hätten beschlossen, ihm keine Gaben zu verleihen, weil er seine Mutter getötet habe. Sie hatte sogar davon gehört, daß Eulenschnitzer in der Trauerzeit vorausgesagt habe, Eisernes Messer werde eines Tages von einem Mann getötet werden, dessen Mutter ebenfalls bei seiner Geburt starb. Aber in Gegenwart seines Sohnes wagte niemand davon zu sprechen.

Roter Vogel hingegen hatte viel mehr von dem Schamanen in sich als ihr Bruder. Sie wußte genau wie ihr Vater, daß Graue Wolke sich eben jetzt in schrecklicher Gefahr befand.

»Wo bist du gewesen?« rief ihr Wiegendes Gras aus dem Dunkeln zu. Sie lag bereits zusammen mit Roter Vogels Schwestern auf ihrem aus Büffelfellen gemachten Lager an der Wand des Wickiups. Wiegendes Gras und ihre beiden kleinen Töchter Wilder Wein und Rotkehlchennest schliefen eng aneinandergekuschelt, damit es wärmer war.

»Ich war unten im Wald«, log Roter Vogel, »und habe nach unseren Pferden gesehen.« Sie war zwar in der Nähe der Pferde gewesen, aber nur um nach Graue Wolke Ausschau zu halten.

»Ich hätte dich hier gebraucht«, tadelte sie ihre Mutter. »Du hättest mir beim Flechten einer neuen Perlenkette für deinen Vater helfen können. Deine Schwestern sind dafür noch zu klein.«

Erwartet meine Mutter wirklich, daß ich Perlen binde, während Graue Wolke erfriert?

»Die Pferde waren fast zugeschneit«, rechtfertigte sich Roter Vogel. »Ich mußte sie vom Schnee befreien.«

»Unsinn«, widersprach ihre Mutter und setzte sich auf. »Nach dem blaßäugigen Knaben hast du ausgeschaut! Wolfspfote war inzwischen da und hat noch einmal mit deinem Vater gesprochen. Wie kannst du den Sohn von Schwarzer Falke abweisen und hoffen, diesen vaterlosen Knaben heiraten zu können? Seine Mutter lag bei einem Blaßauge und erhielt ihn von ihm. Das Blaßauge blieb nur fünf Sommer und ging dann wieder fort. Er wäre schon früher gegangen, wenn ihn unser Volk nicht wegen des Krieges gefangengehalten hätte.«

Neben ihrer Mutter hörte Roter Vogel das Gekicher ihrer kleinen Schwestern, die die Geschichte der Eltern von Graue Wolke lustig fanden. Wiegendes Gras brachte sie mit Schlägen zum Schweigen.

Roter Vogel sagte: »Wolfspfote hat schon eine Frau:«

»Er ist ein *Mann«*, erklärte ihre Mutter nachdrücklich. »Und ein tapferer dazu. Er kann zwei Frauen glücklich machen, drei und sogar vier.«

Roter Vogel fühlte Zorn gegen ihre Mutter in sich aufsteigen, weil sie so geringschätzig von Graue Wolke sprach, während er vielleicht gerade starb. Dieser Gedanke erstickte sie fast. Sie biß sich auf die Lippen, um die bösen Worte, die sich ihr aufdrängten, zurückzuhalten. Sie litt zu sehr, um sich noch auf einen Streit einlassen zu wollen.

Sie nahm ihre Pelzkappe ab und zog ihre durchnäßten Stiefel und Fäustlinge aus und legte sie ans Feuer. Ihren Büffellederumhang, das Rehlederkleid und die Leggings behielt sie an und legte sich auf ihr eigenes, mit Decken und Präriegras gepolstertes Lager nieder. Sie zog die Beine an und wickelte sich eng in ihren Umhang.

Nun war es still im Wickiup, bis auf das knisternde Feuerholz.

Sie wußte, daß ihre Angst um Graue Wolke mit dem Fortschreiten der Nacht größer würde und daß sie deshalb nicht würde einschlafen können. Wenn alle schliefen, wollte sie zum Wickiup von Sonnenfrau huschen und mit ihr gemeinsam warten.

Sie starrte zu dem schwarzen Dach hinauf, das sich über ihr wölbte. Die gebogenen, vom abziehenden Feuerrauch geschwärzten Pfähle warfen harte Schatten im flackernden Feuerschein. Eisernes Messer hatte noch Scheite nachgelegt. Der Rauch biß ihr in die Augen.

Zuweilen glaubte sie, dort oben in dem Schattenspiel des Reisiggeflechts und der Rindenlagen des Dachs Botschaften der Geister zu erkennen. Doch heute nacht waren ihre Gedanken zu sehr mit Graue Wolke beschäftigt, um zu versuchen, sie zu deuten.

Über dem Atem der Schlafenden hörte sie das Pfeifen des Windes draußen um das Dach. Gelegentlich wuchs es zu einem Heulen an, dann knackte das ganze Holzgerüst des Wickiups in allen Fugen. Trotz des Feuers und des gut verschlossenen und abgedichteten Wickiups spürte sie die vom Boden aufsteigende Kälte, deren eisige Finger sie durch das Büffelfell berührten.

Wenn ich schon hier in unserem warmen Wickiup die Kälte spüre, wie muß es da erst für ihn sein?

Sobald es zu schneien aufhörte, würde die Kälte dieser Nacht zum gnadenlos tötenden eisigen Frost werden. Oft folgte dem langen und schweren Schneefall noch größere Kälte. Nach Nächten wie dieser fanden die Frauen oft erfrorene Kaninchen und Rehe in den Lichtungen rund um das Lager. Die nach Wärme suchenden Tiere hatten ihre Scheu vor den Menschen überwunden, doch die Kälte war schneller gewesen. Sogar die stärksten Tiere konnten in dieser Kälte umkommen. Nur der Mensch, dem der Erschaffer der Erde das Wissen gegeben hatte, wie er sich eine Unterkunft bauen und Feuer machen konnte, war imstande, dieser tödlichen Kälte zu widerstehen.

Sie ballte die Hände über der Decke zu Fäusten zusammen. Ihr Herz füllte sich mit Zorn. Zorn gegen die Kälte, gegen ihre Mutter, die Graue Wolke nicht mochte, und auch gegen Eulenschnitzer, der ihn in den fast sicheren Tod geschickt hatte, und gegen die Geister, die dies zuließen. Und aus ihrem Zorn erwuchs ein Entschluß.

Ich werde es nicht zulassen, daß ihr ihn mir wegnehmt.

Und wenn alle sich mit Graue Wolkes Tod abfinden mochten, sie tat es nicht. Sie wollte zu ihm gehen. Vorher wollte sie Sonnenfrau aufsuchen und sich von ihr alle Medizin geben lassen, die sie hatte, und alles, was die Kälte daran hindern konnte, den letzten Rest Wärme und Stärke aus Graue Wolke zu ziehen.

Vergiß nicht, was das Stammesgesetz jedem androht, der die Geisterreise eines Mannes stört, selbst wenn es als Hilfe gedacht ist.

Ihr Zorn verwandelte sich in Angst. Sie lag starr da, wagte sich nicht zu rühren, wollte sich nicht rühren, wußte genau, daß sie, sobald sie jetzt die Decke abwarf und aufstand, den ersten Schritt auf einem Weg tun würde, der ihren Tod bedeuten konnte.

Doch dann dachte sie wieder an diesen schrecklichen Sturm, der so scharf schnitt wie das Messer eines Blaßauges und um Graue Wolke herum tobte. Wenn sie jetzt etwas unternahm, überlebte er es vielleicht. Wenn nicht, starb er ganz gewiß.

Sie liebte ihn, seit sie denken konnte. Den Gedanken, ohne ihn zu sein, ertrug sie nicht.

Sie hatte Erzählungen gehört von Frauen, die an der Seite ihrer Männer in den Tod gegangen waren. Ja. Besser mit Graue Wolke sterben, zusammen mit ihm auf dem Pfad der Seelen nach Westen wandern, als ein ganzes Leben lang um ihn zu trauern.

Sie lauschte auf den Atem der Schlafenden. Eisernes Messer schnarchte. Der Atem ihrer Mutter glich ihrem Namen – als ob Wind das Gras niederböge. Ihre Schwestern schliefen unruhig und murmelten im Traum.

Eulenschnitzer war immer noch nicht hereingekommen. Er mochte die ganze Nacht draußen verbringen. Sie wollte nicht länger warten. Sie mußte ihm gegenübertreten.

Sie wickelte sich lautlos aus ihren Decken und stand auf, setzte rasch ihre Pelzmütze auf und schlüpfte wieder in ihre Stiefel und Fäustlinge.

Die noch schlimmer gewordene Kälte biß sich wie Wieselzähne in ihre Wangen. Während sie auf ihrem Lager gelegen hatte, hatte es nach einer Nacht und einem Tag ununterbrochenen Schneefalls endlich zu schneien aufgehört. Die Wolken brachen allmählich auf, der Mond war zu sehen, rund und blaß wie eine dieser silbernen Münzen der Blaßaugen. Der Eismond. Er schien am Himmel angefroren zu sein. Die Sterne glitzerten wie kleine Eisbrocken. Mit dem ersten Atemholen schienen ihre Nasenlöcher innen zuzufrieren. Die eisige Luft stach in der Nase und der Lunge. Ihr Herz schmerzte wegen Graue Wolke.

Eulenschnitzers schwarze Gestalt stand reglos an derselben Stelle wie zuvor. Wie konnte er diese Kälte nur aushalten?

Er wandte sich zu ihr. »Wo willst du hin?«

»Zu Sonnenfrau in ihr Wickiup, um mit ihr zu wachen.«

Sie haßte ihren Vater nun. Er war es, der Graue Wolke auf seine Geisterreise geschickt hatte und jetzt nichts tun wollte, um ihn vor dem sicheren Tod zu retten.

Als läse er ihre Gedanken, sagte er: »Die Geister wachen über Graue Wolke.«

Sie hätte ihm gerne geglaubt, aber sie konnte es nicht. Sie hatte ihn gebeten, Graue Wolke zu Hilfe zu eilen, und er hatte ihr nur zu schweigen geboten. Deshalb hatte sie ihm nun nichts mehr zu sagen. Sie wandte sich von ihm ab.

Er konnte ihr verbieten, zu Sonnenfrau zu gehen. Doch er tat es nicht. Es herrschte ein stillschweigendes Einverständnis zwischen ihr und ihrem Vater, das sich nicht in Worte kleiden ließ. Aber sie wußte, daß er, als er sie nun ansah, hin- und hergerissen war zwischen seinem Stolz darauf, daß sie, die älteste seiner Töchter von Wiegendes Gras, dieselben Gaben besaß wie er, und dem Bedauern darüber, daß sie nur eine Frau war und also niemals ein Schamane werden konnte. Und sie wußte, daß sie ihm von allen seinen Kindern am liebsten und teuersten war.

Der Schnee, den der Wind von den Wickiups gefegt hatte, bildete langgezogene Wehen an deren Westseiten. Der Ostwind blies ihr durch die Kleider bis auf die Knochen, als sie durch das Winterlager stapfte, auf ein niedriges, rundes schwarzes Haus zu, das sich am Nordende des Lagers etwas abseits der anderen Wickiups aus dem Schnee erhob.

Gehäutete Teile kleiner Tiere hingen gefroren von einem Gestell vor Sonnenfraus Hauseingang. Roter Vogel ging bis zu der Büffeldecke, die den Eingang verschloß, und rief laut: »Ich bin es, Roter Vogel. Kann ich hineinkommen?«

Von innen wurden die Schnüre der Büffeldecke gelöst. Sie bückte sich und schlüpfte hinein.

Im Feuerschein ihres Wickiups sah sie die Anspannung im Gesicht von Sonnenfrau. Ihr Mund stand weit offen, und ihre Kiefermuskeln waren angespannt. Sie war groß und hatte breite Schultern und Hüften und große Hände, doch nun wirkte sie irgendwie hilflos, als sie so dastand und in das Feuer starrte. An der Wand hinter ihr hingen handwerkliche Arbeiten, ein Medizinbeutel aus Rehleder, zwei geschnitzte Figuren, ein nackter Mann und eine nackte Frau, große Muschelschalen zum Ausformen des Ahornzuckers, ein rotgefärbter Roßschwanz und eine kleine Trommel und eine Flöte.

»Wenn er stirbt«, stieß Roter Vogel hastig hervor, »will ich auch nicht mehr leben.« Sie fürchtete, daß ihre Stimme, wenn sie langsamer spräche, versagen könnte, bevor sie alles ausgesprochen hätte.

Aber seiner Mutter gegenüber hätte sie diese Befürchtung nicht einmal andeuten dürfen. Ebensowenig hätte sie ihr gegenüber erwähnen dürfen, daß sie ihn liebte, nachdem Sonnenfrau und Eulenschnitzer noch kein Wort über die Pläne für ihre Kinder miteinander gesprochen hatten. So wollte es der Brauch. Der ganze Stamm würde schockiert sein, wenn die traditionellen Regeln mißachtet würden.

»Vergib mir, was ich gesagt habe«, entschuldigte sich Roter Vogel verlegen.

Sonnenfrau lächelte, doch Roter Vogel erkannte in diesem Lächeln eine große Traurigkeit. »Das ist nicht nötig. Du weißt, daß du es aussprechen kannst.«

»Ja, du bist anders«, sagte Roter Vogel.

Obgleich die Blaßaugen deinen Mann töteten, hast du ein Blaßauge mit in dein Wickiup genommen.

Dies hatte sich vor mehr als fünfzehn Wintern zugetragen, und Roter Vogel wußte es auch nur aus den Erzählungen ihrer Mutter und der anderen Frauen, die sich die Geschichte bei der Arbeit immer und immer wieder erzählten. Sonnenfraus Mann, ein tapferer Krieger namens Dunkles Wasser, war in einem Streit mit den blaßäugigen Siedlern getötet worden. Und dennoch hatte sie ihn zu lieben begonnen, als der Vater von Graue Wolke zu den Sauk gekommen und bei ihnen geblieben war.

»Ich bin ebenfalls anders«, sagte Roter Vogel. Sie fragte sich, ob Sonnenfrau wußte, wie anders sie tatsächlich war. Die meisten Frauen lebten einfach in den Tag hinein. Roter Vogel dachte oft darüber nach, was ihr Stamm wohl in zehn Sommern tun und wo er dann sein würde.

Nur Häuptlinge und Schamanen dachten sonst über diese Dinge, die sie so sehr beschäftigten, nach. Manchmal überlegte sie auch, wie es wäre, ein Schamane zu sein, den Gaben gemäß zu leben, die der Erschaffer der Erde ihr verliehen hatte. Sie dachte sogar so oft darüber nach, daß in ihr eine tiefe Sehnsucht gewachsen war, wenn sie auch wußte, daß sie sie niemals befriedigen konnte.

Das Äußerste, was sie sich erhoffen konnte, war, eine Medizinfrau zu werden wie die Mutter von Graue Wolke. Eine Medizinfrau hatte einen bedeutenden und wichtigen Platz in der Stammeshierarchie, wenn auch nicht so sehr auf sie gehört wurde wie auf den Schamanen.

Sonnenfrau legte ihre Hand auf die von Roter Vogel. »Eben deswegen wäre ich glücklich, wenn du und mein Sohn in ein gemeinsames Wickiup zöget.«

Roter Vogel war verblüfft, aber trotz ihres Kummers und ihrer Sorge um Graue Wolke zugleich glücklich darüber. Noch nie hatte eine Mutter so gesprochen, bevor die Eltern sich gemeinsam getroffen hatten. Wundervoll, daß Sonnenfrau sie sich als Frau ihres Sohnes wünschte!

Doch Graue Wolke konnte ja bereits tot sein. »Wie können wir so reden und dabei lächeln«, sagte sie unter Tränen, »wenn er dort in der zugeschneiten heiligen Höhle ist?«

Sonnenfrau schüttelte den Kopf. »Als ich ihn damals Eulenschnitzer übergab, gab ich auch das Recht auf, darüber zu bestimmen, was mit ihm geschieht. Er gehört jetzt genauso wie Eulenschnitzer den Geistern.«

»Aber die Geister…«, stammelte Roter Vogel und machte eine hilflose Handbewegung. »Sie beschützen oder lassen sterben, wie sie wollen.«

Sonnenfraus Gesicht überschattete sich. »Warum sagst du so etwas? Um mir Leid zuzufügen?«

Roter Vogel blickte sie erschrocken an. »Aber nein!«

»Glaubst du, ich empfinde keinen Schmerz?«

Roter Vogel spürte, wie ihr die Tränen kamen und ihr in den Augen brannten. Sie wischte sie ab. »Doch, natürlich.«

Sonnenfrau zog sie an sich, faßte ihr Kinn und sagte: »Ich zeige meinen Schmerz nicht, weil ich nicht will, daß andere mit mir leiden müssen. Doch du weißt, was ich wirklich empfinde.«

Dann öffnete sie ihre Arme, und Roter Vogel schmiegte sich in sie und spürte, wie die Kraft und Stärke der Mutter von Graue Wolke in sie überging, und sie fand in ihren Armen mehr Trost und Geborgenheit als je bei ihrer eigenen Mutter.

Sie sah sich um. Hier war Graue Wolke aufgewachsen. Da war die Bank, auf der er immer schlief. Und wo er auch künftig wieder schlafen mußte.

»Hast du irgend etwas für jemand, der sehr lange der Kälte ausgesetzt war?« fragte sie drängend.

»Ja«, sagte Sonnenfrau und ging nach hinten. Sie kam mit einem Bündel langer, dunkelroter Pfefferschoten wieder. »Diese Schoten sind weit im Süden gewachsen, wo die heiligen Pilze und die hellen blauen Steine herkommen. Je länger sie gekocht werden, desto heißer wird das Wasser. Dieses Wasser muß er trinken, aber er darf die Schoten nicht schlucken. Wenn er sehr kältestarr ist, gib ihm eine zum Kauen. Das erweckt selbst

Tote zum Leben. Wenn du ihn vor mir findest, kannst du ihm hiermit helfen.«

Sie glaubt, ich will mich erst um ihn kümmern, wenn er zurück ist.

»Ich gehe zu ihm«, sagte Roter Vogel.

Sonnenfrau starrte sie an. »Das darfst du nicht. Wenn du seine Reise zu den Geistern störst, tötest du ihn wahrscheinlich.«

»Er war eine Nacht und einen Tag in der Höhle, und jetzt ist es schon die zweite Nacht, und sie ist kälter als alle, an die ich mich erinnern kann. Mein Vater hält nach ihm Ausschau, aber er kommt nicht. Womöglich sitzt er noch immer in dieser Höhle. Er hat kein Feuer, nichts zu essen und kein Wasser. Und der Wind pfeift vom Fluß hinein. Der Schnee hier bei uns im Lager liegt so hoch, daß mir die Verwehungen an manchen Stellen knapp über den Kopf fegen. Die Höhle ist vielleicht völlig zugeschneit. Das alles erleidet er, und du sagst, *ich* sei eine Gefahr für ihn?«

Sonnenfrau saß im Schneidersitz auf der Matte vor dem Feuer und starrte stumm auf ihre Hände, die sie in ihrem Schoß gefaltet hatte. Nach einer Weile blickte sie auf und sah Roter Vogel lange und ernst an.

»Du bist eine gute junge Frau, und du liebst meinen Sohn. Aber du mußt verstehen, daß die Kälte nicht die größte Gefahr für ihn ist. Wenn du versuchst, seinen Leib zu wecken, bevor sein Geist wieder in ihm ist, kann er nie mehr in ihn zurückkehren und muß heimatlos den Pfad der Seelen nach Westen gehen, ins Land der Toten.«

Ihre Augen glitzerten, und der Widerschein des Feuers verlieh ihrem Gesicht den Ausdruck eines zornigen Geistes. Roter Vogel wich zurück.

»Das will ich nicht«, sagte sie. »Ich verspreche es.« Aber wenn für sie klar war, daß Graue Wolke ohnehin stürbe, war es da nicht doch besser, das Risiko einzugehen, ihn aufzuwecken?

Und was, wenn er von allein aufwachte, aber zu steifgefroren war, um aus der Höhle zu klettern und zum Lager zurückzukehren? Dann brauchte er doch ihre Hilfe!

Falls sie es bis zur Höhle schaffte und sich sein Geist noch immer außerhalb seines Leibes befand, wollte sie alles tun, um ihm zur Rückkehr zu verhelfen. Sie konnte ein Feuer neben ihm machen. Sie konnte ihn warm einwickeln und zudecken, ihn selbst wärmen, wenn es ging, ohne daß sie ihn störte.

Sie kochte die Pfefferschoten in einem kleinen Blechtopf auf Sonnenfraus Feuer. Sie füllte das Pfefferwasser in eine Haut und wickelte Feuerholz und einen Feueranzünder der Blaßaugen in eine Decke. Sie legte die Hand auf Sonnenfraus Schneeschuhe an der Wand des kleinen Wickiups, und Sonnenfrau nickte stumm.

Roter Vogel bahnte sich den Weg durch den Schnee, den Kopf zu Boden gesenkt, den Blick auf ihren eigenen langen Schatten im Vollmond auf dem glitzernden weißen Schnee. Vor ihr säumten lange Schneewehen, alle gleich groß, die windabgewandten Seiten der Wickiups des Lagers. Als sie hinter sich blickte, fiel ihr Blick auf die Windseiten, die wie schwarze Löcher im Schnee aussahen. Sie erkannte das Wickiup ihrer Familie. Eulenschnitzer stand jetzt nicht mehr davor. Bei jedem Schritt hob sie ihre in Schneeschuhen steckenden Füße sehr hoch. Auch wenn sie mit deren Hilfe über den tiefen Schnee gehen konnte, war ihr doch klar, daß sie bald, lange bevor sie an der heiligen Höhle ankam, erschöpft sein würde.

Hunde bellten. Angst kroch an ihr empor und kribbelte in ihrem Nakken. Sie blieb reglos stehen. Es konnten Wolfspfotes Hunde sein. Doch sie kamen ihr nicht nach.

Keine Stimmen waren zu vernehmen, niemand zu sehen. Sie fühlte sich sicher genug, weiterzugehen.

In ihr wuchs das Gefühl, daß ihr jemand folgte. Sie hielt erneut inne und blickte sich lauschend um. Doch die Wickiups lagen alle still unter den glitzernden blauweißen Schneehügeln. Wie ihr Vater besaß sie die Fähigkeit zu spüren, wenn jemand sie beobachtete. Doch ihre Augen und Ohren bestätigten ihr Gefühl nicht. Es war wohl die Angst, die sie etwas verwirrte. Sie stapfte weiter.

Das Lager blieb hinter ihr zurück. Rechts von ihr lag die offene, wogende, schneebedeckte Prärie, links erstreckten sich weithin die den Ioway-Fluß säumenden Wälder. Unter den Bäumen erkannte sie die Schatten der Pferde. Sie schnaubten und stampften. Neben dem Wald verlief der Weg bis zu dem Berg, wo die heilige Höhle war, hoch über dem Strom.

Plötzlich erschien ein Schatten auf dem Schnee neben ihr. Ein blitzartiger Schreck durchfuhr sie.

Eine starke Hand hielt sie fest. Sie war wie gelähmt, wie ein Kaninchen, das von einer Wildkatze zerrissen zu werden droht. Sie versuchte nicht einmal, sich loszumachen. Sie spürte, daß der Griff viel zu stark war.

Langsam drehte sie sich um.

Der Mond stand genau hinter dem Mann, der sie festhielt, und sein Gesicht lag im tiefen Schatten, doch sie konnte das Glitzern der stechenden Augen und den schmalen, zusammengepreßten Mund unter dem Pelz auf dem Kopf erkennen.

»Wo willst du hin?« fragte Wolfspfote, und seine Finger krallten sich schmerzend in ihren Arm.

Sie brachte kein Wort heraus. In heller Panik versuchte sie sich eine Erklärung dafür auszudenken, warum sie in so einer Nacht unterwegs war. Er könnte sie töten, dachte sie, und in ihrem Entsetzen glaubte sie, tief in den Schnee einzusinken.

Doch dann erinnerte sie sich an einen Rat von Sonnenfrau.

»Mein Vater hat mich ausgeschickt«, sagte sie, »um nach bestimmten Kräutern zu suchen, deren Wirkung bei Vollmond am stärksten ist.«

Er lachte rauh auf. »Kräuter, wie? Wenn kniehoch Schnee liegt?«

»Sie wachsen unter dem Schnee.«

Er trat ganz nahe an sie heran, bis seine schwarzen Augen die ganze Welt auszufüllen schienen.

»Du kannst mich nicht belügen, Roter Vogel. Ich sehe doch, was du vorhast. Du gehst zu *ihm*!«

»Nein, nein, ich suche nach Kräutern.«

»Und was ist das?« fragte er und riß ihr mit seiner freien Hand die zusammengerollte Decke weg, die sie sich auf den Rücken geschnürt hatte. Er warf sie in den Schnee. »Und das?« Er zerrte so heftig an ihrem Wasserbeutel, daß der Halteriemen brach, und warf ihn ebenfalls in den Schnee.

»Brauchst du das alles zum Kräutersuchen?« schrie er sie an.

Sie zitterte am ganzen Leib und fing an zu weinen. Sie haßte sich wegen dieser Schwächebezeigung vor Wolfspfote. Wenn sie schon sterben sollte, dann wollte sie stark sein.

Zu ihrer Überraschung kam das Gefühl, von jemandem aus der Ferne beobachtet zu werden, wieder. Es war also außer ihr und Wolfspfote noch jemand hier draußen in der eisigen Nacht unterwegs.

»Sich in die Geistersuche einzumischen«, sagte Wolfspfote, »bedeutet den Tod. Die Tochter des Schamanen sollte es besser wissen und nicht ein heiliges Gesetz brechen.«

Ihre Angst ließ Roter Vogel so kalt und atemlos werden, als wäre sie bereits in das kalte, zugefrorene Wasser eingetaucht und fortgerissen worden, über sich das gewaltige Gewicht der Eisdecke, die sie von der Luft abtrennte.

»Ich habe nichts getan.«

»Aber du hattest es vor. Das ist ebenso schlimm.«

Sie sah das Jagdmesser an Wolfspfotes Gürtel. Ein schneller Griff danach, und sie konnte ihn damit erstechen.

Nein. Er war einer der Tapfersten des Stammes, viel zu stark und zu schnell für sie. Außerdem hatte sie bisher noch niemandem etwas zuleide getan, außer sich selbst. Schon der Versuch, den Sohn des großen Stammeshäuptlings zu ermorden, wäre ein schlimmes Verbrechen.

Sein harter Griff um ihren Arm ließ nicht locker. Er deutete zurück zu dem schneebedeckten Lager. »Denke an die Tränen deiner Mutter, wenn sie erfährt, wobei ich dich ertappt habe, und an deinen Vater, dem es das Herz zerreißen würde. Als Schamane müßte er deine Hinrichtung verkünden.«

Hoffnungslosigkeit überfiel sie. Nun konnte sie Graue Wolke nie mehr zu Hilfe kommen. Er mußte sterben. Und sie war hier von Wolfspfote ertappt worden und würde vor dem ganzen Stamm entehrt und dann getötet werden.

Sie ließ den Kopf sinken.

»Aber es stimmt natürlich, Roter Vogel«, fuhr Wolfspfote nun etwas sanfter fort, »daß du bis jetzt noch nichts getan hast. Ich bin der einzige, der von deiner Absicht weiß, das Gesetz zu brechen.«

Sonnenfrau weiß es ebenfalls. Doch von mir erfährt Wolfspfote das nie.

»Ich will nicht, daß du sterben mußt, Roter Vogel«, sagte er leise.

Sie blickte zu ihm hoch. Wollte er etwa Gnade walten lassen?

»Es macht mich zornig«, sagte er, »daß du dein Leben für diesen Sohn eines Blaßauges wegwerfen willst. Wo dir die Ehre zuteil werden könnte, den Sohn von Schwarzer Falke zu heiraten.«

Jetzt begriff sie. Er wollte ihr das Leben retten, wenn sie ihn nahm und Graue Wolke aufgab. Er verstand nicht, daß sie lieber zweimal starb, als ihr Leben an seiner Seite und in Trauer über Graue Wolke zu verbringen.

Sie wollte ihm das gerade sagen, als aus den Bäumen in der Nähe des Lagers ein dumpfes, donnerähnliches Brummen hörbar wurde. Die Pferde brachen wiehernd aus der Baumgruppe hervor und galoppierten in aufstäubenden Schneewolken auf die Prärie hinaus.

»Still«, warnte Wolfspfote sie leise, »bis wir wissen, was sie aufgeschreckt hat.« Er reckte den Kopf hoch und lauschte.

Was immer es war, sie war dankbar, daß der Vorfall seine Aufmerksamkeit von ihr abgelenkt hatte.

Dann hörten sie Äste knacken. Irgend etwas brach durch das Unterholz. Etwas Großes kam auf sie zu.

Sie wandte sich um. Eine mächtige, gebeugte Gestalt kam unter den Bäumen zum Vorschein. Ein großes Tier wahrscheinlich. Doch es ging aufrecht auf den Hinterbeinen, kam langsam näher, Schritt für Schritt, die Vorderbeine schwangen hin und her.

Es sah sehr wie ein Bär aus. Neue Angst überkam sie, größer als die Angst davor, was Wolfspfote mit ihr machen könnte.

Ein Bär im kältesten Winter, während alle anderen in tiefen Höhlen schliefen? Gelegentlich, hatte sie gehört, kam es schon einmal vor, daß ein sehr hungriger Bär erwachte und Nahrung suchte, danach aber wieder zurückkehrte und weiterschlief. So ein Bär tötete jedoch alles, was ihm in den Weg kam. Sie machte sich bereit zu fliehen, wenn sie auch wußte, daß es unmöglich war, einem hungrigen Bären zu entkommen.

Der schwankende Trott des Bären – oder was immer es war – hatte die Gestalt inzwischen näher herankommen lassen. Und sie sah, daß sie völlig weiß war und im Mondschein glitzerte wie eine Schneewehe.

Sie warf einen Blick auf Wolfspfote. Seine weit geöffneten Augen funkelten. Und in seinem im Schatten liegenden Gesicht sah sie, was sie niemals an ihm zu sehen erwartet hätte – Angst.

Er sog heftig den Atem ein. Die Hand, die sie bisher festgehalten hatte, ließ sie ruckartig los.

Kein Wunder, daß Wolfspfote Angst hatte. Es war ein weißer Bär. Der Geist des Bären. Seine Augen funkelten im Widerschein des Mondes.

Wolfspfote stieß einen heiseren, unartikulierten Laut aus. Dann sah sie ihn über den Schnee flüchten. Wäre sie nicht selbst vor Schreck wie gelähmt gewesen, hätte sie vielleicht darüber gelacht, wie er mit großen Schritten dahinflog und die Schneewolken aufstieben ließ. Doch obwohl er so stark war, konnte er niemals einem Bären entkommen. Schon gar nicht diesem hier.

Sie selber war vermutlich auch verloren. Sie dachte: *Vielleicht ist es ein besserer Tod, als unter der Eisdecke des Flusses zu ertrinken.*

Und sie wandte sich um, sich dem Geist des Bären zu stellen.

3

Die Spuren der Klauen

Der weiße Bär war jetzt ganz aus dem Wald heraus. Roter Vogel hatte schon Bären laufen gesehen und wußte also, daß er sie mit wenigen Sprüngen erreichen konnte.

Er schien sie jedoch nicht anzublicken, und sie fragte sich, ob er sie überhaupt bemerkt hatte. Er glitzerte im Mondschein. Sein Atem erzeugte große Wolken in der Luft und verhüllte fast seinen Kopf. Atmeten Geister?

Sie blickte sich noch einmal nach Wolfspfote um. Er war nur noch ein kleiner schwarzer Punkt in der Ferne, der sich vom Weiß des Schnees in der Nähe des Dorfes abhob. Seine Schneeschuhe hatten ihm die weite Flucht ermöglicht. Sie wäre ebenfalls so schnell gerannt, hätte sie es nur so schnell gekonnt wie Wolfspfote.

Sie hielt Wolfspfote nicht für einen Feigling. Sein Mut war wohlbekannt. Aber angesichts dieses Bären wäre auch der tapferste Mann der Welt losgerannt.

Er scheint mich einfach nicht zu sehen. Vielleicht ist es am besten, einfach still stehen zu bleiben.

Sie zitterte am ganzen Leibe und war zu keiner Entscheidung fähig. Es schwindelte ihr, als fiele sie gleich ohnmächtig in den Schnee. Die strahlende Helligkeit, die von dem Bären ausging, blendete sie.

Ein Geist würde doch nicht mitten in der Nacht wehrlose Menschen überfallen und töten? Teufel taten das und kannibalische Riesen. Doch von einem Geist hatte sie noch nie dergleichen gehört.

Sie wollte eine Medizinfrau werden. Medizinfrauen mußten sich furchtlos den Wesen aus der anderen Welt stellen. Sie waren dazu da, die bösen Geister aus dem Körper Kranker zu vertreiben und die guten zur Heilung herbeizubeschwören.

Sie holte tief Atem. Ihr Entschluß stand fest. Ob der Bär nun ein guter Geist oder ein Teufel sein mochte, sie wollte hier stolz und aufrecht stehen bleiben. Und wenn Wolfspfote sich umblickte, dann konnte er das Mädchen, das er eben noch bedroht hatte, an der Stelle stehen sehen, von der er geflohen war.

Der weiße Bär tat einen Schritt auf sie zu.

Ungeachtet ihrer Angst zwang sie sich, ihm beim Näherkommen fest in die Augen zu blicken. Er ging so langsam. Vielleicht konnte sie doch noch davonlaufen?

Unter der spitzen Schnauze sah sie Augen, die aus einem im Schatten liegenden Gesicht glühten.

Sie stand einem Mann gegenüber.

Sie sah, daß er an ihr vorbeigehen wollte. Er schien sie immer noch nicht zu sehen. Dabei war er nahe genug, so daß sie sein Gesicht unter dem Bärenschädel erkennen konnte. Die großen, runden Augen, das lange, schmale Gesicht mit dem spitzen Kinn und der knochigen Hakennase und der weiche, aber abwärts gezogene Mund. Sein Gesicht war von einer dicken Frostschicht überzogen.

Graue Wolke.

Wie konnte sie nur vergessen haben, daß er, als er aus dem Lager fortging, ein schwarzes Bärenfell über die Arme und Schultern gezogen hatte? Schnee und Frost hatten es weiß gemacht. Die Nacht und ihre Furcht hatten ihr vorgegaukelt, sie sehe einen weißen Bärengeist. Aber selbst Wolfspfote, der doch ein erfahrener Krieger war, hatte sich täuschen und in Angst und Schrecken versetzen lassen.

Graue Wolke lebte!

Ein Schrei wollte sich ihrer Brust entringen, doch die Kehle war ihr so eng, daß sie nur ein Keuchen hervorbrachte.

Aber in ihrer Seele loderte Freude empor wie die Flammen eines sommerlichen Lagerfeuers.

Doch nein... Er konnte nicht lebendig sein und so aussehen! Was sie sah, mußte sein Geist sein. Oder einfach der wandelnde Leib eines Toten. Die Kälte und der Schnee hatten ihn dort in der heiligen Höhle getötet, und dieser schlurfende, frostige Schemen war alles, was von ihm übrig war.

»Graue Wolke«, flüsterte sie, unfähig, laut zu sprechen, »sag etwas.«

Wenn er weiter an ihr vorbeiging, ohne sie wahrzunehmen, war er wohl noch immer auf seiner Geisterreise. Sie hatte oft davon reden gehört, daß die Körper von Männern während einer Geisterreise reglos saßen oder lagen. Sie war sich sicher, daß Graue Wolke nicht ganz wach war.

Sie starrte ihn mit offenem Mund an, als er an ihr vorbeiging.

Dann wandte sie sich langsam um, gewillt, ihm zu folgen. Jetzt blickte sie geradewegs auf den Mond und sah die Schatten der schneebedeckten Wickiups in der Ferne. Mit seinen angsterregend langsamen und gemessenen Schritten ging er auf das Lager zu. Von Wolfspfote war weit und breit nichts mehr zu sehen.

Wieder hatte sie dieses Gefühl, beobachtet zu werden. Außer Wolfspfote und außer dem seltsamen Wesen, zu dem Graue Wolke geworden war, schien noch jemand hier draußen in der einsamen Winternacht zu sein und sie zu beobachten. Ein Schauder überlief sie.

Sie blickte um sich auf der Suche nach dem Versteck des geheimen Beobachters. Vielleicht dort hinter einer der langen Schneewehen, die sich über die Prärie wie große Wellen des Sees gelegt hatten. Oder in den Bäumen am Fluß.

Niemand durfte sie hier sehen. Sie hob ihre zusammengerollte Decke und ihren Wasserbeutel auf, die ihr Wolfspfote entrissen und in den Schnee geschleudert hatte. Dann stapfte sie mit ihren Schneeschuhen hinter der weißen Gestalt her. Sie mußte sich beeilen und vor ihm da sein, um sich eine Stelle zu suchen, wo niemand sie bemerkte oder sich darüber wunderte, daß sie ebenfalls anwesend war.

Ihre Beine schmerzten. Sie hatte keine Kraft mehr zu laufen. Graue Wolke hatte eine Spur im Schnee hinterlassen, in die sofort wieder Schnee gefallen war. Ihre Schneeschuhe halfen ihr, zu ihm aufzuschließen.

Aber obwohl ihr die Schneeschuhe halfen, schmerzten ihre Beine. Sie hätte am liebsten ihr Deckenbündel und ihren Wasserbeutel weggeworfen, doch sie waren zu kostbar. Gnadenlos zog sich der Schmerz an ihren Beinen immer höher bis zu den Knien und von dort bis zu den Hüften. Doch ihre Schmerzen konnten ihre Freude darüber, daß Graue Wolke lebte, nicht dämpfen.

Sie hatte das wandelnde, mit weißem Schnee und Frost bedeckte Bärenfell eingeholt und eilte nun an ihm vorbei.

Sie wandte sich um, um ihn genauer zu betrachten. Die Atemwolken aus seinem Mund verbargen sein Gesicht. Er blieb stehen, dann schwankte er, und das Bärenfell fiel langsam von ihm ab. Sie schrie auf und hörte ihren eigenen Schrei wie aus großer Ferne.

Graue Wolke sank auf die Knie und fiel dann vornüber mit dem Gesicht in den Schnee. Er wirbelte den Pulverschnee auf, der im Mondschein in der klaren Nachtluft glitzerte.

Das Schweigen nach seinem Fall war so lähmend wie ein Donnerschlag. Sie spürte Tränen über ihr Gesicht laufen und noch auf ihren Wangen gefrieren. Daß er zwei Nächte lang Schneesturm und Kälte ausgehalten haben und lebend aus der heiligen Höhle zurückkehren sollte, nur um nun in der Nähe seines Dorfes zu sterben, war mehr, als sie ertragen konnte. »Nein«, flüsterte sie, »er darf nicht sterben.«

Und sie fiel neben ihm auf die Knie.

Er lag noch immer mit dem Gesicht im Schnee, halb darin versunken. Sie faßte ihn unter den Schultern und versuchte seinen Kopf hochzuheben. Er war schwer, doch ihre Angst um ihn und ihre Liebe verliehen ihr Kraft. Sie hob seinen ganzen Oberkörper hoch, drehte ihn zur Seite und blickte in das geliebte Gesicht, das ganz von Frostreif überzogen war. Als kleine Atemwolken aus seiner Nase stießen, ließ die Hoffnung ihr Herz schneller schlagen. Aber sein Atem war flach und kurz. Sie mußte ihn von dieser fürchterlichen Kälte wegbringen. Keuchend vor Anstrengung drehte sie ihn auf den Rücken herum.

Sie mußte einfach versuchen, ihn bis ins Dorf zu schleppen.

Fast schluchzend vor Erschöpfung setzte sie sich hinter seinen Kopf und versuchte ihn mit sich hochzuziehen.

Dann war auf einmal alle Last fort. Jemand war bei ihr und hob Graue Wolke hoch.

Sie blickte dankbar und zugleich voller Angst auf. Es konnte nur Wolfspfote sein, der zurückgekommen war.

Doch es war Eisernes Messer.

Beim Anblick ihres Halbbruders entfuhr ihr ein Aufschrei der Erleichterung.

»O Eisernes Messer, Gott sei Dank, daß du da bist.«

Er lächelte grimmig und zog brummend Graue Wolke hoch. Graue Wolke hatte die Augen geschlossen, sein Mund stand offen.

»Wolfspfote kann von Glück reden, daß Graue Wolke zu diesem Zeitpunkt kam«, sagte Eisernes Messer. »Ich hatte bereits meinen Pfeil auf ihn gerichtet.« Er wies mit dem Kopf auf den Bogen über der Schulter.

»Wie? Du hättest auf den Sohn von Schwarzer Falke geschossen?« Sie erinnerte sich nur allzu gut an Wolfspfotes Drohungen, doch der Gedanke, daß ihr Bruder ihn wirklich erschossen hätte, ließ sie schaudern.

»Aber glaubst du denn, ich hätte es wirklich zugelassen, daß er meine Schwester ertränkt hätte?« Er faßte Graue Wolke unter den Achseln und in den Kniekehlen und hob ihn samt seinem Bärenfell hoch. Aus seinem Mund kam eine heftige Atemwolke, dann hatte er sich aufgerichtet und hielt Graue Wolke wie ein Kind auf den Armen. Die beiden waren zwar fast gleich groß, aber Graue Wolke war viel leichter.

Nun wußte sie, daß es ihr Bruder gewesen war, den sie die ganze Zeit in der Nähe gespürt hatte, seit Wolfspfote geflohen war.

Sie gingen zum Dorf zurück. Stimmen wurden hörbar, die Leute weckten einander. Wolfspfote hatte wohl Alarm geschlagen.

»Woher wußtest du, daß ich hier war?« fragte Roter Vogel. »Als ich aus dem Wickiup ging, hast du fest geschlafen.«

»Vater hat mich geweckt«, antwortete Eisernes Messer. Er schritt kraftvoll und mühelos aus. Seine halbhohen Übermokassins aus Büffelleder sanken bei jedem Schritt tief in den Schnee ein. »Er wußte genau, was du vorhattest. Er schickte mich dir nach, um auf dich aufzupassen.«

Beim Näherkommen erkannten sie Bewegung im Dorf. Sie müssen alle noch sehr verschlafen sein, dachte sie. Es war noch lange nicht Morgen. Dennoch wurde es immer lebendiger zwischen den Wickiups. Sie versammelten sich und kamen ihnen entgegen, eine dunkle, wogende Menschenmasse auf dem mondbeschienenen weißen Schnee über dem Land.

In der ersten Reihe ging Eulenschnitzer. Die heilige Muschelhalskette schaukelte auf seiner Brust hin und her. In der einen Hand hielt er seinen mit Federn und Perlen geschmückten Medizinstab, der mit dem Kopf einer Eule gekrönt war. Seine langen weißen Haare wehten ihm um die Schultern.

Stimmengemurmel wurde vernehmbar, und darüber ertönte der Gesang ihres Vaters, des Schamanen.

Das Volk heiße ihn willkommen.
Er ist auf dem Weg der Geister gewandelt.
Hier kehrt er zurück
vom Himmel,
vom Wasser,
aus dem Inneren der Erde.
Er kehrt zurück aus den sieben Richtungen.
Das Volk heiße ihn willkommen.

Eulenschnitzer näherte sich tanzend. Es war ein langsames, schweres Schlurfen, unterbrochen von Seitenschritten. Sein Oberkörper hob und senkte sich abwechselnd. Seine Hände, in der einen sein Stab, in der anderen eine gelbe und rote Kürbisrassel, hatte er hoch über den Kopf emporgestreckt. Seine Halskette aus den kleinen schwarzen und weißen Muschelschalen tanzte auf seiner Brust.

Eisernes Messer, Graue Wolke auf den Armen, blieb vor ihm stehen. Roter Vogel, die nicht wollte, daß jemand erfuhr, wie nahe sie Graue Wolke stand, versuchte sich unter die Menge zu mischen.

Eulenschnitzer trat noch einige Schritte vor und wandte sich, Eisernes Messer mit Graue Wolke zu seiner Rechten, nach Osten. Er tanzte eine Sonnenbahn um sie herum, von Osten nach Süden, nach Westen und nach Norden, und sang mit wiegendem Kopf erneut.

Der Große Weise Geist hat ihn ausgeschickt.
Er wandelte auf dem Pfad der Geister.
Er bringt Weisheit
vom Himmel,
vom Wasser,
aus dem Inneren der Erde.
Er kehrt zurück aus den sieben Richtungen.
Der Große Weise Geist hat ihn ausgeschickt.

Neunmal tanzte Eulenschnitzer um Graue Wolke und Eisernes Messer herum, in dem Kreis, in dem die Sonne, der Horizont und die Zyklen des Lebens und der Jahreszeiten sich vereinigten.

Dann sagte er mit normaler Stimme, ohne seinen Tanzschritt zu unterbrechen: »Bringe ihn in mein Medizin-Wickiup.«

Er wandte sich abrupt ab und tanzte durch die versammelte Menge. Die Leute bildeten eine Gasse, und durch sie schritt Eulenschnitzer, gefolgt von Eisernes Messer mit Graue Wolke auf seinen Armen, zurück ins Lager.

Die Leute, die Eulenschnitzer gefolgt waren, hatten einen Pfad durch das Dorf getrampelt. Roter Vogel benötigte Sonnenfraus Schneeschuhe nicht mehr und zog sie aus. Sie fühlte sich plötzlich so erschöpft von ihren Anstrengungen und von ihrer zweitägigen Angst und Schlaflosigkeit, daß sie sich hinter ihrem Bruder kaum noch auf den Beinen zu halten vermochte. Sie befürchtete, jeden Moment das Bewußtsein zu verlieren.

Der Vollmond ließ den Schnee glitzern und erhellte das Dorf fast wie der Tag. Sie seufzte auf. Als sie hochblickte, sah sie in Wolfspfotes Augen, der seitlich neben ihr stand und sie anstarrte.

Seine schwarzen Augen bohrten sich wie Pfeilspitzen in sie. Sein Mund unter der scharfgeschnittenen Nase war zusammengepreßt.

Sie nickte ihm zu, hoffend, er verstünde ihre Erwartung, daß sie beide ihre Geheimnisse für sich behalten sollten.

Sie schreckte auf, als sie ihren Namen hörte. »Roter Vogel!« Sie wurde heftig am Arm gerissen, so daß es sie bis in die Schulter schmerzte.

Ihre Mutter stand vor ihr und funkelte sie zornig an.

»Warum hast du dein Wickiup verlassen?«

Wenn sie jetzt stehen blieb, um mit ihr zu sprechen, dachte Roter Vogel, war sie nicht mehr imstande, danach weiterzugehen. Sie machte ihren Arm los. Ihre Schwestern, die zu beiden Seiten an den Armen ihrer Mutter hingen, sahen sie mit großen Augen an, als sei sie selbst von einer Reise zu den Geistern zurückgekehrt.

Ihre Mutter ging neben ihr her und schalt sie mit schriller Stimme. Doch ihre Worte prallten von Roter Vogel wirkungslos ab. Sie kümmerte sich nicht darum. Alles, was sie im Moment interessierte, war, daß Graue Wolke sicher in das Wickiup des Schamanen gelangte.

Wieder faßte sie jemand am Arm und drückte ihn leicht, und als sie aufsah, erblickte sie Sonnenfrau, über deren Wangen Tränen liefen.

»Du hast sein Leben gerettet«, flüsterte Sonnenfrau so leise, daß nur Roter Vogel es hören konnte.

»Ich habe gar nichts getan«, wehrte sie ab. Sonnenfrau nahm ihr schweigend die Schneeschuhe, den Wasserbeutel und die zusammengerollte Decke ab.

Eulenschnitzer blieb am Eingang des Medizin-Wickiups stehen. Er hüpfte von einem Fuß auf den anderen und schüttelte seinen Stab.

Dann nickte er seinem Sohn zu und bedeutete ihm, Graue Wolke hineinzutragen.

Roter Vogel wollte nachkommen. Doch der Stab mit dem Eulenkopf versperrte ihr den Weg.

»Geh mit deiner Mutter«, sagte Eulenschnitzer sanft. »Du hast für heute nacht genug getan.«

Aber sie wußte nicht, ob es ein Lob war oder Tadel.

Wird er leben? wollte sie fragen. Doch sein strenges und abweisendes Gesicht verbot ihr jedes Wort.

Sie wandte sich ab und überließ sich gleichgültig den Vorwürfen ihrer Mutter. Noch immer bangte ihr Herz um Graue Wolkes Leben. Aber sie wußte, daß sie, sobald sie sich niedergelegt hatte, augenblicklich in tiefen Schlaf fiele.

Als Wiegendes Gras sie weckte, glaubte sie, es sei keine Zeit vergangen.

»Dein Vater ruft das Volk zusammen«, sagte sie mit noch immer vorwurfsvoller Stimme.

Roter Vogels Augenlider waren so schwer wie Stein. Sie setzte sich mühsam auf und kam schließlich mit einiger Anstrengung auch auf die Beine. Sie war noch immer ganz bekleidet, hatte sogar noch den Fellumhang und die Pelzfäustlinge an. Angekommen in ihrem Wickiup, war sie vollkommen erschöpft auf ihr Lager gesunken. Das Wickiup war jetzt leer. Ihre Mutter und ihre Schwestern waren ohne sie fortgegangen.

Das Herz in ihrer Brust hämmerte. Eulenschnitzer rief das Volk vielleicht zusammen, um ihm mitzuteilen, daß Graue Wolke tot war.

Die Luft draußen war noch immer sehr kalt, doch die Sonne stand jetzt als helle gelbe Scheibe über den Bäumen in der Ferne bei den Klippen über dem Großen Strom am Himmel. Sie mußte blinzeln und sich abwenden, so hell war das Licht. Sie taumelte den anderen hinterher, die zum Medizin-Wickiup in der Mitte des Lagerkreises gingen.

Der offene Platz dort war bereits voller Menschen, sie kam gar nicht mehr nahe heran. Auch zwischen den anderen Wickiups standen Leute. Alle warteten darauf, was Eulenschnitzer zu sagen hatte.

Sie setzte sich zwischen zwei Frauen, die beide kleine Kinder auf dem Schoß hatten. Eine von ihnen kannte sie. Sie hieß Schnelles Wasser und war eine stämmige Erscheinung mit einem runden, heiteren Gesicht und klugen Augen.

Schnelles Wasser sagte: »Du bist doch die Tochter von Eulenschnitzer. Warum setzt du dich nicht zu ihm?«

Roter Vogel machte eine abwehrende Geste mit ihrer Hand. Sie wußte, Schnelles Wasser war eine scharfe Beobachterin, aber auch eine Klatschbase, immer auf der Suche nach Unstimmigkeiten in anderen Familien. Je weniger sie mit ihr sprach, desto besser.

Sie blickte sich um. Hinter ihr drängten sich weitere Leute. Alle redeten aufgeregt durcheinander, und das laute Stimmengewirr bereitete ihr Kopfschmerzen. Es mußten um die fünfhundert Menschen versammelt sein, fast das ganze Lager, eines der insgesamt vier, aus denen die British Band der Sauk und Fox bestand. Wenn der Winter vorbei war und der Schnee und das Eis geschmolzen waren, versammelten sich alle wieder in Saukenuk.

Das Medizin-Wickiup befand sich auf einem kleinen Hügel in der Mitte des Lagers. Als Eulenschnitzer erschien, setzten sich alle, die noch standen. Roter Vogel strengte ihre Augen an, um aus der Haltung und Miene ihres Vaters zu erraten, ob Graue Wolke lebte oder tot war.

Ein weiterer Mann kam aus dem Medizin-Wickiup und stellte sich neben Eulenschnitzer. Er war trotz der klirrenden Kälte barhäuptig. Sein Haar war in der Art der Tapferen geschnitten. Der Schädel war kahl rasiert bis auf eine lange schwarze Skalplocke an der Seite. Sein Blick war düster und traurig, und schwere, bläuliche, fast schwarze Tränensäcke befanden sich unter den Augen. Seine Wangenknochen traten auffällig hervor, und sein Mund war breit und zog sich in den Winkeln nach unten bis zu den tiefen Falten zwischen Nase und Kinn.

Roter Vogels Herz schlug schneller, als sie sah, daß er zu diesem Anlaß auch Adlerfedern in seiner Skalplocke stecken hatte und beide Ohren mit Ketten aus kleinen weißen Perlen geschmückt waren. Er stand mit verschränkten Armen in seinem Büffelfellumhang, dessen Innenseite nach außen gekehrt und auf der eine rote Hand aufgemalt war zum Zeichen, daß er schon als Knabe seinen ersten Feind getötet und skalpiert hatte.

Als sein ernster Blick sie traf und bannte, glaubte sie, von einem aus großer Höhe herabsausenden Stein getroffen zu werden. Ihr war, als wisse der Kriegshäuptling der British Band um all ihre Geheimnisse. Sie hielt seinem Blick nicht stand und senkte die Augen auf die in ihrem Schoß liegenden, in den Fäustlingen steckenden Hände.

Eulenschnitzer hob den Arm und gebot Schweigen.

»Ich habe Schwarzer Falke, unseren Kriegshäuptling, rufen lassen, damit er zu Graue Wolke kommt. Von seinen Lippen hat er große Prophezeiungen vernommen«, sang er mit schriller und lauter Stimme.

Dann hatte Graue Wolke die Nacht also überlebt!

Vor Roter Vogels Augen verschwamm die Gestalt ihres Vaters, und wenn sie nicht bereits gesessen hätte, wäre sie bestimmt umgesunken. Nun aber erfüllte große Erleichterung ihre Brust und ließ sie fast zerspringen.

Um sie herum erhob sich erstauntes, erwartungsfrohes und neugieriges Gemurmel.

Der Schamane hob erneut die Hand. »Sonnenfrau, stehe auf und zeige dich dem Volk!«

Eine Zeitlang geschah nichts. Eulenschnitzer machte eine ungeduldige drängende Geste. Noch immer geschah nichts. Schließlich kam Schwarzer Falkes Hand unter seinem Büffelfell hervor, und sein Finger krümmte sich auffordernd.

Jetzt erhob sich die große Frau im Büffelfell aus der sitzenden Menge. Wohlwollendes und freundliches Gemurmel schlug ihr entgegen.

Sonnenfrau wandte sich der Versammlung zu. Auf Roter Vogel wirkte sie ruhig und gefaßt, auch wenn sie zuerst gezögert hatte aufzustehen.

»Diese Frau hat mir ihren Sohn gebracht und mich gebeten, ihn zum Schamanen auszubilden«, erklärte Eulenschnitzer. »Ich wollte das zuerst nicht, weil er kein reiner Sauk ist. Aber sie sagte zu mir: Versuche es wenigstens kurze Zeit mit ihm, damit du erkennst, was möglich ist. Das tat ich dann, und ich erkannte wirklich etwas in dem Knaben. Ich sah die in ihm schlummernden Kräfte.«

Die Menge murmelte verwundert. Schnelles Wasser und die Frau neben ihr flüsterten miteinander und warfen Roter Vogel neugierige Blicke zu. Roter Vogel bemühte sich aber, so beherrscht und unbeteiligt wie Sonnenfrau auszusehen.

»Ich habe ihn geprüft und gesehen, daß er mit seinen Träumen die Zukunft vorhersagen konnte, daß er seinen Geist auf Wanderschaft schikken konnte, während sein Körper still lag, und daß er mit den Geistern der Bäume und Vögel sprechen konnte. Ich sah also, daß er die Kräfte und Begabungen besaß, ein Schamane zu werden, und noch mehr...«

Er hielt inne und blickte streng in die Runde.

»Ich habe ihn hinauf zur heiligen Höhle geschickt. Dabei wußte ich wohl, daß er dort Geistern begegnen konnte, die so mächtig und groß sind, daß sie die Seele eines Menschen zerstören können.

Graue Wolke ging in die heilige Höhle und begegnete dort den großen Geistern, und er ging mit ihnen auf die Reise.« Er schrie seine Worte laut hinaus, und die Menge hielt den Atem an.

»Er ist dem Weißen Bären begegnet. Er hat mit der großen Schildkröte gesprochen, dem Vater des Großen Stroms. Und er hat eine Botschaft für Schwarzer Falke mitgebracht. Die große Schildkröte sagte ihm, daß Schwarzer Falke befehlen soll, wie es ihm gut dünkt.«

Das erregte Gemurmel wuchs an und legte sich erst wieder, als Eulenschnitzer mit seinem erhobenen Medizinstab erneut Schweigen gebot.

»Nachdem die große Schildkröte unsere Mutter, die Erde, erschaffen hatte«, fuhr er dann fort, »paarte sie sich mit ihr, und in ihrem Leib wuchsen alle Stämme. Sie lebten dort zuerst in warmem Dunkel, doch dann mußten sie ihren Weg aus ihrer Mutter finden. Da kam zu unseren Vorfahren ein noch älterer Geist, nämlich der Weiße Bär, der sie aus dem Leib unserer Mutter herausführte.

Als sie das Tageslicht erblickten, fanden sie sich inmitten feuerspeiender Berge. Unser Volk heißt Osaukawug oder Sauk, das Volk vom Ort des Feuers, weil wir von diesem wilden Ort in die Welt hinauszogen. Dort gab es nichts zu essen. Unser Volk war von nichts anderem als Steinen und Feuer umgeben. Es war hungrig und furchtsam und zürnte dem Weißen Bären dafür, daß er es an diesen Ort geführt hatte.

Doch der Weiße Bär zeigte ihm einen Weg durch die Wildnis der Berge und über viele große Schnee- und Eisfelder, bis er schließlich unsere Vorfahren hierhergebracht hatte in dieses gute Land, wo es auch Fisch und Wild gibt und grüne Savannen und Wälder voller Beeren und Früchte. Unsere Freunde, die Fox, das Volk der Gelben Erde, wurden unsere Verbündeten und vereinigten sich mit uns. Die große Schildkröte öffnete ihr Herz, und der Große Strom begann zu fließen. Unsere Vorfahren jagten und fischten in diesem Land, wo der Felsenfluß in den Großen Strom mündet. Am Felsenfluß erbauten sie unsere Stadt Saukenuk, wo sie fortan jeden Sommer lebten und ihre Frauen auf den Feldern die Drei Schwestern Mais, Bohne und Kürbis anpflanzten und züchteten. In Saukenuk wurden unsere Vorfahren auch nach ihrem Tode begraben.

Der Weiße Bär lehrte uns, daß wir den Sommer dort in dem Land westlich des Großen Stroms verbringen, aber hier im Ioway-Land jagen sollten. Seitdem haben wir Sauk, das Volk vom Ort des Feuers, immer hier am Großen Strom gelebt.«

Roter Vogel spürte, wie die höhersteigende Sonne ihren Rücken unter ihrem Büffelledergewand zu wärmen begann.

Eulenschnitzer rief mit seiner hohen, schrillen Prophetenstimme: »Der Weiße Bär ist zurückgekehrt! Er hat Graue Wolke auf seiner Geisterreise begleitet und geführt. Graue Wolke ist nun ein Schamane. Er muß seine Kräfte zwar noch richtig zu nutzen lernen, doch schlummern sie nun nicht mehr. Als neuer Schamane muß er auch einen neuen Namen bekommen. Er wird fortan allen Menschen bekannt sein als Weißer Bär!«

Rings um Roter Vogel erscholl zustimmendes Jubelgeschrei.

Eulenschnitzer kreuzte die Arme über der Brust zum Zeichen, daß seine Rede beendet war, und wandte sich zu Schwarzer Falke.

»So sei es«, stimmte Schwarzer Falke mit seiner rauhen, kratzenden Stimme zu. »Es war der Wille des Erschaffers der Erde, daß die British Band mit einem mächtigen neuen Geistergänger gesegnet sein soll. So soll dessen Name fortan Weißer Bär sein!«

Könnte auch ich eine Geisterreise unternehmen, dachte Roter Vogel, *könnte ich ebenfalls vor dem Volk stehen und es beraten.*

Und sie faßte einen plötzlichen Entschluß. *Eines Tages werde ich es tun.*

»Jetzt werdet ihr unseren neuen Schamanen sehen«, kündigte Eulenschnitzer an. Er trat zurück und zog das Büffelfell vom Eingang seines Wickiups.

In der Öffnung erschien ein hochgewachsener junger Mann, der sich beim Verlassen des Zeltes bücken mußte, dann aber hoch aufgerichtet vor der Menge stand. Roter Vogels Herz schlug schneller, und unwillkürlich richtete sie sich halb auf.

Trotz der Kälte war sein schlanker Leib bis zum Gürtel entblößt. Sie stöhnte, als sie seine zerschundene Brust sah.

Fünf lange, tiefe Kratzspuren zogen sich vom Halsansatz bis unter den Brustkorb mitten über seine blasse Brust. Das Blut war eingetrocknet und fast schwarz.

Rufe der Verwunderung und des Mitleids wurden laut. Alle hatten solche Striemen schon gesehen. Manchmal waren sie in die Rinden von Bäumen eingeritzt, manchmal in die halbaufgefressenen Kadaver der Beutetiere, auf die man im Wald im Sommer immer wieder einmal stieß.

Striemen von den Klauen eines Bären.

Sein Name war jetzt Weißer Bär. Roter Vogel flüsterte leise seinen Namen und sah nichts anderes mehr als diesen schlanken Körper. Sie hörte nichts mehr als den Klang seines neuen Namens.

4

Der Herr von Victoire

Raoul warf sich in den See. Hinter sich hörte er das Gebrüll des riesigen Potawatomi-Häuptlings Schwarzer Lachs. Das Wasser widerstand seinen Füßen wie Sirup. Schwarzer Lachs umschloß Raouls Hals und drückte ihm den Atem ab. Er wand sich und zappelte hilflos, während der Potawatomi ihn ans Ufer zurückschleppte.

Die Peitsche des Indianers schnitt tief in seinen Rücken. Er spürte, wie seine Haut platzte und aufriß und das Blut hervorschoß. Er fühlte sich nur noch als blutender, vor Schmerz gelähmter Klumpen Fleisch.

Andere Potawatomi hatten Hélène, weiß und blond, die Kleider vom Leib gerissen. Sie tanzten um sie herum, während sie sich vor Scham zusammenkauerte und notdürftig ihre Blöße zu bedecken versuchte.

Die Indianer waren ebenfalls nackt und protzten mit ihren erigierten Gliedern, die groß wie Knüppel waren. Einer stürzte in den Kreis und riß wie ein Tier ein Stück Fleisch aus Hélènes Schulter. Hellrotes Blut floß an ihrem Arm hinunter.

Raoul riß sich von Schwarzer Lachs los und schlug sich einen Weg durch die geil um sie herumtanzenden Krieger, um seiner Schwester zu Hilfe zu eilen. Sie lag rücklings im Sand und wand sich vor Schmerzen.

Überall am Leib hatte sie Bißwunden, jede einzelne ein lautlos schreiender offener Mund. Eine ihrer Brüste war blutüberströmt.

Nun fielen die Indianer mit ihren Skalpmessern in den Händen über ihn her und warfen ihn neben Hélène zu Boden. Schwarzer Lachs war ebenfalls wieder herbeigekommen und peitschte ihn aus, bis seine ganze Haut blutig war. Die Rothäute rissen ihm die letzten Kleidungsfetzen vom Leibe.

Mit gelben und schwarzen Streifen bemalte grimassierende Gesichter umstanden sie im Kreis. Sie fletschten ihre scharfen Zähne wie knurrende Hunde. Sie fraßen ihn vermutlich bei lebendigem Leibe.

Dann erschienen in ihrer Mitte sein Vater und sein Bruder Pierre mit marmorbleichen, aber ruhigen Gesichtern. Sie blickten ungerührt, aber neugierig auf ihn herab, wie er sich in seinem Todeskampf wand.

Raoul versuchte zu schreien. »Papa, Pierre, helft uns doch! Sie töten uns!«

Doch kein Laut entrang sich seiner Kehle außer einem wenig hilfreichen schwachen Röcheln. Er hatte keine Stimme mehr.

»Du hättest sie nicht so in Wut bringen dürfen«, sagte Papa.

Einer der Wilden hielt ein langes dünnes Häutungsmesser in der Hand und packte Raouls Hodensack, auf den er langsam sein Messer niederließ.

Raoul schrie seinen Vater und seinen Bruder verzweifelt an. Immer wieder preßte er Luft durch seine schmerzende Kehle, doch er brachte nicht als ein albernes Quieken und ein etwas lauteres Stöhnen hervor.

Dann griff Pierre mit seiner marmorbleichen Hand nach ihm. Gott sei Dank.

Doch sobald ihre Finger sich berührten, riß Pierre seine Hand zurück und verschwand.

Raoul spürte das Messer des Indianers mitten durch den Hodensack zwischen seinen Beinen fahren. Jetzt endlich entrang sich ihm ein Schrei aus vollem Halse.

»Raoul!«

Schweißüberströmt setzte er sich im Dunkeln auf. Er fühlte nach ihm greifende Arme und wehrte sie ab.

»Raoul! Wach auf!«

Schwer atmend sagte er sich im stillen seinen Namen vor. *Ich bin Raoul François Philippe Charles de Marion.* Er wiederholte ihn mehrmals.

Er saß in der Dunkelheit in einem Bett. Jemand war neben ihm. Kein Indianer, auch nicht seine schon lange tote Schwester Hélène. Er rang nach Atem wie nach einem Wettlauf.

Er versuchte seine Gedanken zu ordnen. Sein Herz schlug noch immer dröhnend gegen seine Rippen, seine Hände zitterten, und er war am ganzen Leibe eiskalt.

Dieser entsetzliche Traum. Seit einem Jahr oder länger war er nun von ihm verschont geblieben.

»Gottchen, muß du aber einen schlimmen Traum gehabt haben! Du hast ja richtig geschrien.«

Das Mädchen mit den langen blonden Haaren und den wasserblauen Augen neben ihm starrte ihn im Halbdunkel des Lichts, das durch die Ritzen der Fensterläden fiel, an.

Clarissa. Richtig, Clarissa Greenglove. Er sah auf sie hinunter. Wärme floß in seinen Körper zurück und zuerst – bei dem Gedanken daran, was sie vergangene Nacht miteinander gemacht hatten – in seine Lenden. Fünfmal – nein: sogar sechsmal! – hatte er gekonnt, mehr als jemals in seinem ganzen Leben!

Noch immer atmete er schwer von dem Schrecken seines Alptraums, doch der Anblick ihrer Nacktheit half ihm, ihn allmählich zu verdrängen.

Nie zuvor war er mit so einem hübschen Weib im Bett gewesen.

Sie blickte an sich hinab und zog das Laken hoch, um sich die Brust zu bedecken.

»Nicht«, sagte er und zog ihr das Laken wieder weg; nicht übermäßig sanft.

Er begann mit seinen Händen ihre beiden Brüste zu kneten und dann die Warzen zu reizen, bis sie groß und steif wurden. Sie schloß die Augen und stöhnte wohlig.

Sie hatte diese Nacht wirklich genossen. Sie hatte gestöhnt und geseufzt und gewimmert und geschrien und ihn geleckt und gebissen und sich gewunden und hin und her geworfen wie eine arme Seele im Fegefeuer! Ihr Gebaren hatte ihn beflügelt wie noch nie. Kein Wunder, daß er imstande gewesen war, sie so oft zu besteigen! Als alles vorbei war, hatte sie in seine Schulter geschluchzt, fast eine Stunde lang. Vor lauter Glück darüber, was er ihr alles geboten hatte, hatte er gedacht. Die Laken waren jetzt noch schweißnaß, und die Luft in der kleinen Schlafkammer hier oben war stickig und roch und schmeckte nach ihren intimen Absonderungen…

Die Rothäute hatte er noch immer nicht ganz aus dem Kopf. Sie tobten dort nach wie vor herum, und er war noch immer etwas verschreckt. Er konnte nicht hier im Dunkeln sitzen bleiben, das hielt er nicht aus.

»Zünde eine Kerze an«, bat er sie. »Das Feuerzeug liegt dort auf dem Tisch.«

Sie zögerte. »Kann ich mich zuerst anziehen?«

Er lachte auf. »Wozu denn das, zum Teufel? Nach dieser Nacht? Ich kenne dich jetzt schließlich in- und auswendig, Clarissa!«

Sie kicherte und stieg aus dem Bett. Er blieb sitzen, die Arme um die angezogenen Knie geschlungen, und sah ihr zu.

»Es ist kalt hier draußen!« jammerte sie.

»Dann beeile dich eben und zünde die Kerze an, damit du wieder ins Bett kommen kannst.« Die kühle Märznachtluft pfiff durch die Schindelritzen der Holzwände und Fensterläden. Und obgleich der Gasthauskamin direkt hier herauf durch die Kammer lief, half das nicht sehr viel. Offenbar hatten sie unten im Gastzimmer das Feuer ausgehen lassen.

Clarissas weiße, rundliche Gestalt weckte neue Kräfte in ihm. Die Frauen, die er bisher gehabt hatte, viele von ihnen in ebendiesem Bett hier, waren alle älter gewesen als er und auch ziemlich verbraucht. Sie zu besitzen und anzusehen war kein besonderer Genuß gewesen. Anders bei Clarissa. Sie war genau im richtigen Alter. Alt genug, um ihn reingeschoben zu kriegen, und jung genug, um noch schlank und festen Fleisches zu sein. Sie mußte so sechzehn, siebzehn sein, schätzte er. Er hatte mit Frauen geschlafen, seit er sechzehn war, nun schon sieben Jahre lang. Noch nie hatte er eine bessere Nacht verbracht als die letzte mit Clarissa.

Wieso hatte er ausgerechnet nach einer so tollen Nacht wieder diesen Traum gehabt?

Als der ölgetränkte Zunderstoffball Feuer fing und Clarissa die Kerze daranhielt, kam der Alptraum erneut. Zwischen den peinigenden Bildern von blutigen Gliedmaßen und angemalten Gesichtern und zerfetzten weißen Leibern voller Blut kam ihm der Grund für diesen Alptraum wieder in den Sinn. Die Erinnerung bedrückte ihn, und sein freudiger Stolz, neben einem hübschen jungen Mädchen erwacht zu sein, war wie weggeblasen.

Er hörte wieder die verblüfften, zornerregten Worte aus Armand Perraults dichtem braunem Vollbart.

Ich habe heute morgen zufällig Ihren Bruder Monsieur Pierre mit Ihrem Vater reden gehört. Er sprach davon, wie er immer das Gefühl gehabt habe, seine indianische Sauk-Frau und ihren gemeinsamen Sohn im Stich gelassen zu haben, als er hierher zurückkam und Madame Marie-Blanche heiratete. Jetzt, sagte er, da er Witwer ist, möchte er ihr und dem Jungen Gerechtigkeit widerfahren lassen.

Diese Geschichte mit einer Sauk-Frau und einem Sohn hatte Pierre nie erwähnt.

Eine Indianerhure seine *Frau* zu nennen! *Mein Bruder, der Herr von Victoire, der Mann einer Squaw! Vater eines Bastards.*

Armand hatte etwas säuerlich hinzugefügt: »Sieht so aus, als sei Monsieur Pierre ganz groß darin, Frauen Unrecht zu tun, wie?«

Er hatte gewußt, was Armand damit gemeint hatte. Auch ihm waren die Gerüchte nach Marie-Blanches Tod zu Ohren gekommen, daß Pierre offenbar in seinem Schmerz nicht mehr wußte, was er tat, und Armands Frau ein- oder zweimal, um sich zu trösten, mit in sein Bett genommen hatte.

Aber was war das schon gegen das, womit Pierre jetzt drohte!

Indianer, in unserem Haus! Ein Squaw im selben Bett, in dem Pierre zuvor mit der guten Marie-Blanche geschlafen hatte!

Wie konnte Pierre so etwas tun, nach allem, was die Indianer mit Hélène gemacht hatten? Nachdem Raoul zwei Jahre lang von Schwarzer Lachs geschlagen und als Sklave gefangengehalten worden war? Wie konnte Papa das zulassen?

Clarissa wandte sich zu ihm um. Sie hielt den kleinen Kerzenhalter mit der brennenden Kerze vor sich. Sie schien nicht mehr zu schamhaft zu sein, sich vor ihm nackt zu zeigen. Er betrachtete genüßlich ihre melonenförmigen Brüste, die schmale Taille und das braune Haarpolster an der Stelle, wo ihre langen Beine an ihrem breiten Becken endeten.

Er hatte sie schon oft begehrt, seit er ihren Vater Eli Greenglove als Hilfe in seinem Handelsposten eingestellt hatte, es aber immer unklug gefunden, sich näher auf sie einzulassen. Mit Eli war nicht zu spaßen. Aber dies alles hatte letzte Nacht keine Rolle gespielt.

Nachdem Armand ihm die schlechte Nachricht mitgeteilt hatte, hatte er sich dem Kentucky-Whiskey – dem Old Kaintuck – und Clarissa überlassen. Er hatte mit ihr in der Schankstube zu der Fiedel von Registre Bosquet getanzt, nur um sich von dieser unerwarteten Beleidigung durch Pierre abzulenken, die ihn wirklich schockiert hatte. Spät am Abend war er dann hinter Clarissa her die Treppe zu seiner Schlafkammer in dem Wirtshaus hinaufgestolpert, die Hände schon unter ihrem Rock und an der seidenweichen Haut ihrer Beine. Dann nichts wie ins Bett mit ihr und – trotz Whiskeys! – sogar sechsmal!

Jetzt am Morgen trübte ihm die Erinnerung an Pierres Verrat die Stimmung.

Eine Squaw und ein rothäutiger Bastard! Nicht einmal als Diener wollte Raoul Indianer auf dem Besitz haben! Nun hatte Pierre tatsächlich ernsthaft vor, diese Wilden als Familienmitglieder hierher nach Victoire zu holen!

Ein plötzlicher scharfer, beißender Schmerz an seinem Hinterteil unter der Decke ließ ihn hochfahren. Er schlug zornig zu. Verdammte Flöhe und Bettwanzen! Die Frau von Levi Pope wusch die Bettwäsche des Wirtshauses offensichtlich ziemlich selten, diese Schlampe!

Wenn ich eine Frau hätte, würde ich dafür sorgen, daß in meinen Bettlaken keine Wanzen wären!

Clarissa stellte die Kerze auf den Nachttisch und kam wieder zu ihm ins Bett. Sie streichelte ihm den Rücken.

Ihr Gesicht war nahe seinem. Er mochte ihre Arme und Beine und Hüften und Brüste, machte sich aber gar nichts aus ihrem schmalen Kinn und den ausgebleichten blonden Haaren und den wasserblauen Augen und dem braunen Fleck auf einem ihrer Vorderzähne.

Sie sagte: »Du hast da ja überall Narben auf dem Rücken. Da hat dich aber jemand schlimm verprügelt. War das dein Pa?«

»Mein Papa?« Der Gedanke ließ ihn lächeln. »Aber nein, so einer ist der alte Herr nicht.«

Aber er ist so einer, der mich eine Zeitlang glatt vergaß. Der mich 1812 von den Indianern fangen ließ und es nicht vor 1814 fertigbrachte, mich zu finden und auszulösen, der es aber tatsächlich zuläßt, daß mein Bruder Indianer in unser Haus bringt.

Die Narben. Diese Narben erinnerten ihn jeden Tag seines Lebens an den August 1812 in Fort Dearborn. Diese Erinnerungen ließen auch innerliche Narben zurück. Zehn Jahre alt, kauerte er damals mit den anderen weißen Gefangenen aus Fort Dearborn in dem Indianerlager zusammen, als die Krieger mit ihren Tomahawks grinsend auf sie zukamen.

So wie in seinem Traum war es nicht wirklich geschehen. Die Potawatomi hatten einen Mann, einen einfachen Soldaten, hochgezerrt. Er bettelte um sein Leben, aber sie schleppten ihn hinüber zum Feuer. Entsetzt hatte er sich an Hélène gepreßt, die neben ihm auf dem Boden hockte, und sie hatte den Arm um ihn gelegt und ihn festgehalten.

Seine Schwester Hélène hatte am gleichen Morgen mit angesehen, wie ihrem Mann die Kehle durchgeschnitten und wie er anschließend skalpiert worden war, als die Indianer hinter den fliehenden Soldaten von Fort Dearborn herangestürmt kamen und die Zivilisten aus dem kleinen Dorf Checagou flüchteten. Aber irgendwie war Hélène nach Henris schrecklichem Tod dennoch ruhig und gefaßt und stark geblieben, und instinktiv wußte er: seinetwegen.

Er hatte die Augen geschlossen und hörte nur, wie die Prügel auf den Kopf und in den Leib des Soldaten am Feuer krachten, und dessen Schreie und die Stille des Todes, als sie verstummt waren. Das Leben eines Menschen hatte geendet; einfach so. Er zitterte und verbarg sein Gesicht in Hélènes Seite. Die anderen Gefangenen ringsherum, Männer und Frauen, weinten und beteten.

Dann holten die Indianer noch einen Soldaten. Sie banden ihn an einen Pfahl und schnitten ihm mit scharfgeschliffenen Muschelschalen Fleischstücke aus dem Leib, stundenlang, bis er verblutet war.

Schließlich kamen sie zurück, um sich ein drittes Opfer zu holen, und blickten suchend unter den Gefangenen umher, mit funkelnden Augen und wie Monstermasken bemalten Gesichtern. Sie stanken nach dem Whiskey, den sie ununterbrochen soffen. Er war sich sicher, daß sie diesmal ihn holen würden.

Doch sie nahmen Hélène mit.

Bis zum heutigen Tag hatte er ihre letzten Worte nicht vergessen. Sie sagte sie gefaßt und ernst, während die Potawatomi sie schon an den Armen packten.

»Ich gehe jetzt zu meinem Henri. Bete zur Muttergottes für mich, Raoul.«

Zusammen mit einer anderen Frau hatten die Indianer sie in den Wald geschleppt.

Doch die Potawatomi-Squaws saßen um das Feuer herum und schnatterten miteinander. Sie lachten, als eine der beiden Frauen im Wald schrie. Er hatte nicht glauben wollen, daß einige dieser Schreie aus der Kehle seiner Schwester kamen.

Die anderen weißen Gefangenen verbargen hilflos ihre Gesichter und beteten und weinten, und die Männer fluchten.

Er hatte sich selbst verachtet, weil er Hélène nicht zu Hilfe zu kommen versuchte. Aber er konnte sich vor Angst nicht einmal bewegen. Nicht einmal schreien oder weinen. Auch jetzt, dreizehn Jahre danach, wieder einmal darüber brütend, bestätigte er sich selbst, daß ihn die Indianer beim kleinsten Versuch, Hélène zu Hilfe zu kommen, zu Tode geprügelt hätten. Außerdem war er damals doch gerade erst zehn Jahre alt gewesen. Kein Gedanke vermochte jedoch seine Schuldgefühle zu verringern. Er hätte ihr beistehen müssen. Er hätte bis zum Tod für sie kämpfen müssen. Niemals konnte er sich das vergeben.

Warum haben wir nicht alle bis zum Tod gekämpft? Wäre es nicht besser gewesen, sich selbst mit bloßen Händen auf die Indianer zu stürzen und dabei getötet zu werden, als das alles geschehen zu lassen?

Doch genausowenig konnte er Papa und Pierre vergeben. Sein Vater und sein Bruder hatten ihn Hélènes Obhut in Fort Dearborn überlassen, wo ihr Mann Henri Vaillancourt die Zweigstelle von Papas *Illinois Fur Company* leitete. Als immer klarer wurde, daß ein zweiter Krieg zwischen England und den Vereinigten Staaten ausbrechen würde, hatte Papa erklärt, die Landpreise in Illinois seien nun so niedrig, wie sie nie mehr sein würden, und brach auf, um so viel wie möglich davon für den Familienbesitz zu kaufen. Pierre war zu den Sauk und Fox am Felsenfluß gegangen, um mit ihnen zu handeln und ihnen auch Land abzukaufen.

Raoul war ganz froh gewesen, daß sie ihn bei Hélène gelassen hatten. Sie war, solange er denken konnte, wie eine Mutter für ihn gewesen. Seine wirkliche Mutter, hatte sie ihm sanft erklärt, war seit seiner Geburt im Himmel.

Als er keine Schreie mehr aus dem Wald gehört hatte, war ihm klar gewesen, daß sie nun auch im Himmel war.

Am nächsten Morgen, als die Indianer zurück zu ihrem Dorf aufbrachen und ihre gefesselten Gefangenen mitschleppten, hatte er sie noch einmal gesehen, nackt und tot, mit Hunderten von Messerstichen im ganzen Leib. Sie lag, mit dem Gesicht nach unten, halb in der Uferbrandung des Michigansees. Auf ihrem Kopf war ein runder, roter Fleck. Später sah er den tapferen Krieger, der sich ihren Skalp mit dem unverkennbaren langen silberblonden Haar an den Gürtel gebunden hatte. Es war zweifellos Hélènes Haar, das von dem kreisrunden Stück Kopfhaut herabhing.

Ihn hatten die Indianer nicht getötet. Vielleicht war er ihnen mit seinen zehn Jahren zu jung gewesen, um ein ehrsames Opfer abzugeben, aber offensichtlich alt genug, um für sie zu arbeiten. Also hatte Schwarzer Lachs ihn zu seinem Sklaven gemacht. Es war gleichgültig, ob er fleißig oder faul war, Schwarzer Lachs ließ keinen Tag vergehen, ohne ihn zu prügeln, und zu essen bekam er von ihm nichts als Eingeweide und groben Maisbrei. Erst als er zwei Jahre lang diese Sklaverei ertragen hatte, fand ihn sein Vater Elysée und kaufte ihn los.

Das Entsetzliche, das die Indianer Hélène angetan hatten, begriff er erst, als er älter war. Sie mußten sie zahllose Male vergewaltigt haben. Raoul verabscheute sich und Pierre und Elysée dafür, daß sie dies hatten geschehen lassen.

Am meisten jedoch verabscheute er die Indianer. Indianer sollten fortan in Victoire leben? Er mußte Pierres Absicht schnellstmöglich vereiteln. Er mußte sich sofort anziehen und sein Pferd satteln und hinauf zum Château reiten und seinen Vater und seinen Bruder direkt zur Rede stellen.

Aber würden sie ihn verstehen? Pierre mit seiner albernen Humanitätsduselei, der jahrelang bei den Sauk und Fox gelebt und dort sogar mit einer dieser schmutzigen Squaws geschlafen hatte? Elysée, der sich dauernd in seine Bücher vergrub? Er erinnerte sich an ihre steinernen Gesichter, aus seinem Traum.

Sie hatten ihn nie verstanden.

»Woher hast du diese Narben dann?« wollte Clarissa wissen, und er schreckte aus seinen Gedanken hoch. Sie fuhr mit ihren Fingern über die harten Wülste auf seinem Rücken.

Er erzählte ihr von Schwarzer Lachs. »Er prügelte mich noch lieber, als er den Whiskey mochte. Und besonders gern verprügelte er mich, wenn er Whiskey getrunken hatte.«

»Armer Raoul! Als so kleiner Junge!« Clarissas Gesichtsausdruck war voller Mitgefühl. »Oh, wie leid du mir tust!« Sie zog ihn an sich.

Er barg den Kopf an ihrer Brust und nahm ihre Brustwarze in den Mund und reizte sie mit den Zähnen. Sie legten sich zusammen wieder hin, und er genoß die weiche, federngefüllte Matratze und die prallen vollen Kissen, in denen sie versanken.

Gütiger Himmel, wurde er tatsächlich noch einmal hart und bekam Lust auf ein siebtes Mal? Voller Stolz schlug er die Decke zurück und ließ sie sehen, was er für sie bereit hatte. Einladend lächelte sie zu ihm empor, und ihre wasserblauen Augen schimmerten feucht im Kerzenschein.

Doch, er konnte sie ganz gut gebrauchen, um seinen Kummer wegen Pierre und seiner rothäutigen Frau und deren Sohn noch ein Weilchen länger zu vergessen.

Heftiges Klopfen an der Tür beendete die neue Aufwallung von Begierde und Lust.

Clarissa hielt den Atem an und ließ Raoul los. Sie zog geschwind die Bettdecke über sich.

Raoul legte den Finger auf den Mund und rief: »Wer ist da?«

»Eli«, kam die Antwort von draußen.

Raouls Herz begann erneut heftig zu schlagen, ebenso heftig wie beim Erwachen aus seinem Alptraum.

»O Gott, mein Pa!« flüsterte Clarissa.

Es klang verängstigt. Wenn auch nur einen Hauch verängstigt, fand Raoul. Er musterte sie mißtrauisch. Ihre Augen waren aufgerissen. Wie ein Kind, das bei einer Missetat ertappt worden ist und es dennoch abzustreiten versucht. Hatten Eli und seine Tochter das etwa geplant?

Wußte Eli, daß Clarissa hier bei ihm war? Er war zu betrunken und sorglos gewesen, um aufzupassen, ob ihn jemand beobachtete, als er sie gestern abend mit heraufnahm.

Er fühlte einen Klumpen im Magen, als er zur Tür ging. »Was ist, Eli?« fragte er und hoffte, seine Stimme klang fest genug. Im Augenblick war er auf seine Nacktheit nicht mehr stolz.

»Dachte mir, Ihr solltet erfahren, was ich grade drüben im Pelzladen hörte, Raoul.«

»Und wer ist jetzt bei den Pelzen?« Der Pelzladen war bis obenhin voll mit Fellen. Biber, Dachs, Fuchs, Waschbär, Skunk. Weiterhin wertvolle Handelsgüter. Pausenlos kamen und gingen zu dieser Jahreszeit Indianer. Er war froh gewesen, daß er den größten Teil des Pelzhandelsgeschäfts Eli hatte überlassen können. Er ertrug den Umgang mit Indianern einfach nicht.

»Ich habe Otto Wegner bei ihnen gelassen«, antwortete Eli. »Raoul, draußen in der Bleimine sind Indianer.«

Mit einem Schlag hatte Raoul seine Furcht, mit Clarissa ertappt zu werden, vergessen. Dafür wallte ein mächtiger Zorn in ihm auf, als koche heißes Öl in ihm über. Indianer, Indianer, ewig diese Indianer! Zuerst schlichen sie sich in seine Familie ein, und jetzt überfielen sie auch noch seine Mine!

»Blei suchen sie, wie?« knurrte er. »Na, das können sie haben. Eine Ladung Blei können wir ihnen gerne verpassen. Hole ein paar Leute zusammen, gute Schützen, und wartet unten in der Wirtsstube auf mich.«

Eine Zeitlang war draußen nichts zu vernehmen, und er überlegte, was Eli auf der anderen Seite der Tür wohl tun und denken mochte.

Schließlich ertönte seine Stimme. »Gut, Raoul, ich warte unten.«

Damit wären wir ihn für den Moment los.

Aber wenn Eli und Clarissa eine kleine Falle für ihn gebaut hatten, um ihn in die Ehe zu drängen, dann kam er nicht so einfach da heraus.

Pierre, der eine Indianerfrau samt Sohn ins Haus bringen wollte, und Clarissa, die ihm eine Heiratsfalle baute – allmählich hatte er das Gefühl, mitten in einen Hinterhalt hineingestolpert zu sein.

Und nun auch noch Indianer in der Mine.

Er blickte verstohlen zu Clarissa, die noch immer nackt im Bett saß, zwischen den Kissen in dem grobgezimmerten Bettgestell, Laken und Decke schamhaft bis zu den Schultern hochgezogen. Er ging zu ihr hin und sprach leise genug, um von draußen nicht gehört werden zu können.

»Ich muß zur Mine hinausreiten und nehme deinen Vater mit«, sagte er fast flüsternd, »Warte hier, bis du uns fortreiten gehört hast, und geh dann raus. Aber paß auf, daß dich niemand sieht!«

Sie hatte immer noch verschreckte große Augen. »O Raoul, wenn er mich hier bei dir fände, würde er mich schlimmer verprügeln als dich jemals die Indianer.«

Er beugte sich vor und legte ihr sanft, aber fest die Hand um den Hals. »Wenn er jemals von dir erfährt«, sagte er, »daß wir zusammen waren, dann kriegst du noch schlimmere Prügel von mir.«

Unten in der Wirtsstube gab Eli mit keinem Zeichen zu erkennen, ob er von Clarissas Anwesenheit oben in Raouls Kammer wußte. Er war ein kleiner, hagerer Mann, dessen schütteres blondes Haar schon grau zu werden begann. Aber wo, dachte Raoul, glaubte er, war seine Tochter? Vielleicht wußte er es doch und wartete nur den richtigen Zeitpunkt ab?

»Der Winnebago war mit einem Bündel Pelze da heute morgen«, berichtete Eli. »Er sagte, für einen Whiskey extra könnte er mir was erzählen, was mich sicher interessieren würde. Also gab ich ihm einen, und er sagte mir, daß er gestern, als er hergeritten kam, Rauch von der Prärie aufsteigen sah. Er schlich sich heran und erkannte drei Sauk, die Bleierz aus der Mine geholt hatten und es ausschmolzen.«

Eli hatte bereits drei Männer zusammengetrommelt, die mit Raoul reiten sollten. Zu ihnen gehörte Levi Pope, ein großgewachsener *Sucker*, so genannt wie alle Leute aus Illinois, mit scharfgeschnittenem Gesicht. Er trug ein langes Kentucky-Gewehr, das ihm fast bis zur Schulter reichte. Otto Wegner, ein Veteran der Armee des Königs von Preußen, war auch dabei. Er war sechs Fuß drei groß und hatte breite Schultern. Seinen dichten Schnauzbart hatte er so weit wachsen lassen, daß er sich mit den Koteletten vereinigte. Der Dritte schließlich war Hodge Hode, wie Eli ein *Puke* – der Name für die Leute aus Missouri. Er war ein Riesenkerl, so groß wie ein Grizzlybär, und trug einen Lederanzug mit Fransen. Unter seiner Waschbärenmütze hing wild und verfilzt rotes Haar bis auf seine

Schultern herab, und sein ebenso roter Bart verbarg drei Viertel seines Gesichts. Wie Eli hatten die drei außer ihren langen Gewehren Revolver in ihren Gürteln stecken, Pulverhörner über den Schultern hängen sowie Jagdmesser in den Vordertaschen ihrer Lederwämser.

Raoul ließ für jeden einen Whiskey kommen, seinen eigenen guten, den Old Kaintuck aus einem leinwandüberzogenen Steinkrug, nicht den gewöhnlichen Kornfusel, den er in der Wirtsstube vom Faß ausschenkte. Dann brachen sie alle zusammen auf. Im Hof standen ihre Pferde bereit, für Raoul sein kastanienbrauner Hengst Banner.

Mon domaine, dachte er stolz, als er um sich blickte. Die ganze Handelsniederlassung war von einem zwanzig Fuß hohen Palisadenzaun aus senkrecht in den Boden geschlagenen Pfählen umgeben. Rundherum führte ein Wehrgang, und an jeder Ecke stand ein Wachtturm. Am Mast auf dem Südwestturm flatterte die Fahne der Vereinigten Staaten, dreizehn Streifen und vierundzwanzig Sterne, darunter die Fahne der *De Marion Illinois Fur Company*, ein Pfeil und eine Muskete gekreuzt hinter einem Biberfell.

Das beherrschende Gebäude innerhalb der Palisaden war das große Blockhaus auf einem festen Kalksteinsockel. Das Obergeschoß mit Schießscharten hing über und war mit Balken zusätzlich verstärkt. Er selbst hatte es gebaut, als Verteidigung der Handelsstation, in Erinnerung an seine Erlebnisse in Checagou. Pierre und Papa mochten es immer für einen übertriebenen Aufwand an Arbeit, Zeit und Kosten gehalten haben. Aber wo waren sie gewesen, als sie gebraucht wurden?

Nicht weit neben der Ostseite des großen Blockhauses stand das Gasthaus, aus dem sie eben gekommen waren. Es war ebenfalls ein Blockhaus, unten mit einer Wirtsstube, oben mit Schlafzimmern. Westlich davon befand sich der Pelzladen und in der Nordwestecke das Lager, ein fensterloser Würfel aus Kalksteinblöcken, umgeben von einer eigenen mannshohen Palisade. Darin lagerten die Pulversäcke und -fässer, die über den Handelsposten hier liefen.

Sie ritten zum Tor hinaus, auf dessen Bogen DE MARION stand. Die Buchstaben bestanden aus Holzstücken, die Raouls Schwager Frank Hopkins, Zimmermann und Drucker, liebevoll zusammengefügt hatte.

Raoul blickte noch einmal auf die Stadt Victor hinunter. Sie war an dem steilen Hang unterhalb der Handelsstation entstanden. Von hier aus war sie fast vollständig zu überblicken; sein Blick flog über die Holzhäuser mit ihren ascheweißen Holzkaminen entlang der gewundenen Straße. Die Häuser waren alle westwärts ausgerichtet, mit den Rückseiten am Kalksteinhang. Nach Norden und Süden hin erstreckte sich meilenweit das flache Uferland des Mississippi. Die alljährlichen Frühlingshochwasser schufen einen der fruchtbarsten Ackerböden der Welt, machten es aber auch nötig, alle Häuser oberhalb der Hochwassergrenze an den Hängen zu bauen.

Er wies Banner mit dem Zügel die Richtung und führte seinen kleinen Trupp im Schrittempo den ostwärts laufenden Bergpfad entlang. Jetzt kam Victoire in Sicht, das Château, das sein Vater und sein Bruder am Rande der Prärie gebaut hatten. Das Erdgeschoß bestand wie sein großes Blockhaus aus solidem Stein und die beiden Obergeschosse aus balkenbehauenem Holz. Eines Tages, dachte er, als sie den Hügel passierten, auf dem ganz oben das große Haus stand, zöge er als Herr auf Victoire ein.

Sie ritten weiter, an den großen Holzscheunen und Viehunterständen vorbei, bei deren Bau er geholfen hatte. Sie folgten dem schmalen Pfad durch die Mais- und Weizenfelder und Obstgärten, deren Bäume wenig größer als mannshoch waren, aber bereits Äpfel und Pfirsiche trugen. Noch weiter draußen weideten die Rinder und Pferde auf dem weiten Grasland, das sich wie Ozeanwellen weit nach Osten hin erstreckte.

Fünf Meilen vom Mississippi entfernt kamen sie zum Grenzstein, der mit einem M markiert war und das östliche Ende von Victoire darstellte. Von hier aus sah man bereits, gute zehn Meilen oder mehr in der Ferne, das Zeichen der Indianer. Lange, in den Himmel aufsteigende Rauchsäulen zogen nordostwärts, bis sie in die weißen Wattewolken des Himmels übergingen. Der Eingang der Mine befand sich am Fuße einer Bergschlucht, die der Pfirsichfluß in die Prärie gegraben hatte. Der Rauch bewies eindeutig, daß die Indianer dort Blei schmolzen.

Nach einem langen weiten Ritt erreichten sie schließlich den kleinen Fluß. Die fünf Männer lenkten ihre Pferde aus der Windrichtung, die der Rauch anzeigte. Indianer, war die allgemeine Überzeugung, hatten Nasen wie Hunde.

Raoul führte seine Leute bis zum Rand der Bergschlucht. Sie bewegten sich leise die Schlucht entlang, bis sie die Indianer unten sahen. Sauk oder Fox, erkannte Raoul an ihren rasierten Köpfen mit dem Haarstreifen in der Mitte. Einer von ihnen stand am Mineneingang und hielt einen Hautsack, gefüllt mit Galenit. Die anderen beiden legten Holz in ihr Schmelzfeuer. Ihre sechs Pferde, drei Reit- und drei Lasttiere, standen wenige Meter daneben am Flußufer.

Die Schmelzfeuerstelle der Indianer war ein einfaches in den Boden gegrabenes Loch, am Boden mit Steinen ausgelegt und aufgefüllt mit Holzscheiten und Reisig. Sie schmolzen den Bleiglanz aus und ließen die Schmelze über eine Rinne in eine rechteckig ausgehobene Bodenmulde abfließen. Raoul zählte fünf bereits erstarrte und abgekühlte und neben der Mulde gestapelte Bleibarren. Offenbar waren sie bereits seit dem Ende des Winters hier am Werk. Sie schienen zu glauben, die Weißen bemerkten ihr Tun hier gar nicht, da die Mine so weit von der Stadt entfernt lag.

Der Handelspreis für Blei in der Grube oben in Galena, der neuen *Boomtown*, die nach dem Bleierz benannt worden war, lag bei siebzehn Dollar für tausend Pfund. Wenn diese Indianer da unten schon seit der Schneeschmelze am Werk waren, dann mochten sie ihm mittlerweile Blei im Wert von zirka zweihundert Dollar gestohlen haben.

Er glaubte die beiden Indianer am Schmelzfeuer zu erkennen. Letzten Herbst waren sie bei ihm gewesen, als er die Mine beaufsichtigt und ihre Vergrößerung in Angriff genommen hatte, bevor sie den Winter über zugemacht werden mußte. Sie hatten behauptet, die Mine gehöre ihnen, worauf er ihnen kühl bedeutet hatte, sie sollten sich zum Teufel scheren. Als sie das nicht rasch genug getan hatten, hatte er zusammen mit seinen Leuten die Flintenhähne gespannt. Wäre besser gewesen, sie damals wirklich abzuknallen.

Er griff nach dem verzierten Kolbengriff seiner Vorderladerpistole, die er am Gürtel trug, und zog sie aus dem Halfter.

»Schießt!« rief er und richtete sich auf, streckte den Arm, zielte über den Pistolenlauf und schoß auf den ihm am nächsten stehenden Indianer am Schmelzfeuer.

Zugleich gingen die vier anderen Gewehre los. Er stand mitten in dem scharfriechenden Pulverdampf. Der Indianer, auf den er gezielt hatte, sank in die Knie und fiel dann vornüber. Der andere rannte zu seinem Pferd und sprang hinauf.

Die Narren haben alle auf den gleichen Mann gezielt, fluchte Raoul im stillen und machte sich selbst Vorwürfe, nicht jedem seiner Leute sein Ziel genannt zu haben.

Der dritte Indianer am Eingang der Mine war verschwunden. Sein Ledersack lag noch da, er hatte ihn einfach fallen lassen.

»Verdammt«, schimpfte Raoul, »wenn diese Rothaut auf dem Pferd entkommt, haben wir demnächst alle auf dem Hals. Wer hier dann gräbt, muß hinten am Kopf Augen haben.«

»Ich schieße ihm ein Auge in seinen Hinterkopf«, sagte Eli, während er Pulver aus seinem Horn in seinen Gewehrlauf schüttete, und grinste Raoul an. Zwei Vorderzähne fehlten ihm oben und ein weiterer unten. Raoul war noch immer im Zweifel, ob er das mit Clarissa wußte oder nicht.

Die anderen luden ebenfalls ihre Gewehre nach, und Raoul lud seine Pistole, in deren Lauf er Pulver und Kugel schob und dann eine Zündkapsel aus seiner Gürteltasche auf den Schlagbolzen steckte. Als er wieder schußbereit war, galoppierte der Indianer bereits das Flußbett hinab und verschwand hinter der nächsten Biegung.

Hodge Hode, Levi Pope und Otto Wegner rannten zu ihren Pferden. Eli aber blieb stehen und lächelte sein Gewehr an.

»Wenn wir alle miteinander dem einen nachjagen«, meinte er, »macht sich der andere, der sich versteckt hat, in die andere Richtung davon.«

»Sehr richtig«, stimmte Raoul ihm zu. Hodge, Levi und Otto waren schon davongaloppiert.

»Außerdem«, sagte Eli, »sind unsere Jungs auf der falschen Seite der Schlucht. Wenn der Indianer herauskommt, ist er auf der Südseite. Bis sie dort unten und drinnen und wieder oben und draußen sind, hat er schon eine Meile Vorsprung.«

»Was also tun wir?« fragte Raoul.

»Hier herum ist alles flaches Land.«

Ehe Raoul noch eine nähere Erklärung für diese Bemerkung verlangen konnte, sah er den flüchtenden Indianer aus der Schlucht heraufkommen und südwärts reiten, genau wie Eli es vorhergesagt hatte. Er sah zu seinen

Leuten hinüber, die anhielten und deren Gesten Verwirrung verrieten. Hodge schoß dem Indianer nach, aber der ritt unverletzt weiter. Obwohl Raoul auch nicht weiterwußte, ärgerte er sich über die Nutzlosigkeit seiner beiden Männer.

Der Indianer, der mit unverminderter Schnelligkeit südwärts davongaloppierte, war bald nur noch eine winzige dunkle Silhouette auf der gelben Prärie. Eli nahm sein Kentucky-Gewehr in Anschlag. Sinnlos, dachte Raoul, er ist viel zu weit weg. Aber er sagte nichts. Der Puke schien leicht höher zu zielen, nicht direkt auf die Rothaut. Dann hörte er, wie er durch seine Zahnlücken tief einatmete.

Der Gewehrschuß krachte mächtig. Das Mündungsfeuer ließ Raoul zwinkern. Eine blauweiße Rauchwolke trieb über die Schlucht hin.

Es schien eine lange Zeit zu vergehen, in der gar nichts passierte. Aber vielleicht war es auch nur die Dauer eines Herzschlags. Dann warf die dunkle kleine Silhouette in der Ferne die Arme hoch und fiel seitlich vom Pferd, das weiterrannte und im nächsten Moment hinter dem Horizont verschwunden war.

»Genau durch die Birne«, sagte Eli. »Hätte ich nie machen können, wenn er nicht genau südwärts geritten wäre. Wäre sonst viel zu schwer, richtig zu zielen und die Flugbahn genau einzuschätzen.«

Eli tat so, als sei das nur eine Frage des Könnens. Raoul aber dachte, er habe ein Wunder erlebt.

Die Gesichter der drei anderen zeigten ebenso viel Verblüffung, als sie zurückkamen und abstiegen.

»Toller Schuß, für einen Puke«, meinte Levi Pope.

»Jedenfalls besser, als einer von euch Suckern schießen könnte«, war Elis schlagfertige Antwort.

Raoul sagte: »Otto, hole den Toten von dort unten herauf.«

Otto Wegner machte sofort kehrt und stieg auf seinen Gaul. Raoul gefiel die Bereitschaft des Preußen, seinen Befehl sofort zu befolgen.

Hodge Hode allerdings war nicht damit einverstanden. »Reine Zeitverschwendung«, brummte er. »Überlaß das doch den Coyoten und den Bussarden. Die mögen Indianerfleisch.«

Raoul war ärgerlich. Ihm widersprach man nicht. »Ich will nicht«, sagte er hart, »daß jemand erfährt, was mit den Indianern passiert ist.«

Während Wegner hinabritt, deutete Eli auf den Mineneingang. »Einer ist ja noch übrig. Wenigstens einer.«

»Um den kümmere ich mich«, erklärte Raoul.

Eli, Hodge und Levi blickten ihn überrascht an.

Elis Meisterschuß hatte Raoul nicht nur Bewunderung abgenötigt. Er empfand ihn auch als Herausforderung für seine Führungsrolle. Hier in Smith County existierte kein Gesetz, und das war Raoul nur recht. Einem Mann wie Eli, der so gut mit einem Gewehr umgehen konnte, veschaffte es einen gewissen Vorteil. Doch jetzt mußte er klarmachen, daß in dieser Gegend hier sein Wort Gesetz war, und Elis Schuß etwas Gleichwertiges entgegensetzen.

Er prüfte noch mal die Ladung seiner Pistole, faßte den Griff seines langen Messers im Gürtel und lockerte es in der Scheide. Ein Schmied in St.Louis hatte es ihm extra angefertigt, dreißig Zentimeter lang, und ihm versichert, es sei eine exakte Kopie des Messers, das der berühmte Grenzbewohner Jim Bowie sich vor Jahren hatte machen lassen.

Sein Mund war trocken. Sein Herz schlug so heftig, daß er fast glaubte, seine Leute könnten seine Wolljacke sich davon heben und senken sehen. Sein Hände waren kalt, aber schweißnaß.

»Die Mine hat doch nur einen Eingang, oder?« fragte Eli. »Wenn wir zu viert reingehen, läuft er uns nicht davon. Es ist entschieden sicherer.«

»Ich kümmere mich um ihn«, wiederholte Raoul jedoch nachdrücklich. Jedes Wort, das Eli einwendete, machte ihn nur noch entschlossener, allein zu gehen. Er mußte Eli im Zaum halten, ganz besonders, wenn sich herausstellen sollte, daß er über ihn und Clarissa Bescheid wußte.

»Er kann ein Gewehr haben«, wandte Eli ein. »Könnte Euch erschießen, wenn Ihr reinkommt.«

»Wenn wir alle reingehen, könnte einer von euch erschossen werden«, entgegnete Raoul. »Dies hier ist mein Besitz.«

Wenn ich dafür kämpfe, wird er noch mehr mein wirklicher Besitz als durch jede Regierungsurkunde.

Doch der Indianer dort drinnen, wie war er bewaffnet? Gewehr, Messer, Bogen, Tomahawk? Wie stark war er, wie schnell, wie gewandt im direkten Nahkampf?

Ich bin verrückt, mich darauf einzulassen.

»Könnten auch mehr drin sein als einer«, gab Eli zu bedenken.

Raoul mußte an Pierres Indianerbastard denken und an Schwarzer Lachs und seine Potawatomi, die Hélène vergewaltigt und ermordet hatten, und das Blut in den Adern begann ihm zu kochen. Er und seine Leute hatten heute zwei Indianer getötet, aber ein dritter war noch dort unten in der Mine, und er, Raoul de Marion, war fest entschlossen, auch ihn in den Tod zu schicken.

Er ignorierte Elis Warnungen und ging auf das schwarze Loch im Berg zu, das in die Mine führte.

Er ging langsam, die Hand am Pistolenhalfter. Auch das Messer sollte er besser griffbereit haben, fand er. Wenn er auch Rechtshänder war, war es trotzdem besser, in der Linken eine zweite Waffe als gar nichts zu haben. Er zog das Messer also heraus, und sein Selbstvertrauen wuchs. Es fühlte sich gut an.

Er trat unter den Baumstamm, den er vergangenen Herbst als Stütze am Eingang angebracht hatte. Sollte er eine Kerze anzünden? Nein, das machte ihn nur zur Zielscheibe. Er versuchte die Dunkelheit mit den Augen zu durchdringen. Sie war dicht wie ein Wollvorhang.

Es war völlig verrückt, dachte er. Wären sie alle zusammen hineingegangen, wie Eli es vorgeschlagen hatte, dann hätten sie Kerzen halten können und den Indianer im Handumdrehen gehabt. Auf diese Art aber brachte er sich womöglich selbst um. Wenn der Indianer ein Gewehr hatte, war er so gut wie tot. Der Drang, umzukehren und die anderen herbeizurufen, war stark. Er stand eine Weile reglos mit weichen Knien da.

Nein. Er mußte diesen Indianer eigenhändig und ganz allein erledigen. Er mußte es Eli und allen anderen zeigen.

Er bemühte sich, so lautlos wie nur möglich voranzukommen. Sein Zögern hatte seinen Augen Zeit gegeben, sich an die Dunkelheit zu gewöhnen. Er versuchte sich den Grundriß der Mine zu vergegenwärtigen. In dem matten Widerschein des Lichts vom Eingang her konnte er die abwärtsführende Neigung des Tunnels erkennen. Ungefähr sieben Meter weiter zweigte ein Gang nach links ab. Er strengte seine Augen an, um den dort irgendwo im Dunkeln verborgenen Feind auszumachen.

Er konnte nichts erkennen, nur die schwarzen Wände. Sie waren mit Baumstämmen gesäumt, die die Decke stützten. Auf dem Boden lagen überall Steine und Felsbrocken.

Je weiter er hineinkam, desto enger und niedriger wurde der Tunnel. Er spürte den Druck des Berges über ihm fast körperlich. Die Stützbalken konnten jeden Augenblick wie Streichhölzer einknicken und die ganze Prärie auf ihn herniederbrechen und ihn unter sich begraben. Er begann sich mehr vor der Mine als vor dem in ihr verborgenen Indianer zu fürchten.

An der Abzweigung des Seitentunnels spähte er in diesen hinein.

In dem Moment sprang ihn der Indianer mit schrillem Schrei an.

Er erkannte die Schneide des Tomahawks, die auf ihn niederfuhr. Er drückte den Pistolenabzug durch und stieß die Hand mit dem Messer nach vorne, um den Beilhieb abzublocken.

Der Knall des Schusses war ohrenbetäubend laut. In dem lidschlaglangen Aufblitzen des Mündungsfeuers hatte er das wut- und angstverzerrte Gesicht des jungen Indianers gesehen. Es war ein Gesicht, das er auf den ersten Blick haßte. Dunkle Haut, enge schwarze Augen, flache Hakennase, rasierter Schädel. Ein Gesicht wie die Gesichter in seinen Alpträumen. Es war in seinem Kopf lebendig, auch nachdem es wieder dunkel war.

Der Kriegsschrei des Indianers endete als Schmerzenschrei.

Ich habe ihn, den Hundesohn!

Triumph überkam ihn. Er hatte die Pistole niedrig gehalten. Der Schuß mußte den Indianer in den Unterleib getroffen haben.

Der Blitz des Schusses hatte ihn vorübergehend geblendet, aber seine in vielen Schlägereien am Flußufer geschärften Reflexe funktionierten. Er stieß die Pistole wieder in den Halfter und nahm das Messer in die rechte Hand. Jede Faser von ihm wollte nun töten. Er warf sich nach vorne, das Messer vorgestreckt. Er merkte, wie sich sein Mund zu einem bösen Grinsen auseinanderzog.

Das Messer traf auf etwas Festes, aber Nachgiebiges. Mit Triumphgebrüll stieß er es hinein, so weit es ging. Die Antwort war ein Schrei der Agonie. Er konnte allmählich wieder etwas sehen. Der Schatten vor ihm hob den Tomahawk noch einmal. Da riß er sein Messer los und stieß noch einmal zu, diesmal direkt in den Arm. Es schnitt ihn auf wie ein Fleischermesser. Dann fiel der Tomahawk des Indianers auf den felsigen Boden.

Er warf sich auf den Indianer und stach wieder und wieder zu. Dessen Körper, kleiner und schmächtiger als seiner, sackte unter seinem Gewicht noch weiter zusammen. Die Finger seiner linken Hand gruben sich in weiche Haut und harte Muskeln. Er spürte Hände, die gegen ihn drückten, aber rasch schwächer wurden, von Kraft und Leben verlassen. Die Schreie und das Stöhnen des sterbenden Indianers machten ihn nur noch mordgieriger, noch versessener darauf, ihm Schmerz zuzufügen. Es war zu dunkel, um zu erkennen, wo sein Messer traf, aber er stieß mit ihm immer wieder zu. Einige Stiche drangen tief ein, andere trafen auf harte Knochen und glitten ab.

In seinem Kopf pulsierte es wie verrückt. Es war gleichgültig, daß er in völliger Dunkelheit kämpfte. Sein Kampf war ohnehin blindwütig. Er vergaß alles um sich her außer dem Messer in seiner Hand und dem erschlaffenden, blutenden Leib unter sich. Er schrie in einer Mischung aus Wut und Triumph und übertönte das qualvolle Stöhnen seines Opfers.

Dann wurde es allmählich still. Der Körper unter ihm rührte sich nicht mehr. Er lag auf dem toten Indianer und keuchte.

Nach einer Weile begann er wieder zu denken. Er fuhr mit der Hand über die Brust des Indianers. Dessen Lederhemd war klebrig von noch warmem Blut. Kein Herzschlag mehr, keine Bewegung der Lungen.

Bei Gott, ich habe es getan, ich habe ihn getötet! Er hatte ein Gefühl, als explodierte sein Kopf, und er lachte laut und hysterisch. Er hatte für seine Mine gekämpft und das Blut seines Gegners vergossen, um es zu seinem eigenen zu machen!

Kein gottverdammter Indianer wird jemals stehlen, was mir gehört!

Er rappelte sich hoch. Seine Knie zitterten heftig.

Er hatte rasende Kopfschmerzen. Es war ein Gefühl, als triebe es ihm die Augen aus den Höhlen. Ihm wurde bewußt, daß er in dem Kampf seine Selbstkontrolle völlig verloren hatte und ein wildes Tier geworden war, eine hirnlose Kreatur. Das war ihm schon mehrmals bei Kämpfen passiert, die mit dem Tod des Gegners geendet hatten.

In seinem Kopf jagten sich die Gedanken des Triumphs, seinen Feind getötet zu haben, und der erschreckenden Erkenntnis, daß der Kampf auch anders hätte ausgehen können. Trotzdem fühlte er sich lebendiger und glücklicher als letzte Nacht mit Clarissa.

Plötzliche Helligkeit blendete ihn. Ein Pfeil von Angst durchbohrte ihn. Waren noch mehr Indianer in der Mine?

»Raoul!« Das war Eli Greengloves Stimme.

Seine Augen gewöhnten sich wieder an das Licht, und er erkannte Eli, Hodge Hode und Levi Pope am Anfang des Seitengangs. Sie blickten auf den Toten zu seinen Füßen und auf das blutige Messer in seiner Hand und dann auf ihn und starrten ihn mit großen Augen und offenstehendem Mund an.

Schon besser. Diese Blicke sind mir ebenso viel wert wie die ganze Mine.

»Ihr habt tatsächlich Hackfleisch aus ihm gemacht«, sagte Eli. »Ich muß mir auch einen von diesen Arkansas-Zahnstochern besorgen.«

»Holt die beiden anderen Toten herein«, sagte Raoul und bemühte sich um eine beherrschte Stimme. »Wir verscharren sie hier irgendwo.«

»Suchen wir lieber erst noch die ganze Mine ab«, meinte Eli, »um sicher zu sein, daß nicht noch andere Rothäute hier sind.«

Raoul war einverstanden, aber er hatte das Gefühl, daß dieser hier, den er getötet hatte, der einzige gewesen war. Er blickte auf das tote Gesicht hinab. Älter als fünfzehn oder sechzehn konnte der Junge nicht gewesen sein. Gut, dachte er. Dann hatte er noch nicht viel Unheil anrichten können.

Doch warum hatte der Junge sein Leben weggeworfen, indem er ihn so nahe am Eingang der Mine angriff? Seine Chancen wären doch viel größer gewesen, wenn er sich weiter in die Mine hineingeflüchtet hätte.

Vielleicht hatte er sich gedacht, daß es hier wenigstens noch ein bißchen hell war. Hätte er ihn überwältigt und fliehen können, hätte er vermutlich das Recht beansprucht, eine Feder der Tapferen tragen zu dürfen.

Er stellte sich vor, wie er selbst hier tot im Dunkeln lag und sein Skalp an einem Pfahl vor einem Zelt unten in Saukenuk hing. Die Vorstellung ließ ihm einen kalten Schauer über den Rücken laufen.

Aber er war es, der sich die Feder verdient hatte. Kein Indianer würde jemals Raoul de Marion töten.

Und jede läufige Indianerin und jeder Bastard, die in Victoire auftauchten, bekamen es mit ihm zu tun. Mit dem Mann, der Indianer ebenso leicht wegputzte wie alles andere Ungeziefer.

Es war an der Zeit, sich mit Pierre zu einigen.

Pierre wollte losweinen, als er sah, was sich ankündigte. Er stürzte vor und streckte die Hand aus, um Raoul in den Arm zu fallen.

»Nicht die Vase!« rief er. »Mama hat sie doch so geliebt!«

Raoul war jedoch zu nahe am Kamin, um von ihm noch rechtzeitig erreicht werden zu können. Er griff sie sich, wie Pierre es befürchtet hatte, mit zwei raschen Schritten, die Vase, die seit vier Generationen im Familienbesitz war und auf dem Kaminsims stand, seit dieses Haus existierte.

»Raoul!« rief auch Papa. »Bedenke, was du da tust!«

Raoul wandte sich zu ihnen um und hielt die Vase hoch über sich mit beiden Händen. Er starrte Pierre mit den aufgerissenen Augen eines Irrsinnigen an. Unter seinem schwarzen Schnurrbart fletschte er in wilder Grimasse die Zähne.

Dann warf er die Vase auf den Steinboden. Ihre weiße Eiform zersprang, die Scherben flogen in alle Richtungen auseinander, einige prallten an Raouls Stiefeln ab, andere segelten in den großen steinernen Kamin.

In der großen Wohnhalle von Victoire wurde es totenstill. Pierre hatte das Gefühl, als sei mit der Vase sein Herz zerbrochen.

Erst hast du Mama umgebracht, wollte er hinausschreien, *und jetzt auch noch die Erinnerung an sie.*

Doch er beherrschte sich und sagte nichts, verabscheute sich aber für den Gedanken, den er fast ausgesprochen hätte. Was für ein gemeiner Gedanke! Wie konnte er Raoul vorwerfen wollen, daß sie bei seiner Geburt im Kindbett gestorben war!

Bedenke, was du da tust! hatte Papa Raoul zugerufen. Aber das war genau, was Raoul nie tat. Nachdenken kam für ihn immer erst hinterher, und dann nur, um den Konsequenzen seines Tuns zu entgehen. Wieder einmal hatte er sich in blinden Zorn hineingesteigert und alle Beherrschung verloren, weil er von Sonnenfrau und Graue Wolke erfahren hatte.

Er mußte versuchen, Raoul für sich zu gewinnen. Es mußte einen Weg geben, diese Auseinandersetzungen mit seinem jüngeren Bruder zu beenden. Er mußte davon überzeugt werden können, daß es nur recht und billig war, Sonnenfrau und den Jungen hierher nach Victoire zu holen. Wenn er das nicht akzeptierte, riß er die ganze Familie auseinander.

Aber wie sollte er an einem einzigen Nachmittag eine Mauer niederreißen, die ein Dutzend Jahre lang hochgewachsen war?

Er merkte, daß er noch immer mit ausgestreckter Hand vor Raoul stand. Er ließ sie langsam sinken, und auch seine Schultern sanken herab. Papa und er hatten gelesen, als Raoul hereingekommen war. Jetzt nahm er seine Augengläser ab und legte sie in das Silberetui, das er an einer Samtkordel um den Hals trug. Das Etui steckte er in seine Westentasche.

Elysée de Marion hatte die Armlehnen seines Lederohrensessels umkrallt und sich halb erhoben. Raoul starrte sie beide schwer atmend und zitternd an.

Schließlich fragte Elysée ruhig: »Warum hast du das getan, Raoul?«

»Damit ihr mir endlich zuhört!« Raouls Stimme war tief und kräftig und hallte von den Balken der Decke und den Steinwänden des großen Wohnraums zurück. Trotzdem hörte Pierre in ihr die Schreie des in Panik liegenden Jungen, dessen Alpträume und Schreckensvisionen sie alle im Haus so betrübten, seit sie ihn aus der Gefangenschaft der Potawatomi freigekauft hatten, und die er wegen der Trauer über den Verlust Hélènes immer wieder hatte.

Inzwischen jedoch war das jämmerlich magere und verstörte Kind von damals ein breitschultriger, über sechs Fuß großer Mann geworden. Er trug ein Messer, das fast so groß wie ein Schwert war, und eine Pistole an der Hüfte. Er war ein gefährlicher Mann geworden. Er hatte, hieß es, schon mindestens ein halbes Dutzend seiner Feinde den Mississippi hinauf und hinunter getötet.

»Wir haben dir zugehört!« sagte Elysée.

»Pierre jedenfalls nicht«, gab Raoul finster zurück. »Sag du es ihm, Papa. Sag ihm, daß er seine verdammte Squaw in dem Wald lassen soll, wo sie hingehört.«

Verdammte Squaw. Die Worte schnitten Pierre wie ein Pfeil ins Herz.

Elysée setzte sich wieder in seinen Ohrensessel zurück und strich sich über das Kinn. Er sah aus wie ein alter Truthahn, mit stechenden Augen, einer Hakennase und einem langen faltigen Hals. Die ledergebundenen Montaigne-Essays, die er im Schoß gehalten hatte, waren zu Boden gefallen und lagen nun zwischen den Zeitungen dort wie Herbstlaub. Verschiedene Lokalblätter, unter anderen Hopkins' *Victor Visitor*, das *Miners Journal* aus Galena, monatealte Exemplare der großen Blätter des Ostens – *New York Evening Post*, *Boston Evening Transcript*, *National Intelligencer* aus Washington City – und sogar noch ältere Exemplare des *Mercure de France* aus Paris verstreuten sich über den Boden.

»Kommt her, alle beide!« sagte er seufzend.

Pierre stellte sich in der Hoffnung, ihr Vater vermöge sie zu versöhnen, wo er selbst so betrüblich gescheitert war, sogleich vor ihn hin. Nach einem Augenblick des Zögerns bequemte sich schließlich auch Raoul und kam näher. Doch es entging Pierre nicht, daß er demonstrativ eine Armlänge Abstand von ihnen beiden wahrte.

Elysée sagte: »So ist es besser. Ich sehe euch ja nicht mehr, wenn ihr weiter weg seid. Meine Augen sind gerade noch zum Lesen gut. Wenn ich eines Tages auch das nicht mehr kann, erschieße ich mich. Sollte ich nicht mehr genug sehen können, um die Pistole zu laden, muß es einer von euch beiden für mich tun.«

Wie so oft versuchte er das Feuer mit einigen humorvollen Bemerkungen auszutreten. Pierre sah zu Raoul hinüber, ob ihm die Bemerkungen ihres Vaters ein kleines Lächeln entlockten. Doch Raoul stand weiter finster dreinblickend mit verschränkten Armen breitbeinig da, die Augen zusammengekniffen, den Mund unter dem buschigen Schnurrbart fast versteckt. Allenfalls wenn er lächelte – und heute war er weit davon entfernt –, ließ ihn dieser Schnurrbart nicht ständig zornig aussehen.

»Raoul«, sagte Elysée, »sei versichert, daß wir bereit sind, dir in aller Ruhe zuzuhören. Also, was hat dich veranlaßt, eines der alten Familienerbstücke mutwillig zu zerstören?«

Raoul antwortete: »Sollen wir etwa, nur weil Pierre sich mit einer Squaw besudelt hat, alle unter den Konsequenzen leiden müssen?«

Pierre spürte eine brennende Zornesröte in seinem Gesicht aufsteigen. *Mein Leben mit Sonnenfrau war nicht weniger ehrbar als das mit Marie-Blanche.*

Er zwang sich zur Beherrschung. Ließe er sich ebenso gehen wie Raoul, würde dieser Tag bestimmt zum Anfang vom Ende des Hauses de Marion.

Er verspürte einen plötzlichen Stich im Leib. Er unterdrückte den Drang, sich an der Stelle zu reiben. Niemand sollte von seinem Leiden etwas erfahren. Schlimmer als der Schmerz war die Furcht, die er mit sich brachte, die erschreckende Vermutung, er trage bereits den Tod in sich.

Er dachte nicht ohne Angst über Sterben und Tod nach. Wenn ihm auch Père Isaac wiederholt erklärt hatte, daß diese Gedanken zu nichts führten, vermochte er das Bild von Gottvater als dem großen, auf den Wolken thronenden Weltenrichter mit seinem weißen Rauschebart nicht zu verdrängen. Und wie würde sein Urteil lauten, wenn Pierre de Marion eine Ehefrau und einen leiblichen Sohn einfach im Stich ließe?

Wenn er nur Raoul seine Befürchtung, er werde bald sterben, mitteilen könnte! Vielleicht verstünde sein Bruder dann, daß er gar keine andere Wahl hatte, als seine Pflicht gegenüber Sonnenfrau und ihrem Sohn zu erfüllen! Aber die Angst, Raoul könnte auf der Stelle versuchen, den ganzen Familienbesitz an sich zu reißen, hielt ihn davon ab.

Er konnte also nur beten, daß sein Bruder ihn dennoch verstehen möge, als er ihm nun erklärte: »Seit Marie-Blanches Tod habe ich immer nur an Sonnenfrau gedacht. Ich habe fünf Jahre mit ihr zusammengelebt und sie und unseren gemeinsamen Sohn dann verlassen. Seit einiger Zeit sehe ich sie und meinen Sohn Graue Wolke wieder in meinen Träumen. Ich weiß, Gott will, daß ich an ihnen meine Fehler wiedergutmache.«

Er spürte, wie ihm der Schweiß auf Stirn und Oberlippe ausbrach. Warum mußte Raoul mit seinem Haß solchen Unfrieden stiften? Konnte er denn nicht begreifen, daß nicht alle Rothäute so waren wie diejenigen, denen er begegnet war? Er sah Sonnenfrau vor sich. Sie war stark und klug und hielt ihren ernsten Jungen mit seinen braunen Augen an der Hand. Sie waren so schön.

Elysée sagte: »*Le Bon Dieu*, Pierre, verkündet seine Absichten wohl nicht in Träumen.«

Immer dieser Zynismus. Papa hatte einfach zu viel Voltaire gelesen.

Elysée wandte sich an Raoul. »Was Pierre im Sinn hat, Raoul, ist nur gerecht.«

»Und wo bleibt die Gerechtigkeit für mich?« erwiderte Raoul aggressiv. »Ist das hier nicht ebenso sehr mein Zuhause wie das Pierres?«

Seine Heftigkeit brachte Pierre auf. Er sagte hitzig: »Du lebst doch in Wirklichkeit mehr in der Handelsstation, Raoul, als hier im Haus.«

Zu seiner Verblüffung wurde Raoul rot, und er fragte sich, was er wohl tatsächlich auf der Handelsstation trieb. Es war zwar ganz natürlich, daß er die meiste Zeit dort verbrachte, nachdem Papa ihm bei der Verteilung des Familienbesitzes an sie beide die *Illinois Trade Company* offiziell überschrieben hatte, doch vielleicht war es nicht nur die Arbeit, die Raoul auch noch abends dort hielt? Eine Frau vielleicht? Wenn es doch nur so wäre, dachte er. Eine Frau hätte sicherlich einen guten Einfluß auf Raoul; sie konnte ihn ein wenig menschlicher machen.

Auch die letzte Nacht hatte er dort verbracht. Wie konnte er dann von seinen Plänen mit Sonnenfrau und Graue Wolke erfahren haben?

Er wandte sich erneut an seinen Bruder. »Woher weißt du eigentlich davon, Raoul? Ich hatte vor, es dir zu sagen, aber du wußtest es bereits.«

Es bereitete ihm einige Genugtuung zu sehen, daß Raouls Verlegenheitsröte noch stärker wurde und daß er zögerte. Er war hier hereingestürmt, ohne darauf vorbereitet zu sein, erklären zu sollen, woher er von Pierres Plänen wußte.

»Ich habe dich und Papa darüber reden gehört«, antwortete Raoul.

»Das ist doch absurd! Wir haben vor heute morgen überhaupt nicht darüber gesprochen. Da warst du gar nicht hier.«

Konnte Armand es gehört und Raoul erzählt haben?

Armand, dachte Pierre, wußte es zweifellos von Marchette. Aber er war sich auch sicher, daß er sich niemals direkt gegen ihn stellen würde. Armands Vorfahren waren nach Amerika gekommen, als dieser Teil des Landes noch Neufrankreich war. Leute wie er hingen auch heute noch den alten feudalen Vorstellungen an. Der arme Bursche glaubte zweifellos, Pierre sei ihm durch Geburt und Erziehung weit überlegen. Es war natürlich möglich, daß er Rachegefühle in sich trug und deshalb versuchte, Zwietracht zwischen Raoul und ihm zu säen.

Er öffnete schon den Mund, um Raoul dafür zu tadeln, daß er ihn durch Dienstpersonal ausspionieren lasse, sagte aber dann doch nichts, als er den selbstgefälligen und verächtlichen Blick Raouls bemerkte.

Sein Bruder fühlte sich ja auch hintergangen. Seit dem Massaker von Checagou hatte er sich verraten gefühlt. Wie konnte er da erwarten, daß er sich mit dem abfand, was nun bevorstand?

Vielleicht war es wirklich am besten, Sonnenfrau und Graue Wolke dort zu lassen, wo sie waren. Er konnte ihnen ja Geschenke schicken. Sie waren mit ihrem Leben zufrieden, daran bestand kein Zweifel. Die Jahre, die er bei den Sauk und Fox verbracht hatte, hatten ihm gezeigt, daß sie keine Sorgen hatten und in ihrem einfachen, naturverbundenen Leben und ihrer geistigen Welt glücklich waren. Auch für ihn waren diese Jahre ja die glücklichsten seines Lebens gewesen.

Doch nein, es genügte nicht, ihnen Geschenke aus der Ferne zu schikken. Das wäre, als wollte er seine indianische Frau und seinen Sohn verstecken und wie eine Jugendsünde in der Wildnis verbergen. Das hatte er ja alle die Jahre lang zu seiner Schande getan. Graue Wolke aber war schließlich sein eigen Fleisch und Blut und das einzige Kind, das er überhaupt hatte. Er war so gut ein de Marion wie ein Sauk. Er hatte ein Recht, hierherzukommen und sich seiner Herkunft bewußt zu werden. Er hatte ein Recht darauf zu wissen, wer sein Vater war, solange er ihn noch hatte.

Ich kann nicht Gott gegenübertreten und ihm sagen, ich habe von meinem eigenen Sohn nichts wissen wollen.

Wie schön war doch die Lebensart der Sauk, aber auch so verletzlich und gefährdet! Er wußte, wie stetig der Druck auf sie zunahm, sie von ihrem angestammten Land zu verdrängen, und daß ihnen nur die Wahl blieb zwischen dem Exil in der großen amerikanischen Wüste und dem Untergang. Wissen konnte Graue Wolke vielleicht helfen, dieser Bedrohung zu begegnen.

Elysée, tief in seinen Sessel versunken, sagte: »Nun, Pierre, es ist ja ganz offensichtlich, was das wahre Motiv von all dem ist. Es mag nicht sehr geschmackvoll sein, von Testamenten und Erbteilen zu reden, aber es ist allemal besser, es offen auszusprechen. Raoul befürchtet zweifellos, daß du diese Indianerfrau heiratest und ihren Sohn statt ihn zu deinem Erben einsetzt. Kannst du ihn in dieser Hinsicht nicht beruhigen?«

Pierre starrte seinen Bruder an. Vor zehn Jahren, am Tag seiner Hochzeit mit Marie-Blanche Gagner, hatte Papa verkündet, er komme nun schon in die Jahre und übertrage den Familienbesitz der de Marions deshalb auf seinen ältesten Sohn Pierre. Im vergangenen Januar aber hatte die Schwindsucht die zarte, kinderlos gebliebene Marie-Blanche dahingerafft, und das hatte Raoul, Pierres vierzehn Jahre jüngeren Bruder, zum ersten Erbberechtigten gemacht.

Raoul konnte doch nicht im Ernst annehmen, daß Pierre einen Sauk-Indianerjungen, der kein anderes Leben als das im Waldland kannte, zum Erben des Vermögens der de Marions machte. Das war eine so abwegige Annahme, daß Pierre sich niemals mit dem Gedanken beschäftigt hatte. Allenfalls Papa in seinem Ohrensessel und mit seinem pausenlosen Bücherlesen war imstande, zuweilen die lächerlichsten Gedankengänge zu verfolgen.

Er sah, daß Raoul genauso überrascht war wie er.

Raouls Überraschung wich aufsteigendem Zorn. Papa hatte ihm unabsichtlich neuen Anlaß zu Ärger gegeben.

Pierre versuchte, die Vermutung abzuwehren, ehe sie sich festsetzen konnte, und sagte rasch: »Mein Gott, Raoul, ich habe wirklich keinerlei Absicht, mein Testament zu ändern. Der Junge, der Graue Wolke genannt wird, ist mein leiblicher Sohn, das ist alles. Nachdem ich keine ehelichen Nachkommen habe, bist du mein Erbe. Das ist dir doch hoffentlich klar.«

Raouls schwarzer Schnurrbart gab seine Zähne frei. »Was mir keineswegs klar ist, lieber Bruder, ist, wieso zum Teufel du in nahezu zehn Ehejahren mit Marie-Blanche keinen ordnungsgemäßen Sohn zustande gebracht hast. Hat dich die Squaw so ausgezehrt?«

Pierre hatte das Bedürfnis, diese Bemerkung mit einem Schlag in Raouls Gesicht zu beantworten. Er beherrschte sich jedoch mühsam.

Elysée fragte dazwischen: »Wie alt ist dieser… Graue Wolke jetzt?«

Pierre rechnete. »Er ist 1810 geboren. Also ist er gerade fünfzehn geworden.« Dann wandte er sich wieder Raoul zu. Vielleicht beruhigte es seinen Bruder etwas, wenn er ihm seine Pläne mit dem Jungen erläuterte.

»Père Isaac«, sagte er, »der Jesuit, besucht die British Band regelmäßig, wie du weißt. Und ich spende regelmäßig für die Jesuitenmission von Kaskaskia. Ich habe ihn gebeten, dem Jungen Englisch beizubringen sowie die Grundbegriffe des Lesens, Schreibens und Rechnens. Nun möchte ich ihn mir einmal ansehen. Ich will sehen, was aus ihm geworden ist, und er soll mich kennenlernen. Sollte ich zu den Entschluß kommen, daß es sich lohnen könnte, möchte ich ihn hierherbringen und ihn erziehen lassen. Vielleicht schicke ich ihn sogar in die New Yorker Fortbildungsschule, wo der Ehemann unserer Base Emilie Direktor ist.«

»Ihn ausbilden lassen, wie? Damit er sich später hier breitmachen und befehlen kann?« begehrte Raoul auf.

Pierres Zuversicht schwand dahin. Wahrscheinlich wäre es besser gewesen, nicht von Erziehung und Ausbildung zu sprechen. Er hatte ganz vergessen, was für eine Katastrophe seinerzeit Raouls Jahr in New York auf ebendieser Schule gewesen war. Es hatte vorwiegend aus dem Umgang mit Huren bestanden, aus Saufereien sowie Straßenschlägereien mit Gesindel und der Polizei. Regelmäßig hatte er alles Geld beim Kartenspielen verloren. Raouls Ausbildung war schließlich beendet, als ein von ihm zusammengeschlagener Lehrer einen ganzen Monat im New York Hospital verbringen mußte. Damit die Schule von einer offiziellen Strafanzeige absah, hatte Papa ein Vermögen hinlegen müssen. Wen konnte es da wundern, daß sich Raoul bei der Vorstellung, ein wilder Indianerjunge könnte dort erfolgreich sein, wo er aufs beschämendste gescheitert war, beleidigt fühlte?

»Aber nein, Raoul«, versicherte er ihm kopfschüttelnd. »Bestenfalls ließe ich seiner Mutter und ihm eine bescheidene Summe zukommen. Es wäre nicht einmal so viel, wie Nicole bekäme. Es wäre so wenig, daß du es gar nicht bemerken würdest. Du willst doch sicherlich nicht, daß Gier nach Wohlstand und Besitz uns entzweit?«

»Ich bin heute hierhergekommen, um unsere Familienehre zu schützen, und du willst mich habgierig nennen?« Raouls breiter Brustkasten hob und senkte sich heftig.

»Mein Vorschlag *ist* ehrbar!«

»Wie kannst du es ehrbar nennen, Indianer in unsere Familie aufzunehmen, nach allem, was sie uns angetan haben?«

Pierre schmerzte die Erinnerung an die schlimmen Geschehnisse von einst durchaus. Vielleicht würde er die Indianer ebenfalls hassen wie Raoul, wenn er dabei gewesen wäre und erlitten hätte, was Raoul durchmachen mußte, und wenn er hätte mit ansehen müssen, wie Hélène vergewaltigt und ermordet worden war.

»Hör zu, Raoul«, sagte er deshalb, »als ich mit Sonnenfrau zusammenlebte, hatte ich keine Ahnung davon, was mit Hélène und dir geschah. Nach dem Kriegsausbruch 1812 war ich selbst ein Gefangener und erfuhr nichts mehr aus der Welt der Weißen. Vom Beginn des Krieges an hielten die Sauk mich drei Jahre lang gefangen. Als ich dann erfuhr, was geschehen war – warum, glaubst du, habe ich damals Sonnenfrau und Graue Wolke verlassen? Ich bin nie mehr zu ihnen zurückgekehrt, ließ mir nur durch den Priester Nachrichten zukommen und habe nicht einmal versucht, persönlich Kontakt mit ihnen aufzunehmen. Ich verhielt mich so, weil ich erfahren hatte, was Hélène und dir zugestoßen war! Deswegen konnte ich – selbst ich, Raoul! – den Kontakt mit den Indianern nicht mehr ertragen. Es hat all die Jahre gebraucht, bis ich ihnen überhaupt wieder gegenüberstehen konnte.«

Elysée mischte sich stirnrunzelnd ein: »Raoul, du sprichst von der Frau und ihrem Sohn, denen dein Bruder helfen will, so, als sei die Tatsache, daß sie Indianer sind, Grund genug, sie nicht anzunehmen. Ich könnte das verstehen, wenn sie Engländer wären...«

Raoul unterbrach ihn mit einem heiseren Brummen. »In der Tat macht es sie unannehmbar, daß sie Indianer sind! Es sind Tiere!«

Pierre spürte neuerlich Zorn in sich hochkommen. Er versuchte ja, Raoul zu verstehen, aber dessen Beleidigungen wurden zunehmend zu Provokationen, die er kaum noch ertrug.

»Tiere?« fragte Elysée ungläubig. »Nun komm aber, Raoul. Das kannst du doch wohl selbst nicht glauben. Die Rothäute sind Menschen wie wir.«

Raoul lachte bitter auf. »Natürlich, was sollst du sonst sagen. Andernfalls wäre Pierres Paarung mit ihnen ja kaum was anderes, als wenn der Halbidiot, der gerade noch imstande ist, die Schafe zu hüten, eines von ihnen besteigt.«

In Pierres Kopf explodierte etwas. Er hörte seinen zornigen Aufschrei wie aus weiter Ferne. Er spürte, wie ihm Tränen aus den zornesblinden Augen über das Gesicht liefen.

Als er wieder klar sah, erkannte er nichts als Raouls geringschätzigen Blick. Der Drang, seine Faust in dieses bösartige Gesicht mit den gefletschten weißen Zähne zu stoßen und diese böse Zunge zum Schweigen zu bringen, war übermächtig. Er stürzte sich nach vorne und holte mit der Faust aus.

Raoul fing seinen Arm mit eisernem Griff ab, aber Pierres kraftvoller Schwung trieb ihn bis an die Wand am großen Kamin zurück. Pierre faßte nach Raouls Hals, um seinen Kopf an die Steine zu schlagen.

»Aufhören!« schrie Elysée. Der alte Mann war schneller auf den Beinen und zwischen ihnen, als Pierre es seit Jahren erlebt hatte. In plötzlicher Angst, daß seinem Vater etwas geschehen könnte, ließ er Raoul, wenngleich nur widerwillig, los. Jeder Muskel in ihm verhärtete sich, und er zitterte am ganzen Leibe.

»Ihr müßt euch beherrschen«, schalt Elysée. »Pierre, du hast die Hand gegen deinen Bruder erhoben.«

Pierre wich, noch immer zitternd, einen Schritt zurück. Wie konnte sein Vater ihn tadeln, nach dem, was Raoul soeben gesagte hatte?

Die Stimme der Vernunft, dachte er bitter. *Er weiß überhaupt nicht, daß es Gefühle gibt, die sich der Vernunft entziehen.*

Er merkte, daß ihm noch immer die Tränen herabliefen. Raoul, der seinen Arm hatte loslassen müssen, sah ihn verächtlich an.

»Ich habe Sonnenfrau geliebt«, stammelte Pierre. »Wie kann er es wagen, so von unserer Liebe zu sprechen...«

»Raoul hat sicherlich«, versuchte Elysée ihn zu beschwichtigen, »nur in der Hitze der Erregung so geredet.«

»Nicht ein Wort nehme ich zurück«, sagte Raoul jedoch sogleich kalt und unbewegt.

Trotzdem glaubte Pierre in seinem trotzigen und steinernen Gesicht mit diesem wilden Schnurrbart Unsicherheit zu erkennen. Als wisse er sehr wohl, daß er doch entschieden zu weit gegangen war.

Er hat mich bewußt provoziert, ihn zu schlagen. Noch nie hat er es bewußt so weit getrieben.

Vielleicht, dachte er, entschuldigt er sich noch. Vielleicht sucht er, angewidert von seinen eigenen Worten, die Versöhnung.

Ich mache nicht mehr den ersten Schritt. Auf alles reagiert er mit Beleidigungen.

Er wartete. Er sah, wie Raoul tatsächlich mit sich kämpfte. Vielleicht hatte ihn Papas Bemerkung, daß er seinen Erbanspruch verlieren könnte, erkennen lassen, wie gefährlich es sein konnte, einen ernsthaften Bruch zwischen ihnen zu provozieren.

Natürlich würde ich ihn niemals wirklich enterben. Wer, wenn nicht er, sollte denn nach meinem Tod den Besitz weiterführen? Und das kann früher der Fall sein, als irgend jemand auch nur ahnt.

Er beobachtete, wie Raouls Brust anschwoll, als er tief Atem holte. Nun kam wohl endlich seine Entschuldigung und die Bitte um Vergebung. Dann würden sie schon einen gemeinsamen Weg finden, wie Sonnenfrau und Graue Wolke hierherkommen konnten, ohne daß alter Haß neu aufgestachelt wurde.

Statt dessen sagte Raoul: »Ich warne dich, Pierre, bringe keine Indianer hierher in dieses Haus. Wenn jemals irgendein Indianer den Anspruch erheben sollte, ein Mitglied meiner Familie zu sein, werde ich dafür sorgen, daß er sich wünscht, er wäre nie geboren worden.«

Die Schmerzen, die ihn eines Tages wohl umbringen würden, bissen sich tief in Pierres Eingeweide fest. Er empfand Raouls Worte wie ein Brandeisen. Seine Schultern sanken herab.

Raoul wandte sich von Vater und Bruder ab und ging. Die Absätze seiner schweren Lederstiefel knallten laut auf den Boden des großen Wohnraums.

»Raoul!« rief ihm Elysée mit ausgestrecktem Arm nach, genauso wie zuvor Pierre, als Raoul die Limoges-Vase zerschmettert hatte. Die Scherben lagen noch immer verstreut auf den Bodenfliesen. Was geschah wohl mit dem Besitz der de Marions, dachte Pierre abwesend, wenn Raoul ihn einmal geerbt hatte? Zerstörte er ihn dann einmal in einem seiner Wutanfälle ebenso wie diese Vase, die Teil des wertvollen Familienschatzes gewesen war? Oder nützte er seine Macht nur wie seine Fäuste und seine Pistole und sein Messer dazu, andere zu vernichten?

Der Besitz der de Marions... Einst war er ein riesiges Stück des französischen Nordostens gewesen, beherrscht vom Schloß der Grafen de Marion, die darauf schon so lange saßen, daß niemand mehr wußte oder sagen konnte, seit wann. Genauso wie der Ursprung ihres Geschlechts sich wie eine Legende in grauer Vorzeit verlor.

Dann hatte der letzte de Marion, sein Vater Elysée, den gesamten Besitz zu Gold gemacht und war mit diesem, seiner Gräfin und seinen Kindern über den Atlantik gesegelt. Er hatte bereits um 1780 vorhergesehen, daß sein Land bald in Blut und Aufruhr versinken und König und Adel Frankreichs hinwegfegen würde. Er hatte sich mit dem amerikanischen Botschafter in Frankreich, Thomas Jefferson, angefreundet und viel von dessen neuer Nation gehalten, deren Revolution beendet war. Beste Voraussetzungen also, daß sich das Vermögen der de Marions damals in den Vereinigten Staaten vermehren konnte.

Auf der weiten amerikanischen Prärie hatte er dann auch mit seinem Vermögen eine riesige Fläche Landes erworben und auf ihm sein neues Château errichtet...

Elysée seufzte und ging zu seinem Stuhl zurück. Pierre rückte ihn näher zum Kaminfeuer, damit es seinen Vater wärmte.

»Könntest du dich entschließen«, fragte Elysée, während er sich setzte, »diese Frau und diesen Jungen doch nicht herzubringen? Um des Friedens in der Familie willen?«

Pierre zögerte. Seit zehn Jahren nun lebten Sonnenfrau und Graue Wolke in ihrer Welt und er in der seinen. Hatte es wirklich Sinn, diesen Zustand zu ändern und so viel Unfrieden zu provozieren?

Doch Graue Wolke war der einzige Sohn, den er jemals haben würde, und wenn er alles beließ, wie es war, starb er, ohne ihn kennengelernt zu haben.

»Sie ist meine Frau – in Wahrheit meine Ehefrau –, und der Junge ist mein Sohn«, sagte er. »Raoul hat so viel, sie haben so wenig. Es ist nicht recht, daß sich Raoul so in seinem Haß verhärtet. Ihm nachzugeben hieße, diese beiden Menschen, denen ich so viel schulde, im Stich zu lassen. Papa, sobald es etwas wärmer wird, reite ich nach Saukenuk. Auch wenn ich fürchte, was dann geschehen mag, so kann es mich nicht davon abhalten, meine Frau und mein leibliches Kind mitzubringen, wenn ich wiederkomme.«

5

Sternenpfeil

Weißer Bär. Mein Name ist Weißer Bär.

Die Sonne schien durch die flirrenden Blätter und wärmte ihm den Rücken. Er hatte das Messer seines Vaters am Gürtel. Seine Augen wanderten zwischen den Zweigen umher. Er wußte nicht genau, was er suchte, aber Eulenschnitzer hatte gesagt, er werde es wissen, wenn er es sehe. Er blieb vor einer Eiche stehen und blickte nach oben.

Auf der anderen Flußseite der Insel glaubte er etwas durch die Büsche huschen zu hören. Er sah in den offenen Himmel, nicht mehr nach oben in das Geäst.

Die schwarzen Stämme der Eichen und Hickorybäume stiegen über ihm empor. Er hatte das Gefühl, in einem Kreis weiser alter Männer zu seinem Schutz und Rat zu stehen. Seit seinem Aufenthalt in der heiligen Höhle, wo seine Seele den Körper verlassen hatte, fühlte er sich nicht mehr verlassen, wenn er allein war, sondern spürte die Anwesenheit der Geister in allem – in den Bäumen, den Vögeln, den Pflanzen, den Felsen und den Flüssen.

Nachdem er noch eine Weile gelauscht, aber nichts Ungewöhnliches vernommen hatte, wandte er sich wieder seinen Beobachtungen zu. Er hatte sich diese Insel ausgesucht, weil er sie gut kannte. Er war schon sehr oft und zu allen Jahreszeiten mit seiner Mutter zum Sammeln von Heilkräutern hier gewesen, doch heute suchte er nach etwas ganz Bestimmtem. Irgendwo auf dieser Insel wuchs der Ast für seinen Medizinstab. Eulenschnitzer hatte ihn eingehend und genau unterwiesen.

Er wird dich rufen, im Wald. Es mag eine Eiche sein oder ein Ahorn, eine Esche oder eine Zeder oder sogar ein Hickory. Du wirst sofort wissen, daß er es ist, weil er anders sein wird als jeder andere Ast, den du siehst, und dein Blick von ihm unwiderstehlich angezogen wird.

Eine Wolke verdeckte die Sonne. Ihm war sofort kalt an Armen und Schultern. Es war eine seltsame, fremde Kälte. Er erinnerte sich, daß es hieß, sein Leitgeist, der Weiße Bär, lebe an einem sehr kalten Ort. Er stand still und hatte das Gefühl, er müsse auf etwas warten, das sich gleich ereignen werde.

Ein Sonnenstrahl fiel auf den dunklen Stamm eines Baumes ganz in seiner Nähe. Genau da, wo der Strahl auftraf, wuchs ein Ast heraus, der genau auf ihn zeigte. Er hätte ihn vermutlich gar nicht wahrgenommen, wenn der Lichtstrahl der Sonne nicht genau dorthin gefallen wäre.

Der Baum war eine großfruchtige Eiche. Am Ende des Zweiges wuchsen drei hellgrüne Blätter. Es war gerade der Mond der Knospen; die meisten Äste der Bäume zeigten die vielen runden Wölbungen erst, wenn die Tage wärmer wurden, und dann öffneten sie sich und sprossen.

Die drei Blätter am Ende dieses Zweiges waren bereits voll ausgereift, fette Blätter mit tiefen, unregelmäßigen Zacken.

Es war, wie Eulenschnitzer es gesagt hatte. Der Ast, der ihn rief, war mitten im Wald.

Er ging hin und sprach, wie es ihn Eulenschnitzer gelehrt hatte: »Großvater Eiche, ich bitte dich, gib mir deinen Arm, damit ich eine starke Medizin für unseren Stamm daraus machen kann. Ich verspreche dir, dir nicht weh zu tun und alle deine anderen Arme unangetastet zu lassen, damit du an diesem Ort weiter kräftig wachsen kannst.«

Der Ast war noch klein und jung und wuchs in Augenhöhe aus dem Stamm. Zurechtgeschnitten und entrindet würde er genau die richtige Größe für einen Medizinstab haben. Seine Blätter wollte er trocknen und in seinem Medizinbeutel aufbewahren.

Er schnitt den Zweig vorsichtig mit seinem Messer vom Baum.

Da sagte eine Stimme hinter ihm: »Mein Sohn.«

Er fuhr erschrocken hoch.

Sofort erkannte er die Stimme seiner Mutter, und wie stets durchflutete ihn Wärme bei ihrem Klang.

Dennoch war er wütend auf sich. Wie konnte er nur jemand unbemerkt so nahe an sich herankommen lassen?

Er wandte sich um und sah in die braunen Augen seiner Mutter in gleicher Höhe mit den seinen. Es war noch gar nicht so lange her, erinnerte er sich, da hatte er noch zu ihr aufblicken müssen.

Er sah ihr angespanntes und ernstes Gesicht. Ihre Lippen zitterten, als sie zu sprechen begann. Er hatte sie erst einige wenige Male in so einem Zustand gesehen, und sein Herz schlug schneller. Was war los?

»Du mußt nach Saukenuk heimkehren, mein Sohn«, sagte sie.

»Ich habe soeben meinen Medizinstab gefunden, Mutter. Ich muß ihn hier an der Stelle, wo ich ihn gefunden habe, zuschneiden und schälen. Eulenschnitzer hat mir gesagt, daß es so sein muß.«

Sie machte eine Handbewegung vor ihrem Körper zum Zeichen der Ablehnung. »Eulenschnitzer selbst sagt, daß du sogleich heimkommen mußt. Laß den Stock hier liegen. Die Geister werden ihn beschützen, und du kannst später wieder herkommen. Ein Mann ist in unser Dorf gekommen. Du mußt zu ihm gehen.«

Im Sonnenlicht glitzerten einige Tränen auf ihrem Gesicht.

»Was ist, Mutter? Wer ist dieser Mann?«

Sie wiederholte die Geste von vorhin und wies die Frage damit zurück. »Es ist besser, wenn du das direkt erfährst.«

»Du bist traurig, Mutter. Warum?«

Sie wandte sich so hastig ab, daß ihr Rehlederrock um ihre Beine schwang.

Er legte den abgetrennten Eichenzweig vor den Baum, von dem er ihn abgeschnitten hatte, sprach seinen Dank an Großvater Eiche und wandte sich ab.

Er folgte Sonnenfrau verwirrt und angespannt durch den Wald bis zum Ufer, wo sie ihr kleines Ulmenrindenkanu neben seins an Land gezogen hatte.

Sie paddelten schweigend stromaufwärts nebeneinander her, die schmale Strecke aus schwarzgrünem Wasser zwischen Insel und Flußufer entlang. Der Felsenfluß führte sein Frühjahrshochwasser. Das Paddeln gegen die starke Strömung strengte seine Muskeln an. Er warf einen Blick zu seiner Mutter hinüber und sah nicht ohne Neid, wie leicht sie ihr Paddel führte. Sie schien alles gut zu können. Aber auf ihrem Gesicht lag Trauer wie eine Maske.

Die Insel blieb hinter ihnen zurück. Bald sah er die hundert Hütten von Saukenuk durch die sich am Ufer hinziehenden Weiden-, Zürgel- und Ahornbäume und Eichen.

Am Flußufer angekommen, zogen sie ihre Kanus auf Baumwurzeln. Sonnenfrau bedeutete ihm mit einer knappen Bewegung, ihr zu folgen, und wandte sich abrupt ab, um ihm durch den Wald am Fluß vorauszugehen.

Er ging hinter ihr her.

Sie kamen an zwei frischen Gräbern im Schatten der Bäume vorbei. In der Erde der Grabhügel steckten Weidenruten mit einem Streifen Tierhaut daran. Als sie aus dem Wald waren, gingen sie an den weidenden Pferden des Stammes vorbei über die Viehgraswiesen, die das Dorf umgaben. Hinter den Wiesen erstreckten sich in beide Richtungen des Flusses die eingezäunten Felder, auf denen bereits die ersten Spitzen des Maises, der gepflanzten Bohnen, Kürbisse und Süßkartoffeln die frisch bewirtschaftete Erde übersprenkelten wie blaßgrüne Sterne den Nachthimmel.

Er folgte seiner Mutter bis zu den in konzentrischen Ringen stehenden Hütten mit ihren steilen Dächern, gebaut auf Holzpfählen und mit Wänden aus Rindenstücken, die in einem heiligen ringförmigen Muster angeordnet waren. Hier lebten die Sauk den ganzen Sommer über, drei oder vier Familien in jeder Hütte. Doch jetzt schien ganz Saukenuk ausgestorben zu sein. Niemand war zu sehen. Weißer Bär war überrascht, auch am Flußufer oder um die Hütten herum niemanden zu erblicken.

Sonnenfrau ging, kerzengerade aufgerichtet, mit steifen Schritten an den Hütten vorbei, die Arme reglos herabhängend, den Kopf hochgereckt. Nicht ein einziges Mal sah sie sich nach ihm um.

Erst als sie in der Mitte des Dorfes ankamen, sah er, daß dort der ganze

Stamm um den Platz vor Eulenschnitzers Medizinhütte versammelt war. Als Sonnenfrau näher kam, erkannte eines der Kinder sie und zog seine Mutter am Rock. Die Frau sah zuerst Sonnenfrau an, danach Weißer Bär und flüsterte dann mit ihrer Nachbarin. Diese drehte sich um, und das Gewisper pflanzte sich in alle Richtungen fort, bis immer mehr Leute zu ihnen hersahen. Dann teilte sich die Menge und bildete eine Gasse, durch die Sonnenfrau unvermindert steif und maskenhaft schritt. Weißer Bär blieb hinter ihr.

Am Ende der Gasse saßen Eulenschnitzer und ein Fremder nebeneinander am Eingang der heiligen Hütte. Eulenschnitzers lange weiße Haare ließen seinen Kopf wie eine schneebedeckte Fichte aussehen. Auf seiner bloßen Brust, die er mit diagonalen blauen und grünen Streifen bemalt hatte, den Farben der Hoffnung und der Furcht, trug er seine Muschelschalenkette.

Weißer Bär verlangsamte seinen Schritt und betrachtete intensiv den Mann neben Eulenschnitzer. Sein Herz schlug heftig, als er ihn erkannte.

Es war der Mann, den er in seiner Vision mit dem Weißen Bär und der Schildkröte gesehen hatte. Er blieb stehen und vergaß den Mund zuzumachen.

Der Mann aus seiner Vision hatte schwarzes, im Nacken gebundenes Haar mit einigen weißen Strähnen. Das Markanteste an seinem Gesicht war eine sehr große Nase. Er mußte viel in der Sonne gewesen sein, weil seine Haut gebräunt war, wenn auch nicht so intensiv und dunkel wie die Hautfarbe der Stammesmitglieder.

Dann erblickte er ein geliebtes Gesicht in der Menge. Roter Vogel sah nicht zu dem Fremden, sondern zu ihm hinüber. Ihre Augen begegneten sich, aber die ihren waren groß und voller Sorge. Er verspürte das Bedürfnis, ihre Hand zu nehmen und mit ihr fortzulaufen, in den Wald, fort von all den Leuten und von dem, was Roter Vogel und auch seine Mutter so seltsam sorgenvoll aussehen ließ.

Vor allem wollte er von dem hageren, bleichen Mann fort, der ihn so eindringlich anstarrte, wie ein Jäger mit gespanntem Bogen einen Hirsch beobachtet. Doch der Fremde, ein Blaßauge, war immerhin Teil seiner Vision gewesen, die ihm seinen neuen Namen gegeben und ihn auf den Weg des Schamanen geführt hatte.

Er muß ein guter Mensch sein, wenn er mir zusammen mit dem Weißen Bären und der Schildkröte erschienen ist. Und er muß bedeutsam für mich sein.

»Setze dich, Weißer Bär«, forderte Eulenschnitzer ihn auf.

Er kam langsam näher. Eulenschnitzer bedeutete ihm, sich neben das Blaßauge zu setzen. Als er es tat, spürte er sein Herz flattern. Eulenschnitzer wies Sonnenfrau den Platz an seiner Seite zu. Sie bildeten zu viert einen Halbkreis mit dem Rücken zur Hütte, der neugierig harrenden Menge der Dorfbewohner zugewandt.

Wie es bei den Sauk der Brauch war, blieben sie eine ganze Weile schweigend sitzen. Weißer Bär wurde es immer kälter, und er mußte sich zusammennehmen, um nicht zu zittern.

Schließlich wandte er sich dem Fremden zu und erblickte in dem hageren Gesicht eine Mischung aus Schmerz und Freude. Die Pupillen des Mannes waren von einem seltsamen, fast erschreckenden wäßrigen Graublau. Nach diesen Augen, das wußte er, benannten die Sauk diese Leute.

Als das Blaßauge zu ihm und danach zu seiner Mutter blickte, schien ihm das Herz vor Freude überzugehen. Es war freilich eine durch Bedauern getrübte Freude wie der Schein der untergehenden Sonne.

Seine innere Stimme sagte ihm, daß etwas den Geist des Blaßauges peinigte und ihm das Lebensblut nahm. Er verspürte sogleich den Wunsch, den Leib dieses guten Menschen heilen zu können.

Aber warum war seine Mutter so betrübt und Roter Vogel voller Angst?

Eulenschnitzer flüsterte einem kleinen Jungen neben ihm etwas zu, der daraufhin fortrannte.

Nun begann der Schamane langsam mit dem Kopf zu nicken. Weißer Bär erkannte, daß Eulenschnitzer an einem Scheideweg stand und sich zu entscheiden versuchte, welchen Weg er einschlagen sollte. Seine Angst wuchs.

Jetzt wandte sich Eulenschnitzer ihm zu. »Dieser Mann hier ist dein Vater.«

Ja!

Eulenschnitzer hatte ihn gelehrt, über Visionen nicht zu rätseln, sondern abzuwarten, bis sich ihre Bedeutung von selbst erschloß. Daher hatte er schon vor Monaten beschlossen, nicht weiter darüber nachzugrübeln, wer der Fremde mit den blassen Augen am Ort der Schildkröte sei. Eulenschnitzer mußte es gewußt haben, als er ihm seine Vision erzählte. Er hatte es wohl für besser befunden, es ihm nicht zu sagen.

Weißer Bär drehte sich um und betrachtete den Mann an seiner Seite erneut. Dieser hob zögernd die Arme, als wolle er sie ihm entgegenstrekken, doch Weißer Bär rührte sich nicht, und der Mann ließ seine Arme wieder sinken.

Er verspürte ein seltsames Gefühl der Fremde wie noch nie zuvor in seinem Leben. Dieser Mann sah ihn voller Liebe an. Er wußte genau, daß sich durch seinen Besuch alles verändern würde.

»Dein Vater wird Sternenpfeil genannt«, sagte Eulenschnitzer und dann, zu diesem gewandt: »Der Name deines Sohnes ist Weißer Bär.«

»Ich grüße dich, Sternenpfeil, mein Vater«, entgegnete er. Das Wort *Vater* klang seltsam.

Sternenpfeil. Der Name gefiel ihm, aber er fragte sich, was er wohl bedeute. *Vater.* Ein freudiger Schauer überlief ihn.

Er sagte in dem Englisch, das Père Isaac ihn gelehrt hatte: »Guten Tag, Vater.«

»Mein Sohn«, antwortete ihm Sternenpfeil in derselben Sprache. Und jetzt sah er, wie dem Mann Tränen über das Gesicht rannen. Genau wie in seiner Vision.

Hinten in der Menge entstand Bewegung. Die Leute traten beiseite.

Erregung überkam ihn, als er Schwarzer Falke auf sie zukommen sah. Das sorgenzerfurchte Gesicht des Häuptlings leuchtete, als sähe er einen seit langem verloren geglaubten Bruder vor sich. Er nahm seine federgeschmückte Kriegsaxt in die linke Hand und hob die rechte Sternenpfeil zum Gruß entgegen.

Sternenpfeil erwiderte den Gruß auf die gleiche Weise. Weißer Bär hatte das Gefühl, von Giganten umgeben zu sein – Schwarzer Falke, Sternenpfeil, Eulenschnitzer... Er erinnerte sich an den Kreis von Bäumen, von dem er umgeben war, als seine Mutter ihn anrief.

»Sternenpfeil ist zu uns zurückgekehrt«, sprach Schwarzer Falke. »Das ist gut.«

Wolfspfote, Schwarzer Falkes ältester Sohn, kam nun durch die versammelte Menge herbei. Wie stets verursachte ihm seine Anwesenheit Unbehagen.

Sonnenfrau machte Platz für Schwarzer Falke an ihrer Seite. Der Häuptling ließ sich neben Eulenschnitzer nieder und reichte seine federbesetzte Streitaxt Wolfspfote, der sich hinter ihn setzte und die Waffe über seine Knie legte.

Drei weitere Männer kamen durch die Menge nach vorne. Als sie vor ihnen standen, erkannte Weißer Bär in ihnen drei Häuptlinge, Mitglieder des Rates, der in Friedenszeiten die alltäglichen Angelegenheiten der Sauk und Fox regelte. Der eine hieß Springender Fisch und war noch älter als Schwarzer Falke. Der andere hieß Brühe, ein Mann mit gewölbter Brust und ein bekannter Redner. Der dritte, Kleiner Stechender Häuptling, hatte eine herausragende Stellung bei den Fox.

Schwarzer Falke lud die drei Häuptlinge mit höflicher Geste ein, sich zu ihnen in den Kreis zu setzen.

Alle neun saßen eine Zeitlang stumm und reglos vor der versammelten Menge. Über die Rindendächer der Hütten von Saukenuk wehte eine leichte Brise hin.

Schließlich brach Schwarzer Falke das lange Schweigen. »Unsere Väter und Vorväter kannten viele verschiedene Blaßaugen. Die französischen Blaßaugen trieben Handel mit uns. Die britischen Blaßaugen machten uns zu ihren Verbündeten im Krieg. Die amerikanischen Blaßaugen jedoch vertrieben uns von unserem Land und töteten uns, wenn wir Einspruch erhoben und Widerstand leisteten. Amerikanische Blaßaugen sind nicht unsere Freunde. Diesen Mann hier jedoch, Sternenpfeil, nennen wir unseren Freund. Wir vertrauen ihm.

Vor dreizehn Sommern führten die britischen Langmesser Krieg gegen die amerikanischen Langmesser. Tecumseh, der große Häuptling der Shawnee, führte tapfere Krieger vieler Stämme an der Seite der Briten im Kampf gegen die Amerikaner. Diejenigen von uns Sauk und Fox, die mit Tecumseh zogen, sind seitdem immer die British Band genannt worden. Dieser Mann hier lebte damals unter uns. Er versuchte, Handel mit uns zu treiben und uns besser zu verstehen. Als der Krieg begann, gab es einige unter uns, die sagten: ›Er ist ein Feind, tötet ihn.‹ Ich hätte das auch gesagt, wenn ich nicht bereits gewußt hätte, daß er ein guter Mensch ist. Wir konnten ihn zwar nicht zu den Amerikanern zurückkehren lassen, aber wir ließen ihn unter uns leben. Wir erlaubten ihm sogar, das Bett von Sonnenfrau zu teilen.

Nach dem Krieg, als Sternenpfeil zu seinem eigenen Volk zurückkehrte, hinterließ er uns diesen Jungen hier, Weißer Bär.«

Er wandte sich ihm zu, und als ihre Augen sich begegneten, erbebte Weißer Bär unter dem Blick von Schwarzer Falke. Die Augen des Häuptlings waren so unendlich schwarz wie eine sternenlose Nacht.

»Und er hinterließ uns noch etwas«, fuhr Schwarzer Falke fort.

Er griff in eine perlenbesetzte Tasche an seinem Gürtel, aus der er eine glänzende Metallscheibe an einer silbernen Kette hervorholte und sie hochhielt, damit alle sie sehen konnten.

»In dieser Metallscheibe befindet sich ein Pfeil, der stets nach Norden zeigt. Selbst an Tagen, an denen keine Sonne zu sehen ist, und in sternenlosen Nächten weiß ich damit immer, wo die Sonne sein muß, und ich weiß, wo der Ratsfeuerstern steht, jener Stern, der sich die ganze Nacht über nicht von der Stelle bewegt. Weil er uns dieses magische Geschenk gab, nannten wir Sauk ihn Sternenpfeil. Sein Herz ist so beständig wie der Ratsfeuerstern und so wahr wie dieser Pfeil.«

In der Menge erhob sich zustimmendes Gemurmel.

Schwarzer Falke hob die Hand. »Nun aber soll uns Sternenpfeil sagen, warum er zu uns zurückgekommen ist.« Abwartend verschränkte er die Arme.

Weißer Bär wandte sich mit wild wie eine Trommel klopfendem Herzen dem Blaßauge zu. Sternenpfeil sah lange und ernst zuerst zu Sonnenfrau und dann zu ihm. Dann sprach er: »Häuptling Schwarzer Falke, ich habe als ihr Ehemann mit Sonnenfrau zusammengelebt und sie mit unserem Sohn, Weißer Bär, hier gelassen. Ich habe Sonnenfrau und Weißer Bär Unrecht getan. Er sollte nicht nur eine Mutter haben, sondern auch einen Vater. Ich aber ging zurück zu meinem Volk und heiratete dort eine Frau. Der Erschaffer der Erde hat mich dafür bestraft, indem er mir keine Kinder von dieser zweiten Frau schenkte und sie mir schließlich auch nahm. Wegen alledem ist mein Herz wie die Asche eines erloschenen Feuers.«

Er streckte Sonnenfrau die Hände entgegen. »Jetzt will ich alles wiedergutmachen.«

Eulenschnitzer beugte sich vor in den Kreis der um ihn Sitzenden. »Du willst also zu uns zurückkommen und wieder bei uns leben, Sternenpfeil?«

Bei dem Gedanken, daß Sternenpfeil zu seinem Stamm zurückkomme, hüpfte Weißer Bärs Herz vor Glück. Sein ganzes Leben lang hatte er darauf gehofft, seinem Vater zu begegnen; er hatte seine Wiederkehr erwartet, ohne sie jedoch für möglich zu halten. Damit sein Vater nach seiner Rückkehr mit ihm zufrieden wäre, hatte er sich von Père Isaac Dinge lehren lassen, die er niemals würde nützen können.

Mit diesem fremden Mann, dem die Sauk so viel Respekt entgegenbrachten, und seiner Mutter fortan hier zusammenzuleben war eine fast so aufregende Vorstellung für ihn wie sein Traum, ein großer Schamane zu werden.

Doch Sternenpfeil sagte: »Nein, ich kann nicht bei euch bleiben. Nichts würde mich glücklicher machen, glaubt mir, aber ich habe bei meinem Volk viel zu tun. Ich besitze viel Land.«

Eulenschnitzer entgegnete ihm: »Wenn dein Land dich davon abhält, das zu tun, was du möchtest, dann besitzt es dich.«

Sternenpfeil lächelte verständnisvoll. »Eulenschnitzer spricht die Wahrheit, doch ich vermag es nicht zu ändern. Ich muß mich selbst um mein Land kümmern, weil niemand da ist, der es für mich tun könnte.«

Dann wandte er sich an Weißer Bär, der die Frage spürte: *Oder könntest du der sein, der mir dabei hilft?*

Weißer Bär fühlte die Anwesenheit des Todes, der Sternenpfeil fest in seinem Griff hatte. Er mußte mit Eulenschnitzer darüber sprechen. Vielleicht konnte Eulenschnitzer ihm sagen, wie er seinem Vater helfen konnte.

Eulenschnitzer sprach weiter: »Wir wissen von deinem Land, Sternenpfeil. Du hast ehrlichen Handel mit uns getrieben und uns viele wertvolle Waren gebracht, damit du mit deiner Familie auf diesem Land im Norden leben und es bebauen und deine Viehherden darauf grasen lassen kannst.«

»Das stimmt«, pflichtete Häuptling Springender Fisch ihm bei. »Sternenpfeil gab mir ein gutes Gewehr, und mit dem, was er uns bezahlte, machte er unseren Stamm reich.«

Weißer Bär verspürte einen Anflug von Angst, als er hörte, daß Sternenpfeil im Norden lebte. Im Norden, schien es, wohnte die Gefahr. Drei Männer von den Fox, darunter Sonnenfisch, ein Junge seines Alters, mit dem er oft gespielt hatte, waren vor zwei Monden nach Norden gegangen, um dort Blei zu schürfen, und seitdem hatte niemand mehr etwas von ihnen gehört.

Sternenpfeil sagte: »Ich bin gekommen, um Sonnenfrau und Weißer Bär zu bitten, mit mir zu kommen und in meinem Haus zu leben.«

Weißer Bär vernahm ein erstauntes Raunen in der Menge, und er spürte sein Herz unerwartet in ein tiefes Loch fallen.

Den Stamm verlassen? Er konnte sich das nicht vorstellen. Es ergab keinen Sinn. Ohne den Stamm zu leben war, wie ohne Arme und Beine zu leben.

Seine Augen begegneten denen von Roter Vogel, die groß und voller Angst waren, und er versuchte ihr mit seinen Blicken zu sagen, daß er nicht damit einverstanden war. Jetzt begriff er auch, warum sie so unglücklich aussah. Sie mußte schon vorher erraten haben, was Sternenpfeil verlangen würde.

Roter Vogel verlassen... nichts mehr von Eulenschnitzer lernen können ... alle Hoffnung aufgeben, ein Schamane zu werden... die Wälder hinter sich lassen... von Saukenuk fortgehen... Er hatte gehört, daß bei den Blaßaugen keine Geister lebten, daß das hohe Präriegras abgebrannt wurde und daß sie die Bäume umschlugen.

Schwarzer Falke und Eulenschnitzer sahen einander an. Weißer Bär glaubte in ihren Blicken Erstaunen zu entdecken und Fragen, jedoch keine Ablehnung. Er spürte seine Hoffnungen sinken. Mußte er diesen Kampf allein führen?

Nein, seine Mutter würde natürlich ebenfalls nein zu Sternenpfeil sagen.

Sie stand auf, um zu sprechen, groß und würdevoll aufgerichtet. Sie wandte sich an Sternenpfeil, und Weißer Bär erkannte, wie sich in ihren dunkelbraunen Augen Liebe und Schmerz mischten.

»Ich bin glücklich, Sternenpfeil meinen Mann nennen zu können. Er hat mir nichts Unrechtes angetan. Es ist nur richtig, daß ein Mann bei seinem eigenen Volk lebt.«

Weißer Bär dachte: *Jetzt wird sie sagen, daß wir ebenfalls bei unserem Volk bleiben müssen und nicht mit ihm gehen können.*

Sonnenfrau fuhr fort: »Ich freue mich, daß sich Sternenpfeil an mich und Weißer Bär erinnert und daß er gekommen ist, uns zu bitten, bei ihm zu leben. Aber ich kann nicht mit ihm gehen. Ich habe hier meine Arbeit. Ich sammle die heilenden Kräuter, ich heile, ich gebe das Wissen, das ich besitze, an andere weiter.« Sie wandte sich Roter Vogel zu, die verlegen lächelte.

»Es wäre mir nicht möglich«, fügte sie hinzu, »den ganzen Tag nur Blaßaugen um mich zu sehen. Mein Herz würde dabei vertrocknen.«

Es folgte ein langes allgemeines Schweigen. Weißer Bär wartete unbehaglich. Warum hatte seine Mutter nichts von ihm gesagt?

Sternenpfeil zog seine gekreuzten langen, dürren Beine auseinander, stand auf und ging zu Sonnenfrau, blieb vor ihr stehen und legte ihr die Hände auf die Schultern. Im gleichen Moment schüttelte ein plötzlicher Windstoß an den Borkenwänden der Hütten von Saukenuk.

»Ich verstehe, was Sonnenfrau sagt.«

Daraufhin sahen beide zu Weißer Bär, und er hatte das Gefühl, als bebe unter ihm die Erde. Er wünschte, sie öffnete sich und verschlänge ihn.

»Dieser junge Mann«, sagte Sonnenfrau, »ist dein Sohn Weißer Bär. Er gehört dir zur Hälfte. Es ist richtig, daß er die Blaßaugen kennenlernt, die auch sein Volk sind.«

Die Erde drehte sich, er fiel und fiel.

Seine eigene Mutter verriet ihn... schickte ihn fort...

»Ich habe immer daran geglaubt, daß der Erschaffer der Erde ein besonderes Schicksal für Weißer Bär im Sinn hatte«, sagte Sonnenfrau.

Da brach der Schrei wie mit Urgewalt aus ihm heraus. »Nein!« Er wußte nicht einmal, wie er auf die Füße gekommen war, aber er stand.

Alle wandten sich ihm zu. Weit aufgerissene Augen starrten ihn an. Er sah, wie Schwarzer Falke eine Hand hob, um ihm Schweigen zu gebieten, und sie dann wieder senkte. Die drei Häuptlinge blickten ungehalten auf ihn.

Dann sprudelten die Worte aus ihm hervor. Er sprach zu seiner Mutter, die sich gegen ihn gewandt hatte.

»Der Erschaffer der Erde hat mich zum Schamanen bestimmt. Wie kann ich lernen, ein Schamane zu werden, wenn ich unter den Blaßaugen lebe? Wenn ich viele Sommer und Winter fern von unserem Stamm lebe, werde ich kein Sauk mehr sein.«

Er sah den schmerzlichen Gesichtsausdruck seiner Mutter. Er wußte, dies verletzte sie. Doch in seiner Brust brannte Zorn. Sie verkaufte sein Leben für ihres! Sie blieb in Saukenuk, gab aber Sternenpfeil, was er wollte – seinen Sohn. Warum sollte er geopfert werden, damit Sternenpfeil zufrieden war? Sie war es doch, die dieses Blaßauge einst in ihre Hütte aufgenommen hatte!

Seine Mutter wandte sich nun an Eulenschnitzer. »Wenn wir uns vor ihnen schützen wollen, müssen wir noch viel über die Blaßaugen und von ihnen lernen. Es müssen einige von uns bei ihnen leben und sie inmitten ihres Stammes verstehen lernen. So jemand muß jung genug sein, um noch Neues lernen und annehmen zu können. Er muß zudem besonders begabt und ein Liebling der Geister sein.«

Nun stand auch Eulenschnitzer auf, um zu sprechen, und wandte sich an Weißer Bär.

»Weißer Bär, höre auf die Worte deines Lehrers. Es gibt mehr als nur einen Weg, ein Schamane zu werden. Hier in Saukenuk leben viele Angehörige der Fox und auch Angehörige der Stämme der Winnebago, Piankeshaw und Kickapoo. Aber wer sagt, ihr Leben sei vorüber, weil sie bei den Sauk leben? Wenn du bei dem Stamm der Blaßaugen lebst, wird dich das zu einem Mann von größerem Wissen machen. Zu ihnen zu gehen, bedarf des Mutes eines Kriegers und noch mehr. Wissen und Mut zusammen machen einen Schamanen aus.«

Nun wandte er sich Schwarzer Falke zu. »Sonnenfrau hat recht. Lassen wir den Jungen mit Sternenpfeil gehen. Ich weiß, daß der Erschaffer der Erde diesen Pfad für Weißer Bär vorgesehen hat.« Er kreuzte die Arme vor der Brust und setzte sich wieder.

Weißer Bär suchte verzweifelt nach Worten, mit denen er Eulenschnitzer antworten konnte. Aber er fühlte sich hilflos gegenüber dem Strom, der ihn mit sich forttrug.

»Wenn der Erschaffer der Erde dies für mich will«, rief er, »wie kommt es dann, daß *ich* davon nichts weiß?« Er wurde innerlich ganz kalt und begriff, daß er in seiner Verzweiflung Eulenschnitzer in aller Öffentlichkeit bloßstellte. Er stellte Eulenschnitzers Stellung in Frage.

Es drängte ihn zu sagen, er hoffe, wenn Eulenschnitzer zu den Geistern eingegangen wäre, der große Prophet der Sauk zu werden. Doch wagte er es nicht auszusprechen. Der Erschaffer der Erde selbst könnte ihn für solche Vermessenheit bestrafen.

»Bin ich nicht aus der heiligen Höhle mit den Worten der Schildkröte zu euch zurückgekommen?« sagte er statt dessen mit flehend ausgestreckten Armen. »Ich werde euch gewiß, wenn ich hier bleibe, noch weitere große Visionen bringen können. Hier bei den Sauk bin ich bis zum Mannesalter herangewachsen. Warum kommt dieser Mann nun und will mich hier herausreißen, fort von dem einzigen Stamm, den ich jemals kannte?«

Es überraschte ihn, daß Sternenpfeil ihm warm zulächelte.

»Dieser Mann«, wies ihn Eulenschnitzer zurecht, »ist dein Vater! Du bis ein Sauk. Ein Sauk weicht niemals vor den Forderungen zurück, die die Ehre gebietet. Ein Sauk ist loyal und respektvoll und gehorsam gegenüber seinem Vater.«

»Ich bin stolz auf meinen Sohn«, sagte Sternenpfeil. »Er spricht vor allen Leuten wortgewaltig und mutig.«

Weißer Bär überkam nun ein Gefühl der Hoffnungslosigkeit. Sternenpfeil kämpfte gar nicht gegen ihn, so wenig wie Wasser gegen einen Ertrinkenden. Er war selbst ein Fluß, der ihn mit sich nahm, fort von seinem Volk und seinem Dorf.

Dieses Dorf tat nichts, um ihm beizustehen. Sonnenfrau, Eulenschnitzer und Schwarzer Falke trieben ihn sogar gemeinsam hinaus, wie sie es auch mit jemandem täten, der so verrufen und böse war, daß man es ihm nicht erlauben konnte, noch weiter bei seinem Volk zu leben.

Was wußte er schon von den Blaßaugen? Doch nur das wenige, das ihm Père Isaac erzählt hatte. Sie waren die großen Landdiebe, die dem Volk, das hier schon lebte, seit der Große Strom aus der Brust der Schildkröte zu fließen begonnen hatte, sein Land zu nehmen versuchten. Warum mußte er unter den Feinden seines Volkes leben?

Eulenschnitzer erhob sich, kam unheilverkündend auf ihn zu und beugte sich mit verschlossenem Gesicht zu ihm. Seine Augen waren so groß wie die seines Totemvogels. Weißer Bär fühlte sich in ihre schwarze Mitte eingesogen wie in die Strudel des Großen Stroms. Eulenschnitzers langes weißes Haar breitete sich wie Vogelschwingen zu beiden Seiten seines Kopfes aus.

»Du wirst tun, was man dir sagt!« sagte er ganz ruhig, aber mit furchterregender Härte. *»Du wirst gehorchen!«*

Weißer Bär starrte den Schamanen schweigend an.

»Du bist ebenso sehr der Sohn meines Geistes, wie du der leibliche Sohn von Sternenpfeil bist. Ich gebiete dir, bei diesem Mann zu leben, wie ich dir aufgetragen habe, im Eismond in die heilige Höhle zu gehen. Dies ist eine noch weitaus größere Aufgabe für dich. Bei den Blaßaugen zu leben wird genauso sein wie eine neue Reise in die heilige Höhle. Du wirst davon neue Visionen mitbringen.«

Weißer Bär konnte aus den schwarzen Pupillen Eulenschnitzers ablesen, daß er seinen Platz im Stamm verlieren würde, wenn er sich seiner Entscheidung noch länger widersetzte, und daß es keinen Sinn mehr hatte, sich dem Strom entgegenzustemmen, der ihn von Saukenuk forttrug.

Er hatte das Gefühl, daß etwas in ihm zerbrochen sei. Er bewahrte nach außen ein ausdrucksloses Gesicht. Er wollte nicht vor dem ganzen Stamm zeigen, wie verletzt er war. Aber er wußte, daß er sich nicht mehr lange beherrschen konnte, ehe ihm die Tränen kamen.

Er erblickte seine Mutter inmitten der Menge. In ihrem Gesichtsausdruck vermengten sich Unsicherheit und Entschlossenheit. Die anderen Leute betrachteten ihn lediglich mit Neugier, aber ohne Anteilnahme. Ein einziges Gesicht unter all den Menschen teilte seine Bestürzung. Roter Vogel. Ihre Blicke trafen sich, und die Pein, die sie beide empfanden, vergrößerte seine Verzweiflung nur noch.

Schwarzer Falke sprach leise über die Schulter mit Wolfspfote, der daraufhin aufstand. Als er den Kreis vor Eulenschnitzers Medizinhütte verließ, warf er Weißer Bär noch einen Blick zu, und Weißer Bär erkannte darin ein triumphierendes Aufleuchten.

Schwarzer Falke streckte eine Hand nach Sternenpfeil aus. »Wenn wir dich Weißer Bär mitnehmen lassen, mußt du ihn uns jedoch eines Tages zurückschicken, damit er den Sauk mit seinem neuen Wissen helfen kann.«

Eulenschnitzer war inzwischen zu seinem Platz zurückgegangen, wo er sich niederließ und Sternenpfeil ansah. »Dieser junge Mann ist sehr wertvoll für uns. Es haben sich ihm Geschehnisse offenbart, und er hat Visionen aus Vergangenheit und Zukunft gehabt.«

Diese Worte besänftigten Weißer Bär ein wenig. Der Stamm wollte also, daß er wieder zurückkehrte.

Sein Stamm wie auch die Blaßaugen wollten ihn haben.

Bei den Blaßaugen wirst du ein Mann von Wissen. Das hatte Eulenschnitzer gesagt, und Schwarzer Falke hatte ihm beigepflichtet. Vielleicht konnte er ein Sternenpfeil werden, der seinem Volk in den schweren Tagen, die die Schildkröte prophezeit hatte, den Weg wies.

»Ich verspreche euch, daß ich ihn nur eine bestimmte Zeit bei mir behalten werde«, sagte Sternenpfeil.

Er hat nicht mehr lange zu leben. Deshalb kann er es versprechen. Die Verbannung von den Sauk würde demnach nur kurz sein. Doch dies zu wissen war auch keine Erleichterung. Er wollte nicht, daß sein Vater, den er gerade erst kennengelernt hatte, so bald starb.

»Ich erbitte noch etwas«, sagte Sternenpfeil. »Es wird für den Jungen schwer sein, sich mit der Welt der Blaßaugen vertraut zu machen, wenn er ständig den Sog zu dem Stamm der Sauk verspürt. Ich erwarte deshalb von ihm, daß er in den ersten Sommer- und Wintermonaten bei mir nicht einmal zu einem Besuch zu euch zurückkehrt und daß ihr ihm keinerlei Botschaften oder Besuche sendet.«

»Das ist viel verlangt«, sagte Eulenschnitzer. »Das ist hart. Der Junge könnte vor Heimweh sterben.«

Sternenpfeil schüttelte den Kopf. »Soweit würde ich es nie kommen lassen. Wenn ich erkenne, daß es unerträglich für ihn ist, dann schicke ich ihn euch zurück. Aber ich werde auch alles tun, damit das nicht nötig wird, und wenn er von euch, der British Band, nichts hört und sieht, wird der Trennungsschmerz kürzer sein.«

»Ich verstehe, was Sternenpfeil meint«, sagte Schwarzer Falke. »So sei es.«

Weißer Bär setzte sich langsam nieder und fühlte sich wie tödlich verwundet. Niemals mehr ein Wort von seiner Mutter oder von Roter Vogel hören? Wie sollte er das ertragen?

Sternenpfeil fuhr fort: »Er wird eine hervorragende Schule im Osten besuchen. Und wenn er alles gelernt hat, was es für ihn zu lernen gibt, dann schicke ich ihn euch wieder.«

»So sei es«, wiederholte Schwarzer Falke.

Wolfspfote kam durch die Menge zurück. Er brachte das Calumet, die heilige Friedenspfeife. Er trug sie in beiden Händen. Ihr Hickoryrohr war lang wie der Arm eines Mannes und mit weißen und gelben Bändern umwickelt. Ihr hoher und schlanker Kopf war aus rotem Pfeifenstein aus einem Tal weit im Westen.

Schwarzer Falke nahm sie von Wolfspfote entgegen und füllte ihren Kopf mit Tabak aus der perlenbesetzten Tasche an seinem Gürtel. Eulenschnitzer ging in seine Hütte und kam mit einem brennenden Zweig wieder, mit dem Schwarzer Falke die Pfeife anzündete.

Schwarzer Falke sagte: »So laßt uns mit dem Rauch dieses geheiligten Tabaks alle Versprechen besiegeln.«

Weißer Bär überlief es kalt, als er den hellgrauen Rauch aus Schwarzer Falkes Pfeife aufsteigen sah und den süßlichen Geruch in die Nase bekam. Sobald Schwarzer Falke die Pfeife erst an seine Lippen gesetzt hatte und den Rauch einsog, war es beschlossene Sache, daß er mit Sternenpfeil gehen mußte – genauso unverbrüchlich, wie er an den Stamm der Sauk gebunden war.

Schwarzer Falke hielt die Pfeife mit einer Hand in der Mitte und mit der anderen am Ende und sog feierlich an ihr. Dann blies er die Rauchwolke aus und reichte die Pfeife an Sternenpfeil weiter, der seinen Blick auf Weißer Bär richtete und es ebenso machte und die Pfeife danach an Eulenschnitzer weitergab. Eulenschnitzer reichte die Pfeife an Springender Fisch, Brühe und Kleiner Stechender Häuptling weiter. Alle drei nahmen einen Zug aus ihr als Zeugen.

Eulenschnitzer ging mit der Pfeife zu Weißer Bär, der sie zitternd entgegennahm, voller Angst, daß diese feierliche Handlung seinen Untergang bedeute. Seine Finger spürten die Bänder und den warmen, glatten Stein des Pfeifenkopfes. Er hatte noch nie aus der heiligen Pfeife geraucht.

Er konnte Eulenschnitzer die Pfeife zurückreichen und sie verweigern. Doch war ihm klar, daß die Dinge nun bereits so weit gediehen waren, daß er, würde er es tun, niemals mehr als Schamane akzeptiert würde, ja nicht einmal mehr als ein Sauk.

Es verlangte ihn, zu Roter Vogel zu blicken, aber auch dies wagte er nicht mehr. Er sah statt dessen starr auf seine Mutter und erkannte in ihren Augen den starken Wunsch, daß er sich füge und aus der Pfeife rauche.

Er setzte das Calumet an die Lippen und sog den heißen Rauch in seinen Mund. Er brannte auf der Zunge und an den Innenseiten der Wangen. Er setzte die Pfeife wieder ab und hielt den Rauch noch für einen Moment, ehe er ihn ausblies. Als er es tat, ging ein Raunen durch die Menge.

Schwarzer Falke stand vor ihm. Weißer Bär reichte ihm die Pfeife zurück.

»Beschreite nun den Pfad, auf den wir dich senden, mit Mut und Würde«, sprach Schwarzer Falke.

Er wandte sich der Menge zu. »Die Ratsversammlung ist beendet.«

Weißer Bär merkte, daß er nun seine Tränen nicht mehr länger zurückhalten konnte. Er sprang auf und warf sich blindlings in die Menge, die sich bereits zu zerstreuen begann. Er spürte eine Hand an seinem Arm, aber er sah nicht hin und riß sich los.

Er begann zu laufen. Er lief durch ganz Saukenuk, über die Wiesen und in den Wald am Flußufer, an den Gräbern vorbei, mit den ausdauernden, harten Schritten eines Boten.

Nur daß Boten üblicherweise nicht schluchzend und mit tränenüberströmten Gesichtern zu laufen pflegten.

6

In dem alten Hain

Roter Vogel sah Weißer Bär mit schmerzender leerer Brust unter den Bäumen am Felsenfluß verschwinden.

»Dieser Narr!« hatte Schnelles Wasser gesagt, die in der Nähe stand. »Die Blaßaugen haben Stahlmesser und Decken und große feste Häuser, in denen es immer warm ist und in die es nie hineinregnet. Ich wäre selig, wenn man mich aufforderte, bei einem Blaßauge zu leben.«

Ihr Ehemann Drei Pferde hatte sie zurechtgewiesen. »Steht dein Plappermaul nie still, Weib?«

»Mein Plappermaul hat sich immerhin damit einverstanden erklärt, dich zu heiraten.«

Roter Vogel konnte das Gezänk nicht ertragen.

»Laßt mich durch!« rief sie, und die Menge gab ihr eine Gasse frei.

»Wo willst du hin?« rief ihre Mutter hinter ihr her. »Du solltest dich schämen, ihm nachzulaufen.« Sie griff nach Roter Vogels Ärmel. »Du machst dich zum Gespött!«

»Laß mich los!«

Während Wiegendes Gras noch an ihr zerrte, begegnete ihr Blick dem von Wolfspfote. Er stand neben seinem Vater, dem Kriegshäuptling, und wandte kein Auge von ihr. Sie wußte, auch er wollte ihr sagen, sie solle Weißer Bär nicht nachlaufen. Doch wenn er das täte und damit offen zeigte, wieviel ihm an ihr lag, würde *er* sich zum Gespött machen.

Sie wandte sich von allen ab, von Wiegendes Gras, von Wolfspfote, Schwarzer Falke und Eulenschnitzer, und begann zu laufen.

Als sie am Flußufer war, konnte sie keine Spur von ihm entdecken. Einen panikerfüllten Augenblick lang dachte sie: *Er wird sich doch nicht im Fluß ertränkt haben?*

Doch dann erkannte sie flußabwärts sein Kanu auf dem glitzernden Wasser. Er paddelte heftig und war fast hinter einer Kurve verschwunden.

Ihr eigenes kleines Rindenkanu, auf das sie mit roter Farbe eine Vogelschwinge gemalt hatte, lag ganz in der Nähe am Ufer. Sie schob es ins Wasser, sprang hinten hinein und setzte sich dann in die Mitte. Der Boden des Kanus knirschte über den flachen Grund, als sie es mit dem Paddel vom Ufer abstieß.

Sie hielt Abstand zu ihm, gerade so viel, daß sie ihn auf Sichtweite im Auge hatte. Es war ihm vielleicht nicht recht, daß sie ihm folgte. Es war jetzt schwer zu erraten, was in seinem Kopf vorging.

Was sollte sie tun, wenn sie ihn eingeholt hatte? Sie hatte gehofft, ihn zu heiraten, wenn nicht diesen Sommer, dann nächsten. Schon seit Kindertagen war sie unendlich fasziniert von ihm gewesen. Seit seiner Rückkehr von seiner Geisterreise war das nur noch stärker geworden. Nichts, dachte sie, konnte sie glücklicher machen, als mit ihm zu leben. Sonnenfrau hatte ihr alles erzählt, was geschieht, wenn ein Mann und eine Frau das Lager teilen. Wiegendes Gras hingegen hatte ihr dieses Wissen vorenthalten, mit der Begründung, sie benötige es noch nicht. Es hatte sich schmerzlich und freudig, ängstigend und erregend zugleich angehört. Ihre Erwartung, mit Weißer Bär das Lager zu teilen, war sehr groß gewesen.

Doch jetzt schien sie ihn zu verlieren. Wie konnte Sonnenfrau ihren eigenen Sohn von seinem Stamm fortschicken?

Und ihn von mir fortschicken. Der Gedanke schmerzte sie mehr, als wenn ihre Mutter ihr dies angetan hätte.

Hatte Weißer Bär nun wirklich die Absicht, zu den Blaßaugen zu gehen? Er hatte das Calumet geraucht. Er mußte es also tun.

Die Strömung trieb ihr Kanu voran. Das Flußwasser war schlammig braun. Es war das Frühjahrshochwasser, und die Strömung trieb sie schneller, als sie hätte paddeln können. Weiter vorne teilte sich der Fluß an einer dicht mit Bäumen bestandenen Insel nahe dem rechten Ufer. Weißer Bär fuhr in diese Enge zwischen Insel und Ufer hinein. Roter Vogel paddelte rückwärts, um langsamer zu werden und ihn beobachten zu können.

Sein Kanu umfuhr einen umgestürzten Baum, dessen in die Luft ragendes Wurzelwerk sich wie die Finger eines Ertrinkenden verzweifelt am Ufer einzukrallen schien, und verschwand hinter dem Stamm.

Roter Vogel ließ ihr Paddel im Wasser, zuerst auf der einen Seite, dann auf der anderen, um ihr Kanu so zu bremsen, bis er Zeit gehabt hatte, auf die Insel zu gehen. Dann ließ sie sich ebenfalls in die Engstelle und um den gestürzten Baum herum treiben.

Er hatte sein Kanu in einer kleinen sandigen Bucht an Land gezogen und war fort. Sie landete auf dem gleichen Sandstreifen direkt neben seinem Kanu und zog ihr Boot halb aus dem Wasser.

Sie lauschte, aber sie hörte vorerst nur das Rauschen der Bäume im Wind. Ein Vogel trillerte lange und laut irgendwo im Geäst, und nach einiger Zeit erscholl aus der Ferne die Antwort eines anderen.

Dann hörte sie seine Stimme. Keine Worte, sondern ein Aufschrei. Ein Schmerzensschrei.

Sie rannte in den Wald hinein, der die Insel bedeckte, und bahnte sich einen Weg durch Unterholz und Gestrüpp in die Richtung seiner Stimme.

Er schluchzte so laut, daß sie überzeugt war, er höre sie nicht kommen. Ein einziges Mal hatte sie bisher einen Mann so schluchzen hören; einen sterbenden Jäger, dem ein Bär das Bein zerfetzt hatte.

Hinter einigen Bäumen sah sie ihn. Er saß an eine große schwarze Eiche gelehnt. Es war ein Hain mit so alten Bäumen, daß in ihrem dunklen Schatten kaum noch etwas wuchs und sich ein fast freier Platz zum Sitzen gebildet hatte. Es war noch so früh im Jahr, daß die Zweige fast kahl waren. Sie konnte ihn deshalb in der Nachmittagssonne deutlich erkennen. Er hielt einen abgeschnittenen Zweig im Schoß und hatte die Augen geschlossen. Seinem geöffneten Mund entrang sich ein qualvoller Schrei nach dem anderen.

Sie trat aus dem Unterholz hervor. Er blickte auf, aber sein Gesicht war so verzerrt, daß sie nicht erkennen konnte, ob er sie überhaupt wahrnahm. Er schluchzte heiser weiter.

Das Herz war ihr schwer, ihn so leiden zu sehen. Sie setzte sich neben ihm nieder.

Eine lange Zeit hörte sie seinem hemmungslosen Schluchzen zu und wartete auf eine Gelegenheit zu sprechen.

Sie betrachtete den Baumzweig, den er in den Händen hielt. Er war fast so lang wie ihr Arm und hatte zu ihrer Überraschung ganz vorne drei Blätter, obwohl sie doch erst im Mond der Knospen waren. Er hielt ihn wie ein Kind eine Puppe, bei der es Trost sucht.

Langsam begannen seine Tränen zu versiegen. Sie griff vorsichtig nach ihm und streichelte ihn leicht. Als sie keinen Widerstand spürte, ließ sie ihre Hand auf ihm liegen und rückte näher, bis sie eng aneinandergepreßt saßen. Sie legte ihm den Arm um die Schultern und hielt ihn fest.

Zuerst spürte sie keine Reaktion. Er schien nur halb lebendig zu sein. War er sich ihrer Anwesenheit eigentlich bewußt? Doch dann sank sein Kopf auf ihre Schulter, und sie spürte, wie sein ganzer Körper sich an sie drückte.

Sie legte auch ihren anderen Arm um ihn und wiegte ihn wie ihr Kind. Trotz seines Kummers und ihres eigenen war es doch eine Glücksempfindung, ihn so halten zu können.

Er seufzte auf und wischte sich das Gesicht mit der Hand ab. Sie strich ihm über die Wange und entfernte seine Tränen.

Sie wollte mit ihm reden, aber sie wartete, daß er zuerst begann.

»Ich kann nichts dagegen machen«, sagte er schließlich. »Ich muß mit ihm gehen. Er ist mein Vater.«

Sie beobachtete ihn, wie er in den Wald starrte. Sie konnte die Züge seines Vaters jetzt an ihm erkennen. Seine Augen waren ihr immer schon etwas seltsam erschienen, doch sie hatte nie gewußt, weshalb. Jetzt sah sie es. Sie waren runder als die der anderen Menschen ihres Volkes. Sie hatten die Form der Augen seines Vaters. Auch seine Nase war schmal und stark gebogen und unten spitz; wie ein Vogelschnabel. Seine Augenbrauen waren dick und schwarz und gerade, und sein Kinn war kantig. Die Fremdheit seines Gesichts gefiel ihr.

Sie sagte: »Wir könnten zum Dorf zurückfahren, wenn es dunkel ist, und uns Decken und Nahrungsmittel und Werkzeug und Waffen holen und in unsere Kanus laden. Sie werden ein Fest für Sternenpfeil feiern heute nacht, und alle werden danach tief schlafen. Wenn wir dann in der Nacht über den Großen Strom führen, wären wir morgen schon weit fort.«

Er starrte sie an. »Aber ich will mein Volk doch nicht verlassen!«

So weit voraus hatte sie nicht gedacht: wie das wäre, fern von Eulenschnitzer, Eisernes Messer, Sonnenfrau, ihren Schwestern, ihrer Mutter und allen anderen. Natürlich wäre das ein großer Verlust. Aber mit ihm zusammen konnte sie diesen Schmerz ertragen, dachte sie.

»Aber wir hätten einander. Wäre es nicht auch für dich erträglicher, wenn ich bei dir wäre?«

Er antwortete nicht gleich, und das gab ihr ein Gefühl, als griffe eine rauhe Hand an ihr Herz. Doch dann lächelte er sie an, und sie fühlte sich sogleich wieder besser.

»Natürlich, Roter Vogel, wenn wir zusammenleben könnten, wäre der Schmerz, Saukenuk verlassen zu müssen, viel geringer.« Sogleich verdüsterte sich seine Miene jedoch wieder. »Aber das könnten wir ja gar nicht. Wir beide ganz allein ohne unseren Stamm – da könnten wir nicht glücklicher sein als eine abgeschnittene Blume, die nicht mehr weiterwachsen kann. Außerdem bräche ich mein heiliges Versprechen, das ich mit der Friedenspfeife besiegelt habe, und die Geister würden sich von mir abwenden. Meine Mutter und Eulenschnitzer sagen, ich kann dort Dinge lernen, die später unserem ganzen Volk helfen werden.«

Roter Vogel war wie vom Donner gerührt, als sie begriff, daß er wirklich mit Sternenpfeil fortgehen wollte. Weswegen dann das ganze Geheule?

Er machte sich also nicht so viel aus ihr wie sie sich aus ihm. Das machte sie zornig. Sie rückte ein wenig von ihm ab.

»Meine Mutter hat also doch recht. Ich war verrückt, dir nachzulaufen. Es bedeutet dir mehr, fortzugehen und bei diesem Blaßauge zu leben, als mich zu deiner Frau zu machen.«

Seine Augen wurden ganz groß. »Aber von so etwas haben wir doch überhaupt noch nie gesprochen!«

»Mußten wir das denn?« Sie spürte, wie sie immer wütender wurde. »Weswegen, glaubst du eigentlich, ging ich dich suchen, als du auf deiner Reise in die Visionen warst? Warum wohl bin ich dir jetzt den ganzen Weg vom Dorf bis hierher gefolgt? Und warum schlug ich vor, zusammen über den Großen Strom zu fahren? Natürlich wollte ich immer deine Frau werden. Aber du willst mich nicht, wie ich sehe. Du willst mit deinem blaßäugigen Vater fortgehen, und vielleicht möchtest du dir dort sogar ein Blaßauge zur Frau nehmen.«

Der Mund blieb ihm vor Verwunderung offen stehen. »Ich habe noch nie eine weiße Frau gesehen! Wie kann ich da eine begehren? Natürlich will ich dich zur Frau, Roter Vogel. Ich weine doch, weil ich mit Saukenuk auch dich verlassen muß.«

Sie griff wieder nach ihm und legte ihre Hände auf seine Arme. »Ich würde mich lieber aus dem Stamm ausstoßen lassen als dich verlassen.«

Er schüttelte den Kopf. »Wir müssen doch unser Volk gar nicht verlieren und einander auch nicht. Es war doch Teil des Schwurs mit dem geheiligten Tabak, daß ich wiederkomme. Wenn wir jetzt fortliefen, würde der Erschaffer der Erde uns zürnen.«

Sie rückte näher an ihn heran. Sie hatte den Erschaffer der Erde in ihren Träumen gesehen. Er war größer als der höchste Baum und trug eine gewaltige Kriegskeule mit einem kugelrunden Stein am Ende und ähnelte Schwarzer Falke mit seiner langen lockigen Haarsträhne, die ihm von seinem sonst völlig kahlrasierten Kopf fiel.

»Ich wünschte, ich könnte wie du die Geister treffen und mit ihnen sprechen. Manchmal glaube ich, ihnen im Traum zu begegnen.«

»Der Umgang mit den Geistern kann gefährlich werden«, warnte Weißer Bär. Seine Augen schienen sich weit in der Ferne zu verlieren. Er hatte schon so viele Dinge gesehen, die sie nicht erblickt hatte. Das war nicht gerecht, fand sie. Es machte sie traurig.

Sie war seinetwegen in die bittere Kälte hinausgegangen, als die ganze Welt von einer Decke eisig kalten Schnees überzogen war. Sie hätte leicht erfrieren können. Sie hatte fast so viel riskiert wie er selbst!

»Ich sage ja gar nicht«, sagte sie, »daß ich so stark bin wie du, Weißer Bär, oder würdig genug, um ebenfalls mit den Geistern zu sprechen. Ich wünsche mir ja nur, einmal die Gelegenheit dazu zu haben.«

Er nahm ihre Hand und sah ihr tief in die Augen.

»Die wirkliche Gefahr für einen Schamanen ist nicht körperlicher Art.«

»Was dann?«

»Ich wollte nicht zurückkehren.«

Sie fühlte sich, als bliese ein kalter Windhauch über ihren Nacken. Als hätten die Geister diese Lichtung in dem Hain zusammen mit ihnen betreten und stünden nun um sie herum und hörten ihnen zu und richteten über sie.

»Es ist so überwältigend«, sagte er. Er sprach so leise, daß sie sich anstrengen mußte, um ihn über dem im jungen, noch spärlichen Laub der Bäume raschelnden Wind zu verstehen. »Du bist dort mit ihnen. Der Weiße Bär, die Schildkröte. Du siehst sie, sprichst mit ihnen. Du siehst den Lebensbaum, die Kristallhöhle der Schildkröte und die Geister alles Lebendigen. Warum sollte irgend jemand von dort hierher zurückkehren wollen?«

Roter Vogel überlief ein Schaudern. Doch sie beneidete ihn nach wie vor.

»Deine Hände sind ganz kalt«, sagte er. Er legte seinen Arm um sie und zog sie eng an sich. Sie schob ihre Hände unter sein Lederhemd und spürte die glatte Wärme seiner Haut und die Festigkeit seiner Muskeln. Wie kräftig seine Arme waren, die sich um sie schlossen! Sie dankte dem Erschaffer der Erde, daß er ihm die Kraft gegeben hatte, aus dem Geisterreich wieder zurückzukommen.

Dann kam ihr ein neuer Gedanke. »Und wenn dich das Land der Blaßaugen fesselt und festhält? Dann wirst du nie mehr zu mir zurückkommen, und für die Sauk wirst du gestorben sein.«

Er lächelte sanft und tätschelte ihre Schulter. Sie drängte sich noch enger an ihn.

»Glaubst du denn, das Land der Blaßaugen, in dem es keine Geister gibt, könnte mich festhalten, wenn dies nicht einmal das Land der Geister vermochte?«

»Nein, das wohl nicht.«

»Könnte das Land der Blaßaugen mich fesseln, wenn Roter Vogel nicht dort ist? *Ich* glaube es nicht.«

Ihr Körper schien zu zerschmelzen. Sie wünschte sich, zusammen mit Weißer Bär zerfließen zu können, so wie sich der Felsenfluß in den Großen Strom ergoß.

Seine Arme um sie umschlossen sie fester. Dann hob er eine Hand, um ihr eine Haarsträhne aus der Stirn zu streichen.

Sie kam ihm entgegen, bis sich ihre Wangen berührten. Sie rieb erst die eine Seite ihres Gesichts an ihm, dann die andere. Begierde überkam sie. Es war fast, als wolle sie ihn verschlingen, doch alles, was sie tun konnte, war, seine glatte Wange mit ihren Fingerspitzen zu berühren.

Seine Nüstern blähten sich auf, und seine Lippen öffneten sich. Er begann hörbar zu atmen. Seine Hände wanderten unruhig über ihren Körper und erweckten überall dort, wo er sie berührte, heftige Gefühle, die nach mehr verlangten.

Sie hatten nicht bemerkt, wie sie sich niederlegten. Sie konnte nur ihn sehen, hören, an ihn denken. Ihr Kopf lag auf seinem Arm wie auf einem Kissen, und ihr Gesicht war an seines gepreßt. Er streichelte sie mit seiner freien Hand und suchte ihre bloße Haut unter ihrer Jacke und ihrem Rock. Er wurde kühner und zerrte an den Schnüren, die ihre Kleider zusammenhielten, und löste sie und entblößte Stellen, die nur ein Ehemann sehen sollte, und er betrachtete sie und berührte sie dort und jagte Schauer von Lust über sie.

Sie wollte, daß er das alles tat. Sie verspürte weder Scham noch Angst, nur Beglückung. Sie ließ ihn alles tun, was er wollte. Sie half ihm sogar. Sie bewegte ihre eigenen Hände und berührte ihn überall. Ihre Hand fand den Eichenzweig, den er eben noch festgehalten hatte, bis sie sich zu ihm setzte. Sie schob ihn weg und tastete mit den Fingern nach der Härte, die sie unter seinem Lendenschurz spürte. Sie wußte, daß er bereit war, in sie zu kommen, so, wie Sonnenfrau es ihr erklärt hatte.

Sie konnte ihn immer noch zurückhalten, wenn sie wollte. Aber sie kannte ihn und vertraute darauf, daß er nichts tat, was sie nicht wollte.

Doch das hier wollte sie. Sie wollte, daß seine Hand fortfuhr, ihm zielstrebig den Weg zu bereiten. Sie wollte, daß das goldene Glühen in ihr sie mehr und mehr erfüllte. Das war das Glück, und sie stieg auf zu immer größerer und größerer Beglückung. Sie fühlte, wie er sich bewegte, und unvermittelt lag ihre Hand nicht mehr auf seinem Lendenschurz, sondern an seinem pulsierenden Fleisch. Sie wollte sich dem Teil von ihm, den sie so fest umschlossen hielt, öffnen.

Dann war er über ihr, und sie verspürte einen plötzlichen stechenden Schmerz. Sie schrie auf. Doch fast gleichzeitig folgte sein Lustschrei, und seine Hüften stießen heftig nach vorne, und sie spürte, wie er sich in sie ergoß. Er gab ein langes, erleichtertes Seufzen von sich und blieb dann mit seinem Gewicht auf ihr liegen.

Jetzt bin ich wie die Schildkröte, dachte sie, die die ganze Erde trägt.

Bis zu diesem Moment des Schmerzes hatte sie stetig sich steigernde Lust verspürt. Jetzt waren nur noch Schmerz und die verwehende Erinnerung an das gute Gefühl übrig. Doch sie begehrte mehr. Sonnenfrau hatte ihr gesagt, daß es nur das erste Mal schmerze, danach aber immer besser werde.

Weißer Bär löste sich langsam von ihr. Sie lagen nebeneinander und blickten einander in die Augen. Seine Augen waren riesig. So nahe an ihrem Gesicht.

»Einen Moment lang«, sagte er, »hatte ich das gleiche Gefühl wie damals, als ich über die Sternenbrücke ging.«

Sollte sie ihn fragen, ob sein Glück so groß sei, daß er jetzt bei ihr blieb, statt mit seinem Vater in das Land der Blaßaugen zu gehen? Doch sie wußte ja, wie seine Antwort lauten würde und daß es sie beide nur schmerzen würde, wenn er sie ausspräche.

Sie sagte: »Es war Sonnenfrau, deine Mutter, die mir alles darüber sagte – über das, was Männer und Frauen miteinander tun.«

Er lachte. »Mir hat sie es auch gesagt.« Dann wurde er rot. »Ich habe ein Gefühl, als wenn uns meine Mutter hier zusähe.«

Jetzt lachte Roter Vogel. »Was würde sie denn sehen, was sie nicht schon kennte?«

Er schüttelte den Kopf. »Ich möchte nicht, daß es irgend jemand sähe, wenn wir das tun.«

»Die Geister sehen es.«

»Das ist nicht dasselbe. Sie sehen alles, also ist es nichts Besonderes für sie.«

»Ist es etwas Besonderes für dich?« fragte sie.

»Aber natürlich. Es ist etwas geschehen zwischen uns. Ich habe dir einen Teil von mir gegeben und besitze auch etwas von dir. Darum gehören wir jetzt für immer zusammen, auch wenn ich dich verlassen muß.«

Sie wollte nicht, daß er vom Fortgehen sprach. Sie wollte vielmehr für immer mit ihm hier in diesem Hain mit den alten Bäumen bleiben. Als sie gesagt hatte, daß sie mit ihm fortgehen und allein mit ihm leben wollte, hatte sie es sich so wie jetzt vorgestellt. Doch nun kam ihr ein dunkler Gedanke.

»Weißer Bär, sie suchen wahrscheinlich nach uns. Und sie überraschen uns vielleicht hier.« Sie begann besorgt ihre Kleider zusammenzuraffen.

Er setzte sich auf und legte seine Hand auf die ihre. »Ich glaube nicht, daß jemand kommt.« Es klang so sicher und überzeugt, daß sie glaubte, er spreche als Schamane.

»Sie wissen, daß ich ins Dorf zurückkomme«, sagte er. »Sie haben mich das Calumet rauchen gesehen. In ein paar Tagen werde ich mit meinem Vater fortziehen.«

Er sagte es mit solcher Endgültigkeit, daß es Roter Vogel war, als ginge die Sonne unter.

»Es ist also Zeit genug«, sagte er. »Ich meine, wenn du willst...« Er führte ihre Hand, ihn zu berühren. Zu ihrer Freude spürte sie, daß er wieder fest und stark und bereit war, in sie zu kommen. Dieses Mal, dessen war sie sicher, würde es nicht mehr schmerzen. Sie würde nun die volle Lust empfinden, von der Sonnenfrau gesprochen hatte.

Die Nachmittagssonne, die durch die knospenden Zweige fiel, durchflutete sie warm und ließ sie sich glücklich und frei fühlen.

Ihr Zusammenfließen dauerte diesmal länger und verschaffte ihr wirklich alle Lust, die sie sich erhofft hatte.

Als sie danach still und entspannt nebeneinanderlagen, kam ihr der Gedanke, daß es wohl eines Tages ohnehin geschehen wäre, aber nicht heute, wäre nicht Sternenpfeil gekommen und hätte seinen Sohn beansprucht.

7

Raouls Mal

Am Morgen des vierten Tages ihrer Reise von Saukenuk nach Norden am Großen Strom entlang ritten Weißer Bär und Sternenpfeil, als die Sonne schon ziemlich hoch am Himmel stand, aus dem Wald hinaus auf die vor ihnen liegende Prärie. Rechts von ihnen zogen sich sanfte Hügel mit frischem Büffelgras und Prärieblumen in allen Farben hin. Zu ihrer Linken stiegen die Berge höher und steiler auf, um dann zum Großen Strom hin abzufallen. Weißer Bär sah ein riesiges Boot mit großen weißen Schwingen, die es auf dem Fluß vorwärtstrugen.

Sternenpfeil zügelte unvermittelt seinen schwarzen Hengst, stieg ab und bedeutete Weißer Bär, ebenfalls von seinem braun und weiß gescheckten Pony zu steigen.

»Sieh dir diesen Stein an«, sagte er und deutete auf einen grauen Findling direkt an einer Klippe über dem Abhang zum Fluß.

Weißer Bär erblickte ein eingeritztes Zeichen auf dem Stein. Er erinnerte sich an Père Isaacs Unterricht. Es war das Zeichen der Blaßaugen für den Laut M.

»Dieses M bedeutet de Marion«, erklärte Sternenpfeil. »Wir sind nun auf dem Land, das unserer Familie gehört. Du siehst hier nirgends Zäune, weil es gar nicht genug Holz gäbe, um unser ganzes Land zu umzäunen, so groß ist es.«

Er legte ihm die Hand auf die Schulter, und seine Finger drückten sich in das Leder seines Hemds. »Doch bevor wir zu dem Ort kommen, wo ich wohne und wo nun auch du wohnen wirst, müssen wir über die Namen sprechen. Bei den Blaßaugen werde ich Pierre de Marion genannt. Mein ganzer Name ist Pierre Louis Auguste de Marion.«

Er ließ ihn den Namen »Pierre de Marion« nachsprechen.

»Gemäß unserer Sitte nennst du mich ›Vater‹«, sagte er und sprach das englische Wort dafür aus, das Weißer Bär schon kannte. »Nun sage ich dir, wie du unter den Blaßaugen heißen wirst.«

Weißer Bär machte sich abrupt frei und trat einen Schritt zurück. »Ich habe bereits einen Namen. Bei meiner Geburt wurde ich Graue Wolke genannt, weil ich weder weiß noch rot bin.« Seine Worte klangen vorwurfsvoll, obwohl er das eigentlich nicht beabsichtigt hatte. »Aber jetzt bin ich Weißer Bär. Das ist der Name, den mir der Schamane Eulenschnitzer nach meiner Geisterreise gab. Diesen Namen muß ich behalten.«

»Du wirst ihn auch behalten, mein Sohn. Du wirst immer Weißer Bär sein. Nur, so wie es mich glücklich macht, daß ich bei der British Band Sternenpfeil genannt werde, kannst du auch einen Blaßaugennamen haben. Einer, der den Blaßaugen, wenn du unter ihnen bist, sagt, wer du bist, nämlich ein Angehöriger der Familie de Marion und mein Sohn.«

Er ist stolz, daß ich sein Sohn bin. Sein Widerstand schwand, und er empfand Wärme für den Mann, der ihm einen Namen geben wollte. Gut. Wenn Sternenpfeil zwei Namen haben konnte, dann er auch.

»Was soll mein Blaßaugenname sein, Vater?«

Sternenpfeil legte ihm wieder die Hand auf die Schulter. »Ich will, daß du Auguste de Marion heißen sollst. Auguste ist ein sehr alter Name. Er bedeutet ›geheiligt‹, eine heilige Person, und das ist ein guter Name für einen, der Visionen gesehen hat und ein Schamane werden will. Sprich es mir nach: Auguste.«

»O-güst.«

Auf ihrem weiteren Ritt über das Land der de Marions riefen ihnen immer wieder Leute aus Hütten zu. Und zwischen Herden von Vieh und

Pferden ritten Männer, die Pierre mit erhobener Hand grüßten, als sie vorüberkamen.

Dutzende von Pferden! dachte Auguste und wurde sich bewußt, daß er hier einen Reichtum sah, der jeden einzelnen der British Band erstaunen würde.

Später kamen sie an Feldern vorbei, die mit Holzstämmen eingezäunt waren. Über niedrige Hügel zogen weidende Schafherden und grasten die Prärie bis zu den Wurzeln ab. In einem kleineren Koben suhlten sich graue und rosafarbene Schweine im Schlamm neben einem Teich.

Sie ritten an großen Getreidefeldern vorüber. Ganz Saukenuk mit allem Ackerland drum herum hätte in ein einziges dieser Felder gepaßt. Eine der Pflanzen erkannte er. Mais. Mais, so weit das Auge reichte. Wieviel Mais konnten die de Marions essen? Sie mußten ein wahrlich riesiger Stamm sein.

Pierre sagte im Weiterreiten zu ihm: »Da ist noch etwas, Auguste, was du wissen mußt. Du wirst heute noch meine Familie kennenlernen – deinen Großvater und deine Tante, meine Schwester.« Er hielt sein Pferd an. Auguste zügelte sein Pony neben ihm und wartete. Pierre sah nicht sehr glücklich aus, als er fortfuhr. »Ich muß dir zudem sagen, daß ich noch einen Bruder habe. Dein Onkel...«, er zögerte, »... wird vielleicht nicht sehr freundlich zu dir sein.«

»Warum?« fragte Auguste.

»Vor dreizehn Sommern sind in dem Krieg zwischen den Briten und den Amerikanern eine andere Schwester von mir und er von den Potawatomi gefangengenommen worden. Meine Schwester haben sie ermordet. Raoul, mein Bruder, erlitt viel von ihnen, bis wir ihn endlich fanden und freikaufen konnten. Und seitdem haßt er nicht nur die Potawatomi, sondern alle Indianer. Er war dagegen, daß ich dich zu uns nach Hause bringe.«

»Das verstehe ich nicht«, sagte Auguste. Wie konnte jemand alle Stämme für das hassen, was ihm die Männer eines Stammes angetan hatten?

Wieder merkte er, wie fremd ihm doch die Welt der Blaßaugen war, und er verspürte Angst in sich aufkeimen.

Pierre sprach weiter: »Er wird wahrscheinlich nicht da sein, wenn wir ankommen. Ich mußte dir das über Raoul sagen, doch ich möchte nicht, daß du Angst vor ihm hast.«

Doch er *hatte* Angst, merkte Auguste, während sie weiterritten. Er hatte ein leeres Gefühl im Magen, und sein Herz schlug schneller als der Hufschlag seines Ponys. Er hatte Angst vor den Blaßaugen und ihrem seltsamen Wesen. Und er empfand jetzt sogar größere Angst als auf der Sternenbrücke mit dem Weißen Bären.

»Da!« rief Pierre plötzlich mit ausgestreckter Hand. Auguste sah in die Richtung, in die er deutete, und der Mund blieb ihm offen stehen.

Zuerst dachte er, er erblicke einen schneebedeckten Wald. Inmitten der Bäume erhob sich etwas, das aussah wie ein großer, grauer Hügel. Schnee im Mond der Knospen? Vielleicht hatten die Blaßaugen ihren eigenen Zauber?

Als sie näher kamen, verwandelte sich der vermeintliche Schnee auf den Bäumen in Blumen. Er hatte schon blühende wilde Apfelbäume gesehen und wußte wohl, daß viele Bäume zu dieser Jahreszeit blühten. Doch diese Bäume hier standen alle in geraden Reihen, und jeder einzelne war ein Blütenberg.

Was er für einen grauen Hügel gehalten hatte, entpuppte sich als das größte Haus, das er je erblickt hatte. Er zügelte heftig sein Pferd und starrte stumm auf das Wunder vor seinen Augen. Pierre wartete an seiner Seite.

Dieses große Haus schien aus drei oder vier aneinandergebauten Häusern zusammengesetzt zu sein, wobei das mittlere Haus sich über die anderen erhob. Sein Giebeldach war mit in der Mitte gespaltenen Holzklötzen gedeckt, die flachen Seiten nach oben. Der untere Teil der Häuser bestand aus Stein, der obere aus Holzstämmen.

Furcht beschlich ihn angesichts der Erkenntnis, daß diese Menschen so viel vermochten. Sie konnten so viel Land besitzen, daß ein Reiter einen halben Tag benötigte, um vom Rand bis zur Mitte zu gelangen. Sie konnten sich dieses Land ihren Wünschen entsprechend untertan machen, es einzäunen, mit Vieh füllen und riesige Getreidefelder anpflanzen. Sie konnten sich an einem Wald voll blühender Bäume erfreuen. Darüber hinaus waren sie imstande, inmitten von allem ein Wohnhaus zu bauen, das gigantisch genug war, um hundert Familien Unterkunft zu gewähren.

Den Blaßaugen war also nichts unmöglich. Sie waren so gewaltige Magier, daß neben ihnen ein Schamane wie Eulenschnitzer nur noch kindisch aussah. Wie konnte er je erwarten, all das zu lernen, was sie konnten?

Verzweiflung überkam ihn. Er hatte genug gesehen.

Pierre klatschte seinem Pony auf den Hals, und das kleine Pferd trottete los. Auguste ließ sich fast willenlos auf das große Haus zuführen. Die Hufe seines Ponys traten weich auf weiße Blütenblätter.

Pierre deutete stolz auf das Haus. »Wir nennen unser Haus Victoire.«

Je näher sie kamen, desto mehr verdeckte das riesige Haus den Himmel. Es war grau. Seine Holzstämme oben waren schon verwittert. Auguste sah nun, daß noch zahlreiche weitere, vergleichsweise kleine Häuser um das riesige Haus in der Mitte herum verstreut waren. Von den meisten führten überdachte Verbindungswege zu dem großen. Noch das kleinste Haus war erheblich größer als die größte Hütte in Saukenuk.

Gleich hatten sie die blühenden Obstbäume hinter sich, und Auguste sah einen Zaun aus Baumstämmen vor sich. Der Zaun umgab einen niedrigen, mit kurzgeschnittenem Gras bewachsenen Hügel, auf dem es zu dem großen Haus hinaufging. Die Südseite überschattete ein alter Ahornbaum. Er hielt sein Pony an. Er konnte nicht weiterreiten.

»Was ist?« fragte Pierre.

»Ich kann nicht«, sagte Auguste. »Ich kann dort nicht hin.« Er spürte, wie seine Stimme ihm zu versagen drohte und wie seine Lippen zitterten, und er hielt sich mühsam aufrecht.

»Warum nicht, Auguste?« fragte Pierre nachsichtig.

»Ich weiß nicht, was ich dort soll. Ich habe so einen Ort noch nie gesehen. Ich werde mich närrisch benehmen, und alle die Leute dort werden mich auslachen. Du wirst mich nicht mehr als Sohn haben wollen.«

»Also warten wir ein wenig«, sagte Pierre. »Steig ab.«

Auguste biß sich auf die Lippen und stieg vom Pferd.

»Setzen wir uns«, sagte Pierre. Sie setzten sich einander gegenüber an den Wegrand. Auguste sah Leute durch die geraden Baumreihen auf sie zukommen. Pierre sah sie auch, winkte sie aber fort.

Sie saßen lange schweigend da. Ihre Pferde grasten in der Nähe. Auguste bezwang seine Qual und merkte, daß er ruhiger wurde.

Er blickte Pierre an und nickte zum Zeichen, daß er jetzt seine Selbstbeherrschung wiedergewonnen habe. Pierre nickte zurück. Auguste sah auf den blütenübersäten Boden und fühlte sich wie zerschmettert.

»Das alles ist sehr fremd für dich«, sagte Pierre.

»Ja«, antwortete Auguste.

»Es ist gar nicht so abwegig, daß du Furcht empfindest. Es gibt hier einige Leute, die dich allein deswegen hassen werden, weil du eine Rothaut bist. Andere werden aus dem gleichen Grund Angst vor dir haben. Aber auch in der Welt, aus der du kommst, gibt es Gefahren. Feuer und Hochwasser, Krankheit, Bären und Wölfe, die Sioux und die Osage, die Feinde deines Volkes. Du fürchtest das alles ebenfalls, aber man hat dich gelehrt, mit diesen Gefahren zu leben. Hier gibt es auch Menschen, wie mich, die sich deiner annehmen werden und dich beschützen und dich lehren, wie man mit den Gefahren in der Welt der Blaßaugen umgeht. Du mußt nur die Menschen kennenlernen, die dir helfen werden. Ich möchte, daß du dich freust, von Saukenuk nach Victoire gekommen zu sein.«

Auguste antwortete nicht. Sie saßen eine Weile schweigend.

Dann sprach Pierre weiter: »Wir Blaßaugen sind nun einmal da, Auguste, und deshalb mußt du lernen, mit uns zu leben.«

Auguste seufzte auf und beruhigte sich dann wieder. Er lauschte auf das ansteigende und abschwellende Sirren der Heuschrecken.

Weißer Bär, wenn meine Vision von diesem Mann etwas bedeutete, dann komm jetzt zu mir und sage mir, was ich tun muß.

In seiner Satteltasche hatte er eine Handvoll der magischen Pilzstückchen. Doch seit seiner Geisterreise hatte der Weiße Bär schon mehrmals ohne die Hilfe der Pilze zu ihm gesprochen und ohne daß sein Geist seinen Körper verlassen mußte. Meistens genügte es schon, wenn er ganz ruhig saß und lauschte. Er wartete auch jetzt. Gelegentlich warf er einen Blick auf Pierre und manchmal auf die Zweige und das Moos und das Gras auf dem Boden.

Vielleicht erreicht mich hier im Lande der Weißen kein Geist.

Er war schon dabei, aufzugeben und wieder aufzustehen, um Pierre zu bitten, ihn wieder zu den Sauk zurückkehren zu lassen.

Doch da begann tief in seinem Inneren ganz deutlich eine Stimme zu ihm zu sprechen, und er wußte, es war nicht seine eigene.

Gehe und lerne deinen Großvater kennen.

Und aus der Mitte seines Leibes begann Wärme in seine Hände und Füße zu fließen, die eben noch eiskalt vor Angst gewesen waren. Zu erfahren, daß sein Geisthelfer ihn nicht verlassen hatte, obwohl er nicht mehr in Saukenuk war, gab ihm neue Zuversicht.

Er streckte die flachen Hände nach oben und sagte: »Gehen wir zu meinem Großvater, damit ich ihn kennenlerne.«

Das Lächeln auf Pierres Gesicht war ein Spiegel seiner eigenen inneren Empfindungen.

Sie saßen wieder auf und ritten weiter, durch das Tor in der Westseite des Zaunes, der das Haus umgab. Auguste ertrug nun mit seiner wiedergefundenen Kraft die neugierigen Blicke der Leute, die sich am Tor zur Begrüßung Pierres versammelten.

»Schau, dein Großvater erwartet dich«, sagte Pierre zu ihm, und er hörte in seiner Stimme große Freude.

Vor einem überdachten Toreingang standen ein alter Mann, eine stämmige junge Frau und ein untersetzter junger Mann.

Die Augen des alten Mannes waren blau wie die Pierres, schienen aber zu glitzern und sich tief in Auguste zu versenken. Er war groß und hager und vom Alter leicht gebeugt. Seine Kleidung war einfach, eine schwarze Jacke über einem weißen Hemd und eine schwarze Hose, die sich unter den Knien verengte und in Bünden endete, welche in glänzenden schwarzen Stiefeln steckten. Er stützte sich auf einen schwarzen Stock mit einem silbernen Knauf.

Augustes Herz schlug heftig vor Aufregung. Er stieg vom Pferd und tat einen zögernden Schritt vorwärts. Der alte Mann kam auf ihn zu, aber mit einem Gesichtsausdruck, der finster wie der eines Falken aussah. Er blickte ihn fest an.

Dann sprach der alte Mann zu ihm in der Sprache der Blaßaugen, aber so schnell, daß Auguste kaum etwas verstand.

Pierre kam ihm zu Hilfe. »Dein Großvater sagt, er hat auf den ersten Blick gesehen, daß du zu unserer Familie gehörst. Er sieht es an der Form deiner Augen. Er sieht es auch an der Form deiner Nase und an deinem Kinn. Er sieht, daß du wie alle de Marions sehr groß bist.«

»Wie heißt mein Großvater?« fragte Auguste.

»Er ist der Chevalier Elysée de Marion.«

»E-liseh«, sagte Auguste, und sein Großvater klatschte lächelnd in die Hände.

»Aber nenne ihn lieber Grandpapa«, sagte Pierre.

»Grandpapa.« Das Wort kannte er schon von Père Isaac.

Grandpapa ließ das keckernde Lachen eines alten Mannes hören, breitete weit die Arme aus und umarmte Auguste. Auguste erwiderte seine Umarmung, wenn auch eher zurückhaltend und scheu, voller Angst, erdrückt zu werden. Dann kam ihm ein Gedanke, und er löste sich von seinem Großvater. Er eilte zu seinem Pony zurück und holte den Tabaksbeutel aus der Satteltasche, den er dort zusammen mit seiner Medizin aufbewahrte.

Er kam zurück zu Elysée und bot ihm den Beutel mit ausgestreckten Armen an.

Er sagte in seinem besten Englisch: »Bitte, ich gebe Grandpapa Tabak.«

Elysée nahm den Beutel und öffnete ihn, schnupperte daran und lächelte nickend. Dann sprachen er und Pierre miteinander.

Pierre erklärte es ihm: »Ich habe ihm gesagt, daß Tabak bei den Sauk ein Geschenk für hochgeschätzte Freude ist, für Männer von hohem Rang und großer Weisheit. Dies freut ihn.«

Grandpapa sagte: »Ich danke dir, Auguste. Ich werde ihn in meiner Pfeife rauchen, wenn wir miteinander gegessen haben.« Er sprach diesmal langsam genug, so daß ihn Auguste verstand.

Nun nahm Grandpapa die stämmige junge Frau am Arm und zog sie näher.

»Dies hier ist deine Tante, meine Schwester Nicole Hopkins«, sagte Pierre.

Noch nie hatte Pierre bei den Sauk eine Frau mit so breiten Hüften und einem so gewaltigen Busen gesehen. Sie trat vor und legte zu seiner Verblüffung ihre Lippen an seine Wange und machte einen schmatzenden Laut dazu. Unsicher, was er selbst tun sollte, legte er die Arme um sie wie zuvor um seinen Großvater. Sie fühlte sich weich und angenehm an und überhaupt nicht zerbrechlich, und er umarmte sie kräftig und spürte starke Muskeln unter ihrem üppigen Fleisch. Seine Tante erwiderte die

Umarmung kaum weniger kräftig mit starken Armen. Sie roch nach Blumen.

Mit einem Schlag wußte er dann, daß sie ein Kind in ihrem Leib trug. Nicht, weil sie so breithüftig war. Mit ihrem Aussehen hatte seine Erkenntnis gar nichts zu tun. Sie teilte sich ihm einfach durch ein Gefühl mit, und er freute sich, daß seine Fähigkeiten mit Hilfe des Weißen Bären nicht in Saukenuk zurückgeblieben waren.

Pierre sagte nun: »Nun begrüße Frank Hopkins, deinen angeheirateten Onkel.«

Als ihn Pierre herbeiwinkte, kam der Mann mit den sandfarbenen Haaren zu ihm. Auguste öffnete die Arme, um auch ihn zu umarmen, doch der Mann streckte ihm nur die rechte Hand hin. Seine Finger waren ganz schwarz. Das war seltsam. Noch nie hatte er angemalte Finger gesehen. War dies wieder eine der seltsamen Sitten der Blaßaugen? Er verstand, daß von ihm erwartet wurde, ebenfalls seine rechte Hand auszustrecken. Frank Hopkins nahm sie mit festem Griff und schüttelte sie auf und ab.

»Frank macht bei uns das sprechende Papier«, erklärte ihm Pierre, »in dem die Leute lesen und Neuigkeiten erfahren können. Außerdem baut er auch mit Holz. Einige der neueren Häuser auf unserem Land sind von ihm. Frank und Nicole und ihre Kinder leben dort drüben am Fluß in einer Stadt, die Victor heißt. Er hat dort viele Häuser gebaut.«

Alle waren ihm bis jetzt so freundlich begegnet, daß Auguste viel von seiner anfänglichen Furcht verloren hatte. Als ihn Pierre zu der Tür winkte, die wie ein gewaltiger Höhleneingang über ihm gähnte, überrieselte es ihn wieder kalt.

Er folgte seinem Vater durch die Tür, und der Atem stockte ihm vor Staunen.

Der Raum erinnerte ihn an eine gewaltige Lichtung im Wald, wo die Äste der Baumkronen sich hoch oben über einem schlossen, so daß der Himmel nicht mehr zu sehen war. In einer Sauk-Hütte konnte er nach oben greifen und die Decke berühren, ohne sich strecken zu müssen. Hier war die Decke in Schatten verborgen, und riesige viereckig geformte Holzbalken liefen quer durch den Raum über seinem Kopf.

An Seilen hingen von diesen Balken große Kreise, die Père Isaac als

Räder bezeichnet hatte. Auf den seitwärts gekippten Rädern standen Dutzende kleiner weißer Wachsstäbe, wie sie die Blaßaugen verwendeten, um Licht zu machen. Einige der wohlhabenderen Sauk-Familien hatten gelegentlich mit Wachsstäben Licht in ihren Hütten gemacht.

Er blickte sich verwundert um. Der riesige Raum war voll von Dingen, deren Sinn und Zweck er sich nicht erklären konnte. Er sah die Türen, die zu anderen Räumen dieses Hauses oder zu benachbarten Häusern führten. Küchengeruch von vielerlei guten Speisen erfüllte den Raum.

Männer und Frauen der Blaßaugen standen in der Halle und sahen zu, wie er und sein Vater und Großvater hereinkamen.

Zwei kleine Knaben und ein Mädchen, die herumgerannt waren, blieben stehen und starrten ihn an. Frank Hopkins rief ihnen etwas zu, worauf sie sich langsam näherten.

»Das sind Thomas, Benjamin und Abigail, die Kinder von Nicole und Frank«, stellte Pierre sie vor.

Ihre anderen Kinder, dachte er. Ob Nicole wohl wußte, was er von ihr wußte?

Abigail drängte sich an ihren Vater und starrte ihn mit offenem Mund und großen Augen an.

Thomas, der größte der drei, sagte atemlos: »Allmächtiger Gott, jetzt habe ich einen echten Indianer als Vetter!«

Benjamin kam langsam zu Auguste und faßte dann plötzlich nach dem Hirschhorngriff von Augustes Messer in seinem Gürtel. Auguste erstarrte.

Doch Benjamin lächelte nur zu ihm hoch und ließ das Messer wieder los, ohne zu versuchen, es aus der Scheide zu ziehen, und lief zurück zu seinem Vater.

Grandpapa Elysée winkte ihn zu sich, und als er zu ihm hinging, bemerkte er, daß seine Mokassins auf hartem Boden gingen. Er blickte nach unten. Der ganze Boden war mit flachen, glatten Steinen bedeckt.

Sie folgten Grandpapa durch den ganzen Raum zu einem steinernen Herd, der so groß war, daß ein Mann darin hätte stehen können.

Sie kamen an drei langen, mit Tüchern bedeckten Plattformen vorbei, die so hoch über dem Fußboden waren wie in Saukenuk die Schlaflager in den Sommerhütten der Sauk und Fox.

»Das sind Tische«, belehrte ihn Pierre. An das Wort erinnerte er sich, er kannte es aus einem der Bücher mit Bildern und Wörtern von Père Isaac. Auf den Tischen lagen zahlreiche glänzende Gegenstände ungeordnet herum.

Ein Mann an dem großen Herd, der so alt sein mochte wie Grandpapa, trat vor und verbeugte sich. Er hatte eine runde, leuchtend rote Nase und weiße Haare zu beiden Seiten seines Gesichts.

»Das ist Guichard, unser Majordomus«, sagte Pierre.

»Ma-ja-domus«, wiederholte Auguste.

»Guichard ist vor dreißig Jahren mit uns aus Frankreich herübergekommen.«

Guichard sagte: »Ich begrüße dich, Auguste.« Auguste hörte erstaunt, daß er ihn in der Sauk-Sprache anredete. Er lispelte leicht, und als er den Mund aufmachte, sah Auguste, daß er keine Vorderzähne mehr hatte.

Pierre klopfte Guichard auf die Schulter. »Ich weiß nicht, wie er das macht, aber er überrascht uns immer wieder mit dem, was er gelernt hat, und wie er auf vielerlei Weise für uns sorgt.«

Guichard trat mit einer weiteren Verbeugung wieder zurück, während Pierre sich nun einem kleinen Mann und einer stämmigen Frau zuwandte, die ebenfalls an dem großen Herd standen. Die vollen Lippen der Frau lächelten Pierre zum Gruß entgegen. Dann griff sie nach ihrem Rock, hob ihn ein wenig und beugte ihre Knie und senkte den Kopf.

»Das ist Marchette Perrault«, sagte Pierre, und Auguste bemerkte, daß sein normalerweise bleiches Gesicht sich gerötet hatte. »Sie herrscht über unsere Küche.« Auguste benötigte diesmal seinen speziellen Sinn nicht, um zu erkennen, daß zwischen Marchette und seinem Vater ein Geheimnis der Liebe bestand.

Der Mann neben Marchette war klein, sah aber kräftig aus. Er hatte einen borstigen braunen Bart und starrte Pierre mit unverhülltem Haß und schmalen Augen an. Sein Mund war in dem Gestrüpp seines Barts nicht zu erkennen, doch Auguste wußte, daß er ihn zusammengepreßt hatte und mit den Zähnen knirschte. Offensichtlich war dieser Mann auch stark wie ein Büffelbulle.

Der Blick, den der Mann Pierre zuwarf, machte Auguste angst. Aber er war wohl der einzige, der ihn bemerkte.

»Armand Perrault«, sagte Pierre unbekümmert, der den Blick des Mannes offenbar nicht wahrnahm, »ist unser Verwalter. Er kümmert sich darum, daß unsere Kornfelder wachsen und gedeihen, daß die Bäume Früchte tragen und das Vieh fett wird. Er und Marchette kommen aus französischen Familien, die sich hier schon vor Generationen niedergelassen haben.«

Armand verbeugte sich mit einem kurzen Ruck des Kopfes und der Schultern vor Pierre. Auguste war sogar etwas erleichtert, daß er ihn nicht einmal ansah, sich abrupt umdrehte und quer durch den Raum zu einer Seitentür ging.

Pierre sagte: »Die meisten Leute, die hier auf Victoire leben und arbeiten, sind Leute aus Illinois von französischer Abstammung. Die Stadt Victor entstand erst, nachdem wir unser Victoire hier errichtet hatten. Die meisten Leute dort kommen aus Missouri, Kentucky oder direkt aus dem Osten. Alle, die du hier in Amerika triffst, kommen von irgendwo anders her.«

Aber nicht mein Volk, dachte Auguste.

Marchette verbeugte sich noch einmal vor Pierre und ging in eines der angrenzenden Häuser, in dem Auguste ein Feuer unter einem gewaltigen Metallkessel in einem anderen Herd brennen sah. In dem Haus dort war viel Rauch und Dampf, so daß er nicht alles sehen konnte, aber es kamen gute Gerüche herüber, und das erinnerte ihn daran, daß er heute noch nichts außer ein wenig Wilddörrfleisch gegessen hatte.

Pierre ergriff seinen Arm und führte ihn zu einem Platz an dem Tisch in der Nähe von Grandpapa. Guichard schob ihm einen Sitz aus Holzstökken zu. Auguste erinnerte sich wieder an Père Isaacs Bilderbuch und wußte, daß dieser Gegenstand Stuhl hieß.

Wieso sitzen sie so hoch und stellen ihr Essen so hoch hinauf? fragte er sich. Hielten die Blaßaugen ihren Boden nicht sauber genug? Aber der Boden sah sehr sauber aus.

»Das ist ein besonderes Essen dir zu Ehren«, erklärte ihm Pierre. »Die meisten unserer Bediensteten werden daran teilnehmen.« Inzwischen setzten sich die Leute bereits überall an die Tische.

Ein Fest! dachte er. Vielleicht wurde danach sogar getanzt?

»Wie viele Leute leben auf deinem Land, Vater?« fragte er.

»Ungefähr hundert Männer, Frauen und Kinder leben und arbeiten hier«, antwortete Pierre. »Westwärts hinter den Bergen am Fluß liegt der Ort Victor, wo weitere hundert Menschen leben. Auch von ihnen arbeiten viele für uns. Nicole und Frank leben drüben in Victor.«

Zweihundert also, dachte Auguste. So viele waren das eigentlich auch wieder nicht. Die British Band zählte fast zweitausend Menschen.

Neben ihm saß Nicole, und Pierre saß ihm gegenüber auf der anderen Seite des Tisches. Nicole sagte ihm die Namen aller Gegenstände auf dem Tisch vor: »Teller«, »Glas«, »Messer«, »Gabel«, »Löffel«. Guichard ging hinter den an den Tischen sitzenden Leuten vorbei und füllte jedes Glas mit einer roten Flüssigkeit aus einer Karaffe.

Auguste hatte in Saukenuk schon Glasperlen und andere Gegenstände aus Glas gesehen, aber hier schien überall Glas zu sein. Woraus bestand Glas, und wie machten die Blaßaugen alle diese Gegenstände daraus?

Während er noch über dieses Glasrätsel nachdachte, holte sein Vater ein ovales Silbergefäß aus seiner Jackentasche, das an einer purpurroten Schnur um seinen Hals hing. Er öffnete das Gefäß und entnahm ihm wiederum etwas aus Glas, zwei runde Scheiben in einem Metallrahmen. Zu Augustes großer Verwirrung setzte er sie sich vor die Augen wie eine durchsichtige Maske. Er lächelte ihm zu, als er seinen starren Blick sah.

»Das ist eine Brille. Ich habe Schwierigkeiten, Dinge zu sehen, die nahe bei mir sind, und da helfen diese Gläser. Ich sehe gerne genau, was ich esse, weißt du.«

Letzte Nacht, als er neben dem schlafenden Sternenpfeil im hohen Präriegras lag, hatte er daran gedacht, leise auf sein Pony zu steigen und zurück nach Saukenuk zu fliehen, allen mit Tabak besiegelten heiligen Schwüren zum Trotz. Jetzt war er froh, daß er es nicht getan hatte. Die Leute hier sahen ihn alle sehr freundlich an, von diesem Armand einmal abgesehen, und es gab hier endlose Wunder zu sehen. Er spürte sein Herz heftig schlagen und seine Hände vor Aufregung zittern.

Als Guichard das vor ihm stehende Glas mit der roten Flüssigkeit füllte, trank er einen Schluck davon. Es war kühl und brannte gleichzeitig in der Kehle. Es war bitter und zog ihm die Lippen zusammen, doch danach wurde es süß in der Kehle. Da er durstig war, trank er noch mehr davon.

»Das ist Wein«, erklärte Pierre. »Hast du schon mal welchen getrunken?«

Das muß so etwas wie das brennende Wasser sein, das die Blaßaugen Whiskey nennen und das ich im Mond der fallenden Blätter auf der anderen Seite des Großen Stroms einmal versucht habe. Die Häuptlinge und tapferen Krieger hatten viel von diesem brennenden Wasser aus einem Faß getrunken, erinnerte er sich, und waren dabei immer fröhlicher und ausgelassener geworden. Die Frauen und die Knaben hatte ebenfalls kleine Schlucke trinken dürfen, die Mädchen allerdings nicht.

»Ich habe es schon mal probiert«, sagte er. Pierre runzelte die Stirn, als wollte er etwas sagen, schwieg aber, als Auguste Guichard, der mit der Karaffe die Runde machte, sein leeres Glas hinhielt.

Dann brachten Männer und Frauen auf großen Platten und in Terrinen Speisen auf die Tische. Es gab Truthahn, Ente, frisches Wild, flaches und rundes Brot, dunkles Brot, weißes Brot und gelbes Maisbrot, gekochte Früchte und rohe Früchte, Ahornzuckerlaibe, in Krusten gebackene Früchte und hoch aufgehäuftes zerquetschtes Gemüse. Es gab fast schwarz gebratene Fischstücke und Berge gekochter Krebse. Alle diese Speisen kamen von dem Haus nebenan, in das Marchette gegangen war und wo der große Topf war und der dichte Rauch und Dampf.

Er sah aufmerksam zu, wie die anderen Leute um ihn herum aßen, und versuchte wie sie sein Messer und die Gabel zu benützen, und Pierre lächelte ihm aufmunternd und beifällig zu. Der Anblick und der Geruch all der Speisen machten ihm den Mund wäßrig, und sein Magen knurrte. Als er dann ein Stück Fleisch in den Mund steckte, schmeckte es scharf und war unerwartet heiß.

Pfefferschoten, dachte er. Seine Mutter hatte immer welche. Sie kaufte sie von den Händlern aus dem Süden und bewahrte sie in ihrer Sammlung heilender Pflanzen auf. Er hatte davon gekostet und kannte daher ihr Feuer.

Er sah, daß Pierre nur sehr kleine Portionen der Speisen auf seinen Teller legte und nur wenig von all den Speisen aß, die da waren. Das betrübte ihn. Er hätte gerne etwas für seinen Vater getan. Bevor sie von Saukenuk aufgebrochen waren, hatte er mit Eulenschnitzer gesprochen, und der hatte ihm erklärt, daß es seiner Erfahrung nach nichts gab, was man gegen den bösen Geist in Sternenpfeils Leib machen konnte, und daß er tödlich war.

Das scharfe Essen machte ihn neuerlich durstig, und er trank wieder Wein. Sobald er sein Glas hinhielt, goß Guichard mit seinem zahnlosen Lächeln auch schon aus der Karaffe nach.

Er war immer noch hungrig, wurde ungeduldig mit Messer und Gabel und begann sich die Speisen mit den Fingern zu greifen. Er versuchte immer nur kleine Stücke zu nehmen und sie rasch zu essen, damit es die Leute nicht bemerkten. Doch dann sah er, wie die beiden Knaben und das kleine Mädchen am anderen Ende des Tisches ihn beobachteten und kicherten und miteinander flüsterten. Sein Gesicht wurde ganz heiß.

Nicole an seiner rechten Seite stellte ihm viele kurze, einfache Fragen über das Leben der Sauk und Fox, und er antwortete ihr mit dem wenigen Englisch, das er konnte. Aber sie lächelte und nickte ihm viele Male zu, als er ihr die Namen der Sauk für alle möglichen Dinge nannte, und sprach sie ihm nach. Die Aussprache schien ihr keinerlei Mühe zu machen.

Die anderen Leute unterhielten sich miteinander in ihrer eigenen Sprache. Es schien, als könnten die Blaßaugen nicht zu reden aufhören. Gab es denn bei ihnen keinen Augenblick der Stille und des Nachdenkens? Die vielen Stimmen, alle in einem einzigen Gemurmel durcheinandersprechend, erinnerten ihn an ein Rudel Truthühner und machten ihn ganz schwindlig.

Dann überkam ihn ein seltsames Gefühl. In seinen Ohren summte es wie Heuschreckenschwärme auf der Prärie. Sein Gesicht wurde ganz taub. Er faßte sich selbst an, und es war, als berührte er sich durch ein dünnes, unsichtbares Tuch.

Sein Magen begann sich zu drehen. In plötzlicher Panik wurde ihm klar, daß er alle die Speisen, die er gegessen hatte, nicht bei sich behalten konnte. Er sprang auf und schwankte hin und her. Der riesige Raum schien wie ein Kanu in einem Strudel herumzuwirbeln, und die Stimmen um ihn herum hörte er nur noch von ferne.

Er bemerkte, wie Nicole neben ihm ebenfalls rasch aufstand und ihn fest am Arm faßte und stützte.

Er schloß die Augen und hielt sich die Hand fest vor den Mund. Am liebsten wäre er vor Scham und Verlegenheit in die Erde versunken. Sein Bauch rebellierte wie ein störrisches Pony. Durch seine Finger kam es heiß und flüssig.

»Hier, Junge, komm«, sagte eine Stimme. Er machte die Augen auf und sah in das Gesicht seines Vaters, der ihn mitfühlend ansah und ihm einen großen Holzeimer unter das Kinn hielt. Auf seiner anderen Seite hielt ihn Nicole kräftig an der Schulter fest.

Da nahm er die Hand vom Mund und und ließ seinen Magen zurückgeben, was er gerade bekommen hatte. Das ganze Essen, das er zu sich genommen hatte, floß, rotgefärbt vom Wein, in den Eimer. Der Geruch des Erbrochenen in seiner Nase bereitete ihm neue Übelkeit.

Er fiel auf die Knie, würgend, keuchend und hustend und mit tränenden Augen. Pierre kniete neben ihm und hielt ihm weiter den Eimer hin. Wieder und wieder würgte er und erbrach auch die letzten Reste in schmerzlichen Krämpfen aus seinem Mund.

Als er sich ein wenig erholt hatte, hörte er jemand in einer entfernten Ecke des Raums leise lachen, und ein anderer sagte etwas in der Sprache der Blaßaugen. Aber der Tonfall der Verachtung war auch so zu verstehen.

Er schämte sich schrecklich. Er hatte sich vor der ganzen Familie de Marion unmöglich benommen und sein Volk damit der Lächerlichkeit preisgegeben. Er hatte die Sauk entehrt. Er hatte seinen Vater in Verlegenheit gebracht.

Wie er es befürchtet hatte, war es gekommen. Hier konnte er nicht bleiben. Es war unerträglich.

Heute nacht, versprach er sich selbst, während er sich den noch immer schmerzenden Leib hielt, *heute nacht verlasse ich das Land der Blaßaugen für immer.*

Pierre kniete neben Auguste und machte sich heftige Vorwürfe. Er hielt seine Hand fest auf dem Rücken des Jungen, um ihm Zuversicht zu geben und ihm zu zeigen, daß er ihn liebte.

Er sagte, er habe schon einmal Wein getrunken. Aber ich hätte wissen müssen, daß er auf keinen Fall so viel verträgt. Der arme Junge stirbt vor Scham, und es ist alles meine Schuld. Was für eine Dummheit.

Auguste hustete noch einmal und wischte sich mit dem Handrücken über den Mund. Pierre klopfte ihm begütigend auf den Rücken.

Nicole, die auf der anderen Seite neben Auguste kniete, wandte sich plötzlich ruckartig zur Tür und sog erschreckt die Luft ein. Pierre blickte auf, um zu sehen, was es gab.

Im Türeingang stand eine Gestalt, die in der hereinfallenden Nachmittagssonne nur als Silhouette erkennbar war.

Pierre erkannte sofort die breiten Schultern und den aggressiv vorgestreckten Kopf von Raoul unter dem breitkrempigen Hut.

Während sein jüngerer Bruder nun näher trat, blieb Pierre Zeit für einen weiteren Selbstvorwurf.

Auch darauf hätte ich Auguste besser vorbereiten müssen.

Raouls Stiefel hallten laut auf dem Fliesenboden.

Pierre zog Auguste am Ärmel und half ihm auf die Füße. Nicole trug den Eimer hinaus.

»Aha, da haben wir ihn also, den kleinen Bastard?« donnerte Raouls tiefe Stimme durch den widerhallenden Raum.

»Raoul«, sagte Pierre, »das ist dein Neffe Auguste.«

Dann wandte er sich Auguste zu und sagte zu ihm auf Sauk: »Auguste, dies ist dein Onkel Raoul. Er lebt bei mir und deinem Großvater. Er spricht mit rauher Zunge, aber du brauchst dich nicht vor ihm zu fürchten.«

Doch wie sollte ein Knabe einen Mann wie Raoul nicht fürchten?

»Auguste, wie? Ein anständiger französischer Name für eine Rothaut!« Raoul stemmte die Fäuse in die Hüften und schob dabei seine blaue Jacke zurück. An seinem Gürtel wurden eine beschlagene Pistole und ein langes Messer in einer Scheide sichtbar. Beim Anblick der Waffen begann Pierre das Herz heftiger zu schlagen.

Raoul ging zu Auguste und starrte ihn an, während Pierre reglos dastand.

Raoul spottete: »So, so, Bruder, du hast es also wirklich fertiggebracht und dir einen Sohn gemacht.«

»Ich freue mich, daß du das bestätigst«, sagte Pierre.

»Oh, ich bestätige es. Sein ganzes dreckiges Gesicht kann nicht verleugnen, daß er ein de Marion ist. Aber nenne ihn gefälligst nicht meinen

Neffen. Diese Bezeichnung möchte ich für legitime Abkömmlinge vorbehalten wissen.«

Pierre hoffte, Augustes Englischkenntnisse reichten nicht aus, um diese Beleidigungen zu verstehen. Der Junge blickte aufmerksam mit großen dunklen Augen von einem zum anderen. Dabei blieb sein Gesicht völlig ausdruckslos.

»Raoul, hör auf damit!« Nicole war zurückgekommen. »Ich bin Augustes Tante, und du bist sein Onkel, du kannst dich ruhig daran gewöhnen.«

»Du verdirbst unser friedliches Mahl, Raoul«, sagte nun auch Elysée. »Entweder setzt du dich zu uns wie ein zivilisierter Mensch, oder du läßt uns allein.«

»Ich verderbe euch das Mahl?« Raoul gab ein heiseres, verächtliches Lachen von sich. »Soll das heißen, es verdirbt euch nicht den Appetit, wenn dieser Wilde hier unsere große Wohnhalle vollkotzt? Soll das heißen, *er* ist zivilisiert?«

Pierre warf einen Blick über den Tisch hinüber zu seinem Vater und zu Frank Hopkins, die beide aufgestanden waren. Elysées Augen brannten vor Zorn. Frank hielt seine kleine Tochter an der Hand und blickte Raoul ernst an. Auch die beiden Hopkins-Söhne starrten unverwandt auf ihren Onkel Raoul.

Ich bete zu Gott, daß sie ihn nicht bewundern. Jungens haben so eine Art, zu Kerlen, die sich wie Rowdys benehmen, auch noch aufzuschauen.

Raoul wandte sich nun an Nicole, und seine Zähne blitzten weiß unter seinem dicken schwarzen Schnauzbart hervor. »Du willst also wirklich einen Indianer als Neffen haben? Hast du vergessen, was Indianer deiner Schwester angetan haben?«

»Nein, ich werde niemals vergessen, was Hélène widerfahren ist«, sagte Nicole. »Das werden wir alle nicht. Aber Auguste hier hatte mit all dem nichts zu tun.«

»Du hast nicht zusehen müssen, wie deine Schwester starb«, fuhr Raoul sie wütend an, »so daß der bloße Anblick eines Indianers den Wunsch in einem erweckt, ihn umzubringen.«

Pierre erkannte, daß Raoul dabei war, sich in Rage zu reden. Er würde reden und reden und mit jedem Wort wütender werden, bis es zuletzt zur Explosion kam. Ein krampfartiger Schmerz durchfuhr ihn.

Nicht jetzt, flehte er im stillen. *Lieber Gott, nicht jetzt, quäle mich mit meiner Krankheit nicht hier, solange Leute um mich sind und ich nicht allein bin.*

Nicoles Wangen waren noch röter als sonst, aber sie beherrschte sich und sprach freundlich weiter. »Raoul, du hast auch noch eine lebende Schwester. Wenn ich es gewesen wäre in Fort Dearborn statt Hélène, wenn also ich dort vergewaltigt und ermordet worden wäre und jetzt vom Himmel hier herabsähe, dann würde ich hoffen, daß deine Wunden allmählich verheilten. Ich würde darum beten, daß du Pierres Sohn, deinen Neffen, in deinem Hause willkommen heißt.«

»Hör auf damit, mir ständig zu erklären, daß dieser dreckige Wilde mein Neffe sein soll«, herrschte Raoul sie an. »Sieh ihn dir doch an, wie er mich anstarrt. Weiß du, was das Wort Bastard bedeutet, Rothaut?«

Pierre verspürte eine Aufwallung von Stolz, als er Auguste aufrecht und schlank dastehen und gleichmütig Raoul anblicken sah. Ein Wilder? Obgleich ihm eben noch speiübel gewesen war, hielt er sich jetzt so königlich wie ein junger Prinz.

»Und was dich angeht, Nicole«, fuhr Raoul aufgebracht fort, »so hüte dich, jemals wieder im Namen von Hélène zu sprechen. Sie mag jetzt im Himmel sein, aber sie ist nur durch die Hölle dorthin gekommen. Keine anständige Frau kann sich auch nur vorstellen, was sie erlitten hat.«

Pierre schrie fast auf, als plötzlich ein stechender Schmerz durch seinen Leib fuhr. Er griff sich an den Magen. Ausgerechnet jetzt, wo er alle seine Kraft benötigte!

Auguste sah ihm in die Augen, dann auf seine verkrampfte Hand.

»Du Schmerzen, Vater«, sagte er auf englisch, »muß hinsetzen.«

»Oh, er kann sogar schon ein paar Worte Englisch?« spottete Raoul. »Hast du ihm das Sprechen beigebracht, ja? Wie einem Papagei? Möchtest du ihn im Raritätenkabinett vorführen?«

Elysée fuhr nun mit lauter Stimme dazwischen. »Meine Freunde, die ihr heute eingeladen worden seid, um mit uns zu speisen, würdet ihr uns bitte entschuldigen und uns allein lassen? Wir müssen Familienangelegenheiten besprechen.«

Schweigend und mit niedergeschlagenen Augen verließen die rund dreißig Dienstboten und Feldarbeiter, die zu dem Willkommensessen für Pierres Sohn geladen worden waren, den Raum.

Pierre dachte: *Ich habe heute in so vielen Dingen versagt.*

»Raoul«, sagte Elysée, »ich habe Hélènes Mördern nicht vergeben. Aber ich bin nicht so verblendet, deswegen alle Indianer zu hassen, und auch du solltest das nicht tun. Oder glaubst du im Ernst, es hat nicht auch Weiße gegeben, die indianischen Frauen Gewalt angetan und sie umgebracht haben?«

Raoul zeigte wieder seine Zähne. »Wenn du die Indianer für das, was sie deiner Tochter und mir angetan haben, nicht hassen kannst, dann hast du uns beide nie geliebt.«

Pierre übermannte der Zorn. »Raoul, ich verbiete dir, so mit unserem Vater zu sprechen. Du bist herzlos und ungerecht.«

»Gerechtigkeit schuldet ihr *mir*, du und Papa! Wo war er denn, als du mich den Indianern überlassen und mich ihnen ausgeliefert hast? Und wo warst du?«

Pierre zitterten die Beine. Er spürte den Haß, der von Raoul ausstrahlte. Es war, als stünde er zu nahe an einem rotglühenden Ofen.

Auguste sagte: »Vater.«

Pierre wandte sich ihm zu und blickte in seine dunklen, jungen Augen.

Auguste sagte auf Sauk: »Vater, ich bin der Anlaß für den Zorn dieses Mannes.«

»Da ist vieles, was erklärt werden muß, mein Sohn«, sagte Pierre. »Sei geduldig und verhalte dich ruhig, dann wird schon alles gut werden.«

Aber er sah, daß sein Sohn zwischen Furcht und Entschlossenheit mit sich rang. Ein grünlicher Schimmer auf seiner olivenfarbigen Haut zeigte, daß er noch nicht ganz über seine Übelkeit hinweg war. Auguste richtete sich auf und trat einen Schritt auf Raoul zu. Er hob grüßend die Hand.

»Ich grüße Onkel«, sagte er feierlich auf englisch.

»Halte mir diesen Bastard vom Leib, Pierre«, warnte Raoul.

»Frank«, sagte Nicole, »bring die Kinder hinaus.«

Frank nahm Abigail auf den Arm und schob Tom und Benjamin vor sich her. Er ging in die Küche hinaus und blickte noch einmal über die Schulter zu Nicole zurück.

»Ich erinnere dich daran, Raoul«, sagte Elysée, »daß er mein Enkel ist.«

»Dein Enkel!« stieß Raoul verächtlich hervor.

Auguste hielt Raoul die rechte Hand hin. »Ich traurig, daß du zornig. Will Freund sein.«

Jeden Moment, dachte Pierre, mußte er zwischen die beiden gehen. Doch seine Schmerzen waren inzwischen so stark, daß er sich kaum rühren konnte.

»Wenn du mein Freund sein willst, dann gehe aus diesem Haus und von mir so weit fort, wie es nur geht«, war Raouls abweisende Antwort.

Auguste ging noch einen Schritt auf ihn zu, immer noch mit ausgestreckter Hand. Pierre erinnerte sich, daß es keine Stunde her war, seit er das von Frank Hopkins gelernt hatte.

»Auguste, nein!« rief er.

»Faß mich nicht an, Rothaut!«

Raoul schlug Augustes Hand weg und hatte ihn im nächstem Moment an seinem Lederhemd gepackt, das er in seiner großen Faust herumdrehte.

Er hatte alle Beherrschung verloren, der blinde Zorn hatte ihn überwältigt. Pierre vergaß seine eigenen Schmerzen und versuchte sich zwischen die beiden zu werfen. Er prallte mit der Brust gegen Raouls eisenharte Faust.

»Laß ihn los, Raoul!« keuchte Pierre.

»Schluß jetzt, Raoul!« rief Elysée mit Donnerstimme.

»Na schön«, zischte Raoul und stieß Auguste mit der Faust von sich; Auguste taumelte rückwärts und fiel hin.

Pierre übermannte der helle Zorn. Der Anblick seines zu Boden gestoßenen Sohnes raubte ihm alle Vernunft. Zum Teufel mit allen Versuchen, sich mit Raoul vernünftig zu einigen! Er stürzte sich auf ihn und schlug ihm weit ausholend mit aller Gewalt ins Gesicht.

Obwohl es nur eine Ohrfeige mit der offenen Hand war, hätte sie so manchen Mann niedergestreckt. Raoul aber taumelte nur einen halben Schritt zurück.

Aus seinem Mundwinkel tropfte Blut.

»Du kämpfst immer noch wie ein Franzose, Pierre«, sagte er mit bösem Grinsen und wischte sich über den Mund. »Einen Mann ohrfeigen. Hältst du dich immer noch für einen Herrn Grafen oder so? Es wird Zeit, daß du wie ein Amerikaner kämpfst.«

Er stürzte sich auf ihn. Pierre sah gerade noch aus den Augenwinkeln seine Faust kommen. Es war, als würde direkt neben ihm einen Kanone abgefeuert.

Dann lag er flach auf dem Rücken am Boden.

Nicole schrie auf: »O nein! Nein, Auguste!«

Pierre drehte seinen schmerzenden Kopf zur Seite und sah Auguste über ihm stehen, die Hand am Hirschhorngriff seines Messers an seinem Gürtel. Es war genau das Messer, das er ihm, als er damals noch ein Kind war, hinterlassen hatte. Nicole klammerte sich mit beiden Händen an seinen Arm.

»So? Mit dem Messer möchtest du also kämpfen?« höhnte Raoul. Er zog sein eigenes Jagdmesser und hielt es hoch. Die Spitze glitzerte im Kerzenschein.

»Komm, Rothaut, komm!« rief er, aber noch während er sprach, stürmte er bereits auf Auguste ein, der sich von Nicole loszumachen versuchte. Seine Klinge blitzte auf. Pierre hörte einen Schmerzensschrei. Dann war Nicole zwischen den beiden, und Auguste hielt sich die Hand an das Gesicht, und durch seine Finger rann Blut.

Raoul trat zurück und wischte sein Messer an einem weißen Tischtuch ab.

»Was hast du getan?« schrie Pierre entsetzt.

»Ich war noch freundlich zu ihm«, sagte Raoul mit ungerührtem Grinsen.

Pierre eilte zu Auguste hin. Aus einer langen Schnittwunde auf seiner Wange, die vom Auge bis zum Mund verlief, rann das Blut. Sein Lederhemd war voller Blutflecken.

»Er kann von Glück reden«, sagte Raoul gelassen. »Wenn er es gewagt hätte, sein Messer zu ziehen, dann hätte ihn das ein Auge gekostet. Ich habe ihm nur einen Denkzettel verpaßt. Damit er mich nicht vergißt.«

»Laß mich, Vater«, sagte Auguste mit unheimlicher Ruhe. »Ich muß ihn töten.«

»Nein!« sagte Pierre und hielt ihn fest.

Du bist ein tapferer Junge, aber ich fürchte, du würdest dabei getötet, mein Sohn.

Das Blut pulsierte heftig in seinem Kopf. Er wollte Augustes Messer nehmen – das Messer, das er ihm vor so langer Zeit gegeben hatte – und es Raoul in die Brust stoßen.

Wäre ich wie Raoul, würde ich es tun. Oder es zumindest versuchen.

»Raoul, das werde dir nie verzeihen.«

»Verzeihen? Du mir?« rief Raoul. »Ich müßte erst mal dir verzeihen, diesen Wilden hierhergebracht zu haben, um mich zu betrügen.«

Nicole zog Auguste aus Pierres Armen. Sie drückte eine weiße Serviette auf seine blutende Wunde und führte ihn zu einem Stuhl. Als er sich dort setzte, drehte er sich zu Raoul herum und sah ihn mit einem Blick blanken Hasses an.

»Dich betrügen? Wovon sprichst du?« fragte Pierre.

Raoul zischte ihn an: »Erinnere dich gefälligst daran, daß ich diesen Besitz bekomme, wenn du stirbst – und ich hoffe, Gott läßt das bald geschehen.«

Pierre war, als stoße ihm Raoul sein Messer in die Brust. Sein eigener Bruder wünschte ihm den Tod...

Er stand auf und stellte sich neben Auguste, dem Nicole das Blut seiner Wunde stillte. »In dem Testament, das ich vor Jahren geschrieben habe«, sagte er, »habe ich dich als meinen Erben bestimmt. Ich glaubte nicht, daß ich das je ändern müßte. Bis heute.«

Raoul wischte noch immer pedantisch sein Messer sauber und gab gleichmütig zurück: »Ach was, kein Gericht in ganz Illinois ließe es zu, daß jemand einen blutsverwandten weißen Bruder zugunsten eines halbindianischen Bastards enterbte.«

Pierre ließ bewußt seine Hand auf Augustes Schulter liegen. Die Augen des Jungen starrten brennend zu ihm empor. Pierre sah hinab auf die blutgetränkte Serviette, die Nicole Auguste an die Wange preßte.

Auguste brach als erster das Schweigen, das auf Raouls Worte gefolgt war. Er sprach Sauk zu seinem Vater. »Selbst wenn er dein Bruder und mein Onkel ist, Vater, dieser Mann ist unser Feind. Ich bin gegen ihn auf deiner Seite.« Er legte seine Hand über die seines Vaters auf seiner Schulter.

Raoul stieß sein Messer in die Scheide. »Du hast mich damit also aus dem Haus getrieben, Pierre. Ich lebe nicht mit einem Indianer unter einem Dach zusammen. Ich werde dieses Haus erst wieder betreten, wenn ich der Herr hier bin.«

Er ging zur Tür und wandte sich dort noch einmal um. »Und dann bringe ich meine eigene Familie mit.«

»Was meinst du mit: deine eigene Familie?« rief ihm Elysée nach.

»Ich heirate die Tochter von Eli Greenglove«, verkündete Raoul mit einem Lächeln. »Dieser Bastard dort soll es sich lieber nicht einfallen lassen, die Geburtsrechte meiner Kinder anzutasten!«

Er war fort. Durch die Tür, die er offengelassen hatte, schien die Sonne herein.

Pierre blickte traurig auf Auguste und dachte: *O mein Sohn, ich hoffe nur, deine Fähigkeiten als Schamane reichen für bessere Zukunftsprophezeiungen, als es die meinen waren.*

Buch 2

1831

Der Mond der reifen Kirschen

Juli

8

Heimkehr

Der Anblick von Victor erfreute sein Herz. Auguste trat auf die Gangway des Raddampfers *Virginia* und weilte dort einen Augenblick, um sich umzusehen. Er konnte sich nicht helfen: Er lächelte breit. Der Ort hier an dem steilen Flußufer war zwar nicht seine Heimat, aber doch näher an ihr, als er nun lange Zeit gewesen war.

In diesem Sommer, hatte er beschlossen, wollte er in seine wirkliche Heimat zurückkehren. Der Kummer, von seinem Volk getrennt zu sein, sollte ein Ende haben.

Es war das sechste Frühjahr, seit Pierre de Marion gekommen und ihn nach Victoire geholt hatte, und wie in jedem Frühjahr zuvor vermißte er auch jetzt wieder Saukenuk sehr. Er sehnte sich nach seiner Mutter und nach den Armen Roter Vogels, die er am gleichen Tag schon wieder verloren hatte, als sie die Seine geworden war.

Sechs Jahre lang – er hatte inzwischen gelernt, in Jahren zu zählen wie die Weißen – hatte er seinem Vater gehorcht und dem Versprechen, das mit dem Calumet besiegelt worden war, und er hatte nicht einmal den Versuch unternommen, der British Band eine Nachricht zukommen zu lassen. Er glaubte inzwischen auch, daß es eine weise Entscheidung gewesen war. Wenn er mit den Seinen in ständiger Verbindung gestanden wäre, hätte ihm das nur das Herz zerrissen. Doch nun hatte er vor über einem Monat in New York bei einem Spaziergang in der warmen Abendluft auf den geschäftigen Pflasterstraßen, wo in den Vorgärten der Häuser die weißen Lilien blühten, beschlossen, bei seiner Rückkehr nach Illinois Victoire nur kurz zu besuchen und dann direkt nach Saukenuk weiterzureisen. Er war jetzt einundzwanzig Jahre alt, und bei den Weißen bedeutete dies, daß er nun freier und eigener Herr seines Lebens war.

Er blickte die Steilküste hinauf. Es standen wieder mehr Häuser dort oben, seit er das letzte Mal hier gewesen war – vor zwei Jahren. Einige standen direkt unten am Flußufer, ungeachtet der Gefahren bei Hochwasser.

Aber er sah auch die Palisade und die Fahnen und die Türme von Raoul de Marions Handelsposten, und das trübte seine Freude um einiges. Wie stets, wenn er nach Victor kam, standen ihm auch diesmal sicherlich wieder Raouls Beleidigungen und Drohungen bevor. Sein Magen verkrampfte sich wie immer, wenn die bösen Erinnerungen wieder hochkamen. Als wäre es gestern gewesen, war ihm ihr erstes Zusammentreffen vor sechs Jahren gegenwärtig, das Gefühl wie brennendes Eis, als er Raouls Messerspitze in seiner Wange spürte und wie seine Hand zum eigenen Messergriff fuhr und nur die vereinten Bemühungen Tante Nicoles und Vaters ihn zurückgehalten hatten.

Wie von selbst tasteten seine Finger nach der Narbe, die sich vom Auge bis zum Mund über sein Gesicht zog.

Als sein Blick vom Oberland nach unten wanderte, hellte sich sein Gesicht wieder auf. Dieser Anblick war schöner. Grandpapa, Tante Nicole und Guichard waren in einer offenen Kutsche gekommen, um ihn abzuholen und nach Victoire heimzubringen. Er lief die Gangway hinab und zu ihnen.

»Auguste!« rief Tante Nicole aus. »Mein Gott, bist du schön!« Aber sogleich errötete sie heftig und schlug die Augen nieder.

Er hatte selbst das Gefühl, ganz gut auszusehen, aber »schön« war doch wohl, wenn er die englische Sprache richtig verstand, nicht eben das passende Wort einer Frau für einen Mann. Nun, vielleicht hatte sie auch nur seine neuen Kleider gemeint, den rehfarbenen Cutaway mit Weste und seidenem Rüschenhemd zu der engen, flaschengrünen Hose. Hätte er nur, dachte er, seinen Biberhut nicht bereits gezogen, dann könnte er nun als Begrüßung lässig mit dem Finger daran tippen, wie er es den Dandys auf dem Broadway abgeschaut hatte.

Grandpapa beugte sich aus der Kutsche und umarmte ihn. Seine Umarmung fühlte sich stark und kräftig an, und seine Augen waren klar und hell. Er freute sich, ihn bei guter Gesundheit zu finden.

Doch wo ist Vater?

Er schüttelte Guichard, der steif von seinem Kutschbock herabgeklettert war, die Hand.

»Ihr Koffer, Monsieur Auguste?«

Auguste deutete auf die große Holzkiste mit den Messingbeschlägen, die zusammen mit Ballen und Fässern bereits aus dem Laderaum der *Virginia* ausgeladen und auf dem Pier von Victor abgestellt war.

Guichard ging zu zwei an einem Vertäuungspfahl lehnenden Männern in grober Arbeitskleidung und mit Waschbärenmützen und zeigte ihnen Augustes Schiffskiste.

»Für *den*?« fragte jedoch der eine mit abschätzigem Blick auf Auguste. »Seit wann bedient ein Weißer einen beschissenen Indianer?« Er spuckte Guichard Kautabaksaft vor die Füße, und beide wandten sich ab.

Auguste widerstand nur mühsam der Versuchung, den Kerl in den Fluß zu werfen. Es wäre ihm ein leichtes gewesen, daran hatte er keinen Zweifel, wenn die beiden auch, wie hier in Victor üblich, mit Messer und Pistole bewaffnet waren. Er hatte gelernt, wie ein Sauk zu kämpfen, und er war inzwischen in der St.-George-Schule auch Box-, Ringer- und Fechtmeister geworden. Aber es hatte keinen Sinn, sich gleich in den ersten Minuten hier in eine Schlägerei verwickeln zu lassen. Ihm standen bestimmt noch genug Ungelegenheiten beim Zusammentreffen mit Raoul bevor.

»Laß es gut sein, Guichard. Die Kiste ist nicht so schwer. Die schaffen wir auch ohne Hilfe.«

Der alte Diener faßte sie am einen Ende und er am anderen, und gemeinsam luden sie sie hinten auf die Kutsche.

Auguste ließ sich mit dem Rücken zum Kutscher Elysée und Nicole gegenüber nieder und sagte: »Ich freue mich, dich wiederzusehen, Grandpapa. Du bist es, Tante Nicole, die schön ist. Aber wo ist Vater?«

Grandpapa tätschelte ihn das Knie. »Er fühlt sich leider nicht ganz gut und läßt sich entschuldigen. Aber wir fahren jetzt direkt zu ihm.«

Grandpapa versuchte, seiner Stimme einen unbesorgten Klang zu geben. Auguste entging jedoch nicht die väterliche Besorgnis und Angst eines Mannes, der vor Jahren schon eines seiner Kinder verloren hatte und sich nun kurz vor dem Tode eines zweiten sah.

Mit dem Verstehen bemächtigte sich Augustes auch Trauer. Sein Vater – Sternenpfeil – hatte die vergangenen sechs Jahre überstanden, wenn er auch immer kränklicher geworden war. Die Krankheit in seinem Leib hatte sich immer stärker aufgebläht wie eine giftige Kröte. Und jetzt war das Ende nahe.

Er tauschte einen langen Blick mit Tante Nicole, deren Augen ebenfalls voller Gram waren.

Guichard peitschte die Pferde, und sie fuhren los, vorbei an den Docks und Lagerhäusern und räderrasselnd auf die lange, weißstaubende Straße durch die Unterlandfelder das Steilufer hinauf. Es mußte ein gutes Frühjahr gewesen sein hier draußen. Obwohl es erst Anfang Juli war, stand das Korn bereits hüfthoch.

Er hatte das Gefühl, mit seinem Biberhut sähe er besser aus, und setzte ihn deshalb auf. Er zog die aufgerollte Krempe mit beiden Händen herab und rückte ihn sich mit einem abschließenden leichten Schlag obendrauf zurecht.

»Also hast du jetzt wirklich deinen Abschluß von der St.-George-Schule in der Tasche?« fragte Elysée lächelnd. »Monsieur Charles Winans hat uns lange Berichte mit guten Zensuren über dich geschickt.«

Tante Nicole faßte nach seiner Hand und drückte sie. »Wir sind stolz auf dich, Auguste.« Ihre weiche, fleischige Hand war warm, und ihre Augen ruhten wohlwollend auf ihm. Er spürte ein Gefühl in ihr, das mehr war als nur die Sympathie einer Tante für ihren Neffen. Er wußte, daß sie inzwischen acht Kinder hatte, und jedesmal, wenn er sie und Frank zusammen gesehen hatte, schienen sie sich wirklich sehr zu lieben. Tante Nicole war eine imposante Frau. Sie hatte in ihrem Herzen wahrscheinlich Platz für mehr als nur eine Liebe.

Leicht verlegen wegen dieser Gedanken wandte er sich seinem Großvater zu.

»Was ich in St. George gelernt habe, Grandpapa, verdanke ich alles dir und deiner Hilfe und Vorbereitung darauf. Wer es fertigbringt, einem Knaben, der kaum Englisch sprechen konnte, binnen zwei Jahren so viel einzupauken, daß er dann eine höhere Schule in New York besuchen kann, muß ein außergewöhnlich guter Lehrer sein.«

»Das ist nicht so schwer, wenn man einen so außergewöhnlich guten Schüler hat wie dich, mein Junge«, entgegnete Elysée. Seine Hände ruhten auf dem Silberknauf seines Gehstocks. »Außerdem hatte ja auch schon Père Isaac ein gutes Fundament gelegt. In der Hinsicht waren die Jesuiten ja immer schon gut, das muß ich zugeben, wenn sie auch in vielerlei Hinsicht finstere Eiferer sein mögen.«

»Papa!« ließ sich Nicole mit gerunzelter Stirn vernehmen.

»Vergib mir, Kind«, sagte Elysée. »Ich möchte natürlich nicht deine Glaubensüberzeugungen erschüttern.«

»Dazu bedürfte es schon mehr als deiner spitzen Zunge, Papa!« erklärte Nicole mit nachsichtigem Lächeln.

Es war amüsant, Grandpapa und Tante Nicole zuzuhören, wie sie miteinander über das, was die Weißen »Glauben« nannten, kabbelten. So manche Unterrichtsstunde in St. George fiel ihm ein, in der es um Jesus gegangen war und um die Dreifaltigkeit. St. George war eine Schule der Episkopalkirche. Auguste war jedoch weiterhin immer nur mit dem Weißen Bären gezogen und hatte mit der Schildkröte gesprochen. Sie kannte er, mit ihnen war er vertraut, wie kein Weißer jemals es mit seinem *Gott* sein konnte. Was in ihren trübe erleuchteten und nach Wachs riechenden Kirchen geschah, besaß für ihn ohnehin keinerlei Anziehungskraft.

Er wußte, daß die meisten Christen seinen Glauben an die Welt der Geister für primitiv hielten, der Ignoranz entsprungen oder, schlimmer noch, Teufelswerk. Père Isaacs Bemühungen, ihn auf den Weg seines Jesus zu führen, hatten ihn dies ahnen lassen. In der Schule hatte er niemals über die ihm heiligen Dinge gesprochen, um sich nicht dem Zorn der Weißen auszusetzen. Wenn Lehrer und Mitschüler versuchten, ihn zur Teilnahme am christlichen Religionsunterricht zu bewegen, blieb er höflich, aber ausweichend.

Sooft er das Gefühl hatte, der Lärm, die Menschenmengen und der Schmutz der großen Stadt New York würden ihm unerträglich, borgte er sich von der Lady, die er Tante Emily nannte – eine Base seines Vaters –, ein Pony und ritt auf einem Pfad, der zum nördlichen Ende der Insel Manhattan führte, aus der Stadt hinaus. Dort setzte er sich dann in eine Waldhöhle, die er entdeckt hatte, und kaute einige seiner getrockneten heiligen Pilze, die ihm Eulenschnitzer mitgegeben hatte, und erneuerte so durch Reisen mit dem Weißen Bären seine Verbindung mit der Geisterwelt. Während der ganzen sechs Jahre war auf diese Weise *sein* Glaube unerschüttert und stark geblieben.

Nicole riß ihn aus seinen Gedanken. »Studierst du noch immer Medizin?«

»Ich bin erst am Anfang. Ich habe einige Bücher gelesen und einige Vorlesungen gehört und einem Chirurgen assistiert, Dr. Martin Bernard am New York Hospital. Ich habe mir auch chirurgische Instrumente gekauft. Ich habe sie hinten in meiner Schiffskiste. Allerdings würde ich mich allein an nichts Ärgeres als eingewachsene Zehennägel wagen.«

Elysée sagte: »Aber du kannst doch wohl schon wie ein richtiger Bader Zähne ziehen, oder?«

»Nun ja, eine Zange dafür habe ich. Benützt habe ich sie allerdings noch nie.«

»In der ganzen Stadt«, sagte Nicole, »haben wir lediglich Gram Medill, die Hebamme, die ein wenig von Krankenbehandlung versteht. Das Zahnziehen besorgt Tom Slattery, der Schmied. Was wir brauchen, ist ein richtiger Arzt.«

Auguste krampfte sich der Magen zusammen. Er mußte ja seiner weißen Familie noch eröffnen, daß er nicht gekommen sei, um zu bleiben, sondern um sie zu verlassen. Nicole glaubte offensichtlich, daß er in Victoire bleiben werde.

Die Holzräder mit ihren Stahlreifen rumpelten gnadenlos hart über die holperige Straße. Hoffentlich war Nicole nicht gerade wieder einmal schwanger. Daß ihm sein Schamanensinn keinen Aufschluß darüber gab, erinnerte ihn daran, daß er schon zu lange von den Sauk fort war.

Auf dem Weg den Berg hinauf zum Oberland machte ihn Nicole darauf aufmerksam, daß immer mehr Häuser mit Bohlen statt mit Holzstämmen gebaut wurden, weil Frank am Pfirsichfluß ein Sägewerk und eine Werkstätte eröffnet hatte. Er war inzwischen Schreinermeister und beschäftigte vier Arbeiter, wenn ein Haus zu bauen war.

»Aber er würde das ganze Sägewerk sofort verkaufen«, sagte sie, »wenn das Drucken der Zeitung genug einbrächte. Ihr gehört in Wirklichkeit sein Herz.«

Elysée ergänzte: »Pierre und ich haben Frank ein festes Gehalt geboten, damit er sich ganz der Zeitung und ihrem Druck widmen könnte, aber davon wollte er nichts wissen. Er war sogar ein wenig beleidigt, als ich den Vorschlag etwas nachdrücklicher wiederholte. Die Zeiten des Feudalsystems, erklärte er mir, seien schließlich vorbei. Ich habe ihm versichert, daß mir das wohlbekannt ist und warum er wohl glaube, daß ich hier und eben nicht mehr in Frankreich bin.«

»Er hat eben seinen Stolz, Papa«, meinte Nicole.

Elysée nickte. »Ja, ja, ein stolzer Papa. Ein bißchen oft, wie?«

Auguste prustete los, und selbst Nicole mußte lachen, obwohl sie rot wurde.

Auguste sagte nach einer Weile: »Die Stadt wird von Mal zu Mal größer.« Nicole nickte zustimmend. Sie schien zu verstehen, was er meinte: wie zahlreich die Weißen doch waren, wie er es im Osten mit eigenen Augen gesehen hatte, und wie unerbittlich sie sich über das ganze Land ausbreiteten, wie das Hochwasser eines Flusses. Im vergangenen Jahr hatten die Zeitungen in New York die Resultate der Volkszählung von 1830 veröffentlicht. Die Vereinigten Staaten, hatte er gelesen, zählten nunmehr zwölf Millionen Menschen. Das war eine Zahl, mit der er keine Größenvorstellung mehr verbinden konnte. Hundertfünfzigtausend davon machten die Bevölkerung hier in Illinois aus, und das gegenüber sechstausend Sauk und Fox. Schwarzer Falkes Leute, die British Band, zählten gerade zweitausend Menschen. Es war hoffnungslos.

»Als du herkamst«, sagte Elysée, »zählte Victor hundert Einwohner. Jetzt sind es schon vierhundert. Du siehst ja, das Oberland am Ufer steht bereits voller Häuser. Viel Industrie und Gewerbe hat sich angesiedelt. Ein Prediger, der Reverend Hale, hat auf der Prärie östlich von uns eine Kirche gebaut. Ich bin mir nicht ganz sicher, worunter sie fällt, ob unter Industrie oder Gewerbe. Weiterhin Franks Sägewerk, von dem Nicole ja schon sprach. Auch haben wir inzwischen eine Mühle und eine Brauerei und einen Sandstein-Steinbruch in der Nähe. Dein Vater will einen Brennofen auf unserem Grund bauen, damit wir ein neues Victoire ganz aus Ziegeln mauern können.«

»Wie krank ist mein Vater wirklich?« fragte Auguste abrupt und hatte Angst vor der Antwort.

Doch sein Großvater rief, als habe er die Frage gar nicht gehört, sogleich: »Ah, Nicole, da sind ja deine Kinder zu unserer Begrüßung!«

Direkt hinter einer scharfen Biegung, wo die Straße steil anzusteigen begann, stand ein zweistöckiges, weißgestrichenes Holzhaus. Über der Tür hing ein gemaltes Schild. THE VICTOR VISITOR. F. HOPKINS, HERAUSGEBER. DRUCKEREI UND KLISCHIERANSTALT. SCHREINEREI.

Aus dem Haus drang das Geräusch der laufenden Druckmaschine. Nicoles Kinder John, Rachel und Betsy standen aufgereiht an der Tür. Rachel hielt ein Kind im Arm, das wohl Nicoles und Franks Jüngstes war. Benjamin, Abigail und Martha lehnten aus dem Fenster oben und winkten Auguste zu. Auguste war stolz darauf, daß er sich alle ihre Namen gemerkt hatte.

Als Guichard das Pferd gezügelt und den Bremshebel gezogen hatte, wurde drinnen die Druckmaschine abgestellt, und Frank kam zur offenstehenden Tür heraus, während er sich die Druckerschwärze an seinem Lederschurz von den Fingern wischte. Auf seiner Stirn glänzte der Schweiß. Hinter ihm her kam sein ältester Sohn Tom.

Auguste stieg aus und reichte zuerst Frank die Hand, dann Tom und den drei kleinen Mädchen. Das Kind, erfuhr er, hieß Patrick. Er strich ihm über das weiche, seidige Haar.

»Kein Wunder, Tante Nicole«, meinte er lächelnd, »daß die Stadt so schnell wächst. Wie viele Kinder habt ihr noch im Sinn, du und Frank?«

Während er das scherzhaft aussprach, verdüsterten sich seine Gedanken. Wenn alle weißen Familien derart fruchtbar waren, bestand für sein rotes Volk überhaupt keine Hoffnung mehr.

»Nun keine mehr, hoffe ich«, antwortete ihm Frank unbefangen. »Unser Stamm ist jetzt eigentlich schon zu groß.«

Tante Nicole wurde wieder ein wenig rot, und Auguste erinnerte sich daran, daß die weißen Frauen im allgemeinen seltsam zurückhaltend waren, wenn es um Schwangerschaft und Geburt ging. Seine eigene Mutter, Sonnenfrau, war da anders. Er erinnerte sich, wie sie einmal von einem bestimmten Tee gesprochen hatte, der eine Frau davor bewahrte, schwanger zu werden. In Saukenuk konnte er sich einmal näher danach erkundigen. Bestimmt kam er besuchsweise wieder einmal hierher, und dann konnte er Tante Nicole informieren. Wenn weiße Frauen von diesem Tee wußten, gab es vielleicht auch in künftigen Jahren weniger weiße Kinder, und dann wuchs auch ihr Hunger nach Land nicht so enorm.

Bei der Weiterfahrt den Berg hinauf sah er, wie sich Nicoles Gesicht aufhellte. Er wandte sich nach der Ursache um. Ein von einem alten grauen Pferd gezogener Einspänner kam ihnen entgegen. Er war soeben um die Biegung an der Palisade des Handelspostens gekommen. Auguste erhaschte einen kurzen Blick auf blonde Haarzöpfe unter einem rot-weiß gewürfelten Kopftuch.

»Das ist unsere neue Zuzüglerin in der County, Auguste«, sagte Nicole. »Bestimmt freust du dich, sie kennenzulernen.«

»Ja, richtig«, sagte Elysée. »Reverend Hale und seine Tochter, Mademoiselle Nancy. Vor ungefähr einem Jahr kam er, erklärte die Stadt als zu verdorben für seine Kirche und begann mit Gottendiensten für die Farmer draußen in der Prärie. Die haben ihm dann ungefähr fünf Meilen draußen vor der Stadt eine Kirche gebaut, weiß angemalt und mit einem Turm, auf dem man meilenweit sehen kann. Sie ist sehr schön in ihrer schlichten Einfachheit.«

»Das Gleiche kann man auch von Nancy sagen«, fügte Nicole hinzu.

Neugierig geworden, versuchte Auguste das Gesicht unter der rot-weißen Haube zu erkennen. Zwar verging kein Tag, an dem er nicht mehrmals an Roter Vogel dachte und an die so kurze Lust, die er mit ihr genossen hatte, aber dennoch hatte es in den letzten sechs Jahren eine Anzahl weißer Frauen gegeben, bei deren Anblick ihm das Herz schneller schlug. Erst letzten Winter war er mit einer Gruppe Mitschüler in einem eleganten Haus in der Nassau Street gewesen und hatte dort entdeckt, daß der Körper einer weißen Frau, wenn auch unter den zahlreichen Schichten ihrer Kleidung verborgen, in jeder bedeutsamen Hinsicht nicht weniger interessant war als der einer Frau seines eigenen Volkes. Obgleich er nach wie vor daran dachte, Victoire baldmöglichst zu verlassen, war er nun neugierig darauf, die Tochter des neuen Pfarrers kennenzulernen.

Die zwei Fahrzeuge begegneten sich, und beide Fahrer, Guichard und der Reverend, ein schwarzgekleideter Mann mit hagerem, fahlem Gesicht, zügelten ihre Pferde für die übliche, förmlich-höfliche Begrüßung.

»Reverend Hale, Miß Hale«, sagte Elysée, »darf ich Sie mit meinem Enkel Auguste de Marion bekannt machen?«

Der Reverend starrte Auguste einen Augenblick lang unter seinen buschigen Brauen hervor an, ehe er zum Zeichen, daß er ihn zur Kenntnis genommen hatte, etwas Unverständliches brummte. Auguste vermutete, er habe wohl schon von ihm und seiner Abstammung gehört und suche nun nach den sichtbaren Spuren seines indianischen Blutes.

Indianer. Nie, ehe er in die Welt der Weißen gekommen war, hatte Auguste dieses Wort gehört. Sein Volk waren die Sauk, das Volk der Feuerstelle. Ihre Verbündeten waren die Fox. Die Winnebago, Potawatomi, Chippewa, Kickapoo, Osage, Piankeshaw, Sioux und Shawnee waren alles eigenständige Volksstämme. Außer ihnen gab es noch hunderte andere, deren Namen er nicht kannte. Aber die Weißen hatten für diese Völker nur einen einzigen Namen: Indianer. Dabei war dieser Name, wie ihm Grandpapa leicht ironisch erklärt hatte, ein Fehler. Der Entdecker Kolumbus hatte geglaubt, er sei in Indien gelandet!

Sie haben nicht einmal so viel Achtung vor uns, unsere richtigen Namen zu respektieren.

Der Anblick Nancy Hales allerdings versöhnte ihn mit seinen bitteren Gedanken. Ihre Haarzöpfe, wie sie aus ihrem rot-weiß gewürfelten Kopftuch zu beiden Seiten ihres weißen Spitzenkragens hervorstanden, waren gelb wie reifes Korn. Ihr Gesicht war vielleicht etwas zu lang für die ideale Schönheit, aber rosafarben und offen. Sie hatte einen großen Mund, und ihr Lächeln für Nicole und Elysée zeigte weiße Zähne. Sie blickte Auguste einen Moment lang voll an und senkte dann den Blick, doch dabei sah er ihre lebhaften blauen Augen. Sie waren wie der türkisfarbene Stein aus dem Südwesten, den er in seinem Medizinbeutel hatte.

»Na, auf Besuchsreise bei Eurer Herde, Reverend?« fragte Elysée. Auguste bemerkte, daß er dem Wort »Herde« einen leicht ironischen Unterton gab.

Hales dicke graue Brauen zogen sich zusammen, als er säuerlich nickte. »Ich versuche, dieser Wildnis hier, die sich eine Stadt nennt, die heilige Botschaft zu vermitteln.«

Was für ein unglücklicher Mensch, dachte Auguste, er widmet sein Leben der Aufgabe, die anderen davon zu überzeugen, daß sie genauso unglücklich sein sollen wie er.

»Ja, richtig«, sagte Elysée mit breitem Lächeln. »Eine ganz schöne Anzahl Schafe hier in Victor.«

»In der ganzen Smith County«, erklärte Hale.

Dieser Mann muß es für einen Skandal halten, daß meine Mutter Indianerin und mein Vater nicht mit ihr verheiratet ist.

Es überkam ihn auf einmal das Bedürfnis, etwas Drastisches gegen seine Abneigung gegen diesen Mann zu tun. Er sprang aus der Kutsche und stand im nächsten Augenblick neben dem Einspänner des Reverend. Er zog seinen hohen Biberhut, schwenkte ihn mit großer Geste, wie er es in New York gesehen hatte, und verbeugte sich tief.

»Miß Hale«, verkündete er gespreizt, »Auguste de Marion zu Ihren Diensten.«

Nancy Hale schoß das Blut in die Wangen.

»Sehr erfreut, Mr. de Marion«, murmelte sie. Ihre großen blauen Augen waren erschreckt aufgerissen, und sie errötete noch mehr. Aber sie sah nicht weg, sondern starrte ihn unverwandt wie hypnotisiert an. Sein Herz klopfte so heftig wie das erste Mal, als er den Weißen Bären gesehen hatte.

»Das Werk des Herrn erwartet uns in Victor«, erklärte der Reverend ein wenig zu laut. »Wenn Sie uns entschuldigen wollen.« Ohne auf eine Antwort zu warten, trieb er sein altes Pferd an und fuhr davon.

Auguste blieb auf der Straße stehen und wartete, ob Nancy sich noch einmal zu ihm umdrehte. Sie tat es. Sogar aus der Ferne und durch den Straßenstaub konnte er das Blau ihrer Augen erkennen.

Elysée sagte schließlich: »Na, Auguste, dann mach mal den Mund wieder zu und setz deinen Hut wieder auf und steig ein.«

Ich muß sie wiedersehen, dachte Auguste.

Trotzdem war sein Wunsch nicht geringer geworden, zu seinem Volk zurückzukehren. Er hatte Roter Vogel nicht vergessen. Vermutlich hatte sie ihn mittlerweile vergessen. Was konnte also schlimm daran sein, wenn er versuchte, die kleine weiße Lady ein wenig näher kennenzulernen?

Sie kamen zu dem Palisadenzaun, der sich um die Handelsstation zog. Sogleich fiel wieder ein Schatten über das freudige Erlebnis der Begegnung mit Nancy Hale. Sein Finger fuhr unwillkürlich über die Narbe auf seiner Wange. »Ist *er* da?« fragte er Nicole abrupt.

Sie wurde blaß. »Er ist unten am... du weißt doch, was unten am Felsenfluß los ist, oder?«

Er erstarrte. »Ist meinem Volk etwas geschehen?«

Er sah, wie Nicole die Augen schloß und seufzte, als er »mein Volk« sagte.

»Es hat Unruhen gegeben«, erklärte Elysée. »Hast du denn in New York nichts davon erfahren?«

O Erschaffer der Erde, laß ihnen nichts zugestoßen sein.

Er rang nervös die Hände im Schoß und sagte: »In den Zeitungen von New York steht nur, was an der Ostküste passiert.« Aber es fiel ihm nun ein, daß einige Mitreisende auf der *Virginia* über »Indianeraufstände« geredet hatten. Er hatte sich den ganzen Weg von St.Louis herauf von allem ferngehalten.

Wir sind direkt an der Mündung des Felsenflusses vorbeigefahren, und ich hatte nicht einmal eine Ahnung.

Elysée nickte. »Nun, dein Vater hat darauf bestanden, daß niemand dir etwas davon schreiben sollte. Er fürchtete, es würde dich von deinen Studien ablenken.«

Ein plötzliche Zornesaufwallung gegen Pierre de Marion überkam ihn. *Ich soll vergessen, daß ich ein Sauk bin. Nicht einmal erfahren soll ich es, wenn mein Volk in Gefahr ist.*

Er faßte Elysée am Arm. »Was ist geschehen?«

Nicole sagte: »Frank hat einen Korrespondenten, der ihm regelmäßig aus Fort Armstrong berichtet.«

Das amerikanische Fort, erinnerte er sich, lag an der Mündung des Felsenflusses, gerade sechs Meilen flußabwärts von Saukenuk.

»Schwarzer Falkes Leute«, fuhr Nicole fort, »haben wieder einmal im Frühjahr den Mississippi überschritten, obwohl er von der Armee immer wieder gesagt bekommen hat, daß das Land dort jetzt der Unionsregierung gehört und sie nicht dorthin zurückkehren dürfen. Diesmal fanden sie weiße Siedler vor. Einige von ihnen hatten sich sogar in ihren alten Hütten niedergelassen. Sie bestellten ihre alten Felder. Schwarzer Falke vertrieb sie. Seine Krieger zerstörten ihre Häuser, erschossen ihre Pferde und Kühe, und er sagte ihnen, sie sollten fortgehen oder sie würden getötet. Daraufhin hat Gouverneur Reynolds die Miliz hingeschickt, damit sie Schwarzer Falke und seine Leute aus Illinois vertreibt. Seine Anordnung dazu lautete: Tot oder lebendig.«

Auguste fühlte sich mit einem Schlag, als habe sich ein Eispanzer um sein Herz gelegt.

Elysée sagte: »Raoul und die meisten seiner Kumpane haben sich der Miliz dorthin angeschlossen.«

Auguste flüsterte: »O Erschaffer der Erde, schütze mein Volk.«

Sie waren oben auf dem Hügel angekommen und fuhren am Tor des Handelspostens vorbei, das geschlossen und mit einer Kette versperrt war. Er zitterte bei dem Gedanken an Roter Vogel, Sonnenfrau, Eulenschnitzer und Schwarzer Falke und all die Leute, die er kannte und liebte, die sich schießwütigen Weißen wie Raoul gegenübersahen.

»Ich muß hin«, murmelte er leise.

»Das kannst du nicht«, sagte Nicole rasch. »Du kommst gar nicht durch die Milizlinie. Sie würden dich erschießen.«

Auguste schüttelte heftig den Kopf. »Wie kann ich hier bleiben, wenn sie in Gefahr sind? Ich muß zu ihnen.«

Elysée faßte ihn am Handgelenk mit verblüffend hartem Griff. »Hör zu. Du kannst ihnen nicht helfen. Du kannst nicht hin, bevor die Dinge auf die eine oder andere Weise geklärt sind. Ich bin auch ganz sicher, wenn dein Häuptling Schwarzer Falke sieht, wie stark die Miliz ist, die gegen ihn marschiert, wird er von selbst friedlich wieder hinter den Mississippi zurückgehen. Die Sauk und Fox haben viele junge Männer. Du bist der einzige Sohn deines Vaters. *Er* braucht dich jetzt.«

Auguste schmerzte es, das Flehen in den Augen Grandpapas zu sehen. Wie konnte er dem alten Mann widersprechen? Wie konnte er bestreiten, daß sein Vater in seinen letzten Tagen die Liebe seines Sohnes brauchte?

Aber der Gedanke, daß Tausende bewaffneter und haßerfüllter Weißer dabei waren, sein Volk aus Saukenuk zu vertreiben, traf ihn wie ein Knüppel. Grandpapa kannte Schwarzer Falke nicht. Es war unwahrscheinlich, daß Schwarzer Falke »friedlich« nachgab. Ob Auguste nun in Saukenuk von Nutzen sein konnte oder nicht, er mußte dort auf jeden Fall sein.

Nicole sagte: »Gehe wenigstens zu deinem Vater und sprich mit ihm, bevor du entscheidest, was du tust.«

Auguste nickte. »Natürlich.« Er konnte es kaum noch mit ansehen, wie sie unter allem litt. Er wandte sich ab und blickte hinaus zu den Hügeln, während sie die letzte Strecke bis Victoire fuhren.

Victoire war bereits zu sehen. Das große, lange Steinhaus erhob sich auf dem Hügel über der Prärie. Elysée und Pierre nannten es gerne das Château, doch er wußte inzwischen, daß es mit den wirklichen Schlössern aus dem Land, aus dem sie gekommen waren, nicht zu vergleichen war. Er hatte es bestaunt, als er es das erste Mal erblickte; in New York gab es zahlreiche Häuser, die noch viel größer und schöner waren als Victoire. Immerhin, es war bis auf diesen Tag das stattlichste Haus nördlich der Mündung des Felsenflusses, und einen gewissen Stolz darauf, daß in ihm das gleiche Blut floß wie in den Männern, die es erbaut hatten, konnte er nicht leugnen.

Ihr Wagen rollte rasselnd durch das Tor in der Umzäunung aus gespaltenen Hölzern. Der vertraute Ahornbaum, der der Südseite Schatten spendete, war seit dem letzten Mal noch größer geworden. Hauspersonal und Feldarbeiter hatten sich am Haustor zur Begrüßung Augustes versammelt. Er erinnerte sich daran, wie sie ihn vor sechs Jahren auf die gleiche Weise erwartet hatten, als er zusammen mit seinem Vater Sternenpfeil aus Saukenuk gekommen war.

Bei jedem Gedanken an Saukenuk und an sein belagertes und von einem feindlichen Heer eingeschlossenes Volk geriet er in Atemnot.

Doch auch die Stille des großen Hauses erschreckte ihn. Es raunte vom Sterben seines Vaters. Er mußte sich diesem Sterben stellen und es mit Pierre zusammen erdulden. Sein erstes spontanes Gefühl war, die Treppen hinaufzueilen und seinen Vater in die Arme zu schließen. Zugleich aber wollte er Pierres Zimmer am liebsten überhaupt nicht betreten.

Schließlich stieg er neben Elysée die große Freitreppe von der Eingangshalle aus hinauf zu Pierres Zimmer im Obergeschoß. Nicole folgte ihnen. An der Tür zögerte er ein wenig, dann trat Elysée vor und klopfte an. Eine Frauenstimme rief sie herein.

Als Grandpapa die Tür öffnete, schloß Auguste die Augen. Er fürchtete den Anblick, der sich ihm bieten würde. Sein Herz schlug heftig. Gab es denn irgend etwas, was er für seinen Vater tun konnte?

Die Tür war ganz aufgegangen, und er erblickte die lange, hagere Gestalt auf dem Baldachinbett unter dem Laken. An seiner Seite saß Marchette mit einer Waschschüssel auf den Knien. Sie hatte eben Pierres Gesicht mit einem feuchten Tuch abgewischt.

In Augustes Augenwinkeln blitzte etwas Rotes auf. Auf dem Boden neben dem Bett stand eine zweite Waschschüssel. Sie war mit einem Handtuch bedeckt, das Marchette wohl hastig darüber gelegt hatte. Dabei war ein Ende in die Schüssel gefallen und hatte sich mit Blut vollgesogen.

Es schnürte ihm die Kehle zu, er konnte nicht sprechen. Er eilte an das Bett.

Marchette hatte ihm Kissen in den Rücken gepackt, so daß er halb aufrecht lag. Seine lange Nase war direkt auf ihn gerichtet, und auch seine Augen erwarteten ihn. Seine knochigen Hände sahen sehr groß aus, weil seine Arme schon so dünn waren. Seine grauen Haare, oder was davon übrig war, fielen auf das Kissen.

Er hob den Kopf ein wenig.

»Mein Sohn. Ich freue mich, dich zu sehen.«

Er streckte ihm die Hände entgegen. Auguste biß sich auf die Lippen und faßte seinen Vater unter den Schultern, hob ihn hoch und hielt ihn fest. Er spürte, wie sich Pierres Hände auf seinen Rücken legten, aber sie waren so leicht wie welke Blätter im Herbst. So umarmten sie einander einen Moment lang.

Sein Vater fühlte sich so leicht an, als sterbe er vor Hunger. Er ließ ihn los und setzte sich auf die Bettkante und sagte das Nächstbeste, was ihm in den Sinn kam.

»Hast du heute schon etwas gegessen, Vater?«

Pierres Stimme war nur noch wie das Säuseln des Windes in den Baumzweigen. »Marchette hält mich mit klarer Brühe am Leben.«

Eine halbleere Schüssel Bouillon stand auf dem Tisch neben dem Bett. Daneben lagen eine in schwarzes Leder gebundene Bibel und Pierres silbernes Brillenetui mit dem Samtband.

Was würden Sonnenfrau und Eulenschnitzer für einen so kranken Mann tun? Was würden sie ihm zu essen geben?

»Vielleicht kann ich dir helfen, Vater«, sagte er.

»Ich glaube nicht, daß mir noch irgendwer helfen kann, mein Sohn«, antwortete Pierre. »Laß es gut sein. Wenn du nur hier bist, geht es mir schon besser.«

Auguste hatte genug über Krebs gelernt, um zu wissen, daß Pierres Zustand hoffnungslos war. Dr. Bernard oder jeder andere der weißen Ärzte am New York Hospital würden sagen, man könne nichts weiter tun, als es dem Patienten so leicht wie möglich zu machen, ihm vielleicht etwas Laudanum zu geben und im übrigen einfach das Ende abzuwarten.

Doch das war lediglich, was er von der weißen Medizin gelernt hatte. Die weißen Ärzte hatten scharfe Pipetten, um Blut abzuzapfen, Skalpelle, um damit die Kranken aufzuschneiden, und Sägen, um brandige Glieder zu amputieren. Sie hatten dicke Bücher, in denen die Beschreibungen Hunderter Krankheiten und Leiden standen sowie die Behandlungsmethoden dafür. Doch nachdem er viele Stunden mit der Behandlung Kranker in New York zugebracht hatte, war ihm klar geworden, daß es auch vieles gab, was die weißen Ärzte nicht zu behandeln wußten, und Methoden, an die sie noch nie gedacht hatten. Vielleicht bot das Werk des Schamanen eine größere Chance, Pierre zu helfen.

Zumindest konnte er, als Weißer Bär, mit Pierres Seele sprechen, die Hilfe der Geister beschwören, ganz besonders die seines eigenen Geisthelfers und die des Kranken, um ihn zu heilen, falls es überhaupt noch möglich war. Wenn nicht, dann konnte er vielleicht sein Leiden vermindern und ihm helfen, zu akzeptieren, was mit ihm geschah, und ihn auf den Weg in die andere Welt vorbereiten.

Doch sofort traf ihn wieder die Frage wie ein Schlag: *Wenn ich hier bei meinem Vater bleibe, was geschieht dann inzwischen mit Saukenuk?*

Pierre sagte: »Gott hat mich noch leben lassen, Auguste, weil ich mit dir über unser Land sprechen muß.«

Das gefiel Auguste gar nicht. Die Tausende Morgen Land, die die de Marions besaßen, gingen ihn nichts an, und dabei wollte er es belassen.

Marchette stand auf und schob ihren Stuhl zurück. »Vielleicht sollten wir anderen Euch und Monsieur Auguste jetzt allein lassen.«

Er sah in ihren Augen die Trauer einer Frau, die einen Mann verlor, den sie liebte. Schon lange hatte er angesichts der häufigen Blicke zwischen Marchette und Pierre und der finsteren Beobachtung der beiden durch ihren Mann, den braunbärtigen Armand, vermutet, daß da etwas war zwischen dem Herrn von Victoire und der Köchin des Hauses – oder wenigstens gewesen war.

Pierre hob eine zittrige Hand. »*Au contraire*, ich will, daß ihr alle drei, Papa, Nicole und Marchette, mit anhört, was ich zu sagen habe. Ihr seid ja auch diejenigen, denen ich am meisten vertraue. Ich will, daß ihr wißt, was ich wünsche, wirklich wünsche, denn es wird, wenn ich nicht mehr bin, genug Leute geben, die darüber Lügen verbreiten möchten.«

Auguste nahm seine Hand, die so groß und jetzt so schwach war, in seine eigene kräftige und braune.

»Vater, du mußt daran glauben, daß du weiterleben kannst.«

Die anderen kamen näher. Nicole blieb am Fußende des Bettes stehen. Elysée setzte sich auf einen alten Lehnsessel mit spindeldürren Beinen, den er noch aus Frankreich mitgebracht hatte, und legte sich seinen Krückstock über die Knie.

Pierre deutete mit seinem Knochenfinger nach oben auf ein Regal an der weißgetünchten Wand, wo eine indianische Pfeife lag. Ihr Kopf war aus rotem Pfeifenstein, ihr Schaft aus poliertem Hickory.

»Hole das Calumet dort herunter«, sagte er, »und gib es mir.«

Auguste holte die drei Fuß lange Friedenspfeife ehrfürchtig herab und hielt sie an beiden Enden. Zwei schwarze Federchen mit weißen Spitzen lösten sich vom Pfeifenkopf, als er sie Pierre in die Hände legte. Von dem Moment an, da er sie berührte, zitterten ihm die Hände so heftig wie die Pierres. Nur er und Pierre verstanden den mächtigen Sinngehalt dieser Pfeife: die Macht, Männer an das zu binden, was sie über dem Rauch des geheiligten Tabaks schworen und besiegelten.

Pierre ließ die Friedenspfeife auf seiner Brust ruhen und berührte sie nur leicht mit den Fingern.

»Diese Pfeife, Auguste, bekam ich wenige Jahre nach deiner Geburt von Springender Fisch, der auch damals schon einer der Anführer der Sauk und Fox in Friedenszeiten war. Sie ist das äußere Zeichen einer Vereinbarung zwischen unserer Familie und den Sauk und Fox in freiem Entschluß und vollem Einverständnis.«

Auguste blickte verwundert von Pierre auf Elysée. Grandpapa nickte zur Bestätigung ernst und sagte: »Wir hatten damals schon jahrelang die noch eher unbesiedelten Teile des Territoriums Illinois erkundet und dann entschieden, daß hier das richtige Land für unsere Ansiedlung in der Neuen Welt sei. 1809 kauften wir es für einen Dollar pro Morgen beim Unionslandamt in Kaskaskia, für insgesamt dreißigtausend Dollar. Die Unionsregierung versicherte uns, daß die Sauk und Fox vor einigen Jahren mit Gouverneur William Henry Harrison einen Vertrag unterzeichnet hatten, mit dem sie einundfünfzig Millionen Morgen, darunter das ganze nördliche Illinois, für etwas mehr als zweitausend Dollar – eine erbärmliche Summe – an die Vereinigten Staaten verkauften.«

Pierre fügte hinzu: »Aber wir wußten, daß die Sauk und Fox diesen Vertrag anfochten.«

»Ja«, nickte Auguste, »Schwarzer Falke sagt, Harrison hat die Sauk und Fox betrogen. Er sagt, die Häuptlinge, die diesen Vertrag unterzeichnet haben, waren betrunken gemacht worden und verstanden weder Englisch, noch konnten sie es lesen oder schreiben, und sie wußten auch gar nicht, was sie taten, als sie ihre Zeichen darunter setzten. Er sagt, daß diese Häuptlinge sowieso kein Recht und keine Vollmacht von ihren Stämmen hatten, auch nur einen Fußbreit Land zu verkaufen.«

»Richtig«, sagte Elysée. »Aber wir wollten mit den Sauk und Fox in Frieden leben. Das war der Grund, warum sich dein Vater nach Saukenuk begab. Wir hofften, mit einem vernünftigen Preis für das Land mit denjenigen, denen es weggenommen worden war, künftig gut zusammenzuleben.«

Pierre fuhr fort: »Ich war noch immer aus freien Stücken dort und bei deiner Mutter, als 1812 der Krieg ausbrach, und dann verlangten sie von mir zu bleiben. Du warst damals schon zwei Jahre alt. Nach dem Krieg und nachdem ich sie wieder verlassen hatte, schickte ich den Häuptlingen der Sauk und Fox, was sie verlangt hatten: dreißigtausend Dollar, teils in bar, teils in Waren wie Messern, Stahläxten, Töpfen und Kesseln, Decken und Tuchballen, Gewehren mit Schießpulver und Kugeln. Wir haben also für dieses Land tatsächlich zweimal bezahlt. Trotzdem denke ich, daß es weitaus mehr wert ist als alles zusammen, was wir dafür bezahlten. Die Häuptlinge erkennen unser Recht an, auf diesem Land zu leben und es zu bebauen. Springender Fisch gab mir zur Bekräftigung dieses Calumet hier, und von mir bekam er ein langes Kentucky-Gewehr mit Messing- und Silberintarsien auf Lauf und Kolben.«

Auguste nickte eifrig. »Ja, richtig, das habe ich gesehen. Springender Fisch schießt damit jeden Winter den ersten Büffel und eröffnet damit die Jagd.«

»Und Schwarzer Falke gab ich den Kompaß, den euer Kriegshäuptling bis heute sorgsam hütet und nach dem ich meinen Sauk-Namen bekommen habe.«

»Ja.«

Auguste blickte an Pierres Bett vorbei zum Fenster, dessen teures Glas aus Philadelphia herangeschafft worden war. Es gewährte den Blick weit hinaus nach Süden über die grasbewachsene Prärie hin. Einst, dachte er, gehörte die ganze Prärie meinem Volk.

Als habe er seine Gedanken erraten, sagte Pierre: »Ich sage nicht, die Sauk und Fox hätten uns das Land ausdrücklich verkauft. Sie anerkannten nur unser Recht, es zu nutzen. Verstehst du?«

Auguste nickte und wiederholte, was er Schwarzer Falke bei den Ratsversammlungen so oft hatte sagen hören: »Land ist nichts, was man kaufen und verkaufen kann. Daran glauben wir.«

Pierre schloß erschöpft die Augen. Seine Finger lagen noch immer auf dem Calumet auf seiner Brust. Auguste verspürte Trauer. Der Vater, der ihn verlassen hatte, als er noch klein war, und dann zurückgekommen war, um ihn zu holen, verließ ihn nun erneut. Er entglitt ihnen.

Marchette wischte Pierre das Gesicht mit ihrem feuchten Tuch ab.

Nicoles Kinn flatterte, als sie sagte: »Mein großer Bruder. Du warst immer für mich da.«

Elysées faltendurchfurchtes Gesicht spiegelte kaum erträgliche Trauer wider. Er wünscht, dachte Auguste, daß es eher an ihm als an seinem Sohn wäre, hier auf dem Sterbebett zu liegen.

Pierre machte die Augen wieder auf und hob den Kopf ein wenig, um Auguste anzusehen. Auguste drückte ihn sanft in die Kissen zurück.

»Bleib ruhig liegen, Vater.«

»Nicht, ehe dies erledigt ist. Du weißt, daß dein Großvater den Besitz mir übergeben hat, als ich vierzig Jahre alt wurde. Jetzt muß ich ihn weitergeben. Bis in die letzten Jahre hatte ich geglaubt, daß es selbstverständlich Raoul sei, dem Victoire nach meinem Tod zufallen müsse. Doch die Feindschaft zwischen ihm und mir wurde immer größer. Einige Male haben Papa, er und ich uns zusammengesetzt und versucht, uns zu einigen. Doch jedes Mal wurden die Worte, die wir wechselten, noch böser. Bis er sich schließlich vor einem Jahr sogar damit brüstete, drei Sauk getötet zu haben, die Blei in der Mine schürften, in der er arbeitete, die sie aber als ihr Eigentum betrachteten.«

Auguste hielt den Atem an.

Sonnenfisch und die anderen! Das war es wohl, was ihnen damals widerfahren war.

Pierre fragte: »Was ist?«

»Ich kannte diese drei. Einer von ihnen war in meinem Alter und ein Freund von mir.« Sein Haß auf Raoul brannte heftiger denn je in ihm.

Pierre sagte: »Seit langem sprechen Raoul und ich kein Wort mehr miteinander.«

»Es war mein Erscheinen hier, das euch entzweit hat.«

Jetzt sprach auch Nicole. »Nein, nein, nicht du. Raoul ist Pierre schon feindlich gesinnt, solange ich denken kann.«

Elysée sagte: »Ja, auch ich habe viele Konflikte mit Raoul. Über das Land und wie es genutzt werden soll, über unsere Zahlungen dafür an die Sauk und Fox und über das Massaker von Fort Dearborn. Natürlich ist es teilweise deinetwegen, Auguste, aber da ist auch noch vieles andere.«

Auguste schüttelte den Kopf. »Aber bevor ich kam, sprachen Vater und Raoul wenigstens noch miteinander, und es gab keine Diskussionen über die Erbfolge. Das mag auch weiterhin so bleiben. Vater, wenn du nicht mehr bist, gehe ich zu meinem Volk zurück. Das kannst du Raoul sagen, und damit soll dann Friede zwischen uns sein.«

Während er noch sprach, durchschnitt ihn erneut der Schmerz wie ein Blitz, der einen Baum spaltet. Er hatte soeben versprochen, so lange hier zu bleiben, wie sein Vater noch lebte. Seine Sauk-Familie und alle, die er liebte, waren nur vier Tagesreisen entfernt in großer Gefahr, und er wollte bei ihnen sein. Aber nun konnte er Pierre nicht verlassen. Seine Angst um Sonnenfrau und Roter Vogel und alle anderen in der akuten Gefahr und seine Scham, ihnen nicht zu Hilfe zu eilen, würden eine schlimme Prüfung für ihn sein. Doch er mußte sie ertragen. Er konnte seinen Vater bei seinen ersten Schritten auf dem Pfad seiner Seele nicht allein lassen.

Pierre faßte plötzlich nach seiner Hand. »Du darfst nicht fortgehen, auch nicht, wenn ich tot bin. Du mußt hier bleiben als mein Erbe.«

Auguste raubten diese Worte den Atem. Sein Erbe! Das überstieg alle Vorstellungen! Er versuchte aufzustehen, doch Pierre hielt ihn fest. Gerade so, als würden dieses riesige Haus und das ganze Land drum herum ihn gefangen und für immer von seinem Volk getrennt halten.

»Nein!«

»Auguste, hör mich an, ich bitte dich! Ich kann das Land nicht Raoul vermachen!«

Auguste hob flehend seine freie Hand.

»Aber mir doch auch nicht! Ich weiß nichts von Geschäften. Raoul aber ist von Kindesbeinen an darauf vorbereitet worden. Ich kann das nicht, und ich will es auch nicht!«

Er sah sich im Raum nach Hilfe von den anderen um, Pierre davon zu überzeugen, daß das, worum er ihn bat, unmöglich war. Doch Nicole und Marchette starrten ihn nur mit großen Augen und offenem Mund an. Elysée saß vorgebeugt in seinem Sessel, und sein Blick auf ihn brannte.

Pierre sagte: »Wenn es erst einmal dein Land ist und du weißt, daß du dafür verantwortlich bist, dann wirst du auch ganz von selbst das Richtige tun. Ich weiß das. Ich will dir jetzt den Besitz übergeben, wie ihn Papa einst mir übergeben hat, nämlich, solange ich noch am Leben bin. So kann ich dir noch eine kleine Weile behilflich sein. Auch dein Großvater wird dir mit Rat und Tat zur Seite stehen wie all die Jahre mir. Andere werden dir auch helfen, Auguste. Nicole und ihr Mann und Marchette und Guichard.«

Auguste sagte hilflos: »Grandpapa, sag du ihm, daß ich das nicht kann.«

Elysée, der bisher zusammengesunken und betrübt in seinem so zerbrechlich aussehenden Stuhl gesessen war, richtete sich nun auf. »Ich wußte, daß dein Vater dir das heute antragen würde, Auguste. Es ist sein fester Wille, nicht nur eine Laune. Er hat seit langem darüber nachgedacht. Es ist keineswegs unmöglich. Du hast bewiesen, daß du imstande bist, rasch zu lernen und zu begreifen. Ich kann dir nur versprechen, wenn du die Bürde auf dich nimmst, die dir dein Vater zugedacht hat, werde ich dir zur Seite stehen und dir auf jede nur mögliche Weise helfen.«

Auguste schwankte in seiner Entschlossenheit einen Augenblick. Dreißigtausend Morgen, dachte er. Und die Vereinigten Staaten haben meinem Volk fünf Millionen Morgen gestohlen. Warum sollte ein Sauk nicht wenigstens etwas davon zurückbekommen?

Doch zugleich war er sich der damit verbundenen Verantwortung bewußt, die der gewaltige Besitz ihm abverlangen würde. Es war absurd, sich selbst in dieser Position vorzustellen.

»Raoul ist ebenfalls dein Sohn, Grandpapa«, sagte er. »Willst du denn nicht, daß er das Land erbt?«

Elysée schüttelte den Kopf. »Raoul ist ein mehrfacher Mörder. Er ist seiner Strafe nur entgangen, weil Smith County an der Grenze der Zivilisation liegt, wo es kein Gesetz gibt. Er haßt die Indianer mit einer Inbrunst, die bereits an Wahnsinn grenzt. Er ist ein grobschlächtiger, gewalttätiger und geldgieriger Mensch. Er ist die Schande der ganzen Familie. Er ist viel weniger wert als du.«

In Auguste begann trotz seines Mitgefühls der Zorn zu brodeln. Vater und Sonnenfrau und Eulenschnitzer und Schwarzer Falke hatten ihm versprochen, daß er nur eine gewisse Zeit unter den Weißen leben müsse und dann zu den Sauk zurückkehren könne. Alle hatten es mit dem Rauch des Calumet besiegelt und die Vereinbarung damit geheiligt. Er hatte die ganzen sechs Jahre für diese Heimkehr gelebt.

Er befreite sich aus Pierres festem Griff und streckte, flehentlich um Verständnis bittend, die Hände aus. »Ich kann aber doch nicht für den Rest meines Lebens hier bei den Weißen bleiben.«

»Du bist nicht mehr derselbe, den ich damals aus den Wäldern mitnahm«, entgegnete Pierre. »Du bist ausgebildet worden. Du kannst immer noch Arzt werden.«

»Ja, aber ich will Arzt für mein Volk sein.«

»Du kannst mehr für es tun, wenn du hier bleibst, mein Sohn. Die Sauk brauchen auch Freunde unter den Weißen, die Wissen und Wohlstand und Macht besitzen.«

Auguste schüttelte heftig den Kopf, als wolle er damit auch Pierres Worte von sich abschütteln. »Ein Leben als Weißer wird mich niemals glücklich machen. Ich muß zurück zu meinem Volk. Ich bitte dich, laß mich gehen.«

Aber ihm war klar, daß ja auch diese Leute hier, die er ebenfalls liebte, Pierre, Grandpapa, Nicole, nicht minder »sein Volk« waren.

Pierres eingesunkene Augen blickten ihn eindringlich an. »Ich habe mein neues Testament bereits geschrieben, Auguste. Eine Abschrift davon liegt beim Stadtbeamten Burke Russell, und eine weitere hat dein Großvater. In ihm bist du als mein einziger Erbe benannt, für alles, was mir gehört, also den gesamten Besitz de Marion. Wenn du mein Vermächtnis annimmst, wirst du dich natürlich Raouls zu erwehren haben. Alle Last liegt dann auf deinen Schultern. Ich kann dich hier in meinen letzten Atemzügen nur bitten, anzunehmen, was ich dir übergeben will. Aber die Entscheidung mußt du selbst treffen.«

In Auguste schrie eine Stimme auf. *Das kannst du nicht tun, Vater. Du zerstörst mich damit.*

Er stand da und blickte auf seinen Vater hinab, dessen Arme nun schlaff herabhingen, auf die geraden Schultern und den gebeugten Kopf. Er konnte zu seinem sterbenden Vater nicht endgültig und ohne Umschweife nein sagen. Er brauchte Zeit, um sich aus dieser Falle zu befreien.

»Vater«, sagte er endlich, »du weißt, daß die Sauk Entscheidungen niemals sofort treffen. Wenn es sich um eine unserer Meinung nach sehr wichtige Entscheidung handelt, dann fahren wir erst einmal in unserer gewohnten Arbeit fort, umschreiten den Sonnenkreis und warten stumm, daß uns Antwort zuteil wird. Du mußt mir Zeit lassen.«

Pierre schloß wieder die Augen, und sein Kopf sank zurück in die weißen Kissen. »Du hast so viel Zeit wie ich«, flüsterte er. »Aber mehr nicht.«

Auguste wandte sich ab. Seine Augen begegneten denen Nicoles. Er sah Mitgefühl in ihnen. Doch nur ein anderer Schamane konnte die Qual ermessen, die er in sich verspürte.

9

Das Vermächtnis

Weißer Bär beugte sich über die braune Decke, die er aus seinem Zimmer geholt hatte, und rollte sie aus. Er war barfuß und mit bloßer Brust und trug nur die weiße Matrosenarbeitshose, die er in New York gekauft hatte. Er entnahm der aufgerollten Decke seine magische Muschelkette und hängte sie sich um. Dann öffnete er seinen Medizinbeutel aus weichem Leder.

Unter dem großen alten Ahornbaum auf der Südseite von Victoire lag Pierre auf seine Matratze gebettet, mit großen Kissen im Rücken. Eine Baumwolldecke war alles, was er an diesem warmen Septembertag brauchte. Er war bis zur Brust in sie eingepackt, die Arme waren frei. Er hatte darum gebeten, nach draußen gebracht zu werden, weil das Wetter so schön war. Sobald die Dienerschaft ihn hinausgetragen und ihn mit Weißer Bär allein gelassen hatte, war er eingeschlummert. Er schlief nun die meiste Zeit wie ein Kind. Nur daß Kinder schliefen, um Kraft zu gewinnen, er aber, weil er immer schwächer wurde.

Weißer Bär – er setzte sich nun nicht mehr mit Auguste gleich – legte sich seine Sachen aus dem Medizinbeutel auf seiner ausgerollten Decke zurecht und betrachtete sie eingehend. Sie verkörperten die sieben heiligen Richtungen. Die erste war der Osten. Er nahm einen funkelnden weißen Stein und legte ihn auf die Ostseite des Baumes. Die Farbe des Ostens war weiß und also auch die von ihm als Weißer Bär. Dann kam der Süden. Er nahm den grünen Stein, in den die Indianerstämme der Moundbuilder schon vor langer Zeit die Figur eines Menschen mit Flügeln geritzt hatten. Er legte ihn links neben Pierres Matratze auf den Boden. Der Boden unter dem Ahornbaum war nicht bewachsen, und ein früher Morgenregen heute hatte ihn feucht und weich gemacht.

Nun der Westen. Die Geister der Toten wanderten westwärts, und die Farbe des Westens war rot. Er setzte den roten Stein mit seinem dunklen Wabenmuster, das aussah, als sei es auf die feinpolierte Oberfläche aufgemalt, auf den Boden zu Pierres Füßen. An die Nordseite der Matratze legte er einen schwarzen Stein aus dem Norden, in den Eulenschnitzer eine Eule geritzt hatte. Die fünfte Richtung war die nach oben, sie war blau, und für sie legte er einen blauen Stein von der Farbe der Augen Nancy Hales auf das Kissen neben Pierres Kopf. Neben seine in die Decke gehüllten Füße legte er den braunen Sandstein für die sechste Richtung nach unten.

Schließlich fehlte noch die letzte, die siebte und geheiligte Richtung: Hier. Dafür nahm er den letzten und größten Gegenstand aus seinem Medizinbeutel, die Klaue eines Grizzlybären, den Schwarzer Falke vor vielen Jahren getötet hatte. Nach der Rückkehr von seiner ersten Geisterreise in der heiligen Höhle und seiner Prophezeiung, daß Schwarzer Falke noch mutige Taten vollbringen und sein Name niemals vergessen werden würde, hatte dieser ihm die Grizzlyklaue zum Geschenk gemacht. Sie war säbelartig gebogen. Er legte sie auf Pierres Brust über seinem Herzen. Das braune Pelzende zeigte auf die Stelle von Pierres Leib, wo der bösartige Klumpen in ihm saß, der ihn langsam tötete.

Nun ging er zurück zu seiner Decke und nahm einen schwarz und weiß bemalten getrockneten Flaschenkürbis in die Hand, den er in seine andere Handfläche zu schlagen begann, damit er rasselte. Dazu begann er mit der Sonne von Osten nach Süden, von Westen nach Norden und wieder zurück nach Osten einen Kreis um Pierre und den Ahornbaum zu tanzen, wobei er Pierre immer zu seiner Rechten ließ. Er murmelte in leisem Singsang fast nur zu sich selbst.

Erschaffer der Erde, dieser Mann ist dein Werk,
jetzt erbitten wir deine Hilfe für ihn.
Er ist ein Häuptling, den seine Leute noch brauchen.
Er hat noch einen weiten Weg vor sich.
Erhebe ihn, Erschaffer der Erde,
und gib ihm sein Leben zurück.

Als er den Kreis neunmal vollendet hatte, legte er den Flaschenkürbis auf den Boden. Er hatte aus dem Château einen Kessel frisch aufgebrühten Weidenrindentees und eine Porzellanschale mitgebracht. Der Trank würde Pierres Schmerzen lindern und ihn kräftigen. Pierre konnte keinerlei feste Nahrung mehr bei sich behalten. Aus allen Körperöffnungen tröpfelte dann Blut, und er wurde noch schwächer und bleicher. Er verhungerte und verblutete ganz langsam.

Er roch den Tee, während er ihn in die Tasse goß, und erinnerte sich daran, wie er am Tag zuvor beim Sammeln der Rinde dafür am Roten Flüßchen Nancy Hale begegnet war. Sie war beim Beerensammeln gewesen. Es war das vierte oder fünfte Mal, daß sie in diesem Sommer auf der Prärie rund um Victoire aufeinandergetroffen waren – beiderseits alles andere als zufällig. Allerdings fühlte er sich so unsicher wegen dessen, was er nach Pierres Tod tun würde, daß er mit ihr nur über nebensächliche Dinge sprach.

Als er aufblickte, sah er, daß sein Vater die Augen geöffnet hatte. Sie lagen schon sehr tief in ihren Höhlen und sahen aus wie Kohlenglut in einer Grube.

Pierre lächelte schwach. Sein Blick glitt über sein Land hin. In der Nähe fiel das von Schafen und Ziegen abgegraste Terrain nach unten hin ab, bis zu dem Zaun aus gespaltenen Holzstämmen, der den inneren Hof des Châteaus umgab. Nach Westen hin konnten sie die beiden Fahnen auf Raouls Handelsstation auf der Steilküste über dem Fluß sehen und dahinter noch einen Teil des Flusses und das dunkle Westufer, wo das Ioway-Land begann. In den anderen Richtungen lagen Obstgärten, Äcker, Weidewiesen und die offene Prärie, die der Herbst gelb färbte und die sich endlos bis zum Horizont hinzog.

Als Pierre seinen Tee fast ausgetrunken hatte, nahm ihm Weißer Bär die Tasse ab, sammelte seine heiligen Steine wieder ein und legte sie in seinen Medizinbeutel zurück.

Pierre sagte: »Du hast wohl soeben ein Sauk-Ritual für mich vollzogen, wie?«

»Ja«, antwortete Weißer Bär. »Um dich zu heilen. Oder, wenn das nicht möglich ist, um dir wenigstens Kraft zu geben, die Schmerzen zu ertragen.«

»Ich fühle mich heute besser«, sagte Pierre. »Ich muß mich allerdings den Riten meiner Kirche unterziehen, wenn ich in Gottes Liebe eingehen soll. Vor einer Woche habe ich jemanden nach Kaskaskia geschickt, der deinen alten Lehrer Père Isaac herbitten soll. Er müßte eigentlich jeden Tag eintreffen. Ich bin ein großer Sünder gewesen, Weißer Bär.«

Weißer Bär freute sich, daß sein Vater ihn mit seinem Sauk-Namen ansprach.

»Nein, du bist ein guter Mensch, mein Vater«, widersprach er auf Sauk.

Pierre hob den Kopf, und Weißer Bär sah, welche Mühe ihm das bereitete. Seine brennenden, eingesunkenen Augen wandten sich ihm zu.

»Mein Sohn, ich muß deine Antwort jetzt haben. Der Erschaffer der Erde hat mich noch den ganzen Sommer über leben lassen, um dir Zeit für deine Entscheidung zu geben. Aber jetzt mußt du sie mir sagen.«

»Kannst du mich denn nicht zu meinem Volk zurückgehen lassen, Vater? Warum verlangst du von mir, daß ich hier bleibe und um etwas kämpfe, das ich nicht haben will?«

»Weil ich gesehen habe, was aus Raoul wurde, und nicht will, daß er hier der Herr wird. Weil ich stolz auf dich bin, mich seiner aber schäme. Weil ich möchte, daß du, und nicht er, die Zukunft der de Marions bist. Was soll aus diesem Land werden, das wir gemeinsam liebten, dem Land, das Sonnenfraus Volk zuvor generationenlang in seiner Obhut hatte? Soll es Raoul anheimfallen?«

Weißer Bär erinnerte sich daran, was Eulenschnitzer in Saukenuk zu Pierre gesagt hatte: *Wenn dich dein Land davon abhält, das zu tun, was du möchtest, dann besitzt es dich.*

»Warum vererbst du den Besitz nicht Nicole? Sie ist auch eine de Marion.«

»Nicole kann sich mit ihren acht Kindern, für die sie sorgen muß, nicht gegen Raoul wehren. Frank ist ein ausgezeichneter Mann, aber auch er ist kein Kämpfer. Nein, Weißer Bär, du bist der einzige, der in Frage kommt.«

»Aber ich denke nach wie vor wie ein Sauk, Vater. Wie du weißt, kann bei den Sauk kein einzelner Land besitzen. Auf so viel Anspruch zu erheben, wie du mir anbietest, gilt dort sogar als großes Verbrechen.«

»Aber in dir ist das Erbe dieses Landes geradezu unauflöslich vereint, Weißer Bär! Du besitzt es für die Sauk wie für mich und dich selbst. Ich glaube daran, daß es Gottes Wille war, mich zu deinem Vater zu machen und dich die ersten fünfzehn Jahre deines Lebens bei den Sauk und die folgenden sechs bis jetzt als Weißer leben zu lassen. Du hast jetzt die Chance, reich und mächtig zu sein. Du kannst lernen, deinen Reichtum zum Schutz deines Volkes zu verwenden. Du kannst sehr viel für es tun, wenn du hier bleibst und um das, was ich dir hinterlasse, kämpfst.«

Weißer Bär richtete den Blick über seinen Vater hinweg hinauf zu dem großen Herrenhaus auf dem Hügel. War er vielleicht wirklich allzu eigensinnig, Victoire mit all dem Land, das zu dem Château gehörte, zurückzuweisen?

Pierre sah betrübt aus, schwach und sehr alt. Den ganzen Sommer über hatte er ihn nun mit Trauer im Herzen dahinsiechen und immer schwächer werden gesehen. Er wußte, daß er nichts tun konnte, um seinen Vater zu heilen, und daß seine Weigerung, ihm die Antwort zu geben, die er hören wollte, sein Leiden nur verlängerte. Er spürte, daß er allmählich bereit war, allem zuzustimmen, wenn es nur Frieden schuf.

In dem flehenden Gesicht Pierres erkannte er, daß sein Vater seine letzte Kraft aufbot, und es wurde ihm klar, daß er unmöglich ein Nein das letzte Wort sein lassen konnte, das sein Vater von ihm in diesem Leben hörte.

Er konnte seine eigenen Ängste nicht länger von denen Pierres trennen.

Er atmete tief durch die Nase ein. »Gut, Vater, ich bin bereit. Ich nehme, was du mir anbietest.«

Pierres Gesichtsausdruck glich einem Sonnenaufgang. Wärme und rosa Farbe kamen in die bleichen Wangen zurück. Er nahm seine Hand. Die Berührung fühlte sich kalt an, aber der Griff war fest.

»Ich danke dir, mein Sohn. Jetzt kann ich mit frohem Herzen auf den Pfad der Seelen gehen.«

Ja, du gehst in Frieden, aber ich muß bleiben und leiden, dachte Weißer Bär. Zugleich war er froh, seinem Vater eine letzte Freude bereitet zu haben. Er lehnte sich an den Baum und sah den riesigen weißen Wolken nach, die am Himmel über den Fluß in der Ferne zogen.

»Wir wollen das feierlich besiegeln, mein Sohn«, sagte Pierre. »Bring uns das Calumet, und rauchen wir es gemeinsam.«

»Ja, Vater.« Weißer Bär seufzte und stand auf. Langsam, als schleppe er Ketten an den Füßen, stieg er den grasbewachsenen Hügel zum Haus hinauf.

In der großen Eingangshalle traf er auf Armand Perrault, der fast so breit wie hoch war und ihn feindselig anstarrte. Seine Augen waren klein und funkelten wie die eines in die Enge getriebenen Keilers. Ein leichter Schauer überrieselte ihn. Das war einer der Männer, deren er sich, wenn es soweit war, ebenfalls zu erwehren haben würde. Gleichwohl nickte er ihm zu und ging die Treppe hinauf in Pierres Zimmer.

Er kam mit dem gefiederten Calumet und einer in einem Glaszylinder brennenden Kerze zurück zu Pierre. Aus seinem Zimmer hatte er den Wildlederbeutel mit dem kleinen Rest des türkischen Tabaks mitgebracht, den er noch aus New York übrig hatte. Aller Tabak war eine geheiligte Gabe des Erschaffers der Erde.

Er ließ die leicht feuchten braunen Krümel durch seine Finger in den engen Pfeifenkopf rieseln und stopfte sie leicht nach. Pierre beobachtete alles sehr genau mit seinen wasserblauen Augen, deren Weißes schon längst eine kränkliche gelbe Färbung hatte.

Dann hielt er die Kerzenflamme an den Tabak und sog einige Male heftig, bis ihm der Rauch auf der Zunge brannte. Als die Pfeife ordentlich glühte, drehte er sie herum und schob sie Pierre in den Mund.

Pierre nahm einen langen Zug, behielt den Rauch eine Weile im Mund und blies ihn dann erst wieder aus. Weißer Bär bekam Angst, als er gleich danach zu husten begann. Pierre hielt sich die Hand an die Kehle und bedeutete ihm mit der anderen, nun selbst zu rauchen.

Als er Blut aus dem Mund seines Vaters kommen sah, erschrak Weißer Bär sehr. Er wischte ihm hastig mit einem Zipfel der Decke den Mund ab und nahm ihm dann die Pfeife aus der Hand.

Trauer darüber, daß er damit seine Freiheit aufgab, erfüllte ihn, als er selbst den heißen Rauch der Pfeife einsog. Er verstand den bitteren Geschmack als Gleichnis der Bitterkeit, die sich in sein Herz senkte, weil ihm klar wurde, daß er mit dieser Zeremonie nun für immer Roter Vogel aufgab und Sonnenfrau und Eulenschnitzer und das ganze Leben, nach dem er sich gesehnt hatte. Er blies den Rauch schließlich mit einem schweren Seufzer aus und legte die Pfeife weg. Er hatte ein Gefühl, als sei sein Leben zu Ende.

Zugleich war da aber auch ein Gefühl der Erleichterung. Die Unentschlossenheit war vorüber und zerriß ihn nicht mehr. Nun konnten Pierre und er über einfache und kleine Dinge reden. Wie voll die Ähren des Korns in diesem Jahr waren. Was er in New York alles gesehen und erlebt hatte. Oder ob es morgen wieder regnen würde.

Pierres Stimme wurde immer leiser, und allmählich schlummerte er ein. Sein Griff um Weißer Bärs Handgelenk aber blieb fest.

Weißer Bär legte den Kopf an den Baumstamm und gab sich der Lieblingsbeschäftigung seiner Kindheit hin, in den Wolkenformen Tiere zu erkennen.

Er war nicht überrascht, als der Bär neben ihm erschien. Sein gewaltiger Schädel, bedeckt von wolkenweißem Fell, stieß ihn an und stippte die schwarze Nase in Pierres Schulter. Er war sich sicher, daß Pierre keine Angst haben würde, wenn er aufwachte, obwohl er den Bären noch nie zuvor gesehen hatte. Pierre schlug die Augen auf, sah den Bären und seufzte und lächelte nur ein wenig, ganz wie er es erwartet hatte.

»Eh bien, je suis content«, sagte Pierre und stand so leichtfüßig auf, als sei er nie krank gewesen.

Er sagte nicht Lebewohl, aber das hatte Weißer Bär auch gar nicht erwartet. Sie hatten einander ja bereits Lebewohl gesagt. Daher blieb er sitzen, wo er war, an den Ahornbaum gelehnt.

Pierre stieg den Hügel hinauf zum Haus und stützte sich dabei mit der linken Hand auf die Schulter des Bären. Hinter dem Hügel stieg ein Regenbogen empor.

Pierre ging mit dem festen und leichten Schritt eines jungen Mannes zu dem Regenbogen. Der Bär begleitete ihn mit wiegendem Schritt und sah ein wenig aus wie der größte Jagdhund, mit dem ein Jäger jemals in den Wald gegangen war. Weißer Bär sah ihnen lächelnd nach.

Sie stiegen auf den Regenbogen, der sich bis hinüber zum anderen Flußufer spannte, bis sie schließlich in dem gleißenden Licht der Sonne verschwanden. Weißer Bär ließ seinen Kopf zurück an den Baum sinken und schloß die Augen.

Als er sie wieder öffnete, lag sein Vater neben ihm und hielt noch immer seine Hand. Doch sein Griff war kraftlos. Sein Kopf war tief in die Kissen gesunken, sein Mund hatte sich geöffnet, und das Weiße seiner Augen schimmerte durch die halbgeschlossenen Lider.

Er atmete nicht mehr.

Weißer Bär spürte heiße Tränen aufsteigen und eine Stimme aus seiner Brust. Seine eigene.

»Hu-hu-huuu... Whu-whu-whuuu...« Der Totengesang der Sauk bei Begräbnissen.

Er schlang die Arme um die Knie und wiegte sich vor und zurück und schluchzte und klagte auf die bei seinem Volk übliche Art. Er mußte bald aufstehen und in das Château gehen und verkünden, daß Pierre de Marion tot war. Er mußte der erste sein, der es Grandpapa sagte. Vorerst wollte er jedoch noch eine Weile allein mit seinem Vater bleiben und um ihn trauern.

Er saß unter dem Ahornbaum und blickte zu Boden und war nicht im mindesten überrascht, die Spuren in der feuchten, weichen Erde zu sehen. Abdrücke von der doppelten Größe eines Menschenfußes. An ihrem vorderen Ende tiefe Löcher von fünf Klauen.

Raoul glaubte das ganze Begräbnisritual kaum noch ertragen zu können. Natürlich mußte er warten, bis alles vorbei war, ehe er sich zum Herrn von Victoire machen konnte. Doch dann gedachte er unverzüglich zu handeln. Er versuchte sich mit der Erinnerung an die Indianer zu beruhigen, die er im vergangenen Mai und Juni in Saukenuk überfallen und getötet hatte.

Gemeinsam mit fünfzig Mann, die er selbst zusammengeholt hatte, um mit ihnen Smith County in der Staatsmiliz zu vertreten, war er stilvoll am Felsenfluß erschienen. Sie waren auf Raouls neuem Dampfschiff, der *Victory*, den Mississippi hinab von Victor nach Fort Armstrong an der Mündung des Felsenflusses gefahren. Die *Victory*, angeschafft aus den Gewinnen der Bleimine, war ein Schiff mit Schaufelrädern an beiden Seiten und schaffte die Strecke St.Louis-Galena und zurück in genau einer Woche.

Sie waren aufgebrochen, um Indianer zu jagen, und er hatte dafür gesorgt, daß sie genau das getan hatten. Sie hatten in den Wäldern am Südufer des Felsenflusses kampiert, dem Indianerdorf genau gegenüber, und hatten auf jede Rothaut geschossen, die ihnen begegnet war. Er war sehr zufrieden, daß sie ein halbes Dutzend erwischt hatten, vielleicht sogar mehr.

General Gaines hatte das endlose Palavern endlich satt gehabt und Ende Juni den Generalangriff auf Schwarzer Falkes Ansiedlung befohlen. Die Miliztruppen waren nur zu bereit gewesen, jeden einzelnen Indianer in Saukenuk niederzustrecken, und so hatten sie den Ort dann gestürmt.

Aber da waren die verdammten geräuschlosen Rothäute schon weg gewesen. Nachdem sie gesehen hatten, daß sie den Angreifern hoffnungslos unterlegen waren, hatten sie sich in der Nacht zuvor den Felsenfluß hinunter und über den Mississippi aus ihrem Dorf davongestohlen. Die Smith County Boys waren ebenso wie alle anderen Milizionäre wütend und frustriert gewesen. Zur Ersatzbefriedigung brannten sie den Indianern ihre Hütten bis auf den Grund nieder.

Zu Raouls persönlichem großen Mißvergnügen hatte Gaines, statt die Verfolgung von Schwarzer Falke anzuordnen, noch einmal eine Botschaft an ihn zwecks neuer Palaver geschickt. Schwarzer Falke und ein paar seiner Leute waren über den Strom zurückgekommen, um zu verhandeln. Als hätte er nicht eben erst der ganzen Welt demonstriert, was für eine feige Kreatur er war, kam der starrköpfige alte Indianer, mit Federn in den Haaren, wie ein Pfau auf Gaines' Zelt zustolziert.

Hängt ihn, das Indianerschwein, doch auf, hatte er gedacht. Aber leider ließ Gaines ihn nur einen weiteren dieser blödsinnigen Verträge unterzeichnen. Als hätten die Indianer je Verträge eingehalten. Er versprach ihm sogar, ihm Getreide zu schicken, weil sie ja keine Zeit gehabt hätten, selbst welches anzubauen.

Die angewiderten Miliztruppen sprachen von dem Pakt als dem Getreidevertrag und hielten den alten Gaines für mindestens ebenso einen Feigling wie Schwarzer Falke.

Raoul und seine Smith County Boys hatten sich noch eine Weile am Felsenfluß herumgetrieben und in Kanus Indianerjagden veranstaltet, bis ihnen ihre Verpflegung ausging. Sie hatten auf die nächste Fahrt der *Victory* stromaufwärts nach Norden gewartet und waren mit ihr nach Hause zurückgekehrt.

Nach Hause, wo ihn immer zorniger machte, was dort geschah. Pierre lag im Sterben, und der Bastard von dem gleichen Stamm, gegen den er unten am Felsenfluß gekämpft hatte, stolzierte herum, als gehöre ihm Victoire bereits.

Damit würde ab heute Schluß sein. Sofern er es nur provozieren konnte.

Er beobachtete Nancy Hale, die in der Menge der fast zweihundert Trauergäste in der großen Halle von Victoire nur ein paar Fuß neben ihm stand. Was sie wohl denken würde, überlegte er, wenn er heute seinen großen Coup landete? Sie war groß und blond, und er versuchte sie sich nackt unter ihm im Bett vorzustellen.

Oh, er würde sie schon zum Schwitzen und Stöhnen bringen, und sie würdc ihm nur dankbar dafür sein.

Aber zuerst einmal mußte er heute natürlich seine Pläne erfolgreich durchführen. Der Bastard mußte weg, bevor er Nancy den Hof machen konnte. Ob ihr Predigervater nun mit ihm einverstanden war oder nicht, so ohne weiteres konnte er auf keinen Fall einen der größten Landbesitzer von Illinois ablehnen.

Und genau das würde er nach dem heutigen Tag sein.

Wer sollte es noch verhindern? Das Gesinde und die Leute der Stadt würden ja wohl nicht die Partei des Bastards ergreifen.

Der Anblick Nancys vor ihm, selbst nur ihres schönen geraden Rükkens, den er unverwandt anstarrte, befeuerte ihn noch mehr und ließ ihn im stillen Gott danken, daß er es niemals ganz über sich gebracht hatte, Clarissa zu heiraten.

Ein leichtes Unbehagen überkam ihn allerdings doch angesichts der unvermeidlichen Tatsache, daß er, wenn er sich Nancy nahm, Clarissa aus seinem Bett werfen mußte. Das konnte Ärger mit Eli bedeuten. Eli hatte zwar zu seiner Erleichterung akzeptiert, daß er Clarissa, nachdem sie ihm zwei Kinder geboren hatte, nicht heiratete. Aber zweifellos ging Eli davon aus, daß es irgendwann schon noch passieren würde, vielleicht, nachdem er den Familienbesitz an sich gebracht hatte.

Als Herr des Familienbesitzes wäre es ihm jedenfalls ein leichtes, Clarissa und ihre beiden unehelichen Knaben gut zu versorgen.

Dennoch ärgerte ihn, auf einen Mann wie Eli so sehr angewiesen zu sein, ja sogar ihn fürchten zu müssen – wie ungern er sich das selbst auch eingestand. In der Tat hing eine Menge davon ab, daß Eli auf seiner Seite war und ihn unterstützte, gerade heute, bei seinem Plan, sich den Familienbesitz anzueignen. Eli sollte heute die Smith County Boys anführen, die im Juni mit am Felsenfluß gewesen waren. Gegen gute Bezahlung würden sie gewiß wieder ein wenig auf Indianerjagd gehen.

Er fühlte sich dem Explodieren nahe. Das Warten war unerträglich. Der Priester mit seiner endlosen lateinischen Litanei an dem leinenbedeckten Tisch vor dem Kamin, der als Altar hergerichtet worden war, zerrte an seinen Nerven. Fangen wir doch endlich mit der Auseinandersetzung an, verdammt.

Indianer sind in Wirklichkeit alle Feiglinge. Wenn ich hier erst mal die Herrschaft übernehme, wird sich der kleine rote Bastard von selbst verziehen. Genau wie Schwarzer Falke im Sommer.

Aber als er sich gleich darauf die Frage stellte: Und wenn nicht?, überlief ihn ein kalter Schauer. Wenn Auguste nun wirklich das Gesinde für sich gewann und einen Teil der Leute der Stadt?

Nein, nein. Für einen Bastard kämpften sie doch nicht. Alle Leute hier haßten die Indianer. Man brauchte sich doch nur daran zu erinnern, wie viele sich spontan gemeldet hatten, um gegen Schwarzer Falke in den Kampf zu ziehen.

Allerdings hatten viele Leute Pierre verehrt und geliebt. Die ganze Halle hier war voll von ihnen, und draußen waren noch viele andere, für die kein Platz mehr hier drinnen gewesen war. Alle waren sie gekommen, um Pierre die letzte Ehre zu erweisen. Sie wußten auch alle, daß

Pierre Auguste als seinen Erben haben wollte. Aber würden sie auch dafür kämpfen, daß sein letzter Wille durchgesetzt wurde?

Ganz wohl war ihm nicht, als er die Chancen abschätzte. Jeder Bürger der Smith County hatte sein eigenes Gewehr oder wenigstens eine Pistole. Er und die Leute, die er für heute zusammengetrommelt hatte, waren bei weitem in der Minderheit. Er hätte mehr Leute anheuern sollen. Zu viele wiederum konnten die Sache vorzeitig publik machen, und dann war Auguste gewarnt.

Er versuchte, sich zu beruhigen. Auch wenn jeder Mann der Smith County bewaffnet war, mußte das noch lange nicht heißen, daß jeder von seiner Waffe Gebrauch machen wollte. Die meisten würden mit Sicherheit jedem Kampf aus dem Weg gehen, solange sie nicht selbst mit dem Rücken zur Wand standen. Diejenigen, die zum Kämpfen bereit waren, mußten die übrigen befehligen. Also seine Leute. Sie waren genauso wie er und Eli und Hodge alle geborene Kämpfer.

Natürlich würde es auch Leute geben, die ihn verdammten, weil er sich das Land am Tag der Beerdigung seines Bruders anzueignen versuchte. Es war in der Tat nicht anständig, wie er zugeben mußte, aber er hatte nun einmal keine andere Wahl. Er durfte nicht zulassen, daß Auguste auch nur die kleinste Chance bekam, sich hier festzusetzen. Er konnte nicht zulassen, daß Pierres Testament laut vorgelesen wurde.

Ein wenig besser fühlte er sich, als ihm einfiel, daß mit Pierres Tod das gesamte Personal seine Anweisungen von Armand bekam. Er sah sich nach ihm um. Dort an der Tür stand er. Der größte Teil seines Gesichts war von seinem gewaltigen Bart verdeckt. Seine Frau Marchette stand neben ihm. Mit einem blauen Auge, wie er leicht amüsiert bemerkte.

Armand Perrault gehörte zu denen, die Pierre weder verehrt noch geliebt hatten.

Dieser scheinheilige Heuchler Pierre. Zuerst hat er eine Squaw, die Mutter des Bastards. Dann heiratet er Marie-Blanche, und kaum ist sie tot, ist wieder alles beim alten.

Er atmete erleichtert auf, als Père Isaac endlich mit seiner Trauermesse zum Ende kam. Noch einmal sprengte der alte Jesuit Weihwasser auf den schwarzen Sarg in der Mitte der Halle, vor dem sich Kränze von Rosen und Chrysanthemen auf Traggestellen türmten.

Der alte rotnasige Guichard kam zu ihm. »Ihr Vater verlangt, daß Sie einer der Sargträger bis zum Wagen sein sollen.«

Raoul verspürte einen Augenblick lang Furcht. Sargträger für Pierre zu sein, wenn er gleichzeitig vorhatte, seinem Sohn die Erbschaft zu entreißen? Vielleicht ließ Gott ihn tot umfallen, wenn er Pierres Sarg berührte? Oder vielleicht stand sogar Pierres Geist auf?

Er schüttelte energisch den Kopf. Das waren doch Narreteien.

»Aber natürlich, Guichard. Das versteht sich doch von selbst.«

Es ärgerte ihn, daß Auguste ihm genau gegenüberstand, als er zum Kopf des Sarges ging. Es machte ihn einfach zornig, in diesem braunhäutigen Gesicht Pierres Gesichtszüge zu erkennen. Das Halbblut trug einen grünen Frack mit einem schwarzen Seidenband um den linken Ärmel.

Seine Arme und sein Rücken schmerzten unter dem Gewicht des Sarges, als sie ihn hochhoben. Sie stöhnten alle gemeinsam, die Sargträger, er und Auguste, Armand, Frank Hopkins, Jacques Manette und Jean-Paul Kobell. Sie trugen ihn hinaus und legten ihn auf den blumengeschmückten Farmwagen, der draußen wartete. Guichard half Elysée, auf den Wagen zu steigen, der sich mit einem Fingerschnippen des alten Dieners zu den Pferden hin in Bewegung setzte. Die Geschirre der beiden Pferde waren mit schwarzen Bändern geschmückt.

Raoul ging allein im Trauerzug die halbe Meile entlang der Steilküste bis zum Friedhof. Man hatte extra für den Trauerzug eine Schneise in das halbhohe Präriegras geschnitten. Direkt hinter dem Wagen schritt Registre Bosquet mit seiner Fiedel und spielte Trauermelodien, und die Dienerschaft sang dazu auf französisch.

Raoul warf einen Blick nach hinten auf den langen Kondukt der Trauergäste, vorbei an Nicole und Frank und ihrer zahlreichen Kinderschar. Zufrieden stellte er fest, daß zwei seiner wichtigsten Leute fast am Schluß gingen, Justus Bennett, der Verwaltungsbeamte der County für Landangelegenheiten, und Burke Russell, der County-Sekretär. Eine Abschrift von Pierres Testament lag bei Russell, und Raoul hatte ihm bereits gesagt, was er damit zu tun habe. Russells Frau Pamela ging an seiner Seite. Sie war eine gutaussehende Frau, die ihr kastanienbraunes Haar nicht wie die meisten Frauen zu Zöpfen flocht, sondern es lose und offen in weichen Wellen unter ihrem breitkrempigen Hut trug. Er fühlte sich stark zu ihr hingezogen und fragte sich immer wieder, wie um alles in der Welt so ein Schwächling mit Augengläsern es fertiggebracht hatte, eine so attraktive Frau zu gewinnen. Und wie sie sich wohl zu einem Antrag eines Mannes stellen würde, der es an Attraktivität wirklich mit ihr aufnehmen konnte.

Sie waren am Friedhof angekommen. Der Platz hier hoch über dem Flußufer mit dem Blick weit über das Wasser und das Unterland gefiel ihm sehr. Hier lag auch Pierres Frau Marie-Blanche. Die Gräber von einem halben Dutzend weiterer Leute, die auf Victoire gearbeitet hatten und dort auch gestorben waren, waren von einem Zaun aus gespaltenen Baumstämmen umgeben.

Hohe Zedern warfen ihre Schatten über die weißen Grabsteine. Die flachen Schrifttafeln hatte alle Warren Wilgus gemeißelt, der Steinmetz, der vor einiger Zeit hier zugezogen war. Auguste hatte auch schon Pierres Grabstein bei ihm bestellt.

Der Anblick eines massiven Sandsteinwürfels in der Mitte des Friedhofs verursachte ihm, wie stets, einen Anflug von Schuldgefühl. Es war der erste Stein gewesen, der überhaupt auf diesem Friedhof errichtet worden war, ein Gedenkstein für seine Mutter Estelle de Marion. Sie war nicht hier begraben, sondern in Kaskaskia, wo sie 1802 gestorben war.

Aber es war doch nicht meine Schuld!

Es gab auch einen Gedenkstein für die ebenfalls nicht hier begrabene Hélène. Die Indianer hatten ihre arme, mißhandelte Leiche in den Michigansee geworfen. Ihr Gedenkstein stand neben ihrer Mutter. Ein Engel mit ausgebreiteten Schwingen stand über der Tafel. »HÉLÈNE DE MARION VAILLANCOURT, unsere geliebte Tochter und Schwester. 1794–1812. Sie singt vor dem Throne Gottes.« Darunter standen der Name und die Lebensdaten ihres Mannes Henri Vaillancourt, dessen Leiche man ebenfalls nie mehr gefunden hatte.

Raoul trug in seinem Herzen eine weitere Gedenkinschrift für Hélène: *Ermordet von Indianern, 15. August 1812. Sie wird gerächt werden.*

Ein Akt der Rache würde noch heute geschehen, wenn der Sauk-Bastard, dessen bloße Anwesenheit hier ein Affront gegen Hélène war, von diesem Land vertrieben wurde.

Unbehagen erfüllte ihn, daß er jetzt und hier noch zusammen mit Auguste handeln mußte, als sie Pierres Sarg vom Wagen hoben. Es konnte Unglück bringen. Der Zeitpunkt, um zuzuschlagen, war aber einfach noch nicht gekommen, also blieb ihm nichts anderes übrig, als Seite an Seite mit Auguste den Sarg zu dem ausgehobenen Grab zu tragen. Dort angekommen, beugten sie sich alle sechs gemeinsam nach unten und setzten den Sarg auf die beiden Seile, auf denen er hinabgelassen werden sollte. Jedes Seilende hielten zwei Bedienstete zu beiden Seiten des rechteckigen Erdlochs. Die Anstrengung beim vorsichtigen Herunterbeugen und Abstellen des Sarges spannte seinen Rücken. Er warf einen Blick zu Auguste hinüber und hoffte, auch bei ihm die Anstrengung zu sehen. Doch das dunkle Gesicht des Bastards war unbewegt.

Ein neuerliches Gefühl von Unbehagen und Furcht überfiel ihn, als er Elysée das Friedhofstor durchschreiten sah, schwer auf seinen Krückstock mit dem Silberknauf gestützt. Wie würde sein Vater auf das, was kam, reagieren? Außer bei einigen kurzen und bitteren Zusammentreffen, bei denen Papa und Pierre vergeblich versucht hatten, ihre Unstimmigkeiten mit ihm zu bereinigen, hatte er seit nunmehr sechs Jahren kein Wort mehr mit seinem Vater gewechselt. Oft hatte Armand ihm Neuigkeiten, die ihn rasend machten, über die zunehmende Begeisterung des alten Mannes für den Mischling hinterbracht. Natürlich würde Elysée das, was Raoul heute noch vorhatte, nicht gutheißen. Aber würde Papa sich wirklich gegen seinen nun noch einzigen überlebenden Sohn wenden? Wenn ja, dann zwang er ihn, sich offen gegen ihn zu stellen. Dafür mochte ihn Gott strafen.

Unsinn. Gott stellt sich nicht auf die Seite von Indianern. Was ich tue, ist rechtens, weil Pierre verführt und getäuscht worden ist.

Es konnte aber auch nicht schaden, den Versuch zu machen, sich mit dem alten Mann im Guten zu einigen. Er ging rasch zu ihm.

»Nimm meinen Arm, Papa.«

Elysée blickte zu ihm hoch. Seine Augen waren gerötet, sein Gesicht ausdruckslos, seine Haut faltig und trocken wie Pergament.

Der alte Mann hat wirklich eine Menge Kummer gehabt in seinem Leben. Schade, daß ich ihm keine Freude sein kann. Aber das ist seine eigene Schuld.

Elysée sagte mit leiser, heiserer Stimme: »Vielen Dank, Sohn. Ich bin froh, daß du heute gekommen bist.«

Raoul hörte einen vorwurfsvollen Unterton in seiner Stimme.

»Aber wieso sollte ich nicht zum Begräbnis meines Bruders kommen?«

»Weil du ihn gehaßt hast«, entgegnete Elysée ruhig.

Wenigstens verdächtigte der alte Mann ihn nicht, daß er auch noch einen anderen Grund hatte, hier zu sein. Er bezähmte seinen Ärger und geleitete seinen Vater zum Grab. Dort überließ er ihn Guichard und ging auf die andere Seite, wo er nach Norden zu dem Château blickte.

Seine nagende Furcht legte sich ein wenig. Bisher hatte er kein Anzeichen von möglichem Widerstand entdecken können. Kaum denkbar, daß der Bastard und seine Anhänger insgeheim etwas planen oder vorbereiten könnten. Gleichwohl wußte er, daß sich sein Herzschlag erst wieder etwas beruhigen würde, wenn alles vorbei war.

Père Isaac stand am Kopfende des Grabes neben Marie-Blanches Grabstein. Die schwache Brise vom Fluß her war zwar nicht kräftig genug, seine Haare oder seinen Bart zu zausen, aber sie bewegte die Fransen der purpurnen Stola um seinen Hals und die weiten Ärmel seines weißen Meßgewands und seine bodenlange schwarze Soutane darunter.

Raoul bemühte sich, seines heftigen Herzklopfens und seiner zitternden Hände Herr zu werden, während der Priester Weihwasser auf den Sarg sprengte, der bereits hinabgelassen war, den Kessel dann einem seiner Ministranten weiterreichte, ein in schwarzes Leder gebundenes Gebetbuch öffnete und die Begräbnisgebete begann.

Nimmt denn das kein Ende?

Er stand mit gebeugtem Kopf wie alle da und dachte darüber nach, was Elysée zu ihm gesagt hatte. Daß er Pierre doch gehaßt habe.

Immer hat Papa Pierre mehr geliebt als mich. Er hielt mich immer für einen Wilden, weil ich nun mal diese feine französische Art nicht mochte wie er und Pierre. Ich bin mehr Amerikaner als der ganze Rest der Familie, und darauf sollte er eher stolz sein.

Ich habe Pierre nicht gehaßt. Es ging nur um seine verdammte Marotte, sich mehr aus den Rothäuten zu machen als aus seinen eigenen Leuten.

Und vor allem darum, daß er nicht da war, als ich ihn brauchte.

Er wünschte, daß er noch ein letztes Mal mit Pierre hätte sprechen können. Damit er verstünde, warum er so fühlte, wie er es tat, und so handeln mußte, wie er es tat. Er sah hinunter auf den Sarg in der Grube und erinnerte sich an das letzte Mal, als er mit seinem Bruder zusammengetroffen war. Es war Anfang Frühling gewesen, als gerade der letzte Schnee weggeschmolzen war. Er war mit Banner draußen auf der Prärie geritten und auf Pierre gestoßen, der ebenfalls allein ausgeritten war. Sie hatten sich angestarrt und waren wortlos aneinander vorbeigeritten.

Wie konnte ich wissen, daß das die letzte Gelegenheit sein sollte, mit ihm zu reden?

Sein Blick schweifte über die Trauerversammlung hin. Auguste stand zwischen Elysée und Nicole und blickte hinab in die Grube. Er war froh, daß der Bastard offensichtlich nicht den Hauch einer Ahnung hatte, was ihm gleich widerfuhr.

Doch konnte er wirklich sicher sein, daß er unvorbereitet war?

Er blickte über die Versammelten hinweg, und sein Herzschlag beschleunigte sich. Weit drüben über der ebenen Prärie standen winzige Gestalten rund um das Château.

Er grub die Fingernägel in die Handballen, als er die Fäuste heftig ballte, um sein Zittern zu beherrschen. Was, wenn doch etwas durchgesickert war? Wenn Auguste etwas von dem Plan wußte, dann hatte er sicherlich einen Gegenangriff vorbereitet. Indianer waren eine verschlagene und hinterhältige Brut.

Père Isaac schloß sein Gebetbuch und steckte es ein.

»Der Mann, den wir hier der amerikanischen Erde übergeben«, sprach er, »ist, wie so viele von uns, noch auf der anderen Seite des Ozeans zur Welt gekommen. Er kam hierher als Mitglied einer der ältesten und vornehmsten Familien Frankreichs auf der Flucht vor der gottlosen Revolution, die sein Heimatland peinigte – das auch mein Heimatland war. Aber die de Marions wurden mit Leib und Seele Bürger ihres neuen Landes, wo sie ganz von vorne beginnen mußten, weil hier weder Titel noch uralte Abstammung etwas bedeuten.«

Nun mach schon, verdammt noch mal!

»Doch Gottes Entscheidung war es, sie schwer zu prüfen, nachdem sie hierher nach Illinois gekommen waren. Die Mutter der Familie starb im Kindbett. Eine Tochter erlitt einen schrecklichen Martertod von der Hand der Indianer, und ein Sohn« – er deutete auf Raoul, der ihn ausdruckslos anstarrte – »war zwei Jahre lang Gefangener und Sklave bei Indianern.«

Gut, daß er das erwähnte. Das half, daß die Leute das Kommende akzeptierten.

»Pierre de Marion war ein guter Mensch. Aber er war ebenso wie wir alle auch ein Sünder. Er verfiel der Sünde der Lust, und diese Sünde trug Frucht. Aber Pierre de Marion verbarg sie nicht, wie so viele von uns es schon getan haben. Er sorgte sich durch mich um seinen Sohn und half ihm. Schließlich erkannte er ihn offen an und holte ihn aus der Wildnis, damit er für die Zivilisation erzogen würde.«

Raoul blickte über das offene Grab hinweg Auguste an. Das rötlichbraune Gesicht des Halbbluts hatte sich noch etwas dunkler verfärbt, doch er starrte weiterhin unbewegt in das Grab hinab.

Es ist Zeit jetzt.

Zu handeln zu beginnen war eine immense Erleichterung. Zuerst einmal mußte er vor allen anderen zurück im Château sein und sich dort mit seinen Leuten treffen.

Langsam, um keine Aufmerksamkeit zu erregen, entfernte er sich von der Begräbnisstätte.

Auguste waren die Füße in seinen Lederstiefeln, die auf den kurzen Stoppeln knirschten, schwer.

Er ging allein auf dem in das Präriegras gemähten Weg zurück zu dem großen Herrenhaus Victoire. Hinter sich hörte er die Schaufeln der Totengräber, die Pierres Grab zuwarfen, und das Geräusch der auf den Sarg fallenden Erdklumpen.

Er führte den Trauerzug an. Aber die anderen hinter ihm ließen ihn ein Stück vorausgehen, damit er mit seiner Trauer allein sein konnte. Hinter ihm waren Nicole und Frank sowie Nancy Hale und Père Isaac, dann folgte der lange Zug der Dienerschaft, der Feldarbeiter und schließlich der allgemeinen Bevölkerung. Fast ganz am Ende spielte Registre Bosquet eine muntere Melodie, wie es in der französischen Gemeinde von Illinois der Brauch war, als Zeichen dafür, daß das Leben weitergehe. Ganz am Schluß fuhr der Wagen, der den Sarg transportiert hatte, mit Elysée und Guichard.

Auguste sinnierte über Père Isaacs Bemerkung bei seiner Grabrede nach, daß er eine Frucht der Sünde sei. Wieso mußte der Priester seine Mutter und seinen Vater auf diese Weise entehren? In den Augen der Sauk war er kein »Bastard«, wie ihn hier viele der Blaßaugen zu nennen pflegten. Immerhin hatte er aber auch erwähnt, daß Pierre das Richtige damit getan habe, ihn hierherzubringen. Vielleicht erinnerten die Leute sich daran, wenn Raoul versuchen sollte, ihm sein Erbe wegzunehmen.

Was er mit Sicherheit tun würde.

Es war ihm völlig klar, und er hatte ein flaues Gefühl deswegen im Magen, daß es lediglich eine Frage der Zeit sei, wann Raoul zuzuschlagen versuchte.

Er merkte, daß er sich wünschte, Schwarzer Falke und Eisernes Messer hier bei sich an seiner Seite zu haben, und die anderen Sauk-Krieger, selbst Wolfspfote. Eulenschnitzer und Sonnenfrau als seine Ratgeber. Er wollte, er hätte niemals dem zugestimmt, worauf sein Vater damals bestanden hatte: keinerlei Kontakt zu der British Band zu unterhalten. In den Jahren seiner Erziehung hier war es hilfreich gewesen, ihn von ihr fernzuhalten, so daß er sich schneller in die Welt der Weißen einfügen konnte. Doch jetzt, da Pierre tot war, fühlte er sich sehr allein und verlassen.

Ein Schauder überlief ihn wie ein kalter Regenguß, als er aufblickte und die Männer am Zaun um das Château sah. Sie standen in einer Reihe an der Westseite, wo das Tor war. Er hatte sie beim Verlassen des Friedhofs schon bemerkt, sie aber für Hilfskräfte gehalten, die dringende Feldarbeit zu verrichten hätten, für die selbst das Begräbnis keinen Aufschub duldete. Doch jetzt war er ihnen nahe genug, um zu erkennen, daß sie mit Gewehren bewaffnet waren. Raoul stand breitbeinig vor dem Tor. Wie kam er plötzlich hierher? Er hatte geglaubt, er sei noch mit im Trauerzug hinter ihm.

Wie ein Eisklumpen lag es ihm im Magen, als ihm klar wurde, was vorging.

Unmittelbar nach dem Begräbnis. Wie konnte ich so dumm sein zu glauben, er würde wenigstens noch eine Anstandsfrist verstreichen lassen.

Er hörte das Gemurmel in der Menge hinter ihm.

»O mein Gott« sagte Nicole, »doch nicht jetzt.«

»Auguste!« Das war Nancy Hales angsterfüllte und schrille Stimme.

Er schüttelte nur stumm den Kopf, um ihr zu bedeuten, daß er nicht zurückweichen würde.

Jeden Moment, dachte er bei sich, konnte es nun geschehen, daß er selbst seinen Vater auf dem Pfad der Seelen begleitete. Hinter ihm waren Schritte im trockenen Gras zu hören. Es war tröstlich, daß es Leute auf seiner Seite gab, wenn ihm auch klar war, daß niemand ihm wirklich helfen konnte.

Er hatte keine Ahnung, was er tun würde. Er bat den Erschaffer der Erde, ihm zu zeigen, wie er seinen Weg mutig und würdevoll gehen müsse.

Er ging stetig und festen Schrittes weiter, bis zum Zaun und zum Tor, und warf einen Blick auf den Ahornbaum, unter dem Pierre gestorben war.

Als er näher kam, öffnete Raoul demonstrativ seine Jacke und zeigte so seine Pistole mit dem eingelegten Griff im Halfter an seiner Hüfte und auf der anderen Seite in der Scheide sein langes Messer, mit dem er ihm vor Jahren seine Narbe im Gesicht zugefügt hatte. Seine Augen lagen im Schatten seines breitkrempigen schwarzen Hutes, und sein schwarzer Schnurrbart verdeckte seinen Mund. Sein Gesicht war maskenhaft ausdruckslos.

Sie standen einander gegenüber.

»Jetzt«, sagte Raoul, »da mein Bruder unter der Erde ist, kann ich ohne Umschweife mit dir reden. Für dich ist hier Schluß. Du bist sein leiblicher Sohn, und heute ist sein Begräbnistag. Deshalb werde ich darauf verzichten, dich zu töten, es sei denn, du zwingst mich dazu. Du wirst das Land der de Marions verlassen, und zwar auf der Stelle. Und bei Sonnenuntergang wirst du auch aus Smith County verschwunden sein. Geh zurück in deine Wälder, wo du hergekommen bist.«

Wenn du wüßtest, Raoul, wie glücklich ich wäre, das tun zu können.

Er stand erhobenen Hauptes vor ihm. Er versuchte gar nicht erst nachzudenken. Er wollte sich auf die Hilfe der Geister verlassen. Er wartete darauf, daß ihm eine Eingebung sagte, was er zu tun habe.

Er merkte, wie die Leute neben ihn kamen, und hörte das Knarren der Wagenräder und das weiche Auftreten der Pferdehufe, als der Sargwagen mit Elysée und Guichard heranfuhr und neben ihm hielt. Er warf einen kurzen Blick auf die Nächststehenden, rechts von ihm Frank und Nicole samt ihren Kindern hinter ihnen, links Nancy Hale und Père Isaac.

Ein neuer Kälteschauer überlief ihn, als er Eli Greenglove erblickte, der bisher neben dem Tor im Zaun gestanden hatte und nun herbeikam. Der Schwanz seiner Waschbärenmütze schaukelte in seinem Nacken. Er trug ein Kentucky-Gewehr. Viele Erzählungen gingen um von Eli Greengloves tödlicher Zielsicherheit. Der Mann aus Missouri stellte sich zwischen Raoul und ihn.

Aus dieser Entfernung muß einer nicht mal ein guter Schütze sein, um mich nicht zu verfehlen.

Dann kamen ihm mit einem Schlag die Worte. Er sprach laut, damit es alle hören konnten, und war froh, daß seine Stimme kräftig und fest war. Er blickte Raoul fest in die Augen.

»Ich bin stolz darauf, ein Sohn des Volkes der Sauk zu sein. Mein Vater sagte mir, daß ich sein Erbe bin. So steht es auch in seinem Testament. Er wollte es so. Er hinterließ mir dieses Haus und alles Land, das dazu gehört. Du hast kein Recht, mich zum Fortgehen zu zwingen.«

Raoul lachte nur auf und klopfte an seine Pistole und sein Messer. »Die da geben mir das Recht.« Mit einer Geste über die Reihe seiner Leute hinweg fügte er hinzu: »Und die da.«

Frank Hopkins räusperte sich und sagte: »Raoul, es mag sein, daß es hier und jetzt kein Gesetz gibt, um Pierres Testament durchzusetzen. Aber es gibt Gerichte in Illinois, und es gibt einen Gouverneur.«

Raouls Antwort war ein unbestimmbarer Laut zwischen Lachen und Grunzen. »Dann nimm dein Halbblut und lauf mit ihm zum Gouverneur. Wenn du es genau wissen willst, John Reynolds will genauso wie alle anderen die Indianer aus Illinois raus haben. Er war selbst mit uns im Juni am Felsenfluß. Von mir aus kannst du sogar zum Präsidenten gehen. Ich möchte gerne mal hören, was ein alter Indianerkiller wie Andy Jackson dir sagen würde.«

Womit er nicht so unrecht hatte, dachte Auguste traurig. Er hatte in New York von Jacksons »Entfernungspolitik« gehört, die darin bestand, alle roten Völker zu entfernen, nämlich über den Mississippi hinüber nach Westen zu treiben. Das Ziel der weißen Häuptlinge war, den Indianern Land abzuringen, nicht, ihnen zu helfen, es zu behalten.

Père Isaac sagte: »Jemanden seines Erbes zu berauben ist eine himmelschreiende Sünde, Raoul. Wenn du damit zu mir in den Beichtstuhl kämst, könnte ich dir keine Absolution erteilen.«

»Ich habe ein reines Gewissen«, entgegnete ihm Raoul. »Victoire ist mein rechtmäßiges Erbe. Ist Euch bekannt, daß dieser Indianerjunge da, der Euch so leid tut, nicht einmal ein Christ ist? Aber ich, Pater, bin es. Ich bin Katholik.«

»Aber ein sehr schlechter«, versetzte Père Isaac. »Ich kenne Auguste, seit er ein kleiner Junge war. Er lebt mehr wie ein Christ als du.«

Da erscholl die helle schrille Stimme einer Frau. Es war Nancy Hale. »Raoul de Marion, selbst wenn Sie nicht auf Ihren Priester hören wollen, haben Sie es immer noch mit meinem Vater zu tun! Auch er wird gegen Sie predigen und die Leute veranlassen, Sie zu zwingen, sich anständig zu benehmen!«

Raouls Ausdruck änderte sich. Er machte ein schmerzerfülltes Gesicht.

»Aber Miß Nancy, es schickt sich doch nicht für eine Lady wie Euch, sich darum zu kümmern, was mit Abschaum wie dem da geschieht! Ihr wißt doch sehr gut, daß, selbst wenn Euer Vater keine so gute Meinung von mir hat, seine Ansichten über die Indianer noch viel schlechter sind. Er wird sich niemals auf die Seite dieses Bastards schlagen!«

Plötzlich drängte sich Nicole an Auguste vorbei und stellte sich vor Raoul. »Du selbst bist der Abschaum, Raoul!« rief sie und versuchte ihn zu ohrfeigen. Raoul faßte sie hart am Arm und stieß sie grob beiseite. Frank eilte zu ihr und faßte sie schützend am Arm.

»Ich will mich nicht mit dir prügeln, Nicole«, sagte Raoul mit bösem Grinsen, »wo du doch eindeutig den Gewichtsvorteil hättest.«

»Du bist ein Mörder und ein Dieb, Raoul«, schrie sie ihn an. »Der Tag wird kommen, an dem die Leute genug von dir haben und dich fortjagen.«

Hitze- und Kältewellen schossen durch Auguste. Er spürte, wie seine

Hände schweißnaß waren, als er sie zu Fäusten ballte. Er mußte den Mund aufmachen. Er schuldete es seinem Vater, daß er für sein Land kämpfte. Aber was sollte er gegen zwanzig bewaffnete Männer ausrichten?

Dann kam ihm ein plötzlicher Gedanke. »Raoul, ich fordere dich zum Kampf um dieses Land heraus. Mit Pistolen oder Messern oder mit den bloßen Fäusten. Du kannst es dir aussuchen.«

Raoul grinste, und seine Zähne kamen unter seinem schwarzen Schnurrbart zum Vorschein. »Du bist groß geworden in den letzten sechs Jahren, zugegeben. Aber ich bin immer noch ein besserer Schütze als du, und mit meinem Messer zersäble ich dich noch jederzeit. In einem Kampf mit bloßen Fäusten würde ich dir die Ohren abbeißen und sie dir in den Hals stopfen. Es bedarf keines Kampfes, um zu beweisen, was jedermann auch so sehen kann.«

»Wenn du nicht kämpfst, bist du nicht nur ein Dieb, sondern auch ein Feigling.«

Raouls Augen wurden eng, seine Schultern bewegten sich nach vorne, als wolle er gleich angreifen.

»Auch sich duellieren ist eine schwere Sünde«, mischte sich Père Isaac wieder ein. »Außerdem ist es in diesem Staat gesetzlich verboten. Ich verbiete euch den Kampf.«

Raoul lachte nur und hob seine leeren Hände. »Da hörst du's, Bastard. Der Pfaffe läßt uns nicht!«

Auguste wandte sich an Père Isaac. »Wie könnt Ihr mir die einzige Möglichkeit, um mein Land zu kämpfen, nehmen?«

»Wenn Gott will, daß es dein ist, dann wird er dafür sorgen, daß du es bekommst, auch ohne daß du dafür Unrecht begehen mußt«, entgegnete Père Isaac ruhig.

Auguste sah Schwarzer Falke vor sich, und mit einem Mal begriff er dessen Zorn, der stets unter der Oberfläche seiner unbewegten Miene gebrodelt zu haben schien. Genauso wie er sich jetzt mußte Schwarzer Falke sich gefühlt haben, als die Blaßaugen ihm eröffnet hatten, er dürfe von nun an nicht mehr mit seinen Leuten nach Saukenuk kommen. Deshalb hatte er Jahr für Jahr im Sommer sein Volk nach Saukenuk zurückgeführt. Weil er nicht bereit war aufzugeben.

So wenig wie er jetzt.

Ich muß kämpfen. Ich habe meinem Vater gelobt, um sein Land zu kämpfen. Wir haben das Calumet zusammen geraucht.

Er erinnerte sich der Worte Pierres: *Du hast jetzt die Chance, reich und mächtig zu sein. Du kannst lernen, deinen Reichtum zum Schutz deines Volkes zu verwenden.*

Er war dabei, diese Chance zu verlieren. Der Gedanke, das reiche, fruchtbare Land werde ihm geraubt, ließ es ihn mehr und mehr begehren.

Aber wie sollte er darum kämpfen? Raouls Pistole und die Gewehre seiner Leute herauszufordern bedeutete seinen sicheren Tod. Das war es ganz bestimmt nicht, was Pierre von ihm erwartet hatte.

Eine fremde Stimme wurde plötzlich laut. »Ist das wirklich die Art, wie ihr hier in Smith County eure Landstreitigkeiten regelt?«

Auguste wandte sich um und erblickte David Cooper, einen hageren Mann mit harten Augen. Er hatte ihn vor einigen Wochen kennengelernt, als er Pierre einen Höflichkeitsbesuch abgestattet hatte.

Raoul sah ihn an. »Gefällt Ihnen unsere Art nicht, Cooper?«

Coopers kalte Gelassenheit veränderte sich nicht. »Ich erkundige mich nur, Mr. de Marion, das ist alles.«

Cooper war mit seiner Familie vor drei Jahren aus Indiana nach Victor gekommen und hatte ein Grundstück von Pierre erworben. Auguste hatte erfahren, daß er ein Veteran des Krieges von 1812 war.

Justus Bennett, der Landverwaltungsbeamte, meldete sich. Es war bekannt, daß er einer von Raouls Leuten war. »Mr. Cooper«, erklärte er, »ich habe mich fast mein ganzes Erwachsenenleben mit dem Studium der Gesetze befaßt, und ich kann Ihnen versichern, daß Mr. de Marions Fall sowohl nach dem allgemeinen Gesetz wie nach dem englischen, von dem es sich herleitet, so vollkommen begründet ist, wie ein Fall es nur sein kann.«

Auguste bezweifelte, daß irgend jemand hier wußte, was das bedeuten sollte, so eindrucksvoll es auch klang.

Die Weißen wissen jedes Gesetz zu ihrem Vorteil auszulegen.

Cooper sagte nichts mehr.

Es mochte wohl sein, dachte Auguste, daß die Leute ihn bemitleideten und nicht mit Raouls Methoden einverstanden waren. Aber von keinem, die um ihn herumstanden, konnte er wirklich Hilfe erwarten, so viel war klar. Raoul und seine Leute waren bewaffnet und zu allem entschlossen. Die anderen aber waren nicht bereit, ihr eigenes Leben zu riskieren, um einem Halbblut zu helfen.

Immerhin hatte er Raouls Ablenkung durch Cooper und Bennett dazu benützen können, die Entfernung zwischen sich und seinem Onkel um die Hälfte zu verringern. Wenn er noch ein wenig näher an ihn herankam, ergab sich vielleicht eine Chance mit dem Messer gegen ihn. Dabei hatte er sein Messer mit dem Hirschhorngriff heute nur deshalb eingesteckt, weil es das erinnerungsträchtige Geschenk seines Vaters war.

Während er noch zögerte, hörte er Schritte im Gras und drehte sich um. Sein Großvater kam langsam, aber festen Schrittes auf Raoul zu und stieß bei jedem Schritt heftig seinen Krückstock auf.

»Nein, Grandpapa!« rief er.

»Das ist mein Sohn, so leid es mir tut«, sagte Elysée jedoch unbeeindruckt. »Ich muß der Wahrheit zu ihrem Recht verhelfen.«

Er wollte ihm folgen, doch Raoul legte seine Hand an seine Pistole.

»Keinen Schritt näher, Halbblut.«

»Pierre hat seinen letzten Willen in meiner Gegenwart niedergeschrieben«, sagte Elysée. »Ich habe eine Abschrift davon. Ich weiß, daß er voll bei Sinnen war. Er hat den gesamten Besitz, mit Ausnahme der Pelzhandelsfirma, die er bereits dir zugesprochen hatte, Auguste vererbt.«

»Den Pelzhandel hast du mir schon vor Jahren gegeben, als du den Besitz zwischen mir und Pierre aufgeteilt hast«, sagte Raoul. »Also hat mein lieber Bruder mir gar nichts hinterlassen. Dreißigtausend Morgen des besten Landes im ganzen westlichen Illinois, und das alles für einen Indianerbastard? Und da willst du behaupten, er sei voll bei Sinnen gewesen? Wie närrisch mußt du selbst sein!«

»Du bist... *un bète*!« rief Elysée außer sich. »Du bist der lebende Beweis, daß es keinen gerechten Gott gibt! Denn wenn er existierte, hätte er dich genommen und Pierre weiterleben lassen!«

»Monsieur de Marion!« rief der Priester entsetzt. »Bedenken Sie doch, was Sie sagen. Gerade an diesem Tag heute!«

Raoul sagte kalt: »Ich wußte schon immer, daß du nur Pierre liebtest und mich nicht, Papa.«

»Du machst es einem unmöglich, dich zu lieben«, antwortete ihm Elysée. »Und jetzt hör mir gut zu. Victoire ist mein Haus. Ich habe es gebaut. Alle, die ich liebte, sind hier begraben. Ich befehle dir, verschwinde auf der Stelle, verlaß dieses Land!«

Raoul war einen ganzen Kopf größer als der alte Mann. Er kam einen Schritt auf ihn zu. »Wenn du willst, daß es deins ist, dann hättest du es nicht Pierre geben dürfen. Du alter Narr, jetzt hast du gar nichts mehr.«

Elysée hob seinen Krückstock und knallte ihn seinem Sohn an den Kopf. Der Schlag war über das ganze Feld hin hörbar. Raoul taumelte zurück. Sein breitkrempiger Hut war zu Boden gefallen.

Mit fletschenden Zähnen holte er aus und schlug seinem Vater mit voller Gewalt die Faust ins Gesicht. Es warf Elysée krachend gegen die Zaunbohlen am Tor. Der alte Mann schrie auf und stürzte schwer zu Boden, wo er stöhnend liegen blieb und den schmerzenden Kopf hin und her rollte. Der Priester eilte zu ihm und kniete sich neben ihn.

Nicole warf sich aufschreiend über ihren Vater.

Ein roter Vorhang zog sich über Augustes Augen, und für eine Weile sah er nichts mehr. Dann erkannte er nichts als das Gesicht eines Mannes, der sich triumphierend und verächtlich über seinen Vater beugte.

Mit dem Messer in der Hand stürzte er sich auf ihn.

Aber Raoul hatte bereits die Pistole gezogen und zielte mit kaltem Blick genau auf seine Brust.

Er hat gehofft und darauf gewartet, daß ich ihn angreife.

Es war ihm klar, daß er keine Chance hatte, Raoul zu erreichen, bevor dessen Pistole losging.

Im nächsten Augenblick sah er aus den Augenwinkeln, wie Eli Greengloves Gewehrkolben auf seinen Kopf zugesaust kam.

10

Verjagt

Auguste erwachte.

Er befand sich in einem Raum, den er noch nie gesehen hatte. Ein einfaches schwarzes Kreuz hing an einer der weißgetünchten Wände. Er lag auf der Decke eines Bettes mit einer Strohmatratze. Er hatte seine Jacke nicht an. Und auch nicht seine Blaßaugen-Stiefel.

Sein Kopf schmerzte fürchterlich, und mit jedem Pulsschlag verschwamm alles vor ihm.

Er drehte den Kopf und sah Nancy Hale neben sich sitzen. Ihre langen blonden Zöpfe leuchteten in der fahlen Helligkeit, die durch mit Ölpapier verdunkelte Fenster hereinfiel.

Die Art, wie sie auf ihn herabblickte, beunruhigte ihn. Ihre blauen Augen waren wie das blaue Innere einer heißen Flamme. Ihre Lippen schienen voller und röter zu sein, als er sie jemals gesehen hatte, und sie waren leicht geöffnet. So hatte sie ihn die ganze Zeit angestarrt, als er bewußtlos war, wurde ihm klar, und er hatte es nur bemerken können, weil er plötzlich zu sich gekommen war und sie überrascht hatte.

»Was ist passiert?« fragte er.

»Eli Greenglove, einer der Männer Ihres Onkels, hat Sie mit seinem

Gewehr niedergeschlagen. Ihr Onkel sagte, wenn Sie ihm das nächste Mal über den Weg laufen, bringt er Sie um. Wir haben Sie hier in das Pfarrhaus meines Vaters gebracht.«

»Wie lange habe ich geschlafen?« fragte er.

»Sehr lange. Stunden. Ich bin sehr froh, daß Sie wieder bei Besinnung sind, Auguste. Ich wußte nicht, ob Sie je wieder erwachen würden. Der Schlag von Greenglove war hart genug, Sie umzubringen.«

Er erinnerte sich an Elysée, der sich windend auf dem Boden lag, und an seinen blinden Zorn, als er mit ansehen mußte, wie Raoul Grandpapa niederschlug.

»Wie geht es meinem Großvater?« Er versuchte sich aufzusetzen, aber sofort drehte sich alles um ihn. Sein Kopf tobte, als würde er von einer Keule mit Nagelspitzen getroffen. Nancy legte ihm die Hand auf die Schulter und drückte ihn zurück in das Kissen. Er schloß kurz die Augen, bis der Schwindel verging.

»Wir wissen es nicht«, antwortete sie. »Vielleicht hat er sich die Hüfte gebrochen. Aber versuchen Sie, sich darum keine Sorgen zu machen, Auguste. Nicole und Frank haben ihn zu sich nach Hause gebracht.«

Der begehrliche Blick von eben war fort, aber noch immer war ein warmes Leuchten in ihren Augen.

Auf der anderen Seite seines Bettes hörte er Schritte. Er drehte sich herum und spürte sofort wieder den schneidenden Schmerz in seinem Kopf. Groß und breit stand Reverend Philip Hale in der Tür des kleinen Raumes. Er hatte einen schwarzen Frack und eine schwarze Hose an und ein Seidenbeffchen um den Hals. Er hatte die Arme verschränkt und betrachtete ihn mit geschürzten Lippen. Zwischen seinen buschigen Augenbrauen stand eine tiefe Falte.

»Ihr könnt dem Herrn für die Gnade danken, daß Ihr nicht schwerer verletzt seid, junger Mann. Ich nehme an, Ihr wollt Euch so bald wie möglich auf Euren Weg machen.«

»Aber Vater!« rief Nancy. »Er ist gerade erst zu sich gekommen. Er hat vielleicht einen Schädelbruch.«

»Ich denke, ich bin in Ordnung«, sagte Auguste. Er versuchte noch einmal, sich aufzusetzen. Doch sofort drehte sich wieder alles um ihn, und es wurde ihm schlecht. Er hielt sich die Hand vor den Mund. Nancy holte einen Porzellannachttopf unter dem Bett hervor und hielt ihn ihm hin. Nach einer Weile ließ der Brechreiz nach, und er schüttelte verlegen den Kopf. Er erinnerte sich an seine Ankunft in Victoire, als er in der großen Halle vor sämtlichen Anwesenden das ganze Essen wieder von sich gegeben hatte.

Er blickte hoch und sah, wie ihn der Reverend mit deutlicher Ablehnung beobachtete. Offensichtlich mißbilligte er, daß Nancy sich um ihn kümmerte.

Grandpapa ist verletzt, und ich bin der einzige hier mit medizinischen Kenntnissen.

Er hob noch einmal den Kopf, fest entschlossen, trotz Schmerzen und Schwindelanfällen aufzustehen. »Ich muß zu meinem Großvater. Er kann sterben, wenn er nicht ordentlich versorgt wird.«

Voller Schrecken fiel ihm ein, daß sein Medizinbeutel, in dem auch die wertvollen Steine und die Bärentatze waren, sich noch immer im Château befand. Seine ganze spirituelle Kraft war in diesem Bündel. Wie groß das Risiko auch sein mochte, er mußte hin und es sich holen. Außerdem wollte er auch sein chirurgisches Besteck haben, das er aus New York mitgebracht hatte.

»Ich bin von hier weg, Sir, sobald ich nur stehen kann«, versicherte er dem Reverend. »Ich habe eine Menge zu erledigen.«

»Nein!« rief Nancy. »Es geht Ihnen noch nicht gut genug, Auguste, um irgendwohin zu gehen. Vater, ich habe dir doch erzählt, was nach dem Begräbnis passiert ist. Wir müssen Auguste helfen. Wenn du sprichst, hören die Leute auf dich.«

»Ich kenne die Sache nicht und weiß nicht, wer recht hat und wer unrecht«, wich der Reverend aus. Er hatte sichtlich keine Lust, mit diesem Problem belastet zu werden.

Auguste erklärte es ihm. »Mein Vater wünschte, daß ich Victoire erbe. Dafür gibt es Zeugen und zwei Abschriften seines Testaments. Sofern Raoul sie nicht inzwischen vernichtet hat.«

Der Reverend sah ihn scharf an. »Was ist, wenn Raoul de Marions Leute hierherkommen und nach Euch suchen?«

Wieder, wie in dem Augenblick, als er Raoul vor dem Tor von Victoire hatte stehen sehen, fühlte Auguste sich mit einem Schlag sehr allein und verlassen. Nancy würde für ihn tun wollen, was in ihrer Macht stand, dessen konnte er sicher sein, seit er ihren liebevollen Blick gesehen hatte, als er aus der Bewußtlosigkeit erwachte. Doch was würde sie bewirken? Zumal ihr Vater ihn so unmißverständlich ablehnte und ihn rasch los sein wollte.

»Ich bin fort von hier, sobald es nur geht, Reverend Hale.«

»Wenn sie kommen«, sagte Nancy mit fester Stimme zu ihrem Vater, »und Auguste ist noch hier, dann mußt du ihnen sagen, daß er nicht hier ist, und ihnen den Zutritt ins Haus verweigern.

»Ich kann sie doch nicht anlügen! Ich bin doch kein Jesuit!«

»Vater, möchtest du etwa zulassen, daß Auguste umgebracht wird?«

Das Wort »umgebracht« erzeugte in Augustes Kopf einen kreisenden Wirbel von Befürchtungen. Raouls Pistolenmündung hatte direkt auf seine Brust gezielt. Greenglove hatte versucht, ihn einfach zu erschlagen. Natürlich würden sie nicht ruhen, bis sie ihn wirklich getötet hatten. Raoul konnte sich erst dann seines Besitzes von Victoire sicher sein. Wie verletzt und schwach er auch war, es half nichts, er mußte von hier fliehen, wollte er auch nur einen Tag weiterleben.

Hale drehte sich um und ging kopfschüttelnd davon.

»Ihr Vater ist nicht mein Freund«, sagte er.

Nancys Gesicht glich einer vom Sturm aufgewühlten See. »Er ist sehr streng in allem. Er kam nicht zum Begräbnis Ihres Vaters, weil es eine katholische Beerdigung war. Doch wenn irgend etwas geschieht, tut er immer das Rechte. Darauf können Sie stets zählen.«

Er sagte nichts. Aber er konnte ihre Zuversicht nicht teilen.

Am frühen Abend saßen sie zu dritt im vorderen Zimmer von Hales ebenerdigem Haus. Sie hatten Kaninchenfleisch mit Kartoffeln, Zwiebeln und Bohnen aus dem eigenen Garten gegessen und Maisfladen, deren Mehl Nancy ausgemahlen hatte. Dazu tranken sie frisch gepreßten Apfelmost.

»In meinem Haus dulde ich keine alkoholischen Getränke«, erklärte der Reverend.

Jetzt, da es dunkel war, wollte Auguste unbedingt fort, um in Nicoles und Franks Haus nach Grandpapa zu sehen. Der alte Mann war schwer verletzt und konnte sterben.

Hale las ihm und Nancy bei Kerzenlicht aus der Bibel vor. Nancy erklärte ihm, daß das seine allabendliche Gewohnheit sei.

Auguste hörte draußen leises Hufgeklapper und das Knarren von Wagenrädern und hob die Hand, um die beiden anderen darauf aufmerksam zu machen.

Nancy legte einen Finger auf ihren Mund und ging zur Tür. Sie öffnete sie zuerst einen Spaltbreit und dann ganz und ging hinaus.

»Wer ist das?« rief ihr Hale ängstlich nach.

Auguste war aufgesprungen, sein Herz klopfte heftig. Er sah sich nach einer möglichen Waffe und einem Versteck um.

Von Nancy kam keine Antwort. Doch dann führte sie, einen Arm stützend um sie gelegt, eine Frau mit einem blauen Kopftuch herein.

»Wer ist das?« fragte Hale.

»*Bon soir,* Reverend Hale«, sagte die Frau. »Entschuldigen Sie die Störung.«

Es dauerte einen Augenblick, ehe Auguste das zerschlagene Gesicht Marchettes erkannte. Schon am heutigen Morgen hatte sie ein blaues Auge gehabt, doch jetzt hatte sie schlimme Schrammen an beiden Augen. Ihr ganzes Gesicht war geschwollen und die Oberlippe aufgerissen und dick.

Ihr Anblick erschütterte ihn. Er eilte zu ihr und nahm ihre Hände.

»Marchette! Was ist mit Ihnen passiert?«

»Ich habe sehr geweint«, berichtete die Köchin des Hauses de Marion, »als Sie und Monsieur Elysée heute so mißhandelt wurden, Monsieur Auguste. Das hat Armand nicht gefallen, und darum schlug er mich. Es sieht zwar schlimm aus, Monsieur, aber er schlug mich gar nicht so heftig. Wenn er wirklich heftig schlägt, überlebt es keiner. Ich habe mir aber vorgenommen, etwas für Sie zu tun. Monsieur Raoul ließ ganze Fässer Old-Kaintuck-Whiskey zum Château hinaufkarren, und viele seiner Gäste und auch Leute vom Personal betranken sich schwer. Nach einer Weile lag auch Armand unter dem Tisch, und ich konnte Ihre Sachen holen. Ihre Schiffskiste war unverschlossen, da habe ich einige Kleider und Bücher genommen und sie mit hineingepackt, und meine Freundin Bernadette Bosquet, die Frau des Fiedelspielers, half mir, sie hinunterzutragen und auf den Wagen zu laden.«

Auguste hatte das Gefühl, als fiele plötzlich ein Sonnenstrahl ins Dunkel. Sein Medizinbeutel war in seinem Schiffskoffer gewesen und sein chirurgisches Besteck. Alles war also gerettet.

Er stand auf. Sofort durchzuckte wieder ein heftiger Schmerz seinen Kopf, und er mußte sich festhalten, weil ihm schwindlig wurde. Marchette sah ihn besorgt an und streckte die Hände vorsorglich nach ihm aus. Als er sich nach einer Weile erholt hatte, ergriff er Marchettes Hände. Er fühlte sich jetzt sehr viel besser als vor wenigen Stunden.

»Ich kann Ihnen gar nicht sagen, wieviel mir das bedeutet, Marchette. In meinem Schiffskoffer sind Sachen – heilige Sachen –, die ungeheuer wichtig für mich sind. Und überaus wertvoll. Tausend Dank dafür.«

Sie lächelte mühsam mit ihren geschwollenen Lippen. Dann griff sie in ihre Schürzentasche und brachte eine große mattgolden glänzende Taschenuhr zum Vorschein und danach noch das vertraute silberne Brillenetui mit dem Samtband. »Die Sachen gehörten Ihrem Vater, Monsieur. Ich denke, er wollte, daß Sie sie bekommen.«

Auguste öffnete das Etui. Da lagen die Augengläser Pierres. Sein Blick verschwamm ihm. Er legte die Hand über das Gesicht, bis er seiner Tränen Herr geworden war. Er sah die Gravierung auf der Uhr. »Pierre Louis Auguste de Marion, A. D. 1800.« Erneut mußte er sich seiner Tränen erwehren. Er beschloß, die Sachen in sein Medizinbündel zu den anderen geheiligten Gegenständen zu tun.

»Wo waren Raoul und Greenglove, als Sie meine Sachen auf den Wagen luden?«

»Bevor Armand betrunken war, beauftragte ihn Monsieur Raoul, in den Räumen von Monsieur Elysée nach dem Papier zu suchen, auf dem steht, daß Sie Victoire erben. Armand fand es auch und gab es Ihrem Onkel, und er warf es ins Feuer, vor den Augen von Armand und Greenglove, die dazu lachten. Dann aber geriet Monsieur Raoul in eine heftige Auseinandersetzung mit Eli Greenglove wegen dessen Tochter. Fast wären sie aufeinander losgegangen, aber ich glaube, sie haben beide Angst voreinander. Sie sind alle beide schlimme Totschläger. Sie fuhren schließlich zusammen in die Stadt hinunter. Monsieur Raoul hatte zuvor zugestimmt, seine Geliebte, Greengloves Tochter, und ihre beiden Jungen in das Château zu bringen.«

»Eine Schande!« rief Reverend Hale empört. »Öffentlich in Sünde zu leben.«

»Wieso hat er sie nicht zum Begräbnis mitgebracht?« fragte Nancy.

Den Grund dafür glaubte Auguste zu wissen. Clarissa Greenglove war, als er nach Victoire gekommen war, ein hübsches, vollbusiges Mädchen gewesen. Seit der Geburt ihrer zwei Kinder hatte sie sich in eine tabakschnupfende Schlampe mit strähnigem, dünnem Haar verwandelt. Vor Jahren hatte Raoul versprochen und angekündigt, er werde sie heiraten. Aber er hatte es nie getan. Beim heutigen Begräbnis war ihm nicht entgangen, wie begehrlich Raoul Nancy unaufhörlich angesehen hatte. Allein die Vorstellung, Raoul könnte Nancy auch nur anfassen, machte ihn schon zornig. Genauso empfand wohl auch Eli Greenglove, wenn auch aus ganz anderen Gründen als er.

Eli Greenglove, hieß es, konnte einer Fliege auf fünfzig Schritt Abstand die Flügel einzeln wegschießen. In Missouri wurde er angeblich wegen mehr als eines Dutzends Morden steckbrieflich gesucht. Er mochte wohl Befehle von Raoul entgegennehmen, doch Raoul konnte es sich gewiß nicht leisten, ihn vor den Kopf zu stoßen. Wenn Eli also darauf bestand, dann holte Raoul wohl tatsächlich Clarissa in das Château.

Sein Magen krampfte sich bei diesen Überlegungen wieder zusammen. Er hielt sich die Finger an den dröhnenden Kopf. Er war nur deshalb noch am Leben, weil Greenglove sich dafür entschieden hatte, ihn nur niederzuschlagen statt zu erschießen – oder Raoul dieses zweifelhafte Vergnügen zu überlassen.

»Bleiben Sie über Nacht, Marchette?« fragte Nancy.

»O nein, ich muß wieder zum Château zurück, bevor Armand seinen Rausch ausgeschlafen hat. Sonst mißhandelt er mich nur noch schlimmer.«

»Ich komme mit«, sagte Auguste.

»Nein«, widersprach Nancy. »Die bringen Sie um.«

Auguste blickte sie über den Tisch hinweg an. Sie starrte mit ihren großen blauen Augen auf ihn, und er erkannte in ihnen das unverhüllte, wenn auch nun mit Angst vermischte Begehren von früher. »Blaßauge«, der Name der Sauk für ihre Rasse, wurde ihr wirklich nicht gerecht. Ihre Augen hatten die Farbe des Türkissteins in seinem Medizinbeutel. Ihr blondes Haar setzte ihm das Blut in Wallung. In seinen Fingerspitzen kribbelte das fast unwiderstehliche Verlangen, ihre weiße Haut zu berühren.

Die Andersartigkeit Nancys ließ ihn sie ebenfalls begehren, doch war ihm klar, daß er sich mit ihr niemals so vollständig verbunden fühlen konnte wie mit Roter Vogel. Mit Roter Vogel allein konnte es eine tiefe und dauerhafte Verbindung geben, die ihn sich erst vollständig fühlen ließ.

Doch hatte er Roter Vogel seit sechs langen Jahren nicht mehr gesehen. Keine Sauk-Frau würde jemals so lange ohne Mann bleiben.

Meine Mutter doch, korrigierte er sich sogleich.

Roter Vogel war inzwischen sicherlich schon Wolfspfote gegeben und mit ihm verheiratet worden. Schließlich hatte sie in all der Zeit nicht ein Wort von ihm gehört.

Marchettes drängender Ton riß ihn aus seinen Gedanken. »Monsieur Raoul stand auf dem Tisch und hielt einen Beutel spanischer Dollars hoch. Fünfzig seien es, sagte er. Und wer Sie erschießen würde, bekäme sie. Viele jubelten ihm daraufhin zu und brüsteten sich, derjenige zu sein, der sich das Silber verdienen würde.«

Auguste sah vor sich Männer, die in der ganzen Smith County nach ihm jagten. Fast konnte er spüren, wie eine Kugel in seinen Kopf fuhr und ihn zerschmetterte.

»Ich kann mich nicht ewig hier in eurem Haus verstecken, Nancy«, sagte er. »Früher oder später werden sie herkommen und mich suchen, und das kann ich euch nicht zumuten.«

Reverend Hale entgegnete nichts, aber in seinen Augen war die Erleichterung über diese Worte nicht zu übersehen – und, wenn auch widerwillig, Respekt.

Nancys volle Lippen zitterten, als sie ihm antwortete: »Aber wollen Sie denn wirklich in das Château zurück und sich dort totschießen lassen?«

Er bemerkte, daß seine Hände vor Angst eiskalt waren. Er rieb sie sich heftig, um sie zu wärmen. Von Hales Haus hier auf der Prärie waren es etwa zehn Meilen bis zum Mississippi. Hatte er die Chance, diese Strecke zu schaffen, ohne erkannt und niedergeschossen zu werden?

»Ich will nicht in das Château. Ich werde nur zusehen, daß Marchette sicher dorthin zurückkehrt. Jemand muß sie jetzt in der Nacht begleiten. Danach will ich weiter in die Stadt. Ich werde zu Nicole und Frank gehen. Ich muß Grandpapa sehen.« Er sah Marchette an, und ihr zerschlagenes Gesicht erbarmte ihn. Sie hatte das wegen ihrer Liebe zu seinem Vater erlitten und auch seinetwegen.

»Wenn Sie gesehen werden, erschießt man Sie«, sagte Hale.

Glaubst du, ich weiß das nicht selbst? wollte er ihm am liebsten ins Gesicht schreien. Welche wirkliche Chance hatte er denn schon? Er war nichts als ein Kaninchen vor einer Treibjagd.

Er zwang sich zur Ruhe und sagte sarkastisch: »Sie wissen doch bestimmt, Reverend, daß Indianer sich gut darauf verstehen, lange unbemerkt zu bleiben.«

Bei diesen Worten spürte er plötzlich, wie sich seine Angst in wachsende Erregung verwandelte. Sein Unterricht bei den Sauk als Kind in Tarnung und Anschleichen war ihm schlagartig eingefallen.

»Aber was wollen Sie danach machen?« fragte Nancy. »Wie wollen Sie hierher zurückkommen?«

Er zögerte. Die Erinnerung, daß er schießlich ein Sauk war, hatte seine Gedanken in eine ganz neue Richtung gelenkt.

Ich bin verjagt und meines Landes beraubt worden. Genau wie mein Volk auch.

Nancy wartete darauf, daß er etwas sagte.

»Raoul verlangte, ich solle zurück in die Wälder gehen, wo ich hergekommen bin. Auch wenn er es anders meinte, hat er in diesem Punkt ausnahmsweise recht. Ich sollte es tatsächlich tun.«

Nancy keuchte, als habe sie von ihm einen Schlag ins Gesicht erhalten. Eine Weile herrschte beklommenes Schweigen.

»Wie wollen Sie es anstellen?« fragte sie dann. »Wo wollen Sie Ihr Volk finden?«

Er lächelte und versuchte damit auch sie wieder zum Lächeln zu bewegen. »Ich weiß sehr genau, wo meine Leute sind. Sie sind über den Mississippi zu ihren Jagdgründen im Ioway-Territorium gegangen. Ich habe schließlich die ersten fünfzehn Winter meines Lebens dort mit ihnen verbracht.«

Er dachte wieder an seinen alten Wunsch, ein Schamane zu werden. Bei der Pflege Pierres war er wieder erwacht. Bei den Blaßaugen hier war kein Raum für Magie. Doch jetzt hatte er das Gefühl, er könne zu seinem Volk zurückgehen und sie dort wiederfinden.

Hale bemerkte: »Eine unkluge Entscheidung, wenn Sie mich fragen. Sie sind ausgebildet worden. Sie hatten Gelegenheit, die weiße Kultur kennenzulernen. Das kann Ihnen weder Ihr Onkel wegnehmen, noch sollten Sie selbst es einfach fortwerfen.«

Auguste antwortete: »Reverend, Sie wissen, was ich hier zurücklasse. Aber Sie wissen nichts von dem, zu dem ich zurückkehre.«

Nancy begann hastig auf ihn einzureden, als wollte sie damit verhindern, in Tränen auszubrechen. »Und was ist mit all den Dingen, die Ihnen Marchette hierhergebracht hat? Sie können die große Schiffskiste nicht zu Fuß mit sich schleppen. Damit kämen Sie nicht einmal bis zu Nicoles und Franks Haus. Sollen wir sie Ihnen hier bei uns aufheben?« Sie schluckte schwer. »Dann könnten Sie sie vielleicht, wenn Sie sich bei Ihrem Stamm wieder eingewöhnt haben, abholen lassen.«

Auguste hörte den Schmerz in ihrer Stimme, entschloß sich aber, ihre Worte nur als ein höfliches Angebot zu werten. »Ich wäre Ihnen sehr dankbar, wenn das ginge. Das einzige, was ich gleich mitnehmen möchte, ist mein Medizinbeutel.«

Reverend Hale schürzte die Lippen und brummte etwas, aber er ignorierte es bewußt.

Er dachte einen Moment nach. »Mein chirurgisches Besteck brauche ich auch und mindestens ein Buch.«

»Das sollte die Bibel sein«, meinte Hale.

Auch dies ließ Auguste ohne Antwort. Es fiel ihm ein, daß er im gleichen Moment, als Eli Greenglove ihn niedergeschlagen hatte, mit dem Messer in der Hand auf Raoul losgegangen war.

»Wo ist mein Messer hingekommen?«

»Ich habe es aufgehoben«, sagte Nancy kurz. Sie stand auf und ging zu einer sorgfältig geschnitzten Eichenholzkommode, einem sehr schönen Möbelstück, das hier in dieser einfachen Behausung fast fehl am Platze schien. Aus einer Schublade holte sie das Messer heraus. Sie brachte es ihm, und er steckte es in die Scheide an seinem Gürtel.

»Vielen Dank, Nancy. Es ist von meinem Vater. Er schenkte es mir vor vielen Jahren.«

Ihre Augen begegneten sich, und er spürte, wie ihn Wärme durchfloß. Es würde schwer werden, sie zu verlassen.

Nancy hatte sich nicht wieder gesetzt. Sie stand vor ihm. »Gehen wir doch gleich hinaus zum Wagen und sehen nach, was Marchette alles gebracht hat. Ich kann Ihnen beim Hereintragen helfen.«

Marchette und Reverend Hale sagten wie aus einem Munde: »Das kann ich doch tun.« Darüber mußten sie alle nervös lachen.

»Nein«, erklärte Nancy nachdrücklich. »Marchette, Sie sind verletzt und müde. Du, Vater, kümmerst dich besser darum, die arme, mißhandelte Frau etwas zu trösten. So schwer kann Augustes Kiste auch nicht sein. Kommen Sie, Auguste.«

Bevor Marchette oder ihr Vater noch etwas antworten konnten, hatte sie ihn auch schon vor sich her zur Tür hinausgeschoben. Er warf noch einen Blick zurück, ehe die Tür zuging. Hale ballte zu beiden Seiten seiner aufgeschlagenen Bibel die Fäuste.

Er blieb einen Moment stehen, um seine Augen an die Dunkelheit draußen zu gewöhnen. Über ihnen stand der klare, fast volle Mond am Himmel. In zwei Tagen war er ganz voll. Bei so viel Helligkeit war er heute nacht in noch größerer Gefahr. Der weißgestrichene Turm von Hales Kirchlein gleich neben dem Haus, in dem er mit Nancy lebte, leuchtete hell im Mondschein.

Er hörte Nancy neben sich flüstern: »Ich will nicht, daß du fortgehst.«

Er antwortete ihr traurig: »Ja, ich weiß.« Er nahm ihre Hand und drückte sie. Es mochte ein Fehler sein, das zu tun, doch er brachte es nicht fertig, es zu unterlassen.

»Komm mit«, sagte sie.

Er sah jetzt den Wagen, mit dem Marchette gekommen war. Das Pferd war daneben am Zaun an der Südseite des Hauses angebunden. Es trat von einem Bein auf das andere und schnaubte.

Nancy hielt ihn fest an der Hand und zog ihn mit sich hinter das Haus, wo das Getreide in langen Reihen stand.

»Habt ihr das ganze Getreide allein angebaut, du und dein Vater?« fragte er.

»Nein, nein. Es ist zwar unser Land, aber unser Nachbar bebaut es für uns. Er verkauft es dann in Victor, und wir teilen den Gewinn.«

Sie führte ihn in das Korn durch die raschelnden Halme hindurch. Die Enge und die Verborgenheit ließen ihn sich ihr noch näher fühlen denn je. Er hatte das Bedürfnis, sie zu berühren.

Doch das Kornfeld weckte auch noch ein anderes Gefühl in ihm.

Sie kann es nicht wissen, aber dieses Kornfeld erinnert mich an die Maisfelder um Saukenuk herum. Das verstärkt nur noch mehr meinen Wunsch, dorthin zurückzukehren.

Als sie tief genug im Korn und weit genug vom Haus entfernt waren, blieb Nancy stehen und drehte sich zu ihm herum. »Bitte, Auguste, ich will nicht, daß du für immer fortgehst.« Er sah ihre hellschimmernden Augen im Mondschein.

Ihre Nähe war verwirrend. Es drängte ihn, die Sorgen, die ihn zögern ließen, zu vergessen und sie einfach in die Arme zu nehmen.

»Du willst doch auch sicher nicht, daß ich hier bleibe und Gefahr laufe, umgebracht zu werden«, sagte er.

»Du könntest nach Vandalia gehen«, drängte sie, »und Gouverneur Reynolds berichten, was passiert ist. Wenn er dir nicht selbst helfen kann, findet er vielleicht einen Anwalt für dich, der dein Recht gegen Raoul vor den Gerichten verteidigt.«

Wie unschuldig und naiv sie doch war, dachte er. »Hast du denn nicht gehört, was Raoul sagte? Gouverneur Reynolds war es doch, der die Miliz losschickte, um mein Volk aus Saukenuk zu vertreiben. Er wäre der letzte, der einem Indianer helfen würde, sein Land gegen einen Weißen zu verteidigen.«

»Dein Vater hat dich in die Schulen im Osten geschickt, damit du eine bessere Zukunft hast, als einfach nur zu jagen und in einem Wigwam zu leben. Das alles würdest du einfach wegwerfen.«

Ärger flammte in ihm auf. Sie wußte und verstand nichts vom Leben der Sauk. Sie plapperte einfach nur nach, was ihr Vater sagte.

Er erinnerte sich daran, wie jedesmal, wenn sie sich in dem vergangenen Sommer begegnet waren, ihre Augen aufgeleuchtet hatten. Das war so deutlich gewesen, daß sie zweifellos bedingungslos ja sagen würde, wenn er sie bäte, ihn zu heiraten, ganz gleich, wie heftig ihr Vater darauf reagieren würde. Aber Nancy zu heiraten hieße, zwei Fremde zu verbinden, deren Welten sich unvereinbar unterschieden. Er hatte von ihrer Welt in den vergangenen sechs Jahren zwar viel gelernt, aber das bedeutete noch lange nicht, daß er zu ihr gehörte. Und sie wußte ihrerseits so gut wie gar nichts von der seinen.

Es war schwer zu widerstehen. Das Verlangen nach ihr war groß. Aber was er begehrte, war ganz unmöglich. Unmöglich, ihm gerecht zu werden.

»Ich kann meine Ausbildung dazu benützen«, sagte er mühsam, »meinem Volk zu einem besseren Leben zu verhelfen. Was mein Vater mir gab, kann ich an die Sauk weitergeben. Das kann mehr wert sein als das, was Raoul mir gestohlen hat.«

»Aber ich will dich nicht verlieren«, schluchzte Nancy. Sie warf sich an seine Brust und umschlang ihn. Sie preßte ihre tränennasses Gesicht an seins. Es war heiß, als hätte sie Fieber. Sie begehrte ihn. Er spürte es, so wie er es schon vorhin in ihren Augen gesehen hatte, als er erwachte und sie sich noch unbeobachtet wähnte.

»Ich habe noch keinen Mann so begehrt wie dich, Auguste«, stammelte sie. »Es mag ja alles stimmen, was du sagst, aber wenn du zu deinem Stamm zurückkehrst, sehe ich dich doch nie wieder.«

Er gab es nicht gerne zu, aber sie hatte recht. Es war so gut wie sicher, daß sie sich nie mehr sehen würden.

»Wenn du es möchtest... könntest du ja mitkommen.« Bereits als er es aussprach, war ihm klar, daß so etwas niemals gut ginge. Soeben hatte sie ja noch gesagt, was sie von dem Leben der Sauk hielt, die »nur jagten und im Wigwam lebten«.

Abgesehen von Roter Vogel. Wenn sie nun wirklich auf ihn gewartet hatte, was dann?

»Nein«, sagte sie auch sofort. »Wenn ich mit dir ginge, würde mein Vater uns jagen und Raoul ihm dabei helfen. Und außerdem...« Sie zögerte.

»Ja, was?«

Sie schüttelte den Kopf. »Ich habe nicht den Mut dazu. Indianer machen mir angst. Du nicht. Ich meine echte Indianer.«

Echte Indianer?

Plötzlicher Unmut stieg in ihm auf und ließ ihm die Schläfen pulsieren.

Ein Gefühl, sie von sich zu stoßen, überkam ihn. Aber sie ließ ihn nicht los und umschlang ihn nur noch heftiger und drängte sich noch enger an ihn.

»Auguste, kennst du die Stelle in der Bibel, wo es heißt: ›Und Adam erkannte Eva, seine Frau‹? Ich will dich erkennen, auf diese Weise.«

Ihre leisen, weichen Worte erregten ihn, und er vergaß seinen Zorn. Er fühlte sich erhöht und hielt sie eng an sich gepreßt. Er hatte sie begehrt, seit er sie im Juni zum ersten Mal gesehen hatte. Den ganzen Sommer über hatte er sie begehrt und gegen dieses Begehren angekämpft.

Er drückte seinen Mund auf ihren und teilte ihre weichen, vollen Lippen. Sie zog ihn mit sich zu Boden zwischen die Kornreihen.

Ich darf das nicht.

Er versteifte sich abrupt und wandte sein Gesicht von ihr ab.

Die vage Ahnung einer Zukunft, die anders war, als er sie sich immer vorgestellt hatte, formte sich in seinem Kopf. Sie konnten hier und jetzt einander gehören, und er konnte seinen Entschluß aufgeben, zu den Sauk zurückzukehren. Er konnte sich vorübergehend in eine benachbarte County flüchten, dort Arbeit finden, weiterstudieren, bis er Medizin praktizieren durfte, Nancy heiraten und vielleicht sogar versuchen, bei den Gerichten der Blaßaugen seinen Besitz zurückzuerstreiten.

Er könnte selbst ein Blaßauge werden, mehr oder minder. Es wäre sein Ende als Sauk.

Doch da erhob sich der Weiße Bär in seinem Geist so deutlich, als stünde er wirklich hier vor ihm mitten im Kornfeld zwischen den Maiskolben. Der Weiße Bär sagte: *Dein Volk braucht dich.*

»Bitte, Auguste. *Bitte!*« flüsterte Nancy. »Es ist nichts Unrechtes. Es ist richtig für uns. Kein anderer Mann als du ist richtig für mich. Ich will keine vertrocknete alte Jungfer werden, die den Mann, den sie wirklich liebte, nie erkannte.«

Sie ließ sich an ihm hinabgleiten und fiel auf die Knie. Sie preßte ihre Wange heftig an die harte Stelle seiner Hose, und er erschauerte.

»Bitte.«

Er hatte keinen anderen Wunsch, als sich zu ihr hinabsinken zu lassen. Er schloß die Augen und sah den Weißen Bären vor sich noch deutlicher. Er schien zu glühen.

Er blieb wie erstarrt stehen und kämpfte gegen die Begierde an, die in ihm wütete und ihn drängte, Nancy nachzugeben. Er sagte sich, er könne Nancy diesen Augenblick der Liebe, den sie sich so sehr wünschte, doch schenken und danach trotzdem zu den Sauk zurückkehren. Wenn er sie jetzt nicht nahm, würde er das später für alle Zeit bitter bereuen.

Aber so einfach war es nicht. Es würde eine Bindung schaffen, die wieder zu brechen unrecht wäre. Wenn er ihr gab, was sie erbat, und sie danach verließ, würde sie das verletzen und vielleicht sogar umbringen.

Er wich einen Schritt zurück, dann noch einen. Er hatte ein Gefühl, als seien seine Beine aus Holz. Er konnte sie kaum bewegen.

Nancy ließ ihn los und verbarg, kniend zwischen den Kornreihen, schluchzend ihr Gesicht in den Händen.

Er stand einen Moment lang hilflos da. Dann ging er wieder zu ihr, faßte sie an den Armen und half ihr hoch.

»Es ist nicht so, daß ich dich nicht liebte, Nancy«, sagte er gepreßt. »Aber wenn ich dich erkennen würde, so wie Adam Eva, müßte ich dich danach trotzdem verlassen. Das würde uns beide noch mehr schmerzen.«

Immer noch schüttelte sie ihr Schluchzen. Er wußte nicht einmal, ob sie ihn überhaupt gehört hatte. Aber sie ließ es zu, daß er sie aus dem Kornfeld herausführte, um die abgeschlossene und stille Kirche herum und zurück zu dem Wagen, auf dem seine Schiffskiste lag. Sie holte ein Taschentuch aus ihrem Ärmel und wischte sich die Tränen ab und schneuzte sich.

Das Herz war ihm bleischwer. Er war überzeugt, daß es das einzig Richtige war. Aber zugleich war er ebenso sehr überzeugt, daß es falsch war.

Als sie am Wagen waren, hielt er sie noch immer am Arm. Sie machte sich sanft los von ihm.

»Du bist ein anständiger Mann, Auguste. Ich fürchte, ich werde dich immer lieben, ob du mich willst oder nicht.«

»Ist alles in Ordnung mit dir?« fragte er. Er war bemüht, gut zu ihr zu sein, und fühlte sich sehr hilflos.

»Ich werde es überleben«, erwiderte sie.

Den ganzen Weg zurück zum Château zusammen mit Marchette auf dem Wagen verließ ihn ein Kribbeln in seinem Nacken nicht. Überall stellte er sich ins Präriegras geduckte Schützen vor, die Kentucky-Gewehre im Anschlag und im Kopf den Gedanken an die fünfzig Silberlinge für ihn. Ruhelos wanderte sein Blick über die Landschaft, bis hinüber zu den Hügeln um sie herum. Der fast volle Mond ging vor ihnen im Westen unter wie eine Laterne am Ende eines Weges. An manchen Stellen war das Gras so hoch, daß es bis über die Wagenräder und zum Leib des Pferdes emporragte. Es erschien Auguste, als glitten sie auf einem mondbeschienenen See dahin.

Das lauteste Geräusch war der Chor der Grillen. Sie waren zahlreicher als alle Menschenstämme zusammen und zu dieser Jahreszeit noch lauter als sonst. Als wüßten sie, daß bald Frost und Schnee kamen und ihren Gesang zum Schweigen brachten.

Das Dach des Châteaus erhob sich schwarz vor den Sternen. Bevor sie bei den Obstgärten waren, legte Auguste den Arm um Marchettes Schulter und küßte sie auf die Wange. Dann sprang er vom Wagen und schnallte sich das Bündel an den Lederriemen auf den Rücken, in das er seinen Medizinbeutel, seine Instrumente und sein Buch gepackt hatte.

»Leben Sie wohl und vielen Dank, Marchette«, flüsterte er und verschwand im hohen Gras.

»Gott halte ein Auge auf Euch«, rief sie ihm leise nach.

Immer auf der Hut vor Raouls Kopfjägern, war er bald am Château vorbei und hielt sich dicht neben der Straße, die über die Hügel zur Stadt führte.

Dann erstarrte er. Vor ihm sah er ein Licht. Eine baumelnde Laterne, die sich von ihm entfernte. Er hörte laute Stimmen durch die stille Nacht klingen.

Das mußten Raouls Leute sein. Er hatte Angst. Aber er mußte wissen, was Raoul vorhatte. Er hielt sich weiter im Schatten der Alleebäume die ganze Straße entlang und verkürzte laufend den Abstand zu den Männern, bis er auch verstehen konnte, was sie sprachen.

Sie wankten vorwärts und lobten Raouls Freigebigkeit, was den Old Kaintuck anging. Drei von ihnen erkannte er im gelben Lichtschein ihrer Laterne. Sie hatten alle ein Gewehr.

Er biß sich auf die Lippen. Angst erzeugte eine kalte Leere in seiner Brust. Wenn sie ihn bemerkten, schossen sie ihn auf der Stelle nieder.

Oder versuchten es jedenfalls. Wirklich treffen konnten sie ihn wohl nicht. Dazu sahen sie zu betrunken aus. Bei diesem Gedanken ließ seine Anspannung ein wenig nach.

Die Männer überquerten einen kleinen Graben zwischen einem Hügel und der Steilküste, auf der die Handelsstation lag. Auguste verharrte erschrocken, als Unruhe entstand, ein unterdrückter Aufschrei und Poltern zu hören waren und jemand hinfiel. Das Geräusch eines zu Boden fallenden Gegenstandes, vermutlich eines Gewehrs, folgte.

Zwei betrunkene Männer lachten laut über den dritten, der den Hügel hinabgerollt war. Sie machten keine Anstalten, ihm wieder hinaufzuhelfen. »Schlaf deinen Rausch da unten aus«, riefen sie ihm zu, und von unten kamen schwach hörbare Flüche als Antwort. Dann herrschte wieder Stille.

»Und wenn sich der Indianer hier herumtreibt?« fragte nach einiger Zeit der eine mit der Laterne. »Vielleicht stolpert er im Dunkeln über Hodge und skalpiert ihn oder sonst etwas.«

Nichts lieber als das, dachte Auguste. Er erkannte den Akzent des Mannes. Es war Otto Wegner. Er arbeitete in der Handelsstation.

»Ach was«, antwortete sein Begleiter, »wenn der Indianer nicht sowieso schon hin ist von dem Hieb, den Eli ihm übergezogen hat, dann ist er jetzt bereits halb oben in Kanada. Er weiß schließlich ganz genau, daß er bald durchlöchert ist, wenn er sich weiter hier in der Smith County aufhält.«

»Ich schieße nicht auf unbewaffnete Indianer«, sagte Wegner, »fünfzig Dollar oder nicht. Ich hab' auch meinen Stolz. Ich hab' schließlich unter Blücher bei Waterloo gedient.«

»Waterloo, was? Na, da kannst du dir aber was einbilden. Raoul zieht dir bei lebendigem Leib die Haut ab, wenn er dich so reden hört.«

»Das wird er schön bleiben lassen. Ich bin immerhin sein bester Schütze – nach Eli Greenglove jedenfalls. Er weiß, was ich ihm wert bin. Außerdem ist meine Soldatenehre mehr wert als fünfzig Mäuse.«

Tief ins Gebüsch geduckt, schüttelte Auguste verwundert den Kopf. Selbst unter Raouls Rabauken gab es ein Gefühl für Recht und Unrecht!

Freilich hatte das Wegner nicht davon abgehalten, einer von denen zu sein, die heute morgen mit ihren Gewehren im Anschlag auf Raouls Seite gewesen waren.

Er wartete, bis die beiden über den Hügel waren. Von dem, der hingefallen und den Berg hinabgerollt war, hörte er keinen Laut. Er hatte vermutlich den Ratschlag seiner Kumpane befolgt und schlief.

Als die Laterne hinter der Palisade der Handelsstation verschwunden war, huschte er geduckt weiter und machte einen weiten Bogen durch die bewaldeten Hügel rund um Victor. Dann schlich er sich den Berg hinab bis zu der Straße, an der das Haus von Frank Hopkins stand. Ein schwarzer Hund mit langen Ohren bellte und kam auf ihn zugerannt, als er an den Häusern vorbeilief. Das Herz blieb ihm fast stehen. Jeden Moment erwartete er, daß Türen und Fenster aufflogen und Gewehre auf ihn schossen. Doch er hielt nicht an und ging weiter. Der Hund hörte wieder auf zu bellen, als er an dem Haus vorüber war, das er bewachte.

Er hoffte, daß kein Nachbar ihn hörte, als er laut an die Tür des Hauses von Hopkins klopfte, um ihn aufzuwecken.

Frank Hopkins kam mit einer Kerze in der Hand und in seinem langen Nachthemd zur Tür. »Was zum Teufel soll das? Wir haben hier einen kranken Mann im Haus und...« Dann sah er genauer hin. »Mein Gott, Auguste! Komm herein, schnell!«

Er griff nach ihm und zog ihn ins Haus. Dann schloß er hastig die Tür hinter ihm.

»Ich denke, du bist bei den Hales draußen?« Sie standen in Franks Werkstätte. Die eiserne Druckpresse ragte samt ihren Schatten von der Kerze hoch und dunkel empor.

»Ich bin gekommen, um Grandpapa zu sehen. Und – Frank, ich gehe zurück zu meinem Volk. Ich brauche eure Hilfe dazu.«

»Komm nach oben«, sagte Frank und half ihm, sein Bündel vom Rükken zu heben.

Sie gingen die Treppe hinauf nach oben in den Korridor, von dem die Türen zu den Zimmern abgingen. In einem brannte eine Öllampe mit einem hohen Glaszylinder direkt am Bett. Dort saß Nicole. Das Licht der Lampe warf einen scharfen Schatten des Profils Elysées auf das Kissen.

Nicole sprang auf. »O Auguste! Wie geht es dir?«

»Schon wieder etwas besser. Wie steht es mit Grandpapa?«

»Er ist die halbe Zeit ohne Bewußtsein. Gram Medill hat nach ihm gesehen. Sie sagte, er hat sich bei dem Sturz die Hüfte verrenkt und ein paar Schrammen abbekommen, aber zum Glück ist nichts gebrochen. Ich halte bei ihm Krankenwache. Was ist mit dir? Was macht dein Kopf?«

Auguste fühlte sich von einer gewaltigen Last befreit, als er hörte, daß Grandpapa nicht im Sterben lag. Doch nun begann sein Kopf wieder zu schmerzen. Die Anspannung und Konzentration, seinen Kopfjägern zu entgehen, hatte ihn seine Schmerzen vergessen lassen. Er rieb sich die Stelle über seinem rechten Ohr, an der ihn Greengloves Gewehrkolben getroffen hatte. Er spürte eine mächtige Beule, die sehr schmerzte, wenn er sie berührte. Doch er war imstande, Nicole aufmunternd zuzulächeln.

Er sprach leise, um Elysée nicht zu wecken. »Meinen schönen Biberhut kriege ich damit ja nun nicht mehr auf den Kopf. Aber dahin, wo ich nun gehe, kann ich ihn sowieso nicht mitnehmen.«

»Ich hole noch Stühle«, sagte Frank. »Wir können ruhig hier drinnen reden. Der alte Herr schläft tief und fest. Möchtest du einen kleinen Brandy, Auguste?«

Auguste nickte. »Er hilft vielleicht ein wenig gegen den Schmerz.« Dabei dachte er nicht nur an den Hieb mit dem Gewehrkolben. Es bereitete ihm auch Schmerzen, entgegen dem Versprechen seines Vaters Victoire verloren zu haben und Nancy verlassen zu müssen.

Sie holten zusammen Stühle aus den anderen Zimmern, in denen die Kinder schliefen. Frank ging nach unten und kam mit einem Tablett und drei kleinen kugeligen Kristallgläsern samt einer im Lichtschein funkelnden Glaskaraffe wieder.

»Schönes Glas«, bemerkte Auguste. Er setzte sich und stellte sorgfältig sein Bündel zwischen seine Füße.

»Stammt aus der Zeit Ludwigs XV.«, erklärte ihm Nicole. »Eines der Dinge, die Papa aus dem alten Château in Frankreich mit herüberbrachte. Wir bekamen es als Hochzeitsgeschenk von ihm. Wenigstens bekommt Raoul das nicht in die Finger.«

»Aber alles andere hat er«, sagte Auguste, »weil Vater mir alles hinterließ. Ich habe ihn gedrängt, es euch zu überschreiben. Ich hätte wirklich darauf bestehen sollen.« Er verspürte brennende Scham.

Frank schüttelte den Kopf. »Ach Gott, auch wir hätten den Besitz nicht länger halten können als du. Offen gestanden, möchte ich ihn gar nicht haben, so wenig wie du. Ich weiß allerdings nicht, wie Nicole darüber denkt.«

Jetzt, da er das Land unwiderruflich verloren hatte, war Auguste sich nicht mehr so sicher, ob er es nicht doch gewollt hatte. Er rutschte, ärgerlich auf sich wegen seiner Zerrissenheit, unruhig auf seinem Stuhl herum.

Nicole schüttelte den Kopf. »Ich bin Ehefrau und Mutter und nicht dazu erzogen worden, eine Schloßherrin zu werden. Schon gar nicht, wenn ich dann noch mit diesem... diesem Tier zu kämpfen hätte.«

Frank goß den bernsteinfarbenen Brandy in die bauchigen Gläser. Seine Finger waren wie immer schwarz von Druckerfarbe. Er bekam das Markenzeichen seines Berufs wohl nie mehr ab.

Dann sagte er: »Alles, was hatte passiert ist und was ich selbst miterlebt habe, schreibe ich in den *Visitor,* und dann weiß es die ganze County.«

Auguste blickte Nicole beunruhigt an. Er sah Angst in ihren Augen, aber sie sagte nichts.

»Wozu, Frank?« fragte er. »Damit ziehst du dir nur die Rache Raouls zu, und ändern wird sich sowieso nichts. Ich werde nicht mal hier sein, um es lesen zu können.« Er wollte wirklich als allerletztes, daß auch noch diese Leute, aus denen er sich etwas machte, seinetwegen Schwierigkeiten bekamen.

Frank lächelte schwach. »Du weißt doch, daß ich so ziemlich der einzige Mann in der ganzen County bin, der bewußt keine Waffen trägt.« Er deutete zu Boden in die Richtung, wo unten im Erdgeschoß die Druckpresse stand. »Das da unten ist die Waffe, mit der ich kämpfe.«

Einen Augenblick lang schämte Auguste sich, daß er vor seinem eigenen Kampf flüchtete.

»Weil ihr mir heute beigestanden habt, werdet ihr immer einen Platz in meinem Herzen haben. Glaubt ihr, meines Vaters Geist wird betrübt sein, daß ich nicht hier bleibe und bis zum Tod um das Land kämpfe?«

»Du bist schon fast dafür gestorben, Auguste«, erwiderte Nicole.

Und es kann noch immer passieren, wenn ich nicht bald weg bin von hier.

Er nippte an dem Brandy. Er brannte auf der Zunge und in der Kehle und erst recht in seinem Magen. Aber er ließ ihn sich stärker fühlen.

»Niemand verlangt, daß du hier bleiben mußt«, sagte Frank. »Ich möchte dich wirklich nicht gerne tot sehen.«

»Dein Vater bestimmt auch nicht«, ergänzte Nicole. »Pierre wollte, daß du den Besitz bekommst, aber nicht, daß du dafür stirbst.«

»So viel ist sicher«, nickte Frank.

Ja, dachte Auguste und verachtete sich selbst, *aber er erwartete ganz gewiß von mir, daß ich das Land länger als gerade einen einzigen Tag behalte.*

»Wenn du zu deinen Leuten zurückkehrst«, fuhr Frank fort, »mußt du ihnen klarmachen, daß sie so wenig eine Chance haben, weiter gegen die Vereinigten Staaten um ihr Land zu kämpfen, wie du gegen Raoul.«

Auguste durchfuhr beim nächsten Schluck Brandy erneut wilde Hitze. »In der Schule St. George las ich, die Indianer machten keinen guten Gebrauch von ihrem Land und müßten deshalb weichen.« Er spannte die Finger um sein Glas. »Wir haben Jahrtausende auf diesem Land gelebt. Ist das gar nichts?«

»Auguste«, versuchte Frank zu begütigen, »du weißt doch besser als irgendeiner deiner Leute, wie groß die Macht der Vereinigten Staaten heute ist. Du mußt ihnen das klarmachen.«

Auguste schwieg.

Die Langmesser, dachte er. So nannte sein Volk die amerikanischen Soldaten. Aber die British Band hatte tatsächlich nicht die mindeste Ahnung davon, wie viele es waren. Er mußte das Schwarzer Falke wirklich begreiflich machen.

Er trank einen weiteren Schluck Brandy, und dessen Feuer war nun schon in seinem Blut.

»Ich werde es ihnen sagen.« Er seufzte und nickte. Dann sagte er: »Frank, ich brauche ein Boot.«

Nicole sah ihn an. »Die Augenlider fallen dir schon zu, Auguste. Du bist müde und verletzt. Du kannst nicht noch heute nacht fort.«

Das stimmte. Er wollte auch nur so lange bleiben, bis Grandpapa wieder wach war.

Das letzte, woran er sich erinnerte, war, wie Frank ihn in ein dunkles

Zimmer gegenüber mit einem Bett führte, auf das er wie ein Stein fiel, mit dem Gesicht nach unten.

Als er wieder zu sich kam, lag er noch in der gleichen Haltung da. Lediglich die Stiefel hatte er nicht an. Der Raum war nicht mehr dunkel, sondern dämmrig. Vor der Tür hing ein Vorhang. Er sah sich um. Überall auf Bügeln und Boden Knabenkleidung. Noch ein Bett mit zerwühlten Laken, leer. Seine Stiefel und sein Bündel standen ordentlich am Fußende seines Bettes.

Ein starker Drang eines natürlichen Bedürfnisses sagte ihm, daß er lange geschlafen haben mußte. Er entdeckte einen Nachttopf in der Ecke. Nett von ihnen, dachte er, daß sie ihn hier gelassen hatten, während er ihn benützte. Er wollte es nicht riskieren, bei Tageslicht aus dem Haus zu gehen.

Er ging ans Fenster und sah vorsichtig durch den Fensterladen nach draußen. Das Fenster ging nach Süden hinaus. Die Sonne war nicht zu sehen, nur die schwarzen Schatten, die sie über die Fahrspuren auf der Straße legte, die sich den Hügel herauf bis zum Haus zogen. Es mußte später Nachmittag sein.

Er überlegte, ob Raoul und seine Leute dort draußen irgendwo auf ihn lauerten und ob er überhaupt noch den Sonnenuntergang erleben würde.

Sein Kopf schmerzte nicht mehr so wie vergangene Nacht – bis er ihn anfaßte. Dann fühlte er den Schmerz, als triebe man ihm einen Nagel ins Hirn. Seine Beule schien groß wie ein Hühnerei zu sein.

Er öffnete sein Bündel und holte seinen Medizinbeutel heraus. Ihm entnahm er einen nach dem anderen seine Steine und rieb jeden mit dem Finger. Dann öffnete er sein Hemd und legte die Krallenspitzen der Bärentatze an die fünf Narben auf seiner Brust.

Einem plötzlichen Impuls folgend, berührte er damit auch die Narbe in seinem Gesicht.

Sein chirurgisches Besteck befand sich in einem schwarzen Lederetui. Zwei Sägen, eine große für Beinamputationen und eine kleinere für die Arme. Vier Skalpelle. Blutabnahmelanzetten. Eine Zange zum Zahnziehen. Sonde und Zange zum Auffinden und Entfernen von Kugeln. Ein kleines Döschen mit Opium. Das alles konnte dort von Nutzen sein, wo er hinging.

Schließlich holte er noch das Buch heraus, das er fast willkürlich aus seiner kleinen Bibliothek ausgesucht hatte. Auf dem Rücken des braunen Ledereinbands stand in Goldprägung: *J. Milton. Das verlorene Paradies.*

Reverend Hale hatte ihm vorgeschlagen, die Bibel mitzunehmen. Aber dieses lange Gedicht hier, das die christliche Sicht der Schöpfung der Erde wiedergab, kam der Bibel ja sehr nahe. Er hatte es in St. George gelesen, und es hatte ihm sehr gefallen. Sein Titel und die Geschichte von Adam und Eva ließ ihn wieder daran denken, wie verjagt und besitzlos auch er jetzt war. Vielleicht fand er einige Weisheit und Anleitung in diesem Buch.

Verlorenes Paradies? Und wenn es nun so ist, daß ich in Wahrheit in mein Paradies zurückkehre?

Dann fiel ihm ein, wie sehr Nancy gewollt hatte, daß er sie »erkenne« wie Adam Eva. Er ließ wirklich hinter sich, was sein großes Glück hätte werden können.

Er schlug das Buch auf und las die ersten fünf Verse, auf die sein Blick fiel.

Hoch auf einem Throne von königlichem Stand,
der bei weitem den Reichtum
von Ormus und Ind überstrahlte
und den Überfluß des Ostens, den, mit reicher Hand
der Perlen und des Goldes Füllhorn leerend, malte
ihr König Barbaric, saß erhaben Satan…

Das klang sehr nach Raoul und seinen fünfzig spanischen Dollars und seinem Dampfboot und seiner Bleimine und seinem Handelsposten. Raoul war besser geeignet, Satan zu sein als der Engel am Tor von Eden, der die Sünder fernhält…

Er hörte Stimmen. Eine, schwach, aber unverkennbar, war die Grandpapas. Sein Herz schlug heftig. Er packte rasch seine Schätze wieder ein, schob den Vorhang beiseite und eilte über den Flur. Es war schön, Elysée ihm mit offenen, klaren Augen entgegenblicken zu sehen.

»Normalerweise glaube ich ja nicht an Wunder«, sagte Elysée lächelnd zu ihm, »aber es ist zweifellos eines, daß es dir möglich war, einen Mann anzugreifen, der dir die Pistole auf die Brust hielt, und doch mit lediglich einer Beule davonzukommen.«

»Dafür ist die Beule schlimm genug, Grandpapa«, sagte Auguste und zog sich den Stuhl herbei, auf dem er schon in der vergangenen Nacht gesessen hatte. »Wenn ich nur hier bleiben und dich ärztlich versorgen könnte.«

»Ach, unsere Hebamme hier meint, daß auch ich wieder ganz gesund werde. Ich kann Arme und Beine ohne allzu große Schmerzen bewegen. Am schlimmsten hat es wohl meine Hüfte in Mitleidenschaft gezogen.« Er tippte sich vorsichtig an seine rechte Seite. »Habe ich mir beim Sturz aufgeschlagen. Es ist geschwollen, aber das Bein kann ich bewegen. Gebrochen ist nichts.« Er schloß die Augen, und Auguste wußte, daß der alte Mann schlimmere Schmerzen in seinem Herzen litt als an seinem Leib. »Du darfst nicht daran denken zu bleiben. Ich fürchte, Raoul würde nicht einmal davor zurückschrecken, dich umzubringen.«

Ein Sohn tot, der andere ein Feind. Jetzt muß ich auch ihn verlassen. Wieviel hält er wohl noch aus?

Nicole saß noch immer wie vergangene Nacht, als er angekommen war, neben Elysées Bett. Er fragte sich, ob sie überhaupt geschlafen hatte.

Sie lächelte ihm zu. »Ich habe die Kinder an den Fluß hinunter zum Spielen geschickt. Du glaubst gar nicht, wie erholsam und ruhig es für mich ist, zwei verletzte Erwachsene zu versorgen.«

Elysée setzte sich ein wenig hoch. Nicole schob ihm rasch die Kissen nach. Er blickte Auguste fest mit seinen blauen Augen an.

»Nicole und Frank haben mir gesagt, daß du beabsichtigst, zu den Sauk zurückzukehren. Ich kann verstehen, daß du diesen Wunsch hast, aber du mußt auch wissen, daß dies nicht der einzige Weg ist, der dir offensteht. Du könntest beispielsweise überlegen, dich an einem Ort in der zivilisierten Welt niederzulassen, wo die Leute sehr viel kultivierter sind als hier. Im Osten etwa, wo du deine Ausbildung erhalten hast. Ich bin ganz sicher, Emilie und Charles würden sich freuen, dich dort vorerst wieder aufzunehmen. Ich könnte dir dabei helfen. Ich habe bei Irving and Sons in der Wall Street Geld auf der Bank. Du könntest deine Ausbildung fortsetzen und dann in New York ärztlich tätig werden.«

Es war schwer, gezwungen zu sein, dem alten Mann etwas abzuschlagen. »Ich muß zu dem einzigen Volk auf der Welt gehen, Grandpapa, das mir genauso teuer ist wie du und Tante Nicole.«

Elysée seufzte ein wenig. »Ja, ich verstehe dich schon. Es ist die Loyalität, die dich zum Volk deiner Mutter zurückzieht. Das liegt bei uns in der Familie. Ich nehme an, dein Vater hat dir davon erzählt, wie unser Familienname entstanden ist.«

»Ja, Grandpapa.« Bei der Erforschung seiner französischen Vorfahren, die ihm am Herzen lag, hatte Pierre ihm stundenlang von ihren Namen und Taten erzählt. Die Urkunden der de Marions reichten seltsamerweise nur bis ins 13. Jahrhundert zurück und hörten dann schlagartig auf, obgleich die Familie schon damals mächtig und reich war. Einer düsteren Legende zufolge hatte einer der Vorfahren den König verraten, und sein Sohn hatte Weib und Kinder verlassen und war spurlos verschwunden. Der erste urkundlich erwähnte Graf de Marion hatte daraufhin, weil er den Namen der Familie für alle Zeiten besudelt sah, sämtliche bis dahin bestehenden Urkunden vernichtet – offenbar sogar mit Zustimmung der königlichen Behörden – und dafür den Namen der Familie seiner Mutter angenommen. Die Geschichte hatte in ihm den Wunsch erweckt, seine Schamanenkräfte benützen zu können, um noch mehr darüber zu erfahren. Doch er bezweifelte selbst, daß seine Geister so viel Macht hätten, um bis über den Ozean sehen zu können.

»Wir de Marions«, sagte Elysée, »legen zuweilen ein Übermaß von Loyalität an den Tag. Als versuchten wir bis heute, damit diese alte Schuld zu tilgen.«

Auguste fragte verwirrt: »Aber was ist gegen Loyalität einzuwenden?«

»Nichts natürlich. Wenn ich allerdings nur aus Loyalität in Frankreich geblieben wäre, gäbe es uns hier nicht in diesem gerade erst erschlossenen Paradies.«

Auch für ihn ist das Land also ein Paradies. Es war allerdings nicht besonders gut zu ihm.

»Wenn du heute zurückblickst, Grandpapa, glaubst du dann, es wäre vielleicht doch besser gewesen, in Frankreich zu bleiben?«

Elysée lachte auf. Es war ein kurzes, bellendes, humorloses Lachen.

»Keineswegs. Aller Wahrscheinlichkeit nach hätte ich dann nämlich meinen Kopf auf der so wundervollen Erfindung des Dr. Guillotin gelassen. Unser Land wäre beschlagnahmt worden, und das wäre das Ende der Familie gewesen.«

»Aber jetzt, wo alles in Raouls Hand ist...«

Elysée hob die Hand und schüttelte den Kopf. »Die Geschichte ist noch längst nicht zu Ende. Ich glaube nicht an göttliche Eingriffe, aber ich glaube daran, daß es ein Naturgesetz gibt, nach dem ein böser Mensch zuletzt auch böse endet.«

Auguste wollte gerade antworten, als er Schritte hörte, die sich dem Haus näherten. Sie machten ihm wieder bewußt, wie still es im ganzen Haus seit seinem Erwachen gewesen war. Ein guter Teil der ganzen Stadt, vermutete er, schlief noch Raouls Old Kaintuck aus.

Unten ging die Tür auf und wieder zu. Einen Augenblick später kam Frank herein. Er hatte ein langes Gewehr mit Pulverhorn und Kugeltasche über der Schulter hängen.

Er wandte sich an Auguste. »Von einem alten Trapper, der keine Lust hat, diesen Winter hinauszuziehen, habe ich dir für fünf Dollar ein kleines Boot gekauft, mit dem du wohl über den Mississippi kommen dürftest. Für zwanzig weitere Doller gab er diese Flinte ab, seine zweitbeste, wie er sagte, mit einem guten Vorrat Munition.« Er lächelte grimmig. »Ich nehme an, du hast dafür dort drüben in Ioway gute Verwendung.«

Auguste nickte. »Dann esse ich jetzt besser etwas. Frank, fünfundzwanzig Dollar sind zu viel, die du da für mich ausgegeben hast.« Er verspürte warme Dankbarkeit für den untersetzten Mann mit den hellblonden Haaren, der so viel riskierte, um ihm zu helfen. Seine Zeitung, seine Druckerei und seine Schreinerei dazu mochten im ganzen Monat keine fünfundzwanzig Dollar einbringen, was ohnehin wenig genug für eine zehnköpfige Familie war.

Elysée wehrte ab: »Ich sagte dir doch, daß ich ein wenig Geld auf der Seite habe, Auguste. Betrachte Boot und Gewehr als Geschenk von mir.«

Auguste drückte seinem Großvater dankend die knochige Hand.

»Ich habe das Boot ungefähr eine halbe Meile stromabwärts gefahren und dort versteckt«, berichtete Frank. »Wenn es dunkel ist, müßten wir ungesehen hinkommen.«

»Wenn Auguste ohnehin fort will«, fragte Nicole, »kann es da nicht sein, daß Raoul ihn in Frieden und unbehelligt ziehen läßt?«

»Das Risiko können wir nicht eingehen«, sagte Frank. »Ich glaube, er würde erst Ruhe geben, wenn Auguste tot wäre.«

Auguste erschauerte innerlich bei diesen Worten. Es gab also einen Menschen auf dieser Welt, der erst zufrieden wäre, wenn er ihn tot wüßte. Er konnte mit dieser ständigen Furcht nicht leben. Er bat den Weißen Bären, seinen Schutzgeist, um Mut.

Er versuchte, sich von diesem Angstgefühl zu befreien. Er stand auf und ging hinüber in das Zimmer, in dem er geschlafen hatte. Er beschloß, alle seine Sachen sauberzumachen und ordentlich zu packen. Er hatte genug zu tun und keine Zeit, sich mit Angstgedanken zu beschäftigen.

Aber die Zeit bis zum Einbruch der Dunkelheit schien sich endlos hinzuziehen.

Als die Seth-Thomas-Uhr in Franks Druckerei, die er jeden Abend bei Sonnenuntergang stellte, neun Uhr zeigte, war es dunkel und die Stadt ruhig genug, daß er losgehen konnte. Er umarmte die füllige Nicole herzlich und küßte sie zum Abschied, dann gab er den Jungen die Hand und küßte die Mädchen. Sein Großvater war wieder eingeschlafen, aber zuvor hatte er ihn noch auf beide Wangen geküßt. Sie hatten sich schon am Nachmittag verabschiedet.

Die Straße hinunter vom Steilufer bis zum Wasser war leer und verlassen. Die meisten Leute in Victor gingen nach Sonnenuntergang schlafen, und diejenigen, die das nicht taten, hielten sich überwiegend in der Wirtsstube des Handelspostens auf.

In einem der Häuser, an dem sie vorbeikamen, sah Auguste ein Kerzenlicht flackern. Als er hineinblickte, erschien eine Silhouette im Fenster, und der Mann griff nach dem Fensterladen und zog ihn zu.

»Ausgerechnet wenn wir vorbeikommen, muß er heraussehen«, sagte Frank. »Das war einer von Raouls Leuten. Zum Glück ist er betrunken.«

Sie gingen weiter auf dem Weg durch die erntereifen Kornfelder. Der fast volle Mond gab genug Helligkeit.

Weiter vorne fiel die bewaldete Steilküste bis zum Wasser hinunter. Dort führte Frank Auguste zu einer strauchbewachsenen landzungenartigen Sandbank.

Auguste sah das Boot erst, als er fast darüber stolperte. Frank hatte es aus dem Wasser gezogen, mit Zweigen bedeckt und es zudem an den bis in das Wasser ragenden Wurzeln eines vom Fluß unterspülten Baumes angebunden.

Mit sinkendem Mut sah er, daß das Boot zwar klein war, aber gewiß schwerer zu rudern und zu manövrieren als ein Kanu. Nun, Frank hatte getan, was er konnte. Jetzt mußte eben er tun, was er konnte.

Hufgetrappel schreckte ihn auf und machte ihm wieder angst.

Auf der Straße von Victor kamen Reiter heran.

Frank hörte mit der Arbeit am Boot auf und hob den Kopf. »O verdammt! Das Stinktier muß dich doch erkannt haben!«

Die galoppierenden Pferde kamen rasch näher. Augustes Herz schlug fast ebenso schnell wie die herankommenden Hufe. Er sah die Reiter im Mondschein. Es waren fünf, und sie jagten mitten durch das hohe Korn.

Sie schoben gemeinsam hastig das schwere Boot ins Wasser, das Heck zuerst, der hohe Bug vorne war noch auf dem Sand. Auguste warf sein Bündel, Gewehr und Munition ins Heck, wo die Wahrscheinlichkeit größer war, daß sie trocken blieben. Die Strömung trieb das Heck bereits flußabwärts, während der Bug noch immer im Schlamm knirschte.

Dann sah er einen Blitz und hörte einen lauten Knall, und etwas pfiff durch die kahlen Äste des Gebüsches neben ihm.

Er sprang ins Boot.

»Hier, Fleisch und Zwieback!« rief Frank und warf ihm das Paket zu. Er legte es neben sich, und Frank schob den Bootsbug vollends ins Wasser.

»Rudere um dein Leben!«

Auguste steuerte, so fest es ging, schräg in die Strömung des Mississippi, um möglichst rasch außer Schußweite zu gelangen. Er brauchte seine ganze Kraft zur Bewältigung des starken Stroms.

»Gottverdammt, Hopkins, ich bringe dich um, wenn er entkommt!«

Das war Raouls Stimme am Ufer. Auguste wünschte, er hätte Zeit, sein Gewehr zu laden und zurückzuschießen, aber wenn er zu rudern aufhörte, kriegten sie ihn noch.

Fünfmal blitzte und krachte es am Ufer, und die Kugeln zischten heran.

Wenn einer von ihnen Eli Greenglove ist, bin ich so gut wie tot.

Dann spürte er bereits einen scharfen Schlag an der Seite des Bootes. Wasser spritzte dicht neben ihm auf. Er fühlte sich dem Angriff schutzlos ausgeliefert in seinem Boot, während er wild an den Riemen zog. Er konnte zu rudern aufhören und sich flach ins Boot legen, um hinter dessen Wand Schutz zu suchen, doch dann blieb er noch lange in Schußweite und trieb nur am südlichen Ufer entlang. Raoul und seine Leute konnten ihm mühelos folgen und ihn abknallen wie ein Kaninchen, sobald die Gelegenheit günstig war. Er biß die Zähne zusammen und ruderte mit aller Kraft weiter. Seine Schultermuskeln fühlten sich bald an, als fielen sie ihm von den Knochen.

Eine Kugel pfiff dicht über seinen Kopf hinweg. Sie mußten angehalten haben, um laden und sicherer zielen zu können.

Eine zweite Kugel fuhr in die Bootswand direkt neben der Riemengabel.

Kalter Angstschweiß brach ihm am ganzen Leib aus. Er konnte nichts weiter tun als hier sitzen, eine Zielscheibe im hellen Mondschein, und mit aller verbliebenen Kraft rudern. Jeder Ruderschlag zu wenig konnte seinen Tod bedeuten.

Erschaffer der Erde, laß Raoul nicht Rache an Frank nehmen.

Wieder ließen Pistolenkugeln Wasser ins Boot spritzen.

11

Roter Vogels Wickiup

Er ruderte den Ioway-Fluß stromaufwärts an Trauerweiden vorüber, deren gelbliche Blattwedel bis in das dunkelgrüne Flußwasser hingen. Obwohl die Strömung jetzt stark nachgelassen hatte, waren ihm Arme und Schultern mittlerweile bleischwer. Wenn Frank nur ein Kanu für ihn gefunden hätte! Aber mit diesem schweren Kahn war es eine Mühe, über den Großen Strom und jetzt den Ioway-Fluß hinaufzurudern.

Sein Herz schlug so heftig wie das eines gefangenen Vogels, je näher er sich dem Winterjagdlager der British Band wußte. Eigentlich hatte er erwartet, über seine Heimkehr sehr glücklich zu sein, doch tatsächlich wuchsen seine Ängste immer mehr.

Wie würde er empfangen werden? Nach sechs Jahren dachten sie gewiß, er habe sie längst vergessen. Würden sie ihn verachten und ablehnen? Vielleicht machten sie sich auch lustig über ihn.

In welchem Zustand würde er die British Band wohl vorfinden? Sie hatten diesen Sommer nicht wie üblich ernten können. Waren vielleicht Freunde während der Belagerung Saukenuks durch die weißen Scharfschützen umgekommen? Wie viele mochten, vom Hunger geschwächt, krank geworden oder gestorben sein? Lebte seine Mutter noch?

Was war aus Roter Vogel geworden?

Durch Zufall hatte er bereits einen der British Band getroffen, Drei Pferde, er war beim Fischen in den Flachwassern am Ioway-Ufer des Großen Stroms nahe der Mündung gewesen. Drei Pferde hatte sich wirklich gefreut, ihn zu sehen. Er war sogleich auf sein Pony gesprungen und hatte gesagt, er werde zurückreiten und ankündigen, daß Weißer Bär auf der Heimreise sei. Er war sogar so aufgeregt gewesen, daß er nicht einmal so lange gewartet hatte, bis er ihm einige Fragen danach stellen konnte, wie es dem Stamm ergangen sei.

Sie würden ihn nun alle bereits erwarten, wenn er ankam. Das machte ihm angst.

Auf einer Sandbank am Ufer vor ihm entdeckte er eine Anzahl umgedrehter Rindenkanus und Einbäume.

In der Nähe schimmerte es rot durch die Bäume. Einen Augenblick lang schlug ihm das Herz höher, als er unwillkürlich dachte, es könne Roter Vogel sein. Doch dann trat ein Mann mit einer dunkelroten Decke um die Schultern aus dem Wald hervor und blieb bei den umgedrehten Kanus mit verschränkten Armen stehen.

Es war Wolfspfote.

Seine Augen waren pechschwarz, und die schwarzen Kreise, die er um sie herum gemalt hatte, verstärkten den finsteren Eindruck noch, den er machte. Die rotgefärbte Mittelhaarsträhne auf seinem sonst kahlgeschorenen Kopf erschien ihm nach seinen sechs Jahren Abwesenheit von den Sauk fremd und wild.

Er ruderte auf die Sandbank zu und wußte nicht recht, wie er Wolfspfote begrüßen sollte, der ihn regungslos erwartete. Ein Ahornzweig bog sich im Wind. Rote welke Blätter fielen herab, und Wolfspfotes stählerner Tomahawk in seiner Hand blitzte in der Sonne auf.

Sein Magen zog sich zusammen.

Er fuhr das Boot nicht weit entfernt von Wolfspfote auf den Sand und stieg aus, zog den Kahn noch weiter an Land, entlud ihn und drehte ihn um.

Wolfspfote sah ihm die ganze Zeit schweigend zu, bis er sich sein Bündel, sein sonstiges Gepäck und sein Gewehr über die Schulter geworfen hatte. Wolfspfote mit seinem roten Haarkamm und seiner Decke und der

Rehlederhose mußte sich ihm gegenüber nicht minder fremdartig vorkommen, dachte er. Er trug seinen grünen Frack, den er seit der Beerdigung seines Vaters anhatte.

Dann standen sie einander gegenüber.

Ich werde warten, bis er etwas tut, und wenn ich hier bis zum Sonnenuntergang stehen muß und noch die ganze Nacht hindurch. Er hat sich schließlich diese seltsame Art, mich zu treffen, ausgesucht. Soll er damit herausrücken, was er will.

Um sie herum knackten die Äste der Bäume im Wind. Flußwasser spülte über die Steine am Ufer. In der Ferne zwitscherte ein Kardinal.

Wolfspfote holte tief Atem, machte den Mund auf und setzte zu einem langgezogenen Kriegsschrei an.

»Huuuu-huuuu-huuuuuuu!«

Sein Herz schlug heftig. Er wich einen Schritt zurück. Er hatte Zorn und Frustration aus dem Ruf herausgehört. Wolfspfote empfing ihn feindselig. Warum? Vielleicht, weil er überhaupt zurückgekommen war?

Wolfspfote reckte seinen Tomahawk in die Höhe. An seinem kräftigen Arm traten die Muskeln und Adern wie Schnüre hervor. Zwei rotgefärbte Federn hingen am Stiel des Beils. Er wiederholte seinen Kriegsschrei. Dann fletschte er seine weißen Zähne, drehte sich um, verschwand in den Bäumen und ließ ihn verblüfft zurück.

Er stand noch eine ganze Weile regungslos da und horchte, wie Wolfspfote auf dem raschelnden welken Laub durch das Unterholz im Wald brach und sich entfernte, bis nichts mehr von ihm zu hören war. Kein Sauk rannte jemals derart geräuschvoll durch den Wald, es sei denn, er sei außergewöhnlich erregt.

Er seufzte. Seltsamerweise aber empfand er nun weniger Beklemmung als vor der Begegnung mit Wolfspfote. Zuvor hatte er nicht gewußt, was ihn erwarten würde. Jetzt wußte er wenigstens, daß er auf alles gefaßt sein mußte.

Er begann in die Richtung durch den Wald zu gehen, die Drei Pferde ihm beschrieben hatte. Je weiter er kam, desto deutlicher nahm er Stimmen und Hundegebell wahr, bis er auf einer großen Lichtung stand.

Der Anblick, der sich ihm bot, rührten ihn fast zu Tränen.

Hundert oder mehr Frauen in braunen Fransenröcken waren versammelt und erwarteten ihn, und als er zu ihnen kam, schlossen sie einen Kreis um ihn. Der Blick verschwamm ihm, als er die Gesichter erkannte, die er die ganzen sechs Jahre nicht gesehen hatte.

Hinter den Frauen war das Lager der British Band. In seinem momentanen Freudengefühl erschien es ihm, als seien die Wickiups in goldenes Licht getaucht. Ringe grauer Kuppeln verliefen vom Waldrand, wo er stand, bis hinaus zu dem hohen gelben Präriegras. Vor den Wickiups war erkennbar, woran die Frauen gerade gearbeitet hatten und was sie hatten liegen lassen, um sich zu seiner Ankunft zu versammeln. Sie hatten Kleider geflickt, Häute gespannt und Fleisch und Fisch geputzt und auf Rahmen zum Trocknen gespannt.

»Weißer Bär ist da!« rief eine der Frauen, und er erkannte Schnelles Wasser, die untersetzte Frau von Drei Pferde.

Drei Pferde, ein kleingewachsener Mann mit breiten Schultern, stand neben ihr. Seine Nase war platt und breit. So hatte er ihn nicht in Erinnerung. Es mußte ihm während seiner Abwesenheit etwas zugestoßen sein.

Es ist ihnen viel zugestoßen, während ich fort war.

»Ich habe euch doch gesagt, er kommt«, wiederholte Drei Pferde unablässig.

Er genoß erst noch die vertrauten Gerüche des Rauchs der Lagerfeuer, von bratendem Fleisch, Leder, frischem Holz und Tabak. Er saugte es förmlich in sich ein mit Augen und allen Sinnen – die Näharbeiten mit ihren Glasperlen, die Farben, die Decken und die Kissen, die Menschen in ihren Fransenlederkleidern, mit ihren warmen braunen Gesichtern und ihren dunklen, freundlichen Augen.

Er murmelte Begrüßungen und suchte in der Menge nach den besonderen Gesichtern.

»Wo ist Eulenschnitzer?« fragte er. Die Sauk-Sprache kam ihm nach so langer Zeit ein wenig schwer über die Lippen.

Drei Pferde antwortete ihm: »Eulenschnitzer besucht gerade die Lager der Fox und Kickapoo, um sie zu Schwarzer Falkes Ratsversammlung einzuladen.«

Was hat Schwarzer Falke jetzt vor?

Die Nachricht gefiel ihm nicht besonders, aber darüber konnte er auch später nachdenken.

»Wo ist meine Mutter Sonnenfrau?«

Schnelles Wasser antwortete: »Sie ist beim Heilkräutersammeln.« Sie sah dabei so fröhlich aus, wie er sie immer in Erinnerung gehabt hatte, aber ihr Blick drang tief in ihn.

»Ist denn niemand zu ihr gelaufen, um ihr zu sagen, daß ich hier bin?«

Schnelles Wasser sagte: »Roter Vogel soll gehen und es Sonnenfrau sagen. Roter Vogel wohnt jetzt bei ihr.«

Roter Vogel!

Ihren Namen nur zu hören ließ ihn fast schwindlig werden. Er hatte den Namen sechs Jahre lang von niemandem gehört.

Während sie noch sprach, begann Schnelles Wasser bereits zu kichern und hielt sich dann die Hand vor den Mund. Viele der anderen Frauen kicherten ebenfalls. Am liebsten hätte er sein rot werdendes Gesicht verborgen. Er hatte ganz vergessen gehabt, wie schmerzlich es sein konnte, wenn die, die ihn so gut kannten, sich über ihn belustigten.

Doch zugleich erfüllte auch Freude seine Brust. Roter Vogel wohnte also jetzt bei Sonnenfrau? Er wollte vor Beglückung laut hinausschreien, selbst angesichts von Wolfspfotes Zornschrei vorhin am Fluß. Das konnte nur bedeuten, daß sie bisher keinen Mann genommen hatte.

Er holte tief Luft und streckte seinen Körper, um seine Gefühle zu verbergen. Er blickte in die lachenden Gesichter um ihn herum, besonders in das von Schnelles Wasser mit ihren offenen und neugierigen Augen. Wenn sie bemerkten, wie aufgeregt er war, würden sie nur noch mehr über ihn lachen.

Er bemühte sich um eine gelassene Stimme und fragte: »Wo ist das Wickiup meiner Mutter?«

Mit einem wissenden Lächeln – aber was war es nur, was sie wußte? – deutete Schnelles Wasser auf Sonnenfraus und Roter Vogels Wickiup. »Komm, ich führe dich hin.«

Sie drehte sich so rasch um, daß ihr Fransenlederrock schwang. Die anderen Frauen öffneten ihr eine Gasse.

Er schulterte sein Gewehr wieder und folgte ihr. Neben ihm ging Drei Pferde. Er spürte die Gegenwart der Leute, hörte das Gewisper vieler Stimmen und die Schritte vieler Mokassins.

Schnelles Wasser ging auf ein Wickiup fast in der Mitte des Lagers zu.

Es war nicht sehr groß, eine fast runde, dunkle Unterkunft aus Ulmenrinden und Baumästen, gerade ausreichend für zwei, höchstens drei Personen.

Sein Herz schlug ihm heftig bis zum Hals wie eine Tanztrommel. Die Büffelhaut vor dem Eingang war herabgezogen zum Zeichen, daß die Bewohner ungestört sein wollten.

Schnelles Wasser blieb stehen und sagte: »Das Wickiup von Sonnenfrau und von Roter Vogel.« Sie blickte ihn erwartungsvoll an.

»Aber es ist niemand da«, sagte er.

Das löste neues Gelächter unter den Frauen aus. Er wollte, sie gingen fort und ließen ihn allein.

»Ich habe Roter Vogel hineingehen sehen«, sagte Schnelles Wasser, »aber nicht wieder herauskommen.«

Sein Unbehagen wuchs weiter, als er sah, daß sie rot wurde und gleichzeitig die Backen aufblies. Es schien, als könne sie das Herausprusten kaum noch unterdrücken.

Jeder seiner Herzschläge ließ ihn erbeben. Er sah sich langsam in der Runde um und versuchte, sich zu beruhigen. Nun ja, selbst wenn sie ihn erwartete, hatte seine unvermutete Rückkehr Roter Vogel wohl etwas aus der Fassung gebracht. Sie brauchte etwas Zeit, um sich auf ihn vorzubereiten. Genau wie er wollte sie ihm nicht vor all diesen Frauen, die sie beobachteten und lachten, zur Begrüßung gegenübertreten. Er mußte also warten, bis sie bereit war, ihn zu begrüßen.

Ein aus Holzstangen gebildetes Gestell zum Trocknen von Häuten stand neben dem verhängten Eingang. Er ging langsam und entschlossen hin, lehnte sein Gewehr daran und legte sein Gepäck dazu. Dann setzte er sich mit gekreuzten Beinen neben dem Wickiup auf den Boden.

Schnelles Wasser starrte ihn mit offenem Mund an.

»Danke, daß ihr mir den Weg gezeigt habt«, sagte er. Er verbarg seine Verlegenheit mit einem Lächeln für die hundert und mehr Frauen, die nach wie vor um ihn herumstanden und jede seiner Bewegungen verfolgten.

»Was tust du denn da?« fragte Schnelles Wasser.

»Ich ruhe mich aus und danke dem Erschaffer der Erde, daß er mich sicher hierhergeführt hat.«

»Weißer Bär ist ein Mann des Verstandes«, sagte Drei Pferde und lächelte zustimmend.

»Ist das alles?« wollte Schnelles Wasser wissen.

»Ich warte auf Sonnenfrau, meine Mutter.«

»Und sonst nichts?«

»Sonst nichts«, antwortete er.

Drei Pferde, der nicht größer war als seine Frau, faßte sie heftig am Oberarm und zog sie fort. »Laß ihn allein.«

»Aber...«, protestierte Schnelles Wasser, doch er drückte ihren Arm noch fester.

»Wir werden diesen Mann jetzt in Frieden lassen«, sagte er.

Schnelles Wasser ließ sich nur schmollend von ihm durch die Menge fortziehen.

Weißer Bär hielt die Augen niedergeschlagen, um die Leute, die sich allmählich zerstreuten, davon abzuhalten, mit ihm zu reden.

In seinem Genick kribbelte es. Er wußte, Roter Vogel war im Wickiup. Früher oder später mußte sie herauskommen.

Es war eine Tortur, sie nach so langer Zeit so nahe zu wissen und dennoch nichts zu hören als diese Stille und mit dem Rücken zu der Büffelhaut am Eingang sitzen zu bleiben. Der Drang war fast übermächtig, entgegen seinem festen Entschluß einfach aufzuspringen und hineinzugehen. Er hatte ein Gefühl, als explodiere er gleich wie ein Pulverfaß.

Er zwang sich, langsam und kontrolliert zu atmen und still zu halten wie im Gebüsch auf der Jagd mit Pfeil und Bogen nach einem Reh.

Nach einer gewissen Zeit – er konnte nicht sagen, wie lange – blickte ein Gesicht in das seine. Es war dunkel und kantig. In den braunen Augen standen Tränen.

Er öffnete die Augen ganz. Vor ihm kniete Sonnenfrau.

»Mein Sohn.« Sie griff nach ihm, und er umarmte sie. In ihren kräftigen Armen hatte er das Gefühl, wieder ein kleiner Junge zu sein.

Dann setzte er sich wieder zurück und betrachtete sie erst einmal genau. Ihr Gesicht war tränennaß.

Neben ihr auf dem Boden stand ihr Kräuterkorb; das blaue Tuch, mit dem sie ihn immer zudeckte, um die gesammelten Kräuter zu schützen, war noch dasselbe wie einst.

Er sah sich um nach der Sonne. Sie stand schon tief und rot am Horizont im Westen. Als er gekommen war, stand sie hoch oben. Er mußte wohl auf einer Geisterreise gewesen sein.

»Ich wußte, daß es so sein würde«, sagte Sonnenfrau. »An einem Tag, an dem ich es am wenigsten erwartete, würde mein Sohn wiederkommen.«

Er seufzte tief. »Meine Mutter zu sehen macht mein Herz weit wie die Prärie.«

Sie saßen einander gegenüber, und sie faßte ihn an der Schulter. »Du bist jetzt ein Mann, ein sehr schöner Mann.« Sie fuhr ihm über die Wange, und das ganze Gesicht fühlte sich warm an. Er ließ seinen Blick nicht von ihren Augen.

»Du hast viel gelernt«, sagte sie. »Du bist verwundet worden. Da sind Narben in deinem Gesicht.« Sie fuhr die Linie seiner Gesichtsnarbe mit dem Daumen nach und beugte sich dazu vor, um sie besser zu sehen. »Ich sehe Trauer in deinen Augen. Dein Vater ist tot. Deshalb bist du zurückgekommen.«

Sie setzte sich wieder zurück und schloß kurz ihre Augen. Dann stimmte sie einen Totengesang an.

Erschaffer der Erde, zeige ihm den Weg.
Geleite ihn über die Brücke
der Sterne und Sonnenstrahlen,
westwärts auf dem Pfad der Seelen
und schließe seine Seele in dein Herz.

Als sie zu Ende gesungen hatte, wischte sie sich mit den Fingern die Tränen aus dem Gesicht und streichelte ihrem Sohn noch einmal die Wangen. Er hatte gar nicht bemerkt, daß sie weinte.

Der Trauergesang für Pierre erinnerte ihn an etwas und ließ ihn in seinen Medizinbeutel greifen.

»Ich habe dir etwas mitgebracht, Mutter.« Er holte das flache Silberetui mit der Samtkordel daran heraus, öffnete es und zeigte ihr die darin liegenden Augengläser, die Marchette für ihn aus Victoire geholt und mitgebracht hatte. »Kennst du sie?« fragte er.

»Dein Vater trug Glaskreise wie diese. Damit er die Zeichen auf dem sprechenden Papier erkennen konnte.«

»Ja. Das hier sind sie.« Er schloß das Etui und drückte es ihr in die Hand. »Jetzt hast du etwas, das sehr mit Sternenpfeil verbunden war.«

Sie sagte: »Er war nur fünf Sommer lang wirklich bei mir, aber im Geiste seitdem immer. Jetzt kann ich mich ihm näher fühlen denn je.« Sie hängte sich das Etui an der Samtkordel um den Hals und steckte es in ihr Rehlederkleid.

Auf ihren weichen braunen Wangen schimmerten noch immer Tränen. Er sah sie im beginnenden Dämmerlicht. Sie wischte sie nun auch nicht mehr ab.

»Erzähle mir alles von dir«, bat sie ihn.

Er erzählte ihr alles, aber absichtlich so laut, daß es drinnen im Wikkiup für Roter Vogel nicht zu überhören sein konnte.

Als er fertig war, fühlte er Schuld wie eine schwere Last auf sich.

»Ich bin geflohen, Mutter, obwohl ich meinem Vater versprochen habe, mich um das Land zu kümmern. Ich habe sogar Tabak mit ihm geraucht, um dieses Versprechen zu besiegeln. Hätte ich bleiben sollen?«

Sie legte ihm die Hand auf die Schulter und drückte sie. »Du hast dein Versprechen gehalten, soweit du dazu imstande warst. Mehr verlangt auch das Calumet nicht. Dein Vater würde nicht wollen, daß du im Kampf um das Land stirbst. Deshalb ist es auch besser, daß du zurückgekommen bist, um wicder cin Sauk zu sein.«

Er sah zu Boden. Er konnte Sonnenfraus Blick jetzt nicht standhalten. In der Erinnerung an die großen Stein- und Holzhäuser, an den Überfluß von Blüten in den Obstgärten, an die endlosen grünen Maisäcker und goldenen Weizenfelder und an die riesigen Herden, die die Flanken ganzer Hügel bedeckten, empfand er einen tief in seiner Brust spürbaren Schmerz und hatte das Bedürfnis, sie zusammenzupressen, damit sie nicht aufriß. Es war nicht so einfach, Victoire zu vergessen.

Als ich in Victoire war, peinigte mich die Sehnsucht, zu meinem Volk zurückzukehren. Jetzt bin ich bei meinem Volk und vermisse Victoire. Kann mein Herz nie mehr Frieden finden?

Nancy hatte ihn so sehr begehrt, ehe sie sich getrennt hatten. Roter Vogel wollte ihn nicht einmal sehen.

Er bemerkte, daß sich erneut Frauen um sie versammelten. Wieder war Schnelles Wasser mit ihrem runden Gesicht unter ihnen. Jetzt erkannte er auch ein weiteres vertrautes Gesicht, das er zuvor nicht gesehen hatte, Roter Vogels Mutter Wiegendes Gras. Wie früher, funkelte sie ihn auch jetzt mit in die Hüften gestemmten Fäusten finster an.

O Erschaffer der Erde, warum kommt Roter Vogel nicht heraus und spricht mit mir?

Über das Lager hin flog ein Dutzend krächzender Krähen. Als lachten sie ihn aus.

Dann war hinter ihm plötzlich eine Bewegung. Der Büffelhautvorhang am Eingang. Er wagte sich nicht umzusehen.

Hinter ihm befahl eine Stimme: »Geh fort, Weißer Bär.«

Beim Klang von Roter Vogels Stimme durchfloß ihn ein Gefühl wie ein kühler Bergbach. Er nahm seine vom stundenlangen Verharren steifen gekreuzten Beine auseinander, stand auf und drehte sich um.

Einen Moment lang glaubte er bei ihrem Anblick weiche Knie zu bekommen.

Roter Vogel stand mit geröteten Wangen vor ihm, und ihre Augen funkelten ihn böse an.

Ihr Gesicht war schmaler, als er es in Erinnerung hatte, und ihre Lippen voller. Noch immer aber trug sie ihre Stirnlocke.

Wie er ihr stumm und sprachlos gegenüberstand, mußte er, dachte er, äußerst albern aussehen.

»Geh fort«, wiederholte Roter Vogel. »Wir wollen dich hier nicht.«

»Dich zu sehen, Roter Vogel, ist wie ein Sonnenaufgang in meinem Herzen.«

»Dich zu sehen bereitet mir Übelkeit im Magen.«

Er wich vor ihrem unübersehbaren Zorn zurück.

Im Eingang hinter ihr erblickte er einen kleinen Jungen.

Der Junge hatte braune Haut, sein Oberkörper war bloß. Er trug einen Lendenschurz aus rotem Flanell, Leggings mit Fransen aus Rehleder und Mokassins. Er trat verlegen von einem Fuß auf den anderen und hielt sich unter dem Lendenschurz an sich selbst fest.

Jetzt verstand er erst, warum Roter Vogel schließlich doch noch herausgekommen war. Sie war offensichtlich die ganze Zeit zusammen mit dem Jungen im Wickiup gewesen, aber der Junge mußte jetzt ganz dringend hinaus, ehe ihm die Blase platzte.

Eigentlich wäre es zum Lachen gewesen, doch wie ein Blitz traf ihn eine weitaus wichtigere Erkenntnis.

Er besah sich den Knaben näher. Er hatte blaue Augen.

Seine eigenen Augen waren zwar braun, aber Pierre hatte blaue gehabt. Konnte die Augenfarbe eine Generation überspringen und sich vom Großvater auf den Enkel vererben? Auch um die Augen herum, aus der ganzen schmalen Form des Kopfes mit dem langen und spitzen Kinn war ersichtlich, daß dieser Junge ein de Marion war.

Das ist unser Sohn, Roter Vogels und meiner!

Freude stieg in ihm auf wie ein Feuer, das wärmt, aber nicht verbrennt.

Er fragte: »Wie heißt er, Roter Vogel?«

Sie warf einen kurzen Blick über die Schulter auf den Jungen. »Was stehst du da?« ermahnte sie ihn. »Ich denke, du mußt. Dann geh auch!«

Der Junge rannte fort zu den Bäumen. Er sah ihm nach. Er lief gut, obwohl er noch sehr jung und ihm im Augenblick nicht sehr bequem war.

Es verlangte ihn, nach Roter Vogel zu greifen und sie in seine Arme zu schließen.

Doch sie wandte sich ihm wieder zornig mit geballten Fäusten und geblähten Nüstern zu. »Jetzt möchtest du seinen Namen wissen? Jetzt, fünf Winter nach seiner Geburt!«

Er wandte sich an seine Mutter. »Hat sie einen Mann?«

Sonnenfrau zog die Brauen hoch. »Viele tapfere Krieger begehrten sie zur Frau, am meisten Wolfspfote, er war der hartnäckigste. Er bot Eulenschnitzer zehn Pferde für sie an. Auch Kleiner Stechender Häuptling von den Fox kam und warb um sie. Und viele andere.«

Wolfspfote hatte sie also heiraten wollen. Das mußte der Grund für ihr so seltsames Zusammentreffen am Fluß sein. Wolfspfote wollte ihn wahrscheinlich töten.

»Bitte, Sonnenfrau«, sagte Roter Vogel, »sprich mit diesem Mann nicht über mich! Du bist seine Mutter und eine Mutter auch für mich. Aber Frieden zwischen uns kannst du nicht stiften.«

»Das ist wahr«, bestätigte Sonnenfrau. Sie nahm ihren Kräuterkorb. »Das kannst nur du selbst, Tochter.«

Sie wandte sich an ihren Sohn. »Wenn Roter Vogel dich nicht in diesem Wickiup willkommen heißt, den ich mit ihr und Adlerfeder bewohne, dann kann auch ich dich nicht hineinbitten.«

Sie wandte sich hastig ab und ging davon zum Fluß.

Adlerfeder!

Roter Vogel blickte Sonnenfrau hilflos nach.

Ihr Zorn auf ihn gab ihm ein Gefühl, als habe ihn eine der Kanonenkugeln der Langmesser direkt in die Brust getroffen. Vielleicht erinnerte sie sich, wenn er sie in die Arme nahm, daran, wie sie ihn einmal geliebt hatte.

Er ging einen Schritt auf sie zu und streckte die Arme nach ihr aus.

Aber sie trat hastig zurück, bückte sich und hob einen Stein auf. »Geh weg. Jetzt sofort!«

Wie anmutig jede ihrer Bewegungen ist.

Der Stein war grau und etwas größer als ihre Faust. Er hatte scharfe, unregelmäßige Ränder und sah aus, als sei er dazu verwendet worden, Pfeilspitzen zu schärfen.

Er sagte: »Du würdest nicht so zornig auf mich sein, wenn du mich nicht immer noch zurückhaben möchtest. Warum sonst hast du jeden Mann, der um dich warb, abgewiesen?«

Mit wutverzerrtem Gesicht warf sie den Stein nach ihm.

Einen Augenblick war er wie geblendet, als ihn der Stein an der Wange traf. Er war völlig verblüfft. Es riß ihm den Kopf zurück.

Dann spürte er einen hämmernden Schmerz im Hinterkopf, während sein Blick allmählich wieder klarer wurde. Der Schmerz von dem Hieb mit dem Gewehrkolben war wiedergekommen.

Er hörte ringsum unterdrückte Aufschreie der Mißbilligung von den umstehenden Frauen, aber auch Gelächter.

Wiegendes Gras rief böse: »Ich schäme mich, daß diese Närrin meine Tochter ist. Ich habe sie aus meiner Hütte geworfen, weil sie keinen Freier akzeptieren wollte. Und da kommt zu guter Letzt der, der sie für alle anderen ruiniert hat, und selbst den verjagt sie nun mit einem Steinwurf. Sie selbst gehört gesteinigt!«

Das Gelächter unter den Weibern wurde lauter, obwohl unverkennbar war, daß Wiegendes Gras keineswegs spaßte.

Seine linke Wange schmerzte. Es war diesselbe, auf der ihm Raoul mit seinem Messer die Narbe zugefügt hatte. Er spürte tröpfelndes Blut. Doch auf keinen Fall würde er selbst die Hand heben, um es abzuwischen.

Roter Vogel hielt sich die Hand vor das Gesicht, als habe ihr Stein sie selbst getroffen. Ihre schmalen Augen weiteten sich entsetzt. Dann drehte sie sich hastig um und verschwand im Eingang des Wickiup.

»Geh zu ihr hinein, Weißer Bär!« rief ihm eine der Frauen zu.

Doch das kam nicht in Frage. Solange sie ihn nicht selbst einzutreten aufforderte, konnte er nicht hineingehen. Aber er war überzeugt davon, daß sie dies früher oder später tun würde, bei aller Schwere seines Herzens jetzt, bei allen Schmerzen auf seiner Wange und bei allem Hämmern in seinem Kopf.

Er setzte sich wieder hin wie zuvor, mit dem Rücken zum Eingang, und wartete.

Dann stand der blauäugige Knabe mit der braunen Hautfarbe vor ihm, und ein goldenes Glühen erfüllte seine Brust.

»Du bist verletzt!« sagte der Junge.

»Es ist nichts weiter, Adlerfeder. Ein Mann muß Schmerzen ohne Klage ertragen.«

»Hat meine Mutter das getan?«

»Sie wollte mich dafür bestrafen, daß ich so lange fort war von ihr und dir. Ich heiße Weißer Bär.«

»Das weiß ich.«

Als er das hörte, war er ganz sicher, daß er Roter Vogel zurückgewinnen würde.

Der Junge wuselte um ihn herum.

Er blieb aber unverwandt mit den Händen auf den Knien sitzen, schloß die Augen und ließ seine Gedanken über einen weiten weißpelzigen Raum wandern. Eulenschnitzer hatte ihm einmal gesagt, wenn ein Mann seinen Geist auf die Reise in die andere Welt zu schicken wünsche, brauche er nur an sein anderes Ich zu denken.

Er sah vor sich riesige goldglänzende Augen und den massigen, gewaltigen Leib mit der langen Schnauze.

Bald würden der Bär und er gemeinsam der Sonne entgegenwandern.

Roter Vogel konnte sich selbst nicht begreifen. Sie haßte Weißer Bär, das war richtig, aber als sie sein Blut an seinem Gesicht hatte herablaufen sehen, haßte sie sich selbst. Sie saß im Dunkeln und biß sich auf die Lippen, um nicht zu schreien.

Sie kroch zum Eingang und spähte durch einen schmalen Spalt nach draußen. Sie sah ihn wieder wie zuvor dasitzen und sah die breiten Schultern unter seinem grünen Blaßaugenfrack.

Sie zog sich wieder zurück, und ihr Blick fiel auf das kleine Stahlmesser, das sie zum Schneiden der Speisen am Feuer benützte. Sie nahm es und hielt sich die Klinge an die fieberheiße Wange.

Das letzte Tageslicht fiel auf sie, als sich die Eingangsdecke hob. Sie schreckte hoch und hätte sich fast selbst geschnitten. Adlerfeder stand dort und blickte sie starr an. Sie warf das Messer auf den strohbedeckten Boden.

Adlerfeder schaute sie verwundert und fragend an, sagte aber kein Wort.

Sie zog ihn an sich und begann ihm die Geschichte zu erzählen, warum die Blätter im Herbst ihre Farbe änderten und von den Bäumen fielen.

Als Sonnenfrau wieder vom Fluß zurückkam, war es bereits dunkel. Sie hatte dort ihre gesammelten Kräuter gewaschen. Roter Vogel fürchtete, sie werde sie auffordern, Weißer Bär zu verzeihen. Doch Sonnenfrau sagte ebenfalls kein Wort.

Der Abend verging scheinbar wie jeder andere. Sie sprachen und erzählten sich Geschichten und sangen. Roter Vogel konnte jedoch keinen Augenblick vergessen, daß dort draußen jemand vor dem Büffelhautvorhang unbewegt wie ein Baumstumpf saß.

Erst viel später ging sie hinaus und sah ihm im bleichen Licht des Vollmonds der fallenden Blätter ins Gesicht. Er war bewegungslos, wie aus Holz geschnitzt.

Er schien sie auch gar nicht wahrzunehmen. Er war wohl auf einer Geistreise. In wildem Zorn trat sie ihm ans Knie. Mit welchem Recht glaubte er auf eine Geistreise gehen und seinen Körper hier lassen zu können, damit dieser ihr Wickiup heimsuchte?

Der Tritt ihres Mokassins ließ ihn ein wenig wanken, doch sonst war es, als habe sie ein Bündel Felle getreten.

Ihr Atem stand sichtbar in der Nachtluft. Sie suchte einige Zweige zusammen und trug sie zum Feuer in das Wickiup. Sonnenfrau ging mit einer Decke nach draußen und legte sie ihrem Sohn um die Schultern.

Die braucht er nicht, dachte Roter Vogel. Sie erinnerte sich daran, wie er damals in jenem Eismond wie erfroren aus der Höhle von seiner ersten Reise zu den Geistern zurückgekommen war.

Als sie danach zusammen mit Adlerfeder eng in ihre eigene Decke gewickelt auf ihrem Lager nicht einschlafen konnte, dachte sie daran, daß sie in ihrem ganzen Leben noch mit keinem Mann das Schlaflager geteilt hatte. Das war seine Schuld. Sie knirschte im Dunkeln mit den Zähnen in Gedanken an alles, was er ihr angetan hatte.

Er verließ mich im Mond der ersten Knospen und kommt wieder im Mond der fallenden Blätter – sechs Sommer später.

Einen einzigen Nachmittag lang waren sie ein Liebespaar gewesen, unter den Bäumen im Wald, dann war er fortgegangen, um bei den Blaßaugen zu leben. Neun Monde hatte sie sein Kind unter dem Herzen getragen und es dann zur Welt gebracht. Er war nicht da gewesen, auch nicht, um dem Kind einen Namen zu geben. Eulenschnitzer, der Großvater des Kindes, hatte das tun müssen. Die Pflicht dazu war peinlich für ihn gewesen, und er hatte sich darüber beklagt, daß die Leute über seine Familie lachten. Sie wußte zwar, Sternenpfeil hatte verlangt, daß es keine Botschaften zwischen Weißer Bär und dem Stamm geben dürfe. Aber hätte Weißer Bär, wenn er sie wirklich geliebt hätte, die Abmachung nicht brechen dürfen, brechen müssen, wenigstens einmal? Selbst wenn sie das Calumet darüber geraucht hatten? Aber sechs Sommer lang hatte er nichts von sich hören lassen und war so vollkommen abwesend gewesen, als wäre er tot.

Selbst die Toten schicken zuweilen Zeichen.

Am nächsten Morgen zog ein bewölkter Tag herauf, und die Luft war wärmer als am Abend zuvor. Den ganzen Morgen über gingen Frauen an Roter Vogels Wickiup vorbei und starrten neugierig den völlig regungslos davorsitzenden Mann an. Wie auch Roter Vogel selbst hatten sie alle noch nie einen Mann gesehen, dessen Geist auf der Reise und über die Sternenbrücke gegangen war. Sonst zogen sich Männer, die auf die Reise zu den Geistern gingen, stets in die Wälder und in Höhlen zurück.

Am Nachmittag kam ein Fox-Krieger zu Roter Vogel. Sie saß zusammen mit Sonnenfrau körbeflechtend vor dem Eingang, nicht weit von Weißer Bär. Er brachte einen feisten Bussard mit braun, schwarz und weiß gestreiften Federn, ging schnurstracks auf sie zu und legte den Vogel vor ihr nieder.

Seine dicken Lippen zuckten nervös. »Das ist für Weißer Bär«, sagte er, »wenn er aufwacht. Es ist der fetteste von dreien, die ich heute morgen schoß. Sag ihm, Der im Fett sitzt macht ihn ihm zum Geschenk. Ich möchte, daß er den Erschaffer der Erde bittet, die Tiere bereitwilliger zu mir zu schicken, wenn ich sie jage.«

Ehe Roter Vogel noch etwas einwenden konnte, war er schon wieder aufgestanden und fort, und seine Augen vermieden es ehrfurchtsvoll, Weißer Bär anzublicken.

Er glaubt, Weißer Bär ist heilig! Der Gedanke machte sie wieder zorniger denn je auf Weißer Bär. Sie hatte den Wunsch, ihn noch einmal kräftig zu treten, doch überall standen Frauen herum und beobachteten sie, und sie wußte, sie würde sich damit nur dem Gespött aussetzen.

»Steh auf«, sagte sie leise zu ihm. »Und geh weg!« Dabei knirschte sie mit den Zähnen.

Sie wünschte, Eulenschnitzer käme von seinem Besuch der anderen Lager zurück und machte dem ein Ende, daß Weißer Bär sie hier so quälte.

Aber er könnte mich auch zwingen, ihn als meinen Mann anzunehmen.

Zu ihrer Verwunderung bewegte dieser Gedanke ihr Herz. Sie selbst würde ihm niemals vergeben. Aber wenn Eulenschnitzer, ihr Vater und der Schamane der British Band, es ihr befahl, traf jemand anderer die Entscheidung für sie.

Dann wäre zumindest die Qual zu Ende.

Sonnenfrau nahm schweigend den Bussard, setzte sich und begann ihn zu rupfen. Die Federn sammelte sie in einem Korb, als Federschmuck und zur Auspolsterung der Schlaflager.

Um seiner nervenzehrenden Anwesenheit zu entgehen, ging Roter Vogel schließlich hinaus in den Wald zum Ioway-Fluß, um, wie gestern Sonnenfrau, Kräuter zu sammeln. Die Heilpflanzen waren jetzt in ihrem wirksamsten Stadium, weil sie den ganzen Sommer über Kraft gespeichert hatten.

Gegen Abend wurde es rasch dunkel. Die purpurnen und grauen Wolken hingen so tief, daß sie meinte, sie greifen zu können. Dann fielen die ersten Regentropfen in die Bäume über ihr, rasch begann es heftig zu regnen, und sie war in kurzer Zeit durchnäßt. Sie seufzte, weil sie ihre beruhigende Tätigkeit hier abbrechen mußte, deckte ihren Korb zu und machte sich auf den Weg ins Lager.

Ihre Lederkleidung hielt ihr den Regen vom Leib, aber ihre Haare waren tropfnaß, und ihr Gesicht glänzte vom Regen, als sie in ihr Wickiup zurückkam, wo sie das Feuer schüren und sich trocknen lassen wollte. Die Wärme würde ihr gut tun. Sie hoffte, daß Adlerfeder und Sonnenfrau schon da waren.

Sie blieb vor der schweigenden und reglosen Gestalt vor dem Eingang stehen. Die braune Decke war über seinen Kopf hochgezogen. Das mußte Sonnenfrau getan haben. Die Decke war schwer und naß vom Regen. Er sah aus wie ein aus dem Boden gewachsener Fels.

Das Prasseln des Regens dröhnte laut in ihren Ohren.

Sie beugte sich zu ihm hinab und sah ihm ins Gesicht. Wasser rann in Rinnsalen von der Decke in seine halbgeschlossenen Augen. Er blinzelte nicht einmal.

Ein Kälteschauer überlief sie. Der Regen war kalt und so heftig, daß sie nicht einmal mehr das ganze Lager sehen konnte. In ihrem Hals saß ein Kloß.

»Komm mit hinein«, sagte sie. Sie mußte es mit lauter Stimme sagen, um es über dem Regenprasseln selbst zu hören.

Doch er regte sich nicht und sagte auch nichts.

»Du sollst hereinkommen. Es regnet. Es ist kalt. Du wirst dir den Tod holen hier draußen!« Sie merkte, daß sie es schrie.

»Oh!« rief sie hilflos.

Sie setzte sich auf den Boden vor ihn und blickte in das regennasse Gesicht mit dem hellen Teint und der kräftigen Nase. Dieses langgezogene Gesicht, das sie vor so langer Zeit so sehr geliebt hatte. Dieses Gesicht, an das sie so oft gedacht, das sie so oft in ihren Träumen gesehen hatte. An der Stelle, wo sie ihn mit dem Stein getroffen hatte, war eine Schorfkruste. Auf derselben Seite zog sich eine lange weißliche Linie vom Auge bis zum Mund.

Einen Mann aus seiner Geistreise aufzuwecken konnte gefährlich für ihn sein.

Doch ihre Hände schienen ihren eigenen Willen zu haben. Sie griff nach ihm, faßte ihn an den Schultern unter der völlig durchnäßten Decke, achtete nicht mehr auf den Regen, der ihr über das eigene Gesicht strömte und ihr unter den Kragen und auf Brust und Rücken rann, und schüttelte ihn.

»Steh auf! Komm hier weg aus dem Regen!«

Aber sein Körper schien leblos zu sein. Doch war da nicht ein kurzes Flackern in seinen Augen?

»Bitte, Weißer Bär, bitte!«

Er blinzelte.

Sie warf die Arme um ihn.

»O Weißer Bär! Ich will dich zurückhaben!«

Sie kroch eng an ihn und preßte sich an seinen starren Leib.

Dann spürte sie einen Druck an ihrem Rücken und wie sie näher gezogen wurde. Seine Hand.

Seine andere Hand.

Sie spürte, wie sein Brustkorb sich wieder zu heben und zu senken begann.

Seine starken Arme hielten sie fest.

Sie sah hoch in sein Gesicht, dessen Blässe allmählich wieder Farbe bekam. Seine braunen Augen blickten auf sie herab, und es war die Wärme der Liebe in ihnen. Sie vergaß den Regen und die Kälte und schmiegte sich in seine Arme.

Sie sah, wie Tränen in seine Augen stiegen und sich mit dem Regen auf seinem Gesicht vermischten. Sie weinte auch. Sie weinte schon, seit sie sich zu ihm gesetzt hatte. Sie hielt ihn eng an sich gepreßt.

Sie blickte über seine Schulter hinweg. Am Eingang ihres Wickiups stand klein und schmal Adlerfeder und starrte unverwandt zu ihnen her.

12

Der Kriegsschrei

Eulenschnitzer hielt die Uhr an ihrer Kette hoch. Sein dankendes Lächeln zeigte zugleich, daß er einen Vorderzahn verloren hatte, seit Weißer Bär mit Sternenpfeil fortgezogen war.

»Ein schönes Geschenk. Ich danke dir dafür. Doch was meinst du damit, daß es uns die Zeit sagt? Kennen wir sie denn nicht?«

Weißer Bär zerbrach sich den Kopf über eine einleuchtende Erklärung.

Aus der Nähe sah er nun auch, wie sehr der Schamane gealtert war. Die Linien in seinem Gesicht waren tiefer geworden. Außer der Muschelschalenkette, an die er sich erinnerte, trug Eulenschnitzer nun auch eine Kette aus winzigen Perlen, die ein rotes, gelbes, blaues und weißes Blumenmuster bildeten, mit einem edelsteinbesetzten, rosettenförmigen Anhänger.

Sie saßen einander gegenüber vor Eulenschnitzers Wickiup in der Mitte des Winterlagers der British Band. Drüben im eingezäunten Pferch stampften Dutzende Pferde mit den Hufen und schnaubten Atemwolken in den grauverhangenen Himmel. Die Jäger waren mit Bündeln von Fasanen und Gänsen zurückgekommen, mit an Tragestangen hängendem

Wild und mit schon ausgeweideten Büffeln und Elchen auf den von den Pferden gezogenen Wagen. Weißer Bär sog tief den Geruch von überall bratendem und schmorendem Fleisch ein. In ein paar Tagen würden sich hier auf Einladung Schwarzer Falkes alle Häuptlinge der Sauk und Fox versammeln, zusammen mit Vertretern der Winnebago, Potawatomi und Kickapoo.

Zuvor schon war eine Zeremonie geplant, die ihm, Weißer Bär, noch mehr bedeutete. Am morgigen Abend sollten er und Roter Vogel endlich doch verheiratet werden. Er war heute zu ihrem Vater gegangen, um ihm das einzige Geschenk zu geben, das er anzubieten hatte.

Er deutete auf das Zifferblatt der Uhr. »Vater meiner Braut, wenn du wissen willst, wann die Sonne morgen aufgeht, blickst du darauf, wo sich heute die beiden Pfeile bei Sonnenaufgang befinden. Wenn sie wieder an derselben Stelle sind, wird die Hälfte der Zeit bis zum nächsten Sonnenaufgang vergangen sein. Wenn sie danach wieder an derselben Stelle stehen, ist es Zeit für den Sonnenaufgang des neuen Tages...« Er stockte. Was sollte das? Seine Erklärung erschien ihm sinnlos und lächerlich umständlich. »...fast jedenfalls«, korrigierte er sich und schloß eher schwach: »Tatsächlich geht die Sonne nicht jeden Tag zur genau gleichen Zeit auf.«

Eulenschnitzer starrte ihn an, als habe er den sinnlosesten Schwachsinn von sich gegeben. »Die Sonne geht bei Sonnenaufgang auf«, stellte er nachdrücklich fest.

Er erinnerte sich daran, wie Frank Hopkins seine Uhr stets bei Sonnenaufgang neu stellte. »Ja, aber im Sommer sind die Tage lang, und im Winter sind sie kurz. Die Pfeile auf dieser Uhr können nicht mit der Sonne Schritt halten.«

Eulenschnitzer schüttelte den Kopf. »Viele Dinge, die die Blaßaugen machen, sind nützlich. Doch den Nutzen dieses Gegenstandes vermag ich nicht zu verstehen.«

Gott, war das schwierig!

Er hatte einen plötzlichen Einfall. »Es ist wahr, diese Uhr kann dir nicht so viel sagen wie die Sonne, aber eines auf jeden Fall.«

»Und was ist das?« fragte Eulenschnitzer und wog stirnrunzelnd die Uhr in seiner Hand.

»Sie kann dir sagen, wann ein Bleichgesicht etwas tut.«

Eulenschnitzer brummte. »Nun gut, das Ding ist hübsch anzusehen. Und es bewegt sich und macht ein Geräusch.«

Weißer Bär nahm sie ihm aus der Hand. Er ließ den Deckel aufschnappen und zeigte Eulenschnitzer, wie man sie aufzog, und ermahnte ihn, sehr vorsichtig damit umzugehen. Danach ging der Schamane in sein Wickiup, um die Uhr in seinen Medizinbeutel zu tun.

Weißer Bär seufzte. Er vermißte die Gespräche mit Elysée und die Bibliothek in Victoire, aus der er nur ein einziges Buch hatte mitnehmen können.

Nun, diese Welt hier mit ihrem Himmel und ihren Bäumen und Flüssen und Tieren ist auch eine Bibliothek. Eulenschnitzer weiß in ihr zu lesen, und er hat es mich ebenfalls gelehrt.

Eulenschnitzer kam mit einer langstieligen Pfeife wieder. Er füllte sie bedächtig und steckte sie mit einem Ast aus dem Feuer in seinem Wikkiup an. Er rauchte nachdenklich und stumm eine Weile, ehe er wieder sprach. Weißer Bär, der merkte, daß er etwas Bedeutsames zu sagen hatte, wartete schweigend.

»Wir müssen mehr über die Blaßaugen wissen, als wir aus diesem Zeitzähler lernen können«, begann Eulenschnitzer schließlich. »Wir müssen wissen, was sie tun werden, wenn wir nächstes Frühjahr wieder über den Großen Strom nach Saukenuk gehen.«

Weißer Bär spürte, wie sich sein Herzschlag beschleunigte.

»Ist es das, was Schwarzer Falke plant?«

»Wenn er genug Krieger der Sauk und Fox und ihre Familien dazu bringen kann, ihm zu folgen. Bei der Ratsversammlung werden alle Häuptlinge Schwarzer Falke hören. Fliegende Wolke, der Prophet der Winnebago, kommt ebenfalls zur Ratsversammlung aus seiner Stadt oben am Felsenfluß. Seine Stimme wird sich zu der Schwarzer Falkes gesellen. Allerdings werden die Häuptlinge auch anhören müssen, was Der sich gewandt bewegt sagen wird.« Er spuckte verächtlich aus.

Weißer Bär wußte gut, warum Eulenschnitzer diesen Mann verachtete. Im Krieg von 1812, wie ihn die Blaßaugen nannten, hatte Schwarzer Falke mit seinen Kriegern auf der Seite der Briten gekämpft, und die Häuptlinge hatten Der sich gewandt bewegt zum Kriegshäuptling für den

Fall ernannt, daß die Amerikaner die Sauk-Siedlungen am Großen Strom angreifen sollten. Aber der neue Kriegshäuptling hatte nie gekämpft. Er sprach auch ständig von der Notwendigkeit, Frieden mit den Amerikanern zu schließen. Er hatte etwa ebenso viele Anhänger unter den Sauk und Fox wie Schwarzer Falke; es waren diejenigen, die der Meinung waren, daß die Stämme am besten wegkämen, wenn sie alles taten, was die Blaßaugen verlangten. Nach dem Krieg beeilte er sich, sich überall als Freund der Amerikaner zu rühmen. Als Gegenleistung überschütteten diese ihn mit Geschenken und Ehren und nahmen ihn samt seinen Frauen sogar einmal mit in die Stadt Washington zu einem Besuch beim Großen Weißen Vater James Monroe. Das war zu der Zeit gewesen, als Sternenpfeil nach Saukenuk gekommen war und ihn nach Victoire mitgenommen hatte.

»Warum sagt Der sich gewandt bewegt, daß wir nicht nach Saukenuk zurückgehen sollen?« fragte er vorsichtig. Er wollte Eulenschnitzer nicht dadurch erzürnen, daß er es ihm selbst sagte, aber natürlich wußte niemand besser als er, daß es nur zum Desaster führen konnte, wieder über den Großen Strom zurückzugehen.

Eulenschnitzer antwortete: »Der sich gewandt bewegt war immer schon ein Freund der Langmesser, und sie behandeln ihn, als wäre er ein großer Häuptling, und geben ihm Geschenke. Vergangenen Sommer, als wir in Saukenuk Korn anpflanzen wollten, ging er unter Schwarzer Falkes Anhänger und überredete viele von ihnen, mit ihm zurück über den Fluß zu fliehen.« Er lächelte. »Aber jetzt haben wir ja dich. Du warst ebenfalls im Osten und kennst die Art der Blaßaugen. Du kannst ihm gebührend antworten.«

Alles, was ich sagen kann, ist, daß er recht hat.

Die Worte drängten sich ihm fast schon über die Lippen: *Die Langmesser sind sehr viel stärker und mächtiger, alter Mann, als du es dir auch nur vorstellen kannst. Wir kommen nicht gegen sie an.*

Aber er wollte es auch gar nicht sagen. Eulenschnitzer hielt ihn dann womöglich für genauso einen Verräter wie Der sich gewandt bewegt. Außerdem empfand er in vielerlei Hinsicht durchaus wie Eulenschnitzer und Schwarzer Falke. Sooft er daran dachte, wie der Stamm von seinem Land vertrieben worden war, übermannte ihn der helle Zorn.

Eulenschnitzer sog an seiner Pfeife. »Du kannst Der sich gewandt bewegt nicht nur als jemand antworten, der selbst unter den Blaßaugen gelebt hat. Übermorgen sollst du auch für eine neue Vision wieder in die Höhle der Vorfahren gehen.«

Sein Herz sank ihm. »Aber ich werde doch morgen abend Roter Vogel heiraten. Willst du wirklich, daß ich sie bereits am nächsten Morgen wieder verlasse, um eine Vision zu suchen?«

Eulenschnitzer breitete die Hände aus. »Die Ratsversammlung beginnt in drei Tagen.« Er lächelte und zeigte seine Zahnlücke. »Es ist ja nicht so, daß Roter Vogel und du die Freuden des Ehelagers noch nie genossen hättet.«

Er spürte, wie er rot wurde, und senkte den Blick. Seit seiner Rückkehr hatten sie versucht, in ein paar Nächten nachzuholen, was sie die vergangenen sechs Jahre hatten entbehren müssen.

»Auch wirst du ja nicht lange von ihr fort sein«, fügte Eulenschnitzer begütigend hinzu.

»Warum prophezeist du nicht selbst?« fragte er ihn. »Du warst schon der Schamane lange, ehe ich geboren wurde.«

Eulenschnitzer nickte betrübt. »Ich habe es ja versucht. Aber es scheint, daß die Geister mir nichts mehr zu sagen haben.«

Vielleicht, weil du nicht hören willst, was sie dir sagen.

Er dachte über die Vision nach und wurde dabei zusehends hoffnungsvoller. Sie gäbe ihm die Möglichkeit, Eulenschnitzer und Schwarzer Falke nicht seine eigene Ansicht sagen zu müssen, wie stark die Langmesser waren, und sie damit zu erzürnen, daß er sprach wie Der sich gewandt bewegt. Die Schildkröte in ihrer heiligen Höhle über dem Strom konnte ihm sagen, was er ihnen mitteilen sollte. Denn ihr Rat war ja ungleich weiser als alles, was er selbst denken konnte.

Er erinnerte sich an seinen Knabentraum, ein großer Prophet der Sauk zu werden. Jetzt war er wirklich imstande, ihnen zu sagen, wo ihre Zukunft lag. Doch sogleich fielen ihm auch Eulenschnitzers eigene Worte vor langer Zeit ein. Er hatte sie immer im Gedächtnis behalten, weil sie ihn damals so beunruhigt hatten.

Aber oft wollen die Leute nicht auf den Schamanen hören. Je wahrer seine Worte, desto weniger wollen sie sie hören.

Am nächsten Abend saßen er und Roter Vogel vor dem Hochzeitsfeuer vor Eulenschnitzers Wickiup einander gegenüber, das Feuer zwischen ihnen. Sein Fransenhemd und seine Hose aus weichem Wildleder, das so lange gegerbt worden war, bis es fast weiß war, waren Geschenke eines Kriegers, dessen Frau Sonnenfrau bei einer schwierigen Geburt beigestanden hatte.

Roter Vogels Gewand war ebenfalls aus weiß gegerbtem Rehleder. Um den Hals trug sie eine Kette aus kleinen, gestreiften Muschelschalen, die bisher Sonnenfrau gehört hatte.

Er blickte über das Feuer. Hunderte von Männern und Frauen standen dahinter im Schatten und sahen der Zeremonie zu. Auf Roter Vogels Seite des Feuers standen die Leute ihres Adler-Clans, auf seiner die des Donner-Clans, die Verwandten von Sonnenfrau und damit seine. Die Tochter des Schamanen heiratete den Sohn eines Blaßauges und einer Medizinfrau, und dieser war von einer langen Reise zu den Blaßaugen zurückgekehrt und selbst ein Schamane. So eine Hochzeit wollte niemand versäumen.

Wiegendes Gras stand neben Roter Vogel und sprach über deren Charakter. Auch wenn sie sie ihr ganzes Leben lang eigentlich nur getadelt hatte, heute abend hob sie sie mit ihren Lobpreisungen in den Himmel: Sie war schön, geschickt und gehorsam. Anschließend belehrte sie ihre Tochter noch über ihre Pflichten als Ehefrau, wich allerdings in einer Kleinigkeit von der für diesen Anlaß üblichen Rede ab. Statt ihr aufzutragen, Weißer Bär Söhne zu schenken, sagte sie: weitere Söhne.

Seltsamerweise fiel ihm bei diesen Worten Nancy Hale ein. Sehnte sie sich, dort drüben jenseits des Flusses, noch immer nach ihm?

Hätte Raoul ihn nicht aus Victoire vertrieben, dann hätte ihn sein Versprechen, das er Pierre gegeben hatte, wohl dort gehalten. Dann wäre er vielleicht niemals mehr hierher zurückgekehrt und hätte erst viel später erfahren, daß er einen Sohn hatte, und wäre nie mehr mit Roter Vogel vereint worden so wie nun. Das jetzt war erst seine eigentliche Heimkehr. Er fühlte sich so im Frieden mit sich selbst, daß er Raoul nahezu dankbar war.

Eine besondere Ehrung für ihn war die Anwesenheit des bekanntesten Mitglieds des Donner-Clans – Schwarzer Falke persönlich.

Schwarzer Falke richtete mit seiner rauhen, tiefen Stimme das Wort an Roter Vogel und ihre Verwandten. »Ich kenne diesen jungen Mann hier seit seiner Geburt. Sein Vater Sternenpfeil war ein Blaßauge, aber er war ein französisches Blaßauge, und die waren immer die besten Freunde der Sauk und Fox, noch bessere als die Briten. Weißer Bär ist in den Künsten der Schamanen unterrichtet worden, und er hat lange unter den Blaßaugen gelebt und ist auch in deren Geheimnisse eingedrungen.«

Was habe ich schon gelernt, was meinem Volk nützen kann? Alles, was ich ihnen sagen kann, ist, daß sie keinen Krieg gegen die Langmesser gewinnen können. Keinen.

Jetzt wandte Schwarzer Falke sich an ihn. »Du sollst Roter Vogel ehren und schützen und sie an deiner Weisheit teilhaben lassen. Deine Verantwortung für sie ist um so größer, weil du selbst ein Schamane bist.«

Dann stand Eulenschnitzer vor dem Feuer zwischen Braut und Bräutigam und hob die Arme. »O Erschaffer der Erde, segne diesen Mann und diese Frau. Mögen sie den Pfad, den sie nun gemeinsam gehen wie ein Mensch, mit Ehre wandeln.«

Roter Vogel sang einen Hochzeitsgesang für ihn. Ihre Stimme erhob sich klar und rein in die Nacht, und es schien ihm, als werde selbst das Knacken des Feuers leiser, um ebenfalls zuzuhören.

Ich will dir eine Hütte bauen.
Ich will das Korn für dich mahlen.
Mein Heim ist da, wo du bist.
Der Weg, den du gehst, ist auch meiner.

Nun stand er selbst auf und ging um das Feuer herum zu Roter Vogel. Er reichte ihr einen Strauß rosafarbener Rosen, die Sonnenfrau sorgfältig ausgesucht und getrocknet hatte. Der orangefarbene Schein des Feuers tanzte in ihren schwarzen Augen.

Er war um so vieles größer als sie, daß er das Knie beugen mußte, damit Roter Vogel ihre Haarzöpfe über seine Schultern legen konnte, und aus der Menge der Zuschauer war Kichern und unterdrücktes Lachen zu hören. Doch als ihr Haar dann leicht über ihn fiel, fühlte er sich glücklicher als jemals zuvor in seinem ganzen Leben.

Dann schritten sie zusammen in der Sonnenlaufrichtung um das Feuer, so daß es stets zu ihrer rechten Seite blieb, und viermal blieben sie stehen, und er sagte nach Osten, Süden, Westen und Norden gewandt: »Roter Vogel ist nun meine Frau.«

Aus der Dunkelheit sahen ihm Augen entgegen, als sie wieder auf der Ostseite waren. Etwas abseits, aber nur knapp hinter seinem Vater, stand Wolfspfote.

Er konnte ein Triumphgefühl nicht unterdrücken. Er hatte Roter Vogel trotz der eifrigen Bemühungen dieses angesehenen Kriegers, des Sohnes des Häuptlings und Besitzers vieler Pferde, für sich gewonnen.

Aber nicht, weil ich es verdient habe. Sie selbst wollte es so. Doch jetzt, weil sie es so wollte, werden wir für immer zusammensein.

Eulenschnitzer gab ihnen, indem er ihnen die guten Wünsche des ganzen Stammes übermittelte, das Zeichen, sich zurückzuziehen, und sie gingen zusammen zu ihrem Wickiup, das sie sich am Rande des Lagers gebaut hatten. Adlerfeder sollte dort bei ihnen leben, doch heute nacht blieb er bei seiner Großmutter Sonnenfrau.

Heute nacht sollten sie für sich sein.

Am nächsten Nachmittag stand er wieder in der Mitte des Lagers. Er trug dasselbe schwarze Bärenfell wie vor sechs Jahren. Eulenschnitzer vollführte mit schleifenden Schritten einen Sonnentanz um ihn herum. Dazu schüttelte er eine Kürbisrassel und sang.

Gehe hin und tanze mit den Geistern,
werde selbst ein Geist.
Bringe deinem Volk ein Geschenk mit,
bringe ihm die Worte der Geister.

Schwarzer Falke stand in der Mitte des Zuschauerkreises und blickte ihn mit einer Eindringlichkeit an, die ihn erschreckte. Sonnenfrau und Roter Vogel standen mit dem Lächeln stillen Stolzes da. Diesmal hatte Roter Vogel keine Angst mehr, daß er auf seiner Geisterreise erfror.

Die Trennung von Roter Vogel, dachte er, während er in ihre Augen sah und sich so stumm von ihr verabschiedete, würde nicht leicht sein.

Nach einem so kurzen Liebesfest mußten sie einander bereits entbehren. Wenn es auch nur für eine Nacht war oder zwei.

Er wandte der sinkenden Sonne den Rücken zu. Das feierliche Bärenfell schwang von seiner Bewegung weit über seine Schultern, und er schritt hinaus aus dem Lager auf den Pfad am Ufer des Flusses. Wieder begegneten ihm, als er in den Wald eintrat, Augen, feindselig und mißtrauisch. Wieder stand Wolfspfote an seinem Weg, die Arme verschränkt.

Er liebt Roter Vogel noch immer. Und mich haßt er.

Doch er fühlte sich nun sehr viel stärker als bei seiner Heimkehr. Er ging und lief abwechselnd und näherte sich rasch und sicher dem Ioway-Fluß unten, und er erinnerte sich auch mühelos der Klippen, wo die heilige Höhle war. Mehrmals begegnete er auf dem Weg Kriegern der Sauk und Fox. Sie erkannten das heilige Bärenfell, dessen Schädel seinen Kopf teilweise verhüllte wie eine Maske, und traten mit abgewandtem Gesicht beiseite, als er an ihnen vorüberkam.

Die Sonne war schon hinter ihm untergegangen, als er das Ende des fast unzugänglichen Pfades hinauf zu den Klippen erreicht hatte. Dort blieb er einen Moment stehen und sah hinaus über das scharf abgegrenzte breite Band des Wassers, das der Große Strom war. Er blickte hinüber zum Illinois-Ufer, das fruchtbare, ebene Flachland am Flußufer und die denen hier gleichenden bewaldeten Klippen, die wie eine Mauer standen, hinter der sich in ihren Herbstfarben endlos die weite Prärie erstreckte.

Ein schönes und fruchtbares Land, von dem sein Volk – und er mit – vertrieben worden war. Ob ihm seine Vision den Weg zurück wies?

Er kletterte den Abhang der Klippen hinab bis zur Höhle und schwang sich in ihren Eingang.

In der Dunkelheit drinnen konnte er Eulenschnitzers geschnitzte Eule über der Schädelreihe auf ihrem Steinsims kaum ausmachen und auch nicht das Standbild des Weißen Bären, das die unbekannten Tiefen der Höhle beschützte und bewachte.

Er setzte sich mit Blick auf den Eingang und begann einige der getrockneten heiligen Pilzstücke zu kauen, die ihm Eulenschnitzer mitgegeben hatte. Nun war nichts weiter zu tun, als reglos sitzen zu bleiben und zu warten. Keine Uhr der Blaßaugen wäre imstande, das Vergehen dieser Zeit hier zu messen.

Dann hörte er ein Scharren und Knurren aus der Tiefe der Höhle. Er empfand keinerlei Furcht mehr, nur eine ihn durchströmende Wärme, wie das Näherkommen eines alten Freundes sie zu erzeugen vermochte. Der Weiße Bär, begriff er nun, war er selbst in seiner Geistform.

Der gewaltige schnüffelnde Bär war jetzt an seiner Seite. Er stand ruhig und gefaßt auf und ging aus der Höhle hinaus, und der Bär trottete schwankend neben ihm her. Er trat auf Wolken, und sie waren violett und golden und weiß und so weich wie Schnee unter seinen Füßen.

Der Pfad über den Himmel wandte sich nordwärts. Durch Lücken in den Wolken konnte er nach unten sehen und immer wieder den Fluß erkennen, eine lange, blaue Schlange. Vor sich sah er die Wolken sich aufeinandertürmen, durchwirkt mit blassen, ineinander verlaufenden Regenbogenfarben, und sie waren wie die Ziermuster der Muscheln, die an den Küsten des Ostens zu finden waren.

Im Inneren des Wolkenturms spähte er an dem Baum des Lebens vorbei zu der Schildkröte auf ihrem eiskristallenen Hochsitz. Tropfen für Tropfen floß aus dem Herzen der Schildkröte das Wasser des Großen Stroms.

»Was möchtest du mich fragen, Weißer Bär?« ertönte die alte donnerähnliche Stimme.

»Ist mein Vater bei dir?«

»Dein Vater geht auf dem Pfad der Seelen weit im Westen«, antwortete die Schildkröte. »Doch er kommt bald zur Erde zurück und wird dann ein großer Lehrer der Menschen werden.«

»Eulenschnitzer und Schwarzer Falke schicken mich. Ich soll fragen, ob die British Band nach Saukenuk zurückgehen soll oder nicht.«

Die alte Stimme forderte ihn auf: »Sieh!«

Die Wolken veränderten sich und wurden zu Wänden eines großen Raumes, der das ganze Sauk-Lager hätte aufnehmen können, und es gab Fenster mit Vorhängen und Spiegel in verschnörkelten Rahmen. Unter jedem Spiegel war ein Kamin. Drei glitzernde Lüster hingen von der großen Decke. In der Mitte eines riesigen Teppichs mit Blumenmuster stand Schwarzer Falke.

Zu seiner Verblüffung trug Schwarzer Falke die blaue Uniform eines Langmessers mit Goldlitzen auf den Armen und goldenen Fransen an Ärmeln und Schultern. Er war ohne Waffen. Sein Gesicht war ungewöhnlich finster.

Es waren noch andere Männer da, deutlich erkennen konnte er aber nur einen. Ein Blaßauge, sehr groß und hager und weißhaarig. Seine stechenden blauen Augen fixierten Schwarzer Falke. Er hatte einen schwarzen Cutaway-Gehrock an und enge schwarze Hosen dazu und glänzend polierte schwarze Schuhe. Dazu trug er einen weißen Stock und ein weißes, um den Hals geschlungenes Seidentuch.

Er hatte diesen Mann schon einmal gesehen und erkannte ihn auch sofort.

Den Rothäuten war er bekannt als Scharfes Messer. Andrew Jackson, Präsident der Vereinigten Staaten.

Der Mann, den Raoul den »guten alten Indianerkiller« genannt hatte.

Schwarzer Falke sprach, und Scharfes Messer hörte zu. Doch Weißer Bär konnte nicht hören, was Schwarzer Falke sagte.

Der Raum schien sich zu verändern. Schwarzer Falke und Scharfes Messer verschwanden, und an der Stelle von Scharfes Messer stand jetzt ein anderer großgewachsener und hagerer Mann, der ebenfalls in Schwarz gekleidet war, allerdings ein schwarzes Seidentuch um den Hals hatte. Sein Kinn bedeckte ein schwarzer Bart, und der Ausdruck seines sonnengebräunten Gesichts war der untröstlicher Trauer, die ihn an die Trauer Schwarzer Falkes erinnerte.

Plötzlich stand er auf einem weiten grasbewachsenen Feld, das durch Steinmauern und Holzzäune geteilt und da und dort mit Baumgruppen bestanden war. Seine Eingeweide krampften sich zusammen, als er Tausende von Langmessern in ihren blauen Uniformen mit Gewehren und Bajonetten auf sich zumarschieren sah. Er sah sich panisch nach einem Platz um, wohin er ausweichen und sich verstecken könnte, aber es gab keinen. Er war gefangen auf dem offenen freien Feld.

Doch bevor die Soldaten ihn erreichten, starben sie.

Aus ihren blauen Uniformjacken spritzte Blut. Sie hörten auf zu laufen, stolperten, ließen ihre Gewehre fallen und stürzten zu Boden. Gesichter verschwanden in Explosionen roten Dampfes. Arme und Beine und Köpfe flogen durch die Luft. Flammen und Rauch schossen hoch, und fliegende Metallsplitter rissen die Leiber in Stücke.

Ganz gleich, wie viele auch starben, es kamen immer neue, immer mehr weiße Männer in blauen Jacken und Hosen. Sie kamen vom Horizont heranmarschiert mit aufgepflanzten Bajonetten. Es nahm kein Ende.

Er glaubte, das Herz bleibe ihm stehen. Er bedeckte seine Augen mit der Hand.

Als er wieder aufsah, war er zurück in der Wolkenhalle der Schildkröte.

»Was hast du mir da gezeigt?« fragte er.

»Ich habe dir die Zukunft der Rothäute und der Weißen auf dieser Insel zwischen den Ozeanen gezeigt«, sprach die Schildkröte dumpf. »Es ist dir gegeben, die Zukunft zu sehen, weil zwei Ströme Blutes in dir fließen. Du gehörst zu beiden und zu keinem zugleich.«

Dies zu hören schmerzte ihn. Dabei äußerte die Schildkröte nur Gedanken, die er selbst schon oft gehabt und immer von sich zu schieben versucht hatte. Konnte er denn seine Jahre bei den Blaßaugen nicht vergessen und wieder ganz ein Sauk werden?

Wolkenfetzen flogen um den Panzer der Schildkröte. Er hörte die Tropfen des Wassers aus ihrem Leib in das blauschwarze, fischreiche Becken fallen, aus dem der Große Strom entsprang. Es war ein Geräusch wie ein klingender Hammer auf einem Amboß, mit vibrierendem Nachhall durch den ganzen Raum, in dem sie waren.

Die Schildkröte sprach wieder. »Der Erschaffer der Erde hat es so bestimmt, daß die Weißen unsere Welt füllen sollen, von dem Meer im Osten bis zu dem im Westen.«

»Aber warum?« rief er gepeinigt.

»Der Erschaffer der Erde verteilt Böses und Gutes gleichermaßen auf seine Kinder. Krankheit und Hunger und Tod kommen ebenso von ihm wie kräftige Leiber und gute Sachen zum Essen und Liebe.«

»Werden denn alle roten Kinder des Erschaffers der Erde sterben?«

»Eine große Zahl von ihnen. Diejenigen, die übrigbleiben, werden in unwirtliches Land vertrieben.«

»Und was wird aus den Sauk?« fragte er bebend.

»Die vielen, die Schwarzer Falke über den Großen Strom folgen, werden nur noch wenige sein, wenn sie zurückkommen.«

O nein!

Das war es, was er zu erfahren erwartet hatte. Aber es auch tatsächlich ausgesprochen zu hören war, als werde er aus dieser Wolkenhalle direkt auf die Erde hinabgeschmettert.

»Dann soll also die British Band nicht nach Saukenuk zurückkehren?«

»Du kannst sie nicht aufhalten. Denn für dich und für alle meine Völker ist es eine Zeit der Prüfung und der Pein. Ich trage dir auf, dafür zu sorgen, daß diejenigen, die meinen Kindern Schmerz zufügen, nicht auch noch daran verdienen. Du bist der Wächter über das Land, das deiner Obhut anvertraut wurde.«

»Aber dieses Land habe ich bereits verloren.«

Als hätte sie ihn nicht gehört, sprach die Schildkröte weiter: »Wisse, daß lange nachdem alle, die gelebt haben, den Pfad der Seelen gewandelt sind, es wieder viele sein werden, und laß dieses Wissen deinem Herzen ein Trost sein!«

Die Schildkröte grub alle Krallen in die tiefe Höhlung in ihrem unteren Panzer, aus dem fortwährend das Wasser des Großen Stroms floß.

Er wußte, es war Zeit zu gehen.

Als er wieder in seinem Leib erwachte, war er betrübt. Er sah nichts vor sich liegen für sich selbst und diejenigen, die er liebte, als schweren, nicht endenden Kummer.

Schwarzer Falke erhob sich langsam. Über seine Schultern hatte er ein Büffelfell gehängt, und die in seine Skalplocken geflochtenen roten und schwarzen Federn ließen ihn noch größer und gewaltiger aussehen, als er schon war.

Weißer Bär saß wegen der Wärme ganz nah am Feuer. Es war ein kalter und bedeckter Tag. Die feuchte Luft und der frostige Boden ließen ihn in seinem weißen Rehlederhemd, das er zu seiner Hochzeit getragen hatte, frösteln. Weil Eulenschnitzer ihn im Auftrag des Stammes ausgeschickt hatte, eine Vision zu suchen, konnte er sich jetzt als echter Schamane betrachten. Entsprechend hatte er sich gekleidet. Er hatte sich drei rote Streifen auf die Stirn gemalt, drei weitere auf jede Wange. An den Ohren hingen ihm Silberscheiben, um den Hals trug er eine dreireihige Muschelschalenkette, und seine Arme zierten Silberreifen, seine Handgelenke silberne Armbänder. Alle Schmuckstücke hatte er von Eulenschnitzer oder Sonnenfrau erworben. Wenn er das Wort ergreifen mußte, dann bestand zumindest Hoffnung, daß man ihn mit Respekt anhörte.

Roter Vogel drängte sich eng an ihn, und ihre Nähe wärmte ihn. Über den verkohlenden Holzscheiten des Feuers in der Mitte des Winterlagers tanzten die Flammen. Leichter grauer Rauch stieg von dem Feuer hoch. Er hatte die gleiche Farbe wie die Wolkendecke am Himmel, die die Nachmittagssonne verdeckte.

Aber in seinen Eingeweiden wühlte die Furcht wie ein schneidendes Messer. Er wollte den Leuten nicht sagen, was er wußte. Die meisten würden ihn nur dafür hassen. Alle Häuptlinge und Krieger, von Schwarzer Falke bis zum letzten Mann, würden es ihm nie verzeihen. Eulenschnitzer würde sich betrogen fühlen.

Sie sollen das ohne mich ausmachen.

Doch er wußte, wie vergebens diese Hoffnung war. Als ihn Eulenschnitzer gefragt hatte, was er in seiner Vision gesehen habe, hatte er nur ausweichend geantwortet. Aber jetzt zählte Eulenschnitzer auf ihn.

Um das Feuer herum saß der Rat der sieben Häuptlinge der Sauk und Fox, unter ihnen Springender Fisch, Brühe und Kleiner Stechender Häuptling, weiterhin Der sich gewandt bewegt, der Freund der Langmesser, der Kriegshäuptling, der niemals Krieg geführt hatte. Hervorragende Krieger wie Wolfspfote saßen ebenfalls bei ihnen. Zu der Runde gehörten auch der alte und der neue Schamane der Sauk, Eulenschnitzer und Weißer Bär.

Es saß noch ein anderer Schamane mit am Feuer, Fliegende Wolke, der Prophet der Winnebago. Er war ein breitschultriger Mann mit einem Wolfsfell über den Schultern. Anders als die meisten Männer der entlang des Großen Flusses lebenden Stämme hatte er einen dicken schwarzen Lippenbart, der bis über seine Mundwinkel herabwuchs. Sein silberner Nasenring ruhte auf diesem Bart. Er war das Oberhaupt einer Winnebago-Siedlung namens Prophetenstadt, eine Tagesreise von Saukenuk den Felsenfluß hinauf.

In dem Schweigen, mit dem Schwarzer Falkes Rede erwartet wurde, hörte Weißer Bär über dem Knacken des Feuers das Klappern und Rasseln von seinen Knochenarmbändern, als er den Arm ausstreckte.

»Ich will nur zu dem Land zurück, das mir gehört, und dort leben und Korn pflanzen. Ich will mich nicht darum betrügen lassen. Ich werde mich nicht von ihm vertreiben lassen.«

Schwarzer Falke hatte keine angenehme Rednerstimme. Sie war heiser und krächzend. Doch die Versammlung lauschte aufmerksam und schweigend, denn seit über zwanzig Sommern hatten die Sauk und Fox keinen größeren Krieger gehabt als ihn.

»Mit dieser Hand habe ich siebzig und drei Krieger der Langmesser getötet. Jeder Sauk und Fox, jeder Winnebago und Potawatomi und Kickapoo kann das Gleiche vollbringen. Natürlich wissen wir, daß die Langmesser uns zahlenmäßig überlegen sind. Aber wir können ihnen zeigen, daß es sie, wenn sie uns Saukenuk stehlen wollen, mit dem Leben zu vieler ihrer jungen Männer einen sehr hohen Preis kostet.«

Er fuhr fort: »Vergangenen Sommer haben uns die Langmesser umzingelt und aus Saukenuk vertrieben. Aber das konnte nur geschehen, weil wir damals nicht darauf vorbereitet waren, kämpfen zu müssen. Und weil einige von uns auch nicht kämpfen wollten.«

Bei diesen Worten blickte Schwarzer Falke zu Der sich gewandt bewegt, der jedoch ausdruckslos dasaß, als bemerke er Schwarzer Falkes tadelnden Blick überhaupt nicht. Sein Gesicht war rund und rosig wie der soeben über dem Horizont erscheinende Vollmond. Er trug sein glänzendes schwarzes Haar lang unter seinem eindrucksvollen Büffelkopfschmuck mit polierten Hörnern. Sein Anzug war ebenfalls aus Büffelhaut und mit Rosettenmustern bemalt.

Schwarzer Falke sprach weiter. »Nächsten Sommer wird das alles anders sein. Ich habe die Zusagen der Winnebago und der Potawatomi, daß sie uns beistehen, wenn die Langmesser uns wieder angreifen. Die Chippewa oben im Norden haben uns ebenfalls ihre Hilfe zugesagt.«

Ein brennendes Holzscheit im Feuer brach knisternd und mit einem Knall wie ein Gewehrschuß auseinander. Die beiden Hälften fielen in aufsteigendem Funkenflug tiefer in die Glut.

Rundum, über die Köpfe der Umsitzenden hinweg, sah Weißer Bär im Hintergrund ein Dutzend und mehr Lagerfeuer, deren Rauchsäulen in den Abendhimmel aufstiegen. Essend und sich unterhaltend, saßen die Familien der British Band und ihre Gäste aus anderen Sippen der Sauk und Fox sowie von den Winnebago, Potawatomi und Kickapoo um diese Lagerfeuer. Für alle, die ihren hier versammelten Anführern zu folgen bereit waren, bedeutete, was hier entschieden wurde, Leben oder Tod.

Schwarzer Falke fuhr fort: »Die Blaßaugen sagen, wir hätten ihnen unser Land verkauft. Ich sage, Land kann nicht verkauft werden. Der Erschaffer der Erde gibt denen Land, die es brauchen, um von ihm zu leben, es zu bepflanzen und auf ihm zu jagen, so wie er uns auch Luft und Wasser gibt.

Das Land war gut zu uns. Es gab uns Wild und Fische, Früchte und Beeren. Es ließ unsere Melonen wachsen und unsere Bohnen, die Kürbisse und den Mais, und wir begruben unsere Mütter und Väter in ihm. Die Blaßaugen aber zerstören das Land. Sie fällen die Bäume, zäunen die Prärie ein und pflügen sie um. Das Land ist jedoch unser aller Mutter. Wenn die Mutter eines Mannes entehrt wird, muß er kämpfen. Der Erschaffer der Erde wird uns den Sieg schenken, weil er unser Vater ist und uns liebt.«

Mit einem Schauder, der nicht nur von der Kälte der Luft rührte, dachte Weißer Bär an die Worte der Schildkröte: *Der Erschaffer der Erde verteilt Böses und Gutes gleichermaßen an seine Kinder.*

Er schickte sein eigenes Gebet dem Erschaffer der Erde: daß man nicht von ihm verlangen möge, selbst das Wort zu ergreifen.

Schwarzer Falke erhob seine krächzende Stimme: »Ich, Schwarzer Falke, erhebe den Kriegsschrei!«

Er warf sich in die Brust, hob den Kopf und stieß den wellenartigen Schrei aus, der noch durch die tief über dem Lager hängenden Wolken zu schneiden schien. Wolfspfote, Eisernes Messer, Kleine Krähe, Drei Pferde und ein Dutzend anderer Sauk und Fox sprangen auf, streckten ihre Gewehre, Tomahawks, Pfeilbogen oder Skalpmesser hoch und stimmten in den Schlachtruf ein. Eulenschnitzer schlug wild eine Trommel, auf der ein Bild des Falkengeistes aufgemalt war.

Der Prophet der Winnebago sprang ebenfalls auf und stimmte in den allgemeinen Aufschrei ein. Er gestikulierte so heftig, und seine Stimme war so laut, als wolle er mit Schwarzer Falke wetteifern.

Roter Vogel an seiner Seite flüsterte Weißer Bär leise ins Ohr: »Sie sind kriegstrunken.«

Das Geschrei legte sich. Schwarzer Falke verschränkte die Arme zum Zeichen, daß er mit seiner Rede fertig war. Nun hob der Prophet der Winnebago, der stehen geblieben war, die Arme.

»Ich bin gekommen«, sagte er, »um Schwarzer Falke und seinen tapferen Männern zu versichern, daß, wenn er nach Saukenuk zurückgeht und die Langmesser ihn dann angreifen, die Krieger von Prophetenstadt an seiner Seite stehen und mit ihm kämpfen werden.«

Allgemeines zustimmendes Stampfen und Klatschen in der Runde der Häuptlinge folgte dieser Erklärung. Weißer Bär warf einen Blick hinüber zu Der sich gewandt bewegt, der einen Viertelkreis von ihm entfernt saß. Sein Gesicht unter dem Büffelkopfschmuck war nach wie vor unbewegt wie aus Holz geschnitzt.

Fliegende Wolke fuhr fort: »Ich habe Botschaften an alle Stämme geschickt, die am Großen Strom leben, an die Winnebago, Potawatomi, Kickapoo, Piankeshaw und Chippewa. Wenn Schwarzer Falke den Tomahawk hebt, werden auch sie ihren Tomahawk heben. Ich habe Nachricht von unseren Verbündeten aus alter Zeit, den Briten in Kanada. Sie sagen, die Amerikaner haben uns großes Unrecht zugefügt, und wir sollen ihnen nicht noch mehr Land überlassen. Wenn amerikanische Langmesser uns angreifen, werden die britischen Langmesser uns zu Hilfe kommen, mit Schiffen, großen Kanonen, Gewehren, Pulver und Kugeln und Nahrungsmitteln für uns und mit Hunderten von Rotrock-Soldaten. Jetzt ist die beste Zeit, den Langmessern zu sagen, daß sie uns nicht noch weiter zurückdrängen können. Mögen alle wahren Männer Schwarzer Falke auf dem Kriegspfad folgen!«

Weißer Bär spürte eine tödliche Falschheit in den Worten des Winnebago-Propheten. In New York hatte er oft gehört, daß die Feindschaft zwischen Amerikanern und Briten der Vergangenheit angehörte. Er glaubte nicht daran, daß die Briten oder die Kanadier auch nur die Absicht hatten, sich in einen Krieg zwischen Weißen und Indianern in Illinois hineinziehen zu lassen. Nur, wie sollte er beweisen, daß Fliegende Wolke die Unwahrheit sagte?

Mit dem Schrei »Ih, ih!« schüttelte Wolfspfote sein Gewehr über seinem Kopf, legte es an und feuerte einen ohrenbetäubenden Schuß in die Luft ab, mit roter Mündungsfeuerstichflamme und weiß aufsteigender Rauchwolke.

Eines Tages mag er noch bereuen, dieses Pulver verschwendet zu haben.

Während er und Roter Vogel mit ihm regungslos sitzen blieb, sprangen andere allenthalben kreischend auf, reckten ihre Gewehre und Tomahawks in die Luft und warfen Arme und Beine im Rhythmus des Kriegstanzes. Eulenschnitzer und einige der Häuptlinge begannen mit den flachen Händen dazu rhythmisch auf ihre Trommeln zu schlagen.

Einige andere blieben ebenfalls ruhig und stumm sitzen, unter ihnen auch Der sich gewandt bewegt mit seinem runden Gesicht.

Weißer Bär ballte die Fäuste im Schoß und fragte sich, ob eigentlich niemand bemerkte, daß der jüngste der drei anwesenden Schamanen nicht in die allgemeinen Kriegsrufe einstimmte. Er spürte Roter Vogels Hand, die seinen Arm umklammerte, und das gab ihm neue Kraft.

Nur Roter Vogel hatte er alles von seiner Vision erzählt, und sie teilte seine Befürchtung, daß es das Ende und die Vernichtung der British Band bedeuten würde, wenn sie Schwarzer Falke folgte. Sie hatte darauf bestanden, bei der Ratsversammlung neben ihm zu sitzen. Er wußte wohl, daß es nicht üblich war, daß die Frauen von Ratsmitgliedern bei ihnen saßen, aber sie hatte so lange darauf bestanden und darum gebeten, bis er nachgegeben hatte.

Ihre Anwesenheit an seiner Seite gab ihm Kraft und machte ihn zugleich unruhig. Eulenschnitzer hatte, als er zum Ratsfeuer gekommen war, seine Tochter überrascht und stirnrunzelnd angesehen und dann einfach weggeblickt. Wolfspfote hatte sie beide lange gemustert und dann höhnisch gelächelt.

Als sich der von dem Winnebago-Propheten Fliegende Wolke angestiftete Tumult wieder gelegt hatte, sah sich Der sich gewandt bewegt im Kreise der Häuptlinge und Tapferen um, und sein Blick verweilte bei jedem, der sich nicht an dem allgemeinen Kriegsschrei beteiligt hatte. Er schaute auch Weißer Bär eine Weile an und nickte ihm fast unmerklich zu. Weißer Bär hatte das unbehagliche Gefühl, daß er ahnte, was in ihm vorging.

Dann erhob sich Der sich gewandt bewegt, der Häuptling, der der Freund der Langmesser war.

Ein halblautes Murmeln lief durch die Versammlung am Ratsfeuer. Die meisten, die seiner Ansicht waren, waren der Ratsversammlung von vornherein ferngeblieben. Weißer Bär empfand eine gewisse Bewunderung für ihn, daß er so selbstsicher vor einer Versammlung stehen konnte, die ihm zum größten Teil feindselig gesinnt war.

»Krieg ist laut«, begann Der sich gewandt bewegt, »Friede aber macht keinen Lärm. Dafür erhält er uns am Leben. Der richtige Weg, die Langmesser zu besiegen, ist zu überleben.«

Er hatte eine tiefe und angenehme Stimme und lächelte so unbefangen, als sei er nur von Freunden umgeben.

»Wann ist es richtig für einen Tapferen, in den Krieg zu ziehen? Wenn er sich an denen, die ihm Unrecht getan haben, rächen muß. Schwarzer Falke sagt, wir müssen gegen die Blaßaugen kämpfen, weil sie uns unser Land gestohlen haben. Ich habe aber die Papiere gesehen, auf denen die Zeichen unserer Häuptlinge stehen. Bei sieben verschiedenen Gelegenheiten haben Häuptlinge der Sauk und Fox ihr Zeichen auf Papiere gesetzt und damit zugestimmt, daß sie alle Ansprüche auf das Land östlich des Großen Stroms aufgeben. Die Langmesser sagen, unsere Häuptlinge sind für dieses Land mit Gold bezahlt worden.«

Er ließ seinen Blick nachsichtig über die ganze Versammlung wandern und fuhr fort: »Es ist recht für einen Tapferen, in den Krieg zu ziehen, wenn er für diesen Krieg stark genug ist. Er zieht ja nicht in ihn, weil er getötet werden und seine Frauen und Kinder unbeschützt zurücklassen will. Er weiß zwar, daß er in ihm sterben kann, aber er sucht den Tod nicht.«

Nun verschwand das Lächeln aus seinem Gesicht. Er legte die Fingerspitzen auf seine Augen und streckten dann die Arme zum Himmel empor. »Der Erschaffer der Erde mag mich blind machen, wenn ich nicht die Wahrheit spreche.«

Er fuhr fort: »Wir sind nicht stark genug, gegen die Langmesser Krieg zu führen. Ich bin im Land der Amerikaner gereist, den ganzen Weg bis zu dem Meer im Osten. Und ich habe mehr Langmesser gesehen, als man zählen kann.«

Weißer Bär fühlte sich immer unbehaglicher. Schwarzer Falke und die anderen Tapferen der British Band betrachteten Der sich gewandt bewegt als Feind. Doch er wußte, daß Der sich gewandt bewegt nur die Wahrheit aussprach. Vielleicht nicht, was die Verträge anging, aber ganz sicher über die große Anzahl der Langmesser.

Er sah wieder im Geiste vor sich die Tausende blauuniformierter Soldaten, die er in New York bei der Parade zum Vierten Juli vor einem Jahr gesehen hatte, und ferner Tausende aus seiner Vision, wie sie kämpften und fielen, aber unaufhaltsam mit immer mehr nachfolgenden Männern weiter auf einem seltsamen Schlachtfeld vordrangen.

Der sich gewandt bewegt sprach weiter: »Eulenschnitzer und Schwarzer Falke sagen, daß die Potawatomi und die Winnebago der British Band zu Hilfe kommen werden und andere entferntere Stämme ebenso. Ich sage, sie werden es nicht. Der Streit um Saukenuk ist nicht der ihre, er betrifft sie nicht. Sie haben mit den Langmessern längst ihren eigenen Frieden geschlossen.«

Er sah Fliegende Wolke an. »Der Winnebago-Prophet sagt, die Briten werden uns Waffen und Munition schicken und sogar Truppen. Ich sage, das ist Unsinn. Ihr nennt euch selbst die British Band und glaubt, die Briten seien eure großen Freunde. Vor vielen Sommern, ja, da lagen sie mit den Amerikanern im Krieg und haben sich der Hilfe der Sauk und Fox und noch vieler anderer Stämme bedient. Doch als dieser Krieg aus war, hatten unsere Völker nichts gewonnen, aber viel verloren. Viele Stämme mußten dafür, daß sie auf der Seite der Briten gekämpft hatten, ihr Land verlassen. Heute sind wir für die Briten nicht mehr interessant. Die britischen Blaßaugen und die amerikanischen Blaßaugen haben Frieden miteinander geschlossen.«

Er hob seine Stimme an. »Ich sage denen, die auf mich hören wollen: Kommt mit mir! Ich führe euch weit hinein in das Ioway-Land hier, wo es keine Blaßaugen-Farmer gibt, die uns bedrängen. Ihr Großer Vater wird denen, die nicht gegen sie kämpfen, seine Dankbarkeit zeigen. Er wird uns Geld und Nahrung geben und uns helfen, gutes Land zu finden. Wir werden überleben! Diejenigen, die Schwarzer Falke folgen wollen, betrauere ich. Sie werden nicht überleben!«

Seine Worte standen im Raum. Er kreuzte die Arme über der Brust und setzte sich. Schweigen herrschte. Nur das Prasseln des Feuers war zu hören.

Weißer Bär hörte wieder die Stimme in seinem Geiste: *Die vielen, die Schwarzer Falke über den Großen Strom folgen, werden nur noch wenige sein, wenn sie zurückkommen.* Er erzitterte innerlich.

Die Wolken am Himmel waren aufgebrochen. Die Strahlen der untergehenden Sonne fielen auf die vielen Gesichter, auf denen sich Zorn und Verachtung spiegelten. Doch es gab auch nachdenkliche Gesichter und niedergeschlagene Blicke.

Er vermochte wenig Tadelnswertes in der Rede des Häuptlings zu sehen. Gleichwohl gefiel ihm die Zielrichtung nicht. Zuzugeben, daß die Langmesser mit den Sauk praktisch tun könnten, was sie wollten, und wie kleine Kinder darauf zu hoffen, daß der »Große Weiße Vater« in Washington schon freundlich zu ihnen sein und Geschenke an sie verteilen werde, Nahrung, Kleidung und Wohnung – war das nicht lediglich eine langsamere Art des Sterbens?

Der Häuptling schien nicht zu sehen, daß es kein Ende mehr gab, wenn die Sauk sich noch weiter westwärts abdrängen ließen. Dann würden die Blaßaugen sich schließlich alles Land angeeignet haben, das es gab.

Ein Volk von seinem Land vertreiben heißt, es dem Hunger, Krankheiten und feindlichen Stämmen ausliefern. Es bedeutet, es zu vernichten, auch wenn kein einziger Schuß fällt.

Wenn wir schon sterben müssen, ist es dann nicht besser, uns an den Blaßaugen zuerst noch zu rächen für die Grausamkeit, mit der sie uns behandelt haben? Ist es dann nicht besser, mit unserem ungebrochenen Stolz zu sterben, als einfach alles aufzugeben, unsere guten Jagdgründe und unser Ackerland, und wie geprügelte Hunde in die Wüste abzuziehen?

Er spürte, wie sich Roter Vogel wieder an ihn preßte. Ein plötzliches starkes Gefühl überkam ihn, daß sie dennoch Der sich gewandt bewegt weiter hinein ins Ioway-Land folgen sollten. Weil sie dort in Sicherheit weiterleben könnten. Wie konnte er denn von seiner Frau und seinem Sohn verlangen, alle die Entbehrungen und Gefahren zu ertragen, denen sich diejenigen, die Schwarzer Falke folgten, unweigerlich ausgesetzt sähen?

Aber zugleich wußte er auch, daß es ihm unerträglich wäre, von der British Band zu desertieren. Vor langer Zeit hatte er einmal im Winter eine zugeschnappte Falle mit einer Waschbärenpfote gefunden, die nur noch eine blutige Masse war. Das Tier hatte sich das eigene Bein abgebissen, um sich zu befreien. Die lange Blutspur in den Wald war noch deutlich zu sehen gewesen. Der Waschbär war davongehinkt, um zu sterben, dies aber in Freiheit.

In diesem Sinne war auch das Angebot von Der sich gewandt bewegt eine Falle. Schwarzer Falke bot die Freiheit an, wenn auch mit der großen Gefahr, in ihr den Tod zu finden.

Er konnte mit Roter Vogel sein Bündel schnüren und fortgehen, wenn die Ratsversammlung zu Ende war. Es gab auch gewiß so manche Familie hier, die genau das tun würde.

Aber konnte er Schwarzer Falke, der zu seiner Hochzeit gesprochen hatte, und Eulenschnitzer, dem Vater seiner Frau, die Gefolgschaft aufkündigen? Und seiner Mutter Sonnenfrau, von der er sicher sein konnte, daß sie auf jeden Fall bei der British Band blieb? Oder überhaupt allen, die Teil seines Lebens gewesen waren, solange er sich zurückerinnern konnte?

Hier bleiben bedeutete, sich den Gewehren der Langmesser zu stellen. Es bedeutete Hunger und Leid. Diejenigen, die heute abend Schwarzer Falke zujubelten und sich vom Kriegsschrei begeistern und befeuern ließen, sahen das nur nicht. Oder sie nahmen es, falls sie es sahen und wußten, in Kauf. Es indessen klar und deutlich zu erkennen und dennoch anzunehmen, und zwar nicht nur für sich selbst, sondern auch für Roter Vogel und Adlerfeder, schmerzte mindestens so sehr, wie sich selbst ein Bein abzubeißen. Gleichwohl war es entschieden. Er konnte und wollte sein Volk nicht im Stich lassen, sich nicht von seinem Schicksal trennen. Er war schon einmal davongelaufen, von seinem letzten Kampf um Land. Vor diesem hier wollte er nicht mehr fliehen.

Eulenschnitzer hatte sich erhoben und stand vor dem Ratsfeuer. Er streckte seinen Medizinstab mit dem Eulenkopf und den Federn hoch. »Der sich gewandt bewegt glaubt, er sei der einzige, der die Amerikaner kennt. Aber einer aus der British Band war lange in den großen Städten im Osten. Er ist ein Schamane, dem die Schildkröte besondere Visionen zuteil werden ließ. Ich fordere Weißer Bär auf, uns zu sagen, was er gesehen hat.«

Als er seinen Namen hörte, lief es ihm eiskalt den Rücken hinab. Er sah die ernste Aufforderung im Blick von Eulenschnitzer und die gespannte Erwartung Schwarzer Falkes. Er wollte diese beiden Männer so wenig enttäuschen, wie er je auf den Gedanken käme, auf sie zu spucken. Doch jetzt blieb ihm nichts anderes übrig.

Roter Vogels Finger gruben sich in seinen Arm. Sie hatte große, verängstigte Augen. »Sprich wahr!« flüsterte sie.

Er erhob sich langsam. Es schmerzte, sich aus dem Griff Roter Vogels zu befreien, so sehr, als zöge er sich selbst die Haut von seinem Arm ab. Sein Blick begegnete kurz dem bohrenden von Der sich gewandt bewegt.

Er hob seinen Medizinstab auf die gleiche Weise wie Eulenschnitzer hoch. Er hatte ihn sich damals nach seiner ersten Vision geschnitzt und mit einer einzigen Kette roter und weißer Perlen geschmückt. Er hielt ihn leicht unsicher in die Höhe. Er hoffte nur, die anderen beeindruckte sein übriger Schamanenschmuck – die Bemalung, die Ohrringe, die Halsketten und Armreifen.

Er war auch sonst vorbereitet. Zwar hatte er noch nie öffentlich vor den Stammesführern gesprochen, aber in der St.-George-Schule in New York hatte jeder Schüler einmal in der Woche vor der Klasse ein Kurzreferat halten müssen und ein langes zweimal im Jahr vor der gesamten Schule. Diese Referate mußten geschrieben und auswendig gelernt werden. Jetzt aber mußte er sprechen, wie ihn sein Geist im Augenblick führte. Doch er wußte, wie er stehen, seine Stimme halten und verändern und seine Worte abwägen mußte. Er war jetzt sehr dankbar für Mr. Winans Unterricht in diesen Dingen.

»Die großen amerikanischen Städte im Osten sind größer als die größten Ansiedlungen, die rote Völker jemals errichtet haben«, begann er. »In diesen Orten schwärmen die Blaßaugen wie Bienenvölker in ihren Honigwaben.

Jeden Sommer feiern die Amerikaner ein großes Fest in Erinnerung an den Tag, an dem sie dem Großen Vater der Briten erklärten, daß sie nicht länger seine Kinder sein wollten. Während eines Sommers sah ich in der großen Stadt New York Langmesser in endlosen Reihen zu Ehren dieses

Tages. Jeder einzelne Mann hatte ein neues Gewehr. Immer acht gingen nebeneinander, und es dauerte einen halben Tag, bis sie alle vorübergezogen waren. Nach ihnen kamen weitere Langmesser auf Pferden in einer Anzahl wie Büffelherden. Diesen folgten Pferde mit großen Donnerkanonen auf Rädern, die Eisenkugeln von der Größe des Kopfes eines Mannes abschießen konnten.«

Er holte Luft. »Die Langmesser wurden angeführt von ihrem Großen Vater Scharfes Messer, der in New York zu Besuch war. Er ist sehr hager, hat ein hartes Gesicht und weißes Haar. Er sitzt gerade aufgerichtet auf seinem Pferd und trägt in seinem Gürtel ein sehr langes Messer.«

Er sprach langsam und eindringlich. »Nachdem alle Langmesser durch die gesamte Stadt gegangen waren, kamen sie auf ein offenes Feld, wo sie alle ihre Donnerkanonen abschossen. Der Lärm davon ließ die Erde zittern.«

Er gab selbst dem Drang seines Körpers nach zu zittern und wartete ein wenig, bis seine Beine und Hände wieder etwas ruhiger wurden. Inzwischen studierte er die Gesichter im weiten Kreis um das Ratsfeuer.

Der rote Widerschein der untergehenden Sonne fiel auf den andeutungsweise lächelnden Der sich gewandt bewegt. Schwarzer Falke saß mit dem Rücken zur Sonne, sein Gesicht lag im Gegenlicht. Roter Vogel blickte zu ihm mit lebhaftem und liebevollem Blick auf. Es mochte wohl einige geben, denen nicht gefiel, was er sagte. Doch er war froh, daß Roter Vogel hörte, wie gut und wahr er sprach.

In das Knacken und Zischen des Feuers mischten sich bereits unterdrückte Mißfallensäußerungen. Wolfspfote stieß Kleine Krähe an, der neben ihm saß, und sprach halblaut mit ihm, begleitet von heftigen Gesten. Kleine Krähe stand auf und verließ den Ratskreis.

Eulenschnitzer, der neben Schwarzer Falke saß, hatte den Kopf gehoben. Sein Gesicht zeigte Verwirrung. Als sich ihre Blicke begegneten, wich er den Augen seines alten Lehrers aus.

Eulenschnitzer sagte: »Weißer Bär ist ein Blaßauge und ein Sauk zugleich. Bis jetzt hat er zu uns nur mit dem Blick der Blaßaugen gesprochen, der die Hälfte in seinem Kopf ausmacht. Laßt uns nun aber auch hören, welche Vision er von der Schildkröte erfuhr.«

Weißer Bär sah einen kleinen Hoffnungsschimmer. Was er von seinem

Aufenthalt bei den Blaßaugen berichtet hatte, mochte die British Band nicht davon abhalten, in den Krieg zu ziehen, aber vielleicht beeindruckte sie seine Vision etwas mehr.

»Die Schildkröte zeigte mir, wie Schwarzer Falke mit Scharfes Messer sprach«, sagte er und deutete auf den Kriegshäuptling, der seinen federgeschmückten Kopf hob, als er seinen Namen nannte. »Sie waren im Haus des Großen Vaters der Amerikaner in dem Ort, der Washington genannt wird.«

Er hörte erstauntes Gemurmel. Davon ermutigt, fuhr er fort: »Dann sah ich eine gewaltige Anzahl Langmesser, die über ein großes Feld auf mich zugestürmt kamen. Sie schossen und wurden beschossen. Viele von ihnen wurden getroffen, fielen und starben, aber es kamen immer neue nach. Ich sah einen großen, hageren Mann mit einem Bart, er machte ein betrübtes Gesicht und betrauerte die gefallenen Langmesser; ich habe ihn nie zuvor gesehen.«

Die Sonne war inzwischen untergegangen. Die dunklen glänzenden Gesichter rings um ihn waren jetzt nur noch erkennbar, wenn der Feuerschein auf sie fiel.

Eulenschnitzer sagte: »Weißer Bärs Vision gibt uns Hoffnung. Er sieht, wie Schwarzer Falke sich mit Scharfes Messer in dessen Haus trifft. Schwarzer Falke wird also das Haus von Schwarzes Messer aufsuchen und dort den Amerikanern die Friedensbedingungen vorlegen.«

Das ist es nicht, was es bedeutet! dachte Weißer Bär schockiert.

Aber Eulenschnitzer sprach bereits weiter. »Weißer Bär sagt, er sah viele Langmesser sterben. Seine Vision kündet uns also den Sieg der British Band.«

In der ganzen Runde wurde Zustimmung laut. Er fühlte sich verloren und wie ein in den Großen Strom geworfener Stein sinken.

»Hört mir zu!« rief er. »Eulenschnitzer ist mein geistiger Vater, aber nicht er hat die Vision gesehen und seine Trauer erfühlt. Das war ich. Ich stand vor der Schildkröte, und ich weiß, daß sie mir eine Warnung mitteilte! Wenn die British Band in den Krieg zieht, dann wird Schwarzer Falke der Gefangene von Scharfes Messer!«

Sofort erhob sich Protestgeschrei. Er sah Kleine Krähe zurückkommen. Er trug ein Bündel aus rotem und blauem Stoff in der Hand.

Er sprach weiter und versuchte, sich trotz der Unruhe Gehör zu verschaffen. »Hört mir zu! Als ich die vielen Langmesser sterben sah, kamen immer mehr nach, und sie waren zahlenlos. Sie kämpften nicht gegen unsere Krieger. Sie kämpften gegen andere Langmesser. Die Vision sagte, daß in den künftigen Sommern und Wintern viele, viele Langmesser kommen, immer noch mehr, so viele, daß sie einander bekämpfen.«

Eulenschnitzer sagte leise, so daß nur er es hören konnte: »Sage nichts mehr. Du richtest großen Schaden an.«

»Ich muß weitersprechen. Du hast mich aufgefordert zu sprechen, und jetzt muß ich auch sagen, was ich weiß. Ihr müßt zuhören. Die Schildkröte sprach auch zu mir. Sie sagte: Die vielen, die Schwarzer Falke über den Großen Strom folgen, werden nur noch wenige sein, wenn sie zurückkommen.«

Nach kurzem Zögern hob Eulenschnitzer die Hand. »Sie werden deshalb nur wenige sein, weil wir dort auf dem anderen Ufer unser Land zurückgewinnen und die meisten dort bleiben!«

Noch ehe er etwas darauf antworten konnte, stand Schwarzer Falke auf. Sein Gesicht im Widerschein des Feuers war zornig. Weißer Bär erzitterte.

»Schwarzer Falke«, donnerte er, »wird niemals der Gefangene von Scharfes Messer sein. Eher wird Schwarzer Falke sterben!«

Noch jemand hatte sich plötzlich am Feuer erhoben.

Eine Frau.

Roter Vogel.

Er glaubte sich in einem Alptraum gefangen. Hatte seine Frau den Verstand verloren? Sie konnte doch nicht in einer Ratsversammlung der Häuptlinge und Tapferen sprechen! Sein Herz klopfte heftig, und er griff nach ihr, um ihr Schweigen zu gebieten. Doch sie sprach bereits.

»Ihr seid alle Narren, wenn ihr nicht auf Weißer Bär hört!« rief sie erregt. »Er hat die Gabe der Weissagung!« Sie wandte sich an Eulenschnitzer. »Mein Vater, du weißt, daß der ganze Stamm jedes Jahr den Fluß von Osten nach Westen zur Winterjagd überquert. Wenn die Schildkröte sagt, daß nur wenige wieder zurückkommen werden, dann bedeutet das, daß die anderen tot sind.«

Die Reaktion auf ihre Worte war weniger Zorn als empörtes Auflachen. Die Häuptlinge und Tapferen scherten sich wenig darum, was sie sagte. Sie waren lediglich amüsiert darüber, daß es eine Frau allen Ernstes wagte, in einer Ratsversammlung zu ihnen zu sprechen. Weißer Bär verging fast vor Scham über sich selbst und Roter Vogel.

Jenseits des Ratsfeuers sah er die Schatten der im Dämmerlicht stehenden entfernten Zuschauer. Offenbar hatte es sich im Lager herumgesprochen, daß es Meinungsverschiedenheiten in der Ratsversammlung gab, und das zog immer mehr Leute an, die vielleicht selbst etwas sagen wollten – was ihr Recht war. Er sah aus den Augenwinkeln, wie seine Mutter rasch auf ihn zugeeilt kam und sich ihren Weg durch die auf dem Boden sitzenden Männern bahnte.

Wolfspfote kam herbei und hielt das Bündel aus rotem und blauem Stoff in der Hand, das ihm Kleine Krähe gebracht hatte. Er musterte Roter Vogel feindselig.

»Es ist schlechte Medizin, wenn Weiber im Rat sprechen.«

Roter Vogel kam herbei und stellte sich vor ihn hin: »Eine Medizinfrau sagt dir: Die Worte von Weißer Bär sind gute Medizin!«

»Wie kann Weißer Bär der British Band sagen, was sie zu tun hat«, sagte Wolfspfote, »wenn er es nicht einmal fertigbringt, daß sich seine Frau benimmt, wie es einer Frau geziemt?« Er schob sie zur Seite. »Setz dich hin, Roter Vogel.«

Zorn stieg so rasch in Weißer Bär auf, wie ein Pfeil von der Sehne schnellt. Er hob seinen Medizinstab, als wolle er damit Wolfspfote schlagen. Doch Hände griffen danach und hielten ihn fest. Er kämpfte in blindem Zorn und schlug mit Händen und Füßen um sich. Wolfspfote entwand ihm mit gefletschten Zähnen seinen Stab.

»Beschädige den Medizinstock nicht!« rief ihm Eulenschnitzer warnend zu.

Wolfspfote reichte ihm, ohne ihn anzusehen, den Stab hin. Zwei kräftige Krieger hielten Weißer Bär fest, als Wolfspfote auf ihn zukam und böse lächelte.

»Eine Frau spricht für Frieden mit den Blaßaugen«, sagte er, »weil Friede Weiberart ist. Ich habe einmal gesehen, wie Roter Vogel zu Weißer Bär ging, als er auf seiner Visionssuche war. Vielleicht bekommt er seine Visionen von ihr?«

Immer mehr aus dem Kreis standen auf, und Wolfspfotes Hohn erntete fröhliches Gelächter.

Sonnenfrau war inzwischen herbeigekommen und stand bei Roter Vogel. »Komm hier fort, Tochter«, sagte sie mit kräftiger, aber versöhnlicher Stimme. »Du hilfst Weißer Bär nicht.«

»Seht!« rief Wolfspfote. »Jetzt hat er außer seinem Weib auch schon seine Mutter am Ratsfeuer!«

Er schüttelte das Tuchbündel aus, das er in der Hand hielt. Es war ein Frauengewand.

»Er spricht wie eine Frau«, sagte er, »er sagt, was Frauen ihm einflüstern. Weiber sprechen sogar schon für ihn. Da soll er sich doch auch anziehen wie eine Frau. Wie eine Blaßaugenfrau!«

Er warf Weißer Bär das Gewand über den Kopf, und die beiden Männer, die ihn festhielten, zogen es ihm ganz über. Weißer Bär fühlte sich hoffnungslos eingewickelt, als das Gewand seinen Kopf verhüllte.

Er hatte ein Prophet der Sauk sein wollen.

Je wahrer seine Worte, desto weniger wollen sie sie hören.

Er wehrte sich nur halbherzig. Es interessierte ihn eigentlich nicht mehr, was sie mit ihm machten. Sein eigenes Versagen und der sichere Untergang seines Stammes lähmten ihn buchstäblich; er war kaum einer Bewegung fähig. Die beiden Krieger zogen ihm das Gewand noch über die Arme, so daß er sie darunter nicht mehr rühren konnte, weil sie ihm an die Seiten gepreßt waren. Als sein Kopf aus dem Kragen oben auftauchte, erscholl schallendes Gelächter, und überall blitzten gebleckte Zähne im Feuerschein auf.

Er sah, wie Sonnenfrau Roter Vogel festhielt. Roter Vogel hatte die Augen geschlossen, aber Tränen drängten sich aus ihnen hervor. Das Gesicht seiner Mutter war voll Kummer.

Zu niedergeschlagen, um noch besonderen Widerstand zu leisten, ließ er es geschehen, daß Wolfspfote und seine Leute ihn vom Ratsfeuer weg und durch das ganze Lager schleppten. Er sah die hohnlachenden Gesichter um ihn herum nicht und war taub gegen die Spottrufe.

Erst ein Anblick ließ ihm fast das Herz still stehen. Irgendwo aus der höhnenden Menge heraus sahen ihn verwirrt und verständnislos die Augen seines Sohnes Adlerfeder an.

13

Die Freiwilligen

Nicole und Frank waren halb durch den Hauptraum der Handelsstation im Blockhaus gegangen, als Nicole Raouls Stimme aus dem Kontor mit den Steinwänden am Ende des Raumes donnern hörte: »Du wirst mit den Jungen in Victoire bleiben!«

Nicole faßte Frank am Arm. Sie blieben beide stehen und zogen sich dann wieder etwas zurück. Sie standen neben dem langen Rohr der Sechspfünder-Marinekanone, die Raoul in dem Blockhaus hatte aufstellen lassen. Es war wohl besser, nicht mitten in einen Streit hineinzuplatzen.

»Aber niemand von diesen Franzosen dort mag mich«, antwortete eine Frauenstimme. Sie war hoch und nasal, das typische Missouri-Näseln. »Ich bin da völlig einsam.« Nicole erkannte die Stimme. Clarissa Greenglove.

»Ich werde längere Zeit dort sein, und dein Vater kommt mit mir. Wo sonst zum Teufel solltest du bleiben?«

»Bei meiner Tante Melinda in St. Louis. Da wäre es am besten. Du könntest mich auf der *Victory* hinunterschicken.«

»Natürlich könnte ich das.« Raouls Stimme war ganz ölig vor Sarkasmus. »Weißt du auch, was dann passieren würde? Die Hälfte der Männer, die ich da draußen im Hof als Freiwillige für meine Milizkompanie stehen habe, würde mir davonlaufen. Denn wenn ich dich und Phil und Andy fortschickte, würden sie glauben, ihre Familien wären nicht in Sicherheit hier. Also würden sie sagen: Wir gehen lieber wieder nach Hause, um sie zu beschützen.«

Er wurde sehr laut: »Hast du das jetzt kapiert, verdammt? Dann scher dich endlich raus!«

Gleich danach kam Clarissa aus der eisenbeschlagenen Tür des Kontors und an ihnen vorbeigerannt, zusammen mit den beiden kleinen Jungen, die sie zu Raoul mitgenommen hatte und die an ihrem bodenlangen Kattunrock hingen. Nicole bemerkte, daß ihre Schultern schon etwas rund geworden waren.

Clarissa nickte ihnen zu. »Mister, Mrs. Hopkins.«

»Morgen, Clarissa«, begrüßte sie Nicole. Sie mit ihrem Vornamen anzusprechen, erschien ihr zwar nicht ganz korrekt, aber »Miß Greenglove« zu sagen, noch dazu, wenn sie ihre beiden Kinder bei sich hatte, erst recht nicht.

Clarissa sah Nicole mit einem leidvollen Blick an, der zu flehen schien – worum, war sich Nicole nicht ganz sicher. Doch dann senkte sie sogleich den Kopf, und ihre Haube verdeckte ihre Augen.

Phil, ihr fünfjähriger Sohn, sah zu Nicole auf. Er hatte hellblondes Haar, fast silbrig, und große, in seinem schmalen und blassen Gesicht sehr tiefliegende Augen. Ein kleines Gespenst.

»Mein Dad geht gegen die Indianer kämpfen.«

»Sehr schön.« Nicole wußte nicht recht, was sie sonst sagen sollte. Clarissa, die schon ein paar Schritte weiter gewesen war, kam zurück und riß ihn so heftig am Arm mit sich, daß er aufschrie.

Als sie in Raouls Kontor kamen, schien er schon wieder völlig unberührt von dem Streit mit Clarissa zu sein. Aber beim Anblick von Nicole bekam er gleich wieder große und zornige Augen. Doch dann rang er sich ein Grinsen ab und zeigte seine weißen Zähne unter dem dichten Schnauzbart.

»Sieh an, Nicole und Frank! Wollte ihr also das Kriegsbeil endlich begraben? Jetzt, wo die Indianer ihres zu schwingen beginnen?«

»Genau deshalb sind wir hier, Raoul«, sagte Frank.

»Ja, ja, ich hab's gelesen, was du da wieder in den *Visitor* reingeschrieben hast«, sagte Raoul und verzog einen Mundwinkel zu einem abschätzigen Lächeln. »Scheint, daß es dir geradezu ein Vergnügen wäre, ganz Illinois den Indianern zurückzugeben.«

»Nichts dergleichen«, knurrte Frank.

Wie unfair, dachte Nicole. Frank hat doch nur geschrieben, daß es, wenn der Landvertrag von 1804 wirklich durch Betrug zustande gekommen ist, besser wäre, einen neuen mit den Sauk und Fox auszuhandeln, als ihnen gleich mit den Waffen gegenüberzutreten.

Doch Raoul regte sich bereits wieder auf. Sein sonnengebräuntes Gesicht lief rot an, und seine Nüstern blähten sich. »Illinois zurückgeben!« entrüstete er sich. »So, wie du auch Victoire Pierres Bastard überlassen wolltest, wie?«

Nicht einmal ein Funken Schuldgefühl über das, was er Auguste angetan hatte, dachte Nicole, als sie in sein hartes, breites Gesicht sah. Sie ballte die Fäuste. Sie mußte versuchen, ihren Zorn zu zähmen.

Frank sagte: »Fang jetzt nicht mit dem Thema Auguste an, Raoul. Er trennt uns, nur leider können wir es uns im Moment nicht leisten, gegeneinander zu arbeiten. Wir wollen nur darüber reden, wie Victor geschützt werden kann.«

In Raouls Augen flackerte neuer hitziger Zorn auf, doch er zähmte ihn zu einer überlegenen Pose. »Na, das sollte doch nicht zu schwierig sein, lieber Frank, mit deiner Art, die Dinge zu erledigen. Du brauchst nur eine weiße Fahne hinauszuhängen. Jedes Bettuch eignet sich dafür.«

Nicole biß die Zähne zusammen.

Er benützt die Tatsache, daß wir hergekommen sind, nur dazu, uns zu demütigen.

»Mach es uns nicht so schwer, Raoul«, sagte sie zu ihm. »Wir sind jetzt aufeinander angewiesen.«

»Ach ja? Wieso, bitte, sollte ich auf euch angewiesen sein?« Seine Augen waren eiskalt.

Nicole dachte an viele mögliche Antworten darauf, doch sie überlegte erst eine Weile, ehe sie antwortete.

»Du brauchst die Leute dieser Stadt, damit der Besitz ordentlich Gewinn abwirft, jetzt, da du ihn dir angeeignet hast. Deine Obstgärten, deine Farmen, deine Reederei, deine Handelsfirma. Die meisten Leute in Victor arbeiten direkt oder indirekt für dich. Und du läßt sie hier schutzlos zurück.«

Noch ehe Raoul etwas sagen konnte, ergänzte Frank: »So viel ich sehe, hast du vor, mit jedem Mann, der nur ein Gewehr halten kann, von hier fortzuziehen, um irgendwo unten am Felsenfluß gegen die Indianer zu kämpfen. Wenn du jeden nur verfügbaren Mann hier abziehst, wer soll dann Victor und Victoire verteidigen?«

Raoul warf den Kopf zurück und lachte schallend los. »Gott, das kann doch nicht wahr sein, was ich da höre! Seit vergangenen Herbst hattet ihr doch nur den einen Wunsch, daß ich vom Erdboden verschwinden möge. Und jetzt kommt ihr und bettelt mich um Schutz an?«

»Wir sagen das ja nicht wegen uns«, erklärte ihm Nicole. »Wir wollen einfach, daß du genügend Männer hier zurückläßt, die die Frauen und Kinder und die anderen, die nicht kämpfen, verteidigen können.«

Raoul bekam schmale Augen und fixierte Frank. »Nichtkämpfer wie dich, Frank? Selbst ein Gewehr in die Hand zu nehmen, bist du dir zu fein, aber meine Leute sollen hier bleiben und dich gefälligst beschützen?«

Frank hielt seinem Blick stand. »Keine Sorge, ich lerne gerade, mit einem Gewehr umzugehen. Von deinem Vater, falls es dich interessiert.«

Nicole verspürte eine Welle von Liebe und Stolz für Frank. Er lernte wirklich etwas zu tun, das er eigentlich haßte, aus der Einsicht heraus, daß es sein mußte.

Raoul breitete pathetisch die Hände aus. »Na also, wie schön für dich, und wie schön für Papa!« Doch dann senkte er den Blick und wurde rot. Er sah wieder hoch und fragte Nicole: »Wie geht es Papa?«

Nicole unterdrückte den heftigen Wunsch, ihn mit Nachdruck daran zu erinnern, daß er es schließlich gewesen sei, der ihren Vater fast umgebracht hätte. »Den Umständen entsprechend ganz gut«, sagte sie. »Das kleine Haus, das Frank für ihn bauen ließ, ist fast fertig. Er kann wieder gehen. Guichard sorgt für ihn.«

Raoul klatschte in die Hände. »Gut, gut! Nun, dann habt ihr ja schon zwei Männer. Und ich wette, sogar der alte Guichard kann noch schießen, wenn es dazu kommt. Und außerdem habt ihr noch David Cooper, der ist ein Zwölfer-Veteran. Er wird sich auch um meine Handelsstation kümmern, während ich weg bin, zusammen mit Burke Russell. Sicher sind auch noch ein paar andere da. Was die übrigen Männer angeht, so würden sie ohnehin zum Felsenfluß gehen, auch wenn ich sie nicht hinführte. Sie sind alle geradezu begierig darauf, Rothäute zu jagen.«

Nicole rief sich die Männer ins Gedächtnis, die sie beim Hereinkommen im Hof gesehen hatte, wo sie sich als Freiwillige für die Smith County Miliz eintrugen. Es waren sicher mehr als hundert, bunt durcheinander, einige mit Waschbärenmützen und Wildlederanzügen mit Fransen, andere nur mit Strohhut, Kattunhemden und groben Baumwollhosen. An die zwei Dutzend trugen das Kopftuch ihrer französischen Herkunft. Alle waren sie bester Stimmung, lachten und unterhielten sich darüber, wie sie sich nun Indianerskalpe holen würden.

Frank sagte: »Du willst natürlich gar nicht daran denken, daß es einen Indianerangriff auf Victor geben könnte, während du weg bist. Du hast nur im Sinn, mit deiner Miliz hinunter zum Felsenfluß zu ziehen und dort einen großen Sieg über die Indianer zu erringen. Oder jedenfalls etwas, das du einen großen Sieg nennen kannst.«

Raoul streckte die Hände aus. »Aber Frank, du hast doch selbst Reynolds' Proklamation in deinem verdammten Blatt abgedruckt!«

Er deutete über die Schulter, wo er den Ausschnitt aus dem *Victor Visitor* an die Wand genagelt hatte.

Mobilmachungsaufruf der Regierung von Illinois vom 17. April 1832.

MITBÜRGER!

Euer Staat braucht Eure Dienste. Die Indianer haben eine feindselige Haltung eingenommen und sind in Verletzung der Verträge vom vergangenen Sommer in das Gebiet unseres Staates eingedrungen. Die British Band der Sauk und andere feindlich gesinnte Indianer haben sich unter Führung von Schwarzer Falke des Landes am Felsenfluß bemächtigt und die dortigen Grenzbewohner in Angst und Schrecken versetzt. Diese Siedler dort sind nach meinen Informationen in unmittelbarer Gefahr…

»Er bleibt auch nicht zu Hause und verteidigt eure Stadt«, sagte Raoul. »Er sagt, Treffen in Beardstown. Das ist sehr viel näher bei Schwarzer Falke als Victor.«

»Diese Proklamation«, entgegnete Frank, »ist für die Städte bestimmt, die in ungefährdetem Territorium liegen. Aber die Siedler an der Grenze, von denen Reynolds sagt, daß sie in Gefahr sind, sind wir hier! Raoul, erst gestern habe ich mit einem Mann aus Galena oben gesprochen. Auch dort haben sie eine Milizkompanie aus Freiwilligen aufgestellt, aber sie bleiben, wo sie sind, für den Fall eines Angriffs der Indianer. Von uns hier erwartet überhaupt niemand, daß wir Truppen für den Feldzug gegen Schwarzer Falke zur Verfügung stellen!«

Raoul schüttelte heftig den Kopf. »Wir müssen Schwarzer Falke entscheidend und rasch schlagen, mit allen Männern, die wir nur aufbieten können. Wenn das erst einmal getan ist, besteht auch keine Gefahr mehr für Victor.«

Frank wandte ein: »Wenn aber etwas wie in Fort Dearborn hier in Victor geschieht, dann müssen unschuldige Opfer den Preis für deine Entscheidung bezahlen. Willst du dir das auf dein Gewissen laden?«

Bei der Erwähnung von Fort Dearborn war Raouls Gesicht ausdruckslos geworden. Er saß regungslos da und starrte Frank nur an. Doch das dauerte nur einen Moment, dann stand er abrupt auf.

»Mein Gewissen ist rein!« erklärte er.

Du hast doch gar keines, dachte Nicole. Sie blickte resigniert in seine blauen Augen, die jetzt so leer auf sie gerichtet waren, und fragte sich, was nur aus ihrem lächelnden kleinen Bruder von einst geworden war. Das Lächeln, gut, das hatte er immer noch von einem Augenblick zum nächsten zur Verfügung, doch jetzt war es lediglich eine leere Maske oder Hohn. Konnten die Jahre seiner Gefangenschaft bei den Indianern wirklich alles erklären? Oder kam in ihm einfach nur einer der alten Vorfahren zum Vorschein, die nicht mehr gewesen waren als Räuberbarone und die als einziges Gesetz das Schwert kannten?

»Wenn ein Mann in den Krieg zieht, Miß Nancy, dann bedeutet es alles für ihn, wenn er weiß, es gibt jemanden, zu dem er zurückkehren kann.«

Raoul lächelte von seinem Fuchshengst Banner zu Nancy Hale hinab, die auf dem Kutschbock ihres schwarzen Buggy saß. Sie war erst neunzehn, aber schon eine reife Frau in voller Blüte. Wäre sie im Osten geblieben, dann wäre sie vermutlich schon längst verheiratet. Zwar gab es auch hier draußen an der Grenzlinie eine Menge Männer, doch wenige, die gut genug waren, einer Frau wie ihr den Hof zu machen.

Sie wäre verrückt, meine Werbung nicht ernst zu nehmen. Eine bessere kann sie nicht bekommen.

Nancy blickte zuerst über die staubige Straße hin bis zu den grasbewachsenen Hügeln zwischen Victoire und Victor, auf die die Vormittagssonne herunterknallte, und dann erst hinauf zu ihm. Das tiefe Blau ihrer Augen war atemraubend. »Sie haben doch schon jemand, zu dem Sie heimkommen können, Mr. de Marion. Und Kinder.«

Kinder ja. Aber die Vermischung seines blauen Blutes mit dem eines so hergelaufenen Volks wie dieser Greengloves war nicht eben das, was er sich eigentlich für Kinder erträumte, die er sich wirklich wünschte. Bei Nancy war das schon etwas anderes. Sie stammte aus einer alten New-England-Familie, deren englische Ursprünge vermutlich noch besser waren. Das war schon eher Erbgut, das er sich für seine eigene Familienfortpflanzung vorstellen konnte.

»Clarissa und ich standen nie vor einem Priester, Miß Nancy. Sie war für mich immer nur der Zeitvertreib, bis sich die richtige Dame für mich fände.«

Ihr Blick war kühl und gleichmütig. »Soweit es mich angeht, sind Sie ein praktisch verheirateter Mann und haben also kein Recht, so mit mir zu sprechen.«

»Hier draußen an der Grenzlinie macht die Notwendigkeit Bettgenossen, wie man so sagt.«

»Nicht meine.« Sie schüttelte den Kopf, daß ihre blonden Zöpfe flogen. Er konnte sich dieses Haar offen und auf einem Kissen ausgebreitet gut vorstellen, und die Vorstellung ließ ihm die Halsschlagader pulsieren.

»Sie müssen doch wissen«, fuhr Nancy fort, »wie wenig Sie so mit mir reden dürfen. Andernfalls hätten Sie mir ja wohl auch nicht hier draußen aufgelauert.«

»Ich versuche in der Tat schon tagelang, unter vier Augen mit Ihnen zu sprechen.«

Josiah Hode, der Junge von Hodge Hode, war an diesem Morgen in aller Eile zum Handelsposten geritten gekommen, um ihm zu sagen, daß Miß Hale mit ihrem Buggy in die Stadt fuhr, wieder einmal allein, ohne ihren Vater. Auf eben diese Nachricht hatte er gewartet, seit die Mobilmachungsproklamation des Gouverneurs in Victor eingetroffen war. Bisher hatte er sich, weil er wußte, wie sehr Nancy Hale ihm sein Verhalten gegen den Mischling übelnahm, mit Annäherungsversuchen zurückgehalten. Jetzt ging es nicht mehr.

»Nächsten Montag marschieren wir«, sagte er. »Das läßt Ihnen noch drei Tage Zeit, es sich zu überlegen. Ich hoffe sehr, daß Sie eine positive Antwort mitbringen, wenn Sie mich ausreiten sehen, um auch Sie vor den Wilden zu beschützen.«

Sie lächelte, aber es war ein kaltes Lächeln. »Sie können, wenn Sie wollen, meine Antwort schon jetzt mitnehmen: Nein!« Und sie gab ihrem Pferd die Zügel, und ihr geschecktes graues Pferd trabte davon.

Raoul gab seinem Pferd die Sporen, um Schritt mit ihr zu halten. »Überlegen Sie es sich in Ruhe.«

»Die Antwort wird immer gleich bleiben.«

Heller Zorn loderte in ihm hoch. Er ballte die Fäuste über seinen Zügeln. »Da werden Sie als alte Schuljungfer enden!« rief er. »Und nie erfahren, wie es ist, einen Mann zwischen den Beinen zu haben!«

Sie wurde blaß. Er hatte sie verletzt, und das bewirkte, daß er sich selbst besser fühlte.

Er hieb Banner die Sporen in die Weichen. Der Hengst stieg ungehalten aufwiehernd hoch, galoppierte davon und staubte Nancy mit einer Wolke ein.

Er wollte, das Land ringsum wäre nicht so verdammt offen. Hätte er sie aus ihrem Wagen ziehen und unter Bäume schleppen können, um ihr dort mal das Wahre zu kosten zu geben, wäre sie schnell anderen Sinnes geworden, so viel stand fest.

Hat sie noch immer den Mischling im Schädel?

Na schön, dann würde er eben ihre Antwort mit in den Krieg nehmen. Hinter der Biegung des Weges über dem nächsten Hügel kam seine Handelsstation in Sicht. Um so mehr würden die Indianer dafür zu büßen haben.

Prophetenstadt lag verlassen da. Schwarzer Falke und seine Verbündeten waren geflohen.

Raoul zügelte Banner in der Mitte der im Kreis stehenden dunklen und stillen Indianerhütten. Armand Perrault, Levi Pope, Hodge Hode und Otto Wegner hielten an seiner Seite ebenfalls an. Er wußte nicht recht, sollte er erleichtert oder enttäuscht sein. Er hatte seinen Revolver gezogen und gespannt, atmete heftig und zornig und sah sich finster um. Er fühlte sich deckungslos. Jede Sekunde, war ihm klar, konnte aus einer dieser wie Brotlaibe langgestreckten Rindenhütten der Winnebago ein Pfeil geschwirrt kommen und ihn mitten ins Herz treffen.

Wegen seiner Erfahrung in den Scharmützeln von Saukenuk im vergangenen Jahr hatte General Henry Atkinson ihn zum Obersten gemacht und zum Kommandeur seiner Vorhut, des sogenannten Späherbataillons. Das Prestige, die Späher anzuführen, gefiel ihm, doch zugleich hatte er ständig ein angespanntes Gefühl im Leib.

Er griff nach seiner Feldflasche in der indianischen Deckentasche unter seinem Sattel. Er entkorkte sie und trank einen raschen Schluck Old Kaintuck, der ihm heiß die Kehle hinabrann, dann aber Wärme vom Magen in den ganzen Körper ausbreitete. Er kühlte die Kehle mit einem Schluck Wasser aus einer zweiten Feldflasche nach.

Seit drei Wochen nun folgten sie Schwarzer Falkes Spur den Felsenfluß hinauf. Die schweren Frühjahrsregenfälle, die die Bäche zu nahezu unpassierbaren reißenden Strömen anschwellen ließen, hatten sie oft aufgehalten. Zu ihrer Enttäuschung hatten die Indianer Saukenuk links liegen gelassen. Zweifellos hatten sie gewußt oder gemerkt, daß sie dort erwartet wurden und daß die Miliz hinter ihnen her war, und waren statt dessen fünfundzwanzig Meilen stromaufwärts gezogen, wo sie angeblich in Prophetenstadt Station gemacht hatten. Doch jetzt waren sie auch hier nicht.

Raoul haßte den Ort vom ersten Augenblick an. Er war an einem Hang gebaut, der sich sanft zum Südufer des Felsenflusses hinunter erstreckte. Er fühlte sich von ihm umzingelt, bedroht. Er lag dunkel, abweisend und finster unter dem grauen und regenträchtigen Himmel. Es erinnerte ihn alles allzu lebhaft an jene Dörfer der Rothäute, mit denen ihn die schlimmsten zwei Jahre seines Lebens verbanden.

Er sah keine Herdfeuer, nirgends zum Trocknen aufgehängtes Fleisch und Gemüse neben den dunklen Hütteneingängen, keine Pfähle mit Federn, Bändern und Skalps von Feinden. Zwar hing der charakteristische Geruch von Indianerdörfern in der Luft, jene Mischung aus Tabakrauch und kochendem Maisbrei, aber nur noch sehr schwach. Offenbar waren die Indianer schon seit Tagen fort.

»Otto«, sagte Raoul, »reite zurück zu General Atkinson und melde, daß der Feind Prophetenstadt geräumt hat.«

Wegner salutierte stramm, zog seinem grauen Schecken den Kopf herum und ritt davon.

Die zweihundert Mann des Späherbataillons kamen inzwischen mit Hufgeklapper auf dem blanken Boden ebenfalls herbeigeritten. Mit ihren Waschbärenmützen und staubigen grauen Hemden und Wildlederjacken sahen sie nicht gerade wie Soldaten aus. Doch sie hatten immerhin einen Soldateneid geleistet und standen deshalb bis zum Ende ihrer Verpflichtungszeit Ende Mai unter militärischer Disziplin.

Sie riefen einander zu und lachten, während sie sich in dem verlassenen Dorf umsahen. Sie erfreuten sich alle mächtig ihres Lebens, dachte Raoul. Normalerweise müßten sie sich zu dieser Jahreszeit mit Pflügen und Säen den Rücken halb brechen. So aber verdienten sie einundzwanzig Cent pro Tag auf einer Art verlängerten Jagdausflugs.

Die meisten dieser Kerle würden ohnehin am liebsten immer Soldat spielen statt arbeiten.

Eli Greenglove trabte auf seinem braun und weiß gescheckten Pony neben ihn. Seine Captain-Silberlitzen glitzerten an den Ärmeln seiner blauen Uniformjacke, die ihm Raoul gekauft hatte. An seinem weißen Ledergürtel hatte er einen langen Säbel hängen.

Er grinste ihn an. Raoul mußte wegsehen. Eli hatte höchstens noch jeden zweiten Zahn im Mund, und die, die er überhaupt noch hatte, waren schon ganz braun vom jahrelangen Tabakkauen.

Seit einiger Zeit hatte auch Clarissa das Pfeiferauchen angefangen, was es ihm noch unangenehmer machte, das Bett mit ihr zu teilen.

Wenn doch nur Nancy –

Doch sie hatte nicht den kleinsten Zweifel daran gelassen, daß sie ihn verabscheute.

Ein verdammter Jammer. Natürlich, der alte Eli hier würde ihm die Kehle durchschneiden, wenn er auch nur ahnte, was er für Pläne wälzte.

Eli fragte: »Ob die Prophetenstadt-Indianer hier sich mit dem Haufen von Schwarzer Falke zusammengetan haben?«

»Selbstverständlich«, antwortete Raoul. »Und das heißt, daß er inzwischen gut tausend Mann bei sich hat.«

Eine Bewegung unter den Bäumen hinter dem südlichen Ende des Dorfes erregte seine Aufmerksamkeit. Er drehte sich in die Richtung und zog seine Pistole.

»Eli, halte dich mit deinem Gewehr schußbereit«, warnte er.

»Geladen und gepulvert«, sagte Greenglove und zog sein nagelneues Cramer-Gewehr mit Perkussionsschloß – ebenfalls ein Geschenk Raouls – aus der Satteltasche. Sein Pony vermochte er mit Leichtigkeit allein mit den Knien zu beherrschen.

Aus dem Wald stürzten Indianer hervor. Es waren vier Mann, und sie kamen mit erhobenen Händen langsam näher.

»Behaltet sie im Auge«, sagte Eli. »Kann leicht sein, sie wollen nur nahe genug rankommen, um uns dann überraschend anzuspringen.«

Raoul musterte sie. Zwei hatten Turbane auf dem Kopf, der eine einen roten, der andere einen blauen. Alle vier trugen Wildlederleggings mit Fransen und graue Flanellhemden. Er konnte bei keinem Waffen entdekken.

Doch dann erblickte er hinten im Wald unter den Bäumen noch weitere Gestalten. Sofort streckte er den Arm in diese Richtung und drückte ab. Seine Pistole ging laut krachend los und hinterließ eine aufsteigende Rauchwolke. Er gab sie Armand zum Nachladen, während er nach seinem Gewehr griff, einem Hall-Hinterlader.

Der Indianer mit dem roten Turban rief etwas. Raoul erkannte die Sprache. Potawatomi. Der Klang allein ließ ihm das Blut in den Schläfen pulsieren.

»Das dort sind nur Squaws und kleine Kinder!« rief der Indianer in seiner Sprache. »Bitte nicht auf sie schießen!«

Raoul war gleichwohl danach, sie alle auf der Stelle abzuknallen, nur weil sie Potawatomi waren. Aber er beherrschte sich doch. Er mußte erst wissen, was sie wollten.

Er antwortete ihm in seiner Sprache, die sich durch die Säure der Angst und des Hasses auf ewig unvergeßlich in sein Gedächtnis geätzt hatte. »Sie sollen alle herauskommen. Wer sich versteckt, wird getötet.«

Der Indianer rief über die Schulter, und langsam kam eine Gruppe Frauen mit kleinen Kindern aus dem Wald hervor.

Raoul nahm von Armand seine neugeladene Pistole zurück und dirigierte Banner hinüber zu der kleinen Abordnung. Sie ließen allmählich die Arme sinken.

»Laßt sie oben!« bedeutete er ihnen mit einer Geste seiner Pistole. Sie hoben langsam wieder die Arme hoch und sahen einander unglücklich an.

Haben wohl gedacht, wir empfangen sie mit lieben Worten und Geschenken.

Die Muskeln in seinen Schultern und im Nacken waren so angespannt, daß es schmerzte, und sein Magen produzierte Magensäure, als koche er. Er sah vor sich im Geiste das Gesicht von Schwarzer Lachs mit der Pferdepeitsche in der erhobenen Faust, wie er auf ihn einschlug. Allein der Klang der Potawatomi-Sprache ließ alle seine bösen Erinnerungen wiederauferstehen.

Er reichte die Zügel seines Pferdes Armand, der sie um einen Pfahl vor einer der Hütten schlang.

»Wer seid ihr?« fragte Raoul.

»Ich bin Kleiner Fuß«, sagte der mit dem roten Turban. »Ich bin das Haupt des Clans der Deer. Wir leben hier in dem Ort des Winnebago-Propheten.«

Seine Haut war dunkel und seine Nase breit und platt. Er hatte keine Federn im Haar, vermutlich weil er nicht kriegerisch aussehen wollte. In seinen langen schwarzen Strähnen, die unter dem Turban zu zwei Zöpfen geflochten herunterhingen, waren auch weiße. Raoul schätzte ihn auf über fünfzig.

Könnte auch in Fort Dearborn vor zwanzig Jahren dabeigewesen sein.

Eines war sicher, ein Potawatomi war er. Er spürte, wie sich sein Finger am Abzug seiner Pistole, die er in Hüfthöhe hielt, wie von selbst krümmte.

Er wandte sich an Levi Pope und einige seiner Smith County Boys, die auf ihren Pferden um ihn herum standen. »Fesselt sie.«

Levi, der nicht weniger als sechs Pistolen im Gürtel hatte, alle schußbereit geladen, stieg vom Pferd und nahm ein Seil vom Sattelknauf. »Die Squaws und das kleine Kroppzeug auch?«

»Die bringt ihr in eine der Hütten und bewacht sie dort.« Dann fiel ihm noch etwas ein. »Eli, nimm dir ein paar Mann und durchsuche die Hütten. Überzeuge dich, daß sich auch sonst nirgends mehr welche versteckt halten.«

Levi ging zu dem Indianer mit dem roten Turban, zog ihm grob die Arme nach unten und hatte ihm im Handumdrehen die Hände auf den Rücken gefesselt. Seine Leute machten grinsend das Gleiche mit den übrigen Indianern. »Auch an den Füßen«, ordnete Raoul an, und Levi und seine Burschen erledigten auch dies.

Mit seiner freien Hand nahm Raoul inzwischen einen neuen langen Schluck aus der Whiskey-Feldflasche an seinem Sattel.

Nun trat er nahe vor Kleiner Fuß hin und sah ihm in die Augen. Die Art, wie der Indianer zurückblickte, gefiel ihm nicht. Er konnte keine Angst erkennen.

Mit einer plötzlichen Bewegung hakte er seine Fußspitze in die Fußfesseln des Indianers und riß daran. Kleiner Fuß stürzte rücklings zu Boden und stöhnte auf über den völlig unerwarteten Schmerz.

Als er sich mühsam aufgesetzt hatte, war der haßerfüllte Blick, mit dem er Raoul ansah, für jedermann erkennbar.

»Warum bist du hier geblieben?« fragte Raoul.

»Weil wir nicht glauben, daß Schwarzer Falke gewinnen kann. Wir hoffen, daß die Langmesser denjenigen nichts tun, die keinen Krieg gegen sie führen.«

»Wohin ist Schwarzer Falke gegangen?« fragte Raoul. »Was plant er? Wo sind die Bewohner dieses Ortes?«

»Ich habe dem Winnebago-Propheten versprochen, niemandem zu sagen, wo sie hin sind. Ich bin verflucht, wenn ich das Versprechen breche.«

»Der Fluch des Winnebago-Propheten bedeutet gar nichts. Du solltest mich mehr fürchten.«

Der Indianer blieb mit unbewegtem Gesicht stumm stehen.

Was für eine Freude, einen Haufen dieser verdammten Potawatomi in seiner Gewalt zu haben, hier, wo er alles mit ihnen machen konnte.

Es begann leicht auf die Rindendächer und die festgestampfte Erde zu nieseln.

Während Raoul noch mit den Indianern geredet hatte, waren die restlichen Milizleute in Prophetenstadt eingeritten. Die Kolonnen in Viererreihen hielten auf dem Grasland im Süden des Ortes an und lösten nach den Kommandos der Offiziere ihre Formationen auf, stiegen ab und führten ihre Pferde.

Otto Wegner kam herbei und stieg ab.

»General Atkinson läßt den Rest der Armee draußen vor Prophetenstadt lagern, Sir«, meldete er auf übliche Weise stramm salutierend, und dabei fiel ihm fast sein großes Jagdmesser aus der Tasche seiner Lederbluse.

Raoul drehte sich herum, um den Salut nachlässig zu erwidern, ging zurück zu seinem Pferd Banner und trank einen weiteren Schluck aus seiner Whiskey-Feldflasche.

Es war etwas überraschend, daß Atkinson sich bereits zum Lagern entschieden hatte, obwohl der Tag erst halb vorbei war. Nun ja, von Henry Atkinson wußte man, daß er nicht eben der Eifrigste und Schnellste war. Er hatte auch schon von befreundeten Offizieren in der regulären Armee gehört, daß Atkinson einen recht scharf gehaltenen Brief vom Kriegsminister in Washington erhalten habe, in dem er kritisiert wurde, weil er nicht entschlossen und schnell genug gegen die Indianer vorging.

Wenn sich mir eine Chance bietet, die Brüder fertigzumachen, wird sich keiner über Langsamkeit beklagen können.

Die zuerst Angekommenen waren bereits mit dem Aufstellen ihrer Zelte fertig. Die Offiziers-Spitzzelte bestanden aus weißer Leinwand, und maßen bis ganz oben sechs Fuß. Mannschaftszelte waren flach und gerade hoch genug, daß zwei Mann liegend darin Platz fanden. Die meisten machten sich ohnehin nicht die Mühe, Zelte mitzuführen. Sie schliefen unter freiem Himmel, eingerollt nur in die groben Decken, die jeder Mann bei sich hatte.

Die Leute schnüffelten im ganzen Ort herum und spähten in jede

Hütte, die sie nur mit äußerster Vorsicht und schußbereitem Gewehr betraten.

Raoul beobachtete Justus Bennett, im Zivilleben Landverwaltungsbeamter der Smith County, wie er zwei Mann in Lederanzügen und mit Waschbärenmützen befahl, sein Zelt aufzubauen. Auch Bennett versuchte immer, sich das Leben so angenehm wie möglich zu machen. Sein Packpferd trug nicht nur sein Privatzelt, sondern auch ein ganzes Bündel eleganter Kleidung samt ein paar schweren Gesetzeswälzern. Es war für Raoul unbegreiflich, wieso jemand glauben konnte, so etwas sei hier in der Wildnis nötig oder passend.

»Bennett!« rief er zu ihm hinüber. »Übernehmen Sie die Aufsicht über die Bewachungsmannschaft!«

Bennett ließ deutlich merken, wie lästig ihm dieser Auftrag war, gab aber schließlich den Leuten, die sein Zelt aufbauten, noch einige Anweisungen und ging dann gemächlich hinüber zu den gefangengesetzten vier Indianern. Er war ein rundschultriger, leichtgewichtiger Mann und sah entschieden unmilitärisch aus. Er hatte Raoul einmal erklärt, für jeden, der in der Politik vorwärtskommen wolle, sei es eine vom Himmel gesandte Chance, sich auch mit Feldzugserfahrungen schmücken zu können.

Raoul rief über den Platz: »Levi, du kannst die Bewachung der Indianer nun sein lassen und mir mein Zelt aufstellen.«

Um die Indianer hatte sich inzwischen ein ganzer Kreis gebildet. Vielleicht hatten sie Lust, den Indianern kleine Privatabrechnungen zu verpassen.

Jemand hinter ihm sagte: »Tag, Oberst.«

Raoul war daran gewöhnt, auf die Leute herabzuschauen, doch zu dem hier mußte er ein wenig hochsehen. Er war auf Pierres Art hager, doch ein ganz erhebliches Stück häßlicher, als sein Bruder gewesen war. Er sah aus wie ein halbverhungerter Klepper.

Der stolpert auch über sich selbst beim Gehen, und wenn er reitet, schleift er vermutlich die Füße auf dem Boden nach.

Er deutete auf die sitzenden Potawatomi. »Habt ihr Kerle überhaupt schon mal Indianer aus der Nähe gesehen?«

»Danach zu schließen, Oberst«, erwiderte der große, hagere Mann,

»wie Sie sie gefesselt haben und bewachen lassen, scheinen sie recht gefährliche Burschen zu sein.«

Raoul hörte ein Lächeln aus dem sich schleppenden Südstaatenakzent heraus, und sogleich schoß ihm wieder die Hitze in den Nacken. Er besah sich den Mann näher. Er konnte nicht viel über zwanzig sein, aber er hatte es bereits in sich. Ein Bauerngesicht. Sonnengegerbt. Ironische Lachfältchen um die unter buschigen Brauen tiefliegenden Augen, auf deren Grund aber auch ein scharfer und kühl kritischer Geist erkennbar war.

Wie die meisten Freiwilligen trug auch er Zivilkleidung. Seine graue Hose steckte in Farmerstiefeln, und unter der grauen Jacke hatte er ein mit weißen Blumen bedrucktes blaues Kattunhemd an. Am Gürtel aber hatte er einen Offizierssäbel hängen.

»Nun«, meinte Raoul, »da Sie sich offensichtlich auch freiwillig zum Kampf gegen die Indianer gemeldet haben, sehen Sie sie sich vielleicht mal ein wenig aus der Nähe an.«

Der Mann ging hin und stellte sich vor Kleiner Fuß auf, bückte sich zu ihm hinunter und sagte: *»Howdy.«*

Kleiner Fuß sah ihn nicht einmal an, sondern blickte ausdruckslos an ihm vorbei ins Leere.

Der Mann richtete sich wieder auf. »Mächtig gefährlicher Zeitgenosse, Sir.«

Einige der Umstehenden kicherten unterdrückt. Selbst Justus Bennett gestattete sich ein leichtes »kch« durch die Nase.

Raoul fühlte seinen Jähzorn aufwallen. Er hatte sich richtig darauf gefreut, die vier Potawatomi in die Mangel zu nehmen und sie, weil sie natürlich Widerstand leisten und auf keine seiner Fragen antworten würden, so zu bearbeiten, daß sie in Angst und Schrecken verfallen würden. Er hatte sogar die Hoffnung gehegt, daß sie ihm einen Anlaß geben würden, sie einfach auf der Stelle abzuknallen. Aber diese seltsamen Milizleute wie der da wurden allmählich zum Ärgernis.

»Sie finden das hier alles offenbar sehr lustig, wie? Wer sind Sie überhaupt?« Sein Ton war inzwischen ungemütlich.

»Ich bin Captain Lincoln, Sangamon County Company, Sir. Wir sind dem Zweiten Bataillon zugeteilt.«

Raoul ließ seinen Blick über die Leute wandern, die dieser Lincoln mitgebracht hatte.

»Ist einer von euch anderen imstande zu reden?«

Einer der Leute lachte. »Das überlassen wir meistens dem guten alten Abe, wenn er da ist.«

»So, so. Könnte doch passieren, daß einer, dem ihr das Reden überlaßt, euch in was reinredet, das ihr gar nicht wollt?«

Doch der Captain, den sie Abe nannten, entgegnete ihm: »Oh, keine Sorge, Sir. Ich stelle immer sicher, daß ich nur sage, was meine Leute hören wollen.«

Das brachte ihm neues Gelächter ein.

Raouls angeheizte Stimmung, die er eigentlich an den Potawatomi hatte auslassen wollen, konzentrierte sich nun auf diesen seltsamen Freiwilligen. Der Whiskey, den er getrunken hatte, machte ihn noch hitziger.

Es gab eine Möglichkeit, diesem hergelaufenen Kerl zu zeigen, wer hier das Kommando hatte, und zugleich damit sein Mütchen an den Rothäuten zu kühlen.

Er zog seine Pistole und wog sie in der Hand.

Der hochgewachsene, hagere Captain musterte ihn aufmerksam, sagte aber nichts.

»Ich werde jetzt diesem Potawatomi dort noch eine Chance geben, mir zu sagen, wohin Schwarzer Falke gezogen ist. Aber wenn er weiterhin starrköpfig bleibt, erschieße ich ihn.«

Er stellte sich vor Kleiner Fuß hin und setzte ihm die Pistole an die Schläfe.

Dabei sagte er auf Potawatomi: »Ich will wissen, was Schwarzer Falke für Pläne hat. Hat er etwa weiter oben einen Hinterhalt gelegt? Hat er ein verstecktes Lager für die Weiber und Kinder? Sag es mir, oder ich schieße dich tot.«

Dann richtete er seine Pistolenmündung auf den anderen Indianer mit dem blauen Kopftuch neben Kleiner Fuß. »Und danach werde ich den da fragen, und wenn er auch nicht redet, erschieße ich auch ihn.«

Der spindeldürre junge Mann, der sich als Lincoln vorgestellt hatte, sagte: »Bei allem Respekt, Sir, der Ihnen nach Rang und Erfahrung zukommt, aber was Sie da vorhaben, ist unzulässig.«

Raouls Jähzorn drohte überzukochen. Fast wie von selbst spannte sich sein rechter Arm. Um nicht unabsichtlich und voreilig abzudrücken, nahm er den Finger vom Abzug.

Der junge Sangamon-Captain Abe Lincoln sagte mit milder, aber eindringlicher Stimme: »Wenn Sie erlauben, will ich Ihnen auch begründen, warum es unzulässig ist.«

Die geschliffene Höflichkeit des Mannes konnte ihn zur Raserei bringen. Raoul drehte sich zu ihm herum und ließ den Arm sinken.

»Ja, Captain? Halten Sie mir Ihre Predigt.«

»Wenn Sie einen weißen Gefangenen in Ihrem Gewahrsam hätten, Sir, würden Sie ihn gewiß nicht erschießen, wenn er sich weigerte, seine Kameraden zu verraten. Sie würden es im Gegenteil für höchst ehrenhaft halten, wenn er alle Ihre Fragen mit Schweigen beantworten würde. Dieser rote Mann hier ist aber wie Sie und ich ein Mensch mit allen gottgegebenen Rechten auf Leben.«

Raoul entging nicht, wie mit einem Schlag die bisherige hinterwäldlerische Art zu sprechen von dem jungen Captain abfiel wie ein nicht mehr benötigter Umhang. Jetzt klang er wie ein Anwalt oder Prediger.

»Ich war zwei Jahre lang«, antwortete er ihm, »Gefangener der Potawatomi. Ich kann Ihnen aus meiner persönlichen Erfahrung in dieser Zeit versichern, daß sie absolut nichts Menschliches an sich haben.«

Wie war Pierre damals zornig geworden, als er gesagt hatte, daß Indianer nur Tiere seien. Dabei stimmte es doch!

»Haben sie Sie schlecht behandelt? Sind Sie als Sklave gehalten worden?«

»Ja, verdammt!«

Lincoln blickte ihn gelassen an. »Wenn Leute, die Sklaven halten und sie schlecht behandeln, dadurch ihre Menschlichkeit verlieren, dann müssen Sie aber auch jeden wohlhabenden Weißen in den Südstaaten so einstufen.«

Ein paar seiner Leute lachten wieder. »Dieser Abe! Der hat eine Antwort auf alles!«

Erneut schlossen sich Raouls Finger heftig um seine Pistole. Er hatte jetzt genug Zeit und Worte mit diesem wandelnden Skelett aus der Sangamon County verschwendet. Es reichte. Er zitterte vor Zorn.

Es gab Mittel und Wege, diesen sinnlosen Wortklaubereien ein rasches Ende zu bereiten.

Er drehte sich abrupt um, ging zu Kleiner Fuß zurück, zielte keinen Fuß von dem Kopf mit dem roten Turban entfernt und spannte den Hahn erst halb, dann ganz. Das doppelte Klicken war in der plötzlichen Stille laut hörbar.

Mit einem Mal schossen die nicht gefesselten Arme des Indianers blitzschnell hoch. Er faßte mit beiden Händen nach dem Pistolengriff und schlug ihn weg. Raoul, der bereits dabei war abzudrücken, erstarrte der Finger förmlich, als er plötzlich ohne Ziel war.

Das Herz sank ihm schlagartig, und er wußte, er hatte einen tödlichen Fehler begangen.

Ich hätte gleich schießen sollen. Jetzt bin ich selbst ein toter Mann.

Auf dem Boden neben dem Indianer lag ein Stück Schnur. Er mußte sich heimlich von seinen Handfesseln befreit haben, während er und alle anderen von seiner Diskussion mit Captain Lincoln abgelenkt waren.

Kleiner Fuß hatte sich bereits die geladene und gespannte Pistole geschnappt und hielt sie nun Raoul auf das Herz. Raoul blickte wie gelähmt in schwarze Augen, die kein Erbarmen für ihn erkennen ließen.

Da flog etwas schemenhaft durch die Luft an ihm vorbei.

Es folgte der Knall eines Pistolenschusses.

Er hustete geblendet und erkannte unscharf durch den Pistolenrauch, daß der dürre Captain sich auf den Indianer geworfen und ihm die Pistole aus der Hand geschlagen hatte. Jetzt rangen die beiden miteinander und hieben wie wildgewordene Tiere aufeinander ein.

Als sich der Pulverdampf verzogen hatte, war die Sache entschieden. Der Dürre hatte die Oberhand behalten. Die Fesseln des Indianers waren noch immer gebunden, und Lincolns Arm war unter denen des Indianers auf seinem Rücken, seine Hand oben an seinem Kopf, und so drückte er ihm das Kinn an die Brust nach unten. Mit seinen langen Beinen hatte er die Rothaut im Scherengriff um den Leib.

Raouls Augen tränten noch von dem Pulverdampf, den er abbekommen hatte. Sein Herz hämmerte an seinen Brustkorb.

»Gut gemacht, Sir!« sagte Justus Bennett anerkennend zu Abraham Lincoln.

Und wo zum Teufel warst du? dachte Raoul zornig.

Mit noch immer zitternder Hand griff er sich Bennetts Pistole.

Die vier Wachen hielten bereits ihre Gewehre im Anschlag auf den Indianer. Jeder einzelne von ihnen hätte sein Leben retten können, wenn sie schnell genug geschossen hätten. Aber keiner hatte flink genug reagiert. Mit Ausnahme von Lincoln.

Seine Leute jubelten nun lebhaft. »Der alte Abe ist der beste Ringer in der ganzen Armee, Oberst! Sie haben sich soeben selbst davon überzeugen können.«

Raoul wischte sich die Hände ab und rief: »Gehen Sie beiseite, Lincoln! Dieser Rothaut blase ich das Gehirn aus dem Schädel!« Daß ihm fast die Stimme wegblieb vor Erregung, machte ihn nur noch zorniger.

Er bekam eine gelassene Antwort von Lincoln, der Kleiner Fuß noch immer im Griff hielt. »Ich ersuche Sie, das nicht zu tun, Sir!«

»Er hat versucht, mich zu töten. Stehen Sie auf und treten Sie beiseite, gottverdammt noch mal!«

»Nein, Sir.«

Lincoln machte seine Hände von dem Indianer frei, hielt ihn aber weiter in seiner Beinschere. Der Indianer blieb reglos, als habe ihn seine Bemühung, Raoul zu erschießen, bereits die letzte Kraft gekostet. Er murmelte nur etwas vor sich hin. Vermutlich sein Todesgesang, dachte Raoul.

Lincoln band dem Indianer die Hände wieder, stand dann auf und stellte sich zwischen ihn und Raoul, dem er seine leere Pistole mit dem Griff voraus hinhielt.

»Oberst, ich glaube, Sie sind ein fairer Mann und pflichten mir bei, daß ich Ihnen soeben das Leben gerettet habe.«

Raoul nahm seine Pistole an sich und reichte sie Armand weiter. Es war ihm völlig klar, daß ihn der lange Kerl in eine verzwickte Situation zu manövrieren versuchte. Es gab zu viele Augenzeugen von dem, was soeben geschehen war.

»Ja, Sie haben mir das Leben gerettet.« Es wollte ihm nur mühsam über die Lippen. Es gab ihm das Gefühl, als habe ihn diese Pistolenkugel tatsächlich getroffen und stecke nun noch in ihm. »Ich danke Ihnen. Sie dürfen meiner tiefstempfundenen Dankbarkeit sicher sein, Captain.«

»Wenn das so ist und wenn ich Ihnen also, sagen wir, einen Gefallen getan habe, sind Sie dann bereit, ein Leben gegen ein anderes einzutauschen?«

Einen Augenblick lang wußte Raoul nicht, was er sagen oder tun sollte.

Alles, was er tun mußte, war, diesen Lincoln einfach zur Seite zu schieben, dem Indianer die Pistole an die Schläfe zu setzen und abzudrücken.

Aber es war ihm auch klar, daß er sich, je länger er zögerte, desto unglaubwürdiger machte.

Welches Recht, verdammt, hatte dieser dürre Captain, die Verschonung des Indianers zu fordern?

Er sah, daß inzwischen fast hundert Mann um sie herum standen. Die vorne Stehenden, die etwas sehen konnten, hatten alle so ein halbes Lächeln auf den Gesichtern. Es war ihnen völlig egal, wer von ihnen beiden aus dieser Katastrophe als Sieger hervorging. Sie hatten ihren Spaß daran.

Er war breitschultriger und vermutlich auch stärker als Lincoln. Aber er würde sich lächerlich machen, müßte er mit ihm darum kämpfen, an ihm vorbeizukommen, um den Indianer zu erschießen. Gar nicht zu reden davon, wenn dieser Haufen Knochen ihn am Ende besiegte.

Der alte Abe ist der beste Ringer in der ganzen Armee, Oberst.

Die Wahrheit war bitter wie Essig, aber der einzige Weg, seine Würde zu wahren, bestand darin, Lincoln seinen Willen zu lassen.

»Ach, zum Teufel«, sagte er schließlich laut und war schon damit zufrieden, daß sich in der Zeit, in der er überlegend dagestanden war, wenigstens seine Stimme wieder gefestigt hatte. »Von mir aus, dann soll der Indianer eben am Leben bleiben. Was bedeutet er mir schon? Nichts.«

Doch seine Hand, bemerkte er, zitterte nach wie vor, als er nun Bennett seine Pistole zurückgab. Er nahm seine eigene, die Armand inzwischen nachgeladen hatte, wieder an sich und steckte sie ein und hoffte, daß niemand das Zittern bemerkte.

»Meine Hand darauf«, sagte er schnell und hielt Lincoln seine Hand hin und strengte sich an, sie still zu halten.

Der Händedruck von Captain Lincoln war wie ein Schraubstock. Er war verblüfft, auch wenn er mit eigenen Augen gesehen hatte, wie der junge Mann den Indianer lahmgelegt hatte.

Er spürte, daß der andere noch etwas dazu tat, um seine Dankbarkeit zu beweisen.

»Kommen Sie, Abe, trinken wir darauf einen zusammen.«

»Mit Vergnügen, Sir.«

Armand war inzwischen mit der Aufstellung von Raouls Zelt fertig. Sie gingen hinein, Armand entkorkte einen Krug und reichte ihn Raoul, der ihn sofort an Lincoln weiterreichte. Der junge Mann hakte seinen Finger in den Henkel und hob den Krug zum Mund. Raoul sah, wie sein hervorstehender Adamsapfel auf- und abging, als er einen langen Schluck trank.

»Üblicherweise rühre ich Whiskey ja nicht an, Sir«, erklärte Lincoln danach, während er ihm den Krug zurückreichte. »Ich habe erlebt, wie er zu viele gute Männer ruiniert hat. Aber in diesem Fall mache ich gerne eine Ausnahme. Es passiert mir ja auch nicht jeden Tag, daß ich eine Pistole gerade noch ablenke, bevor sie losgeht, einen Indianer niederringe und einem Obersten den Gehorsam verweigere.«

»Das ist aber auch der beste Whiskey hier, den Sie weit und breit kriegen können. Old Kaintuck – O. K.«

»Drei Dinge haben sie in Kentucky, die besser sind als sonstwo«, sagte Lincoln. »Steppdecken, Gewehre und Whiskey. Ich weiß das zufällig ganz genau. Ich stamme von da unten.«

Wegen Leute wie dem da, dachte Raoul mißvergnügt, hatten sie hier in Illinois ihren Spottnamen »Suckers« bekommen. Die schwachen Triebe der Tabakpflanzen, die man schneiden und wegwerfen mußte, hießen *suckers*, und Illinois galt als vorwiegend bevölkert von denen, die es in tabakpflanzenden Staaten wie Kentucky zu nichts gebracht hatten und weggezogen waren.

»Nun, dann auf Kentucky«, sagte er und prostete ihm zu. Er haßte diesen häßlichen, knochigen Kerl. Er hatte ihm seine Rache verdorben.

Er hob den Krug zum Mund und ließ die brennende Flüssigkeit über seine Zunge und die Kehle hinablaufen und war dankbar für die Wärme, die gleich den Eisesschauder des Todes fortschmelzen würde, der noch immer sein Herz umklammert hielt.

Nach ein paar weiteren Schlucken war er bereit, Lincoln ein paar seiner eigenen Gedanken nahezubringen. Schließlich hatte der Mann ihm tatsächlich das Leben gerettet.

»Wissen Sie«, sagte er, »eigentlich haben Sie sich ja da wegen diesem Indianer eine Menge Mühe aufgehalst. Das ist doch reine Zeitverschwendung. Später müssen wir die Kerle doch sowieso töten.«

Lincoln wand sich, als schmerzten ihn diese Worte körperlich. »Warum sagen Sie das, Sir?«

»Sehen Sie, ich habe einen großen Besitz, oben in der Smith County, am Mississippi. Meilen und Meilen besten fruchtbaren Landes, das nur auf den Pflug wartet. Aber auf einem viel zu großen Teil davon wächst jetzt nichts weiter als Prärieblumen, weil ich nicht genug Leute kriege. Sie wollen nicht zu mir. Sie haben Angst vor den Indianern.«

»Wenn die Indianer fair behandelt werden, hat man auch nichts von ihnen zu befürchten«, sagte Lincoln.

»Ach wo. Behandeln Sie sie fair, und sie greifen trotzdem unsere Siedlungen an.«

»Da bin ich, fürchte ich, nicht so ganz Ihrer Meinung, Mr. de Marion.«

»Warum zum Teufel haben Sie sich dann freiwillig zur Miliz gemeldet, wenn Sie keine Indianer töten wollen?«

Lincoln lächelte. »Nun ja, es macht sich gut, Feldzugsteilnahmen vorweisen zu können, wenn man Abgeordneter werden will.«

Ach Gott, noch einer von diesen schleimigen Politikern. Genau wie Bennett.

Ein Bluebelly, ein blauuniformierter Offizier der Bundesarmee, kam ins Zelt und nahm seinen hohen zylindrischen Tschako ab.

»Oberst de Marion, die besten Empfehlungen von General Atkinson. Wir brechen das Lager ab und ziehen weiter den Felsenfluß aufwärts in Verfolgung von Schwarzer Falke und seiner British Band. Er bittet Sie, erneut die Vorhut zu bilden.«

»Woher weiß denn der General, wo die Sauk sind?« wollte Raoul gereizt wissen.

»Einige Winnebago, die dem General bekannt sind, kamen ins Lager und boten an, uns zu führen, Sir. Sie sagten, Schwarzer Falke und der Winnebago-Prophet führen ihre Stämme stromaufwärts, um dort zu versuchen, die Potawatomi als Verbündete zu gewinnen. Schwarzer Falkes Leute sind zu Fuß, mit Ausnahme der Krieger. Der General glaubt, daß wir sie noch einholen können, wenn wir rasch reiten.«

Lincoln reichte Raoul die Hand.

»Vielen Dank für den Whiskey, Sir.«

»Vielen Dank, daß Sie die Pistole weggeschlagen haben.«

Lincoln lächelte. »Und ich, Oberst, danke Ihnen dafür, daß Sie den Indianer verschont haben. Jetzt gehe ich aber lieber, sonst ist Schwarzer Falke bereits in Checagou.«

Als Raoul aus seinem Zelt hinaustrat, sah er, daß die gefangenen Potawatomi fort waren. Sofort wallte wieder Zorn in ihm auf. Wie konnte es jemand gewagt haben, sie ohne seine Erlaubnis freizulassen? Er hatte noch immer Lust, der heimtückischen Rothaut eine Kugel durch den Kopf zu jagen.

Der nächste Indianer, der mir in die Hände fällt, hat nicht mehr so viel Glück.

Bis seine Leute die Zelte abgebaut hatten und auf den Pferden saßen, hatte er sich eine kleine Entschädigung für die entgangene Rache ausgedacht. Er saß mit einem brennenden Prügel auf seinem Pferd Banner.

»Also, Leute, die Winnebago, die hier gelebt haben, sind mit Schwarzer Falke gezogen. Sie sind uns voraus. Wir wollen ihnen lieber nichts lassen, zu dem sie später zurückkommen könnten.«

Er holte aus und schleuderte seine Fackel, die sich in der Luft drehte wie ein Rad, auf das nächste Dach einer Winnebago-Hütte. Ein Kreis orangefarbener Flammen breitete sich rasch aus. Es regnete zwar noch immer, doch nicht heftig genug, um das Feuer spürbar zu beeinträchtigen.

Seine Leute brachen in Kampfgebrüll aus, und Eli und Armand ritten ihnen voraus und warfen ihre Fackeln in die dunkelbraunen Indianerhütten.

Armand reichte Raoul grinsend einen langen Pfahl, den er aus einer Hüttenwand gezogen hatte und der bereits am einen Ende brannte. Raoul schwenkte seinen breitrandigen Hut, ritt durch den ganzen Ort und steckte mit dem brennenden Pfahl alles an, was bis jetzt noch nicht brannte. Die dünnen Wände der Hütten fingen alsbald Feuer und brannten wie Zunder. Den Rest besorgte sein ausschwärmendes Bataillon. Die Truppen, die außerhalb der Stadt kampiert hatten und noch beim Abbau ihrer Zelte waren, hielten inne und sahen dem Schauspiel zu.

In kürzester Zeit knatterte das Feuer lodernd hoch empor. Es donnerte in Raouls Ohren wie ein Wasserfall.

Wenn sie Schwarzer Falke noch erreichten, wäre das ein glorreicher Triumph. Ganz egal, wie viele Leute Schwarzer Falke haben mochte, er war sich ziemlich sicher, sie vollständig aufreiben zu können. Die brennenden Hütten, der Whiskey in seinem Kreislauf und der Haß in seinem Herzen vereinten sich für ihn zu einer Jagd, die der British Band mit der Geschwindigkeit und Vernichtungskraft eines Präriebrandes hinterherlief.

14

Erstes Blutvergießen

Weißer Bär versuchte an nichts anderes zu denken als daran, sein braunscheckiges Pony auf dem richtigen Weg über das weite Grasland zu führen und seine beiden Begleiter im Auge zu behalten.

Ich hatte nicht einmal eine Chance, mich von Roter Vogel zu verabschieden.

Roter Vogel befand sich inzwischen einen Tagesritt entfernt von ihm stromaufwärts in dem Lager, das die Potawatomi Schwarzer Falkes Leuten zu errichten erlaubt hatten. Es überlief ihn eiskalt bei dem Gedanken daran, daß er heute noch umkommen könnte und sie dann allein und der Verfolgung der Feinde ausgesetzt wäre.

Ich hätte Wolfspfote bitten können, sich um sie zu kümmern, falls mir etwas zustößt. Er haßt mich zwar, aber er macht sich etwas aus Roter Vogel.

Für Roter Vogel und Adlerfeder und für das Kind, das Roter Vogel jetzt unter dem Herzen trug, riskierte er heute sein Leben. Seine Familie sah dem Hunger entgegen. Vor über sechs Wochen – nach der Art, wie die Blaßaugen zählten – hatte Schwarzer Falke sie über den Großen Strom nach Illinois geführt. Wie die anderen Familien hatten auch er und

Roter Vogel nur wenig Proviant mitnehmen können, und das meiste davon war aufgebraucht. Die Langmesser waren hinter ihnen her, da blieb wenig Zeit zum Jagen und Fischen, und auch Roter Vogel konnte nicht in die Wälder gehen, um Vorräte zu sammeln.

Aber sie brauchte zu essen, gerade jetzt in ihrem Zustand. Die Kinder der British Band hatten bereits tiefliegende Augen und eingefallene Wangen. Überall im Lager war das Schreien hungriger Kinder zu hören. Alte Leute, die schon fast wie Tote aussahen, lagen regungslos am Boden, um ihre Kräfte zu schonen.

Obwohl Fliegende Wolke anderes versprochen hatte, hatten die Potawatomi-Häuptlinge es bei einem geheimen Treffen am gestrigen Abend abgelehnt, sich Schwarzer Falke im Kampf gegen die Langmesser anzuschließen. Sie waren nicht einmal bereit gewesen, seinem Stamm Proviant zu geben oder ihn noch länger auf ihrem Territorium lagern zu lassen. Schwarzer Falke hatte daraufhin zugeben müssen, daß der einzige Weg für den Stamm, Schlimmerem zu entgehen, darin bestand, sich geräuschlos wieder hinter den Großen Strom zurückzuziehen.

Damit das möglich wurde, mußte zuerst Friede mit den Langmessern geschlossen werden. Trotz aller seiner Befürchtungen war Weißer Bär, zumal er der einzige des Stammes war, der fließend Englisch sprach, sogleich klar gewesen, daß er sich der Aufgabe nicht entziehen konnte, die Emissäre Schwarzer Falkes zu begleiten.

Der Gedanke daran, wie Schwarzer Falke und der ganze Stamm im Stich gelassen worden waren, schmerzte. Er saß mit hängenden Schultern im Sattel. Kein anderer Stamm war bereit gewesen, sich mit ihnen, der British Band, zu verbünden. Nicht ein Wort von den Versprechungen des Winnebago-Propheten, daß sogar Hilfe von den Briten in Kanada käme, hatte gestimmt.

Eine Delegation unter Brühe, dem besten Redner des Stammes, hatte das britische Fort Malden bei Detroit aufgesucht und um Hilfe gebeten. Sie waren mit dem Rat zurückgeschickt worden, die Sauk müßten allmählich lernen, in Frieden mit den Amerikanern zu leben.

Die Bewohner von Prophetenstadt hatten ihre Stadt zusammen mit Schwarzer Falke mehr aus Furcht vor den Langmessern verlassen als aus Solidarität mit den Sauk und dem Wunsch, Schwarzer Falke im Kampf um Saukenuk beizustehen. Als die Aussichten auf einen Sieg schwanden, verließen ihn die meisten sogleich, obwohl ihr Prophet Fliegende Wolke weiter bei ihm blieb.

Auf ihn hatte Schwarzer Falke vertraut, weil seine Versprechungen der British Band erst den Mut und die Entschlußkraft verliehen hatten, sich den Langmessern entgegenzustellen. Weißer Bär war heftig enttäuscht gewesen, als Schwarzer Falke dem Winnebago-Propheten verziehen hatte, obschon doch klar war, daß er sich alle seine Versprechungen und Behauptungen aus den Fingern gesogen hatte.

Er brannte vor Zorn.

Mich haben sie ausgelacht, als ich ihnen die Wahrheit sagte. Und diese fette, aufgeplusterte Kröte hat ihnen Märchen erzählt, und gleichwohl verehren sie ihn noch immer. Was ist schlimmer als ein Schamane, der lügt?

Er ritt zur Rechten von Kleine Krähe, der als der älteste von ihnen die weiße Fahne trug. Sie war aus einem Laken gerissen, das die Tapferen in der hastig verlassenen Hütte eines Siedlers gefunden hatten, und an einen Speer gebunden, von dem die Spitze entfernt worden war. Zur Linken von Kleine Krähe ritt Drei Pferde.

Da sie nicht in den Kampf ritten, hatten sie ihre Pferde nicht komplett gesattelt und ausgerüstet, sondern saßen nur auf über den Pferderücken gelegten Decken. Alle drei hatten ihr Gesichter schwarz bemalt, weil es denkbar war, daß sie ihrem Tod entgegenritten, auch wenn es eigentlich schwer vorstellbar war, daß an einem so schönen Nachmittag in der Mitte des Mondes der Knospen Menschen getötet werden könnten. Eine warme Brise strich über sie hin. Sie ritten mit bloßem Oberkörper. Das ganze Land war unzählig wie die Sterne am Himmel mit roten, blauen und gelben Prärieblumen übersät und trotz aller Lebensangst eine Augenweide. Überall ringsum war der werbende Frühlingsgesang der rotgeflügelten Stärlinge in der Luft zu hören.

Weißer Bär hatte alles, was ihm etwas bedeutete, bei Eulenschnitzer zurückgelassen – seinen Medizinstab, seinen Medizinbeutel der Sauk und seine von den Blaßaugen stammenden medizinischen Instrumente, seine Schamanen-Muschelhalskette, seine Schmuckstücke aus Messing und Silber, sein Buch *Das verlorene Paradies* und das Messer mit dem

Hirschhorngriff, das ihm sein Vater einst geschenkt hatte. Er hatte nichts bei sich als die Kleider, die er auf dem Leibe trug, die Rehlederleggings mit den Fransen und eine Wildlederweste mit blauen und grünen Verzierungen in Karomustern.

Er sah sich um. Einen Pfeilschuß hinter ihnen auf der Prärie ritten fünf Tapfere. Selbst aus dieser Entfernung konnte er ausmachen, daß der größte in der Mitte Eisernes Messer war. Sie hatten die Aufgabe, auf sie aufzupassen, sie versteckt zu beobachten und Schwarzer Falke zu berichten, wie die Langmesser seine Parlamentäre behandelten. Schwarzer Falke wartete zusammen mit Eulenschnitzer, dem Winnebago-Propheten, Wolfspfote und vierzig Tapferen einige Meilen flußaufwärts am Felsenfluß an der Stelle, wo er sich mit den Potawatomi-Häuptlingen getroffen hatte.

Ein kleines Wäldchen kam in Sicht. Kundschafter hatten berichtet, daß dahinter, jenseits von Alter Manns Flüßchen, die Langmesser ein Lager aufgeschlagen hatten. Durch die grünen, in der leichten Brise wehenden jungen Blätter der Bäume flirrte der Schein der untergehenden Sonne, und die Schatten und Lichtflecke wanderten auch über die geschwärzten Gesichter seiner beiden Begleiter. Sie würden wohl erst bei Einbruch der Dunkelheit die Langmesser erreichen.

Drei Pferde sagte: »Man muß für das hier mutiger sein, als einem Feind zum offenen Kampf entgegenzureiten und den ersten Hieb zu führen.« Seine Nase bog sich am Nasenrücken nach innen. Er verdankte die Verunstaltung der Keule eines Sioux in der Zeit, als Weißer Bär in der St.-George-Schule als Auguste Latein und Geometrie studiert hatte.

Kleine Krähe war der gleichen Meinung: »Lieber würde ich gegen die Langmesser kämpfen, als mit ihnen um Frieden zu schachern. Ich traue ihnen nicht.«

Er versuchte die beiden und sich selbst eines Besseren zu belehren. »Wir müssen es tun. Es ist die einzige Möglichkeit, unsere Leute wieder zurück über den Großen Strom zu kriegen.«

Kleine Krähe sagte: »Ja, es scheint, daß du recht behältst und wir, die wir das Kriegsbeil ausgruben, uns irrten.«

Ungeachtet seiner Angst tat ihm dieses Bekenntnis gut, weil Kleine Krähe es gewesen war, der an diesem schlimmen Abend der Ratsversammlung das Frauengewand geholt hatte, das sie ihm auf Wolfspfotes Anweisung dann überzogen, um ihn vor dem ganzen Stamm zu demütigen.

Sie wollten nicht auf mich hören. Die Schildkröte hat mich auch gewarnt, daß ich nicht imstande sein würde, sie davon abzuhalten, über den Großen Strom zu gehen. Aber ich tat wenigstens, was ich konnte.

Ein schmaler Pfad führte in den Wald. Sie ritten hintereinander her. Kleine Krähe nahm die weiße Fahne herunter, damit sie nicht in den Zweigen der Bäume hängen blieb.

Die Beklemmung wuchs auf dem engen Weg zwischen den Bäumen noch. Der Druck im Magen nahm zu. Atemnot meldete sich. Die Handflächen waren feucht und die Zügel glitschig.

Er drehte sich um und winkte Eisernes Messer und seinen vier Begleitern hinter ihnen noch einmal zu. Diese hatten am Rand des Waldes ihre Ponys gezügelt und waren abgestiegen. Sie winkten zurück. Als er sich nach kurzer Zeit noch einmal umsah, waren sie schon nicht mehr zu sehen.

Wenigstens kann Eisernes Messer Roter Vogel erzählen, wie es sich zugetragen hat, wenn mir heute etwas zustößt.

Er versuchte sich vorzustellen, wie die Langmesser sie wohl empfangen würden. Es konnte durchaus sein, daß sie sie ungeachtet der weißen Fahne sofort niederschossen. Aber er hoffte, sie nähmen es mit Genugtuung zur Kenntnis, daß Schwarzer Falke kapitulieren und in Frieden hinüber nach Ioway abziehen wollte. Schließlich war das der Zweck ihres ganzen Feldzugs gewesen. Aber natürlich gab es zweifellos genug unter ihnen – vom Schlage Raouls zum Beispiel –, die in erster Linie einfach gekommen warne, die »Injuns« zu töten.

Als sie den kleinen Wald durchquert hatten, befanden sie sich auf einer Anhöhe, die sich weit und grasbewachsen bis zu dem Wasserlauf Alter Manns Flüßchen hinabzog. Die Sonne stand nun schon sehr niedrig und schien ihm direkt in die Augen. Drüben am anderen Ufer bot sich ihnen ein Anblick, der in ihm den Wunsch auslöste, sein Pony sofort zu wenden und wieder zurück in den Schutz der Bäume zu reiten, so schnell es nur ging.

Oben auf der Höhe sahen sie das Lager der Langmesser mit vielen Spitzzelten und einer Menge Leute, teils zu Pferd, teils zu Fuß, alle mit dem Gewehr in der Hand. Der Rauch ihrer Lagerfeuer stieg wie graue Federn in den blaßblauen Himmel. Stimmen und Geschrei waren bis hierher zu hören. Einer rief etwas und deutete in ihre Richtung.

»Wir können nicht hier am Waldrand stehen bleiben, sonst halten sie uns für Angreifer«, sagte er. »Wir reiten langsam weiter und schwenken die Fahne.«

Die Männer drüben auf der anderen Seite riefen inzwischen aufgeregt durcheinander. Gewehrschüsse krachten, und Pulverrauch stieg auf. Eine Kugel pfiff an ihm vorbei und fuhr in einen Baumast hinter ihm. Er hielt sich weiter starr aufrecht.

Langmesser kamen auf sie zugeritten und drängten ihre Pferde auf der anderen Seite zum Flußbett hinab.

Sie selbst ritten in das Flußbett und erwarteten sie dort.

Im nächsten Moment waren sie mitten im Wasser umringt von bärtigen weißen Gesichtern mit wilden Augen, Waschbärenmützen und Strohhüten. Gewehre und Pistolen zielten aus allen Richtungen auf sie. Kleine Krähe hielt starr geradeaus blickend mit beiden Händen die weiße Fahne hoch.

»Wir ergeben uns!« rief Weißer Bär. »Wir sind nicht bewaffnet. Wir kommen, um mit General Atkinson zu sprechen.«

»Hört euch das an«, rief ein blonder Junge, »der spricht ja Englisch.«

Ein Mann schrie: »Knallt sie ab! Die sollen sich nicht ergeben!«

Weißer Bär spürte, wie seine Knie an den Flanken seines Pferdes zu zittern begannen. Das waren keine regulären US-Truppen, sondern die Freiwilligen, die bewaffneten Siedler, die sich auf den Aufruf ihrer Regierung hin gemeldet hatten. Sie würden gewiß nicht auf die Befehle ihrer Kommandeure hören, sondern tun, was ihnen gerade paßte.

Ein rotbärtiger Mann kam an ihn heran. »Steig ab, Indianer, und zwar sofort!« Eine Wolke von Whiskeydunst schlug ihm ins Gesicht.

Andere stimmten ein: »Holt sie runter von den Gäulen!«

»Am besten jagt man ihnen gleich hier eine Kugel durch den Kopf.«

»Sind ja nicht mal nützlich wie Nigger, die verdammten Rothäute.«

Der Mann mit dem roten Bart packte Weißer Bär am Arm und riß ihn halb aus dem Sattel. Weißer Bär glitt vom Pferd. Er stand bis zu den Knien in der kalten starken Strömung von Alter Manns Flüßchen.

»Wir wollen kapitulieren«, wiederholte er, »und mit euren Offizieren verhandeln.«

»Halt's Maul!« schrie ihn der betrunkene Rotbart augenrollend an.

Jemand packte ihn von hinten, schlang ein Seil um seine Handgelenke und zog zu, bis er die Hände nicht mehr bewegen konnte.

Er drehte sich um nach seinen beiden Begleitern, um zu sehen, was mit ihnen geschah. Sie waren bereits gefesselt. Ihre geschwärzten Gesichter waren ausdruckslos. In ihren Augen und an den zusammengepreßten Mündern freilich konnte er Angst erkennen, die gleiche Angst, die auch er hatte und nicht zu zeigen versuchte.

Der Rotbärtige beugte sich aus seinem Sattel herab und packte ihn an seinen langen Haaren. Er riß ihn daran und zerrte ihn mit sich zum Ufer. Er stolperte auf dem steinigen Flußbett und verletzte sich die Füße durch die Mokassins hindurch.

»Unsere Offiziere willst du sehen, wie? Na, dann lauf mal.«

Was war mit ihrer weißen Fahne geschehen? Wie konnten sie ohne sie beweisen, daß sie in friedlicher Absicht gekommen waren?

»Bringen Sie bitte unsere weiße Fahne mit!« rief er einem glattrasierten Mann mit Brille, der ein wenig besonnener aussah als die anderen, verzweifelt zu.

Doch der Mann verzog nur verächtlich das Gesicht; seine Zuversicht schwand.

»Deine weiße Fahne kannst du dir in den Hintern stecken, Rothaut!«

»Sag mal, du redest ja wie ein Weißer«, zog ihn ein anderer auf. »Du bist nicht zufällig wirklich einer mit Kriegsbemalung?«

»So hört mich doch erst einmal an«, sagte er ohne viel Hoffnung. Er sollte sagen: *Wenn wir nicht gegeneinander kämpfen, kostet das nicht nur uns weniger Leben, sondern auch euch.* Doch wie sollte er mit diesen Leuten vernünftig reden? Sie waren berauscht vom Whiskey und vom Krieg und keiner Vernunft zugänglich. Er tauschte Blicke mit Drei Pferde und Kleine Krähe. Doch da riß der Rothaarige bereits wieder so schmerzhaft an seinen Haaren, daß er glaubte, er verliere seinen Skalp, und zerrte ihn weiter. Er mußte sich auf die Lippen beißen, um nicht zu schreien. Noch schlimmer jedoch als der Schmerz war die Entwürdigung.

Die Pferde bespritzten sie mit Wasser und Schlamm und trafen sie mit den Kieselsteinen, die unter ihren Hufen aufflogen. Die Langmesser brüllten, drohten und fluchten, und zu dritt stolperten die drei gefangenen Sauk aus dem Fluß und wurden durch das hohe Präriegras in das Milizlager geschleppt.

Die letzten Sonnenstrahlen fielen auf die geröteten und verschwitzten Gesichter der Weißen und auf ihre Gewehrläufe. Weißer Bär sah, daß die meisten von ihnen noch jünger waren als er.

»Hol mal einer den Oberst«, sagte der Rotbärtige. »Sagt ihm, die wollen sich ergeben. Vielleicht können wir uns da Schwarzer Falke selber schnappen.«

Ihre einzige Hoffnung, dachte Weißer Bär, war, daß der kommandierende Offizier ihnen bereitwilliger zuhörte als seine Leute.

Sie standen in einem Kreis, wo das Gras platt getreten war, umringt von ihren Bewachern. Die Zelte und Proviantwagen befanden sich noch ein Stück weiter hinten. Ringsherum war nichts als die Prärie.

Einige der Milizfreiwilligen gingen zu einem der Wagen, auf dem fünf Fässer mit Zapfhähnen lagen, und füllten sich ihre Blechbecher und tranken. Für diese Leute, dachte Weißer Bär, schien Whiskey genauso lebenswichtig zu sein wie Nahrung.

Die Sonne war untergegangen. Sie standen in der Dämmerung inmitten des brüllenden Mobs.

»Achtung, Leute, der Oberst!«

Sie öffneten eine Gasse, und zwei Männer kamen auf sie zu.

Einer von ihnen war klein und hager und trug eine Waschbärenmütze und einen blauen Offiziersrock. Er kam näher und musterte Weißer Bär.

»Dich kenne ich doch!«

Die Hälfte seiner Zähne war schlecht und die andere bereits ausgefallen. Er kannte ihn ebenfalls. Eli Greenglove.

»Mein Gott, Raoul! Ich soll verdammt sein, wenn das hier nicht Euer Halbblutneffe ist!«

Tatsächlich stand Raoul de Marion vor ihm, und die goldenen Epauletten blitzten auf seinen breiten Schultern.

Als er das breite Gesicht mit dem schwarzen Lippenbart erblickte, in das er zuletzt über dem Lauf einer Pistolenmündung gesehen hatte, wußte er, daß er verloren war.

Konnte mir Schlimmeres widerfahren?

Mit dem letzten Tageslicht schwand auch seine Hoffnung.

Raoul stand vor ihm und hatte die Daumen in das weiße Lederkoppel seines blauen Offiziersrocks gesteckt. An seiner Seite hing das lange Messer, mit dem er ihm vor Jahren den Schnitt im Gesicht zugefügt hatte. Auf der anderen Seite hatte er seine Pistole. Er lächelte.

»So, so. Nun, ich habe gehofft, dir zu begegnen. Lieber wäre es mir auf dem Schlachtfeld gewesen. Aber jetzt bist du hier, in meinem Lager. Was hast du denn hier gemacht, uns nachspioniert?«

Weißer Bär seufzte. Etwas in ihm zerbröckelte.

»Kennst du dieses Langmesser?« fragte ihn Kleine Krähe auf Sauk.

»Ja, er ist der Bruder meines Vaters.«

In den Augen von Kleine Krähe leuchtete kurz Hoffnung auf, die jedoch sogleich wieder verflog, als Weißer Bär hinzufügte: »Er ist mein schlimmster Feind.«

»Rede gefälligst Englisch hier!« herrschte ihn Raoul an. »Und nicht dein Indianergefasel.«

»Schwarzer Falke schickt uns«, sagte Weißer Bär. »Er will keinen Kampf. Wir sind hier, um Frieden zu schließen.«

»Sonst noch was?« schrie einer von Raouls Leuten. »Wir sind hier, um Indianer abzuknallen!«

»Nun mal langsam«, rief ein anderer, »wenn sie friedlich sein wollen, dann können wir doch alle nach Hause, und keinem passiert mehr was!«

Raoul wandte sich zu dem Mann. »Wozu sie hier sind, entscheide ich!«

Weißer Bär sah, daß Raoul seine Leute kaum noch unter Kontrolle hatte. Mit ihm selbst war auch nicht zu reden. Aber vielleicht waren ein paar unter ihnen, die ansprechbar waren. Er mußte es versuchen.

Er sprach lauter: »Häuptling Schwarzer Falke weiß, daß ihr in der Überzahl seid. Er will deshalb nicht gegen euch kämpfen. Er will nur ungehindert den Felsenfluß hinabziehen und dann den Mississippi überqueren. Er ist bereit, nie mehr wiederzukommen.«

»Woher kann denn diese Rothaut mit dem geschwärzten Gesicht so gut Englisch?« fragte einer aus der Menge.

»Er ist ein Abtrünniger«, sagte Raoul. »Ein halbweißer Mischling. Eigentlich gehört er aufgehängt als Verräter. Glaubt ihm kein Wort!«

»Aber sie sind tatsächlich mit einer weißen Fahne gekommen«, sagte ein anderer.

»Na und? Die weiße Fahne interessiert niemand«, entgegnete Raoul. »Sie versuchen doch nur, uns abzulenken.« Er zeigte auf eine Gruppe, in der auch der braunbärtige Armand Perrault stand. In seiner Nähe erkannte Weißer Bär auch Levi Pope und Otto Wegner, den Preußen mit dem dichten Schnurrbart, der bei Raoul in der Handelsstation arbeitete. Er erinnerte sich, daß Wegner einer von denen war, die ihn damals, als Raoul die Kopfprämie auf ihn ausgesetzt hatte, nicht hatten töten wollen, und ein kleiner Hoffnungsschimmer glomm in ihm auf.

»Steigt auf eure Pferde«, befahl ihnen Raoul, »und seht euch mal um. Würde mich sehr wundern, wenn ihr dort drüben im Wald nicht noch mehr Indianer finden würdet.«

Als sie fort waren, befand Weißer Bär sich in einem Zwiespalt. Sollte er Raoul sagen, daß er noch weitere Begleiter hatte, die verfolgen sollten, wie sie hier behandelt würden? Oder würde das deren Leben nicht zusätzlich gefährden?

Er wird alles, was ich sage, gegen mich auslegen und verwenden.

Raoul starrte ihn gnadenlos an. »Schwarzer Falke ist ein verdammter Lügner. Er hat noch jeden Vertrag gebrochen, den wir mit euch geschlossen haben. Mit euch kann man nur auf eine Art umgehen. Weil man euch niemals trauen kann, daß ihr Verträge einhaltet, müßt ihr eben ausgerottet werden.«

Er zog seine Pistole. »Und damit fangen wir am besten gleich jetzt an.«

Kleine Krähe fragte: »Was sagen sie denn, Weißer Bär? Werden sie uns umbringen?«

»Unser Schicksal wollte es«, antwortete ihm Weißer Bär, »daß wir einem bösen Menschen in die Hände fielen.« Dies sagen zu müssen schmerzte ihn doppelt. Es stimmte ihn traurig, daß sie mit ihm sterben sollten, zwei so gute Männer, allein wegen dieser unglücklichen Begegnung.

»Es war dumm von uns hierherzukommen«, sagte Drei Pferde.

»Nicht dumm, sondern tapfer«, verbesserte ihn Weißer Bär. »Ein Mann, der sein Leben gibt, um sein Volk zu beschützen, ist niemals dumm, ganz gleich, ob er Erfolg hat oder nicht.«

»Du bist wirklich ein Prophet«, sagte Kleine Krähe.

Raoul starrte ihm auf die Brust. Schlug sein Herz etwa so heftig, daß man es sah?

»Schaut euch mal seine Narben da an«, sagte Raoul. »Sieht aus, als hätte ihn vor langer Zeit mal ein Bär angefallen, wie? Zu schade, daß er dich nicht ganz erledigt hat. Hätte mir die Arbeit erspart.«

Mit Raoul über heilige Dinge dieser Art zu sprechen kam für Weißer Bär nicht in Frage. Er blickte ihn also nur stumm an.

Eli Greenglove grinste. »Wißt, scheint's, noch gar nicht alles über Euren Neffen, wie?«

»Nenn ihn nicht meinen Neffen!« fuhr ihn Raoul an.

»Na gut, aber was er auch ist, ich denke, wir sollten ihn und die anderen doch besser nach hinten schicken. Sollen sie doch mit dem General palavern. Wir hier haben das doch sowieso nicht zu entscheiden.«

»Was zum Teufel soll das heißen?« brauste Raoul zornig auf.

Dann lenkten sie Schüsse vom anderen Flußufer ab und beendeten das Geplänkel. Weißer Bär wandte sich um.

Kurz danach kam Perrault herangaloppiert. Die Beine seines Pferdes verspritzten noch Wasser.

»Ihr habt recht gehabt, *mon Colonel!*« keuchte er. »Der Wald da drüben steckt voller Indianer. Sie haben sich bereits ans Lager geschlichen.«

»Da seht ihr's!« rief Raoul seinen Leuten zu. »Die drei da sollten uns ablenken, und die anderen hätten sich inzwischen herangeschlichen und das Lager gestürmt. Also, zuerst erledigen wir jetzt diese drei hier, und dann nehmen wir uns die anderen da draußen vor!«

»Es war kein Hinterhalt!« rief Weißer Bär dazwischen. »Es sind lediglich fünf Mann, und sie sollten uns nur im Auge behalten und berichten, was mit uns hier geschieht!«

»So?« sagte Raoul mit bösem Lächeln. »Warum hast du uns dann nicht gesagt, daß da noch welche sind? Wir hätten sie doch gerne zu einem Whiskey eingeladen!«

Das erregte fröhliches Gelächter bei seinen Leuten mit den Waschbärenmützen.

Raouls Mund verzog sich zu einer Grimasse. »Also los, Eli, Armand. Die drei Rothäute werden erschossen!«

Greenglove aber sagte noch einmal: »Raoul, ich halte es doch für besser, sich das noch mal zu überlegen!«

»Halt den Mund und tu, was ich sage!« fuhr ihn Raoul an. »Ich will das erledigt haben. Und dann diesen anderen Indianern nach!«

Schon rannten einige zu ihren Pferden und sprangen in den Sattel und jagten los und schwangen ihre Gewehre. Ohne Befehl und Führung ritten sie einfach mit betrunkenem Geschrei durch das Flußbett hinüber zum anderen Ufer und hinauf zu dem Wald, wohin Armand die Richtung gewiesen hatte.

Weißer Bär empfand Abscheu beim Anblick des schmierigen Grinsens derer, die dageblieben waren. Wie war es möglich, daß sich Menschen so darüber freuten, wenn andere getötet wurden?

Er suchte alle Gesichter mit den Augen ab, ob nicht einer unter ihnen war, von dem sie vielleicht Hilfe erwarten konnten. Aber es war schon zu dunkel, um noch etwas genau zu erkennen. Hoffnungslosigkeit überkam ihn, als er sah, wie Otto Wegner sich umdrehte und wegging. Zwar war der Preuße immer ein Mann Raouls und nie sein Freund gewesen, aber trotzdem fühlte er sich nun von ihm verraten.

»Also«, erklärte Raoul und blickte ihm unverwandt ins Auge. »Ich erschieße den Mischling. Eli, du nimmst den Kleinen dort mit der platten Nase. Und du, Armand, den dritten.«

»Avec plaisir«, sagte Armand, zeigte seine weißen Zähne unter seinem buschigen braunen Bart und schulterte sein Gewehr.

Weißer Bär verspürte Übelkeit in sich aufsteigen. Nur sein Stolz bewahrte ihn davor, sich zu krümmen und sich aus Todesangst zu übergeben.

»Tut das nicht, bitte!« rief er laut. »Wir sind wirklich gekommen, Frieden zu schließen!«

»Sie wollen uns wirklich töten!« sagte Kleine Krähe.

»Sprich nicht mehr mit ihnen, Weißer Bär! Bettle nicht. So etwas tut ein Sauk nicht.«

Weißer Bär empfand Bewunderung für seine Stärke und Gelassenheit. Er war ein echter Tapferer.

Kleine Krähe begann zu singen.

In deine braune Decke, o Erschaffer der Erde,
hülle deinen Sohn ein und trage ihn fort.
Nimm ihn wieder auf in deinen Leib.
Lasse seine Gebeine zu Stein werden
und sein Fleisch zu Gras.
Gib den Vögeln seine Augen
und dem Wild seine Ohren
und lasse Blumen aus seinem Herzen wachsen.

Weißer Bär und Drei Pferde sangen mit. Es war sonst nichts mehr zu tun. Und es war besser, singend zu sterben als wehklagend.

Trotzdem, was für ein elender Tod! Aber dennoch verlieh ihm das Lied Kraft und Stärke und Mut und verwandelte seine Angst in Zorn. Ermordet wegen dieses kleinen, dummen, bösen Zufalls, daß ausgerechnet Raoul und seine Milizhorde die Vorhut der Langmesser bilden mußten! Umringt von betrunkenen Wilden – ja, sie waren die Wilden, nicht er und Drei Pferde und Kleine Krähe!

Zornerregend auch, daran zu denken, wieviel Liebe und Erziehung ihm sein Vater hatte zukommen lassen, und dies alles war nun umsonst! All die Jahre auf dem Weg, ein Schamane zu werden – beendet durch eine Bleikugel! Ehe er etwas wirklich Bedeutendes vollbracht hatte!

Er dachte an Roter Vogel und Adlerfeder und das ungeborene Kind: Wenn er das Unausweichliche akzeptieren mußte, dann wenigstens für sie! Er mußte den Pfad der Seelen würdevoll betreten. Gleichwohl, er wollte nicht sterben, wenn schon nicht seinetwegen, so ihretwegen.

Er dachte fieberhaft und in Panik über einen Ausweg nach. Das Lager befand sich mitten auf der Prärie. Das Gras stand fast mannshoch. Die Sonne war untergegangen, die Dämmerung begann schon der Nacht zu weichen. Raoul kam bereits mit erhobener Pistole auf ihn zu. Zwischen ihm und dem hohen Gras war außerdem noch immer der Ring der Milizfreiwilligen mit ihren Gewehren.

Es blieb nichts, als würdig zu sterben.

Er erhob seine Stimme und sang noch lauter.

Ich muß meine ganze Kraft hineinlegen. Es ist das letzte Lied, das ich auf Erden singe.

»Hör mit diesem verdammten Gejaule auf!« schrie ihn Raoul an.

Armand Perrault legte sein Gewehr an, trat vor Kleine Krähe, setzte ihm die Mündung des Laufes an den Kopf und drückte ab. Der Hahn sauste herab, schlug auf den Zünder, und das Pulver zischte in der Pfanne. Der Schuß ging mit Getöse los. Der Kopf des Opfers verschwand in einer rosafarbenen Wolke aus Rauch, Blut, Fleisch und Knochen.

Weißer Bär taumelte rückwärts. Schock und Entsetzen raubten ihm fast die Besinnung.

Im gleichen Augenblick schrie Drei Pferde: »Ich werde nicht so sterben!« Er riß sich von denen, die ihn festhielten, los und verschwand mit einem Satz im hohen Gras, die Hände noch immer auf den Rücken gebunden.

Schon krachten die ersten Gewehrschüsse.

In seiner Panik glaubte Weißer Bär, aller Atem sei aus ihm gewichen. Drei Pferde mochte eine Chance haben. Er war klein, und das Gras stand hoch, und es wurde dunkler von Minute zu Minute.

Blieb er selbst weiter hier stehen wie angewurzelt, war er in der nächsten Sekunde ebenfalls tot. Dies jetzt war seine einzige Chance. Ihn hielt niemand fest. Niemand zielte auf ihn mit einer Waffe. Alle, auch Raoul, starrten dem Flüchtenden nach. Viele hatten geschossen und brauchten Zeit zum Nachladen.

Jeder Muskel in ihm zitterte. Er riß die Arme hoch. Aber seine Fesseln waren nach wie vor fest. Es war schwer, so zu laufen.

Aber Drei Pferde hatte bewiesen, daß es ging.

Lauf!

Die Stimme in ihm, die es ihm zurief – war es seine eigene oder die des Geistes des Bären? Es spielte keine Rolle.

Er rannte los.

Er konzentrierte alle Kraft auf sein Sprungbein für den ersten Satz weg von den abgelenkten Langmessern in das hohe Gras und tauchte darin unter. Er lief in die entgegengesetzte Richtung wie Drei Pferde, vom Fluß weg. Mit den gefesselten Händen mußte er die Kraft des Vorwärtsstürmens aus Kopf und Schultern holen. Die Grashalme und andere hohe Pflanzen klatschten ihm ins Gesicht. Er lief, was seine Beine hergaben, der Atem rasselte in seiner Brust, sein Herz hämmerte.

»He, der andere Indianer haut ab!«

»Verdammt noch mal, schnappt ihn euch!« Raouls Stimme war schrill vor Zorn.

Er schien auf seinen Mokassins über den Boden zu fliegen. Er spürte, der Geist des Bären gab ihm Kraft. Hinter ihm schloß sich der Vorhang des Präriegrases stetig. Das Gras selbst half ihm, war sein Verbündeter. Es war fast so hoch, daß es ihn überragte, jedenfalls wenn er geduckt lief; und dazu zwangen ihn allein schon seine auf den Rücken gebundenen Hände.

Er war schon ein ganzes Stück weit auf der Prärie draußen, als er die gelassene Stimme von Eli Greenglove hörte. Sie klang klar und deutlich durch die kühle Abendluft.

»Hört auf zu schießen, alle. Er gehört mir. Mit dem habe ich noch ein Hühnchen zu rupfen.«

Im nächsten Augenblick traf Weißer Bär ein plötzlicher und lähmender Blitz am Kopf. Einen Lidschlag später, nachdem ihn die Kugel getroffen hatte, hörte er erst den Gewehrknall. Der Schlag war so hart, daß er ihm nicht einmal mehr die Kraft zu einem Schrei ließ. Sein rechtes Ohr fühlte sich an, als sei ihm die Ohrmuschel vom Kopf abgerissen worden. Eine Schmerzwelle blendete ihn. Er taumelte.

Aber er lebte noch.

Stelle dich tot.

Dieselbe Stimme in ihm sagte es, die ihm geraten hatte zu fliehen. Jetzt hatte er gar keinen Zweifel mehr daran, daß es der Geist des Bären war.

Er schloß die Augen und warf sich zu Boden. Er stürzte hin und klatschte auf die Erde, als habe er einen Boxhieb ins Gesicht bekommen. Einen Augenblick lang bekam er kaum noch Luft, ehe er imstande war, wieder unauffällig zu atmen. Er blieb regungslos liegen. Nur sein Ohr tobte und brannte, als halte jemand eine brennende Fackel daran.

»Hab' ihn, den Kerl«, hörte er ganz in der Nähe Eli Greenglove gleichmütig feststellen.

Aber noch lebte er. Niemand schoß mehr auf ihn. Die Erleichterung darüber ließ ihn ganz schlaff werden. Er konnte gar nicht glauben, daß er noch am Leben und bei Bewußtsein war.

Vielleicht bin ich ja längst tot. Vielleicht steht meine Seele jeden Augenblick auf und verläßt meinen Leib und wandert westwärts.

Greenglove galt zwar als der beste Schütze der ganzen Smith County. Konnte er aber wirklich annehmen, er habe ihn auf Anhieb mitten in den Kopf getroffen? Dazu hatte er doch viel zu gute Augen!

Da erklangen wieder Schüsse in der Ferne.

Erschaffer der Erde, laß Drei Pferde leben!

Wäre Drei Pferde nicht geflohen, wäre auch er hier nicht mehr am Leben. Wie Kleine Krähe, den er sterben gesehen hatte.

O Bruder! Obwohl er selbst halb tot war vor Schmerzen und Furcht, betrauerte er doch den Tapferen, den er vor seinen Augen den Tod hatte erleiden sehen.

Blut pulsierte in seinem Kopf. Die Dunkelheit der Nacht nahm weiter zu. Wenn er sich nicht rührte und auch nicht das kleinste Atmen hörbar werden ließ, konnte er vielleicht glauben machen, daß er tot sei. Er lag so, daß sein verletztes Ohr oben war. Er spürte, wie das Blut über sein Gesicht rann wie die Zugspur von Ameisen. Es kitzelte am Hals. Trotzdem regungslos zu liegen war eine gewaltige Anstrengung.

Er hörte Raoul sagen: »Vergewissere dich, Eli!«

»Hölle und Verdammnis«, kam Elis beleidigte Antwort, »weiß ich etwa nicht, wann ich einen weggeputzt habe?«

»Es ist dunkel, und du hast eine Menge Whiskey intus. Also vergewissere dich!«

»Reine Zeitverschwendung«, maulte Greenglove.

Doch er kam. Seine Schritte raschelten im Gras. Die Mühe, sich auf keinen Fall zu rühren, drohte ihm schier die Muskeln von den Knochen zu reißen. Sein Herz klopfte mit jedem näher kommenden Schritt heftiger. Greenglove mußte es hören. Doch er zwang sich weiter, ruhig zu liegen, und hielt, als die Schritte fast direkt neben ihm stehen blieben, den Atem an. Die absolute Regungslosigkeit war seine einzige Hoffnung. Der Schmerz in dem verletzten Ohr tobte.

Er wird sehen, daß er nur mein Ohr getroffen hat, und das ist dann das Ende.

Sollte er aufspringen und sein Heil in der Flucht suchen? Nein. Ein zweites Mal verfehlte Greenglove ihn mit Sicherheit nicht. Soll der Geist des Bären Greengloves scharfe Augen trüben. Soll er ihn irreführen in dem Glauben, Weißer Bär sei tot. Eine andere Möglichkeit zu entkommen gab es nicht.

Er wartete auf den Schuß, der ihm das Gehirn zerfetzen würde.

»Mitten durch den Kopf«, rief Greenglove direkt über ihm. »Nicht mal genug übrig, um ihn zu skalpieren!«

Er war völlig verblüfft. Das war doch nicht, was Greenglove sah! Es sei denn, er war sturzbetrunken.

Oder geblendet vom Bären.

Oder er will mich gar nicht töten.

Er hatte ja auch versucht, Raoul von der Erschießung abzubringen.

Wie war das damals nach dem Begräbnis seines Vaters gewesen? War er da nicht auch Raoul zuvorgekommen, der schon auf ihn gezielt und den Finger am Abzug gekrümmt hatte? Wenn er ihn damals nicht mit seinem Gewehrkolben besinnungslos geschlagen hätte, hätte Raoul ihn ohne Zweifel erschossen...

Er war zu verängstigt, um versuchen zu können, das alles zu verstehen. Das einzige, dessen er sicher sein konnte, war, daß er lebte. Jedenfalls fürs nächste.

»Der ist schon in den ewigen Jagdgründen«, rief Eli Greenglove noch, schon im Weggehen. »Sollen wir ihn verscharren?«

»Wir beerdigen doch keine Indianer!« entgegnete Raoul. »Sie sollen verwesen. Oder für die Bussarde ein Festmahl abgeben.« Er hob die Stimme. »Alle Mann zu Pferde und denen drüben im Wald nach! Das könnte diesmal unsere Chance sein, Schwarzer Falke zu erledigen!«

»Was ist mit dem anderen Geflüchteten?« fragte Greenglove.

»Wir haben ihn«, rief einer der Leute. »Er kam fast bis zum Fluß. Allerdings haben wir ihn dann so voller Blei gepumpt, daß er jetzt seine eigene Bleimine aufmachen kann.«

Dies zu hören erfüllte Weißer Bär mit neuer Trauer. Er lag noch immer absolut regungslos da. Seine beiden Begleiter waren tot, und einem davon verdankte er sein Leben. Drei Pferde war der allererste Sauk gewesen, der ihn bei seiner Heimkehr zum Stamm begrüßt hatte. Die beiden hatten den Tod so wenig verdient wie er selbst. Warum war er als einziger davongekommen? Am liebsten hätte er das hinausgeschrien. Die

Trauer drohte ihm die Brust zu sprengen. Aber er zog nur die Unterlippe ein und biß sich heftig darauf und preßte die Zähne in sein eigenes Fleisch, bis er sonst nirgends mehr Schmerz spüren konnte, weder an Leib noch an Seele.

Leb wohl, Drei Pferde. Adieu, Kleine Krähe. Ich werde den Geistern Tabak für euch verbrennen.

Ringsherum stampften nun Stiefel über die Prärie und galoppierten Pferdehufe. Er befürchtete, zertrampelt zu werden, und noch einmal erforderte es atemraubende Anstrengung, trotz allem nicht die kleinste Bewegung zu machen. Doch kein Pferd kam genau über ihn.

Allmählich verebbte der Lärm der wilden Jagd Raouls und seiner Leute nordwärts.

Lange Zeit hörte er nichts als das leise Plätschern des Wassers über die Steine am Ufer und am Grund und den Wind in den Bäumen und die auf der Prärie zirpenden Grillen. Winzige Insekten krabbelten über ihn hinweg, über das Gesicht ebenso wie über den ganzen Körper, und das kitzelte. Aber für sie war er ein Teil der Erde.

Der brennende Schmerz in seinem Ohr wurde allmählich zu einem dumpf tobenden.

Weit in der Ferne waren Gewehrschüsse zu hören. Raouls Leute, die Schwarzer Falkes Kundschaftern auf den Fersen waren. Mußten in dieser Nacht noch mehr seiner Brüder sterben?

Er machte endlich die Augen auf. Es war nun richtig finster. Die volle Nachtdunkelheit war über das Land gesunken. Er lag auf seiner linken Seite. Er riskierte es und hob den Kopf ein wenig. Raoul hatte zwar befohlen, daß niemand zurückbleibe, aber es konnte wohl sein, daß noch welche hier waren.

Er ließ den Kopf wieder sinken und spannte Arme und Hände an. Das Seil, mit dem er gefesselt war, hatte sich schon etwas gelockert. Er konnte die Hände bereits ein klein wenig bewegen und allmählich mit den Fingern an den Knoten gelangen. Zum Glück verstanden die Blaßaugen etwas wenig von sicheren Knoten. Nach längeren Bemühungen hatte er seine Hände befreit.

Er war noch immer bedrückt und hatte noch nicht die Kraft, diesen

Ort, an dem seine Begleiter ermordet worden waren, zu verlassen. Warum sollte er nicht einfach hier liegen bleiben und warten, bis die Blaßaugen zurückkamen und auch ihn endgültig töteten?

Doch der Gedanke an Roter Vogel und Adlerfeder und an Roter Vogels gewölbten Leib, als sie den Großen Strom von Ioway hinüber nach Illinois überquert hatten, belebte seinen Willen. Er begann mühsam auf Händen und Knien durch das hohe Präriegras zu kriechen.

Er robbte schlangengleich vorwärts und gelangte schließlich bis zum Ufer des Flüßchens. Erst hier war er sich sicher, daß ihn diejenigen, die vielleicht noch in der Nähe waren, nicht mehr sahen. Er glitt hinab zum Ufer. Sein Ohr und die ganze Gesichtshälfte tobten und schmerzten bei jeder Bewegung.

Er durchquerte das Wasser auf allen vieren. Die scharfen Steine schnitten ihm in Handflächen und Knie. An den tiefen Stellen des reißenden und kalten Wassers steckte er den ganzen Kopf hinein, um das Blut von ihm abzuwaschen. Der Schmerz in seinem Kopf war unerträglich; er wurde fast ohnmächtig. Er zwang seine Nackenmuskeln, sich zu spannen und den Kopf wieder zu heben, und seine Arme und Beine, sich weiterzubewegen, hinüber zum anderen Ufer.

Dort befand er sich dann bald im Schutz der Bäume. Er richtete sich auf und lief taumelnd weiter durch das dichte Unterholz. Nun, da das Schlimmste überstanden war, meldeten sich die Schmerzen der Wunde am rechten Ohr erst richtig.

Es fiel ihm wieder ein, daß Raoul und seine berittenen Langmesser genau auf den Ort zugeritten waren, an dem Schwarzer Falke mit gerade noch vierzig Tapferen darauf wartete, was aus ihnen geworden war.

Bis hierher war er mit Glück noch am Leben geblieben, aber er hatte keine wirkliche Hoffnung, es bis zu seinen Leuten zu schaffen. Es war unwahrscheinlich, daß er nicht irgendwann einigen der Langmesser in die Hände fiel, die mit Raoul losgeritten waren; und das war dann sein Ende.

Als er den Wald durchquert hatte, kam er in das volle Licht des gerade aufgegangenen Halbmonds. Er stand wie ein Wickiup auf einem dunklen Feld vor ihm.

Er wollte eben auf die offene Prärie hinaustreten, als er Pferdegetrappel direkt auf sich zukommen hörte. Er blieb im Schutz der dunklen Bäume regungslos stehen. Er hörte Schüsse und dann Schmerzens- und Angstschreie.

Wie Silhouetten vor dem hohen und hellen Präriegras flogen die Schatten von Reitern vom Horizont her auf ihn zu.

Die Stimmen klangen hoch und voll Angst. Aber sie sprachen englisch.

»Bleibt im Wald stehen, da halten wir sie auf!«

»Nein, es sind viel zu viele!«

»Weiter, los! Am Fluß entlang!«

Er sah sich nach einem besseren Versteck um. Er erkannte im Mondschein eine große alte Eiche in der Nähe, mit Zweigen, die tief genug wuchsen, um hinaufzuklettern.

Großvater Eiche, willst du mich schützen?

Er wollte eben nach dem untersten Ast springen, als er bemerkte, daß der Stamm der Eiche unten am Boden eine Höhlung hatte. Sie war zwar groß genug, daß er sich hätte in ihr verbergen können, aber er wäre dann auf gleicher Höhe mit den Milizionären. Weiter oben war es sicherer.

Er zwang seine müden Beine zu einem Sprung und bekam den untersten Ast von beiden Seiten zu fassen, wenn ihm auch die rissige Rinde die Haut aufschürfte. Er stemmte sich mit den Mokassins am Stamm ein und hangelte sich schweratmend aufwärts, bis er sich auf den Ast ziehen und nach dem nächsthöheren fassen konnte. Die Äste waren dick und kräftig und standen eng genug, daß er rasch wie auf einer Leiter höherkam.

Du hast mir eine Leiter gemacht. Ich danke dir, Großvater Eiche.

Inzwischen galoppierten unten bereits Dutzende Weißer direkt an der Eiche vorüber. Das Hufetrappeln der Pferde und das erregte Geschrei der Leute zerrissen die Stille der Nacht.

Draußen durch das Präriegras kamen andere ihnen nach, schwarze Schatten von Reitern und Pferden, und ihre lauten und schrillen Schreie waren der Kriegsruf der Sauk.

Die Tapferen seines Stammes! Sie kamen auf ihn zugaloppiert wie zu seiner Rettung! Die Sonne ging auf in seiner Brust.

Gewehrschüsse knallten durch die Nacht, Pfeile sirrten hinter den fliehenden Weißen her. Er hörte Schreie. Irgendwo fast unter ihm fiel jemand in das Unterholz.

Einige Langmesser, konnte er erkennen, versuchten, den Wald zu umreiten, doch die größere Strecke, die sie dazu zurücklegen mußten, brachte die verfolgenden Sauk näher an sie heran. Das Mündungsfeuer von Gewehrschüssen blitzte in der Dunkelheit auf.

Aus dem hohen Gras kamen zwei schemenhafte Gestalten in den Wald unter die Bäume. Sie waren zu Fuß und achteten nicht darauf, ob sie Geräusche verursachten oder nicht.

Er hielt den Atem an und hoffte, sie entdeckten ihn nicht hier oben.

Eine Stimme direkt unter ihm sagte: »Weiter, du darfst nicht stehen bleiben. Sonst fangen sie dich und ziehen dir den Tomahawk-Scheitel.«

Die beiden Männer waren genau unter seinem Baum stehen geblieben. Er versuchte zu hören, was sie sprachen.

»Bring dich selbst in Sicherheit«, sagte die zweite Stimme schmerzverzerrt. »Ich kann nicht mehr. Der Pfeil sitzt mir direkt unter der Kniescheibe. Ich bleibe hier und versuche sie aufzuhalten.«

Ich kenne diese Stimme, diesen Akzent. Das ist der Preuße. Otto Wegner.

Wegner. Von dem er im Lager Raouls so enttäuscht gewesen war. Jetzt war sein eigenes Leben in Gefahr. Das hatte er auch verdient.

»Aufhalten? Es sind Hunderte!« antwortete der erste. Doch diese Stimme klang nicht vertraut.

»Vielleicht entkommst du, wenn ich ein paar abknallen kann.«

Das ließ ihm sogleich wieder den Zorn in der Brust hochwallen. So einfach war das, wie? Wegner wollte gern ein paar Indianer abschießen? Nun, wenigstens nur zur Deckung seines Kameraden. Das verdiente noch Respekt.

»Verdammt, ich lasse dich aber gar nicht gern allein, Otto!«

»Nun geh schon. Du hast Frau und Kinder.«

»Du doch auch.«

»Aber du hast eine Chance davonzukommen. Ich nicht. Was nützt es irgendwem, wenn wir beide krepieren? Nun los, hau ab!«

Er hörte ein Seufzen. »Also gut. Hier, das ist mein ganzes Pulver und alle meine Munition. Ich habe sowieso nicht vor zu schießen. Denke daran, behalte den Kopf so weit unten, daß du nur den Horizont siehst. Haben sie keine Hüte auf, dann weißt du, es sind Indianer!«

»Bitte, Levi, sage meiner Frau und meinen Kindern, wie ich umgekommen bin.«

»Ich sage ihnen, daß du tapfer und mutig warst. Und laß dich nicht lebendig von ihnen fangen, Otto. Du weißt, was sie mit uns Weißen machen. Spare dir deine letzte Kugel für dich selbst auf.«

Dies ließ ihm oben im Baum die Schamröte ins Gesicht steigen. Für ihn selbst war die Vorstellung, Gefangene zu martern, undenkbar, und er glaubte auch nicht, daß Schwarzer Falke es zuließ. Aber sicher sein konnte er nicht. Vielen der British Band, Männern wie Frauen, machte es zweifellos Vergnügen, die verabscheuten Weißen zu Tode zu quälen.

Er hörte, wie unten Levi Pope sich durch das Unterholz davonmachte, während Wegner vor Schmerzen keuchte und sich an den Stamm der Eiche gelehnt zurücksetzte.

Dann erschreckte ihn der Knall von Wegners Gewehr so, daß er fast vom Baum gefallen wäre. Draußen auf der Prärie war ein Aufschrei zu hören, und er sah, wie ein Mann von seinem Pferd fiel.

Er hat einen meiner Stammesbrüder getötet. Das kann ich nicht hinnehmen.

Unten war das metallische Klicken vom Nachladen des Gewehrs zu hören.

Gleich wird ein weiterer Sauk-Krieger sein Opfer werden.

Der unterschwellig brodelnde Zorn, den er seit dem Tod von Kleine Krähe und Drei Pferde verspürt hatte, kochte schlagartig über in wildem Aufbrausen. Er sah Kleine Krähe vor sich, wie ihm, hilflos gefesselt, der Kopf explodierte. Und er konnte sich Drei Pferde vorstellen, wie er von Kugeln durchsiebt hinstürzte und starb. In seinem ganzen Leben hatte er noch keinen Menschen getötet. Doch jetzt blieb ihm, nach allem, was er heute erlebt hatte und jetzt mit ansehen mußte, nichts anderes mehr übrig.

Aber wie denn? Er ist bewaffnet, ich nicht.

Wegner war aber verwundet und hatte schlimme Schmerzen. Er konnte vom Baum überraschend auf den Rücken des Preußen hinabspringen und ihn sofort heftig gegen das verwundete Knie, in dem der Pfeil steckte, treten. Das müßte zusammen mit dem Überraschungseffekt ausreichen, daß Wegner sein Gewehr losließ und er es ergreifen und ihn erschießen oder ihm zumindest damit den Schädel zertrümmern konnte.

Weitere Sauk kamen herangeritten, und Wegner zielte dort unten in der Dunkelheit wohl bereits auf sie.

Er hastete auf der Ästeleiter, die er eben erst hinaufgeklettert war, abwärts.

Als er auf dem untersten Ast angekommen war, sah er im Mondschein, wie Wegner sich plötzlich herumrollte und mit seinem Gewehr auf ihn zielte.

Er hat mich gehört.

Er sprang.

Der Blitz blendete ihn einen Augenblick lang. In einer erstickenden Wolke von Pulverdampf stieß er mit Händen und Knien gegen Wegners Brust, und es raubte ihm den Atem vor Schmerz. Wegner schrie schmerzvoll auf, es war ein hoher schriller Schrei wie von einer Frau, und er ließ ihm die Ohren mehr dröhnen als der Schuß zuvor.

Der Preuße unter ihm rang mit seinem Gewehr gegen ihn; er versuchte es so in die Hand zu bekommen, daß er ihn mit dem Kolben niederschlagen konnte. Doch Weißer Bär hatte beide Hände am Lauf, und sie rangen miteinander, wobei er Wegner ins verletzte Knie zu treten versuchte.

Er erinnerte sich daran, daß die Milizleute oft Jagdmesser in ihren Taschen stecken hatten. Er hielt Wegners Gewehrlauf weiter mit einer Hand und suchte mit der anderen in dessen Lederhemd. Wegner bekam angstvoll große Augen, er ahnte die Absicht und stieß wild mit seinem Gewehr. Doch inzwischen hatte Weißer Bär den Griff des Messers gefunden und zog es heraus. Die breite Klinge blitzte im Mondschein auf.

Jetzt. Ein einziger Stoß in die Kehle des Feindes. Er schob die Klingenspitze unter das Halstuch Wegners und drückte sie genau über dem Schlüsselbein ein. Wegner schien es buchstäblich die Augen aus dem Kopf zu treiben; er fletschte die Zähne unter dem Schnurrbart.

Weißer Bär wurde bei dem Versuch, den Mann zu töten, fast ebenso schlecht wie zuvor, als er Raouls Kugel erwartet hatte.

Ihm fiel ein, was er Otto Wegner damals hatte sagen hören, als er bei Nacht und Nebel aus Victoire fliehen mußte, weil Raoul fünfzig Goldstücke auf seinen Kopf ausgesetzt hatte.

Er drückte das Messer nicht weiter hinein. Aber er hatte den Eindruck, daß Wegner seinerseits nach wie vor nicht zögern würde, ihn zu töten, wenn er die Gelegenheit dazu bekäme. Er blieb also auf der Hut.

»Lassen Sie Ihr Gewehr fallen«, flüsterte er. »Legen Sie es weg. Aber langsam und vorsichtig. Bei der ersten Bewegung schneide ich ihnen die Kehle durch.«

Wegner tat es.

Dann sagte er: »Du läßt mich nur am Leben, um mich zu martern, wie?«

Wenn er Wegner mit zu den Sauk brachte, stünde ihm das tatsächlich bevor. Wieder überrieselte ihn Scham.

»Wissen Sie, wer ich bin?« fragte er.

»Natürlich. Du bist Raoul de Marions Neffe Auguste. Wie ist das möglich, daß du noch lebst? Ich habe doch selbst gesehen, wie Greenglove dich getroffen hat.«

Er ignorierte die Frage. »Wir sind zu dritt mit einer weißen Fahne zu euch gekommen, und ihr habt uns niedergeschossen.«

»Das war falsch.«

»Das sagen Sie jetzt, wo Sie mein Messer an der Kehle haben. Warum haben Sie es dort nicht gesagt?«

»Oberst de Marion ist mein kommandierender Offizier. Bring mich schon um, verdammt. Ist das nicht auch deine Pflicht?«

»Ein Krieger verfährt mit seinem Gefangenen nach seinem Belieben.«

Überall rundherum in der Umgebung waren die Kriegsschreie und Pfeifsignale der Tapferen der Sauk zu hören. Es konnte nicht mehr lange dauern, bis einige von ihnen sie hier entdeckten, ihn mit dem Messer an der Kehle eines Weißen.

»Ich würde dich töten, wenn ich könnte«, sagte Wegner.

»Damals in dieser Nacht, als mein Onkel fünfzig spanische Dollars für meinen Tod ausgesetzt hatte, hätten Sie mich laufen lassen.«

»Woher weißt du das denn?«

Irgendwie fand er Gefallen daran, Wegner zu antworten: »Ich bin ein Schamane, ein Medizinmann. Wir wissen alles.«

»Dummes Zeug«, sagte Wegner auf deutsch und wiederholte es noch einmal lauter. Aber sein Blick war nicht mehr so sicher.

Weißer Bär sagte: »Ich bin auch ein Heilkundiger. Das ist mein Beruf. Ich werde Sie nicht töten, wenn Sie mich nicht dazu zwingen. Geben Sie mir Ihr Wort, daß Sie mich nicht angreifen, und ich nehme das Messer von Ihrer Kehle.«

Wegner schloß die Augen und seufzte. »Na gut, Sie sind ja zivilisiert. Vielleicht kann man Ihnen also trauen.«

Weißer Bär mußte nun sogar lachen. »Als hätten Sie nicht heute selbst mit angesehen, was sogenannte zivilisierte Leute mit ihren Gefangenen machen! Sie können mir vertrauen, weil ich ein Sauk bin!«

»Und wieso vertrauen Sie mir?«

»Weil ich Sie für einen Ehrenmann halte.«

»Na gut. Also, Sie haben mein Wort.«

Weißer Bär ließ langsam locker und stand auf. Wegner setzte sich stöhnend hoch. Weißer Bär sah im Mondschein, wie ihm Tränen aus den Augen und über das ganze Gesicht liefen. Er bedeutete ihm, sich mit dem Rücken an den hohlen Baum zu setzen, und bückte sich zu seinem Knie hinunter. Nachdem seine Augen schon an die Dunkelheit gewöhnt waren, sah er genug, um zu erkennen, daß Wegner die Spitze des Pfeils in seinem Knie schon abgebrochen hatte. Der Rest aber ragte noch heraus. Der Pfeil war direkt ins Kniegelenk gefahren. Allein der Anblick schmerzte.

»Ich kann versuchen, ihn herauszuziehen«, sagte er.

»Nur zu.«

»Geben Sie mir ihr Halstuch.«

Mit diesem Tuch wischte er zunächst das Blut von dem Pfeil, damit er nicht mehr so glitschig war. Es wäre leichter gewesen, ihn herauszuziehen, wenn Wegner ihn nicht abgebrochen hätte. Das herausstehende Stück war gerade lang genug, daß er es mit einer Hand fassen konnte. Er faßte seine eigene linke Hand mit der rechten, um fester zugreifen zu können, und zog dann mit aller Kraft.

Wegner fiel seitlich um, er war ohnmächtig geworden.

Dem Erschaffer der Erde sei Dank, er hat nicht geschrien.

Der Pfeil hatte sich überhaupt nicht bewegt.

Als Wegner wieder zu sich kam, sagte er zu ihm: »Ich kann nichts für Sie tun. Sie müssen zu Ihren eigenen Leuten zurück.«

Wegner schaute ihn verblüfft an: »Sie würden mich gehen lassen?«

»Ich muß. Oder ich muß Sie töten. Wenn Sie unseren Kriegern in die Hände fielen, würde ich Sie nicht retten können. Kriechen Sie in diese Höhlung im Baum und bleiben Sie bis zum Morgen darin. Bis dahin sind unsere Tapferen wohl schon weit weg von hier.«

Er half ihm hoch und schob ihn in das Versteck im Baum. Wegner stöhnte laut auf, als er sein verwundetes Bein nach innen zog.

Beschütze dieses Blaßauge, Großvater Eiche.

»Das vergesse ich Ihnen nie«, sagte Wegner.

»Dann denken Sie an mein Volk«, erwiderte er.

Er nahm Wegners Messer und Gewehr. Er hatte zwar überlegt, ihm seine Waffen zu lassen, aber das wäre wohl zu viel des Entgegenkommens und womöglich schon Dummheit gewesen.

Von Alter Manns Flüßchens anderer Uferseite, wo Raouls Lager gewesen war, kamen Siegesschreie der Sauk. So wenig Lust er hatte, dorthin zurückzukehren, war es doch wohl das Sicherste. Er machte sich mit Wegners Gewehr und Messer auf den Weg zurück durch den Wald und zum Wasser.

Nach kurzer Zeit war er wieder an der Stelle des Lagers der Langmesser, wo er nur sehr knapp seinem eigenen Tod entronnen war. Ein kleines Feuer brannte. Daneben lagen zwei Tote. Der Kopf des einen war mit einem Tuch bedeckt. Das mußte Kleine Krähe sein. Der andere war Drei Pferde, über den eine Decke gebreitet worden war. Sein Gesicht mit der platten Nase aber war unbedeckt geblieben. Um die beiden herum stand ein halbes Dutzend Krieger.

Eigentlich müßte auch er dort liegen, dachte er. Er legte eine Hand an sein Ohr, das er in der Aufregung über die Begegnung mit Otto Wegner buchstäblich vergessen hatte. Der Schmerz hatte sich auch inzwischen zu einem schwachen dumpfen Pulsieren gelegt. Er betastete die Wunde vorsichtig. Das ganze Mittelstück des Ohrs fehlte. Die unverletzt gebliebenen Teile waren blutverkrustet. Im Fluß hatte er die Wunde bereits einmal ausgewaschen. Aber sie mußte noch einmal gereinigt und dann verbunden werden.

Greenglove schoß also so, daß Blut floß und es für jeden, der mich im

Dämmerlicht liegen sah, so aussehen mußte, als sei ich mit einem Kopfschuß getötet worden. Mit anderen Worten, er versuchte mein Leben zu verschonen. Warum?

Eines Tages traf er bestimmt wieder mit Greenglove zusammen. Dann konnte er ihm diese Frage stellen.

Dieses andere Mal – als er mich rasch mit dem Gewehr niederschlug, ehe Raoul mich erschießen konnte: Hatte er das auch getan, um mir das Leben zu retten?

Am Feuer saß ganz allein ein Krieger. An der Seite seines sonst vollkommen kahlgeschorenen Kopfes hing eine lange Skalplocke. Der Widerschein des Feuers spiegelte sich in den Perlen der um seine Ohren hängenden Kettenringe. Der Stiel der Pfeife, die er rauchte, war gleichzeitig sein Tomahawkgriff. Er blickte auf und bekam beim Anblick von Weißer Bär, als dieser ins Licht des Feuers trat, große Augen. Es war Schwarzer Falke.

»Weißer Bär!« rief er mit rauher Stimme aus. »Bist du lebendig, oder erscheinst du nur vom Pfad der Seelen?«

Weißer Bär durchströmte eine Welle der Wärme beim Anblick Schwarzer Falkes und dessen seltenen Lächelns, mit dem er ihn begrüßte.

»Ich bin lebendig«, antwortete er.

»Das freut mich. Ich bin glücklich und überrascht!« sagte Schwarzer Falke und schwang seine Pfeife. »Ich hielt euch alle drei für tot.«

Wie eine plötzliche, unvermutete Erkenntnis traf Weißer Bär ein großes Hochgefühl. Eine Gänsehaut am ganzen Leib überlief ihn. Hier saß Schwarzer Falke am Feuer und rauchte in aller Ruhe seine Pfeife mitten in Raouls eben erst verlassenem Lager! Das bedeutete Sieg! Die Langmesser zogen sich zurück! Wie war das zugegangen? Schwarzer Falke mochte einen schrecklichen Fehler gemacht haben, als er die Sauk wieder über den Großen Strom zurückführte; aber jetzt, in diesem Augenblick, liebte er ihn dafür.

Aus dem Schatten trat Eulenschnitzer mit einem Bündel Sachen, die er aus den Zelten der Langmesser eingesammelt hatte. Er ließ es fallen, um ihn in die Arme zu schließen.

»Mein Sohn ist mir zurückgegeben worden.«

Weißer Bär setzte sich mit ans Feuer.

»Wie bist du entkommen?« fragte Schwarzer Falke.

Er erzählte, wie er sich totgestellt hatte, als Eli Greenglove behauptet hatte, er habe ihn voll getroffen. Die Begegnung mit Otto Wegner aber verschwieg er. Er fühlte sich wegen seiner Verschonung von Wegners Leben gut, aber er war sich nicht sicher, wie Schwarzer Falke das sehen und ob er es verstehen würde; war er sich doch nicht einmal sicher, daß er selbst es richtig verstand.

Eulenschnitzer ließ ihn sich nahe ans Feuer beugen und untersuchte unter Gemurmel seine Wunde. »Es ist wahr, was die Langmesser tun, übersteigt oft jedes Verständnis«, sagte er. »Es ist dunkel. Du warst im Gras. Vielleicht hat er dich einfach wirklich verfehlt.«

»Nein, nein, er hat mich mit Absicht verfehlt. Er hat einen großen Ruf als sicherer Schütze, und er sieht sehr, sehr gut. Er kam herbei und stand vor mir und muß gemerkt haben, daß ich noch lebte.«

Eulenschnitzer durchsuchte das Bündel, das er mitgebracht hatte. Er fand ein französisches Halstuch und verband die Wunde damit.

Weißer Bär sah inzwischen mit großer Befriedigung, wie Schwarzer Falkes tapfere Krieger das ganze Lager ausplünderten, von dem aus Raouls Truppe bei Sonnenuntergang nach der Ermordung seiner beiden Begleiter ausgeschwärmt war.

»Der Erschaffer der Erde hat uns einen großen Sieg geschenkt«, sagte er.

»Wir haben ihn nicht erwartet«, entgegnete Eulenschnitzer. »Wir lagerten nördlich von hier am Felsenfluß, als Eisernes Messer nach Sonnenuntergang hergeritten kam und uns mitteilte, daß ihr alle drei getötet wurdet, ebenso zwei der Tapferen seiner Begleitung, und daß die ganze Truppe der Langmesser uns entgegenritt.«

Schwarzer Falke sagte: »Ich war zornig. Sie hatten meine Friedensboten getötet. Es war mir ganz egal, daß sie Hunderte waren und wir nicht mehr als vierzig. Ich wollte Rache für das vergossene Blut.«

Weißer Bär lachte. »Ich hörte sie unter Panikgeschrei flüchten. Sie glaubten sich Hunderten von uns gegenüber.«

»Der Geist des Falken flog mit uns. Er täuschte sie und trug Furcht in ihre Herzen«, sagte Schwarzer Falke.

Eulenschnitzer fügte hinzu: »Und die Geister in ihrem Whiskey verwirrten sie zusätzlich.«

Schwarzer Falke sagte: »Ich war sehr erstaunt zu sehen, wie sie kehrtmachten und flüchteten. Ich hatte Amerikaner für bessere Schützen und entschlossenere Kämpfer gehalten. Sie waren uns vielfach überlegen, zeigten aber überhaupt keinen Kampfgeist.«

Der Winnebago-Prophet erschien aus der Dunkelheit und gesellte sich zu ihnen. Er setzte sich Schwarzer Falke gegenüber vor das Feuer. Sein silberner Nasenring über seinem Bart glitzerte rötlich im Feuerschein.

»Es ist gut, daß du kommst, Fliegende Wolke«, sagte Schwarzer Falke. »Wir müssen uns über den Weg unterhalten, der vor uns liegt.«

Weißer Bär wandte sich angewidert ab. Wie konnte Schwarzer Falke den Winnebago-Propheten noch immer als Berater erwählen, nachdem dieser ihn so irregeführt hatte?

Da hörte er eine rauhe Stimme: »Sieh, Vater, ich habe noch weitere Haare von unseren Feinden.«

Er sah hoch. Wolfspfote war gekommen und zeigte zwei Haarbüschel, jedes mit einem kreisrund geschnittenen blutigen Stück Haut daran. Er konnte nur hoffen, daß einer der beiden Skalpe nicht der von Otto Wegner war.

Schwarzer Falke stand auf und faßte Wolfspfote an den Schultern. »Mein Herz freut sich, wenn er sieht, daß mein Sohn ein großer, tapferer Krieger ist.«

Wolfspfote musterte ihn finster, als er neben Schwarzer Falke saß und ihm noch einmal erzählen mußte, was geschehen und wie es gekommen war, daß er doch noch am Leben war.

Nach einem kurzen Schweigen erklärte Schwarzer Falke: »Bis heute abend hat es kein Blutvergießen zwischen den Langmessern und uns gegeben. Aber als wir uns ergeben wollten, haben sie unsere Abgesandten erschossen.« Er deutete auf die beiden Toten und auf Weißer Bär. »Jetzt müssen wir viele von ihnen töten.«

Weißer Bär spürte, wie er vor Zorn zitterte. Er sah die Szene wieder vor sich, wie Raoul auf ihn zugekommen war, grinsend, die Pistole auf ihn gerichtet, hier, an ebendieser Stelle. Er flehte darum, daß sein Onkel jetzt irgendwo dort draußen in der Prärie in seinem Blute liegen möge, einen Pfeil im Rücken, weil auf der Flucht vor den Kriegern Schwarzer Falkes, und mit abgezogener Kopfhaut, die nun am Gürtel eines ihrer Tapferen hinge.

O Geist des Bären, o Schildkröte, o Erschaffer der Erde, lasse es so sein!

Doch danach schwand der Zorn wieder und machte Furcht Platz, als ihm bewußt wurde, daß er soeben etwas noch Schlimmeres als einen Mord begangen hatte. Man durfte die Geister um Kraft und Geschick im Kampf gegen einen Feind bitten, aber doch niemals die Kräfte eines Geistes direkt gegen ihn herbitten, er mochte so böse und verbrecherisch sein, wie er wollte.

Er betete um Vergebung und darum, daß ihm wegen seiner Gedanken kein Schaden erwachsen möge.

Schwarzer Falke sagte soeben: »Wir haben jetzt keine Wahl mehr. Die Langmesser haben mir den Krieg aufgezwungen.«

Noch ehe Wolfspfote oder Fliegende Wolke ebenfalls nach Krieg rufen konnten, wie sie es ganz sicher getan hätten, sprach er rasch: »Es war mein eigener Onkel, der Bruder von Sternenpfeil, der unsere Tötung angeordnet hat. Er haßt uns schon sein ganzes Leben lang und mich ganz besonders. Ein anderer Kriegshäuptling der Langmesser könnte uns mit offenen Armen empfangen haben. Jetzt, da Schwarzer Falke den Langmessern gezeigt hat, daß sie sich selbst schaden, wenn sie gegen uns ziehen, sollten wir ihnen noch einmal den Frieden anbieten. Ich bin bereit, noch einmal mit der weißen Fahne zu anderen Kriegshäuptlingen der Langmesser zu gehen und ihnen den Frieden anzubieten.«

Schwarzer Falke machte eine knappe, abweisende Geste. »Du hast doch gesehen, was geschah. Die Krieger der Blaßaugen werden dich gar nicht bis zu einem ihrer Häuptlinge kommen lassen, mit denen du über Frieden verhandeln könntest.«

Ein Krieger kam ans Feuer und reichte Schwarzer Falke einen Blechbecher.

»Die Blaßaugen haben faßweise Whiskey hier gelassen, aber sie waren fast alle leer.«

Schwarzer Falke goß den Whiskey in dem Becher auf die Erde und reichte den Becher zurück.

»Schüttet dieses Gift auf die Erde«, sagte er. »Nur dieser Whiskey hat die Langmesser so um den Verstand gebracht, daß sie zehn unserer Krieger vor sich zu haben glaubten, wo nur einer war.«

»Sie haben hier ganze Wagenladungen Nahrungsmittel und Munition hinterlassen«, sagte Wolfspfote. »Und sogar einige Gewehre.«

»Das können wir alles gut gebrauchen«, meinte Schwarzer Falke. »Ohne den zusätzlichen Proviant und die Ausrüstung könnten wir gar nicht weitermachen.«

Nachdem der Krieger wieder gegangen war, reichte Schwarzer Falke seine Tomahawkpfeife Wolfspfote. Eulenschnitzer und der Winnebago-Prophet hatten ihre eigenen Pfeifen. Eulenschnitzer bot seine Weißer Bär an, der aber lehnte ab. Angesichts dessen, was er alles an diesem Tag erlebt hatte, und unter dem Eindruck der Befürchtungen der noch bevorstehenden Gefahren für sein Volk war ihm klar, daß sein Magen nun keinen Tabak mehr vertragen würde.

Fliegende Wolke unterbrach das nachdenkliche Schweigen. »Wenn vierzig Sauk zweihundert Langmesser in die Flucht schlagen können, dann können sämtliche Sauk-Krieger eine ganze Armee vertreiben. Ich sage, rufe die sechshundert Krieger, die in unserem Hauptlager warten. Wir treiben die Langmesser vor uns her bis zum Großen Strom.«

Weißer Bär wollte ihm eigentlich mit zornigen Worten erwidern, doch er fühlte sich nicht gut. Ihm war fast übel. Er beschloß, erst abzuwarten, was die anderen sagten.

»Der Prophet der Winnebago spricht gut«, sagte Wolfspfote auch sogleich. »Mein Herz ist hungrig nach den Skalpen der Langmesser.«

Was sonst, dachte Weißer Bär.

Eulenschnitzer aber stellte nüchtern fest: »Wir haben ein paar betrunkene Blaßaugen verjagt, die man eigentlich kaum zu den Langmessern rechnen kann, das ist alles. Wir wollen nicht noch mehr Leben unserer jungen Männer riskieren. Folgen wir lieber der Nordbiegung des Felsenflusses bis zu seinen Quellwassern, weit jenseits aller Siedlungen der Blaßaugen, und ziehen von dort weiter bis zum Großen Fluß. Wenn wir ihn ungeschoren überqueren können, glaube ich nicht, daß uns die Langmesser weiter verfolgen werden.«

Sie saßen alle fünf schweigend da. Weißer Bär kam ein plötzlicher Gedanke. *Das* war der Grund, warum der Erschaffer der Erde gewollt hatte, daß er bei den Blaßaugen erzogen wurde: Er sollte seinem Stamm helfen, verstehen zu lernen, wie sie dachten! Wenn sie am Felsenfluß weiter nach Norden zogen, erreichten sie bald die nördliche Grenze von Illinois. Für sie mochte das wenig bedeuten, um so mehr jedoch für ihre Verfolger. Die Gegend dort oben gehörte zu keinem Staat. Sie war Teil des Landes der vielen Wasser, welches das Michigan-Territorium genannt wurde.

Er sagte eifrig: »Ja, wenn wir dort hinauf nach Norden ziehen, könnten wir ihnen entkommen. Die meisten Langmesser, mit denen wir es zu tun haben, sind vom Großen Vater des Landes Illinois aufgerufen worden. Sie folgen uns nicht weiter, sobald wir ihr Land verlassen haben.«

Wolfspfote knurrte sichtlich unzufrieden bei dem Gedanken, nicht mehr verfolgt zu werden.

Fliegende Wolke hatte auch dazu wieder etwas zu ergänzen. »Viele meiner Winnebago-Brüder leben in diesem Land dort oben. Sie werden sich uns im Kampf gegen die Langmesser anschließen!«

Ja, so wie deine Leute von Prophetenstadt, die uns schlicht im Stich gelassen haben? dachte Weißer Bär.

Ein Krieger brachte die Satteltasche eines der Langmesser und stellte sie vor Schwarzer Falke hin. Er machte sie auf und brachte einen teuer aussehenden Wollanzug und einige weiße Seidenrüschenhemden zum Vorschein sowie zwei Bücher, das eine in rotes, das andere in weißes Leder gebunden. Weißer Bär beugte sich näher, um sie sich zu besehen.

»Bündel sprechenden Papiers der Blaßaugen«, sagte Schwarzer Falke.

Wolfspfote meinte: »Wertloses Zeug, Vater. Behalte die Kleider und wirf das sprechende Papier ins Feuer.«

Schwarzer Falke reichte die Bücher jedoch Weißer Bär. »Was sagt dir dieses sprechende Papier, Weißer Bär?«

Er nahm eines der Bücher und las auf seinem Rücken den Titel.

Chitty's Plädoyers, Bd. 1. Er schlug es auf. Die Schrift war sehr klein und eng gesetzt. Er überflog viele Seiten juristischen Textes auf lateinisch. War der Rechtsanwalt, dem diese Bücher gehören mußten, noch am Leben? Die beiden Bücher erweckten ganz besondere Gefühle in ihm. Mit einem Schlag hatte er das Bedürfnis, nicht irgendwo auf der Prärie in einem verlassenen und geplünderten feindlichen Lager zu hocken, sondern in einer Bibliothek mit Büchern, Schreibfedern und Papier. Der Wunsch überfiel ihn ganz überraschend. Es war viele Monde her, seit er zuletzt die Welt der Weißen vermißt hatte. Einige Seiten *Verlorenes Paradies* dann und wann hatten sein Bedürfnis nach dem, was sie »Zivilisation« und »Kultur« nannten, stets befriedigt.

»Dieses Papier spricht von den Gesetzen der Blaßaugen«, erklärte er. »Es wird manchmal gesagt, sie besäßen keine Magie. Aber in ihren Büchern und in ihren Gesetzen ist sehr starke Magie. Es ist die Magie, die sie einigt und verbindet.«

Fliegende Wolke sagte: »Das Papier der Blaßaugen ist schlechte Medizin.«

Schwarzer Falke streckte die Hand fordernd aus, und Weißer Bär gab ihm das Buch zurück. Der Gedanke, er werde es in das Feuer werfen, schmerzte ihn geradezu.

Er hatte viele weiße Führer kennengelernt und erlebt – Bürgermeister und Kongreßabgeordnete, Offiziere und einmal sogar Scharfes Messer persönlich, Andrew Jackson, den Präsidenten der Vereinigten Staaten. Er hatte über sie in der Schule gelernt und in den Zeitungen gelesen. Er hatte das Gefühl, daß Schwarzer Falke sich vor keinem von ihnen verstecken mußte, in mancher Hinsicht sogar mehr als das. Er war stärker und gesünder als irgendein Weißer seines Alters, den Weißer Bär kannte. Welcher Weiße von nahezu siebzig Jahren war imstande, noch selbst einen Reiterangriff gegen einen Feind anzuführen, der ihm zahlenmäßig um das Zehnfache überlegen war – und ihn in die Flucht zu schlagen? Schwarzer Falkes große Schwäche war lediglich die, die er mit den meisten Menschen, gleich welcher Rasse oder Stellung, teilte: Wenn er wollte, daß etwas so sei, dann glaubte er, sei es so. Das war der Grund, warum er vergangenen Winter auf den Winnebago-Propheten gehört hatte und nicht auf ihn.

Jetzt hoffte er, daß Schwarzer Falke seine Intelligenz bewies, indem er den Wert dieses Buches respektierte.

Schwarzer Falke besah sich das Buch stirnrunzelnd und wog es in seiner Hand. Dann griff er sich das andere Buch mit der anderen.

»Sie sind schwer. Aber nachdem Magie in ihnen ist, werde ich diese

Bündel sprechenden Papiers bei mir behalten. Ich werde sie mitnehmen, wenn ich in der Ratsversammlung spreche.«

Weißer Bär stieß einen kleinen Seufzer der Erleichterung aus.

Schwarzer Falke legte die Bücher zu beiden Seiten neben sich und auf jedes eine Hand. So blieb er eine ganze Zeit schweigend sitzen und starrte ins Feuer. »Ich habe genug davon, immer wieder zu versuchen, den Langmessern den Frieden anzubieten«, sagte er schließlich, und Weißer Bär schien es, als sei sein Gesicht zu einer angsterregenden Maske erstarrt. »Sie lassen mir keine andere Wahl. Wir werden vor ihnen zurückweichen, ja. Aber wir werden nicht davonlaufen wie gejagtes Wild. Wir schicken unsere Kampftrupps aus, kleine und große, in alle Richtungen. Wir legen auf allen unseren Pfaden Hinterhalte. Wir überfallen jede ihrer Ansiedlungen. Wir greifen jede Gruppe der Langmesser an, die unterwegs ist. Kein Blaßauge nördlich des Felsenflusses wird sicher vor uns sein. Bis wir den Großen Strom überquert haben, sollen die Blaßaugen keine Ruhe vor uns haben.«

Weißer Bär war bei den Worten Schwarzer Falkes, als legte sich ihm eine eiskalte Hand auf den Rücken zwischen seine Schulterblätter. Schwarzer Falke verurteilte Hunderte Menschen zu einem grausamen Tod – Blaßaugen wie eigene Leute.

Eine der größten Ansiedlungen nördlich des Felsenflusses war Victor.

»Welchen Sinn hat weiteres Blutvergießen?« fragte er. »Es macht die Langmesser nur noch feindseliger. Sie werden uns auf den Fersen bleiben, bis sie uns ganz vernichtet haben.«

»Ich habe entschieden!« sagte Schwarzer Falke. »Wir müssen uns wehren. Wir müssen uns rächen. Sie haben uns unser Land gestohlen! Sie haben Saukenuk niedergebrannt. Sie haben Prophetenstadt niedergebrannt. Wir haben sie um Frieden gebeten, sie haben uns getötet. Schwarzer Falke wird ihnen zeigen, daß sie das alles nicht einfach ungestraft tun können.«

»So sei es!« pflichtete ihm der Winnebago-Prophet bei.

Danach wollen sich die Langmesser wieder rächen.

Wie eine schwere durchnäßte Decke legte sich die Hoffnungslosigkeit über ihn. Er sah die unbeugsame Entschlossenheit des alten Kriegshäuptlings und sagte nichts mehr.

Er konnte nur den Erschaffer der Erde anflehen, diejenigen zu verschonen, die er liebte. Auf beiden Seiten.

Schwarzer Falke stand auf. »Kehren wir in unser Lager zurück.«

Wolfspfote sagte: »Vater, ich will mit einigen unserer Krieger bis morgen hier bleiben. Über die ganze Prärie verstreut liegen tote Langmesser. Jetzt in der Dunkelheit können wir sie nicht finden. Am Morgen können wir uns ihre Skalpe und ihre Waffen holen.«

Weißer Bär, der bereits dabei war, sich vom Feuer abzuwenden, blieb stehen. Otto Wegner hielt sich vermutlich noch immer in dem hohlen Baum versteckt und wartete dort auf den Tagesanbruch.

»Ich bleibe ebenfalls hier«, sagte er hastig. »Ich helfe Wolfspfote bei der Suche nach den Toten.«

Was konnte er tun, wenn Wolfspfote Wegner fing? Vielleicht dem Preußen nicht gerade das Leben retten, aber vielleicht erreichen, daß er schnell und schmerzlos und ohne Marter getötet wurde.

Wieso, habe ich etwa noch nicht genug für ihn getan? Ich will doch nichts als zurück zu Roter Vogel.

Seine Beweggründe waren die eines Schamanen, und je schwerer sie erklärbar waren, desto mehr vertraute er ihnen. Es war irgendwie wichtig, daß er noch hier am Alter Manns Flüßchen blieb.

Eulenschnitzer war überrascht. »Nach allem, was du durchgemacht hast, möchtest du nicht gleich zu deiner Familie zurück?«

Er überlegte rasch. »Es besteht die Möglichkeit«, überlegte er, »daß mein mörderischer Onkel einer von denen ist, die hier tot auf der Prärie liegen. Ich möchte ihn gerne mit eigenen Augen daliegen sehen.«

Eulenschnitzer brummte. »Also gut, ich werde Roter Vogel sagen, daß du lebst.«

Die Anstrengungen und Ängste, die hinter ihm lagen, hatten ihn weit über das übliche Maß von Müdigkeit hinaus erschöpft, und er hatte kaum noch die Kraft, sich in eine Decke an dem kleinen Feuer zu rollen. Fast augenblicklich versank er wie bewußtlos in Schlaf.

Als er am Morgen erwachte, beobachtete er mit fast Übelkeit erregendem Unbehagen, wie Wolfspfote nicht nur Skalpe einsammelte, sondern einem der toten Langmesser auf der Prärie außerdem auch noch die wollene Hose aufschlitzte und ihm seine Mannesteile abschnitt. Blut spritzte auf die unschuldigen violetten und gelben Prärieblumen, und ein Schwarm Fliegen summte um Wolfspfote herum und wartete nur, bis er sich entfernte, um sich dann auf den Toten niederzulassen.

»Warum tust du das?« fragte er ihn. »Die Sauk haben das bei ihren toten Feinden noch nie gemacht.«

»Der Winnebago-Prophet sagt, die Langmesser wollen alle Sauk-Männer töten und dann schwarze Menschen aus dem Land im Süden bringen, die sich mit unseren Frauen paaren sollen. So wollen sie eine Sklavenrasse züchten. Das hier ist unsere Antwort darauf.«

Was für eine absurde Geschichte! Die Blaßaugen in Illinois hielten nicht einmal schwarze Sklaven. Neues Geschwätz dieses Winnebago-Propheten. Wolfspfote aber glaubte sichtlich fest daran.

Von Alter Manns Flüßchen im Süden her kam Pferdegetrappel. Sie blickten beide auf. Ein Sauk-Krieger galoppierte heftig winkend durch das Wasser heran.

»Langmesser kommen!« rief er schon von weitem.

Wolfspfote griff sich zwei Gewehre, sein eigenes und das des Toten, den er soeben verstümmelt hatte. Insgesamt hatten sie elf Tote am Ufer des Felsenflusses gefunden. Raoul war nicht darunter.

Weißer Bär war enttäuscht, wenngleich nicht besonders überrascht, daß Raoul davongekommen war. Zweifellos verdiente Raoul den Tod mehr als irgendeiner seiner Leute, die tatsächlich umgekommen waren. Aber er war ja auch nicht nur deshalb hier geblieben, um den möglicherweise toten Raoul zu sehen.

Tatsächlich war er eher erleichtert, daß die Geister seine geheimen und unzulässigen Gebete nicht erhört hatten.

Er forschte unauffällig, ob sich irgendwo etwas bewegte und etwa Otto Wegner auftauchte. Doch er sah kein Anzeichen von ihm.

»Wie viele sind es?« fragte Wolfspfote den Kundschafter, als er herangekommen war. »Können wir etwas gegen sie ausrichten?«

Die Hand des Mannes fuhr verneinend durch die Luft. »Es sind zu viele. Mindestens fünfzig. Alle zu Pferd. Und sie haben einen Wagen mit.«

»Sie wollen ihre Toten abholen«, vermutete Wolfspfote. »Es wird ihnen nicht gefallen, was sie finden!« Und er blickte mit einem Grinsen auf den Toten vor ihm.

»Sitzt lieber auf und reitet fort«, sagte der Kundschafter. »Wenn sie uns sehen, werden sie uns jagen.«

»Das werden sie nicht tun«, widersprach Wolfspfote. »Sie haben jetzt Angst vor einem Hinterhalt.« Sein Grinsen wurde breiter. »Wer weiß, vielleicht tun wir ihnen den Gefallen.«

Er rief den sechs Kriegern, die mit ihm hier geblieben waren, Kommandos zu, und sie eilten unter die Bäume nördlich von Alter Manns Flüßchen. Weißer Bär versuchte den Baum zu finden, in dem er Wegner versteckt hatte, doch der Wald sah im Tageslicht anders aus.

Wolfspfote befahl aufzusitzen. Die Pferde waren hier angebunden gewesen. Der Ritt sollte nach Norden zum Lager von Schwarzer Falke gehen. Obwohl er sich ebenfalls in den Sattel schwang, ritt Wolfspfote nicht mit ihnen. Er saß auf seinem weißgescheckten grauen Pony und blickte in die Richtung, aus der die Langmesser kommen sollten. Tiefhängende Ahornzweige und wilde Weinranken bildeten einen Schutzvorhang vor ihm. Weißer Bär ritt einen Braunen, der letzte Nacht in Raouls Lager erbeutet worden war, und kam jetzt zu ihm.

»Wieso bliebst du hier?« fragte er.

»Ich habe nur elf tote Langmesser gezählt«, erwiderte Wolfspfote. »Ich will zwölf haben.« Er spannte seine Flinte halb, schüttete feines Zündpulver aus einer Flasche auf die Pfanne und schloß den Zünder.

Weißer Bär spürte, daß etwas Besonderes passieren würde, und entschloß sich dazubleiben.

»Und worauf wartest du?« wollte Wolfspfote wissen. »Du hast doch noch nie einen getötet.«

»Da kommen sie schon«, sagte Weißer Bär und zog es vor, die Frage nicht zu beantworten.

Zwei Pferde zogen den Wagen, eine Ladepritsche mit zwei Seitenbrettern. Sie hielten am Flüßchen an. Die meisten der Langmesser saßen ab und begannen die Überreste von Raouls Lager abzusuchen. Ein paar ritten auf das andere Ufer hinüber.

Wolfspfote legte an.

Die Langmesser schrien auf und stießen Verwünschungen und Flüche aus, als sie die verstümmelten Leichen entdeckten.

Jetzt hassen sie uns noch mehr.

Die Langmesser hatten aufgerollte Decken an ihre Sättel geschnallt. Diese nahmen sie nun ab, rollten sie aus und trugen in ihnen die Toten zusammen. Die ersten beiden Männer waren bereits mit einer Leiche im Wasser auf dem Weg ans andere Ufer.

Ein anderer kam auf sie zugeritten. Er war so groß, daß seine Beine vom Rücken seines Pferdes fast bis auf den Boden baumelten. Er kam zu dem Toten, den Wolfspfote eben noch skalpiert und verstümmelt hatte, und stieg ab. Er nahm seinen breitkrempigen Hut ab und blieb vor dem Toten stehen, auf den er hinabblickte.

Weißer Bär hörte, wie neben ihm die Flinte ganz gespannt wurde. Wolfspfote zielte.

Der Milizmann hob den Kopf. Weißer Bär erkannte Tränen auf seinem Gesicht; sie glitzerten in der Sonne auf seinen Wangen.

Er kannte den Mann.

Ein hageres, gebräuntes Gesicht, starker Knochenbau, tiefliegende graue Augen. Ein junges, aber von Leid gealtertes Gesicht. In seiner Vision vergangenen Winter hatte dieser Mann einen schwarzen Bart gehabt. Jetzt war er glattrasiert. Aber er war der Mann, den die Schildkröte ihm gezeigt hatte.

Wolfspfote und Weißer Bär wurden von einem Schrei im Wald aufgeschreckt.

»Hilfe! Helft mir, bitte!«

Otto Wegner taumelte aus dem Wald, etwa hundert Fuß rechts von ihnen. Er lief auf den großen Mann zu. Er hinkte heftig und stöhnte bei jedem Schritt laut auf.

Der Mann setzte seinen Hut wieder auf und lief ihm entgegen. Der Preuße fiel nicht weit von den Bäumen entfernt entkräftet vornüber ins Gras.

Wolfspfote hatte seine Flinte herumgerissen und auf ihn gezielt, doch bevor er noch schießen konnte, war Wegner bereits gestürzt und im hohen Präriegras nicht mehr zu erkennen. Der blauschwarze Flintenlauf wanderte daraufhin zu dem Mann, der ihm zu Hilfe eilte. Weißer Bär hörte, wie Wolfspfote tief durch die Nüstern einatmete, und sah, wie sein Finger am Abzug sich krümmte.

In dem Moment, in dem der Hammer fiel und der Funke das Pulver auf der Pfanne zündete, streckte er seine Hand aus und lenkte Wolfspfotes Schuß ab.

Der Schuß ging mit gewaltigem Knall und Blitz und einer Rauchwolke los.

Der hagere Mann fuhr herum und blickte in die Richtung, aus der der Schuß gekommen war, rief etwas und deutete auf sie. Die Langmesser schwärmten sofort aus und brachten ihre Gewehre in Anschlag. Einige sprangen auf ihre Pferde.

»Warum hast du das getan?« schrie Wolfspfote. Jetzt war es belanglos, daß die Langmesser ihn auch hören konnten.

Er hob sein Gewehr, als wollte er Weißer Bär damit niederschlagen, so wie es vor vielen Monden Eli Greenglove schon einmal getan hatte.

»Los, weg!« rief Weißer Bär, ohne auf die Drohung zu achten, und trat seinem Pferd in die Seiten, um durch den Wald davonzugaloppieren. Wolfspfote hatte keine Zeit nachzuladen und kam zornig fluchend hinter ihm her.

Weißer Bär hatte keine Zweifel, daß Wolfspfote in seinem Zorn mit dem Gewehrkolben oder dem Tomahawk oder dem Messer auf ihn losgehen würde, noch bevor sie aus dem Wald waren. Doch auch Wolfspfote konnte im Moment nur an Flucht denken.

Jetzt verstehe ich es!

Die Erkenntnis traf ihn so plötzlich und unvermutet, daß er sich unwillkürlich im Sattel aufrichtete. Ein Baumast schlug ihm fast ins Gesicht.

Der wirkliche Grund war die Rettung des Mannes gewesen, weswegen er mit Wolfspfote hatte zurückbleiben wollen, auch wenn sich dadurch seine Rückkehr zu Roter Vogel verzögerte und er sein Leben riskierte. Der Grund war nicht nur, Otto Wegner zu beschützen. Die Schildkröte – oder vielleicht sogar der Erschaffer der Erde selbst – hatte es gewollt. Wäre er nicht da gewesen, hätte Wolfspfote diesen Mann niedergeschossen, der gekommen war, seine gefallenen Kameraden zu bestatten.

Er erinnerte sich genau an den Rest seiner damaligen Vision. Hundert Langmesser in Blauröcken griffen an und starben. Wen würde dieser Mann dort in den Kampf schicken, die Langmesser oder ihren Feind?

Es war unmöglich, das herauszufinden. Vielleicht erfuhr er die Antwort nie.

Sie ritten jenseits des Waldes über die Prärie, in Richtung Schwarzer Falkes Lager. Die Langmesser, die sie zuerst verfolgt hatten, waren zurückgeblieben, zweifellos aus Angst vor einem Hinterhalt, wie es Wolfspfote vorausgesagt hatte.

Obgleich er jeden Augenblick die Tomahawkklinge in seinem Rücken erwartete, verlangsamte er sein Tempo und ließ Wolfspfote aufschließen.

»Also«, rief Wolfspfote auch gleich, »bist du nach wie vor ein Blaßauge!«

»Nein«, erwiderte er und versuchte es ihm zu erklären. »Eine Vision, die ich hatte, trug mir auf, den Mann zu beschützen.«

»Eine Vision!« höhnte Wolfspfote. »Ich sollte dich töten dafür! Wenn du kein Schamane wärst... Ein Krieger benötigt nun einmal alles Glück... Aber nachdem dir deine Blaßaugenbrüder so lieb und teuer sind, werde ich *sie* töten. Du hast gehört, was mein Vater gesagt hat! Ich werde unsere Kriegertruppe anführen, die zu dem Ort deiner Blaßaugen zieht. Dann wirst du nicht dabei sein, um irgendeinen zu retten!«

Sie sprachen kein Wort mehr miteinander. Der Morgenhimmel war zwar hell und heiter, doch über Weißer Bär hatte sich eine dunkle Wolke von Furcht und Bedrohung gesenkt. Was würde aus Nicole, Grandpapa, Frank und all den anderen Leuten auf Victoire und in Victor, die seine Freunde waren? Auf Weisung eines Geistes hatte er den großen, hageren Mann gerettet, den er überhaupt nicht kannte. Und er hatte Otto Wegner gerettet, einen aus Raouls gekaufter Bande.

Was war mit denen, die ihm selbst nahestanden? Sollte er für diese nichts tun können?

15

Das Blockhaus

Der Teufelsgeruch von Schießpulver stieg Nicole in die Nase. Über die Palisade der Handelsstation hin sirrten Pfeile und fielen im Hof nieder. Einige blieben auch aufrecht in der Erde stecken. Über dem ständigen Knallen des Gewehrfeuers waren die durchdringenden, schrillen Kampfschreie der Indianer zu hören.

Sie stand in der offenen Tür des Blockhauses, angespannt in Angst um Frank oben auf dem Wehrgang beim Haupttor. Er war dort hinter die Pfahlspitzen der Palisade geduckt, hatte tiefe Stirnfalten vor Konzentration und lud gerade bedächtig sein Gewehr nach.

»Sieh dir Frank da oben an«, sagte sie zu Pamela Russell, die neben ihr stand. »O Gott, er ist da oben jeder Gefahr ausgesetzt.« Sie rief zu ihm hinauf. »Frank, so geh doch in einen der Türme!«

»Burke genauso!« sagte Pamela. »Warum machen sie das?« Sie deutete auf die Ostseite der Palisade, wo ihr Mann, untersetzt und mit einer Brille, auf dem Wehrgang stand. Nachdem die Indianer das Vordertor angriffen, war er dort allein, um die Ostbrüstung zu verteidigen. Alle anderen, insgesamt zehn Mann, waren bereits an der Vorderseite der Palisade und schossen, was das Zeug hielt.

Zwölf Mann. Ganze zwölf, die mit einem Gewehr umgehen können. Das ist nicht viel, dachte Nicole.

Vier davon waren ihr Mann, zwei ihrer Söhne und ihr Vater.

Sie hielt den Atem an. Über den Palisadenzaun auf der Ostseite kam ein Seil geflogen und legte sich mit der Schlinge um einen der angespitzten Pfähle. Im nächsten Moment schon erschien ein dunkelhäutiges Gesicht mit Federn auf dem Kopf über dem Zaun.

Burke Russell blickte in die andere Richtung.

»Burke, Vorsicht!« schrie Pamela.

Burke hörte es, fuhr herum und legte sein Gewehr an.

»O bitte, Gott!« rief Nicole.

Der Indianer sprang auf die Brustwehr. Er schien doppelt so groß zu sein wie Burke, und seine kräftigen Muskeln glänzten ölig. Er trug nur einen Lendenschurz. Sein walnußbrauner Körper war mit roten, gelben und schwarzen Streifen bemalt. Die Skalplocke flatterte hinter ihm her, als er auf Burke zustürmte und seine Kriegskeule schwang, an deren Ende ein metallener Dorn glitzerte.

Burkes Gewehr ging mit einem orangefarbenen Blitz, einem lauten Knall und einer Rauchwolke los.

Doch der Indianer war nicht getroffen. Seine Keule sauste auf Burkes Kopf nieder. Es gab einen dumpfen Laut. Nicole schrie auf.

Pamela kreischte entsetzt: »O nein, nein, o Gott, nein! Burke! Burke!«

Burkes Brille flog im hohen Bogen davon, fiel auf die Brustwehr und dann nach unten auf die Erde. Mit seiner freien Hand entriß der Indianer Burke, während dieser noch hinstürzte, das Gewehr, und riß beide Arme empor zum Triumphschrei, in der einen Hand das Gewehr, in der anderen die blutige Schlagkeule.

Nicole hob sich der Magen.

Pamela sank ohnmächtig auf sie. Sie fing sie hastig auf und zog sie mit sich zu Boden. Ein halbes Dutzend weiterer Indianer war inzwischen über den Palisadenzaun an der Ostseite geklettert. Sie schwangen ihre Gewehre und Tomahawks und waren bei dem toten Burke Russell auf der Brustwehr.

Sie schrie: »Frank! Hinter dir!« Frank drehte sich um, zielte und schoß und rannte zum nächsten Eckturm.

Nicole sah nicht, ob er einen Indianer getroffen hatte. Sie war damit beschäftigt, Pamela mit Hilfe der herbeigeeilten Ellen Slattery, der Frau des Hufschmieds, vom Eingang wegzuschleppen. Sie setzten sie auf eine Bank an der Wand. Ihr dichtes, kastanienbraunes Haar fiel nach vorne, als Nicole ihren Kopf hin und her schüttelte, um sie wieder zu sich zu bringen.

Warum tue ich das überhaupt? Es ist doch eine Gnade, wenn sie ohnmächtig ist. Frank!

Das Herz schlug ihr bis zum Hals, als sie sich hochrappelte und wieder zum Eingang lief. Ein Pfeil sirrte zur offenen Tür herein und prallte von dem Eisenrohr der Kanone ab, die in der Mitte des Hauptraumes des Blockhauses stand.

Ich gebe ja auch wirklich das bequemste Ziel für diese Indianer ab, dachte sie, und der schwache Scherz über sich selbst bewahrte sie wenigstens davor, in Panik laut hinauszuschreien.

Als sie vorsichtig nach draußen spähte, war an der Südseite, wo vorhin noch Frank gewesen war, alles voll von Indianern. In der Mitte auf der Brustwehr stand einer mit einem rotgefärbten Haarschopf, reckte seinen stählernen Tomahawk hoch und schrie Befehle an seine Leute, die Tore der Ecktürme mit ihren Keulen, Tomahawks und Gewehrkolben einzuschlagen. Die schwarzen Ringe um die Augen und die gelben Streifen im Gesicht gaben ihm ein furchterregendes Aussehen.

Aber selbst in dieser Schreckensszene von Angst und Haß entging ihr nicht, daß er einen vollkommenen Körper hatte. Es war sogar der schönste Männerkörper, den sie je gesehen hatte.

Sie war erleichtert, als sie keine weiteren toten Weißen sah. Burke Russell schien das einzige Opfer zu sein. Er lag reglos oben auf der Brustwehr. Sein Kopf war eine blutige unförmige Masse, ein Arm hing über den Umgang herab. Sie sah rasch wieder weg, weil sie spürte, wie ihr gleich wieder übel würde.

Sein Tod dort oben war um so schlimmer, als die Männer überhaupt nicht auf einen Verteidigungskampf eingerichtet waren. Sie hatten geglaubt, es gehe lediglich darum, die Indianer dort ein wenig aufzuhalten. Die eigentliche Verteidigung sollte dann erst hier unten im Blockhaus geschehen, wo sie eine Weile auszuhalten hofften.

Mit Gottes Hilfe.

»O Burke! O mein Burke!« klagte Pamela Russell, die wieder zu sich gekommen war. Ellen Slattery sah Nicole hilflos an.

Nicole brach um Pamela fast das Herz, aber sie konnte im Augenblick nichts für sie tun. Es gab anderes, das wichtiger war. Sie lief durch die versammelte Menge in den Hauptraum des Blockhauses hinein. Es mußten an die vierhundert Menschen versammelt sein, meist Frauen und Kinder.

Und Raoul hat über hundert Männer aus Victor mitgenommen, Gott weiß wohin.

Hier hatten sie nun mehr Gewehre als Männer. Zwei Dutzend Gewehre lehnten an der Steinmauer. Viele Familien besaßen zwei oder drei Gewehre, und sie hatten sie sich alle gegriffen und mitgebracht, als sie zur Handelsstation geflüchtet waren.

Nun, auch eine Frau kann eine Kugel in den Lauf schieben und den Abzug durchdrücken.

Und danebenschießen. Ihr Herz war jetzt wie ein Eisklumpen. Noch hatte sie keinen Indianer gesehen, der getroffen war.

Sie sprach laut zu den Frauen um sie herum. »Die Indianer werden von der Brustwehr herunter auf unsere Männer schießen, wenn die versuchen, hier zu uns hereinzukommen.« Sie begann eines der Gewehre zu laden. »Wir müssen ihnen Feuerschutz geben und die Indianer zwingen, in Deckung zu gehen!«

Sie hatte kein Gewehr mehr in der Hand gehabt, seit sie Frank geheiratet hatte. Frank wollte keine Waffen im Haus haben. Aber Elysée de Marion hatte seine Tochter einst schießen gelehrt, und sie hatte es nicht vergessen.

Neben den Gewehren waren Munitionstaschen gestapelt, Pulverhörner und fünf kleine Fäßchen mit Schießpulver. Nach der Flucht hierher, in der Panik des Morgengrauens, hatten alle eine Kette gebildet, um die Taschen und Fäßchen von Raouls steinernem Lagerhaus rasch ins Blockhaus zu transportieren.

Der Anblick gab Nicole ein wenig Hoffnung. Neben der Munition lagen auch Bleibarren. Vermutlich stammten sie aus Raouls Bleimine, die er kurz vor seinem Abmarsch aus Victor geschlossen hatte. Und da waren auch scherenförmige Kugelgießformen.

Soweit fehlte ihnen also eigentlich nichts.

Wenn sie nur gewußt hätte, wie man mit alledem umging.

»Wer weiß, wie man mit den Kugelmodeln arbeitet?« fragte sie die Frauen, die schweigend um sie herumstanden und ihr zusahen.

»Ich«, sagte Elfriede Wegner.

Aber natürlich, dachte Nicole. Ihr Mann war ja drüben in Europa Soldat gewesen.

»Dann nehmt Euch einige andere und zeigt ihnen, wie es gemacht wird!« sagte sie. »Wir werden alle Kugeln brauchen, die wir nur gießen können.«

Elfriede Wegner und zwei andere Frauen begannen die Bleibarren und die Gußformen zu dem großen Kamin hinten in der Halle zu tragen.

Nicole suchte inzwischen aus den über hundert Frauen, die sich in der Halle drängten, zehn freiwillige aus, die ein wenig mit Gewehren Bescheid wußten, fünf zum Schießen und fünf zum Nachladen der Gewehre. Zwei der größeren Knaben teilte sie zum Tragen der Körbe mit den Kugeln nach oben ein. Das Tragen des Pulvers indessen war eine gefährliche Sache, dazu mochte sie niemanden auffordern. Sie tat es selbst, füllte einen Getreidezuber mit Patronen, legte ein Pulverhorn obendrauf, schwang es sich auf die Schulter und trug es die Treppe hinauf, nicht ohne daß ihr dabei der Angstschweiß auf der Stirn stand.

»Jesus Maria, sind Sie aber stark, Missuz Hopkins«, sagte einer der Jungen, die die Kugeln trugen. Die Bemerkung freute sie. Sie glaubte, andere Leute bezeichneten sie sonst immer nur als fett.

Abgesehen davon aber konnte sie selbst noch nicht glauben, daß sie dies hier tatsächlich tat. Nämlich das Töten von Menschen vorzubereiten. Sie suchte sich einen Schlitz in der Balkenwand aus und schob den Lauf ihres Gewehrs durch. Sie konnte ein kleines Stück des Hofs unten sehen. Weiße Männer wichen von den Türmen zurück. Indianer verfolgten sie. Aber sie bewegten sich alle langsam dabei, die Weißen wichen buchstäblich nur schrittweise, die Indianer folgten ihnen im gleichen Tempo. Es war wie ein Tanz. Der eine mit seinem roten Haarschopf stand noch immer oben auf dem Wehrgang über dem Haupttor und rief Befehle. Der Tanzmeister.

Sie zog die Schnur des Säckchens mit den Patronen auf, biß von einer

Patrone das Papierende ab und schüttete schwarzes Pulver in den Lauf ihres Gewehrs. Dann nahm sie den Ladestock vom Gewehr und schob eine Kugel, die sie in Wachspapier gewickelt hatte, in den engen, tiefen Lauf. Sie dankte dem Himmel, daß sie die ganze Prozedur noch nicht vergessen hatte.

Dann schüttete sie das feine Zündpulver aus dem Horn dazu, zielte auf den Indianer mit dem roten Haarschopf und richtete den Lauf auf die Mitte seiner Brust.

Ihr Finger zitterte am Abzug. Sie konnte keinen Menschen töten. Der Blick verschwamm ihr.

Aber wenn sie ihn nicht tötete, tötete er vielleicht Frank. Oder Tom oder Ben. Oder Papa. Und noch frisch in ihrem Gedächtnis war der zerschmetterte, blutige Schädel Burke Russells.

Sie mußte es tun. Sie sah wieder klar.

Sie holte tief Atem und bemühte sich, regungslos zu zielen.

Sie hörte genau, wie der Hammer klickte, als sie den Abzug drückte, wie der Hammer vorschnellte, der Zünder den Feuerstein traf, der Funke auf die Pulverpfanne überschlug und der Schuß mit Donnergetöse losging, daß ihr die Ohren klangen. Ihr Ziel verschwand hinter der beigefarbenen Pulverdampfwolke vor der Schießscharte.

Als der Rauch sich verzogen hatte, stand der Indianer mit dem roten Haarschopf noch immer auf dem Wehrgang.

Sie ballte die Faust und zischte: »Verdammt!«

Der Indianer warf einen Blick nach rechts, als habe er dort eine Kugel in die Palisadenstämme fahren hören, und blickte dann direkt zu ihr herüber. Sie wußte, daß er sie nicht wirklich sehen konnte. Sie war hinter der Blockhauswand verborgen und zudem gute hundert Fuß entfernt. Aber trotzdem schien es ihr, als fixiere er sie mit bösen Augen.

Sie reichte ihr Gewehr nach hinten an Bernadette Bosquet, eine Köchin im Château, die ihr ein geladenes dafür gab.

Unten im Hof stürmten die Indianer gerade den Pelzladen und die Wirtsstube. Die Weißen zogen sich zur Tür des Blockhauses hin zurück.

Hinter der Wirtsstube sah sie Elysée und Guichard hervorkommen. Die beiden alten Männer bewegten sich langsam. Elysée hinkte stark, beide gingen sie rückwärts. Guichard schoß auf die mehr als sechs Indianer, die geduckt auf sie zukamen. Elysée, in der linken Hand den Krückstock, hob mit der rechten seine Pistole. Guichard hantierte hastig mit Pulverhorn und Ladestock, um nachzuladen. Elysée schoß und traf einen Indianer. Zu zweit wichen sie einige weitere Schritte zurück, während die Angreifer hinter Pulverdampf kurz verschwanden. Die Indianer drängten vorwärts, Guichard hob sein Gewehr. Die Indianer hielten zögernd inne. Elysée trat hinter Guichard und klemmte sich seinen Krückstock unter den Arm, um seine Pistole nachzuladen. Auf seine Aufforderung hin schoß Guichard erneut, und wieder sank ein Indianer mit einem Gewehr zu Boden. Guichard griff nach seinem Pulverhorn und trat nun hinter Elysée, der die Indianer in Schach hielt.

Nicole merkte, daß sie weiche Knie bekam und ihr ein Kloß im Hals steckte angesichts der furchtlosen Haltung der beiden alten Männer bei ihrem Rückzug. Sie waren ja eigentlich schon viel zu alt zum Kämpfen, aber heute wurde nun einmal jeder Mann gebraucht.

Sie sah Frank und ihre beiden ältesten Söhne Tom und Ben über den Hof zur Tür des Blockhauses rennen. Sie verschwanden unter dem Überhang des oberen Stockwerks aus ihrem Blickfeld. Gott sei Dank, daß sie es geschafft hatten! Sie fühlte, daß sie fast die Besinnung verlor, und atmete tief durch.

Sie reichte ihr Gewehr Bernadette. »Hier, schießen Sie! Ich muß zu meinem Mann und meinen Söhnen!«

»Merci, Madame«, sagte Bernadette. »Und ich dachte schon, Sie ließen mich niemals ran.«

Bis sie unten war, hatten sich Frank und die anderen Männer bereits in die Halle hineingedrängt. Die schwere Vordertür des Blockhauses wurde verschlossen und verrammelt, was zur Folge hatte, daß es im Untergeschoß aus Stein fast völlig finster wurde. Zwei Männer schossen durch die Schießscharten zu beiden Seiten der Tür, während einige Frauen Öllampen und Kerzen anzündeten und rund um den Raum auf Regale stellten.

Die Frauen, deren Männer hier waren, hielten sie umarmt. Nicole drängte sich eng an Frank und schloß Tom und Ben, die zu ihren Eltern gelaufen kamen, in ihre Arme.

Sie musterte die Jungen. Ihre Gesichter waren gerötet, und ihre Augen sprühten vor Aufregung. In einem Jahr oder zweien waren sie ebenfalls

Männer. Nach dem heutigen Tag, dachte sie, würde Frank es gewiß nicht mehr so einfach finden, sie von Gewehren fernzuhalten.

Sofern wir diesen Tag überleben.

Wie sie Frank stark und lebendig an sich gepreßt spürte, überkam sie das plötzliche Bedürfnis, mit ihm zu schlafen. Sie war schockiert über sich selbst.

Aber sie hatte heute bereits einen Mann sterben gesehen und wußte, sie selbst oder Frank konnten ebenfalls tot sein, noch ehe die Sonne unterging. Die Erkenntnis, wieviel Frank ihr bedeutete, hatte ganz unvermutet ihren Körper in Leidenschaft versetzt.

Draußen im Hof gellten die Schreie der Indianer.

David Cooper sagte kühl und sachlich: »Wir können uns ihrer nicht erwehren, wenn wir nur von hier unten schießen. Wir müssen auch alle Schießplätze oben besetzen.«

Er nickte Elfriede Wegner und den drei anderen Frauen, die am Kaminfeuer Kugeln gossen, aufmunternd zu. Dann rief er: »Also, vier Männer und vier Frauen besetzen hier unten die restlichen Schießscharten. Alle anderen kommen mit nach oben.«

Fünf Männer und an die dreißig Frauen griffen sich die noch vorhandenen Gewehre und folgten Cooper nach oben, wo er sie paarweise als Schützen und Nachlader einteilte.

Nicole hätte sich selbst zum Schießen oben gemeldet, doch sie sah jetzt ihre Aufgabe darin, hier unten für Frank nachzuladen. Sie wollte, daß sie zusammen kämpften; er schoß, und sie half ihm mit dem Nachladen. In seiner Nähe fühlte sie sich sicherer als irgendwo allein im Haus.

Frank schob den achteckigen Lauf seines Gewehrs durch den Schießschartenschlitz. Er war nur fünfzehn Zentimeter breit und zehn hoch, und die Blockhauswand war zirka einen Fuß dick, aber Nicole zitterte dennoch bei dem Gedanken, daß einer der Indianer draußen Frank durch diesen Schlitz mit einem Pfeil oder einer Kugel treffen könnte. Sie konzentrierte sich darauf, sein Austauschgewehr zu laden und diese Gedanken zu verdrängen.

Zum Glück hatten sie David Cooper hier, der genau zu wissen schien, was zu tun war. Sie erinnerte sich daran, wie er damals Einspruch erhoben hatte, als Raoul Auguste aus dem Château vertrieb. *Ist das die Art, wie ihr hier die Dinge regelt?* Cooper war es gewesen, der die Handelsstation als erster den Flüchtlingen vor den Indianerüberfällen geöffnet hatte, den Leuten von Victoire, kurz nach Tagesanbruch heute morgen. Er und Burke Russell. Burke. Das Herz tat ihr weh.

Sie dachte voll Angst an Victoire und die drum herum liegenden Farmen. Die Indianer hatten so schnell und unverhofft angegriffen und waren mit ihrem Kriegsgeschrei über die Prärie herangaloppiert gekommen, daß gerade noch die Bewohner von Victor selbst und allenfalls noch ein paar aus dem Château sich in die Handelsstation hatten flüchten können. Viele Kinder und einige der Frauen hier im Blockhaus trugen noch ihre Nachthemden. Es fehlten einige Leute, die sie kannte. Reverend Hale und seine Tochter Nancy beispielsweise. Clarissa Greenglove und ihre beiden Söhne von Raoul. Marchette Perrault. Und andere mehr. Die Vorstellung, was die Indianer mit ihnen machen könnten, bereitete ihr Magenkrämpfe.

Cooper war an eine Schießscharte auf der Westseite gegangen. Nicole kam zu ihm.

»Würden Sie mich mal hinaussehen lassen, Mr. Cooper?«

»Aber gewiß doch, Ma'am.« Er seufzte. »In dem Haus dort oben auf dem Berg haben Sie doch gelebt, nicht?«

Der arme Burke Russell lag noch immer auf der Ostseite der Brustwehr. Um ihn herum lagen inzwischen auch drei tote Indianer. Mittlerweile war sie gegen Anblicke dieser Art schon etwas abgehärteter. Dennoch ließ sie erstarren, was sie, dem herrlichen Junihimmel zum Trotz, jenseits der Palisade sah.

Eine dicke schwarze Rauchsäule stieg auf, drehte sich dann und trieb in alle Richtungen, bis sie den ganzen östlichen Himmel bedeckte. Die Palisade war zu hoch, um das Feuer selbst zu sehen, aber ab und zu schossen einzelne Flammenzungen mitten in der Rauchsäule empor. Es gab keinen Zweifel, was da brannte.

»Sie brennen Victoire nieder!« rief sie und begann zu schluchzen.

Sie spürte Franks Hand tröstend auf ihrer Schulter und drehte sich zu ihm um.

»Ich hatte gehofft, die oben in Victoire könnten aushalten!« sagte sie.

Frank legte den Arm um sie. »Es tut mir so leid, Nicole. Aber wahrscheinlich sind alle Leute aus Victoire, die überhaupt noch leben, hier bei uns und hatten das Glück, schneller hier zu sein als die Indianer, die sie jagten.«

»Aber was ist mit den anderen, Frank, Marchette, Clarissa? Sind sie alle tot?«

Frank antwortete nicht. Er stand einfach nur da und hielt sie fest.

Wie ein Eisenbarren lastete der Kummer auf ihr. Hätte sie nicht Frank, dachte sie, an den sie sich anlehnen konnte, würde sie einfach umfallen. Sie spähte noch einmal hinaus. Weiter weg sah sie Rauchwolken. Die Indianer mußten von Osten her gekommen sein und jedes einzelne Farmhaus angesteckt haben, das ihnen in den Weg kam. Wahrscheinlich hatten sie auch Philip Hales Kirche draußen niedergebrannt. Arme Nancy!

David Cooper sagte: »Manchmal gelingt es Leuten auch, sich zu verstecken. Überall können die Indianer nicht suchen.«

Seine Worte beruhigten sie ein bißchen.

»Ja«, stimmte Frank zu. »In der Bleimine zum Beispiel. Die ist ein ideales Versteck.«

Sie nickte. »Alle können sie nicht umgebracht haben.«

Bitte, laß Marchette und Clarissa und Nancy und Reverend Hale noch am Leben sein.

Sie hätte verzweifelt gerne gebetet. Sie wollte glauben, daß ein liebevoller Gott auf Victoire und Victor herabblickte und ihre Freunde und alle die Menschen, unter denen sie aufgewachsen war, beschützte.

Sie vertrieb ihre sorgenvollen Gedanken und konzentrierte sich in der nächsten Stunde darauf, Patronenhülsen aufzubeißen und Pulver in sie hineinzuschütten, Kugeln in die Gewehre zu stopfen und ein Gewehr Frank in seine von Druckerschwärze verfärbte Hand zu drücken und ihm das andere abzunehmen und neu zu laden. Arme und Hände taten ihr längst weh von den immer gleichen Handgriffen und Bewegungen, und das pausenlose Schießen um sie herum hatte sie taub gemacht. Der Gestank und, schlimmer noch, der Geschmack des Schießpulvers drehten ihr bereits den Magen um, und ihre Hände waren schwärzer als jemals die von Frank.

Frank schoß zunehmend weniger. Er lehnte sich an die Wandbalken und wischte sich den Schweiß von der Stirne.

»Jetzt pfeffern wir schon die ganze Zeit massenweise Blei in den Hof hinaus. Aber was nützt es? Sie haben sich in Deckung gebracht und bereits Löcher in die Wände der Ecktürme gehauen und schießen jetzt von dort!« Ein Indianerschrei veranlaßte ihn, zur Schießscharte hinauszuspähen.

»Sieh dir das an!« sagte er und machte ihr etwas Platz. Sie drückte ihren Kopf neben seinen und den Gewehrlauf.

Es war, als tobte draußen auf dem Hof ein Schneesturm. Zwischen Wirtsstube und Blockhaus war ein einziges Flockengewirbel. Aber es waren Bettfedern. Braune Arme schlitzten Matratzen und Kissen auf und schüttelten sie aus den Fenstern. Die Federn trieb es hinauf bis zur Schießplattform. Ein Teil schwebte bis zum frischen Junigras und bedeckte es weiß. Aus der Wirtsstube erscholl Geschrei und Gelächter.

Sie würden einen Menschen aufschlitzen, so gleichmütig wie ein Kissen, und das auch noch lustig finden.

»Sie fangen an, betrunken zu werden«, sagte Frank. »In Raouls Kneipe ist ja genug Alkohol. Wahrscheinlich plündern sie auch die Stadt.«

Sie werden auch unser Haus anzünden. Alles ist verloren, die Betten, das Geschirr, die Spiegel, die Schreibtische, das Spinnrad, die Uhr, die Platten und das Silber, unsere Kleider, unsere Bücher und die alten Briefe, das Spielzeug der Kinder, die Gewürze, die Wiege, in der alle unsere Kinder lagen, die Maschinen, das Tischlerwerkzeug und – o Gott, bitte, nicht auch noch Franks Druckerpresse!

Hör auf damit, Nicole, sei nicht unzufrieden. Was willst du denn noch mehr? Zum Glück haben sie im Morgengrauen angegriffen, als alle Kinder noch im Haus und nicht über die Felder verstreut waren, und jetzt sind sie hier bei dir in Sicherheit. Dein Mann steht an deiner Seite und liegt nicht tot oben auf dem Wehrgang wie Burke Russell.

Obwohl sie sich befahl, dankbar zu sein, konnte sie die Gedanken an das, was in den nächsten Stunden mit ihnen geschehen könnte, nicht verdrängen.

Aus der Tür der Wirtsstube kam ein Indianer heraus. Er schwenkte ein gebogenes Marinemesser in der Hand und kam schreiend auf das Blockhaus zugerannt. Aber er taumelte und schwankte und war offenbar betrunken vom Whiskey.

Sie erstarrte vor Angst. Wenn ihn nun niemand erschoß und er irgendwie hereinkam und andere ihm folgten?

»Vorsicht«, sagte Frank und schob sie sanft beiseite. Dann steckte er sein Gewehr durch die Schießschartenöffnung und schoß.

»Ich habe ihn getroffen, aber er fällt nicht um.«

Nicole kehrte wie automatisch zu ihrer Routine zurück und nahm Frank das Gewehr aus der Hand, um es neu zu laden. Entlang der ganzen Vorderfront des Blockhauses wurde geschossen. Alle versuchten den Indianer mit dem Entermesser zu treffen. Frank schoß bereits mit dem anderen Gewehr.

»Er ist voller Kugeln«, sagte er, »aber er will einfach nicht sterben.« Seine Stimme klang gequält, und als sie ihm das neugeladene Gewehr reichte, sah sie Schweißperlen auf seiner Oberlippe. Sie litt mit ihm. Er verabscheute jegliches Töten, und hier war er gezwungen, gleich zum wiederholten Male zu versuchen, einen einzigen Mann zu töten.

Er zielte und schoß das dritte Mal. »Jetzt ist er umgefallen.«

Er setzte sein Gewehr ab und reichte es Nicole. Während sie es nachzuladen begann, lehnte er sich wieder an die Wand. Dann knickten ihm die Knie ein, und er rutschte an der Wand hinab und blieb auf dem Boden sitzen. Sie legte das Gewehr weg und kniete sich zu ihm und streichelte mit Schmerz im Herzen seinen Arm.

Er hielt sich die Hand vor den Mund. Es würgte ihn, aber es gelang ihm, das Erbrechen zurückzuhalten. Nach einer Weile nahm er die Hand schweratmend wieder vom Mund und stöhnte: »O Gott, was tue ich da?«

Nicole nahm ihn in die Arme. Sein Kopf sank an ihre Brust.

»Entschuldigung, Mrs. Hopkins«, sagte eine Stimme über ihr. Sie ließ Frank los. David Cooper beugte sich zu ihnen herab und legte Frank die Hand aufs Knie.

»Das geht vorbei, Hopkins. Als ich mit Harrison in Tippecanoe Village war und die Indianer uns aus dem Wald heraus angriffen, hat, glaube ich, kaum mehr als die Hälfte unserer Männer wirklich geschossen. Nicht vielen fällt es leicht zu töten. Aber es gibt Zeiten, wo wir nicht drum herum kommen.«

Frank wischte sich über die Augen und legte seine Hand auf die von Cooper. »Danke.«

»Wenn Ihnen noch übel ist«, sagte Cooper, »dann denken Sie einfach nur daran, was sie mit Ihrer Frau und Ihren Kindern machen würden, wenn sie hier hereinkämen.«

Frank stützte sich mit einer Hand auf den Boden und erhob sich mühsam. »Ja, solange ich an meine Familie denke, bringe ich es fertig zu schießen.« Aber es war Bitterkeit in seiner Stimme, und Nicole glaubte zu wissen, was er dabei dachte: Welche teuflische, grausame Ironie, daß ihn die Liebe zu seiner Familie zwang zu töten!

»Da kommen sie wieder!« rief eine Frau in der Schützenreihe.

Nun hörten sie pausenlos Kugeln in die Holzwand des Blockhauses fahren, viele nahe Franks Kopf, als er wieder weiterschoß. Die Indianer griffen von den Gebäuden der Handelsstation aus an, die sie bereits erobert hatten.

Als sich Frank gerade wieder umdrehte, um bei Nicole sein Gewehr zu wechseln, sirrte ein Pfeil durch die Schießscharte herein und nur wenige Zentimeter an seinem Kopf vorbei.

Danke, Gott, danke!

Sie feuerten alle so ausdauernd nach draußen, daß sich die Indianer schließlich in die eroberten Häuser zurückzogen. Nicole und Frank wechselten sich nun in der Wache an der Schießscharte ab. Aber sie mußte unaufhörlich daran denken, was wohl gerade in und mit ihrem Haus passierte.

Die unheimliche Stille zog sich hin. Nicole ging hinunter, um nach ihren Kindern zu sehen. Sie mußte sich mühsam einen Weg durch die Menge bahnen. Die Leute saßen dichtgedrängt auf dem Boden der großen Blockhaushalle.

Auf eine Bank hingestreckt lag eine Frau. Sie war noch neu in der Siedlung, und Nicole kannte ihren Namen nicht. Die rechte Seite ihres karierten Kleides war von der Schulter bis zur Hüfte blutgetränkt. Die Frau stöhnte leise und war halb bewußtlos.

»Ein Pfeil«, sagte Ellen Slattery, die der Frau ein gefaltetes Tuch an die Schulter preßte.

Nicole erschauerte. Sie klopfte Ellen Slattery auf die Schulter und ging weiter. Sie sah Tom und Ben beim Gewehreladen an der Kanonenschießscharte. Abigail, Martha und John spielten an der Kanone Schießen auf die Indianer. Ihre drei Jüngsten, Rachel, Betsy und Patrick, hielten sich bei den anderen kleineren Kindern in dem Raum mit den Steinwänden auf, den Raoul als Büro benützte. Sie sangen Kirchenlieder. Pamela Russell war bei ihnen, und die Tränen rannen ihr über das Gesicht. Als Nicole am Kaminfeuer, wo die Kugelgießerinnen waren, vorüberkam, hörte sie, was sie sangen:

Mein Gott, wie groß ist meine Qual,
wie schnell der Feind sich mehret!
Wie vielfach groß wird seine Zahl,
wie friedlos es sich wehret!

Sie dachte: *Das ist sicher das erste Mal, daß diese Wände hier Kirchenlieder hören.*

Sie half eine Weile beim Kugelgießen. Das silbrig schimmernde geschmolzene Blei wurde aus dem Kessel über dem Feuer in das winzige Loch der Gußhohlform gegossen. Die beiden Hälften wurden mit dem scherenartigen Griff geöffnet und die noch warme Kugel in einen großen Korb fallen gelassen. An jeder wurden einzeln noch die überstehenden Gußränder abgefeilt. Das Abfallmetall kam zurück in das Einfülloch.

»Indianer!« rief ein Mann. Frauen und Kinder legten sich flach auf den Boden. Nicole eilte nach oben zu Frank.

Nach einer Weile hatte das Gewehrfeuer unten und oben auch den neuen Ansturm zurückgeworfen. Frank sagte: »Wir kriegen zwar bei jedem Ansturm ein paar von ihnen, aber das reicht nicht. Vorhin draußen auf der Brustwehr habe ich mindestens hundert gesehen.«

»Wir haben nichts zu essen und nur noch wenig Wasser«, sagte Nicole. »Sie können uns einfach belagern, und lange halten wir das nicht aus.«

In der Tat waren die gefüllten Eimer, die die Leute aus ihren Häusern mit in das Blockhaus gebracht hatten, ihr einziger Wasservorrat.

David Cooper sagte: »Wir müssen damit rechnen, daß sie einen Sturmangriff auf uns vorhaben. Sie werden vor allem versuchen, das Blockhaus in Brand zu stecken. Deshalb müssen wir möglichst viel Wasser sparen. Wir müssen die Wasservorräte rationieren.«

Nicole brach der kalte Schweiß aus, wenn sie sich das brennende

Blockhaus vorstellte, vor allem angesichts des ganzen gelagerten Schießpulvers.

Es ist genug, uns alle in die Luft fliegen zu lassen.

Dann erinnerte sie sich daran, was vor nunmehr zwanzig Jahren Hélène in Fort Dearborn widerfahren war.

Vielleicht ist es da sogar vorzuziehen, in die Luft zu fliegen.

»Da kommt der richtige Mann für die Wasserrationierung«, sagte Cooper.

Nicole sah ihren Vater die Treppe heraufkommen. Er zog sich mühsam am Geländer hoch und stützte sich auf seinen Krückstock. Als er die obersten Stufen erreicht hatte, kam ihm Frank entgegen und half ihm, sich auf eine Holzkiste neben der Gewehrschießscharte niederzusetzen.

»Mrs. Russell«, sagte Elysée, »hat darauf bestanden, mein Gewehr und meine Wache zu übernehmen. Es ist mir wirklich nicht unangenehm, eine Zeitlang nicht auf die Roten schießen zu müssen. Ich muß immer daran denken, eine meiner Kugeln könnte Auguste treffen.«

Nicole hielt den Atem an. »Auguste! Papa, er würde doch niemals dort draußen dabeisein!«

»Wahrscheinlich nicht«, stimmte Elysée ihr zu. Dann fragte er: »Habt ihr irgend etwas über meine Enkelkinder gehört?«

Nicole wollte schon sagen: »Sie sind alle hier«, als ihr klar wurde, was er meinte.

»Raouls und Clarissas Kinder?« Sie schüttelte traurig den Kopf. »Nein, Papa. Wir wissen nicht, was mit den Kindern von Victoire geschehen ist.«

Elysée seufzte. »Die armen Kleinen. Seit sie auf der Welt sind, habe ich ein- oder zweimal mit ihnen sprechen können.«

Sie wurden unterbrochen. Wieder hallte der Schrei durch das ganze Haus: »Die Indianer kommen wieder!«

David Cooper erklärte Elysée kurz, wie er das Wasser verteilen sollte. Der alte Mann hinkte wieder nach unten, während das Schießen aufs neue begann.

Nicole lud Franks Gewehre unablässig nach. Sie fühlte ihre Arme kaum noch und konnte an überhaupt nichts mehr denken. Rundherum hörte sie nur noch das unaufhörliche Gewehrgeknatter. Die Indianer stürmten diesmal aus allen Richtungen heran. Pfeile und gelegentlich auch Kugeln schwirrten durch die Schießscharten herein, aber es wurde niemand getroffen. Ihre Augen tränten. Durch das ganze Obergeschoß zog eine Wolke von Pulverdampf.

Dann zogen die Indianer sich ein weiteres Mal zurück. Als das Gewehrfeuer erstarb, zog zum Glück auch die Pulverdampfwolke nach oben und durch das Dach ab. Sie blickte hinauf. Zwischen dem oberen Ende der Balkenwand und dem Dach war ein Spalt von fast einem Fuß Höhe. Das Dach lag auf eigenen senkrechten Stützbalken auf. Sein Überhang draußen verdeckte den offenen Spalt. Wenn einige Männer dort hinaufkletterten, konnten sie von dort oben nach unten schießen. Die Angreifer draußen mußten sich dann direkt unter sie stellen, wollten sie nach oben zurückfeuern.

Überhaupt wußte sie vieles nicht von diesem Fort. In all den Jahren, seit Raoul es erbaut hatte, hatte sich selten ein Anlaß für sie ergeben, es zu betreten. Das letzte Mal war sie zusammen mit Frank hier gewesen, als sie Raoul gebeten hatten, nicht alle verfügbaren Männer mit auf seinen Feldzug zu nehmen und die ganze Stadt schutzlos zurückzulassen. Jetzt hing ihr Leben davon ab, wie gut und sorgfältig Raoul gebaut hatte. Das war bittere Medizin.

David Cooper kam von seiner Schießscharte zu Frank herüber.

»Es sind nur noch ein paar Stunden bis Sonnenuntergang«, sagte er leise, »und ich vermute stark, sie werden alles daransetzen, das Haus noch vor der Dunkelheit zu erobern. Falls sie alle auf einmal kommen, haben wir nicht genug Gewehre, um sie aufzuhalten.« Sein Ton war sachlich und kühl, aber Nicole verfiel fast wieder in Panik darüber. Sie faßte nach Franks Hand und drückte sie heftig. Aber seine Hand war kalt wie die eines Toten.

»Ich denke schon die ganze Zeit an die Kanone da unten«, fuhr Cooper fort. »Wissen Sie, man kann ja viel über Raoul de Marion sagen, aber bestimmt nicht, daß er die Verteidigung dieses Hauses nicht gut geplant hätte. Ich nehme an, die Kanone ist gebrauchsfähig.«

»Können Sie denn mit Kanonen umgehen?« fragte Frank.

»Nun ja«, antwortete Cooper achselzuckend, »ich habe ein paarmal Artilleristen zugesehen, aber ich habe nie daran gedacht, mir einzuprägen, was sie genau machten. Ich wüßte nicht einmal zu sagen, wieviel Pulver man braucht. Schütten wir zu wenig hinein, vertun wir unsere Chance. Nehmen wir zu viel, jagen wir uns womöglich hier drinnen selbst in die Luft.«

»Lieber das«, sagte Nicole, »als den Indianern ausgeliefert zu sein.«

Cooper sah sie fest an und nickte. »Die Indianer kriegen Sie nicht, Mrs. Hopkins, das verspreche ich Ihnen. Also, kommen Sie, sehen wir uns das Ding mal an.«

Zu dritt gingen sie, von kalten Schauern überlaufen, aber grimmig entschlossen nach Coopers Bemerkung, die Treppe hinab, scheuchten die Kinder fort, die unbefangen auf dem vier Fuß langen Kanonenrohr saßen und spielten, und auch die auf dem hölzernen Lafettengestell sitzenden Frauen, und besahen sich stirnrunzelnd die Kanone.

Schließlich seufzte Cooper, und Nicole klang es wie der Seufzer eines Mannes, der sich anschickt, über eine hohe Felsenklippe zu treten.

»Also los, laden wir sie.«

Er ging zu den in der Ecke gestapelten Pulversäcken und nahm einen. Er trug ihn mit gestreckten Armen vor sich her, als sei eine Klapperschlange darin, und entleerte ihn vorne ins Kanonenrohr. Dann schnallte er von der Lafette den Ladestock ab und stopfte das Pulver damit tief in das Rohr. »Nehmen wir lieber noch einen Sack«, sagte er zu Frank.

Frauen und Kinder standen im Kreis um sie herum und sahen neugierig zu. Nicole stellte sich vor, was mit ihnen allen passieren würde, wenn die Kanone hier im Raum explodierte, und schloß die Augen.

Nachdem er seinen zweiten Pulversack in das Kanonenrohr entleert hatte, sagte Cooper: »Was wir brauchen, ist eine Patrone mit vielen Kugeln darin, die wie ein Regen auseinanderfliegen und möglichst viele Indianer auf einmal treffen. Ich erinnere mich, so ein Kugelkanister war im Pulvermagazin, aber heute morgen fand ich das nicht besonders wichtig. Wir hatten auch gar keine Zeit, ihn hier hereinzuschaffen. Wir müssen uns jetzt eben mit dem behelfen, was wir haben. Gebt mir eine Ladung Gewehrkugeln.«

Jemand reichte ihm einen Korb frischgegossener Bleikugeln. Er füllte sie von vorne in das Kanonenrohr ein und stopfte mit dem Ladestock nach.

»Ich will ja nicht den ganzen Kugelvorrat aufbrauchen«, sagte er, »aber ich glaube, da passen noch eine ganze Menge hinein.« Er wandte sich an die Umstehenden. »Sucht mal nach allem möglichen Metall, das da hineinpaßt.«

So wanderten in das Kanonenrohr nach und nach zwei Ketten, ein Vorhängeschloß und eine Handvoll Messer und Gabeln. Sogar ein Dutzend Bleisoldaten, die ihm Kinder brachten und sie damit in einen wirklichen Krieg schickten.

Pamela Russell kam mit einer Leinwandtasche durch die Menge. »Hier, Mr. Cooper, nehmen Sie das dazu.« Sie hatte bereits völlig blutunterlaufene und rotgeschwollene Augen.

»Was ist das?« fragte Cooper.

»Ein Sack Geldstücke aus Raouls Safe. Als Burke wußte, daß er in den Kampf mußte, gab er mir die Schlüssel der Handelsstation in Verwahrung.« Sie blieb stehen. Ihr Gesicht war gerötet, und sie brauchte einen Augenblick, um wieder sprechen zu können. »Burke hatte keine Ahnung, wie man gegen Indianer kämpft. Mein Mann ist tot, weil de Marion uns hier allein und fast schutzlos zurückließ. Er verdient es nicht mehr, dieses Silber zu besitzen.«

Nicole hatte Mitleid mit ihr und ging zu ihr, um den Arm beruhigend um sie zu legen. Aber Pamela Russell blieb abweisend und steif.

Cooper schaute die anderen an und fragte: »Hat irgend jemand etwas dagegen?«

Elysée erwiderte lächelnd: »Wir benützen hier draußen an der Grenzlinie schon seit langem spanische Dollars! Unsere Regierung hat einfach nicht genug Münzen geprägt. Ich denke schon, daß die Indianer sie annehmen werden!«

»Schön, dieses Plädoyer genügt für den Augenblick«, sagte Cooper mit einem kleinen Lächeln. Er schlitzte das Geldsäckchen mit seinem Jagdmesser auf und ließ die glitzernden Silberstücke in das Kanonenrohr rollen. »Ein paar Indianer werden heute noch reich«, sagte er. »So, und jetzt brauchen wir etwas, womit das Ganze losgeht. Ich sehe nirgends einen Luntenstock rumliegen.«

»Wie wäre es mit einer Kerze?« sagte Frank und suchte sich eine, die etwa eine Stunde brannte.

»Das müßte funktionieren!« meinte Cooper. »Achtet also darauf, daß an der Kanone von nun an ständig eine brennende Kerze ist. Wir wissen nicht, wann sie sich zu ihrem Großangriff entschließen.«

Pamela Russell machte sich von Nicole los und faßte Cooper am Arm.

»Lassen Sie mich die Kanone abschießen«, sagte sie.

In ihrem Blick, fand Nicole, war etwas Furchterregendes.

Wäre ich auch so wie sie jetzt, wenn Frank umkäme? Derart rachsüchtig?

»Trauen Sie sich das zu?« fragte Cooper.

Pamela Russell sagte mit zusammengepreßten Lippen: »O ja! Das traue ich mir zu.«

»Also gut«, willigte Cooper ein, »dann machen Sie es. Aber passen Sie auf, daß die Indianer Sie nicht treffen, wenn wir die Tür aufmachen!«

Frank, Cooper und noch zwei Männer stießen die Bremsklötze unter den vier hölzernen Lafettenrädern der Kanone weg. Sie stemmten sich gegen sie, und einen Augenblick lang glaubte Nicole, sie könnten sie gar nicht bewegen. Dann aber rollte sie langsam über den Holzfußboden, bis Cooper die Bremsen wieder unterlegte. Die Kanone stand nun nur einige Fuß hinter der Tür.

Durch eine Schießscharte auf der Westseite sah Nicole, daß die Sonne hoch im Westen stand. Es war der Monat der längsten Tage.

Und heute ist der längste Tag meines Lebens.

Der Nachmittag verging nur quälend langsam. Pamela Russell mußte an der Kanone zuerst eine zweite, dann sogar eine dritte Kerze anzünden. Sie saß die ganze Zeit steif aufgerichtet auf einem Stuhl neben der Kanone, sprach kein Wort und starrte nur wie hypnotisiert auf die Blockhaustür.

Ein Sonnenstrahl fiel durch eine der Schießscharten auf der Westseite herein und machte den Rauch und Staub sichtbar, mit dem die Luft im Hauptraum des Blockhauses angefüllt war. Der Strahl sah wie eine Stange Gold aus. Nicole blickte durch die Schießscharte nach draußen und sah fast nichts mehr, weil die direkt über der Hügelsilhouette am Mississippi stehende Sonne sie so blendete.

Das neue Indianergeheul erscholl, und der Magen drehte sich ihr um.

»Feuerpfeile!« rief jemand.

Nicole blieb das Herz stehen. Wenn es den Indianern gelang, das Blockhaus in Brand zu stecken, dann wurden Hunderte von Menschen, die hier Zuflucht gefunden hatten, hinaus ins Freie getrieben – nur um dort abgeschlachtet zu werden.

Sie rannte zu dem Mauerschlitz, an dem Tom mit einem geladenen Gewehr bereitstand. Über den Kopf ihres Sohnes hinweg sah sie einen an der Spitze mit einem brennenden Stofftuch umwickelten Pfeil heranfliegen und verschwinden. Er mußte wohl, dachte sie, irgendwo oben in einen Balken gefahren sein.

»Oben!« rief auch schon Cooper. »Füllt eure Eimer aus den Wasserfässern und kommt!« Sein Finger deutete auf einige aufgeregte kleinere Jungen, die ihm hinterher die Treppe hinaufliefen. Nicole eilte ihnen nach.

Cooper und die anderen Männer schickten Jungen mit Wassereimern zum oberen Rand der Balkenwand hinauf. Sie zogen sich zu dem offenen Spalt hoch, den Nicole unter dem Dachüberhang bemerkt hatte, beugten sich in dessen Schutz hinaus und konnten so feststellen, wo die Feuerpfeile in der Wand steckten, und gezielt Wasser darauf schütten.

Cooper lächelte zufrieden. »De Marion hat wirklich nicht schlecht gebaut. Unten Stein, das Dach mit Bleiplatten belegt. Da wird den Indianern der Spaß bald vergehen.«

Die Feuerpfeile wurden weniger, dann kamen gar keine mehr, und es trat eine atemlose Stille ein, in der die Zeit nicht mehr zu vergehen schien. Dann ging Cooper als erster den anderen voran wieder nach unten.

Das schrille Indianergeheul begann von neuem.

Ein Gewehr ging los. Das war Tom, an der Schießscharte vorne links an der Tür.

»Nicht unnütz schießen, Junge!« rief ihm Cooper zu, der von der anderen Seite der Tür zugesehen hatte. »Laß sie herankommen!«

Nicole stellte sich wieder neben ihren ältesten Sohn und spähte vorsichtig nach draußen. Durch das inzwischen aufgebrochene Haupttor der Palisade strömten die Indianer herein. Ihre braunen Körper waren mit gelben, roten und schwarzen Streifen bemalt. Sie schwenkten Messer, Keulen, Tomahawks, Gewehre und Pfeil und Bogen. Aus der Tür der

Wirtsstube kamen weitere. Dann sah sie Flammen emporzüngeln. Sie kamen aus der offenen Tür des Pelzladens. Sie verbrannten die ganzen wertvollen Pelze! Raoul verlor heute eine Menge.

Nicht nur Geld, dachte sie und sah wieder das brennende Victoire vor sich. Geld würde sogar der geringste seiner Verluste sein. Zu ihrer eigenen Überraschung empfand sie kurz Mitleid mit dem verhaßten Bruder.

Mehr als zwanzig Indianer kamen nun mit einem gewaltigen schwarzen Baumstamm, dessen Ende brannte, zum Palisadentor herein. Die übrigen Indianer sammelten sich um sie herum. Sie rannten alle zusammen gegen die Blockhaustür an, das rotglühende Ende des Baumstamms voran.

»Alles, so weit es nur geht, weg von der verdammten Kanone!« schrie Frank. Die Menschen stoben auseinander und ließen einen freien Platz rund um die Sechspfünder-Kanone vor der Tür. Einige rannten bis in den Tresorraum, und andere stürmten die Treppe hinauf. Nur Cooper, Frank und Pamela Russell standen noch bei der Kanone. Nicole blieb, wo sie war, und drehte sich nur etwas herum, so daß sie zwischen Tom und der Kanone stand.

Was auch passiert, es wird Gottes Wille sein.

»Tür auf!« befahl Cooper.

Tom Slattery, der Schmied, riß die Tür auf. Nicole sah einige der Indianer kurz zögern, dann aber sofort weiter vorwärts stürmen. Sie fragte sich, ob sie in dem dunklen Blockhaus die Kanone sehen konnten.

»Feuer!« schrie Cooper.

Pamela Russell hielt vorsichtig und zielgerichtet die brennende Kerze an das Zündloch der Kanone.

»Zünden!« rief Cooper.

Von ihrem Platz aus hörte Nicole das Pulver zischen.

Der Abschußknall traf sie wie ein Hammerschlag auf den Kopf. Eine riesige weiße Wolke explodierte zur offenen Tür hinaus, der scharfe Geruch verbrannten Schießpulvers erfüllte die ganze Luft. Die Kanone hatte einen solchen Rückstoß, daß ihre Räder sogar über die Bremsklötze sprangen und sie fast sechs Fuß nach hinten rollte.

Über den Lärm des Kanonenschusses erhob sich das begeisterte Triumphgeschrei der fast hundert kleinen Jungen im Blockhaus.

Als nächstes war das Indianergeheul zu hören, nur war es diesmal nicht das übliche wilde Kriegsgeschrei, sondern das Schreien und Stöhnen Verwundeter und Sterbender. Eine wilde Freude überkam sie, als sie hinausblickte, wo der Hof der Handelsstation in ein Inferno verwandelt war. Sie erkannte durch den sich verziehenden Rauch dunkelhäutige, sich auf dem Boden wälzende Gestalten. Neben denen, die sich noch bewegten, lagen reglos andere. Weitere schleppten die Gestürzten und Verwundeten an Armen oder Beinen weg. Ihr Rammbock, der an einem Ende glühende Baumstamm, lag rauchend und verlassen auf dem Boden.

Nachdem sie eine Weile auf die gespenstische Szenerie gestarrt hatte, begann sich Nicole zu schämen, daß sie im ersten Augenblick so unverhohlene Freude und Genugtuung empfunden hatte. Sie wandte sich angewidert ab und mußte gegen Übelkeit ankämpfen.

»Alle Gewehre, schießen!« schrie David Cooper lauthals. »Schießt, schießt, schießt, was das Zeug hält! Jagt sie raus! Und macht die verdammte Tür zu!«

»Laß mich an die Schießscharte ran, Ma!« sagte Tom zu Nicole.

Die Gewehre knatterten eine ganze Weile. Nach dem gewaltigen Knall der Kanone klangen sie Nicole fast spielzeughaft in den Ohren. Schließlich kommandierte Cooper die Feuereinstellung.

»Vielleicht lassen sie uns in Frieden, wenn wir ihnen erlauben, ihre Toten wegzuschleppen.«

Nicole wartete voller Furcht, ob die Indianer wirklich wiederkämen. Die Sonnenstrahlen, die durch die Schießscharten an der Westseite fielen, sanken allmählich weg, und es wurde dunkler im Raum. Neue Kerzen wurden angezündet. David Cooper kümmerte sich inzwischen darum, daß alle Gewehre sogleich wieder nachgeladen wurden.

Die Kinder in Raouls Büros begannen wieder Kirchenlieder zu singen, und viele der Erwachsenen draußen sangen nun mit. Nicole saß neben Pamela Russell auf einer Bank und nahm ihre Hand. Pamela begann ganz ruhig zu sprechen. Sie erzählte von Burke, von den Büchern, die er liebte, von seinen Lieblingsspeisen und von den Witzen, die er ihr zu erzählen pflegte. »Ich habe Sie immer beneidet, Nicole, mit ihren vielen Kindern. Wir hätten so gerne Kinder gehabt, aber es war uns nicht vergönnt. Und jetzt ist es nie mehr möglich...«

Nicole überlegte, was sie sagen könnte, aber alles, was ihr einfiel, schien ihr nur töricht und sinnlos zu sein. Sie sah hinüber zu Frank an seiner Schießscharte und dachte noch einmal: *Ich habe Glück gehabt und Pamela nicht. Warum?* Es mußte etwas bedeuten. Aber sie konnte sich nicht erklären, was.

»Mir hilft es immer, daran zu glauben, daß Gott schon weiß, was er tut«, sagte sie und tätschelte Pamela Russells Hand. »Sein Plan ist wie ein Gemälde, denke ich mir, das so groß ist, daß wir nur dunkle oder helle Tupfer darauf erkennen können, ohne das ganze Bild zu überblicken. Eines Tages, denke ich, wird er uns aber zu sich hinaufnehmen, so hoch, daß wir das ganze Bild sehen und verstehen.«

»Nicole!« rief Frank von seinem Platz aus. Sie drückte Pamelas Hand und ging zu ihm und sah durch den Schlitz nach draußen.

Selbst auf die Entfernung war das Knistern und Knattern der Flammen zu hören, das in der Ferne emporloderte. Hinter den Palisadenpfählen stoben Funken nach oben, und der Himmel glühte rot.

»Sie brennen die ganze Stadt nieder«, sagte Frank. »Und unser Haus und unser Geschäft sind auch verloren.«

Nicole wandte sich zu Pamela Russell um, die noch immer mit starrem Blick ins Leere auf der Bank saß. Und sie dachte an alle die Menschen, die nicht mehr rechtzeitig hierhergekommen waren und hier Zuflucht gefunden hatten. Sie legte ihren Arm um Frank und schmiegte sich eng an ihn.

»Aber wir leben, du und ich, und die Kinder«, sagte sie. »Gott hat uns verschont.«

16

Gelbes Haar

»Wolfspfote ist wieder da!«

Weißer Bär spürte, wie sich ihm der Magen zusammenzog, als dieser Ruf durch das Lager lief. Wolfspfote hatte geschworen, den Blaßaugen Tod und Verderben wie nie zuvor zu bringen.

Bevor er aufgebrochen war, hatte Wolfspfote noch ein rituelles Hundefest zur Sicherung des Erfolges veranstaltet. Er hatte einen seiner eigenen Hunde mit den Hinterbeinen an einen bemalten Pfahl gehängt und bei lebendigem Leibe aufgeschlitzt und dazu den Segen des Erschaffers der Erde für seinen Feldzug erfleht. Anschließend hatten seine beiden Frauen Laufendes Reh und Brennende Fichte den Hund gebraten und allen Tapferen und Kriegern, die mit Wolfspfote zogen, ein Stück davon zu essen gegeben. Wenn er schon einen seiner geliebten Hunde auf diese Weise opferte, was hatte er da wohl mit den Bewohnern von Victor gemacht?

Tagelang hatte Weißer Bär seine Haltung bewahrt, obwohl er kaum fähig war, etwas zu essen, und nachts keinen Schlaf fand, während sie hier auf Wolfspfotes Rückkehr warteten. Er fürchtete die Greuel, mit denen er sich nun konfrontiert sehen würde.

Frauen und Kinder rannten den heimkehrenden Kriegern entgegen und geleiteten sie ins Lager. Er sah Eisernes Messer auf seinem Pferd sitzen. Er überragte alle und streckte auch noch triumphierend die Arme empor. In jeder Hand baumelte ein Skalp. Neben ihm ritt Wolfspfote. Er hatte sich ein blutbeflecktes blaues Tuch über die Schulter geworfen und reckte die rechte Faust ebenfalls in Siegerpose empor. In ihr hatte er drei Haarbüschel, jedes an kreisrunder weißer Haut hängend. Hinter ihnen kamen die anderen Krieger, und alle hielten sie Skalpe emporgereckt. Skalpe, Skalpe, Skalpe.

Er taumelte fast, aber er konnte den Blick dennoch nicht abwenden. Die Haare der Skalpe hatten alle Farben, hellbraun und grau, dunkelbraun und schwarz. Einige waren sehr lang und mußten von Frauen stammen. Konnte es sein, daß Wolfspfote vielleicht Nicoles oder Franks Skalp hatte? Oder gar den Grandpapas?

Er zwang sich dazu, sich einen Weg durch die Menge zu ihm zu bahnen, aber mit heftig klopfendem Herzen. Aus der Ferne waren muhendes Vieh und wiehernde Pferde zu hören. Rund um ihn lärmte es. Fragende Zurufe. Laute Begrüßungen. Dazwischen Aufschreie und Geheul von den Frauen, die sahen, daß ihre Männer nicht mit zurückkamen.

Skalpe und Schreie. Das war Wolfspfotes Geschenk an die British Band. Er drängte sich weiter, vorbei an Frauen, die angstvolle Fragen riefen.

Unerwartet traf er auf seine Mutter, die eine stöhnende Schwangere aus der Menge wegführte.

»Sie hat erfahren, daß ihr Mann tot ist, und das hat den Beginn der Wehen verursacht«, erklärte ihm Sonnenfrau, das Gesicht von Anteilnahme gezeichnet. Er drückte ihr im Vorübergehen ermutigend den Arm.

Als er bei Wolfspfote angekommen war, sah er, daß hinter ihm auf einem grauen Pony kopfunter eine gefesselte Frau quer über dem Rücken des Pferdes lag.

Sie trug ein zerrissenes blaues Kleid und war barfuß; ihre Beine waren schmutzig und zerkratzt. Sie bewegte sich nicht. Von der Seite, wo er stand, konnte er ihr Gesicht nicht sehen. Aber ein entsetzlicher Verdacht stieg in ihm auf, und er hielt sich zurück, aus Furcht, ihn bestätigt zu sehen.

Wolfspfote blickte aggressiv auf ihn herab. Er hatte noch immer seine Kriegsbemalung mit den roten und gelben Streifen, wenn sie auch durch den tagelangen Ritt etwas verblaßt war.

»Ich habe die Stadt angegriffen, wo du gelebt hast, Weißer Bär«, sagte er. »Ich habe vierzig Stück Vieh und zwanzig Pferde von deinen Blaßaugenverwandten mitgebracht.«

»Das Vieh können wir gut gebrauchen«, antwortete er nur, »unsere Leute hungern.«

Er wollte wissen – und gleichzeitig doch nicht –, wer die leblose Frau auf dem Pferd war, und ging auf die andere Seite, um sie besser sehen zu können.

»Wir haben viele Blaßaugen getötet«, sagte Wolfspfote. »Die übrigen werden Wolfspfotes Angriff nie mehr vergessen. Heute abend werden wir den Skalptanz für die Krieger veranstalten, die Tapfere geworden sind.«

Weißer Bär blieb stehen. Auf beiden Seiten waren Menschen gestorben, die ihm lieb und teuer gewesen waren. Er mußte sich im einzelnen vergewissern, welche.

Dann nahm er sich wieder zusammen. »Und wirst du auch für die Tapferen und Krieger tanzen, die du nicht wieder mitgebracht hast?« Dies war eine unbarmherzige Frage, aber Wolfspfote verdiente sie.

Wolfspfote antwortete nicht.

Er mußte sich beherrschen, um nicht lauthals hinauszuschreien. Er hatte mittlerweile keinen Zweifel mehr, wer die gefangene weiße Frau war, deren Kopf von dem gescheckten Pony herabhing.

Einer ihrer blonden Haarzöpfe war noch immer mit einer blauen Schleife gebunden. Der andere war gelöst und hing in offenen Strähnen fast bis zum Boden herab. Nancy Hale.

Er beugte sich hinab, um ihr Gesicht zu betrachten. Sie war besinnungslos.

Da stand plötzlich Roter Vogel neben ihm und fragte: »Kennst du diese Frau?«

»Ja«, sagte er. Alles stand wieder lebendig vor ihm, der letzte Sommer in Victoire, ihre Begegnungen auf der Prärie, die Nacht im Kornfeld beim Haus ihres Vaters, als sie ihn buchstäblich angefleht hatte, sie zu »erkennen«. Hatte er sie vermißt? Doch, das mußte er sich eingestehen. Liebte er sie? Er war sich nicht sicher, aber die Tatsache ließ sich nicht leugnen, daß er, so glücklich er auch mit Roter Vogel war, sehr oft an sie gedacht und sich gefragt hatte, ob sie sich noch immer so sehr nach ihm sehnte wie damals, als er sie verließ.

Aber wie konnte er Roter Vogel, die neben ihm stand und sich Nancy genau ansah, erklären, was diese weiße Frau ihm bedeutete, ohne sie zu verletzen? Er machte sich daran, das Seil loszubinden, mit dem Nancy an Wolfspfotes Pferd angebunden war.

»Rühr sie nicht an«, warnte Wolfspfote böse, »sie gehört mir, nur mir allein.«

O nein, dachte Weißer Bär. Er konnte es auf keinen Fall zulassen, daß Nancy von diesem Mann gefangengehalten und vergewaltigt wurde. Was für blutige Ereignisse in Victor auch stattgefunden hatten, das hier mußte er verhindern. Und wenn es auf einen offenen Kampf mit Wolfspfote hinauslief.

Wie sollte er Roter Vogel das dann erklären?

Wolfspfote glitt von seinem Pferd herab und band Nancy mit einer Hand los. Sofort sickerte frisches Blut durch den Stoffverband an ihrer Schulter – einen von ihrem blauen Gingham-Baumwollkleid abgerissenen Streifen.

Von seiner eigenen Wunde geschwächt, war Wolfspfote nicht imstande, Nancy vom Pferd zu heben und zu tragen. Ungeachtet seiner Warnung, sie nicht anzurühren, dachte Weißer Bär nicht daran zuzusehen, wie sie herunterfiele. Er nahm sie Wolfspfote einfach ab und legte sie vorsichtig auf den Boden. Ihre Augenlider flatterten. Roter Vogel beugte sich ihres schwangeren Leibes wegen etwas mühsam mit hinab und war ihm behilflich. Ihre Blicke begegneten sich, und sie sah ihn eindringlich und fragend an.

Da rief eine Frauenstimme: »Die Blaßaugen-Squaw ist nicht für dich, Wolfspfote. In mein Wickiup kommt sie nicht!« Laufendes Reh, die ältere von Wolfspfotes beiden Frauen, kam herbei und sah ihn herausfordernd an. Hinter ihr her kam Brennende Fichte, seine jüngere Frau, mit einem Wickelkind auf ihrem Rücken, und sah nicht minder entschlossen aus.

»Meine Frauen tun, was ich sage«, polterte Wolfspfote, doch es klang nicht sehr überzeugend.

Brennende Fichte sagte: »Deine Frauen und Kinder hungern. Wir essen nur noch Wurzeln und Rinde. Da haben wir nicht auch noch Nahrung für Blaßaugen.«

Schwarzer Falkes Stammesgruppe verbarg sich im Augenblick hier auf einer Insel. Sie hatte nur trockenen Boden und lag mitten in dem ausgedehnten Marschland nördlich des Oberlaufs des Felsenflusses, schon weit im Michigan-Territorium. Es gab kaum Wild oder Fisch hier, und deswegen konnten sie nicht mehr lange bleiben.

Aber Wolfspfote sagte: »Ich habe Vieh mitgebracht.«

»Dann werden die Leute gut zu essen haben«, sagte Laufendes Reh. »Aber die Blaßaugen-Frau braucht nicht zu essen.« Sie wandte sich an die Umstehenden. »Viele Frauen haben bei Wolfspfotes Kriegszug ihre Männer verloren. Es ist deshalb nur gerecht, wenn sie sich dafür an diesem Blaßauge rächen.«

Weißer Bär spürte, wie ihn am ganzen Rücken eine Gänsehaut überlief. Was Laufendes Reh da sagte, bedeutete, daß die Frauen Nancy zu Tode martern sollten. Während sie gequält würde, konnten sie ihren Hunger und ihre Krankheit und ihre eigene Trauer vergessen.

Und ihre eigene Todesfurcht.

Er durfte es nicht zulassen. Aber wie es verhindern?

Er fühlte sich wie ein Ertrinkender, den es über die Stromschnellen forttreibt, als er sah, wie Wolfspfotes Frauen Nancy aufhoben und sich anschickten, sie mühsam schlurfend fortzutragen, und Wolfspfote und die meisten zurückgekehrten Krieger ihnen folgten.

Sie trugen Nancy durch die Reihe der provisorisch errichteten Wickiups und Hütten bis zu einer hohen Ulme in der Mitte des Lagers. Der Baum war bereits tot; fast seine ganze Rinde war abgerissen, um Wickiups damit zu decken.

Bis er nachgekommen war, stand Nancy mit weit aufgerissenen Augen mitten in der Menge, aber ihr Blick ging ins Leere. Laufendes Reh drückte sie an den Baum und zog ein Messer. Mit raschen und zornigen Bewegungen schnitt sie Nancys Kleid und das Unterhemd darunter auf, und Nancy stand nackt vor dem ganzen Stamm. Sie starrte weiterhin bewegungslos ins Leere und machte keinen Versuch, ihre Blöße zu bedekken. Sie schien auch gar nicht richtig wahrzunehmen, was mit ihr geschah. Weißer Bär überlief erneut ein Schauer von Beschämung beim Anblick ihrer entwürdigten Gestalt.

Die Weiber amüsierten sich. »Sie hat eine Haut wie ein Froschbauch!«

Die Männer starrten sie begehrlich an.

Laufendes Reh band Nancy mit einem Rindslederriemen an den Baum. Weißer Bär spürte, wie sich seine Nacken- und Schultermuskeln fast verspannten, so sehr bemühte er sich um Beherrschung. Er konnte den Anblick Nancys kaum ertragen. Sie hing kraftlos und jetzt mit geschlossenen Augen in ihren Fesseln.

Es war ihm jetzt egal, ob sie auch ihn töten würden. Aber er wollte das nicht länger zulassen, keinen Augenblick länger.

Er legte die Hand auf die fünf Klauennarben auf seiner Brust und befragte seinen Geist. *O Geist des Bären, gib mir die Kraft, diese Menschen zur Barmherzigkeit zu bewegen.*

Er verspürte eine Woge von Kraft in seiner Brust und in seinen Armen. Er hob seinen Medizinstab und trat vor.

Als er direkt vor ihr stand, öffnete Nancy plötzlich ihre großen türkisblauen Augen und starrte ihn an. »Auguste!« In ihrer Stimme und in ihrem Gesicht war blankes Entsetzen.

Wie ein Schock kam ihm die Erkenntnis, daß er für sie erschreckend aussehen mußte. Der Mann, den sie geliebt hatte, hatte sich in einen Wilden verwandelt, mit bemaltem Gesicht, schulterlangem Haar, silbernen Ohrringen, einer Muschelhalskette, die narbige Brust bloß und einen bemalten Stab mit Federn und Perlen hochreckend. Was sollte sie von seinem rechten Ohr halten, das von Eli Greengloves Gewehrkugel zerfetzt worden war? Nach dem, was ihr bereits alles widerfahren war, mußte sein Anblick ihr einen weiteren tiefen Schock versetzen.

»Ich werde Ihnen helfen«, sagte er auf englisch. »Aber versuchen Sie, keine Angst zu zeigen.« Was für ein Rat, dachte er. Gleichwohl, es war besser für sie beide, wenn die Leute ringsum Achtung vor ihr hatten. Nichts galt bei den Sauk als verächtlicher, als Angst zu zeigen.

Er zeigte mit seinem Medizinstab auf Laufendes Reh und sagte gebieterisch: »Tritt beiseite.«

Vergangenen Winter hatte Wolfspfote ihm seinen Medizinstab aus der Hand geschlagen. Doch das war vor der Überbringung von Schwarzer Falkes Friedensangebot an die Blaßaugen gewesen, wobei er fast umgekommen wäre. Und bevor sie alle selbst gesehen und erlebt hatten, daß er die Wahrheit gesprochen hatte. Nämlich daß Schwarzer Falkes Hoffnungen auf ein großes Bündnis der Stämme und der Sieg über die Langmesser eine Illusion waren. Bevor viele seine Heilkraft erfahren hatten. Weil er bei den Ärzten der Blaßaugen gelernt hatte, wußte und konnte er mehr als Eulenschnitzer und Sonnenfrau.

Deshalb hatte sein Medizinstab jetzt viel mehr Macht als noch vor einigen Monaten. Darüber empfand er Stolz, selbst in diesem Augenblick, in dem ihn die Sorge um Nancy so heftig bewegte.

Er wandte sich der Menge zu und stand schützend vor Nancy.

Die Krieger starrten ihn verwirrt und unwillig an.

»Wollt ihr etwa damit«, herrschte er sie an, »eure Stärke und euren Mut beweisen, daß ihr eine hilflose Frau martert?«

»Sie ist eine ehrenvoll im Kampf gemachte Kriegsbeute«, entgegnete ihm Wolfspfote.

Er deutete auf Laufendes Reh. »Wolfspfote hatte die Absicht, die Frau zu seinem Vergnügen mit in sein Wickiup zu nehmen. Aber sein Weib erlaubt es ihm nicht. Also tut er so, als sei es ebenfalls zu seinem Vergnügen, wenn er zuläßt, daß die Frauen sie martern.«

Er fühlte sich stärker denn je und sah zu, wie Wolfspfote zornig anlief. Mit bloßen Händen oder mit einer Waffe mochte er imstande sein, jeden Mann des Stammes zu besiegen, aber nicht mit Worten. Dieser Augenblick hier, dachte er, begann zur Revanche für seine Demütigung im vergangenen Winter vor der Ratsversammlung zu werden.

Obendrein muß er zulassen, daß ich seine Wunde behandle. Auch das wird eine Revanche für mich werden.

Wolfspfote funkelte ihn finster und stoßweise atmend an. Er muß am Rand der Ohnmacht vor Schmerzen wegen seiner Wunde sein, dachte er.

»Diese Frau ist meine eigene Gefangene«, sagte Wolfspfote. »Und ich überlasse sie dem Stamm.«

»Kämpfen wir etwa gegen die Blaßaugen«, donnerte er ihm entgegen, »um ihre Frauen zu rauben? Solange wir sie quälen und töten, halten uns die Langmesser für wilde Tiere, die ausgerottet werden müssen. Ich habe bei den Blaßaugen gelebt, und ich sage euch, wir müssen ihnen beweisen, daß wir ihre Achtung verdienen!«

»Die gewinnen wir nur«, entgegnete ihm Wolfspfote hitzig, »indem wir sie töten, wo wir sie kriegen. Ich habe viele getötet.«

Viele aus Victor, zweifellos. Er fühlte sich so schlecht, wie Wolfspfote tatsächlich aussah, und er haßte ihn wegen seiner Ignoranz.

Dann wandte er sich wieder an die ganze Versammlung. »Also gut, nachdem Wolfspfote, wie er soeben sagte, die Frau dem Stamm überläßt, möge der Stamm sie ehrenvoll behandeln! Der Tag wird kommen, an dem wir mit den Langmessern verhandeln müssen.«

»Nicht, wenn wir siegen!« schrie ihm Wolfspfote zu.

»Siegen?« Er lachte zornig auf. »Glaubt Wolfspfote noch immer allen Ernstes, daß sich die Tausende und Tausende Langmesser unseren paar hundert Sauk und Fox ergeben werden? Gewinnen? Was wir gewinnen können, ist einzig und allein zu erreichen, daß sie nicht mehr gegen uns kämpfen! Aber wenn wir immer nur und immer weiter ihren Haß herausfordern und schüren, dann werden sie niemals aufhören, gegen uns zu kämpfen. Nämlich so lange nicht, bis wir alle tot sind!«

Vermutlich ist es ohnehin schon zu spät für Verhandlungen mit ihnen. Aber vielleicht kann ich Nancy retten, wenn es mir gelingt, die Friedenshoffnungen zu nähren.

Sein Blick wanderte über die im Kreis um ihn herumstehende Menge hin. Die dunklen Augen, die alle auf ihn gerichtet waren, blickten überwiegend finster und mißtrauisch, weil ihr Schamane ihnen Dinge sagte, die sie nicht hören wollten. Niemand war bereit, offen zu widersprechen, doch er wußte genau, würden sich drei oder vier auf ihn stürzen und ihn überwältigen und Nancy töten, ließen es alle geschehen. Seine Bauchmuskeln spannten sich zu Knoten an.

Doch wie Wolfspfote selbst schon gesagt hatte, sie brauchten alle ihr Glück, und es war schon besser, es nicht herauszufordern, indem man den Zorn der Geister des Schamanen erregte.

Roter Vogel, vertrau mir. Er sah seine Frau bittend an, ehe er weitersprach. Hinter Roter Vogel stand Eisernes Messer wie eine feste Eiche. Wenigstens sah er in dessen Gesicht keine Drohung.

Er holte tief Atem, und sein Herz schlug heftig. Nancys Leben und sein eigenes hingen davon ab, was als nächstes geschah.

»Ich nehme diese Blaßaugen-Frau unter meinen Schutz«, erklärte er. »Roter Vogel, binde sie los.«

Roter Vogel zögerte nur einen Augenblick. Sie machte große Augen.

Er hielt den Atem an. Wenn sie sich, etwa aus Eifersucht, zu gehorchen weigerte und sich auf die Seite von Laufendes Reh stellte, dann war keine Hoffnung mehr für Nancy.

Bei diesem Gedanken formte sich ein Entschluß in ihm, dunkel und kräftig wie ein Sturm über dem Großen Strom.

Er füllte seine Lungen und richtete seine Schultern auf.

Wenn sie sie zu töten versuchen, müssen sie zuerst mich töten. Wenn sie verloren ist, dann auch ich.

Wenn er es geschehen ließ, daß sie Nancy marterten, würde er sich auf ewig selbst hassen.

Roter Vogel schlug die Augen nieder und begann Nancy loszubinden. Eisernes Messer half ihr.

Erleichterung überkam ihn, so wie sich der Sonnenschein nach einem Sturm über den Fluß legt. Eisernes Messer auf seiner Seite und Wolfspfote von seiner Wunde geschwächt – da würde es keiner wagen, sich gegen ihn zu erheben.

Adlerfeder stand vor der Menge, und er war stolz, daß sein Sohn sah, wie er jetzt mit Respekt behandelt wurde. Das glich die beschämende Erinnerung an jene Nacht aus, als sie ihm das Frauengewand übergezogen und ihn verspottet hatten.

»Adlerfeder, hole eine unserer Decken.«

Nancy blickte ihn mit großen und furchtsamen Augen an, aber sie sagte nichts. Die Angst mußte sie stumm gemacht haben. Aber sie konnte allein stehen. Roter Vogel legte ihr eine Hand auf die Schulter, um sie zu beruhigen.

»Es wird alles gut«, sagte er auf englisch zu Nancy. »Wir nehmen Sie mit in unser Wickiup.«

Dann wandte er sich an Wolfspfote. »Komm mit mir. Ich versorge dir deine Wunde.« Wolfspfotes Haut sah bereits wie Leder und völlig blutleer aus. Er war mit einer Kugel in der Schulter tagelang geritten. Sie mußte ihm sofort entfernt werden, sollte er überleben. Es bereitete ihm eine gewisse Freude, ihm zu befehlen.

Alderfeder kam mit einer Decke wieder. Roter Vogel hüllte Nancy darin ein.

Die Leute begannen sich zu zerstreuen, die einen, um ihre Toten zu betrauern oder den Erzählungen der Heimkehrer zuzuhören, die anderen, um die Pferde zu versorgen und das erste mitgebrachte Vieh zu schlachten. Nur wenige blieben und folgten ihm, der blonden Gefangenen und Wolfspfote.

Während Roter Vogel und Eisernes Messer der mittlerweile leise vor sich hin schluchzenden Nancy in ihre niedrige Hütte aus Zweigen und Rinde halfen, kam Eulenschnitzer zu ihm.

»Ich war bereit, energisch einzuschreiten, wenn sich die Leute gegen dich gestellt hätten, aber ich habe gesehen, daß du meine Hilfe nicht brauchtest. Du hast zu ihnen gesprochen, und sie sind dir gegen ihre ursprüngliche Absicht gefolgt.«

Das Lob von Eulenschnitzer tat ihm gut. Doch beim Anblick der immer größer werdenden Hinfälligkeit des alten Schamanen verging ihm die Freude wieder. Eulenschnitzers Augen waren wäßrig und seine Wangen tief eingesunken. Seine Arme und Beine waren nur noch dünn wie Speerschäfte. Der Zug den Felsenfluß hinauf hatte ihn sehr mitgenommen. Er selbst und Sonnenfrau hatten ihm bereits die meiste Arbeit bei der Versorgung der Verwundeten und Kranken abgenommen, obwohl Eulenschnitzer getan hatte, was noch in seinen Kräften stand.

»Du bist jetzt ein großer Schamane, wie ich es dir vorausgesagt habe«, sagte Eulenschnitzer. »Du hast genau das verkündet, was eingetroffen ist, als Schwarzer Falke die British Band über den Großen Strom geführt hat. Ich bin nur traurig, daß der Beweis für deine Größe das Leiden unseres Volkes sein mußte.«

Diese Worte seines Lehrers erfüllten ihn mit Wärme.

»Trotzdem werde ich deine Hilfe auch weiterhin brauchen«, sagte er. »Es gefällt den Leuten nicht, daß ich diese Blaßaugen-Frau unter meinen Schutz genommen habe.«

Eulenschnitzer nickte. »Aber sie achten dich. Und sie werden es noch mehr tun, wenn du ihnen beweist, daß du magische Kräfte besitzt.«

»Ich habe doch gar keine magischen Kräfte.«

»O doch. Schließlich war nicht ich es, der dir die Narben der Bärenklauen auf die Brust kratzte.«

»Was meinst du damit?«

»Daß der Weiße Bär dein eigenes Geist-Ich ist. Er kann etwas vollbringen in dieser Welt. Die Narben seiner Klauen sind die Zeichen seiner Gewogenheit.«

Während Weißer Bär noch darüber nachdachte, kam Wolfspfote herbei. Er taumelte schon mehr, als daß er ging. Ihm folgten Laufendes Reh und Brennende Fichte.

Aus ihrem Wickiup brachte Roter Vogel eine weitere Decke, seinen Sauk-Medizinbeutel und seine schwarze Tasche mit den chirurgischen Instrumenten.

»Nimm die Blaßaugen-Frau mit in das Wickiup«, sagte er zu ihr. »Sie hat sehr viel Angst.«

»Auch ich habe sehr viel Angst«, sagte Roter Vogel und ging.

Er biß sich auf die Lippen. Der Ton ihrer Stimme hatte gesagt: *Wer ist diese Frau?*

Als er die Markierung für die sieben Richtungen auslegte, vier der Steine davon rund um Wolfspfote, sagte er zu ihm: »Es wird sehr schmerzen, und Wolfspfote darf sich nicht bewegen.«

Die zwei Steine auf seiner Brust, dazu die Bärentatze sollten ihn zwingen, still zu liegen.

»Du kannst mir nicht weh tun«, erklärte Wolfspfote, als sei er ein Gefangener und Weißer Bär dabei, ihn zu martern.

Er wandte sich an die Umstehenden.

»Ihr alle müßt mithelfen und den Erschaffer der Erde bitten, Wolfspfotes Wunde zu heilen.«

Das Gesicht von Laufendes Reh, das bisher zornverhärtet gewesen war, löste sich nun in Tränen auf. Brennende Fichte dagegen blickte hoffnungsvoll auf ihn.

Er bedeutete Eisernes Messer, Wolfspfotes Schulter leicht anzuheben. Dann löste er vorsichtig den blutdurchtränkten, von Nancys Kleid gerissenen blauen Stoffstreifen ab. Die Verschorfung war durch eine neue Blutung vor kurzem aufgeweicht. Das erleichterte das Ablösen des Notverbandes von der Wunde, die sich zwischen der linken Achsel und dem Schlüsselbein befand. Ihre Form überraschte ihn. Es war kein Einschußloch einer Kugel, sondern ein langer, schmaler Schlitz, rundherum Entzündungen und Schwellungen.

»Wie ist das passiert?« fragte er. Die Behandlung der Wunde würde Wolfspfote schmerzen, da sie nun schon vier Tage unversorgt war.

»Als die Tapferen gemeinsam auf das Blockhaus zustürmten, öffneten die Blaßaugen die Tür und schossen eine große Kanone ab.«

Er hatte keinen größeren Wunsch, als von Wolfspfote alle Einzelheiten darüber zu erfahren, doch dafür war im Augenblick keine Zeit. Außerdem konnte es durchaus sein, daß er Wolfspfote noch größere Schmerzen zufügen wollte, wenn er jetzt alles genau erführe.

Raoul hatte in seinem Handelsposten eine Sechspfünder-Kanone stehen gehabt. Davon hatte er gehört. Vermutlich stammte der Splitter in Wolfspfotes Schulter von einem der Geschosse, die die Langmesser Kartätschenschuß oder Hagelgeschoß nannten. Aber warum dann kein rundes Loch?

Er steckte die Stahlsonde, mit der er die Wunde absuchen wollte, durch die Rundung der Wundzange und blickte Wolfspfote prüfend an, um zu sehen, wie er den Schmerz ertrug. Wolfspfote starrte ihn hart und regungslos an, als er mit einer Hand die Sonde in die Wunde einführte und mit der anderen die offene Wundzange hielt. Als die abgerundete Spitze der Sonde etwa auf halbe Fingerlänge eingedrungen war, stieß sie auf etwas Hartes, und Weißer Bär war sicher, daß es kein Knochen war. Er tastete den harten Gegenstand an beiden Seiten ab. Das einzige Anzeichen von Wolfspfotes Schmerzen war sein heftigeres, tieferes Atmen.

Seltsam. Der Gegenstand war flach und mußte mit der Schmalseite in Wolfspfotes Schulter eingedrungen sein.

Er bewegte die Wundzange in der offenen Wunde so, daß sie den Gegenstand zu beiden Seiten umschloß. Als er sie zudrückte, schmerzte ihm seine Hand. Er hatte zwar gelernt, wie man eine Kugel sicher mit der Zange faßt, aber dieses flache Geschoß hier wurde sicher ganz glitschig vom Blut.

Wolfspfote hielt jetzt den Atem an. Weißer Bär wagte ihm nicht ins Gesicht zu sehen. Für sie beide war das eine entscheidende Prüfung.

Er hielt ebenfalls den Atem an und betete im stillen zum Erschaffer der Erde, ihm einen sicheren Griff seiner Zange zu verleihen. Dann begann er zu ziehen.

Wolfspfote gab lediglich ein kaum hörbares Stöhnen von sich. Jeder andere hätte wahrscheinlich wild und laut aufgeschrien.

Das flache Metallstück kam in der Wunde bereits fast zum Vorschein, als es in dem Moment, in dem er es ganz herausziehen wollte, aus dem Zangengriff entglitt. Er knirschte zornig mit den Zähnen.

Wolfspfote entrang sich ein Seufzen. Er sah ihn an. Nur noch das Weiße seiner verdrehten Augen war unter den halbgeschlossenen Lidern sichtbar. Er hatte zum Wohle beider das Bewußtsein verloren.

Er sah sich den Gegenstand, den er aus Wolfspfotes Schulter zu holen versuchte, noch einmal an. Aber er vermochte nur einen blutverschmierten verbogenen Rand zu erkennen. Er wischte mit einem Kleiderfetzen das Blut weg und erkannte helles Silberglitzern.

Verwundert atmete er schneller.

Eine Silbermünze. Das letzte, was man als Geschoßteilchen aus einer Kanone erwarten würde. Eingebettet in einen Körper! Die Leute in Victor mußten in ihrer Verzweiflung wirklich zu allen Mitteln gegriffen haben.

Das gab ihm eine Idee. Niemand stand nahe genug, um zu sehen, was er vor sich hatte. Er erinnerte sich daran, was Eulenschnitzer ihm über die magischen Kräfte gesagt hatte, die er den Leuten beweisen müsse.

Er wartete, bis er Wolfspfotes Augenlider wieder flattern sah, und sagte dann: »Wolfspfote, die Geister belohnen dich dafür, daß du dich entschlossen hast, der Blaßaugen-Frau das Leben zu schenken.«

Wolfspfote sah ihn mit zusammengepreßten Lippen fragend an.

»Die Geister erlauben mir, die Bleikugel der Blaßaugen, die dich getroffen hat, in eine Silbermünze zu verwandeln.« Er sprach so laut, daß alle Umstehenden es hören konnten.

Wolfspfote sah stumm zu, als er seinen Medizinstab dreimal in einem Sonnenlaufkreis über der blutenden Schulter bewegte.

Dann ging er mit der Wundzange noch einmal in die offene Wunde und drückte sie so weit hinein, daß er die Münze sicher und fest ganz umschließen konnte. Wolfspfote stöhnte. Weißer Bär zog.

Er verspürte Triumph, als er fühlte, daß die Münze herauskam. Diesmal hatte er sie. Die Geister mochten zwar nicht Blei in Silber verwandelt haben, aber sie hatten ihm die Kraft zu einem sicheren, festen Griff verliehen. Er zog die Zange heraus, und in ihr war ein spanischer Silberdollar, von dem das Blut tropfte. Er hielt ihn hoch, damit ihn auch alle sehen konnten.

Wolfspfote bekam ungläubig große Augen. Die Zuschauer stießen Schreie der Verwunderung und des Staunens aus. Auch Eulenschnitzer schien verblüfft zu sein.

Zufrieden mit dem Effekt seiner Vorstellung wischte er sorgfältig und bewußt mit dem Stoffstreifen von Nancys Kleid das Blut von dem spanischen Dollar. Die Münze blinkte im Sonnenschein des Nachmittags. Die eine Seite zeigte den König von Spanien, eine lateinische Inschrift und die Jahreszahl 1823. Auf der anderen Seite war ein Wappen.

Perfekt. Das sollte doch wohl genügen, dachte er mit Freude, daß die Tapferen, die Krieger und ihre Weiber künftig wesentlich zurückhaltender sein würden, seine Autorität anzuzweifeln. Und das bedeutete gleichzeitig, daß Nancy keine Gefahr mehr drohte.

Er hielt Wolfspfote die Münze hin. »Es hat die Form einer Münze der Blaßaugen, aber es ist ein Geschenk der Geister.«

Wolfspfote setzte sich langsam auf, nahm die Münze und sagte: »Ich werde sie um den Hals tragen. Vielleicht schützt sie mich künftig gegen alle Wunden.«

»Laß es dir aber auch eine Erinnerung daran sein«, beeilte er sich hinzuzufügen, »daß es ehrenvoll ist, Gefangene anständig zu behandeln.« Er blieb äußerlich ernst und unbewegt, konnte aber seinen Triumph nur mühsam verbergen.

Er verband Wolfspfote noch die Wunde mit Bussardflaum und gab ihm Kräutertee zu trinken, dann entließ er ihn. Wolfspfote taumelte auf Laufendes Reh gestützt davon.

Er stand auf, streckte seine müden Glieder und wandte sich zum Eingang seines Wickiups.

Zweifel überfielen ihn jetzt. War dies also, worauf das Schamanentum am Ende hinauslief? Tricks und Zauberkunststücke? Waren vielleicht auch seine sogenannten Visionen lediglich Träume? Nein, nein, der Geist des Bären war Wirklichkeit. Er hatte den Abdruck der Bärenklaue neben seinem toten Vater mit seinen eigenen Augen gesehen. Und er hatte die fünf Striemen der Bärenklaue als Narben auf der Brust.

Er mußte sich zwingen, sich zu bücken und durch den Eingang hineinzugehen, um dort Nancy gegenüberzutreten. Er spürte, wie alles in ihm zitterte. Alle Schrecken, die Nancy erlebt hatte, legte sie sicherlich ihm persönlich zur Last. Seine Bemalung und sein Schamanenschmuck wiesen ihn zu sehr als Sauk aus.

Er dachte an Roter Vogel. Was mochte sie von seinen unverhohlenen Bemühungen, Nancy zu beschützen und ihr Vertrauen zu gewinnen, halten? Wie sollte er ihr glaubhaft machen, was zwischen ihm und Nancy gewesen und nicht gewesen war?

Er war sich ja nicht einmal sicher, es selbst ganz zu verstehen.

Im Licht des geöffneten Eingangs erblickte er Nancy. Sie kauerte an der gegenüberliegenden Seite, noch immer zitternd und noch immer eingehüllt in die Decke, die ihr Roter Vogel umgelegt hatte. Roter Vogel und Adlerfeder saßen stumm neben ihr.

Er setzte sich vor Nancy nieder, die ängstlich zitternd vor ihm zurückwich.

»Du brauchst keine Angst vor mir zu haben, Nancy. Ich weiß, ich sehe seltsam aus für dich. Aber ich bin der Schamane meines Stammes, der Medizinmann.«

»Dein Stamm, dein Volk!« stieß sie hervor. »Sie haben meinen Vater ermordet!«

Er hatte gefürchtet, das zu hören. Er senkte den Kopf und schloß die Augen.

»O Nancy, es tut mir so leid.«

Wie lächerlich, etwas so Nutzloses zu sagen.

Ich muß erfahren, was in Victor passiert ist. Nancys Vater ist also umgekommen. Und wer noch?

Er sagte: »Nancy, ich kann dich nicht um Vergebung dafür bitten, was mein Volk dir angetan hat. Aber glaube mir, ich habe versucht, es zu verhindern. Bitte, laß mich erzählen, wie ich versucht habe, Frieden zu schließen. Du kannst sicher sein, daß dir nichts geschieht, solange du bei mir bist.«

»Sicherheit? Hier, bei dir?« Sie schauderte. »Wenn dir wirklich irgend etwas an mir liegt, dann kannst du mir nur helfen, von hier wegzukommen.«

Sein Mut sank. Das einzige, was er eben nicht für sie tun konnte, war, sie freizulassen. »Das ist schwer«, sagte er.

»Ich habe gehört, wie du zu ihnen gesprochen hast. Du hast ihnen befohlen, mich in Ruhe zu lassen, und sie haben es getan. Also sage ihnen auch, sie sollen mich laufen lassen. Auguste, ich werde verrückt hier. Ich sterbe vor Angst!«

Sie packte ihn am Arm. Er spürte förmlich, wie ihre Angst in ihn floß, bis hin an sein Herz. Er legte seine Hand auf die ihre und hielt sie fest. Er wollte sie in die Arme nehmen und trösten, doch Roter Vogel ließ ihn nicht aus den Augen. Sie würde es nicht verstehen. Also streichelte er nur ihre Hand und ließ sie dann wieder los.

Er sagte Roter Vogel, was er mit Nancy gesprochen hatte.

»Versteht sie denn nicht, daß die Tapferen dich töten würden, wenn du sie freiließest?« fragte sie.

»Sie hat zu viel Angst, um irgend etwas zu verstehen«, antwortete er und wandte sich wieder Nancy zu.

»Der einzige, der dich freilassen könnte, ist Schwarzer Falke. Ich will versuchen, ihn dazu zu bringen, aber im Augenblick ist er nicht hier, sondern noch auf seinem Kriegszug.«

»Um noch mehr unschuldige Männer und Frauen und Kinder zu töten, meinst du?« Sie knirschte mit den Zähnen, und ihre Augen blitzten im Dämmerlicht des Wickiups auf.

»Wenn er zurückkommt, rede ich mit ihm. Inzwischen bete du zu deinem Gott, daß er dir Mut gibt.«

Sie ließ seinen Arm abrupt los. »Was weißt du denn von meinem Gott, mit deiner Farbe und deinen Federn und deinem Zauberstab da?«

Ihre Worte schmerzten und verletzten ihn, und er wollte schon ungehalten auffahren, aber er bezwang sich. Sie war halb verrückt vor Angst und Schrecken und Trauer.

»Eben weil ich das alles habe«, sagte er sanft, aber eindringlich, »kann ich dir überhaupt nur helfen. Aber ich möchte so gerne erfahren, was in Victor wirklich passiert ist. Ist es dir möglich, es mir zu erzählen?«

Sie faßte seinen Arm wieder. »Ich hatte mich gerade angezogen und wollte hinaus, um die Tiere zu füttern, als ich sie auf unser Haus zugeritten kommen sah. Und es waren so viele! Ich wußte sofort Bescheid. Ich rannte zurück ins Haus und weckte meinen Vater auf. Als sie bei uns angekommen waren, stand er bereits in der Tür. Aber er hatte keine Chance mehr, Auguste, auch nur sein Gewehr zu laden. Bevor er sich auch nur bewegen konnte, steckte ihm der Pfeil in der Brust.«

Gewiß, der Reverend Hale hatte ihn nie gemocht, das wußte er wohl. Aber er war Nancys Vater gewesen. Wie schmerzvoll mußte es sein, den eigenen Vater getötet zu sehen!

»Er war ein anständiger Mann«, sagte er. »Er hat unserem Volk nichts zuleide getan. Es ist nicht recht, daß er sterben mußte.«

Nancy sprach leise schluchzend weiter. »Ich bin dann wohl ohnmächtig geworden. Dann erinnere ich mich nur noch an einen Ritt. Ich wurde über ein Pferd geworfen, und dann waren wir in Victoire. Ach, Auguste, sie haben Victoire – einfach überrannt.«

»Ist irgendwer davongekommen?«

»Ich denke, die Leute dort haben wohl gesehen, daß unsere Kirche und die Farmen draußen brannten, also waren sie vorgewarnt. Aber sehen konnte ich nicht viel. Mich ließen sie auf das Pferd gebunden zurück, als sie angriffen. Ich habe gesehen, wie eine Frau verfolgt und mit einem Speer durchbohrt wurde. Es ging alles sehr rasch. Dann steckten sie Victoire in Brand.«

Er schluckte schwer.

Vor sich sah er das Château mit seiner großartigen Halle und dem breiten, vorspringenden Dach. Er hatte dort gelebt und von Grandpapa und Vater viel gelernt. In Victoire waren alle ihre gemeinsamen Hoffnungen, überhaupt ihr ganzes Leben gewesen. Zusammen mit allen anderen Menschen, die auf Victoire lebten, all den freundlichen, fröhlichen und schwer arbeitenden Menschen, von Marchette Perrault bis zu Registre und Bernadette Bosquet. Gut, sie mochten sich nicht dagegen aufgelehnt haben, daß Raoul sich den Besitz aneignete. Aber die meisten von ihnen waren Elysée und Pierre und Auguste de Marion ergeben gewesen.

Der wachsende, hämmernde Schmerz in seiner Brust schien sie ihm fast sprengen zu wollen und die ganze Welt zu umschließen.

»Dann«, erzählte Nancy, »ritten sie nach Victor und nahmen mich auch dorthin mit.«

Es schnürte ihm die Kehle zu, als er fragte: »Und haben sie Victor ebenfalls niedergebrannt?«

»Ja, als sie abzogen.«

Eine Stimme in ihm schien wie in einer großen, leeren Halle zu brüllen. *Nicole! Frank! Grandpapa!*

»Und – meine Familie? Geschah jemandem von ihr etwas?«

»Ich glaube«, antwortete Nancy, »die Leute aus Victor konnten sich noch alle in den Handelsposten flüchten, bevor sie kamen. Auf den Palisaden waren jedenfalls Männer, die schossen. Mich band der Anführer der Indianer an einen Baum, und ich mußte so allem zusehen.«

»Er heißt Wolfspfote. Er ist Schwarzer Falkes Sohn.«

»Ich hoffe, die Armee fängt ihn und hängt ihn an den höchsten Galgen von Illinois. Er ließ mich den ganzen Tag über an diesen Baum gebunden, während sie versuchten, die Handelsstation zu stürmen.«

Immer schneller sprudelten nun die Worte aus ihr. Als sie aus der Bewußtlosigkeit erwacht war, war sie wie gelähmt gewesen und hatte kein Wort hervorgebracht. Jetzt funkelten ihre Augen, und sie gestikulierte heftig, während sie erzählte. Ihre Lähmung war der Hysterie gewichen.

»Sie kletterten an Seilen auf die Palisaden und stürmten dann durch das Haupttor. Immer wieder schleppten sie Tote und Verwundete nach draußen. Kurz vor Sonnenuntergang hielt ihnen dann der, den du Wolfspfote nennst, eine Rede. Dann machten sie sich Feuerpfeile und schossen diese auf das Blockhaus und stürmten mit einem brennenden Baumstamm durch das Haupttor. Ich dachte, das sei nun das Ende, doch dann hörte ich eine gewaltige Explosion. Ich dachte, jemand habe das Blockhaus in die Luft gesprengt. Über die Palisade stieg eine mächtige Rauchwolke empor. Doch dann kam Wolfspfote verwundet heraus, ein anderer großer Mann half ihm, mich wieder auf das Pferd zu binden, das er am Seil mit sich führte. Und so ritten wir vier Tage lang, bis wir hier waren.«

Er begann wieder leichter zu atmen. Er verspürte eine gewisse Erleichterung und einige Hoffnung, wenn auch die Betrübnis blieb, daß Victoire offensichtlich zerstört war und viele Menschen dort ihr Leben verloren hatten. Aber Nancys Erzählung deutete an, daß die Leute von Victor, und vielleicht waren auch Nicole und ihre Familie und Grandpapa darunter, doch davongekommen sein könnten.

Sogleich wuchs eine andere Angst in ihm. »Hat dir auf dem Weg hierher Wolfspfote... etwas angetan, Nancy?«

»Nein. Ich denke, er war zu müde und seine Verwundung schmerzte zu stark, als daß er so etwas im Sinn gehabt hätte. Wir sind schnell und hart geritten. Ich blieb die ganze Zeit auf das Pferd gebunden. Wir hielten nur zum Schlafen an, und immer erst lange nach Sonnenuntergang, und ritten schon vor Sonnenaufgang wieder weiter. Es war immer mindestens ein Mann wach, um auf mich aufzupassen.«

Die ganze Zeit über, während sie erzählte, ließ sie seinen Arm nicht los. Jetzt befreite er sich sanft von ihr und stand auf.

»Ich muß dich jetzt eine Weile allein lassen, Nancy.«

»Nein!« Ihr Aufschrei war schrill und angsterfüllt.

»Doch, es muß sein. Es sind viele Verwundete hier, die meine Hilfe brauchen.«

Er zögerte etwas, weil er ihre Reaktion voraussah. Aber dann sagte er es rasch, um es hinter sich zu haben, auf dieselbe Art, wie er seinen Patienten hastig mitzuteilen pflegte, daß es jetzt gleich weh tun würde. »Das hier ist Roter Vogel, meine Frau. Sie wird sich um dich kümmern.«

»Deine Frau?« Selbst im Halbdunkel des Wickiups sah er den Schmerz in ihrem Blick.

»Ja.« Er hatte jetzt einfach keine Zeit, sich ihrer Traurigkeit zu widmen.

Er wandte sich an Roter Vogel und sagte auf Sauk zu ihr: »Tu für sie, was du kannst. Sie hat mit ansehen müssen, wie ihr Vater und viele andere getötet wurden.«

»Ich muß wissen, wer sie ist«, sagte Roter Vogel jedoch und sah ihn aus ihren Schlitzaugen durchdringend an.

Er legte ihr begütigend die Hand auf die Schulter. »Hab keine Angst. Ich erzähle dir heute abend alles. Sieh zu, daß sie etwas ißt. Gib ihr Ahornzucker. Und hilf ihr, daß sie etwas schläft.«

Er verbrachte den Rest des Tages damit, mit seinem Sauk-Medizinbeutel und seinem chirurgischen Besteck von einem Wickiup unter den Bäumen zum nächsten zu ziehen und sich um die vielen Verwundeten zu kümmern, die Wolfspfote mit nach Hause gebracht hatte. Zusammen mit Sonnenfrau und Eulenschnitzer versorgte er diejenigen, bei denen es noch möglich war, und machte den anderen das Sterben leichter. Er besuchte auch die Familien, die Tote und nicht mehr Heimgekehrte zu beklagen hatten, und spendete ihnen Trost, indem er die Rituale vollzog, mit denen die teuren Gefallenen auf den Pfad der Seelen nach Westen geleitet wurden.

Als es Abend wurde, war er erschöpft und abgestumpft von all dem Leid dieses Krieges, das er gesehen hatte, und wollte nichts weiter als allein sein, um sein Volk zu beweinen. Wolfspfote hatte zwar Vieh und Pferde als Beute mitgebracht, aber fast zwei Dutzend Männer waren tot und ebenso viele schwer verwundet.

Wozu das alles? Nur damit die Langmesser uns noch mehr hassen.

Bei Sonnenuntergang kam ein weiterer Trupp Krieger zurück, den Schwarzer Falke selbst anführte. Der Winnebago-Prophet ritt neben ihm. Und auch sie brachten Verwundete mit, die versorgt werden mußten.

In der Abendkühle stieg ihm ein köstlicher Geruch in die Nase, den er und die ganze British Band seit langem nicht mehr gerochen hatten – gebratenes Fleisch. Jetzt, wo es dunkel und der aufsteigende Rauch der Feuer unter den Bäumen nicht mehr zu sehen war, wurde überall das Fleisch von dem Vieh, das Wolfspfote aus Victoire mitgebracht hatte, gebraten. Es waren eine Menge hungriger Mäuler zu stopfen, so daß wahrscheinlich bereits alle Beuterinder geschlachtet waren.

Rechtmäßig sind es ja meine Rinder, dachte er müde. *Raoul hat sie mir gestohlen, und Wolfspfote hat sie von ihm gestohlen.*

Im ganzen Lager brannten überall kleine Feuer. In Friedenszeiten wäre zu einem Fest wie diesem ein einziges großes Feuer entzündet worden. Doch würde es den Himmel röten und wäre so noch aus weiter Ferne sichtbar.

Er verspürte einen Hauch von Vorwurf und Abneigung, als er Schwarzer Falke so ruhig und gelassen dasitzen sah. Er saß an dem Feuer vor seinem Wickiup und kaute an den gebratenen Fleischstücken, die ihm seine Frau auf die Matte vorgelegt hatte.

Bis heute war der Stamm am Rande des Verhungerns gewesen. Die

Kundschafter hatten gemeldet, daß eine über zweitausend Mann starke Armee der Langmesser den Felsenfluß heraufgezogen kam, genau auf sie zu. Wie konnte Schwarzer Falke die Verantwortung für diese Lebensbedrohung seines Volkes tragen?

Zu seiner Enttäuschung saß der Winnebago-Prophet auch jetzt wieder direkt neben Schwarzer Falke. Als er sein langes, fettiges Haar und den Lippenbart, der dem Raouls glich, sah, sanken ihm die Schultern nach unten. Er verspürte den Impuls, sich umzudrehen und wegzugehen und Schwarzer Falke einfach ein anderes Mal aufzusuchen.

Die Leute des Winnebago-Propheten hatten ihn schon längst verlassen, aber er fuhr unbeirrt fort, gewaltige Siege über die Langmesser zu prophezeien. Eine Schrift fiel ihm ein, die sie in der St.-George-Schule durchgenommen hatten. Sie hatte davor gewarnt, daß am Ende der Welt falsche Propheten kommen würden. Für die Sauk hier konnte dies jetzt sehr wohl das Ende der Welt bedeuten. Ganz bestimmt jedenfalls hatten sie bereits ihren falschen Propheten.

Aber es war zu wichtig, daß er mit Schwarzer Falke über Nancy sprach, als daß er jetzt auswich. Er setzte sich also an das Feuer zu Schwarzer Falke und sah ihn schweigend an. Er wartete, bis der Kriegshäuptling das Wort an ihn richten würde. Der Anblick der beiden, die herzhaft kauten, erinnerte ihn daran, daß er selbst hungrig wie ein Wolf war. Er hatte keine Zeit gehabt zu essen.

Schwarzer Falke strich mit der Hand über das ledergebundene Buch aus seiner Beute von Alter Manns Flüßchen.

»Du hast meinen Sohn geheilt und Geistersilber aus seinem Leib geholt«, sagte er. »Nimm meinen Dank dafür.«

»Ich bin froh, wenn ich Schwarzer Falke zufriedenstellen kann.«

Schwarzer Falke deutete auf das gebratene Fleisch. »Sei mein Gast.«

Er griff sich ein heißes Stück, und das Wasser lief ihm im Mund zusammen. Er aß gierig und hastig und schloß kurz genußvoll die Augen. Schwarzer Falke lächelte ein wenig. Fliegende Wolke beachtete ihn indessen überhaupt nicht und war voll mit seinem Stück Fleisch beschäftigt. Eine Zeitlang konnte er an nichts anderes als an den Genuß des frischen Fleisches denken. Schwarzer Falke rief ihn in die Wirklichkeit zurück und fragte nach dem Zweck seines Besuchs.

»Wie ich höre, hast du eine Blaßaugen-Frau als Gefangene.«

»Ihretwegen bin ich hier«, sagte er und flehte innerlich sein Geist-Ich an, ihm beizustehen, Schwarzer Falke zu überreden, sie freizulassen.

Er erzählte ihm, wie es ihm gelungen war, die Leute davon abzubringen, sie zu töten.

»Das war richtig«, sagte Schwarzer Falke. »Wir müssen die Langmesser davon überzeugen, daß wir ihren Respekt verdienen, und sie dazu bringen, daß sie uns nicht nur fürchten. Ehrenvolle Krieger sollten keine Gefangenen töten oder quälen. Der große Tecumseh hat seinen Leuten niemals erlaubt, Gefangene zu martern.«

Schwarzer Falkes Rede gefiel ihm wohl. Sie gab ihm Hoffnung, daß er ihn anhörte, und er beschloß, gleich und ohne Umschweife zur Sache zu kommen.

»Wenn wir diese Frau den Blaßaugen zurückgeben, sind sie vielleicht zu Friedensgesprächen bereit.«

Fliegende Wolke, der Winnebago-Prophet, hörte abrupt zu kauen auf. »Es ist wohl besser«, sagte er, »sie hierzubehalten. Wenn die Langmesser uns angreifen, können wir drohen, sie zu töten.«

Es war ihm klar, daß dieses Argument einen bestimmten, wenn auch schmerzlichen und brutalen Sinn hatte, und seine Hoffnungen schwanden wieder.

Schwarzer Falke kräuselte seinen breiten Mund nachdenklich. »Der Prophet spricht klug. Es wäre dumm, die Frau den Langmessern als Geschenk zu überlassen. Wir sollten sie in der Tat behalten, bis sich eine Gelegenheit oder Notwendigkeit ergibt, sie als Tauschobjekt zu benützen, was es auch sein wird.« Er wandte sich an ihn. »Du mußt sie behalten. Du darfst sie auch nicht entkommen lassen.«

Mit dieser Botschaft mußte er nun zurück zu Nancy. Er mußte ihr eröffnen, daß man sie nicht freilassen wollte. Der Gedanke daran, was ihr dies an Kummer und Angst bereiten würde, bedrückte ihn sehr.

Er hatte Angst um sie. Jeden Tag, den die Sauk Hunger und Krankheit erlitten, jedesmal, wenn wieder welche den Tod im Kampf fanden, würde der Wunsch in den Frauen aufs neue erwachen, das einzige Blaßauge in ihrer Gewalt dafür büßen zu lassen. Die Männer würden zunehmend danach gieren, sich mit dieser blondhaarigen schönen Frau zu vergnügen. Er konnte nicht pausenlos auf sie aufpassen. Wie also sollte er wirklich für ihre Sicherheit sorgen?

Sie saßen schweigend da. Der Winnebago-Prophet war sichtlich zufrieden mit sich. Schwarzer Falke blieb grimmig. Vielleicht grübelte er darüber nach, warum sein Krieg nicht so gut verlief, wie er das gehofft hatte.

In seinem verzweifelten Bemühen, irgend etwas zum Schutz Nancys zu tun, fiel ihm nichts anderes ein, als zu sagen: »Ich will die Blaßaugen-Frau heiraten.«

Schwarzer Falkes Augenbrauen gingen hoch. »Warum sollte Weißer Bär das tun?«

»Das Volk wird sich nicht an der Frau eines Schamanen vergreifen.«

»Das ist unmöglich!« platzte der Winnebago-Prophet heraus. »Mir haben meine Geister gesagt, daß sich unser Volk nicht mit den Blaßaugen paaren soll.«

Aber Schwarzer Falke entgegnete: »Der Vater von Weißer Bär war selbst ein Blaßauge.«

»Der Abkömmling einer unreinen Paarung sollte auch nicht Schamane sein«, tadelte Fliegende Wolke.

Weißer Bär fühlte, wie seine Wangen feuerrot wurden und brannten. Der Winnebago-Prophet hätte ihn genauso gut ohrfeigen können.

Es fiel ihm ein – und obwohl erst ganze neun Monate seitdem vergangen waren, schien es ihm eine Ewigkeit her zu sein –, wie ihn damals beim Begräbnis seines Vaters Père Isaac am offenen Grabe eine »Frucht der Sünde« genannt hatte. Damals hatte er gedacht, niemals würde ein roter Mann so abfällig über seine Herkunft urteilen. Und jetzt saß hier sogar ein indianischer Schamane, der ebenso redete.

Schwarzer Falke aber verteidigte ihn. »Weißer Bär war stets einer von uns. Er hat Visionen gehabt. Er hat viele Leben gerettet. Er hat die Narben des Bären, eines der mächtigsten Geister überhaupt, auf seiner Brust. Wir wollen ihn tun lassen, was er für das Beste hält.«

»Mir«, wandte der Prophet ein, »haben die Geister gesagt, ein Mann soll nicht mehr als ein Weib haben.«

Schwarzer Falke hatte genug. »Unsinn. Ich selbst war mit einer Frau, Singender Vogel, zufrieden. Aber mein Sohn Wolfspfote hat zwei

Frauen, so wie viele andere unserer Häuptlinge und Tapferen, die zwei oder drei Frauen haben. Es muß ja auch für die Frauen gesorgt werden, die keinen Mann haben oder bekommen, weil viele heiratsfähige Männer im Kampf gefallen sind.«

Fliegende Wolke brummte etwas in sich hinein und schwieg.

Weißer Bär verabschiedete sich von Schwarzer Falke und zog sich zurück zu seiner eigenen Behausung, vorbei an den vielen anderen Unterkünften und Feuern, an denen noch Fleisch an Spießen gebraten wurde.

Bevor er seinen Plan Nancy mitteilen konnte, mußte er mit Roter Vogel sprechen. Davor hatte er Angst. Einmal, weil sie nein sagen könnte, und zum anderen, weil Nancy sich vielleicht von dem Vorschlag verletzt fühlte.

An seinem Wickiup angekommen, rief er Roter Vogel heraus und ging mit ihr durch das Lager.

»Sonnenfrau ist bei der gelbhaarigen Frau im Wickiup«, sagte Roter Vogel. »Sie spricht mit ihr in der Sprache der Blaßaugen, die sie von deinem Vater gelernt hat. Ich glaube, die gelbhaarige Frau hat jetzt nicht mehr so viel Angst.«

»Das ist gut«, sagte er düster, »weil Schwarzer Falke sagt, sie muß weiter unsere Gefangene bleiben.«

Roter Vogel seufzte. »Das habe ich befürchtet.«

Sie gingen auf den niedrigen Hügel im Norden des Lagers und setzten sich auf einen halb in der Erde steckenden Felsenfindling über einem kleinen See, in dessen dunklem Wasser sich die inzwischen aufgegangene Mondsichel spiegelte.

Er legte seine Hand auf ihren Leib und fühlte die Bewegungen des Kindes in ihr.

Roter Vogel fragte: »Was bedeutet dir diese Frau?«

Er versteifte sich unwillkürlich. Würde sie es verstehen? Würde sie ihm glauben?

Er überlegte, wie er es ihr am besten erklären könnte. »Ich war mit ihr befreundet, als ich in Victor lebte.«

»War sie die Deine?« fragte Roter Vogel.

»Nein. Sie wollte es sein, aber ich ließ es nicht geschehen, weil ich wußte, daß ich sie eines Tages verlassen mußte.«

Und weil ich befürchtete, daß ich, wenn ich mir gestattete, sie zu lieben, nie mehr zu meinem Volk zurückkehren würde und zu dir.

»Du meinst, du bist nicht einmal bei ihr gelegen?«

»Nein.«

»Wie sollte ich so etwas glauben! Ich wäre ja töricht.«

»Wenn es so gewesen wäre, Roter Vogel, würde ich es dir sagen. Ich wollte es wohl, und auch sie wollte es. Aber ich tat es nicht. Haßt du sie deswegen, weil du nun weißt, daß sie es von mir wollte?«

Roter Vogel hielt den Kopf gesenkt, so daß er ihr Gesicht nicht sehen konnte. »Du bist ein Mann, den viele Frauen gerne hätten. Ich kann sie nicht alle hassen.«

»Als ich dich heute bat, Nancy loszubinden und sie in unser Wickiup zu bringen, hättest du dich weigern können, so wie es Laufendes Reh mit Wolfspfote machte. Die anderen Frauen hätten sie dann in Stücke geschnitten, und ich hätte sie nicht mehr daran hindern können. Ich danke dir, daß du meinen Wünschen entsprochen hast.«

»Du hättest trotzdem versucht, es nicht zuzulassen«, sagte Roter Vogel, »und dann hätten sie dich angegriffen. Das wollte ich nicht.« Sie blickte plötzlich lächelnd zu ihm hoch. »Es war mir klar, daß die Leute sagen würden: Seht mal, sie tut, was Weißer Bär verlangt, aber Wolfspfotes Weib machte ihren Mann lächerlich. Und es gab mir ein gutes Gefühl, dazu beizutragen, daß Wolfspfote lächerlich gemacht wurde, nach dem, wie er sich uns gegenüber benommen hat.«

»Aber jetzt möchte ich, daß du noch etwas für sie tust«, sagte er. »Das kann ich allerdings nur, wenn du zustimmst.« Er hielt abwartend den Atem an.

Roter Vogel sagte wie selbstverständlich: »Wenn du sie zur Frau nehmen würdest, könnte niemand es wagen, ihr etwas anzutun.«

Ein tiefes Seufzen entrang sich ihm. Er hätte doch wissen müssen, daß ihre Gedanken immer etwas schneller waren als die seinen. Er hatte noch überlegt, wie er es ihr denn beibringen solle, und sie sprach es bereits für ihn aus.

»Es wäre allein zu ihrem Schutz. Sie soll nicht wirklich mein Weib sein. Bist du damit einverstanden?«

Sie streichelte seine Hand. »Ich glaube, es ist eine gute Tat, wenn wir ihr Sicherheit geben. Du und ich, wir wollten nicht, daß Krieg geführt wird und daß unser Volk Blaßaugen tötet.« Sie legte ihre Hand auf seine. »Wenigstens können wir verhindern, daß sie getötet wird.«

Das Mondlicht tanzte auf der sich leicht kräuselnden Oberfläche des Sees. Er hatte das Gefühl, die Liebe Roter Vogels gegenständlich vor sich zu sehen – als einen silbernen See wie diesen. Er lehnte sich an sie, und sie ruhte mit ihrem Rücken in seinem Arm.

»Ich verspreche dir, nicht mir ihr zu schlafen.«

Sie lächelte ihn wieder an. »Warum das?«

Die Frage verblüffte ihn. »Weil du meine rechtmäßige Frau bist und die einzige, die ich haben will.« Er dachte an das, was Schwarzer Falke über Singender Vogel gesagt hatte. Das erschien auch ihm als die richtige Art zu leben.

Aber Roter Vogel sagte ganz ruhig: »Wenn du des Nachts in ihr Bett gehst, werde ich es verstehen. Besonders jetzt, wo ich den dicken Bauch habe und wir nicht mehr so leicht zusammen sein können. Ich glaube dir, wenn du sagst, du liebst mich mehr als sie. Aber sie ist groß und hat Haare wie Gold und eine sehr weiße Haut, und ich bin klein und habe eine braune Haut. Vielleicht zieht das Blaßauge in dir sie vor.«

»Das Blaßauge in mir und der Sauk in mir sind eins, denke ich«, antwortete er. »Und dieser eine zieht dich vor.«

Sie nahm seine Hand und führte sie ihren Leib hinab bis zu der Stelle, wo sie in einem Monat ihr Kind gebären würde.

»Ich will das jetzt mit dir tun«, flüsterte sie. »Ich denke, wir können es tun, wenn du vorsichtig bist und nur ein wenig in mich kommst.«

Als sie zu ihrem Wickiup zurückkamen, hatte die Mondsichel den höchsten Punkt ihres Himmelsbogens erreicht. In dem einfachen Wikkiup, das sie gebaut hatten, war es zu dunkel, um irgend jemanden zu erkennen.

Die Stimme seiner Mutter flüsterte ihnen zu: »Adlerfeder und Gelbes Haar schlafen. Sie hat entsetzliche Angst, aber sie hat so viel durchgemacht, daß sie einfach erschöpft ist.«

»Ich danke dir, daß du ihr geholfen hast«, sagte Weißer Bär. »Morgen früh muß ich ihr sagen, daß Schwarzer Falke sie nicht fortläßt.«

»Das macht mich traurig für sie«, sagte Sonnenfrau. »Es geht ihr so elend. Ich spüre zwar Kraft und Stärke in ihr, aber es ist eine sehr schwierige Zeit für sie. Du mußt gut zu ihr sein, immer.«

Und damit schlüpfte sie aus dem Wickiup hinaus.

Nancy schlief in Roter Vogels Bett. Roter Vogel und Weißer Bär legten sich zusammen auf sein Lager aus Schilfrohr und Decken und schliefen so, Roter Vogels Rücken an seiner Brust.

Als Weißer Bär die Augen öffnete, erkannte er in dem schwachen Lichtschein, der durch das Rindendach hereinfiel, daß ihm gegenüber jemand saß. Draußen waren die ersten Geräusche des Lagers hörbar, Rufe und Pferdestampfen.

Eine Welle von Mitleid überkam ihn, als er Nancy erkannte. Was empfand sie wohl in diesem Augenblick...

»O mein Gott«, hörte er sie sagen, »lieber Gott, hilf mir!« Es mußte eine Weile gedauert haben, bis sie sich erinnerte, wo sie war.

Er setzte sich auf und sagte: »Nancy, komm mit mir.« Er versuchte seine Stimme fest und ruhig klingen zu lassen. »Ich muß mit dir reden.«

Sie gingen aus dem Wickiup. Den ganzen Weg durch das Lager hielt sie ihren Blick unverwandt auf den Boden gerichtet. Sie hatte zu viel Angst, vermutete er, sich umzusehen. In der Tat wurden sie überall angestarrt, aber angesichts seines strengen und abweisenden Blicks hielten alle Distanz.

Nancy hatte ein Rehlederkleid an, das ihr Sonnenfrau gegeben hatte, und sie hatte ihre beiden blonden Haarzöpfe hochgesteckt, wie sie es immer getan hatte. Er hatte einen kleinen Kloß im Hals, als er sie von der Seite her ansah und sich an ihre nicht so ganz zufälligen Begegnungen auf der Prärie bei Victor erinnerte.

Sie fühlte sich sichtlich unwohl in dem Lederkleid und zog immer wieder die Schultern hoch und rieb sich die Arme. Sie kamen an einer Gruppe Krieger vorbei, die einen Baum gefällt hatte und dabei war, ihn auszubrennen und auszuschaben. Sie hielten inne und starrten sie an, bis sie vorbei waren.

Allein die Blicke, mit denen sie Nancy musterten, machten ihm klar: *Doch, sie muß mich einfach heiraten.* Er hoffte nur, sie davon überzeugen zu können, daß es die einzig mögliche Sicherheit für sie war.

Er führte sie bis zum westlichen Rand der Ebene, auf der sie kampierten. Sie blieben stehen, als der Boden weich und naß wurde. Vor ihnen lag ein Schilfgebiet, das sich weit hinzog, bis es im Morgendunst verschwand.

»Hast du mit Schwarzer Falke gesprochen?« fragte sie, und ihre Stimme zitterte. »Kann ich fort von hier?«

Er dachte an die Mahnung seiner Mutter, jederzeit rücksichtsvoll zu ihr zu sein. Er überlegte, wie er ihr die schlechte Nachricht am besten beibringen könnte, ohne daß sich ihre Ängste, die wie eine schwere Last auf ihr lagen, noch weiter verstärkten.

»Schwarzer Falke hat es gutgeheißen«, begann er zögernd, »daß ich gestern eingegriffen und die Leute davon abgehalten habe, sich an dir zu vergreifen. Er sagte, die Weißen verabscheuen die Indianer, wenn sie ihre Gefangenen töten.«

Ihre Lippen zitterten. »Also kurz, er läßt mich nicht gehen, richtig?« unterbrach sie ihn und begann von heftigem Schluchzen geschüttelt zu werden. Als sie sich wieder etwas beruhigt hatte, sah sie ihn flehentlich an. »Konntest du denn gar nichts für mich tun?«

Er breitete hilflos die Arme aus. »Ich redete, so gut ich konnte.« Er versuchte ihr etwas Ermutigendes zu sagen. »Er will dich auch nur behalten, bis er mit den Soldaten verhandeln und den Waffenstillstand erreichen kann.«

Sie wich von ihm zurück, und ihre verweinten roten Augen wurden groß. »Waffenstillstand? Glaubt denn Schwarzer Falke ernsthaft, er könnte einen Waffenstillstand erreichen? Ist dir denn nicht klar, was *dein Volk,* deine tapferen Indianer die ganze Grenzlinie entlang angerichtet haben? Überall Brandschatzungen und Massaker! Ich habe dir doch erzählt, was sie in Victor gemacht haben! Glaubst du denn wirklich, die Soldaten dächten auch nur daran, nach alledem mit Schwarzer Falke Friedensgespräche zu führen?«

Er hatte ja nun gehört, was die zurückkehrenden Krieger für ruhmreiche Siegesberichte erzählten – von Kellogg's Grove bis Indian Creek und der Straße zwischen Checagou und Galena. Und es war ihm voller Verzweiflung klar geworden, daß, was für sie und alle Sauk große Heldenlieder waren, ehrenvolle Schlachten zur Verteidigung ihres angestammten

Landes, für die weiße Bevölkerung in Illinois nichts als blutige und abscheuliche Verbrechen darstellten. Denn wer waren schließlich die Opfer der Krieger Schwarzer Falkes? Ein paar Soldaten, gut, aber sonst doch vorwiegend Farmer und ihre Frauen und Kinder.

Jetzt wieder, wie auch sonst Tag und Nacht, quälte ihn die Erkenntnis, daß niemand dieses ganze Blutvergießen so sehen und beurteilen konnte wie er, nämlich mit den Augen sowohl eines Weißen wie eines Sauk. Er wußte, wie schrecklich es war, was die Sauk taten. Aber sie taten es aus der verzweifelten Existenznot im Kampf um das Land, zu dem sie sich zugehörig fühlten und das ihr Leben ausmachte.

Nancys Gefangennahme machte ihm zusätzlich klar, daß die Jahre bei den Blaßaugen ihn mehr verändert hatten, als er je zugeben wollte. Selbst wenn Wolfspfote eine ihm völlig fremde weiße Frau mitgebracht hätte, hätte er versucht, sie zu retten. Es war ihm nicht möglich, ein Volk, das bereit war, irgendeine Frau zu Tode zu martern, als *sein* Volk zu betrachten.

Nancy schüttelte den Kopf. »Es wird keinen Waffenstillstand geben, Auguste. Sie sind gekommen, um euch auszurotten.«

»Wir haben um Frieden gebeten, bevor dieses Töten begann. Ich selbst ritt mit einer weißen Fahne zu ihnen.«

Ihre Brust hob und senkte sich heftig, und ihr Gesicht war rotfleckig. »Sie wollen aber keinen Frieden mit euch!« rief sie. »Und sobald eure Krieger das begriffen haben, werden sie mich unweigerlich töten. Oder ich komme zusammen mit euch allen um, wenn unsere Soldaten euch angreifen.«

»Nein!« rief er und wußte doch, wie recht sie hatte und daß er sich einfach nur weigerte, es wahrhaben zu wollen.

»Laß mich gehen!« schrie sie.

Dann sprang sie plötzlich auf und wandte sich um und warf sich in das Schilf. Sie versuchte zu laufen, versank aber bis zu den Hüften im Moorwasser. Sie schlug in dem hohen Schilf wild um sich und versuchte weiter vorwärts zu kommen. Der Nebeldunst begann sie schon fast zu verschlingen.

Er war noch immer viel zu verblüfft, um einer Bewegung fähig zu sein, und starrte ihr zuerst nur regungslos nach. Sie kam dort draußen im

Sumpf doch unweigerlich um! War ihr denn das nicht klar? Dann endlich folgte er ihr. Er zog mit Mühe die Füße aus dem kalten Wasser. Der Schlick sog an seinen Mokassins. Als er Nancy endlich eingeholt hatte, hatte er die Schuhe verloren.

Er warf die Arme um sie. Sie schlug wild um sich und trommelte ihm mit den Fäusten ins Gesicht, mit wilden, aufgerissenen Augen, wie ein Fuchs in der Falle, das Gesicht gerötet, der Mund verzerrt und zitternd.

»Ich muß hier weg!«

»Nancy, das kannst du doch nicht!« Sie standen beide tief im Wasser, und er spürte, wie seine Füße immer weiter in den Sumpf einsanken.

Er packte sie an den Schultern und schüttelte sie heftig. »Hör mir zu!«

Sie wurde schlaff in seinen Armen, und er mußte sie halten und stützen.

»Ich kann hier nicht bleiben!« schluchzte sie. »Ich lasse mich nicht umbringen!«

Er zog sie mit sich auf festen Grund. Das kalte Wasser gurgelte um sie herum, und der sumpfige Schlick unter ihren Füßen zog und zerrte an ihnen.

Als sie wieder aus dem Wasser und noch tropfnaß waren, sagte er: »Hör zu, wenn es irgendeine Möglichkeit oder Chance gäbe, daß du von hier fliehen könntest, würde ich dir helfen, glaube mir. Aber wenn du es wirklich versuchst, wirst du dabei umkommen. Ringsherum sind meilenweit Sümpfe. Nur Schwarzer Falke und einige seiner Tapferen wissen den Weg hinaus. Du würdest ertrinken oder lebendig im Treibsand versinken. Auf jeden Fall aber würden die Wachen dich entdecken und dich dann töten, und ich könnte gar nichts mehr dagegen machen. Mich würden sie ebenfalls töten, weil ich dir zur Flucht verholfen hätte.«

»Wenn ich hier bleibe, sterbe ich auch.« Ihre Augen waren voller Hoffnungslosigkeit.

»Nein, das wirst du nicht. Weil ich dich beschütze. Und meine Familie ebenso, Roter Vogel, Sonnenfrau, Eulenschnitzer, Eisernes Messer. Bei mir bist du in Sicherheit.«

Sie lehnte sich an ihn. »Auguste, ich halte es nicht aus, ständig in Angst und Furcht zu leben. Ich bestehe nur noch aus Angst, es zerreißt mich fast.«

»Der Stamm gibt dich zwar nicht frei, aber es geschieht dir auch nichts. Man achtet mich. Ich rede für sie mit den Geistern und heile sie.«

Sie blickte ihn lange an und hatte sich wieder etwas beruhigt. »Du siehst so fremd aus, so wie du gekleidet bist, wie ein... wie ein...«

»Wie ein Indianer, meinst du?« Er versuchte ein kleines Lächeln. Und für einen Augenblick kam wieder etwas Leben in ihr Gesicht.

Ich vermag auch ihre Angst zu heilen, wenn sie mich nur läßt.

In ihm leuchtete es auf, als es ihr gelang, zaghaft wieder ein wenig zu lächeln.

»Aber du bist doch auch«, sagte sie, »noch immer der gebildete und wohlerzogene junge Gentleman, der mich so bezaubert hat, in Victor, nicht wahr?«

»Ja«, sagte er nickend, »auch der bin ich.« Er sah auf ihre bloßen Füße. »Du hast deine Mokassins verloren. Wir müssen dir neue besorgen.« Zum Glück hatten sie beide keine Blutegel an ihren Beinen hängen. Auch seine Mokassins waren weg. Es würde schwer sein, andere Kleidung zu besorgen, hier in dem auch für sein Volk fremden Land; aber das mußte sie nicht wissen, um nicht zusätzlich beunruhigt zu werden.

»Ich muß mich also darein fügen, bei euch zu bleiben, meinst du?« sagte sie. »Gott sei Dank, daß du wenigstens hier bist, Auguste. Vielleicht war es ja doch Vorsehung, daß dein Onkel dir dein Erbe gestohlen hat.«

Ja, die Wege des Erschaffers der Erde sind seltsam, dachte er.

»Nur eines muß ich noch von dir verlangen, Nancy. Wir beide, du und ich, müssen zu deinem Schutz unsere Hochzeit feiern. Danach kann dich dann niemand mehr belästigen.«

Sie ließ ihn abrupt los und trat hastig einen Schritt zurück. »Unsere Hochzeit?«

Sein Herz schlug schneller, als sie ihn schockiert ansah.

»Kein Grund zur Besorgnis. Es ist eine einfache Feier.« Er erinnerte sich an seine Hochzeit mit Roter Vogel im vergangenen Herbst. Er mochte ja ein Schamane sein, aber trotzdem hatte er nicht die kleinste Vorahnung davon gehabt, daß er sich kaum ein Jahr später noch einmal derselben Zeremonie unterziehen würde.

»Aber du hast doch bereits eine Frau. Diese hübsche kleine Frau, die ...in der Hoffnung ist.« Sie wurde rot. »Und du hast mir doch selbst gesagt, daß sie deine Frau ist.« Sie war noch völlig durchnäßt und wandte sich jetzt unglücklich und elend von ihm ab.

»Bei unserem Stamm kann ein Mann mehr als eine Frau haben.«

Er erwartete nun Verachtung in ihren Augen und die Empörung ihrer Blaßaugen-Moral.

Doch statt dessen sagte sie nur traurig: »Ist sie der Grund, warum du mich damals in jener Nacht in Victor nicht haben wolltest? Warst du schon damals mit ihr verheiratet?«

Er brachte die Antwort nur mühsam heraus. »Nein, aber schon damals liebte ich sie. Und sie... also, der blauäugige Junge, den du in unserem Wickiup gesehen hast, ist unser Sohn. Er kam erst zur Welt, als mich mein Vater schon nach Victoire mitgenommen hatte.«

Sie schüttelte den Kopf, und ihre blonden Zöpfe schwangen hin und her. »Du warst ehrlich zu mir. Du hast mir zwar nichts von Roter Vogel erzählt, aber du hast mich auch nicht hinters Licht geführt, wie es andere Männer gemacht hätten. Ein Mann wie dein Onkel. Aber wie denkt deine Frau über mich?«

Was meinte sie damit: *Ein Mann wie dein Onkel?* Hatte Raoul sich etwa an sie herangemacht? Er schob die Frage beiseite, um zu einer Antwort auf ihre Frage zu finden.

»Roter Vogel ist mit der Hochzeit einverstanden. Auch sie will dir helfen. Wenn du zu unserer Familie gehörst, bist du geschützt. Und das will auch sie.«

Sie starrte ihn an. »Aber ich bin Christin! Ich kann doch keine heidnische Hochzeit feiern, um Zweitfrau zu sein! Wie könnte ich meinem Vater, einem Geistlichen, das antun?«

Er versuchte sie zu beruhigen. »Wir alle wissen doch, du und ich und Roter Vogel, daß es keine wirkliche, richtige Heirat ist. Ich habe gar keinen Zweifel, daß dein christlicher Gott das verstehen wird. Und auch dein Vater, falls er dich sieht, wird doch wollen, daß du am Leben bleibst.«

Nein. Philip Hale, wie ich ihn kenne, wird vermutlich sogar erwarten, daß sie für ihren Glauben stirbt. Er hätte es ohnehin vielleicht lieber, daß seine Tochter in die andere Welt zu ihm kommt. Aber darauf kommt es jetzt wirklich nicht an.

Er fuhr rasch fort: »Natürlich muß du mich nicht... erkennen, wie eure Bibel es nennt. Nur für meinen Stamm wirst du meine Frau sein, das ist alles. In unserem Wickiup wird deine Tugend respektiert werden.«

Sie lachte auf, aber zugleich liefen ihr die Tränen über das Gesicht. »O Auguste, erinnerst du dich, wie ich dich angefleht habe, mich zu heiraten? Ich habe sogar darum gebetet, kannst du dir das vorstellen? Und jetzt ist mein Gebet tatsächlich erhört worden. Nur nicht ganz so, wie ich mir das vorgestellt hatte.«

Düstere Ahnungen überfielen ihn. Nichts war so gekommen, wie sie alle es sich vorgestellt, aber vieles war auch genauso passiert, wie sie es befürchtet hatten.

17

Uncle Sam's Männer

Tränen standen Raoul in den Augen. Sie durchnäßten die Zeitung und den Brief auf seinem von einer Kerze erhellten Feldtisch. Seine Hände waren eiskalt, als er sie sich an den Kopf preßte.

O Gott, etwas zu trinken! Ich brauche etwas zu trinken!

Er griff nach dem Krug neben dem Brief. Der Zelteingang wurde hochgehoben. Eli Greenglove kam herein.

Sein Anblick machte Raoul angst. Wußte er es etwa schon?

Aber die Chance konnte nicht sehr groß sein, daß für Eli Post in dem zwei Wochen alten Postsack war, der eben sein Bataillon erreicht hatte. Wer in Victor sollte schon Eli schreiben. Jetzt schon gar nicht mehr.

Elis Mund war hart zusammengepreßt. Es war eine heiße Nacht. Er trug keine Jacke, nur ein einfaches braunes Baumwollarbeitshemd, dazu aber seine Pistole und das Messer in seinem breiten braunen Gürtel.

»Levi Pope hat 'n Brief von seinem Weib gekriegt. War 'n Indianerüberfall auf Victor. Habt Ihr was davon gehört?« Seine Stimme war gepreßt und tonlos. Er setzte sich auf Raouls Feldkiste.

»Ja«, sagte Raoul und würgte bereits an diesem einen Wort. »Ein Kriegertrupp hat Victor angegriffen.«

Er trank einen Schluck aus dem Krug. In seinem Magen breitete sich ein eisig kalter, schmerzhafter Fleck aus. Der Whiskey floß direkt auf diesen Fleck wie ein Lagerfeuer mitten in einem Blizzard.

Er reichte Eli den Krug, der daran nippte und ihn dann auf den Tisch zurückstellte.

»Verdammt noch mal, sitzt nicht da und starrt mich nur an!« Eli zeigte seine braunen Zahnstummel, als er fauchte: »Was zum Teufel passiert ist, möcht' ich wissen!«

Raoul nahm den Brief in seine zitternde Hand und begann laut vorzulesen. Es waren schreckliche Wörter, geschrieben in flüssiger schwarzer Schrift.

»Es ist meine traurige Pflicht als deine Schwester, dir zu berichten, daß Clarissa Greenglove und deine beiden Söhne von Indianerhand umgekommen sind.«

»O großer Gott und Heiland!« stöhnte Eli. Sein Kopf sank zurück in seinen Nacken, und sein Mund stand offen. Sein Adamsapfel ragte weit vor.

»Ebenso, daß unser geliebtes Victoire bis auf die Grundmauern niedergebrannt ist.«

Und dann las Raoul den ganzen Rest des Briefes vor.

»Clarissa, Andrew und Philip wurden zusammen mit anderen Bewohnern von Victoire und Victor am Morgen des siebzehnten Juni ermordet. Möge es dir in deinem Kummer ein geringer Trost sein, daß dein Handelsposten, wo wir Zuflucht suchten und uns verteidigten, den meisten von uns anderen das Leben gerettet hat. Die große Kanone, die du im Blockhaus aufstelltest, ist mit guter Wirkung eingesetzt worden, obwohl wir anfangs zögerten, sie zu gebrauchen, weil niemand wußte, wie man damit umging und sie abfeuerte. Aber schließlich haben wir das doch zuwege gebracht, damit den letzten Hauptangriff der Indianer abgewehrt und sie endgültig vertrieben. Mr. Burke Russell, den du mit der Verwaltung des Handelspostens betraut hattest, fand beim Kampf auf der Brustwehr den Tod. Mr. David Cooper, dem du ebenfalls die Aufsicht übertragen hattest, war unser Anführer und gab uns die Kraft, die wir benötigten, um auszuhalten. Er war der einzige Mann mit Kampferfahrung, den wir hatten. Ich fühle mich nicht imstande, mehr zu berichten.

Der Anblick, der sich uns bot, als wir endlich wieder hinaus konnten, wird mich bis ans Ende meiner Tage verfolgen. Die Indianer konnten zwar nicht unser Leben auslöschen, aber sie haben all unser Hab und Gut und unseren ganzen Besitz zerstört. Auch unser eigenes Haus wurde völlig niedergebrannt, und alle unsere Druck- und Holzbearbeitungsmaschinen sind vernichtet. Als alles vorüber war, ritt Frank nach Galena, obwohl ich ihn dringend bat, es nicht zu tun, weil ich fürchtete, daß noch immer irgendwo Indianer lauerten. Aber er mußte etwas tun, um die Zeitung wieder herausbringen zu können. Er hat also eine Abmachung getroffen, daß eine Ausgabe des Visitor *in Galena bei der* Miners Gazette *gedruckt wurde, und brachte sie mit einem Fuhrwerk hierher. Ich lege diesem Brief ein Exemplar davon bei. Franks Bericht informiert dich über alle Einzelheiten des Angriffs, und vielleicht sogar über mehr, als du wissen möchtest. Unserem Vater geht es soweit gut. Er und Guichard haben überaus tapfer bei unserer Verteidigung mitgekämpft. Ich mache dir keine Vorwürfe. Ich bin in Gedanken bei dir, Bruder, weil ich weiß, daß du leiden wirst. Denke daran, daß alles nach Gottes Willen geschieht. Möge es dir Frieden geben.«*

Was zum Teufel soll das heißen: daß alles nach Gottes Willen geschieht? Hat Gott vielleicht gewollt, daß mein Weib und meine Kinder ermordet werden?

»O Jesus Christus!« sagte Eli wieder. Er schüttelte den Kopf und barg schließlich, die Ellbogen auf den Knien, das Gesicht in seinen Händen.

Selbst Papa mußte noch kämpfen.

Raoul fühlte sich wie von einem Hammer zerschlagen.

Ich mache dir keine Vorwürfe. Wenn das nicht schon ein Vorwurf war! Er hatte jeden für die Miliz verfügbaren Mann mitgenommen. Er hatte ihnen versprochen, daß ihren Frauen und Kindern nichts geschehen würde. Und er war mit ihnen fortgezogen, Schwarzer Falke für Rache und Ruhm verfolgend.

Eli blickte auf. »Was steht in der Zeitung?«

Raoul hielt sie ihm hin.

»Ich will es vorgelesen haben.«

Raoul hatte im Moment völlig vergessen, daß Eli gar nicht lesen und schreiben konnte. Auch Clarissa nicht. Jetzt lernte sie es nie mehr.

Er schüttelte den Kopf und fuhr sich mit der Hand über die Stirn. »Ich kann nicht auch das noch laut vorlesen!«

Greenglove aber hatte eiskalte Augen. »Ihr wischt Euch jetzt Eure verdammten Augen ab und lest mir die verdammte Zeitung vor!«

Raoul wischte sich über die Augen und nahm noch einen Schluck aus dem Krug. Greenglove streckte fordernd die Hand aus, und er reichte ihm den Krug.

Dann nahm er die Zeitung. Allein ihr Anblick war ihm verhaßt. Er begann den Artikel zu lesen, der mit einem einzigen Wort überschrieben war: MASSAKER!

Franks Bericht schilderte, wie die Leute in der Handelsstation den ganzen Tag über den verschiedenen Angriffen der Indianer standgehalten und sie schließlich durch das Abschießen der großen Kanone endgültig vertrieben hatten. Es folgte die leidvolle Aufgabe, diejenigen, die es nicht mehr in die Sicherheit des Blockhauses geschafft hatten, zu finden und zu begraben. Und schließlich folgte der für Raoul schlimmste Absatz:

In der rauchenden Asche von Victoire ließ sich durch die Untersuchung der Überreste feststellen, daß die Schädel der Getöteten durch Tomahawkhiebe zerschmettert worden waren. Teile der Körper der Kinder waren in den Ruinen verstreut, als seien sie in Stücke gehauen worden, bevor die Indianer das große Haus in Brand steckten.

Warum war Clarissa nicht davongekommen? Sie hatte im letzten Jahr stark zu trinken begonnen, so sehr, daß er sie mehr als einmal hatte züchtigen müssen, weil sie die Jungs herumlaufen ließ, ohne auf sie aufzupassen. Vermutlich war sie wieder einmal betrunken im Bett gelegen, während inzwischen alle aus dem Château flohen, und die Jungs schliefen bei ihr im Zimmer. Hatte denn niemand versucht, sie zu wecken?

Das treue französische Personal, das Elysée und Pierre so geliebt hatte, hatte sich eben einen Dreck um Raouls Hure und seine beiden Bastarde gekümmert! Er hatte ja auch Pierres Wünsche auf dem Totenbett mißachtet. Und sogar seinen eigenen alten Vater vor allen Leuten von Victoire mit der Faust niedergeschlagen.

Trotzdem, sie wären bestimmt menschlich genug gewesen, irgend etwas zu unternehmen. Vorausgesetzt, sie hatten noch Zeit dazu gehabt. Sie hatten bestimmt geschrien und an die Tür gehämmert oder sie aufzuwecken versucht. Aber es war keine Zeit mehr geblieben. Hundert und mehr Indianer kamen auf das Château zugaloppiert. Die Dienerschaft, die sie kommen sah, hatte kaum Zeit, selbst zu fliehen. Einige von ihnen schafften es auch nicht mehr. Sie waren zusammen mit Clarissa und den Jungs umgekommen. Vielleicht waren es genau die, die zurückgeblieben waren, um sie noch zu warnen.

So mußte es gewesen sein.

In Franks Artikel im *Visitor* stand, einige Leute aus entfernten Farmen hätten sich gerettet, indem sie sich in den Rübenkellern oder in den nahegelegenen Wäldern versteckten. Die Indianer seien in viel zu großer Eile gewesen, nach Victor zu kommen, als daß sie sich die Zeit genommen hätten, die ganze Gegend sorgfältig abzusuchen. Eine Familie, die Flemings, war zu der geschlossenen Bleimine geritten. Dorthin verfolgten sie zwar einige Indianer, aber nicht in sie hinein. Die Flemings hatten sich auch so tief in die Mine geflüchtet, daß sie sogar Mühe hatten, hinterher wieder herauszufinden. Aber sie überlebten jedenfalls. Nur eine einzige hatte sich weder verstecken können, noch war sie getötet worden.

Während Reverend Philip Hale, D. D., in der Asche seines Hauses tot aufgefunden wurde, fand man keine Spur von seiner Tochter, Miß Nancy Hale. Es wird befürchtet, daß Miß Hale von den Indianern entführt worden ist. Nicht nur Reverend Hales Haus, sondern auch seine auf der Prärie errichtete Kirche wurde niedergebrannt.

Als er laut die Liste der Toten vorlas, dachte Raoul an Nancy und dann an seine Schwester Hélène. Hatten sie etwa mit Nancy nun das Gleiche gemacht? Diese roten Teufel! Wahrscheinlich doch! Verdammt!

Er sah den nackten, zerhauenen, mißbrauchten jungen Leib auf der Prärie liegen. Nancy Hales Leib! Genau wie Hélène.

Es konnte natürlich sein, daß sie noch am Leben war. Vielleicht fand er sie und konnte sie retten, wenn er hinter Schwarzer Falke her blieb! In diesem Gedanken war Trost.

Ein wenig jedenfalls. Dann sammelte sich ein schwarzer Klumpen von Haß in ihm und stieg ihm die Kehle hoch.

Großer Gott im Himmel, der Mann, mit dem er hier saß... Seine Tochter hatte er sechs Jahre lang in seinem Bett gehabt, und jetzt war sie ermordet worden! Und er dachte bereits daran, wie er sie ersetzen konnte!

Vielleicht bin ich wirklich so schlecht, wie Papa sagte.

Und das meinte auch Nicole mit ihrem »Alles geschieht nach Gottes Willen«. Das war meine Strafe.

Er trank einen langen Schluck, um diese Gedanken zu ertränken.

Er stöhnte, als er auf der Totenliste zu dem Namen Marchette Perrault kam. Vielleicht war sie umgekommen, als sie Clarissa zu Hilfe eilen wollte? Wußte Armand es schon?

Eli stand auf. »Die arme Clarissa. Die armen kleinen Jungs. Es war ein schwarzer Tag in unserem Leben, als Clarissa und ich Euch begegneten, Raoul de Marion.«

Das schmerzte wie eine frische, blutende Wunde.

»Nun mal langsam, Eli! Weißt du nicht, daß ich mich mindestens genauso schlimm fühle wie du?«

»Nein, das weiß ich nicht. Clarissa war alles, was ich auf der Welt hatte. Ich habe immer noch gehofft, Ihr würdet Euch endlich dazu durchringen, sie noch zu heiraten. Aber Ihr habt sie nie anständig behandelt. Und Euch auch nicht genug aus den Jungs gemacht, um ihnen Euren Namen zu geben. Euer Bruder, der hat mehr für seinen halbindianischen Sohn getan als Ihr für Eure beiden, die schließlich ganz weiß waren.«

Ganz weiß vielleicht, aber immerhin ein halber Puke aus Missouri. Schon gewann in Raoul wieder die Verachtung für den Mann, der da schlaff vor ihm stand, die Oberhand.

Puke, Kotze, die passende Bezeichnung für ihn und das ganze Geschmeiß aus Missouri. Missouri kotzte seinen gesamten Abschaum hierher nach Illinois aus. Clarissa mit ihrem Hängebusen, der schlaffen Haltung und den gelben Zähnen von ihrem ewigen Pfeifenrauch. Derart verlottert und nachlässig geworden, daß er bereits alle Lust verloren hatte, sie noch mit ins Bett zu nehmen. Phil und Andy waren ja auch zu denselben ausgelaugten, schlappen Greenglove-Typen herangewachsen.

Wie kann ich nur von meinen eigenen Kindern so denken? Was bin ich eigentlich für ein Mann? Sogar jetzt, wo sie ermordet worden sind, verachte ich sie noch.

Er mußte aufhören damit. Was sollte diese Selbstquälerei? Als wenn nicht alles schon schlimm genug wäre. Wäre viel gescheiter, die gottverdammten Indianer ordentlich zu hassen.

»Wir werden uns rächen, Eli. Für jeden einzelnen unserer Toten werden uns hundert Indianer büßen!«

»Ja, so wie die drei an Alter Manns Flüßchen, die Ihr dort umgebracht habt? Ich habe Euch aber gewarnt, es nicht zu tun! *Das* war nämlich der Grund, weswegen Clarissa und ihre Kinder dran glauben mußten! Eure sogenannte Rache, Oberst Raoul de Marion, hilft Euch auch nichts mehr! Weil ich nämlich, wenn ich weiterhin in Eurer Nähe bliebe, früher oder später Blut für mein vergossenes Blut fließen sehen möchte.«

Raoul überlief es eisig. Diese erbarmungslose Härte, dieser haßerfüllte Blick waren ihm neu an Eli Greenglove. Aber verdammt sollte er sein, wenn er vor menschlichem Abschaum wie ihm zurückwich.

»Eli Greenglove, du verläßt diese Kompanie, wenn deine Verpflichtungszeit abgelaufen ist, und keinen verdammten Tag früher, ist das klar? Du bist schließlich Captain der Smith County Company!«

Greengloves Mund verzog sich zu einem kalten Lächeln.

»Spätestens morgen gibt es keine Kompanie mehr. Die Leute haben schließlich gehört, was in Victor passiert ist, und so gut wie alle wollen schnellstens heim.«

Raoul spürte Hitze seinen Nacken empor- und in den Kopf steigen.

»Den Teufel werden sie! Meine Smith County Boys verlangen genauso wie ich nach Indianerblut! Genauso wie du es auch tätest, wenn dir nicht diese Idee den Kopf vernebeln würde, mir Clarissas Tod anzulasten!«

Auguste. Das Halbblut. Er kochte schon fast wieder, als er das olivfarbene Gesicht vor sich sah, in dem sich Pierres Züge mit dem Aussehen eines Indianers vermischten. Dieses Gesicht, das er gehaßt hatte, seit er es zum ersten Mal sah. Zum Glück war Auguste tot. Eli hier hatte ihn selbst erschossen. Irgendwo auf der Prärie hier verweste seine Leiche.

Aber noch waren seine Stammesgenossen am Leben, die Indianer der British Band. Sie hatten sich nach Victoire, seiner Heimat, geschlichen. Es niedergebrannt. Sein Weib mit dem Tomahawk erschlagen. Seine Kinder in Stücke gehauen. Seine beiden Jungs, Andy und Phil.

In Stücke.

Er sah es fast bildlich vor sich, so klar und deutlich, daß er am liebsten aufgeschrien hätte. Er griff sich den Krug und verbrannte das verdammte Bild trinkend aus dem Kopf.

Augustes Stamm, irgendwo flußaufwärts, hinterhältig herumschleichend.

War gar nicht so abwegig, daß ihnen Auguste das alles eingeredet hatte... Hat ihnen alles über Victoire und Victor erzählt. Hilflose Frauen und Kinder dort. Reicher Handelsposten. Großes Haus eines Weißen zum Niederbrennen.

Mein Onkel hat mich vom Land vertrieben, konnte er ihnen gesagt haben. Rächt mich. Reitet hin und bringt seine Frau und seine Kinder um und brennt ihm das Haus nieder. Und wenn ihr schon dabei seid, könnt ihr auch gleich den Rest dieser weißen Hunde dort in der Smith County abmurksen.

Genau; konnte doch nur er gewesen sein, der diesen Teufeln diese Idee noch ins Ohr geblasen hatte, bevor er abgeknallt wurde.

War eben nicht genug gewesen, Auguste zu töten. Hatte nicht gereicht.

Jeder Indianer um Schwarzer Falke herum mußte niedergemacht werden, das war die Lehre daraus. So sah es aus. Nicht nur jeder letzte Mann. Die ganze Bande, jeder Kerl, jedes letzte Weib und jeder letzte Säugling. Weg damit.

Jeden Drückeberger, der sich weigerte, mit ihm zu kommen, würde er höchstpersönlich niederknallen.

Greenglove sah ihn achselzuckend an. »Na gut, dann macht Euch eben auf zu der Indianerjagd, wenn das Euer dringendster Herzenswunsch ist.« Er lächelte auf eine Weise, die Raoul beunruhigte. »Aber denkt daran, es kann gut sein, daß Euch eine unliebsame Überraschung erwartet, da oben im Michigan-Territorium. Das könnte fast ein Grund sein, daß ich doch bleibe, weil ich das dann gerne sehen möchte, Euer Gesicht vor allem.«

Es überlief Raoul kalt. Warum zum Teufel grinste Greenglove so unverschämt?

»Verdammt noch mal, Eli, du kannst so und so nicht weg! Das geht nicht. Du hast einen Eid geleistet. Als deine Verpflichtung im Mai abgelaufen war, hast du für weitere dreißig Tage unterschrieben. Ich könnte dich wegen Fahnenflucht erschießen lassen.«

»Nur zu. Tut's doch gleich selbst!«

Eli hob langsam die Zeltbahn am Eingang und blieb dort einen Moment lang stehen, um ihn noch einmal seltsam und kalt anzulächeln. Raoul sah die Pistole an seinem Gürtel. Aller Wahrscheinlichkeit nach geladen und schußbereit. Seine eigene Pistole aber hing ungeladen an einem der Zeltmasten hinter ihm.

Würde ich sie mir greifen, hätte er einen Vorwand dafür, mir sofort eine Kugel in den Bauch zu schießen. Und es ginge schneller, als ich ziehen könnte.

Eli nickte ihm noch einmal knapp zu, als wüßte er genau, was Raoul soeben gedacht hatte, und ließ die Zeltbahn vor sich herunterfallen.

Raoul griff nach dem Krug. Er fühlte sich leicht an. Er schüttelte ihn. Leer.

Alles leer, leer, leer!

Er stand auf. Er schwankte leicht. Er ging zum Zelteingang.

»Armand!«

O mein Gott, jetzt muß ich auch Armand über das Schicksal Marchettes informieren.

Raoul erwachte schweißgebadet. Die eine Seite seines Zelts leuchtete weiß; die Sonne brannte heiß auf sie herunter. Er hatte hier drinnen wie in einem Ofen geschlafen.

Er setzte sich auf, in seinem Kopf drehte sich alles, und es wurde ihm schwarz vor den Augen. Er setzte die Füße, die noch immer in den längst schmutzigen grauen Socken steckten, von seiner Pritsche hinunter auf den Boden. Dabei trat er fast auf Armand, der rücklings auf dem Stroh auf der Erde lag und schnarchte, daß sein Bart zitterte.

Als er endlich stand, fiel sein Blick als erstes auf Nicoles Brief. Er lag noch immer auf seinem Feldtisch neben der völlig heruntergebrannten Kerze und vier leeren Krügen. Er erinnerte sich wieder daran, was in Victor geschehen war. Er ließ sich zurück auf die Pritsche fallen und schlug sich mit der Faust auf die Brust, um vielleicht so den dumpf tobenden Schmerz in ihr zu mildern.

Gottverdammte Sauk! Verdammt sollen sie sein! Verdammt!

Armand hatte ihm nicht die Schuld gegeben wie Eli, als er die schlimmen Nachrichten erfahren hatte. Er hatte Marchette wohl beweint – die er, solange sie noch am Leben gewesen war, fast täglich mißhandelt und geschlagen hatte – und ihren indianischen Mördern, der British Band, Rache geschworen. Aber dann hatte er sich zu ihm gesetzt, bis sie beide betrunken genug gewesen waren, um einzuschlafen.

Er hatte ein Gefühl, als brenne er am ganzen Leib und im Kopf. Seine Finger krallten sich in die leere Luft.

Er schnallte sich seinen Gürtel mit der Pistole und dem Bowiemesser um, torkelte aus dem Zelt hinaus und pißte ins hohe Gras.

Vor ihm war der Felsenfluß, er war hier schon fast eine Viertelmeile breit, ein blaues, glitzerndes Tuch zwischen den Wäldern hüben und drüben. Am Ufer lag ein Dutzend großer pontonartiger Boote. Rundherum im Grasland standen die Zelte seiner Miliz und zweier anderer Milizbataillone.

Auf einmal spürte er, daß etwas nicht stimmte. Er hatte den Trompeter mit seinen zwölf Signaltönen für den Tag nicht gehört. Und die Leute waren auch nicht angetreten, sondern standen und saßen ziellos überall im ganzen Lager herum.

Verdammt, was hatte Greenglove gesagt?

Spätestens morgen gibt es keine Kompanie mehr.

Unten bei den Pontonbooten war eine große Menge versammelt. Sie hörten jemandem zu, der auf einem Faß stand und redete. Seine Stimme war schrill und eindringlich. Er hörte ihn durch die warme Juniluft bis hierher, nur was er sagte, war nicht zu verstehen.

Das gefiel ihm nicht. Das gefiel ihm ganz und gar nicht.

Er machte sich auf den Weg zum Fluß hinunter und kam an einem Feuer vorbei, an dem Levi Pope und Hodge Hode saßen und sich Kaffee machten, indem sie Wasser mit Kaffeesatz darin kochten.

»Tut mir leid für Ihren Verlust, Oberst«, sagte Pope.

Es war, als schürfe man sich eine ohnehin schon aufgeschrammte Stelle noch einmal auf. Er mußte erst einmal stehen bleiben und Luft holen, ehe er antworten konnte.

»Danke. Ist mit euren Familien alles in Ordnung?« Er fürchtete die Antworten.

»Eure Schwester«, sagte Pope, »hat einen langen Brief für meine Missus geschrieben. Sie haben es einigermaßen überstanden. Dank Eurem sicheren Handelsposten. Das war mächtig vorausschauend, Oberst!«

Das hörte er schon lieber. Er atmete ein wenig durch und fühlte sich etwas besser. So hätten sie alle reagieren sollen, das hatte er eigentlich erwartet; statt ihm die Tragödie in die Schuhe zu schieben wie Greenglove, dieser Bastard.

»In dem Brief an Levi steht auch, daß mein Junge Josiah es ebenfalls noch bis zum Handelsposten schaffte«, sagte Hodge. »Mr. Cooper hat ihn sogar noch ein wenig auf die Rothäute schießen lassen.«

»Ich brauche auch einen Kaffee«, sagte Raoul und deutete auf die Brühe im Topf. Hodge goß ihm durch ein Tuch einen Becher voll ein und reichte ihn ihm.

Der kohlschwarze Sud verbrannte ihm schier Lippen und Zunge und half auch nichts, als er seinen whiskeyversengten Magen erreichte.

»Habt ihr was zu essen da?«

Levi Pope wickelte mit griesgrämigem Knurren einen Keks aus einem Papier und hielt ihn ihm hin. »Wurmkeks, krabbelt ein bißchen. Aber wenn man ihn ein paarmal in den Kaffee tunkt, brüht das die kleinen lieben Kerlchen.«

Raoul schloß angewidert die Augen und winkte die madenwimmelnde Delikatesse weg.

»Was zum Teufel ist da unten am Fluß los?« fragte er.

Hodge Hode grinste. »Sie nennen es eine öffentliche Empörungs-Versammlung.« Er sprach es belustigt aus. »Daß sie den Fluß zum Michigan-Territorium nicht mehr überschreiten wollen. Und heim wollen.«

»Auch Leute von uns dabei?«

»O ja, Oberst, 'ne ganze Menge.«

»Ich werde mich mal drum kümmern.«

»Hodge und ich nicht«, versicherte ihm Levi. »Wir gehen nicht heim, bevor wir nicht noch was von diesem Indianergeschmeiß weggeputzt haben.« Und er streichelte liebevoll seine sechs Pistolen im Gürtel, drei auf jeder Seite.

Trotz ihrer Achtung begleitete ihn keiner der beiden. Er sah schon: Mit über den Fluß ins Michigan-Territorium gingen sie ohne weiteres, aber nicht, um ihm zu helfen, die Truppe zu disziplinieren. Er überlegte, ob er es ihnen nicht einfach befehlen sollte. Aber es war vielleicht besser, ihre Loyalität nicht gleich zu sehr zu erproben. Eli war schon von ihm abgefallen. Er wußte nicht, wem er überhaupt noch vertrauen konnte.

Und, verdammt noch mal, das hier schaffte er auch ohne die beiden.

Er griff noch einmal prüfend nach seinem Bowiemesser und ging zum Fluß hinunter, wo die Versammlung war. Konnte er Dutzende Männer zum Kuschen bringen, auch wenn sie fest entschlossen waren, ihm den Gehorsam zu verweigern?

Aber natürlich! Vielleicht muß man ein paar Bäuche aufschlitzen. Dann reihen sich die anderen gleich wieder ein.

So hatte er von jeher die Smith County auf Trab gebracht.

Der Redner auf dem Faß sagte gerade: »Wißt ihr, wie die Indianer die Gegend hier oben nennen? Zitterndes Land. Weil einem bei jedem Schritt der Boden unter den Füßen schwankt. Alles Sumpf und Moor und Marschland, Wasser und Treibsand. Wenn man da mit einem Pferd hineinreitet, auf Boden, der ganz fest aussieht, versinkt man bis zum Bauch, ehe man piep sagen kann.«

Diese Art Reden ließen ihn sofort am liebsten das Messer ziehen. Nur würde das vermutlich diese rebellierenden Bastarde erst recht aufbringen.

Schluß machen damit. Antreten lassen vor den Booten. Der erste Mann rein. Wenn er sich weigert, niederschießen. Dann zum nächsten. Das wird sie schnell Mores lehren.

Dann befahl er sich selbst, mit solchen Hirngespinsten aufzuhören. Nicht einmal in der Smith County konnte er Weiße vom Fleck weg erschießen, nur weil sie ihm nicht gehorchten. Jedenfalls nicht, wenn es am hellichten Tag geschah.

Der Mann auf dem Faß sagte: »Wenn sich Schwarzer Falke da oben in der Gegend versteckt hat, dann heißt das doch sowieso schon, daß er erledigt ist. Die verhungern doch von alleine da oben! Wozu also sollen wir ihnen noch hinterher?«

Während sich Raoul noch einen Weg durch die Menge bahnte, rief in seiner Nähe einer: »Wir sind immerhin Freiwillige, wir dienen also aus freien Stücken! Bitte, und ich tue es von jetzt an eben nicht mehr!«

Die anderen pflichteten ihm bei. »Richtig!« – »Genau!« – »Ich auch nicht mehr!« – »Denen zeigen wir's!«

Er entdeckte eine vertraute Gestalt in der Menge. Justus Bennett. Schon seit der Geschichte an Alter Manns Flüßchen hatte er wegen seiner feinen Anzüge und zwei teurer Gesetzbücher herumgejammert, die ihm dort abhanden gekommen waren, und daß der Staat Illinois sie ihm ersetzen müsse. Jetzt stand er mit hier und ermutigte mögliche Fahnenflüchtige, allein durch die Tatsache, daß er an dieser Versammlung teilnahm, auch wenn er nur zuhörte.

Raoul packte ihn an der Schulter und zog ihn herum. »Sie sind Rechtsanwalt, hören Sie mal. Sie wissen doch verdammt genau, daß diese Versammlung hier völlig illegal ist! Gehen Sie rüber zu Pope und Hodge, oder Sie waren die längste Zeit Lieutenant in meinem Bataillon!«

Bennett blickte ihn verständnislos mit kugelrunden Augen an. »Das ist unwichtig, da feststeht, daß wir alle heimkehren.«

»Niemand kehrt heim«, erklärte Raoul laut genug, daß die Leute in seinem unmittelbaren Umkreis aufhorchten. »Begeben Sie sich sofort zu Ihrer Einheit zurück!«

Er schubste Bennett noch einmal. Der Anwalt funkelte ihn an, gehorchte aber dann doch wortlos.

Raoul drängte sich weiter durch die Menge bis nach vorne. Die Leute öffneten ihm nun eine Gasse, nachdem sie seine blaue Jacke und seine goldenen Offiziersstreifen gesehen hatten. Nur die Sonne brannte ihm fürchterlich auf den Kopf. Er merkte jetzt erst, daß er vergessen hatte, seinen Hut aufzusetzen, und daß er auch nicht rasiert und seine Jacke nicht zugeknöpft war.

Na und? Verdammt, dafür wußte er, wie man mit Leuten umging. Für das hier brauchte er sich nicht in Schale zu werfen. Er zog sein Messer und stellte sich vor den Mann auf dem Faß.

»Runter da.«

»Augenblick mal, Oberst, das hier ist eine öffentliche Versammlung.«

Raoul winkte noch einmal mit dem Messer. »Sie haben Ihre Gelegenheit zu reden gehabt. Und jetzt runter.«

Der Mann starrte ihn abschätzig an. Raoul dachte, er komme wohl doch nicht darum herum, ein bißchen aufzuschneiden, und fragte sich, ob der Mann ein Gegner sei. Sein Blick wanderte von Raouls Augen hinab zu seinem Messer. Dann sprang er herunter.

Ganz kuschen wollte er aber noch nicht. »Das hier ist ein freies Land, Oberst. Jeder hat das Recht, seine Meinung zu sagen.«

»Sagen Sie das mal Schwarzer Falke«, sagte Raoul.

Er war sich selbst nicht so ganz sicher, was er damit eigentlich meinte, aber nachdem vereinzelt gekichert wurde, fühlte er sich ermutigt. Er kletterte selbst auf das drei Fuß hohe Faß. Es schwankte unter ihm, und die Reste des Whiskeys, die er noch im Leib hatte, verstärkten sein Schwindelgefühl zusätzlich. Er überlegte, daß er sicherer stünde, wenn er sich breitbeinig auf die Faßränder stellte und außerdem sein Messer wieder einsteckte.

»Eure Verpflichtungsfristen, Männer«, rief er, »sind noch nicht abgelaufen. Jeder Mann, der sich weigert, über den Fluß zu gehen, ist ein Feigling und Deserteur, und ich werde dafür sorgen, daß er entsprechend behandelt wird!«

»Gehen Sie doch zum Teufel!« schrie einer aus der Menge.

»Feiglinge, sagen Sie?« schrie ein anderer. »Und was war mit Ihrem ganzen Bataillon, das von Alter Manns Flüßchen bis zur Dixon-Fähre vor vierzig läppischen Indianern Reißaus genommen hat?«

Ein dritter schrie mit heiserer Stimme: »Heißt jetzt nicht mehr Alter Manns Flüßchen! Heißt jetzt de-Marion-Fluß!«

Raoul zog sein Messer wieder.

»Wer hat das eben gesagt? Der soll herkommen und es hier wiederholen!« Und er fuchtelte wild mit seinem Messer.

»Hören Sie endlich auf, mit diesem Schweinepieker herumzufuchteln, de Marion, und kommen Sie von dem Faß runter. Wir haben genug von Ihnen gehört.«

Raoul blickte auf ein Gewehr, mit dem auf ihn gezielt wurde. Das heiß durch seine Adern pulsierende Blut schien schlagartig eiskalt zu werden.

Da wurde eine neue Stimme hörbar.

»Weg mit dem Gewehr!«

Es war eine tiefe, sonore Stimme, dabei gelassen, selbstbewußt und befehlsgewohnt. Und wie auf das Kommando eines Exerziersergeanten hin ging das Gewehr auch prompt nach unten.

Ein kleiner, untersetzter Offizier mit dicken schwarzen Augenbrauen kam nach vorne und stellte sich vor das Faß, auf dem Raoul stand. Er hatte einen speckigen breitkrempigen Wollstoffhut auf und trug eine blaue Armeejacke über einer Rehlederhose mit Fransen. Goldstreifen am Oberarm machten ihn als Oberst kenntlich. Der Säbel an seiner Seite schleifte fast auf dem Boden. Eigentlich sah er komisch aus, aber trotzdem machte er ganz und gar nicht diesen Eindruck. Raoul hatte ihn schon des öfteren bei Kommandobesprechungen gesehen und wußte, daß er trotz seines Aufzugs ein regulärer Armeeoffizier war. Doch jetzt fiel ihm sein Name nicht ein.

Eine Bewegung weiter hinten erweckte seine Aufmerksamkeit. Dort kam eine lange Reihe blauuniformierter Soldaten herangezogen, quer über die Prärie. Noch waren sie hundert Yards entfernt. Ihre Schildmützen tanzten auf und ab. Sie hielten an, machten eine halbe Kehrtwendung und standen nun den Milizmännern gegenüber. In der Morgensonne blinkten ihre Bajonette.

Einige der Milizionäre blickten über die Schulter auf die Unionssoldaten, und ein nervöses »Bluebellies!« lief durch ihre Reihen.

»Sie können jetzt da herunterkommen, Oberst de Marion«, sagte der gedrungene Offizier. »Ich wäre Ihnen verbunden, wenn Sie das nun mir überließen.«

Raoul gestand es sich zwar nicht gerne ein, aber er war erleichtert. Er kletterte vorsichtig und geduckt, um sich nicht der Lächerlichkeit auszusetzen, von dem Faß herunter.

»Das ist Zachary Taylor«, hörte er jemand in der Menge sagen, als er unbemerkt und ungehindert bis zum Wasser ging, nachdem sich die allgemeine Aufmerksamkeit völlig von ihm abgewandt hatte. Wie hatte er nur Taylors Namen vergessen können! Um so peinlicher, als Taylor seinen wußte.

Statt sich auf das Faß zu stellen, hatte sich Taylor mit einem kurzen Schwung darauf gesetzt und bedeutete nun den Männern mit einer freundlichen Geste, sich um ihn zu versammeln.

Er sprach mit einem leichten Südstaatenakzent, aber mit kräftiger und lauter Stimme.

»Also, Männer, ich will mich hier gar nicht als euer Vorgesetzter aufspielen, obwohl ich ein Unionsoffizier bin. Aber zunächst mal sind wir alle gleichberechtigte Amerikaner.« Er nickte, als denke er über etwas nach. »Tatsache ist, viele von Ihnen sind im Zivilleben bedeutende Männer, und ich zweifle gar nicht daran, daß einige von Ihnen es noch zu öffentlichen Ämtern bringen und eines Tages auch mir befehlen werden.«

Raouls Blick wanderte über die Menge hin. Er bemerkte einen Mann, der fast alle überragte. Seine Augen blickten ernst, als er Taylor aufmerksam zuhörte. Das war wieder dieser Lincoln, der Bursche, mit dem er schon in Prophetenstadt so ein Theater gehabt hatte. Welche Meinung vertrat der junge Mann heute wohl, war er für oder gegen die Überschreitung des Felsenflusses?

Taylor sagte inzwischen: »Die beste Versicherung, daß ich Ihren Befehlen gehorche, wenn es eines Tages soweit ist, daß Sie sie erteilen, gebe ich Ihnen dadurch, daß ich auch heute meinen ordnungsgemäßen Befehlen gehorche. Was das für Befehle sind, werde ich ihnen gleich mitteilen. Aber lassen Sie mich zuerst Ihr Gedächtnis darüber auffrischen, was Schwarzer Falke und seine Wilden den Menschen angetan haben, die zu verteidigen wir einen Eid geleistet haben!«

Er zog ein gefaltetes Blatt Papier aus der Seitentasche seiner blauen Uniformjacke und las vor:

»Ein Mann getötet in Bureau Creek. Ein Mann in Buffalo Grove, einer am Felsenfluß. Zwei auf der Checagou-Straße. Eine Frau und zwei Männer außerhalb von Galena. Apfel-Fluß-Fort belagert, vier Tote. Sieben Mann abgeschlachtet in Kellog's Grove. Drei ganze Familien, fünfzehn Personen insgesamt, in Indian Creek hingemetzelt. Victor belagert und dabei siebzehn Ermordete, Männer, Frauen und Kinder.«

Raoul bemerkte, wie die Männer, die ihn kannten, sich mit beschämten Gesichtern zu ihm her wandten. Er blickte unwillig zu Boden. Er brauchte das Mitleid dieser Leute nicht. Von keinem.

Doch dann sah er plötzlich ein Bild verbrannten Fleisches und verstreuter Knochen vor sich, und es traf ihn wie das blitzschnelle Zubeißen einer Klapperschlange. Fast mußte er sich übergeben. Er ballte die Fäuste und straffte sich.

Ein Mann rief: »Oberst Taylor, genau deswegen wollen wir die Staatsgrenze nicht überschreiten. Die Indianer greifen überall an, und wir wollen nach Hause, um unsere eigenen Angehörigen zu beschützen.«

Taylor nickte. »Nur zu verständlich. Aber sehen Sie, ich kämpfe nun schon sehr lange gegen die Indianer. Und mit Schwarzer Falke habe ich schon vor zwanzig Jahren im Krieg gegen die Briten zu tun gehabt. Ich habe noch ein Hühnchen mit ihm zu rupfen, weil er mich damals untergebuttert hat, und ich verspreche Ihnen, das wird er diesmal nicht tun! Zugegeben, das ist ein wildes Land da oben, daran gibt es keinen Zweifel. Aber wir haben einen Trupp Potawatomi unter einem ihrer Häuptlinge, Billy Caldwell, als Kundschafter. Sie führen uns. General Winfield Scott kommt über die Großen Seen herüber mit weiteren fünfhundert Unionssoldaten. Das alles zusammen sollte genügen, um Schwarzer Falke zu erledigen.

Wir *müssen* ihn erledigen, Leute. Es wird kein Ende mit den Morden und Massakern sein, bis Schwarzer Falke und sein Stamm nicht endgültig erledigt sind. Wenn sie alle zu Ihren Farmen und Siedlungen zurückkehren, sind Sie hier ein Dutzend, dort zwanzig. Aber eines Tages sehen Sie sich hundert oder hundertfünfzig Indianerkriegern gegenüber, so wie es den Leuten am Apfel-Fluß oder in Victor erging. Unsere Chance liegt in unserer Überzahl. Wenn wir schon mal dreitausend und mehr Mann zusammenhaben, dann müssen wir der British Band der Sauk und Fox auch nachsetzen und sie vernichten.«

Allgemeines zustimmendes Gemurmel erhob sich nun. Raoul wurde wieder leichter zumute. Der kleine Oberst holte sie tatsächlich alle rüber. Sie konnten den Krieg weiterführen.

»Im Klartext, meine Herren, meine Landsleute: Meine Befehle aus Washington lauten, Schwarzer Falke zu verfolgen, wohin er sich auch flüchtet, und mich dazu auch der Miliz von Illinois zu bedienen. Ich bin zu beidem entschlossen.«

Er machte eine Pause und richtete sich gerade auf. »Also, hier sind die ans Ufer gezogenen Pontonboote.« Dann deutete er auf die andere Seite, über die Köpfe der Männer hinweg. »Und dort sind Uncle Sam's Männer auf der Prärie aufmarschiert, hinter Ihnen!«

Taylor war so klein, daß nur die in seiner unmittelbaren Umgebung Stehenden sahen, wohin er deutete. Sie waren die ersten, die sich umdrehten, und dann pflanzte sich die Bewegung über die ganze Versammlung hin fort, bis sich alle umgewandt hatten und auf die lange, ausgerichtete Linie der Blauröcke blickten.

Resignierte Rufe wurden laut.

»Jungs, ich bin für die Boote.«

»Ich auch. Ich habe mich gemeldet, gegen die Indianer zu kämpfen, nicht gegen Amerikaner.«

Ein Mann rief: »He, Oberst, wir sind auch Uncle Sam's Männer!«

Taylor lächelte, griff an seinen leicht zerknitterten Hut und sagte: »Dann wird es mir eine Ehre sein, auch Sie zu führen!«

Damit schritt er mitten durch die Menge davon.

Als er ihr Ende erreicht hatte, drehte er sich um und hob seine Stimme: »Offiziere, versammeln Sie Ihre Männer! Zuerst wird die Truppe übergesetzt, dann die Pferde. Ich wünsche, daß die gesamte Flußüberquerung bis zum Mittag beendet ist.«

Er kam zu Raoul, kniff die Augen zusammen und schniefte hörbar.

»Sie sehen ziemlich angeschlagen aus, Sir. Haben Sie denn heute schon getrunken?«

»Ich habe heute morgen noch keinen Tropfen angerührt«, sagte Raoul. Er brauchte ja nicht hinzuzufügen, dachte er, daß dies hauptsächlich der Tatsache zuzuschreiben war, daß sämtliche Krüge leer gewesen waren.

»Na, dann müssen Sie jedenfalls gestern abend ziemlich gebechert haben. Es dient nicht gerade der Disziplin und Autorität, vor diesen ohnehin etwas nachlässigen Leuten in einem solchen Aufzug zu erscheinen.«

Raoul wäre am liebsten hochgefahren. Woher nahm dieser kleine Oberst mit seinem ja auch nicht gerade vorschriftsmäßigen Aufzug das Recht, ihn zu kritisieren, verdammt? Aber er wollte sich lieber gut mit ihm stellen.

»Meine Frau und meine beiden Söhne sind unter den Opfern von Victor. Das ist schon zwei Wochen her, aber ich habe es erst gestern abend erfahren.«

Taylor nahm teilnahmsvoll seinen Arm. »O verdammt. Das wußte ich nicht. Tut mir leid, Oberst de Marion. Hätte ich mir eigentlich denken müssen, daß Sie Angehörige dort hatten. Ich werde dafür sorgen, daß Sie heim können.«

Was denn, zurück nach Victoire? Raoul zitterte bei dem Gedanken daran, die Ruinen von Victoire und der Stadt zu erblicken und die Gräber von Clarissa und Phil und Andy. Und den Leuten gegenübertreten zu müssen, die vermutlich wie Eli der Ansicht waren, er sei derjenige, dem sie alles letztlich zu verdanken hätten. Außerdem hatte er hier eine Mission zu erfüllen. Nämlich Indianer zu töten. Und in Victor ging das jetzt nicht mehr. »Nein, nein, Oberst«, stammelte er. »Ich will Schwarzer Falke und seine Leute kriegen. Wir können sie nicht ungestraft davonkommen lassen.«

»Wir auch nicht«, sagte Taylor. »General Atkinson und ich sprachen erst gestern darüber – und zufällig auch über Sie. Sie besitzen doch ein Dampfschiff auf dem Mississippi, nicht?«

Raoul war leicht verwirrt. »Ja, die *Victory*. Sie verkehrt regelmäßig zwischen St. Louis und Galena.«

»Wenn wir ihn nicht erwischen, irgendwo da oben im Michigan-Territorium, wo immer er sich da verbirgt, wird Schwarzer Falke versuchen, seine Leute nach Westen zu führen, zum Mississippi. Da sind wir uns ganz sicher. Wenn er es schafft überzusetzen, können wir ihn erst mal wieder suchen.« Taylors Augen glitzerten hart wie Glasmurmeln. »Aber wir sind entschlossen, Oberst, ihm keinen erfolgreichen Rückzug zu erlauben. Wir müssen an ihm ein Exempel statuieren und allen Stämmen zeigen, daß sie nicht ungestraft Weiße umbringen und sich dann wieder auf Indianerterritorium zurückziehen können.«

Diese Rede Taylors tat Raoul gut, zumal auch die beginnende Meuterei abgeflaut war. Bei seinem Auszug aus Victor im April war es ihm nicht zuletzt um Rache für Hélène und die Vergeltung seiner Gefangennahme gegangen. Aber nun waren noch mehr unschuldige Hingeschlachtete zu rächen – und er hatte jetzt die Armee der Vereinigten Staaten als Hilfe.

»Ich bin zu allem bereit, was dazu dient, diese Rothäute zu kriegen.«

»Wenn Ihr Schiff an dem Flußabschnitt, wo sie vermutlich übersetzen wollen, ständig patroullieren würde, könnten wir ziemlich sicher sein, daß uns Schwarzer Falke nicht entkommt.«

»Heißt das, Sie wollen, daß ich nur heimkehre, um die *Victory* bereitzustellen?« Er spürte, wie er wieder zu zittern begann.

»Vorläufig kommen Sie mit uns in das Michigan-Territorium«, sagte Taylor. »Wenn es dann so aussieht, daß Schwarzer Falke zum Mississippi zu kommen versucht, können Sie veranlassen, daß wir ihm den Weg abschneiden. *Victory*, he? Passender Name.«

Das hörte Raouls kummervolles und rachegieriges Herz gerne. Wenn es soweit war, konnte er die Kanone aus der Handelsstation auf die *Victory* montieren lassen. Und dann sollte mal einer von den verdammten Indianern versuchen, über den Mississippi zu kommen. Da bezahlten sie ihm dann, was sie in Victoire angerichtet hatten.

Er erinnerte sich freilich auch daran, wie damals Nicole und Frank zu ihm gekommen waren und ihm klarzumachen versucht hatten, daß die Milizmänner in Victor gebraucht würden, falls etwas geschehe. Und wie er sie wegen ihrer Befürchtungen nur ausgelacht hatte. Hätte er damals auf sie gehört, wären Andy und Phil und alle die anderen noch am Leben. Und Victoire und Victor stünden noch. Hatte er nicht wirklich ein bedenkliches Talent, ständig Tod und Verderben über seine Heimat zu bringen?

Nein, nein. Alles war die Schuld der Indianer.

Ich kriege dich, Schwarzer Falke. Und wenn ich dich bis hinauf zur Hudson-Bay jagen muß. Wenn ich dann mit dir fertig bin, ist keiner von deiner verdammten British-Band-Brut mehr übrig.

Sie sollten es ihm büßen. Schwer büßen. Von diesem Moment an durfte ihn nur noch ein Gedanke beherrschen: Indianer zu töten.

Buch 3

1832

Der Erdbeermond

Juni

18

Zitterndes Land

Unser Land am Felsenfluß war so gut zu uns, dachte Roter Vogel. *Aber was ist daraus geworden!*

Nur hungernde Menschen versuchen, aus Wollgrassamen und aus den inneren Rinden glitschiger Ulmen und Weidenbäume Nahrung zu machen.

Sie schnitt das Wollgras mit einem kleinen Messer und sammelte es in ihrem Handkorb. Tausende der kleinen Samenkörner, mühsam ausgelöst und dann zu Mehl gemahlen, waren nötig, ein kleines Brot zu backen, das für fünf Menschen reichen mußte.

Mit ihrem schon schweren Leib konnte sie sich nur noch mühsam bewegen. Aber so sehr ihr der Rücken und die Beine auch weh taten, sie war entschlossen, jeden Tag bis zur Geburt des Kindes zu arbeiten. Um des Kindes willen mußte sie viel essen, aber sie wollte auch keine Bevorzugung gegenüber ihrer Familie, ohne daß sie nach Kräften zu ihrer Versorgung beitrug.

Sie sang bei ihrer Arbeit. Ihr Lied war eine Bitte an das Zitternde Land, Früchte und Beeren zu spenden. Sie fand zwar beides nicht, doch das Singen hielt sie bei Mut und Laune, und das, glaubte sie, half auch den anderen. Und in der Tat lächelte und nickte Gelbes Haar ihr zu, um ihr zu zeigen, daß ihr das Lied gefiel.

Schweiß rann ihr über den Rücken und auf der Innenseite ihres Rehledergewandes hinab. Graue Wolken hingen schwer über dem Zitternden Land, und die Luft war warm und feucht. Obwohl das Wasser des Sees dunkel und moorig war, freute sie sich darauf, darin zu baden.

Sie freute sich auf ein Gespräch unter vier Augen mit Gelbes Haar. Sie war nun schon seit vielen Tagen und Nächten bei ihnen, und es war Zeit, daß sie das Lager mit Weißer Bär teilte.

Die beiden Frauen wanderten langsam nebeneinander am Seeufer entlang. Vor ihnen her lief Adlerfeder zusammen mit einem gefangenen weißen Jungen namens Woodrow, den Eisernes Messer von einem ihrer Kriegszüge mitgebracht und den Weißer Bär ebenfalls unter seinen Schutz genommen hatte.

Woodrow war einige Jahre älter als Adlerfeder. Er rannte lebhaft hin und her, riß Pflanzen aus und warf sie wieder weg, pflückte Beeren und spuckte sie wieder aus. Roter Vogel sah ihm amüsiert zu. Sie hatte ihn bereits liebgewonnen.

Woodrow sagte etwas zu Gelbes Haar, die lächelte und sich dann Roter Vogel zuwandte.

Sie redete langsam in der Sprache der Blaßaugen und fügte die wenigen Sauk-Wörter, die sie inzwischen gelernt hatte, hinzu. Wenn sie nicht weiter wußte, half sie sich mit Gesten. Woodrow, erklärte sie auf diese Weise Roter Vogel, war bekümmert, weil er nicht wußte, was er denn genau sammeln sollte.

»Wenn gut aussieht, sammeln«, sagte Roter Vogel mit den wenigen Worten Englisch, die Weißer Bär ihr beigebracht hatte. »Nicht essen. Wenn ich sage, gut, dann essen.«

Woodrow grinste und nickte, um Roter Vogel zu zeigen, daß er verstanden hatte. Er lief wieder zu Adlerfeder, der nach Vögeln und Eichhörnchen Ausschau hielt, um sie mit seinem kleinen Pfeil zu erlegen. Woodrow war erst halb so lange als Gefangener hier wie Gelbes Haar, aber anders als sie schien er mit seinem Los ganz zufrieden zu sein.

Roter Vogel bezweifelte, daß Adlerfeder und Woodrow Eichhörnchen oder Vögel fänden. Im Marschland gab es wenig Eßbares, gleich ob Tiere oder Pflanzen, und mehr als tausend Menschen hatten nun schon einen ganzen Mond lang alles gesammelt und gejagt, was überhaupt vorhanden war. Das letzte Mal hatte die British Band anständig gegessen, als Wolfspfote das erbeutete Vieh mitgebracht hatte. Es hatte bei so vielen Leuten nicht lange gereicht. Jetzt gruben sie schon in der Erde nach Würmern und Maden und rösteten sie und aßen sie handvollweise. Gelegentlich wurden sogar heimlich Pferde geschlachtet und gegessen, obwohl Schwarzer Falke das bei Todesstrafe verboten hatte.

Roter Vogel selbst spürte die nagende Leere in ihrem Magen vom Aufstehen am frühen Morgen bis zum Schlafengehen am späten Abend und hatte angesichts ihrer merklich schwindenen Kräfte das zunehmende Bedürfnis, immer länger zu schlafen. Sie sorgte sich unentwegt, daß das Kind in ihrem Leib nicht genug Nahrung bekäme und stürbe oder verkümmere oder mißgebildet zur Welt käme. Die Menschen um sie herum begannen allmählich wie wandelnde Skelette auszusehen.

Sie kamen an eine in den See hineinragende Landspitze, die mit blaßgrünem Gebüsch bewachsen war. Roter Vogel rief Adlerfeder zu sich.

»Geh drüben auf der anderen Seite schwimmen und nimm den Blaßaugen-Jungen mit.«

Adlerfeders blaue Augen leuchteten auf. »Vielleicht kann ich einen Frosch schießen.«

Als die beiden Jungen fort waren, sagte sie zu Gelbes Haar: »Wir baden.«

Gelbes Haar lächelte dankbar.

Als sie nackt in das grünliche, moorige Wasser wateten, betrachtete Roter Vogel die weiße Frau. Ihr Leib war so anders als der einer Sauk-Frau. Sie erinnerte sich wieder daran, wie hungrig die Männer Gelbes Haar angestarrt hatten, als sie nackt an den Baum gefesselt war, nachdem Wolfspfotes Frau sie vor dem ganzen Stamm entblößt hatte.

Dabei war es doch so leicht, sich vorzustellen, daß so blasse Haut ein Zeichen von Krankheit sein mußte. Gesicht und Hände von Gelbes Haar waren zwar etwas gebräunt, aber der ganze Rest war weiß wie Milch. Ihre Rippen waren sichtbar, ein Zeichen des Hungers, den sie alle litten. Trotzdem waren ihre Brüste noch rund und fest mit hübschen rosa Knospen. Ihre Beine waren lang, und die Hinterbacken wölbten sich kräftig heraus, ganz anders als die viel flacheren der Sauk-Frauen. Selbst der Haarwuchs unter den Armen und zwischen den Beinen war von heller Farbe, aber sehr kräftig, sehr viel stärker als die dünnen Büschel, die sie selbst an diesen Stellen besaß. Sie hatte ihre Haarzöpfe gelöst, und ihr gelbes Haar fiel wie ein goldener Vorhang an ihrem Rücken herab, fast bis zur Hüfte.

Was für ein schönes Geschöpf sie ist!

Wie schlimm und dumm wäre es doch gewesen, hätte man Laufendes Reh und den anderen erlaubt, sie in Stücke zu schneiden und zu verbrennen.

Ein Mann mochte die Unterschiede zwischen ihr und einer Sauk-Frau durchaus attraktiv finden. Ein Mann wie Weißer Bär zum Beispiel.

Sie hatte keine Angst, daß die weiße Frau ihr Weißer Bär wegnehmen könnte. Er zeigte ihr jeden Tag mit Blicken, Gesten und Worten, daß sie und nicht Gelbes Haar die erste in seinem Herzen war.

Sie watete weiter in den See hinein, bis ihr das Wasser bis zu den Brüsten reichte und ihre Füße bereits in den Grundschlamm einsanken. Dann warf sie sich nach vorne und schwamm im Hundetapper-Stil durch das Schilf. Es war wundervoll, das Wasser das Gewicht ihres Leibes von ihren Hüften und Beinen nehmen und tragen zu lassen. Und die Kühlung durch das Wasser war angenehm.

Sie hatte nun schon oft gehört, wie Gelbes Haar nachts in ihrem Wikkiup sich unruhig hin und her warf und leise in sich hinein weinte. Der Grund konnte nur sein, daß sie merkte, wie sie und Weißer Bär sich liebten. Das war auch gar nicht anders zu erwarten gewesen. Wenn ganze Familien in einem gemeinsamen Raum schliefen, bekamen die Kinder sehr früh mit, daß die Eltern sich nachts miteinander vergnügten, und empfanden keinerlei Verlegenheit, wenn sie dann erwachsen wurden und es selbst taten. Aber wie empfand Gelbes Haar es, ihrer und Weißer Bärs Lust zuzuhören?

Weißer Bär hatte ihr gesagt, Gelbes Haar habe ihn begehrt, als er unter den Blaßaugen lebte. In letzter Zeit hatten sie und Weißer Bär häufiger getrennt auf eigenen Matten geschlafen, weil es sie angesichts der Beschwerden des letzten Mondes der Zeit, da sie das Kind trug, kaum noch danach verlangte, daß Weißer Bär in sie kam.

Dabei hatte sie dann ihr Herz erforscht und war zu dem Ergebnis gekommen, daß sie bereit war, ihren Mann mit Gelbes Haar zu teilen.

Weißer Bär und Gelbes Haar konnten gerne das Lager teilen.

Sie sollten es sogar.

Es würde gut sein für Gelbes Haar, wenn so ihr Sehnen nach Weißer Bär gestillt wurde, zumindest für eine gewisse Zeit. Die Lust der Paarung hatte heilende Kräfte. Sie gab Kranken die Gesundheit wieder und machte die Gesunden stark und glücklich.

Sie konnte es ja auch an ihren Augen sehen – dieses so helle Blau! –, wie sehr sie sich nach Weißer Bär verzehrte. In seiner Nähe zu sein ließ sie sogar vergessen, daß sie in Gefangenschaft war.

Vor einigen Tagen, nicht lange nachdem er auch Woodrow aufgenommen hatte, hatte sie ihm bereits einmal gesagt, daß sie nichts dagegen habe, wenn er Gelbes Haar mit auf sein Lager nähme. Da hatte er aber nur gelacht und ihren Leib gestreichelt und ihr erklärt, er könne durchaus warten, bis sie ihn wieder begehrte.

Aber warum sollte er warten müssen, wenn in seinem eigenen Wickiup eine Frau schlief, die ihn begehrte?

Es war gut gewesen, daß sie mit ihm darüber gesprochen hatte, auch wenn er behauptete, er begehre Gelbes Haar nicht. Jedenfalls wußte er nun, daß sie beide, falls sie eines Nachts zu ihm kam, ihren Segen dazu hatten. Wenn sie auch sehr bezweifelte, daß Gelbes Haar dies jemals aus eigenem Entschluß tun würde. Sicherlich auf keinen Fall ohne ausdrückliche Ermutigung.

Sie hörte auf zu paddeln und ließ ihre Füße wieder auf den schlammigen Grund sinken, so daß sie neben Gelbes Haar stand. Das Wasser reichte ihr fast bis zu den Schultern, aber Gelbes Haar war größer als sie. Ihre Brüste waren noch über dem Wasser. Sie lächelten einander zu.

Gelbes Haar duckte sich bis zum Hals ins Wasser und hielt auch ihr blondes Haar hinein, um es danach auszuwinden.

»Das Wasser tut gut und kühlt«, sagte sie. »Wenn ich nur etwas Seife hätte.«

Weißer Bär hatte ihr schon erklärt, was Seife war. Deshalb lächelte sie nun kopfschüttelnd. Sie machten es mit Sand, wenn das Wasser allein den Schmutz nicht abwusch. Sie ließ ihr Haar immer zu Zöpfen geflochten. Nur zu Beginn und am Ende des Sommers öffnete sie es und ließ Wasser daran. Das genügte, fand sie.

Jetzt, wo sie sich entschlossen hatte, mit Gelbes Haar zu reden, fand sie ihre Kehle wie zugeschnürt. Was, wenn ihr Vorschlag, Weißer Bär mit ihr zu teilen, sie erzürnte? Daß es bei den Blaßaugen nicht üblich war, einen Gefährten mit jemandem zu teilen, wußte sie.

Es blieb nur eine Möglichkeit: trotz aller Angst anzufangen.

Sie sagte: »Weißt du von Mann und Frau? Was sie tun?«

Sie benutzte die Finger, um verständlich zu machen, was sie meinte. Und daran, daß die weiße Frau rot wurde, erkannte sie, daß sie sich verständlich gemacht hatte. Am liebsten hätte sie gesehen, daß sie sich im Wasser aufrichtete, um zu erkennen, ob sie auch am ganzen Leib rot wurde.

Gelbes Haar erklärte ihr, ein wenig wisse sie schon darüber Bescheid, was Mann und Frau miteinander machten, aber ihre Mutter sei schon seit langem tot, und ihr Vater habe niemals von solchen Dingen gesprochen.

»Willst du, ich lehren?« fragte Roter Vogel.

Gelbes Haar wurde wieder rot, sah auf das Wasser nieder und nickte.

Sie watete zurück an Land zum Seeufer, und Roter Vogel versuchte mit vielen Gesten und einigen Worten Gelbes Haar das zu vermitteln, was Sonnenfrau ihr vor vielen Sommern erklärt hatte. Sie nahm einen Stock und zeichnete ein Bild in den Uferschlick. Als sie fertig war, kicherte sie. Gelbes Haar besah es sich genau und wurde erneut rot, und diesmal, bemerkte Roter Vogel, wirklich bis hinunter zur Hüfte. Sie wandte sich ab, aber Roter Vogel sah zu ihrer Erleichterung, daß sie lachte. Sie wischte das Bild aus.

Sie saßen nebeneinander an der Stelle, wo sie ihre Kleider abgelegt hatten, und ließen sich von der Luft trocknen. Roter Vogel holte aus ihrem Beutel eine mit einem Holzstöpsel verschlossene Flasche mit Moschusöl. Sie rieben sich beide damit ein, um die Moskitos abzuhalten.

Gelbes Haar wollte wissen, ob das erste Mal mit einem Mann sehr schmerze.

»Manche Frauen viel. Andere Frauen wenig.«

Sie tätschelte begütigend ihren Arm. »Du wenig Schmerzen, glaube ich. Danach fühlen sehr, sehr gut.« Und sie tätschelte sich selbst zwischen den Beinen, um deutlich zu machen, wovon genau sie sprach, und Gelbes Haar wurde wieder sehr rot.

»Bestes Gefühl«, bestätigte Roter Vogel lächelnd noch einmal. Es war schon überraschend, dachte sie, daß Gelbes Haar eine reife Frau geworden war und das erste Mal mit einem Mann noch vor sich hatte.

Sie saßen eine Weile schweigend nebeneinander, dann bekam Roter Vogel wieder Angst, weil es nun Zeit für den nächsten Schritt war.

Noch bevor sie beginnen konnte, sah sie Tränen über das Gesicht von Gelbes Haar laufen. Sie sprach schluchzend, und Roter Vogel hatte große Mühe, etwas zu verstehen. Sie schien sagen zu wollen, sie werde wohl sterben, ohne diese guten Gefühle, von denen Roter Vogel sprach, mit einem geliebten Mann zu erleben. Sie lebte nun schon zwanzig Sommer, und es sah nicht so aus, als erlebte sie noch viele mehr. Sie würde dann niemals einen Mann gehabt haben.

Das war wahr. Gelbes Haar war in großer Gefahr. Wenn Weißer Bär etwas zustieß, hatte sie keinen Beschützer mehr. Viele Sauk haßten die Blaßaugen. Es war nur zu wahrscheinlich, daß sie dann einem von ihnen zum Opfer fiel. Oder einer ihres eigenen Volkes tötete sie aus Versehen.

Es war ihr so vieles entgangen. So hochgewachsen und schön, aber nichts vorzuweisen von ihrem Leben, weder Mann noch Kinder. Sie tat ihr aufrichtig leid.

»Du liebst Weißer Bär?« fragte sie und machte den Sinn ihrer Frage deutlich, indem sie sich selbst umarmte.

Jetzt wurde Gelbes Haar jedoch ganz blaß, noch blasser als sie für gewöhnlich war, und wich vor Roter Vogel zurück. Sie schüttelte heftig den Kopf, so daß ihr blondes Haar wild um sie flog. »Nein, nein, nein!« rief sie.

Aber sie blickte dabei mit zu starren Augen auf sie, und Roter Vogel wußte, sie meinte nicht wirklich, was sie sagte.

Weißer Bär begehrte Gelbes Haar, aber er sagte, er begehre sie nicht. Gelbes Haar liebte Weißer Bär, aber sie sagte, sie liebe ihn nicht.

Sie benahmen sich beide dumm. Aber es kam davon, daß Gelbes Haar weiß war und Weißer Bär zur Hälfte ebenfalls.

Also holte sie tief Luft und sagte: »Wenn wir schlafen heute nacht, du gehst zu Lager von Weißer Bär. Er dich macht glücklich.«

Gelbes Haar bekam große Augen und starrte sie ungläubig an. Aber ihr Gesicht verriet Freude. Sie stammelte und schnappte nach Luft, als sie Roter Vogel fragte, ob sie das denn wirklich ernst meine, wenn sie selbst so etwas überhaupt geschehen ließe.

»Ich glücklich, wenn du glücklich und Weißer Bär glücklich«, antwortete Roter Vogel.

Sie hatte längst begonnen, Gelbes Haar als jüngere Schwester zu betrachten, die Rat und Hilfe brauchte. Sie mochte sie sogar bereits lieber als ihre beiden wirklichen Schwestern Wilder Wein und Rotkehlchennest, die sich immer über Weißer Bär lustig gemacht hatten; aber Gelbes Haar hatte erkannt, was für ein guter Mann er war.

Gelbes Haar sah plötzlich verängstigt aus. Sie stand abrupt auf, griff nach ihrem Rehlederkleid mit Fransen und schlüpfte hastig hinein. Als sie es sich über den Kopf zog und danach das Haar zurechtschüttelte, weinte sie wieder.

Nein, erklärte sie heftig, das konnte sie nicht tun. Es wäre nicht recht.

Roter Vogel glaubte sie zu verstehen. Es war natürlich schlimm für eine Frau in dieser gefährlichen Zeit und bei dieser Hungersnot, ein Kind zu tragen.

»Du nicht willst Kind?« sagte sie. »Sonnenfrau macht Tee, und Frau nicht bekommt Kind.«

Gelbes Haar sprach lange, und Roter Vogel versuchte nach Kräften, ihr zu folgen und sie zu verstehen, indem sie oft fragte und sie veranlaßte zu wiederholen, was sie gesagt hatte. Es hatte offenbar mit Jesus zu tun, dem Geist der Blaßaugen, von dem Père Isaac immer gesprochen hatte. Jesus wollte nicht, daß Gelbes Haar auf das Lager von Weißer Bär kam.

Es fiel ihr ein, daß Weißer Bär ihr erzählt hatte, Gelbes Haar sei die Tochter eines Schamanen der Blaßaugen. Dieser Jesus-Geist mochte also ein besonderer für sie sein.

Aber ich bin doch auch die Tochter eines Schamanen. Ich kann sie lehren, was wir glauben.

»Jesus nicht hier«, erklärte sie ihr. »Wir Kinder von Erschaffer der Welt.«

Aber bei den Blaßaugen, beharrte Gelbes Haar, war nun einmal eine Frau schlecht, die bei dem Mann einer anderen schlief.

»Aber Weißer Bär ist dein Mann!« sagte Roter Vogel. »Mein Vater Schamane. Er dich und Weißer Bär verheiratet.« Das mußte doch mehr bedeuten, als was noch so viele Blaßaugen denken mochten, die nicht einmal hier waren. Bei den Sauk jedenfalls gab es viele, die Gelbes Haar eine schlechte Frau nennen würden, wenn sie nicht bei ihrem Mann schlief.

»Wir Sauk. Was du tun mit meinem Sauk-Mann, ist gut.«

Gelbes Haar seufzte und wischte sich die Tränen ab. Vielleicht ging sie wirklich diese Nacht zu Weißer Bär, vielleicht aber auch nicht. Sie machte eine hilflose Handbewegung. Sie wußte nicht, was sie tun sollte.

Roter Vogel sah, daß sie ihr nichts weiter sagen konnte. Die beiden Blaßaugen mußten den Rest mit sich selbst ausmachen.

Gelbes Haar lächelte ihr traurig zu und dankte ihr für ihre Freundlichkeit. Als Roter Vogel ebenfalls wieder ihr Kleid übergestreift hatte und in ihre Mokassins geschlüpft war, gab sie ihr einen Kuß auf die Wange.

Dann kämmte sie sich mit einem Kamm, den ihr Roter Vogel gegeben hatte, das lange blonde Haar aus und begann es wieder zu Zöpfen zu flechten.

Sie gingen zu Adlerfeder und Woodrow und verbrachten den Rest des Tages mit der Suche nach Eßbarem. Sie kamen erst in das Lager zurück, als die Wolken am Himmel sich bereits verfärbten und die sinkende Sonne noch einmal kurz hervorkam und das Marschland purpurn aufleuchten ließ, als stehe es bis zum Horizont in Flammen von einem Präriefeuer.

Roter Vogel nagte den ganzen Weg nervös an ihren Lippen. Wenn Gelbes Haar doch nicht zu Weißer Bär auf sein Lager ging, dann mochte sie nach ihrem Glauben der Blaßaugen denken, Roter Vogel sei eine schlechte Frau, weil sie gesagt hatte, sie solle es tun. Tat sie es aber wirklich und es endete damit, das Weißer Bär sie dann mehr liebte als sie, was dann? Sie hatte bisher immer geglaubt, das könne gar nicht geschehen, aber jetzt, da alles ausgesprochen war, war sie sich nicht mehr so sicher.

In dieser Nacht rollte sie sich auf ihrer Schilfmatte auf der einen Seite des Wickiups allein zusammen. Gelbes Haar lag auf ihrem üblichen Lager und die Jungen auf dem, das sie miteinander teilten. Weißer Bär war noch unterwegs bei der Versorgung der Kranken. Viele, besonders die sehr alten und die sehr jungen, waren hier im Zitternden Land krank geworden. Seit der Überquerung des Großen Stromes hatte es bereits viele Todesfälle gegeben. Stück für Stück verlor der Stamm die Weisheit der Alten und die Hoffnung durch die Jungen.

Weißer Bär kam erst lange, nachdem die beiden Frauen und die beiden Knaben sich zur Nacht gerichtet hatten. Er ging zu seiner eigenen Matte an der Ostseite des Wickiups.

Jetzt, da Roter Vogel bereit war einzuschlafen, meldete sich das Kind in ihrem Leib und stieß. Doch auch ein Brennen, das von ihrem Magen die Kehle hinaufstieg, hielt sie wach.

Die völlige Stille wurde nur vom Quaken der zahllosen Frösche draußen gestört.

Wo waren sie alle, als wir heute nach Nahrung suchten? Wir müssen den Frosch-Geist bitten, uns welche fangen zu lassen.

Dann wurde sie noch einer Bewegung gewahr. Jemand kroch quer über den schilfbedeckten Boden des Wickiups. Sie hielt den Atem an. Der Schlafplatz von Gelbes Haar lag dem von Weißer Bär genau gegenüber. Und die Bewegung ging von ihrem Lager zu dem seinen.

Ein wenig später hörte sie andere Geräusche, die ebenfalls nicht schwer zu erkennen waren – das Rascheln des Schilfs eines Lagers, flüsternde Stimmen, heftiges Atmen, unterdrücktes Stöhnen, lauter werdendes ziehendes Atmen.

Ihr Schmerzensschrei kam wie durch zusammengebissene Zähne. Sie wollte es niemanden wissen lassen. Roter Vogel lächelte.

Als sie Weißer Bär heftig atmen hörte, erinnerte sie sich an den scharfen Schmerz, als sie ihn auf jener Insel vor Saukenuk das erste Mal in sich empfangen hatte.

Dann seufzte er hörbar stöhnend auf, und anschließend war es ganz lange still, und sie hörte wieder die quakenden Frösche. Auch sie paarten sich vermutlich. Wie weise der Erschaffer der Erde doch seine Geschöpfe in Frau und Mann geteilt hatte, so daß sie einander diese wunderbare Lust schenken konnten! Er wußte alles, aber es war schwer zu begreifen, wie er dazu kommen konnte, Mann und Frau zu erschaffen, ohne daß ihm irgend jemand diese Idee eingegeben hatte.

Ihm? Immer hatte sie sich den Erschaffer der Erde als Mann vorgestellt, als titanischen, gigantischen Krieger. Doch jetzt fragte sie sich unvermittelt, ob denn der Geist, der der ganzen Welt und allen Geschöpfen auf ihr das Leben gab, nicht auch weiblich sein könne. Oder vielleicht waren sie sogar, besser noch, zwei: ein Erschaffer und eine Erschafferin der Erde?

Wie so oft schon wünschte sie sich auch jetzt, die Gebräuche des Stammes möchten es zulassen, daß auch sie Schamanin werden könne, damit sie mit ihren eigenen Augen die Geheimnisse erblickte, die Weißer Bär und ihr Vater Eulenschnitzer gesehen hatten.

Dann hörte sie die neuen Geräusche. Wieder die Bewegungen, das Flüstern. Sie dachte daran, wie gut das Gefühl war, wenn ihr Mann sich in sie ergoß, sich in ihr bewegte und ihr dabei angenehme Lust verschaffte. Und sie wurde selbst warm und verspürte Begierde.

Sie lächelte wehmütig ins Dunkel.

Jetzt möchte ich ihn haben und kann ihn nicht haben, weil ich die andere in sein Bett schickte.

Ich hoffe, dieses Kind kommt bald zur Welt, damit ich wieder bei ihm liegen kann. Aber auch sie kann ihn danach haben, manchmal.

Als sie bei Sonnenaufgang erwachte und aufstand, um ihr Tagewerk zu beginnen, lag Gelbes Haar wieder auf ihrem eigenen Lager und schlief noch. In dem schwachen frühen Tageslicht, das durch die Ritzen des Ulmenrindendaches des Wickiups hereinfiel, sah ihr rosafarbener Mund weich und kindlich aus.

Weißer Bär saß mit gekreuzten Beinen auf seinem Lager und lud das Gewehr, das er mitgebracht hatte, als er damals zum Stamm zurückkehrte. Bei diesem Nahrungsmangel jetzt mußte auch ein Schamane auf die Jagd gehen und versuchen, etwas zu schießen, um seine Familie zu ernähren. Die Kranken, die er behandelte, hatten nichts, was sie ihm geben konnten.

Sie betrachtete ihn stumm und wartete darauf, daß er etwas sagte, aber er hielt den Blick unverwandt auf sein Gewehr gerichtet.

Dachte er etwa, sie sei ihm böse oder hatte vor, ihn in Verlegenheit zu bringen, wie es Schnelles Wasser getan hätte?

Schnelles Wasser… die Arme. Seit ihr Mann, Drei Pferde, an Alter Manns Flüßchen umgekommen war, hatte sie nicht mehr viel Sinn für Scherze.

»Ich weiß, was vergangene Nacht geschah«, sagte sie. »Und ich bin froh darüber. Es war gut für sie und für dich.«

Jetzt endlich hob er den Blick und sah sie nachdenklich an. »Ja, es ist gut für mich und für Nancy – für Gelbes Haar. Aber nur jetzt.«

»Was bedrückt dich?«

»Eines Tages wird sie uns wieder verlassen und zu ihrem Volk zurückkehren. Und dann wird sie sehr traurig sein, denke ich. Das war der Grund, warum ich das Lager nicht mir ihr teilen wollte, als sie mich in Victor begehrte. Ich wußte, daß wir nicht zusammenbleiben konnten.«

»Aber jetzt hat sie doch, wenigstens solange sie bei uns ist, was sie wollte. Sie hat etwas, woran sie denken kann, nicht immer nur daran, daß sie Angst hat.«

Er lächelte ihr zu. »Und du hast es veranlaßt. Ich weiß, daß du selbst sie zu mir geschickt hast. Du bist eine große Sorgenbereiterin.«

Er stand auf und strich mit den Fingerspitzen über ihre Wange, und sie fühlte ein Glühen in sich. Sie war sich nun ganz sicher, daß es richtig gewesen war, mit Gelbes Haar zu reden.

Die Nachmittagssonne heizte das Innere des Geburts-Wickiups wie eine Schwitzhütte auf.

Roter Vogel schrie. Das war kein Kind; was da in ihr stieß, war ein wildes Pferd, das sich seinen Weg bahnte. Sie fühlte sich ohnmächtig werden.

Dann ließ der Schmerz nach. Sie stöhnte und erschlaffte zwischen Wiegendes Gras und Gelbes Haar, die ihre Arme hielten. Sonnenfrau kniete vor ihr und beobachtete den Fortgang der Geburt im Licht einer einzigen Kerze.

Sie war über und über schweißnaß auf ihrem Deckenlager in der Mitte des Wickiups, auf dem sie nackt lag. Sie bäumte sich immer wieder auf unter den Wehen.

»Du mußt nicht so laut schreien!« tadelte Wiegendes Gras. »So sehr schmerzt es nun auch wieder nicht.«

Roter Vogel wünschte, ihre Mutter könne ihre Schmerzen fühlen, um zu wissen, wie sehr es tatsächlich schmerzte. Am liebsten hätte sie sie fortgeschickt.

Sonnenfrau sagte sanft: »Niemand kann die Schmerzen eines anderen nachfühlen.«

Ich kann mich nicht erinnern, daß ich solche Schmerzen hatte, als Adlerfeder geboren wurde. Sterbe ich etwa?

Sonnenfrau stand auf und wischte Roter Vogel die Stirn mit einem kühlen, nassen Tuch ab und säuberte sie dann unten, wo etwas Blut aus ihr tropfte.

»Der Kopf des Kindes ist schon zu sehen«, sagte sie. »Es wird alles glatt gehen. Wir haben es schon fast hinter uns.«

Roter Vogel blickte nach oben zu dem Pferdeschweif, der als Medizin zur Erleichterung der Geburt über dem Eingang hing.

Laß es bald vorüber sein, flehte sie im stillen.

Die Wehen hatten im Morgengrauen eingesetzt. Jetzt war der Mittag vorüber. Sonnenfrau hatte bereits vier Kerzen verbraucht, dabei gab es im ganzen Stamm so gut wie keine mehr. Mit Adlerfeder hatte es auch nicht so lange gedauert.

Gelbes Haar massierte ihr den Arm, den sie hielt. Roter Vogel blickte sie dankbar an und rang sich ein Lächeln ab. Ihre Absicht war zwar gewesen, ihr eine Ehre zu erweisen, indem sie sie bat, ihr bei ihrer Geburt zu helfen; mittlerweile war sie sich nicht mehr so sicher, ob das richtig gewesen war. Das Gesicht der Blaßaugen-Frau war weiß wie Eis, und sie biß sich unablässig auf die Lippen, wie um Übelkeit zu unterdrücken. Vermutlich hatte sie so etwas noch nie gesehen und erlebt.

Ihre Mutter hatte sogar darauf beharrt, es bringe Unglück, wenn Gelbes Haar dabei sei, aber das hatte sie einfach ignoriert.

Die nächste Wehe kam, und Roter Vogel schrie noch lauter und länger, als nötig gewesen wäre; sie tat es, um ihrer Mutter zu zeigen, wie sehr sie sich quälte. Diesmal kam sie sogar kaum zu Atem, als bereits die nächste einsetzte. Die darauffolgende kam ebenfalls fast ohne Pause. Und dann eine weitere.

Sie schrie jetzt in einem fort und war bereits heiser und hustete und brauchte es gar nicht mehr zu spielen. Sie sah längst nichts mehr, weil ihre Augen ständig voller Tränen standen. Sie grub ihre Fingernägel in die Arme ihrer Mutter und von Gelbes Haar und bäumte sich hoch und preßte so heftig, wie sie noch Kraft hatte.

Dann spürte sie es wie eine enorme Masse aus ihr brechen und fand ihre Stimme wieder zu einem Schrei, der fast den Himmel spalten wollte, als das Kind sie zu zerschneiden schien.

Ihre Ohren dröhnten. Sie fühlte sich zerbrochen und nutzlos wie eine leere Eierschale. Alles tat ihr fürchterlich weh, aber es war auch eine große Last von ihr gewichen.

Wiegendes Gras sagte: »Du hast es gut gemacht, Tochter.«

Sie begann zu weinen, zugleich aus Schmerz und aus Erleichterung und weil sie am Ende ihre Mutter noch zufriedengestellt hatte.

Dann hörte sie vom Boden ein dünnes Husten und einen langen lauten Schrei. Sie sah nach unten und sah die winzige, feuerrote Gestalt in Sonnenfraus Armen, die Augen noch zugepreßt, der Mund weit offen und zwischen den Beinen der lebengebende Spalt. Eine glitschige blaue Schnur lief noch immer vom Leib des Kindes in sie hinein.

Sie verspürte eine neue Wehe und stieß mit ihr stöhnend die Nachgeburt aus. Dann halfen ihr Wiegendes Gras und Gelbes Haar, zu ihrem Lager an der Wand des Wickiups zu taumeln, und hüllten sie dort in leichte Decken. Inzwischen schnitt Sonnenfrau die Nabelschnur ab und legte sie beiseite, damit sie trocknete und danach in den Medizinbeutel des Kindes gelegt werden konnte. Wiegendes Gras wusch das Neugeborene zuerst mit Wasser ab und ölte es dann ein, dann legte sie ihre Enkelin ihrer Tochter in den Arm.

»Wie willst du sie nennen?« fragte sie.

Roter Vogel hatte in dem See, wo sie vor einigen Tagen zusammen mit Gelbes Haar gebadet hatte, schon über einen Namen nachgedacht. »Ich nenne sie Schwimmende Lilie.«

»Ein guter Name«, sagte Sonnenfrau.

Schwimmende Lilie hatte eine kräftige Stimme. Sie war bereits hungrig, obwohl sie erst einige Augenblicke auf der Welt war. Roter Vogel drückte den winzigen Mund auf ihre Brust und betete, daß sie Milch haben möge. Sie hatte so viel gegessen, wie sie hinunterbringen konnte. Jetzt mußte sie Nahrung spenden.

Sie spürte das rhythmische Ziehen an ihrer Brust. Der Mund des Kindes war voll Milch. Das Weinen hatte aufgehört. Durch ihren ganzen Leib strömte Wärme.

Danach schliefen sie beide, Mutter und Kind, bis kurz vor Sonnenuntergang, dann halfen die drei Frauen ihr mit dem Kind zurück zu ihrem eigenen Wickiup. Bei jedem Schritt war ihr, als schlüge eine Keule zwischen die Beine, aber die Freude, daß die Anstrengung vorüber war, wog schwerer.

Gelbes Haar sagte, sie werde sich um Adlerfeder und Woodrow kümmern, und weinte. Roter Vogel war sich nicht sicher, warum.

Im Wickiup erwartete sie Weißer Bär. Als sie auf ihr Lager gebettet war, erfüllte ihn Freude beim Anblick seiner neugeborenen Tochter. Er hob sie hoch und betrachtete sie. Sie weinte. Er lachte und reichte sie Roter Vogel zurück.

»Ich war nicht bei dir«, sagte er, »als du unseren Sohn geboren hast, und ich war in meinem ganzen Leben nicht glücklicher als in diesem Moment jetzt.«

Das Fell am Eingang wurde beiseite geschoben. Eulenschnitzer trat ein. Er hielt in der einen Hand seinen Medizinstab mit dem Eulenkopf und in der anderen eine Räucherschale mit aromatischen Kräutern und Hobelspänen. Sein weißes Haar wurde in letzter Zeit immer dünner, bemerkte Roter Vogel, und er ging auch nur noch gebückt. Er blies segnenden Rauch über Roter Vogel und Schwimmende Lilie.

»Sie möge den Weg ihres Lebens ehrenvoll zurücklegen«, sagte er und legte dem Kind die Hand auf den Kopf. Dann ging er wieder und ließ den aromatischen Geruch seiner Räucherschale zurück.

Als Roter Vogel dann ihre Brust entblößte, kniete sich Weißer Bär über sie und küßte sie darauf. Ein Tropfen Milch, der dabei austrat, blieb auf seinen Lippen. Roter Vogel legte Schwimmende Lilie an und säugte sie und lag schweigend und zufrieden neben ihrem Mann.

Er nahm sein Buch, schlug es auf und las laut aus ihm vor:

Whence Hail to thee,
Eve, rightly called Mother of all Mankind,
Mother of all things living, since by thee
Man is to live, and all things live for Man.

»Was bedeutet das?« fragte sie.

Er übersetzte es ihr Wort für Wort in Sauk und sagte: »Es bedeutet, alles Leben kommt aus den Frauen.«

Eisernes Messers Kopf erschien im Eingang. Er hatte schreckgeweitete Augen, und sein Mund war ernst.

»Weißer Bär! Die Langmesser kommen! Es sind Tausende!«

Roter Vogel fühlte sich wie zu Eis erstarren. Sie preßte das Kind an sich. Wie sollte sie dieses winzige, neue, zarte Leben inmitten von Flucht und Kampf beschützen und erhalten?

»Vielleicht entdecken sie uns gar nicht«, sagte Weißer Bär.

»Nein; die Kundschafter sagen, sie haben Potawatomis bei sich als Führer, und die wissen, wo sie uns suchen müssen. Die Potawatomi-Hunde! Verbünden sich mit den Langmessern gegen uns!«

»Man hat sie vermutlich dazu gezwungen«, sagte Weißer Bär ruhig.

»Schwarzer Falke hat angeordnet«, sagte Eisernes Messer, »daß das Lager sofort abgebrochen wird und daß wir nach Westen ziehen, um so schnell wie möglich den Großen Strom zu erreichen.«

Roter Vogel umklammerte das Kind so heftig, daß es zu weinen begann. Erschrocken ließ sie los, aber vor ihren Augen sah sie die Langmesser kommen, mit ihren brutalen, haarigen Gesichtern, und sie alle mit ihren Gewehren und Schwertern niedermachen. Sie sah die Menschen, die sie liebte, überall tot im Schlamm des Zitternden Landes liegen. Weißer Bär hatte ihr erzählt, daß die Kriegstrupps Schwarzer Falkes viele Blaßaugen getötet hatten, selbst Frauen und Kinder. Jetzt kamen die Langmesser also, um schreckliche Rache zu nehmen. Ihr Herz schlug heftig, als sie ihr Kind streichelte und zu beruhigen versuchte.

Was ihnen bevorstand, war beschwerliche Flucht und noch weniger zu essen als bisher. Wie sollte sie fliehen, unmittelbar nach der Geburt?

Einen Augenblick lang empfand sie Haß auf Schwarzer Falke dafür, daß er sie alle in diese Lage gebracht hatte. Warum hatte die British Band vergangenen Winter nicht auf Weißer Bär gehört? Oder auf sie? Dann wich der Haß einer trostlosen Verzweiflung. Sie würde niemals den Großen Strom erreichen, sondern unterwegs sterben. Schwimmende Lilie, der sie eben erst das Leben geschenkt hatte, würde ebenfalls sterben, zusammen mit ihr.

Eisernes Messer verließ sie wieder. Weißer Bär wandte sich ihr zu, und jetzt sah sie in seinen Augen dieselbe Hoffnungslosigkeit, die auch sie empfand. Wenn auch er aufgab, waren sie wirklich verloren. Warum dann also sich noch der Qual des ohnehin vergeblichen Versuchs der Flucht vor den Langmessern unterziehen? Da konnten sie genauso gut hier bleiben und die Langmesser erwarten und sich von ihnen gleich töten lassen.

»Die Schildkröte«, sagte Weißer Bär, »hat mir gesagt: Die vielen, die Schwarzer Falke über den Großen Strom folgen, werden wenige sein, wenn sie zurückkehren.«

Ein Schauder überlief sie angesichts der sich nun bewahrheitenden Prophezeiung.

Das kleine Bündel in ihren Armen regte sich. Zorn stieg in ihr auf. Ungeachtet der blinden Fehler Schwarzer Falkes und ungeachtet des tödlichen Hasses der Langmesser – sie und ihr Mann und ihr Sohn und ihr neugeborenes Kind ließen sich nicht einfach abschlachten!

»Dann werden wir eben nicht den Großen Strom überschreiten«, sagte sie entschlossen, »sondern uns anderswo hinwenden. Geh und hole Adlerfeder und Woodrow! Ich packe inzwischen unsere Sachen zusammen.«

Er lächelte ihr dankbar zu, drückte sie an sich und hielt sie fest. Sie spürte Kraft und Stärke aus seiner Umarmung in sie fließen.

»Die ersten paar Tage werde ich noch nicht gehen und auch nicht reiten können. Du mußt mich auf einen Wagen binden und mich ziehen, wie wir es mit alten Leuten machen.«

»Und wenn ich dich auf meinen Armen tragen müßte«, sagte er, »würde ich das tun.«

Nun, da sie ihre Entschlossenheit weiterzuleben wiedergefunden hatte, lächelte sie ihm zu und schmiegte sich eng an ihn. Sie war selbst die Liebe. Die Kraft eines großen Geistes, vielleicht der Erschafferin der Erde, die sie sich einmal vorgestellt hatte, erfüllte sie ganz.

Die Schildkröte, dachte sie, hatte gesagt, daß viele sterben würden. Aber auch, daß einige überlebten.

Und zu diesen würden sie gehören, sie und ihr Mann und ihre Kinder.

19

Getrennte Wege

Die sinkende Sonne, die das flache Land am Fuße eines Berges am Großen Strom erwärmt hatte, warf lange Schatten über die ausgezehrten Züge Roter Vogels und Nancys. Sie waren alle völlig abgemagert. Immer stärker beunruhigte Weißer Bär, dessen Magen selbst schon lange leer war, die Furcht um sie beide.

Hat der Erschaffer der Erde dieses Volk aufgegeben? Nein; viel schlimmer: dies ist das Schicksal, das er uns zugedacht hat! Er verteilt Böses und Gutes nach seinem Willen auf alle seine Kinder.

Roter Vogel fragte müde: »Was hat der Rat beschlossen?« Sie öffnete die Schlinge, in der sie Schwimmende Lilie auf dem Rücken trug, und wiegte das Kind in ihren Armen, während sie in das winzige braune Gesicht blickte. Weißer Bär wußte, was sie dachte. Das Kind war zu still.

»Schwarzer Falke will nach Norden«, antwortete er ihr, »und Zuflucht bei den Chippewa suchen. Er holte den Kompaß, den er von seinem Vater hat, aus seinem Medizinbeutel und zeigte ihn herum. Wir müßten dessen Pfeil folgen, erklärte er. Aber Eisernes Messer widersprach ihm.«

Roter Vogel bekam große Augen. »Mein Bruder war nie anderer Meinung als Schwarzer Falke. Schwarzer Falke ist dreimal so alt wie er.«

»Er hat für viele der jungen Tapferen gesprochen«, sagte Weißer Bär. »Sie wollen hier und jetzt über den Großen Strom und dem Krieg ein Ende machen. Schwarzer Falke hat darauf hingewiesen, daß wir lediglich drei Kanus haben. In jedes passen sechs Leute, und zwei von diesen müssen jedes Boot wieder zurückbringen. Auf diese Weise fast tausend Menschen überzusetzen bedeute, sagte er, daß die Langmesser uns einholen würden, lange bevor alle auf dem anderen Ufer sind. Eisernes Messer entgegnete, sie würden große Flöße bauen und weitere Kanus. Am Ende waren die drei Häuptlinge und die meisten Krieger dafür, über den Fluß zu gehen. Nur wenige blieben auf Schwarzer Falkes Seite mit der Meinung, nach Norden weiterzuziehen.«

Der Weg von Osten nach Westen, von ihrem Lager im Zitternden Land bis hierher, wo sich der Gefährliche-Axt-Fluß in den Großen Strom ergoß, hatte bereits einen ganzen Mond in Anspruch genommen. Das Land, durch das sie auf einem alten Winnebago-Pfad gezogen waren, war anfangs freie Prärie gewesen. Dann war das Land, je weiter westwärts sie kamen, immer wilder und bergiger geworden. Zuletzt hatten sie ihren eigenen Troß kappen müssen. Sie markierten ihren Weg mit zurückgelassenen Kesseln, Decken, Zeltpfählen und anderen Dingen, die einfach zu schwer wurden, sie weiter mitzuschleppen – und auch mit ihren sterbenden Alten, die nicht mehr weiter konnten, und mit ihren toten Kindern. Das einzige Gute an diesem rauhen Land war, daß es ihren Verfolgern, den Langmessern, noch mehr Schwierigkeiten bereitete als ihnen vorwärtszukommen, so daß sie sich nun, da sie den Großen Strom erreicht hatten, in der Gewißheit wußten, zwei Tagemärsche Vorsprung vor ihnen zu haben.

Er wiederholte, was er Roter Vogel erläutert hatte, Nancy auf englisch.

»Wenn der Stamm sich teilt, wohin gehen wir dann?« fragte sie.

»Ich bat Schwarzer Falke«, sagte er, »ich flehte ihn sogar an, dich und Woodrow freizulassen.« In der Erinnerung an Schwarzer Falkes Starrsinn überkam ihn neuer Zorn. »Aber er weigert sich nach wie vor. Er will euch beide auf jeden Fall mit sich nach Norden nehmen.«

»Die Blaßaugen-Gefangenen«, sagte Roter Vogel, »sind aber doch jetzt kein Nutzen oder Vorteil mehr für ihn!«

Weißer Bär freute sich, daß Roter Vogel inzwischen so viel gelernt hatte, um einem Gespräch auf englisch dem Sinn nach folgen zu können. Er wollte Roter Vogel auf keinen Fall von irgend etwas ausschließen oder übergehen, besonders nicht, seit er Nancy *erkannt* hatte.

»Das ist richtig«, sagte er zu ihr auf Sauk. »Wenn wir mit den Langmessern noch einmal zusammentreffen, werden sie sofort schießen und nicht erst danach fragen, ob wir Blaßaugen bei uns haben. Ich will Gelbes Haar und Woodrow von hier weghaben, bevor es einen neuen Zusammenstoß gibt.«

Es hatte bereits einen großen Zusammenstoß mit den Langmessern gegeben, auf halbem Wege ihres Trecks, am Südufer des Ouisconsin-Flusses. Auf beiden Seiten hatte es viele Tote gegeben, aber Schwarzer Falke war es gelungen, nach Einbruch der Dunkelheit mit den meisten seiner Leute zu fliehen. Jetzt konnte Weißer Bär fast hören, wie die gewaltige Armee der Langmesser hinter ihnen geräuschvoll durch die Wälder brach.

Nancy schüttelte energisch den Kopf. »Ich fühle mich sicherer bei euch hier.« In ihren Augen standen Tränen.

Seit Roter Vogel sie ermutigt hatte, auf sein Lager zu kommen, hatte er diesen Zeitpunkt gefürchtet: daß es sehr schmerzlich für sie werden würde, wenn die Zeit der Trennung kam.

Und für ihn selbst auch. In dem eben vergangenen Mond hatten er und Nancy Geist und Körper oftmals vereinigt. Deshalb versengte es ihm fast die Kehle, jetzt seine Entscheidung laut auszusprechen, daß Nancy die Britsh Band wieder verlassen mußte.

Er setzte sich auf einen umgestürzten Baum und streckte die Hand nach ihr aus. Nancy kam, nahm seine Hand und setzte sich neben ihn.

»Jetzt, wo der Stamm getrennte Wege gehen wird«, sagte er zu ihr, »ist für dich die beste Gelegenheit zu entkommen. Wir haben uns geliebt, aber du bist nach wie vor eine weiße Frau, und dein Vater ist von meinem Volk ermordet worden. Warum solltest du unser Schicksal teilen? Und was ist mit Woodrow? Wenn ihr zusammen geht, sind eure Chancen größer, durchzukommen und dann in Sicherheit zu sein.«

Sie neigte sich zu ihm, von Schluchzen geschüttelt. »Wenn du stirbst, will ich mit dir sterben.«

Es war gerade einen Mond her, dachte er traurig, daß sie unbedingt von der British Band fliehen wollte. Jetzt hielt ihr Herz sie buchstäblich gefangen.

Was hatte Eva doch Adam beim Auszug aus dem Paradies gesagt? *Mit dir gehen bedeutet hier bleiben. Bleiben ohne dich bedeutet unfreiwillig fortgehen.*

»Man stirbt nicht freiwillig«, sagte er sanft. »Und würdest du bleiben, wenn du die Chance hast zu entkommen, dann wäre das Tollheit.«

Aber eben diese Tollheit verspürte er ja in sich selbst. Da war ein Teil von ihm, der sie unter allen Umständen behalten wollte, der wollte, daß sie blieb, wie auch alles enden mochte. Er mußte sich bewußt dazu zwingen, bei seinem Plan für ihr Entkommen, den er sich ausgedacht hatte, zu bleiben.

Aus dem Wald am Südufer des Gefährliche-Axt-Flusses kamen Adlerfeder und Woodrow, die Arme voller Holz für ein Wickiup, das jetzt aber nicht mehr gebaut zu werden brauchte.

Er beugte sich zu Woodrow nieder und faßte ihn an den Schultern.

»Hör zu, Woodrow. Heute nacht wirst du zusammen mit Miß Nancy fliehen und zu den Weißen zurückkehren, und ich helfe euch dabei.« Auch den Jungen verlor er nicht gern.

Adlerfeder, der dabeistand, sagte kein Wort. Aber seine betrübte Miene zeigte, daß er verstanden hatte, worum es ging.

»Ich glaube, Miß Nancy und ich könnten den Weg zu den Weißen auch alleine finden, wenn wir dem Flußlauf folgen«, sagte Woodrow unsicher. Mit seinem perlenbestickten Stirnband, das ihm Eisernes Messer geschenkt hatte, und seinem von der Sommersonne dunkel gebräunten Gesicht sah er inzwischen fast wie ein Sauk-Junge aus, wenn da nicht seine blonden Haare gewesen wären. Sehr viel glücklicher über den Abschied vom Stamm als Nancy schien auch er nicht zu sein.

»Kommt nicht in Frage«, sagte Weißer Bär mit Entschiedenheit. »Allein lasse ich euch nicht losziehen. Ich gehe mit euch, bis ich euch in Sicherheit weiß. Südlich von hier am Fluß liegen Prairie du Chien und Fort Crawford. Wenn wir in diese Richtung gehen, stoßen wir mit großer Wahrscheinlichkeit auf einige eurer Leute.«

»Ich habe keine Leute außer euch hier«, sagte Woodrow jedoch. »Bei euch bin ich besser behandelt worden als von meinen eigenen Leuten.«

Weißer Bär schnürte sich die Kehle zusammen. Es fiel ihm ein, wie er sich vor sieben Jahren mit Händen und Füßen dagegen gesträubt hatte, den Stamm zu verlassen, als sein Vater Sternenpfeil ihn holen gekommen war.

Er spürte Adlerfeders große blaue Augen unverwandt auf sich gerichtet. »Und was wird aus Mutter und Schwimmender Lilie und mir?« fragte Adlerfeder. »Gehen wir jetzt über den Großen Strom?«

Was hatte die Schildkröte ihm in seiner Vision doch gesagt? Er blickte hinaus auf den Fluß, auf dem die rote untergehende Sonne glitzerte, und ein Schauer überlief ihn. Sein Schamanensinn sagte ihm, daß diejenigen, die versuchten, sich wieder über den Strom zurückzuziehen, Schlimmes erwartete.

»Nein«, sagte er. Er blickte hinüber zu Roter Vogel, die das Kind an ihrer Brust hatte. »Spätestens übermorgen werden die Langmesser hier sein. Ich will, daß du mit Schwarzer Falke ziehst. Obwohl ich glaube, daß uns Schwarzer Falke nicht weise geführt hat, ist es trotzdem sicherer, nach Norden zu gehen. Drei Hütten, etwa fünfzig Leute, gehen mit Schwarzer Falke. Es sind Eulenschnitzer, Fliegende Wolke und Wolfspfote.« Er schüttelte betrübt den Kopf.

»Was ist?« fragte Roter Vogel.

»Auch Wolfspfote ist nicht Schwarzer Falkes Meinung, daß es richtig sei, nach Norden zu ziehen. Deshalb bleibt zwar er selbst bei ihm, aber seine beiden Frauen und seine Kinder läßt er hier, damit sie mit über den Großen Strom setzen. Dort, glaubt er, sind sie sicherer. Aber ich bin der Meinung, daß er sich irrt.«

Er blickte wieder hinaus auf den rotschimmernden Fluß und schüttelte noch einmal den Kopf.

»Wolfspfote hat die richtige Entscheidung für seine Familie getroffen«, sagte eine tiefe Stimme hinter ihm. Er drehte sich um. Eisernes Messer stand vor ihm, eine große Silhouette im Gegenlicht vor der sinkenden Sonne. Hinter ihm stand eine sehr viel kleinere Silhouette, die er sofort erkannte – Sonnenfrau.

Er eilte zu seiner Mutter, legte den Arm um sie und führte sie zu dem umgestürzten Baum, damit sie sich dort setzte. Unter ihrem Lederkleid spürte er ihre Knochen. Auch sie war abgemagert.

»Wie geht es meiner Mutter?«

Sie tätschelte seine Hand. »Ich bin sehr müde. Aber ich lebe.«

»Bist du hungrig?«

»Ein Gutes hat es, wenn man alt wird. Man verlangt nicht mehr so sehr nach Nahrung.«

Er war sofort sehr erleichtert darüber, daß sie also ihre wenigen gekochten Wurzeln und Fladen nicht mit ihr teilen mußten, und gleich danach beschämt über diesen Gedanken, seiner eigenen Mutter die Nahrung nicht zu gönnen.

Wenn man alt wird, hatte sie gesagt. Sie war doch noch keine alte Frau! Nach dem, was er von ihr wußte, konnte sie noch keine fünfzig Sommer zählen. Aber gleichwohl war die Frau, die da vor ihm saß, schrecklich abgemagert und gebeugt. Die Entbehrungen der vergangenen Monde hatten sie weit über ihre Jahre altern lassen.

Es raubte ihm fast den Atem, als er sich bewußt wurde, daß sie möglicherweise nicht mehr sehr lange zu leben hatte.

Eisernes Messer beugte sich zu Roter Vogel hinab und umarmte sie. Dann strich er Woodrow über den Kopf, und in seinen Augen glitzerte es verräterisch. Eisernes Messer, der Anführer des Kriegstrupps, der Woodrow gefangennahm, war es gewesen, der darauf bestanden hatte, dem Jungen das Leben zu lassen.

Wie alle anderen war auch Eisernes Messer längst nur noch Haut und Knochen, aber er war nach wie vor groß, einen Kopf größer als Weißer Bär, der ihn eine Weile nachdenklich betrachtete und überlegte, ob er ihn um seine Hilfe bei der Flucht Nancys und Woodrows bitten konnte.

Eisernes Messer sagte: »Mit Schwarzer Falke zu ziehen bringt keine Sicherheit. Er hat uns gesagt, die Briten und die Potawatomi und die Winnebago kämen auf unsere Seite, aber nichts ist geschehen. Jetzt sagt er, die Chippewa werden uns helfen. Er weiß selbst ganz genau, daß auch das nicht stimmt. Außerdem muß er, bevor er zu ihnen kommt, erst noch viele Tage lang durch das Gebiet der Winnebago, und von denen helfen inzwischen die meisten den Langmessern bei unserer Verfolgung.«

»Schwarzer Falke weiß«, sagte Sonnenfrau, »daß er nicht länger Häuptling sein wird, wenn wir den Rest unseres Stammes in Ioway erreichen. Es besteht ja kein Zweifel, daß es denen, die Der sich gewandt bewegt als ihren Häuptling anerkannt haben, genauso gut geht wie uns schlecht. Schwarzer Falke wird nur noch Zweiter hinter Der sich gewandt bewegt sein. Das sitzt ihm im Schlund wie eine Fischgräte. Lieber führt er uns weiter, bis wir alle tot sind.«

Weißer Bär mußte seiner Brust eine feste, überzeugte Stimme abringen. »Aber ihr habt nicht genug Zeit, zusätzliche Kanus und Flöße zu bauen, bevor die Langmesser hier sind.«

Es war klar, daß in den Köpfen der Langmesser übermächtig die Namen Kellogg's Grove, Alter Manns Flüßchen, Apfel-Fluß-Fort, Indian Creek und Victor standen und daß in ihren Sinnen das Verlangen nach Rache alles andere überschattete.

Eisernes Messer setzte sich ebenfalls auf den umgefallenen Baum neben Sonnenfrau und deutete hinaus auf den Strom. »Wenn sie angreifen, ehe wir übergesetzt sind, können wir uns dort auf der Insel verteidigen.«

Die Sonne war eben hinter den Hügeln im Westen versunken. Der Große Strom reflektierte jetzt nur noch das fahle Blauschwarz des sich verdunkelnden Himmels. Einen Pfeilschuß vom Ufer entfernt zog sich im Fluß eine langgestreckte niedrige, mit Gebüsch und Tannen bewachsene Insel hin.

Weißer Bär erschauerte. Sein innerer Schamanensinn zeigte ihm die Insel als Stätte von Schrecken und Grauen, als Insel des Todes. Der Name des Flusses, an dessen Mündung sie lagerten, war ihm ebenfalls wie ein böses Omen. Gefährlicher-Axt-Fluß.

Er versuchte, das heftige Klopfen seines Herzens zu ignorieren, und setzte dazu an, Eisernes Messer in seine Pläne mit Nancy und Woodrow einzuweihen. Eigentlich hatte er nicht die Absicht, irgend jemanden einzuweihen. Wenn Eisernes Messer auch noch ausdrücklich dagegen war, den beiden Blaßaugen zur Flucht zu verhelfen, war ohnehin alles verloren. Er setzte an zu sprechen und zögerte wieder.

Aber er brauchte Eisernes Messer. Er mußte Pferde beschaffen und die Wachen ablenken. Und Roter Vogels Bruder hatte ihm auch noch stets geholfen, wenn er seine Hilfe benötigte. Es mußte sein, er mußte mit ihm sprechen.

Er sagte: »Eisernes Messer, es wäre für Gelbes Haar und Woodrow weder gut, mit über den Strom zu setzen, noch, mit Schwarzer Falke zu ziehen. Ich habe sie unter meinen Schutz genommen und habe jetzt Angst um sie. Wenn es zum Kampf kommt, kann es leicht geschehen, daß sie von den Langmessern aus Versehen getötet werden.«

Eisernes Messer brummte: »Es täte mir leid, wenn das geschähe.«

Sein Herzschlag wurde ruhiger. Er fühlte sich jetzt schon sicherer.

Er holte tief Atem und fuhr fort: »Ich habe darüber nachgedacht, ihnen zur Flucht zu verhelfen.«

Eisernes Messer lächelte ihm zu, griff über Sonnenfrau hinweg und klopfte ihm auf das Knie. »Das ist gut.«

»Es ehrt dich, mein Sohn«, sagte Sonnenfrau.

Ein Stein fiel ihm vom Herzen. »Ich hatte gehofft, daß ihr das so seht wie ich.«

»Ich melde mich zur Pferdewache heute nacht«, sagte Eisernes Messer. »Kommt, wenn ihr soweit seid, und ich halte drei Pferde für euch bereit.«

Sonnenfrau sagte: »Aber wenn dich die Langmesser mit Gelbes Haar und dem Jungen sehen, werden sie dich sofort erschießen.«

Er legte einen Arm um sie und zog sie an sich. »Gefahren sind jetzt überall um uns herum, Mutter. Ich glaube, diejenigen, die mit Schwarzer Falke nach Norden gehen, sind am sichersten. Roter Vogel und die Kinder sollen mit ihm ziehen, und du solltest es ebenfalls. Versuche nicht, über den Fluß zu kommen.«

»Ich bin genug gelaufen«, sagte Sonnenfrau jedoch. »Meine Beine tun mir weh, und ich habe Wunden an den Füßen. Wenn ich mit Schwarzer Falke gehe, ende ich nur wie alle alten Leute, die am Wegesrand sitzen bleiben und auf den Tod warten.«

»Ich spreche als Schamane«, sagte Weißer Bär. »Ich habe ein böses Gefühl, was diese Flußüberquerung angeht.«

Sonnenfrau stand auf. »Und ich spreche als Medizinfrau. Ich habe viele Todesarten gesehen, aber ich ertrinke lieber oder lasse mich niederschießen, als langsam an Hunger und Kraftlosigkeit zugrunde zu gehen.«

Er umarmte seine Mutter noch einmal. »Ich weiß, wir werden uns im Westen wiedersehen«, sagte er. Sie beide wußten, daß das doppelsinnig war: entweder jenseits des Stromes oder am anderen Ende des Pfades der Seelen.

»Mein Sohn«, sagte Sonnenfrau, »du hast meinem Herzen Freude bereitet. An jedem Tag deines Lebens hast du Mut und Würde bewiesen. Möge es immer so bleiben.«

Roter Vogel umarmte Sonnenfrau und ihren Bruder lange. Als sie fort waren, gingen sie und Weißer Bär in den dichten Wald am Ufer des Großen Stromes.

Hier, fern der anderen, wurde ihm das schrille Zirpen der Grillen in der Nachtluft bewußt. Ihn umsirrten Mücken, die ihn in das Gesicht und in die Hände stachen. Zwar war ihnen schon seit langem das Öl, das sie fernhielt, ausgegangen. Aber die Schrammen und Wunden auf ihrem schweren Weg alle die vergangenen Monde hatten ihre Haut und ihren Geist unempfindlich gemacht, so daß Mückenstiche wirklich das kleinste Übel waren.

Auf einer kleinen Lichtung in einem Gehölz junger Ahornbäume legten sie sich nieder. Er legte ihr die Hand auf die Brust, die voller als sonst war, weil prall von Milch für das Kind, und sie ließ ihr Gewand von den Schultern gleiten, damit er sie berühren konnte. Sehr vorsichtig, weil er wußte, daß sie vom Stillen empfindlich waren, liebkoste er ihre Brustwarzen mit den Fingerspitzen.

»Wenn ich heute nacht losgehe«, sagte er, »lasse ich dir das Messer mit dem Hirschhorngriff da, das ich von meinem Vater habe. Ich muß unbewaffnet sein, damit die Langmesser mich nicht töten, falls sie mich fangen. Bewahre es für mich auf, bis ich wiederkomme.«

»Ich habe Angst«, flüsterte sie. »Wenn du mit Gelbes Haar und Woodrow fort bis, weiß Schwarzer Falke, daß du ihnen zur Flucht verholfen hast. Was wird er dann mit dir machen, wenn du zurückkommst?«

»Dann wird sein Zorn verflogen sein. Er wird begriffen haben, daß er die beiden nicht wirklich als Geiseln benötigte.«

Außerdem war immer noch die Frage, ob er wirklich zurückkam. Er konnte getötet oder zumindest gefangengenommen werden. Das letzte Mal, als er zu den Langmessern gegangen war, hatten sie ihn fast umgebracht. Niemals konnte er seitdem den Anblick des explodierenden Kopfes von Kleine Krähe vergessen und das in alle Richtungen spritzende Blut, als Armand Perraults Kugel ihn traf. Wenn ihm so etwas widerfuhr, spielte der Zorn Schwarzer Falkes für ihn keine Rolle mehr.

Roter Vogel schmiegte sich enger an ihn, und sie streichelten einander. »Ich glaube nicht, daß irgendein Sauk-Krieger je bereit wäre, seinem Häuptling Gefangene zu stehlen. Ich glaube, du tust dies, weil du so lange unter den Blaßaugen gelebt hast.«

Er spürte, wie er sie begehrte. Seit Schwimmende Lilie geboren worden war, hatten sie erst zweimal miteinander geschlafen. Er zog ihren Rock hoch, um ihren Leib und die weiche Innenseite ihrer Schenkel streicheln zu können.

»Was ich bei den Blaßaugen gesehen habe«, sagte er mit leichter Verbitterung über ihre Bemerkung, obgleich er im Augenblick daranging, sie zu lieben, »so sind sie ihren Häuptlingen sehr viel gehorsamer als wir. Auch wenn es uns Tränen bereitet, müssen wir, wenn unser Volk nicht von der Erde verschwinden soll, lernen, unseren Führern genauso zu gehorchen wie sie. Aber heute nacht muß ich meinem Kriegshäuptling den Gehorsam verweigern.«

»Wir müssen uns ändern?« fragte Roter Vogel. »Aber verschwinden wir nicht auch dann schon von dieser Erde, wenn wir genauso werden wie die Blaßaugen?« Dann flüsterte sie leise: »Oh«, als sie die Lust seiner Berührung an ihrer feuchten Wärme spürte. Sie löste seinen Lendenschurz, und sein Atem wurde schneller, als ihre Fingerspitzen eine Weile an ihm spielten. Dann umfaßte sie seine Härte fest. Er stöhnte, als er den Druck ihrer Finger spürte. Er dachte: Eigentlich müßte ich meine Kraft aufsparen. Er mußte die ganze kommende Nacht wach sein und mit Nancy und Woodrow reiten, und vermutlich auch morgen den ganzen Tag über. Aber es konnte ja sein, daß dies das letzte Mal war, daß er und Roter Vogel so zusammenlagen.

Er kam über sie und ließ ihre kleine, sanfte Hand ihn in sie einführen. Sie stöhnte laut auf vor Lust.

Über den Hügeln diesseits des Flusses war die schmale Neumondsichel aufgegangen. Weißer Bär, Nancy und Woodrow huschten südlich des Lagers über eine Wiese in einem Tal zwischen den Bergen.

Hier draußen hielten sich die wenigen noch übrigen Pferde zum Grasen und Schlafen auf. Vom Nordende des Lagers direkt am Ufer des Gefährliche-Axt-Flusses waren Stimmen hörbar und der Widerschein der

Lagerfeuer zu sehen. Die Männer dort brachen Rinden von den Ulmen, um einfache Kanus zu binden, und fügten Treibholz zu Flößen zusammen.

Sie kamen an das Ende der Wiese. Die Pferde standen still als dunkle Schatten. Weißer Bär konnte Nancy dann und wann ein Schluchzen unterdrücken hören. Sie hatte schon den ganzen Abend über geweint.

Er hatte den Wunsch, sie in die Arme zu nehmen und festzuhalten und ihr zu sagen, daß sie ihn nicht verlassen müsse. Er war ja der Anlaß ihres Kummers und konnte doch nichts dagegen tun. Er konnte ihr möglicherweise das Leben retten, aber glücklich machen konnte er sie nicht.

Der große Schatten von Eisernes Messer stand plötzlich vor ihnen.

»Ich habe die drei Pferde für euch bereit gemacht«, sagte er. »Ich habe sogar noch Sättel gefunden, so könnt ihr leichter reiten. Sie gehörten Gefallenen des Kampfes am Ouisconsin-Fluß.«

Weißer Bär hatte die Flinte und das Pulverhorn bei sich, die ihm Frank seinerzeit mitgegeben hatte. Er reichte sie nun Eisernes Messer. »Für dich, nimm sie. Ich habe sie von einem meiner Blaßaugen-Onkel bekommen. Mir würde sie nichts nützen, falls ich jetzt auf Langmesser träfe.«

Eisernes Messer nahm das Gewehr und hängte sich das Pulverhorn um die Schulter. »Möge der Geist des Großen Flusses über euch wachen.«

Weißer Bärs Herz schmerzte. Er öffnete den Mund, um Eisernes Messer noch einmal aufzufordern, doch mit Schwarzer Falke zu ziehen und nicht hier an der Mündung des Gefährliche-Axt-Flusses zu bleiben. Aber er wußte, daß Eisernes Messer sich bereits fest entschieden hatte; Roter Vogels Bruder war nicht nur körperlich stark, sondern auch in seinen Entscheidungen.

Er sagte also nichts mehr, sondern faßte ihn nur an den Schultern und drückte ihn heftig.

Schweigend führten sie ihre Pferde am Flußlauf entlang und suchten sich ihren Pfad durch dünnbestandene und niedrige Sträucher. Weißer Bär blickte sich fortwährend um, und erst als die Lagerfeuer im Norden nicht mehr zu sehen waren, flüsterte er Nancy und Woodrow zu aufzusitzen.

Er ließ sein Pferd sich seinen Weg am Ufer entlang selbst suchen. Oftmals schreckte er auf dem nächtlichen Ritt nach Süden hoch, weil er eingedöst war. Er war nicht nur von der allgemeinen Anstrengung und dem Mangel an Schlaf müde; auch der Hunger machte müde. Er blickte zu der hauchdünnen Mondsichel empor. Sie stand genau über dem Fluß. Als sie später im Westen versank, hielt er an und sagte Nancy und Woodrow, sie sollten bis zum Sonnenaufgang schlafen.

Sie banden die Pferde an junge Bäume und lagerten sich unter den weit ausladenden Ästen einer großen Fichte. Woodrow schlief fast auf der Stelle ein. Nancy kam in seine Arme und bedeutete ihm wortlos, daß sie ihn begehrte. »Vergib mir«, sagte er. »Aber ich bin todmüde.«

Sie streichelte ihn verständnisvoll. Aber ihr Gesicht, das sie an seines legte, war tränennaß.

Sie schlief schließlich, den Kopf auf seiner Brust, ein.

Das Tageslicht und das laute Vogelgezwitscher in den Bäumen weckten sie auf. Kurz danach ritten sie bereits weiter. Sie kamen durch ein verlassenes Rindenhüttendorf am Fluß. Er war sich sicher, daß es ein Winnebago-Dorf gewesen war. Mit Schwarzer Falke befreundete Winnebago hatten ihnen erzählt, daß die Langmesser angeordnet hatten, alle Winnebago müßten sich in Sichtweite ihrer Forts aufhalten, um sicherzustellen, daß sie nicht Schwarzer Falke unterstützten.

Von dem Dorf aus führte ein Pfad am Flußufer entlang südwärts, den sie benützten. Bis zum Abend mußten sie dann wohl in der Nähe der Siedlung Prairie du Chien und der Langmesser von Fort Crawford sein.

Als die Sonne hoch über dem Fluß stand, hörte er Laute, die ihm Angstschauer über den Rücken jagten – die langgezogenen Kommandoschreie der Langmesseroffiziere. Sie kamen von Süden her.

Wie ein Schreckensbild stand die Ahnung vor ihm auf: Eine große Langmesserarmee kam von Osten her. Aber jetzt auch hier eine von Süden. Beide waren sie unterwegs zur Mündung des Gefährliche-Axt-Flusses, wo viele Menschen in diesem Moment fieberhafte Anstrengungen unternahmen, über den Fluß zu setzen.

Kurz darauf war auch das Getrappel vieler Hufe zu hören.

Sein erster Gedanke war, auf der Stelle umzukehren und zurückzugaloppieren, um die British Band zu warnen. Sie hatte doch keine Ahnung, daß hier von Süden noch eine zweite Armee kam, die ihr auch schon viel näher war.

Nancy sagte: »Laß uns jetzt besser allein. Auf dich schießen sie nur.«

Obgleich er Angst um sich selbst und um sein Volk hatte und ihr deshalb eigentlich zustimmen wollte, schüttelte er doch entschlossen den Kopf.

»Ich bleibe bei euch, bis ich euch in Sicherheit weiß. Es dauert ja ohnehin nur noch einige Minuten.«

Es dauerte tatsächlich nicht mehr lange, bis er unter den Bäumen in der Ferne die ersten Sternenbanner wehen und Messingknöpfe in der Sonne aufblitzen sah. Auf einer freien Stelle des Pfades, wo Nancy und Woodrow aus der Ferne zu sehen waren, hielt er an.

»Bleibt auf dem Pfad. Nancy, lege deine Zöpfe nach vorne, damit sie dein blondes Haar sehen. Woodrow, nimm dein Stirnband ab. Du willst doch auch, daß sie dich als Weißen erkennen. Haltet eure Pferde still und hebt, wenn ihr die ersten Soldaten seht, die Hände über den Kopf und ruft sie auf englisch an.«

O Erschaffer der Erde, beschütze sie. Mehr konnte er nicht mehr für sie tun.

Nancy küßte ihn heftig auf den Mund.

»Ich liebe dich so sehr«, stammelte sie, und die Stimme versagte ihr fast. »Und ich weiß, daß ich dich nie mehr wiedersehe. Nun reite, los, reite fort!«

Er führte sein Pferd zurück unter die Bäume zwischen Fluß und Böschung, band es an und robbte durch das Gebüsch zurück, um Nancy und Woodrow zu beobachten.

Voller Angst, daß sie von gedankenlosen Soldaten niedergeschossen werden könnten, ehe sie erkannt wurden, hielt er den Atem an.

Hufe kamen galoppierend näher.

Dann hörte er Nancy rufen: »Hilfe! Helft uns bitte! Wir sind Weiße!«

Gut.

Zwei Mann mit hohen zylinderartigen Feldmützen und blauen Uniformjacken mit gekreuzten Riemen kamen zu den beiden geritten, die nun die Hände sinken ließen. Nach einem kurzen Gespräch ritten sie zu viert auf dem Pfad weiter südwärts.

Er atmete erleichtert durch. Einen Augenblick lang konnte er sich gar nicht bewegen, so sehr hatte ihn die Furcht um Nancy und Woodrow mitgenommen. Er sprach flüsternd ein Dankgebet zu dem Erschaffer der Erde.

Dann kroch er zurück zu seinem Pferd und führte es, bis er einen Wildpfad fand, auf dem das Pferd vorankam. Er stieg auf und ritt im Trott wieder nach Norden.

Er war gerade auf dem Winnebago-Pfad zurück, als sich ein sirrender Pfeil direkt vor ihm in den Boden bohrte. Er war so überrascht, daß er fast vom Pferd fiel. Er zog die Zügel an.

Unter den Bäumen vor ihm kamen Reiter hervor. Sie kamen schweigend auf ihn zu. Sie waren zu fünft. Zwei hatten ihre Gewehre auf ihn im Anschlag, die anderen drei Pfeil und Bogen. Es waren Indianer, aber sie trugen Hemden und Hosen von Blaßaugen. Ihr volles Haar war lang und mit Bändern in leuchtenden Farben zusammengebunden.

Er seufzte ergeben und hielt ihnen seine offenen Handflächen seitlich entgegen zum Zeichen, daß er unbewaffnet war. Da die Winnebago-Krieger ihn ohne jede Warnung auch hätten vom Pferd schießen können, nahm er an, daß es ihnen nicht darum ging.

Der Indianer auf der rechten Seite hatte Pfeil und Bogen direkt auf sein Herz gerichtet und fragte ihn auf Sauk: »Ich werde Welle genannt. Wir suchen Schwarzer Falke, wo finden wir ihn?«

Er versuchte es ins Scherzhafte zu ziehen: »Wieso, wollt ihr an seiner Seite gegen die Langmesser kämpfen?«

Welle lachte und übersetzte es seinen Gefährten, die ebenfalls lachten. Er trug die rote und weiße Feder eines Tapferen in seinen baumelnden Ohrringen, und zwei weitere steckten aufrecht in seinen Haaren.

»Die Langmesser«, sagte Welle, »haben jedem, der Schwarzer Falke fängt, Pferde und Gold versprochen. Wir sind keine Feinde der Sauk, aber wir wollen Freundschaft mit den Langmessern.« Er sprach Sauk fließend und ohne Akzent.

»Es ist eine Schande«, antwortete er ihm, »daß die Winnebago auf der Seite der Langmesser kämpfen. Eines Tages werden sie euch euer Land wegnehmen, wie sie es mit uns gemacht haben.«

Welle sagte achselzuckend: »Ja, aber seht euch doch an, was aus euch, die ihr gegen sie gekämpft habt, geworden ist!«

Der rote Mann stellt sich gegen den roten Mann, und nur der weiße ge-

winnt dabei. Es ist, wie ich es Roter Vogel sagte. Wenn wir in diesem Land weiter leben wollen, dann müssen wir werden wie die Weißen.

»Kommt mit«, sagte Welle. »Wir müssen dich zu dem Kriegshäuptling der Langmesser bringen.«

Er sank in sich zusammen, erkennend, daß er kein freier Mann mehr war. Er blickte um sich. Die Bäume, die Vögel, der Große Strom, alle waren sie frei, aber er war nun in der Gewalt seiner Feinde. Die Welt verdüsterte sich. Für ihn war Schwarzer Falkes Krieg vorüber. Wenn er doch nur seine Leute vor dem von Süden heranziehenden Heer hätte warnen können! Sein Herz war schwer, wenn er an das Schicksal all dieser Sauk dachte, die nun keine Warnung mehr erreichte. Die Sehnsucht nach Roter Vogel, Adlerfeder und Schwimmende Lilie überfiel ihn so stark, als wolle sie ihm das Herz aus dem Leib reißen. Hoffentlich hatten sie inzwischen das Lager am Gefährliche-Axt-Fluß verlassen und zogen bereits mit Schwarzer Falke nordwärts! Vermutlich sah er sie nie wieder. Wahrscheinlich töteten ihn die Langmesser.

Er seufzte und wandte sein Pferd in die Richtung, die ihm Welle wies.

Während sein Regiment vorbeiritt, stand der Kriegshäuptling der Langmesser, ein untersetzter Mann mit einem länglichen Gesicht, buschigen Brauen und harten blauen Augen, neben dem Weg und musterte Weißer Bär. Er hatte sich ihm als Oberst Zachary Taylor vorgestellt. Neben ihm stand ein bulliger Soldat mit rotem Gesicht und drei Sergeantenstreifen am Ärmel. Er starrte Weißer Bär mit unverhülltem Haß an.

»Was sind Sie, ein abtrünniger Weißer?« wollte Taylor wissen. »Wieso sprechen Sie so perfekt Englisch?«

»Ich bin ein Sauk, Oberst. Mein Name ist Weißer Bär. Mein Vater war ein Weißer, und er nahm mich einige Jahre lang zu sich, um mich erziehen zu lassen.«

»Schön, Weißer Bär, und was machen Sie in diesem Gebiet? Haben Sie die weiße Frau und den Jungen, die wir gerade geborgen haben, verfolgt?«

»Ich war es, der sie zu Ihnen gebracht hat.«

Taylor knurrte. »Was? Das soll ich Ihnen glauben?«

»Miß Hale wird es Ihnen bestätigen.«

»Tja, wir haben sie und den Jungen bereits nach Fort Crawford geschickt, sie ist nicht mehr hier. Also muß das wohl warten. Aber immerhin, Sie wissen ihren richtigen Namen. Wo stecken die anderen Sauk? Versuchen sie, über den Mississippi zu kommen?«

»Ich kann Ihnen nicht helfen, Oberst, nicht mehr, als Sie uns sagen würden, wenn Sie von den Sauk gefangen würden.«

»Sir«, meldete sich Taylors Sergeant, »geben Sie mir und einem halben Dutzend Männer dieses Halbblut auf einen kleinen Spaziergang in den Wald mit. Wir kriegen schon heraus, was Sie wissen wollen.«

»Nein, Benson, nein.« Taylor wischte den Vorschlag unwirsch mit einer Handbewegung beiseite. »Das bringt gar nichts. Es dürfte Ihnen doch bekannt sein, daß Indianer dazu erzogen sind zu beweisen, wie sie Schmerz und Marter ertragen können! Was haben wir davon, wenn er uns Indianerlieder vorsingt, bis er stirbt. Und denen zuzuhören könnte für Sie schmerzlicher sein als alles, was Sie ihm antun können.«

»Na gut, dann knallen wir den Bastard ab und fertig. Die Miliz macht keine Gefangenen. Warum sollten wir es also tun?«

Taylor warf den Kopf zurück, und obwohl er um vieles kleiner war als der Sergeant, brachte er es doch fertig, auf diese Weise streng auf ihn herabzublicken. »Sergeant, wir sind Berufssoldaten. Ich möchte doch hoffen, daß wir uns besser zu benehmen wissen als die Staatsmiliz. Nein, wir nehmen den Mann einfach mit. Ein Indianer, der sowohl Sauk wie Englisch spricht, könnte uns lebend von Nutzen sein. Weißer Bär, ich sehe, daß Sie volles Haar tragen und keine Federn, das heißt also, Sie haben noch niemanden getötet? Oder vielleicht nur, daß Sie nicht möchten, daß es bekannt wird?«

»Ich habe noch keinen Menschen getötet«, sagte Weißer Bär. Er überlegte kurz, ob er erwähnen sollte, daß er im Gegenteil mehr als eines Weißen Leben gerettet hatte. Doch ihm dies zu glauben, konnte man wohl nicht von ihnen erwarten.

Er sagte statt dessen: »Ich bin ein Medizinmann; ein Schamane.«

Taylor blickte ihn nachdenklich an. »Was? Ein Weißer und ebenso im Umgang mit den Geistern erzogen? Und mit dieser ganzen Sonderausbildung waren Sie nicht imstande, Schwarzer Falke vor der Katastrophe zu warnen, in die er euch geführt hat?«

Er schüttelte den Kopf. »Er hat auf andere Stimmen gehört.«

Taylors Augen wurden eng. »Nun gut, welchen Rat Sie ihm auch immer gegeben haben, jedenfalls ist es aus mit Ihrem großen Häuptling. Möge Gott mit Ihrem Volk Erbarmen haben.«

»Alles, was dieses Volk will«, entgegnete er, »ist, ungehindert den Mississippi zu überqueren und auf der anderen Seite in Frieden zu leben. Die wenigen, die noch übrig sind.«

Taylor funkelte ihn zornig an. »Dafür ist es zu spät. Die Dinge sind zu weit gediehen. Ihr Volk wird büßen müssen für alles, was geschehen ist.«

Das war unmißverständlich und raubte ihm alle Hoffnung. Dieser Mann war nicht einmal böse und haßerfüllt wie Raoul, das spürte er. Aber auch er war erbarmungslos. Was er vielleicht einmal an Verständnis und Nachsicht besessen haben mochte, war längst durch die Überfälle und Massaker Schwarzer Falkes aufgebraucht.

Zweifellos hält er sich für einen zivilisierten Menschen, auch wenn er ohne Bedenken davon spricht, daß mein Volk büßen müsse.

»Rache, Oberst?« fragte er. »Ich hielt Sie eigentlich für einen Berufssoldaten.«

Der Sergeant ballte die Fäuste. »Bitte, Sir, lassen Sie mich ihm ein wenig Respekt beibringen.«

Taylor reckte den Kopf hoch, lauschte einem fernen Geräusch und wandte sich dann stromabwärts. »Er wird eine Lektion lernen müssen, Sergeant, die noch viel bitterer ist. So wie sein ganzes Volk.«

Er hörte es jetzt ebenfalls. Rhythmisches Stampfen. Er hatte es in der Ferne schon eine ganze Weile unbestimmt wahrgenommen. Er folgte Taylors Blick. Doch es war nichts zu sehen außer ganz in der Ferne eine Rauchsäule. Er wußte trotzdem, was es war.

Noch einmal hätte er am liebsten seinen ohnmächtigen Schmerz hinausgeschrien, weil er nicht hinreiten und seine Leute warnen konnte. Es war jetzt völlig klar, was sich ereignen würde. Hier das Dampfschiff, das die zerbrechlichen Kanus gnadenlos in den Grund rammen würde, dort zwei Langmesserarmeen im Anmarsch auf das Mündungsgebiet des Gefährliche-Axt-Flusses.

Die vielen, die Schwarzer Falke über den Großen Strom folgen, werden nur noch wenige sein, wenn sie zurückkommen.

20

Blutstrom

Raoul entkorkte den Krug auf dem Kartentisch und hielt ihn Bill Helmer hin, dem Kapitän des Flußdampfers *Victory,* einem stämmigen Mann mit breiten Koteletten, der sein Steuerruder mit fester Hand hielt. Aber Helmer schüttelte nur wortlos den Kopf.

Raoul hob den Krug in Andeutung eines Toasts hoch. »Na, alsdann, auf einen fröhlichen Indianerjagdtag!« Er trank zwei lange Schlucke und fühlte sich dann stark und zufrieden.

Helmer schüttelte noch einmal den Kopf. »Mr. de Marion, es ist absolut nichts Fröhliches an einem Kampf gegen Indianer.«

»Wenn das Ihre Ansicht ist, Kapitän«, knurrte ihn Raoul an, »dann seien Sie so gut und behalten Sie's doch lieber für sich.« Ihn verlangte jetzt nach etwas Wärme, nicht nur nach der aus dem Whiskeykrug, und er verabscheute deshalb diesen humorlosen Mann, der sie ihm nicht zu geben vermochte.

Helmer wandte sich achselzuckend wieder der Beobachtung des Stroms zu.

Raoul verknotete seine Finger auf dem Rücken. Es half, merkte er, die Spannung in seinem Leib zu verringern. Er stellte sich an das Fenster des

Ruderhauses und blickte hinaus auf das bewaldete Flußufer, wo der Gefährliche-Axt-Fluß in den Mississippi mündet.

Die Miliz watete gerade nordwärts durch den Fluß. Die Leute hielten ihre Gewehre mit den aufgepflanzten Bajonetten mit gestreckten Armen hoch über ihre Köpfe empor. Der Gefährliche-Axt-Fluß war mehr ein flacher Wasserlauf als ein Fluß. Jetzt im August war er ziemlich seicht und wand sich eng durch einen breiten Gürtel hellgrünen Schilfs. Am Nordufer kletterten die Männer die Uferböschung hinauf, nahmen ihre Gewehre wieder herunter und verschwanden unter den Bäumen.

Ein feiner blauer Schleier von Pulverrauch zog sich bereits durch den Fichten- und Kiefernwald nördlich der Flußmündung. Der Knall der Gewehrschüsse hallte über das Wasser bis hierher und war auch trotz des Rumpelns und Dröhnens der mit Eichen- und gespaltenem Kiefernholz befeuerten Dampfmaschine der *Victory* hörbar.

Er fragte sich, was in den Wäldern dort drüben genau vorging. Leisteten die Indianer Widerstand, um ihre Frauen und Kinder zu verteidigen? Er hoffte nur, die Miliz stürmte unverdrossen weiter und tötete sie alle, so daß die gesamte British Band endlich ausgerottet wurde. Nach vier Monaten Jagd auf sie durch ganz Illinois und das Michigan-Territorium, nach all den unschuldig Hingemordeten – Clarissa, Phil, Andy – waren sie auch sicherlich nicht besonders nachsichtig, und das zu Recht.

Er spürte, wie ihm die Tränen kamen, und trank rasch einen Zug aus dem Whiskeykrug. Viel lieber als hier auf dem Schiff wäre er dort bei den anderen gewesen.

Ich will ihr Blut an meinen eigenen Händen haben.

Lieutenant Kingsbury kam die Treppe vom Vordeck zum Promenadendeck herauf und in das Ruderhaus. Er hatte das Kommando über die Artilleriemannschaft, die der *Victory* von Fort Crawford mitgegeben worden war. Er zog die Braue hoch, als er seine zylinderhohe Feldmütze mit der roten Feder und dem goldenen Artilleriezeichen der gekreuzten Kanonen auf den Kartentisch legte.

»Wird verdammt schwül auf dem Fluß im August.«

Raoul bot ihm seinen Krug an. »Hier. Das hilft die verdammte Hitze vergessen.«

Kingsbury grinste, bedankte sich und trank einen kräftigen Schluck.

Seine Wangen röteten sich. Er zwirbelte seinen dicken braunen Schnurrbart mit den Fingerspitzen.

»Nicht mehr viele Schüsse zu hören am Ufer draußen«, meinte er. Er reichte Raoul den Krug zurück, und Raoul trank noch einmal ausgiebig, ehe er den Krug endlich wieder abstellte.

»Genau, was ich ebenfalls dachte«, sagte er dann. »Wo zum Teufel stecken die Rothäute? Nach meiner Schätzung müssen noch an die tausend übrig sein. Sie können doch nicht alle über den Fluß gesetzt sein, ehe wir hier waren. Da hätten sie ja eine ganze Flotte Kanus haben müssen.«

Ein Kanu hatten sie geschnappt, als sie kamen, mitten im Strom. Raouls Milizscharfschützen hatten es ins Visier genommen und alle sechs Indianer darin niedergestreckt. Das Kanu war dann umgekippt und so mit der Flußströmung davongetrieben, bis es außer Sicht war.

Er griff sich das Messingfernrohr vom Kartentisch und suchte das Flußufer systematisch von einem Sichtpunkt zum nächsten ab. Er sah eine Menge Miliz, aber nicht einen einzigen Indianer.

»Sehen Sie da«, sagte Kingsbury, »da kommen Milizleute aus dem Wald.«

Raoul richtete sein Fernrohr auf die Stelle am Ufer. Die Leute zogen ihre Gewehre am Boden hinter sich her und ließen sich am Ufer nieder, wuschen sich die Gesichter mit Flußwasser ab und schüttelten unmutig die Köpfe, daß die Waschbärenschwänze an ihren Mützen flogen.

Einer allerdings kam mit breitem, zufriedenem Grinsen unter den Bäumen hervor. Er hielt drei noch blutige Skalpe, von denen schwarze Haarsträhnen herabhingen, triumphierend hoch. Ein anderer kam mit zwei indianischen Ponys. Also hatten die Sauk immer noch ein paar Pferde.

»Offenbar haben sie lediglich ein paar erwischt«, sagte Kingsbury.

Raoul trommelte mit den Fingern auf das polierte Eichenfenstersims. »Wird nur eine Nachhut gewesen sein. Die anderen könnten bereits weiter nach Norden unterwegs sein. Obwohl ich es nicht glaube. Sie wollten hier über den Mississippi, das war ihr Ziel.«

Er hatte inzwischen sein Fernrohr auf eine Flußinsel nördlich der Mündung des Gefährliche-Axt-Flusses gerichtet, an die fünfzig Yards vom Ostufer gelegen und dicht mit Fichten und Tannen bewachsen. An der Südspitze dieser Insel erkannte er am Ufer zwei Rindenkanus mit leckgeschlagenen Böden. Zwischen Insel und Flußufer sah das Wasser blaßgrün aus, war dort also seicht.

»Ich habe so ein Gefühl«, sagte er, »daß sich auf dieser Insel noch eine ganze Menge von ihnen versteckt halten.« Der Gedanke ließ ihm sofort den Puls schneller schlagen und ihn heftiger atmen.

Sein erster Gedanke war, direkt an der Insel anzulanden und sie mit seinen Leuten durchzukämmen. Aber sie konnten gut noch ein paar hundert Krieger haben. Nein, besser setzte er erst mal die Sechspfünder ein.

»Captain, fahren Sie die Westküste dieser Insel entlang. Ich will sie mir mal näher ansehen.«

Das Ruderrad wirbelte unter Helmers Händen herum, und die seitlichen Schaufelräder der *Victory* wirbelten das Wasser auf.

Gefolgt von Kingsbury, eilte er die Treppen zum Vordeck hinab, wo sein eigenes Dutzend Milizionäre, alles Smith County Boys, die sich neu verpflichtet hatten, zusahen, wie er zu der Sechspfünder ging. Sie hatte die Leute von Victor am Ende gerettet, jetzt sollte sie hier auf dem Vordeck der *Victory* auch die restlichen Sauk erledigen.

Die späte Vormittagssonne brannte gnadenlos auf das offene Deck herab. Raoul spürte, wie ihm der Schweiß unter den Achselhöhlen herablief. Am liebsten hätte er seine Jacke ausgezogen, um, nur im Hemd, weniger zu schwitzen. Doch das militärische Blau und die Goldschnüre und Messingknöpfe verliehen ihm die Autorität, die er brauchte, wie er gemerkt hatte – weniger im Umgang mit seinen eigenen Leuten als mit den anderen Offizieren.

Hodge Hode sagte: »Jetzt haben wir sie mit dem Rücken zur Wand, Oberst.«

»Ja, aber bleibt in Deckung«, sagte Raoul. »Die Hunde schießen zurück!« Er versuchte sich mit den Augen durch die grüne Wand auf der Insel zu bohren.

Die Smith County Boys duckten sich hinter die Reling und spannten ihre Flintenhähne.

Raoul tätschelte fast zärtlich die rauchgeschwärzte Mündung des Kanonenrohrs. Die drei Artilleristen daran grinsten ihn beifällig an. Sie hatten ihre Feldmützen abgesetzt und sich Tücher um die Köpfe gewickelt, damit ihnen der Schweiß nicht in die Augen lief. Neben der Kanone waren Kartätschenkanister und Stoffpulvertaschen gestapelt. In einigen Minuten schon, freute sich Raoul, schickte diese Kartätsche einen ganzen Haufen der roten Teufel in die Hölle.

Als die *Victory* um die Spitze der Insel herumgefahren kam, suchte Raoul den ganzen Wald auf ihr mit dem Fernrohr ab. Er schätzte die Insel auf eine Viertelmeile Länge. Sie war dicht genug mit Bäumen bestanden, um Hunderte Indianer verbergen zu können.

Dann entdeckte er ungefähr in der Mitte der Insel einen Sonnenstrahl auf brauner Haut unter den Büschen nahe dem Flußufer. Er suchte die Stelle mit dem Fernrohr noch einmal ab. Nichts mehr. Aber das hieß: Das Jagdwild war dort. Er fletschte die Zähne.

»Captain«, rief er zum Ruderhaus hinauf, »nehmen Sie Kurs auf die Insel. Kingsbury, fertig zum Feuern!«

Kingsbury salutierte und rief der Mannschaft seine Befehle zu. Ein Kanonier entleerte einen Pulversack in der Mündung der Sechspfünder und rammte nach. Dann schob ein zweiter den Kartätschenkanister ein. Ein dritter hielt den brennenden Zündstock bereit.

Raoul rief zur Brücke hinauf: »Captain, Position halten!« Der Kapitän winkte bestätigend hinter seiner Glasscheibe und läutete seine Glocke, die Befehle unter Deck übermittelte. Im nächsten Moment schon klappten die Hebel herum, und das Deck erzitterte, als die Schaufelräder des Schiffs sich rückwärts zu drehen begannen.

»Feuer frei, wenn Sie soweit sind, Lieutenant!« sagte Raoul.

Gott, wie ich das liebe!

Kingsbury brüllte: »Feuer!«

Die Kanone donnerte ohrenbetäubend laut und machte einen Satz nach hinten in ihrer Lafette. Raoul blickte aufmerksam auf den Wald auf der Insel, als eine weiße Rauchwolke über das Wasser flog und dann auf der Insel Zweige in alle Richtungen flogen. Ein großer Baum stürzte um. Er hörte einen Schrei, und dann folgte eine ganze Serie klagender Schreie. Raoul hätte am liebsten gejubelt.

Hinter dem Stamm einer hohen Fichte kam ein Indianer hervorgetaumelt. Er zog sein Bein nach, das nur noch eine formlose Fleischmasse war, und stürzte dann schwer zu Boden. Aber er hielt noch sein Gewehr in der Hand. Mit der anderen versuchte er zu zielen.

Raoul wollte sich in plötzlicher Furcht gerade hinter einen Heuballen ducken, als an der Reling neben ihm ein Dutzend Schüsse knallten. Der Indianer brach zusammen und rollte in den Mississippi. Raoul nickte zufrieden und sah zu, wie der Tote in die Strömung geriet und von ihr erfaßt wurde. Er zog eine Blutspur im Wasser hinter sich her, als er langsam stromabwärts trieb.

»Weiterschießen!« schrie Raoul.

Einer der Kanoniere ging mit dem Kanonenwischer in das Rohr, um es zu kühlen, damit nachgeladen werden konnte. Kurz danach donnerte der nächste Schuß. Weitere Bäume auf der Insel splitterten, aber es waren keine Indianer mehr zu sehen oder zu hören.

»Ziel zehn Strich höher«, rief Kingsbury den Kanonieren zu. »Sie sind vermutlich weiter ins Innere der Insel geflüchtet.«

Raoul hörte das Klicken, als die Kanoniere mit Handhaken die Kanone höher richteten.

Der nächste Schuß ließ Erde und Baumäste im Wald hochfliegen, und jetzt waren auch wieder schrille Schreie zu hören. Er hoffte nur, daß es Indianer seien.

Die Kanone schoß wieder und wieder. Raoul hatte die *Victory* mit Handzeichen zum Kapitän im Ruderhaus hinauf weiter nach Steuerbord dirigiert, dann wieder nach Backbord, so daß die Kartätschen die Insel in einem weiten Bogen bestreuten. Immer wieder stürzten Bäume langsam um, und Schmerzensschreie und Wutgeheul zerrissen die Stille zwischen dem Donnern der Kanone.

Er stellte sich vor, wie die Bleikugeln mitten in die aufheulenden Indianer sausten und ihnen ihre Leiber aufrissen. Er erinnerte sich noch viel zu gut an Hélènes Leiche im Michigansee. Und an die Peitschenhiebe von Schwarzer Lachs auf seinen Rücken. Auch das Bild, das er vor zwei Wochen gesehen hatte, stand wieder vor ihm auf: die verkohlten schwarzen Balkenreste, die einmal Victoire gewesen waren, sein Zuhause, und der Ort, wo Clarissa, Phil und Andy gestorben waren. Und die frischen Grabhügel auf dem Familienfriedhof, wo sie nun alle zusammen lagen. Jedenfalls das wenige, das von ihnen noch übriggeblieben war.

Das heiß werdende Kanonenrohr war die Projektion seiner Raserei, das Donnern der Schüsse der Ausdruck seiner eigenen Triumphschreie.

Die platzenden Kartätschen waren die Botschaften seiner Rache. Er schrie seinen Haß laut hinaus, hin über den Fluß in das Dickicht des Inselwaldes, und jeder Schrei zerfetzte Indianerleiber.

Dann sirrte etwas an seinem Kopf vorbei und fuhr in das Holz des Ruderhauses hinter ihm. Drüben stieg eine Pulverdampfwolke unter einer Gruppe Fichten auf. Dann noch eine und noch eine. Dann erscholl das Knallen der Schüsse über das Wasser.

»Sir!« Kingsburys Hand faßte ihn hart an der Schulter mit festem Griff.

Raoul wurde bewußt, daß er eine Zeitlang buchstäblich von Sinnen gewesen sein mußte. Jetzt atmete er schwer und starrte den Lieutenant mit seinem braunen Schnurrbart mit leerem Blick an.

»So gehen Sie doch in Deckung, Sir, bevor Sie getroffen werden!«

Nur zögernd ging er hinter einen Heuballen. Eigentlich wollte er sehen, wo die nächste Kartätsche einschlug. Anfangs, als er auf Deck gekommen war, hatte er noch Angst gehabt, getroffen zu werden. Jetzt hatte er das sichere Gefühl, ihm könne nichts geschehen.

Die Sechspfünder-Kanone schoß noch mehrmals in die Uferstelle, wo der Pulverdampf hochgestiegen war. Es war zwar nichts von Indianerleichen zu sehen, aber das Schießen von dort hörte auf.

»Lieber Gott«, sagte Levi Pope, »wo die Kanone einschlägt, möchte ich nicht sein.«

Unter den Bäumen auf der Insel brachen ein Dutzend oder mehr Indianer hervor und warfen sich ins Wasser. Einige kamen auf die *Victory* zugeschwommen, andere versuchten südwärts in die Strömung zu gelangen. Und einige platschten nur hilflos um sich.

»Knallt sie ab!« schrie Raoul.

Hitzig vor Eifer rannte er selbst in das Ruderhaus hinauf und holte sich sein eigenes Hall-Hinterladergewehr, mit dem er wieder zur Reling hinabeilte und sofort auf den ihm nächsten Indianer im Wasser zielte. Er merkte, wie er schwer zu atmen begann – genau auf die Art wie mit einer Frau im Bett.

Nur der kahlgeschorene Kopf des Indianers mit der nach hinten hängenden Skalplocke ragte aus dem Wasser und bot ein deutliches Ziel. Der Mann schien an der *Victory* vorbeischwimmen zu wollen, hinüber zum anderen Ufer. Raoul zielte lange und sorgfältig, ehe er schoß. Es spritzte rot auf, dann hörten die Arme und Beine des Indianers auf, sich zu bewegen, und die Strömung trieb ihn nach Süden davon.

Mit ihren stoffumwickelten Kugeln in den Gewehrläufen und mit ihrer geübten Schnelligkeit konnten Raouls Leute leicht drei Schuß oder mehr pro Minute abgeben. Das Himmelsblau des Flusses verwandelte sich in kürzester Zeit in einen Blutstrom vorbeitreibender Leichen.

»Ja-huu!« schrie Hodge Hode. »Das macht noch mehr Spaß als die Jagd auf Wildgänse!«

»Diejenigen, die wir nicht erwischen«, sagte Armand Perrault, »ersaufen sowieso. Weil sie nirgends hinschwimmen können.«

Das war nur zu wahr. Das andere Ufer des Mississippi war viel zu weit weg, als daß es ein Schwimmer hätte erreichen können, und auf dem diesseitigen waren überall Unionstruppen und Staatsmiliz, die jede schwimmende Rothaut, die sie nur sahen, erschossen. Die Indianer mußten zwar genau erkannt haben, daß ihre Lage ausweglos war, aber noch immer kamen sie in kleinen Gruppen und sprangen ins Wasser, weil jeder offenbar gegen jede Erwartung hoffte, vielleicht doch derjenige zu sein, der durchkäme. An den meisten Köpfen der im Wasser Treibenden, die Raoul sah, hing langes schwarzes Haar. Es mußten also Frauen und Kinder sein, die keine Krieger-Skalplocken besaßen.

Aber das spielte keine Rolle.

Sie haben schließlich auch mein Weib und meine Kinder umgebracht.

Keine zehn Fuß vom Schiff entfernt trieb ein blutiger Kopf mit langem schwarzen Haar an der Steuerbordseite vorbei, nahe genug, um zu erkennen, daß es ein Knabe war. Er versuchte verzweifelt, mit nur einem Arm zu schwimmen. Sein Gesicht war schmerzverzerrt. Raoul zielte genau zwischen seine schreckgeweiteten Augen, die ihn direkt anstarrten. Er drückte ab, und das braune Gesicht versank.

Das war für Phil und Andy.

Weiter oben am Ufer der Insel versuchten weitere kleine Gruppen der Indianer, ins Wasser zu gehen, aber das Schiff fuhr wendig und schnell beständig stromaufwärts und stromabwärts, um sie alle zu verfolgen, und Raouls Scharfschützen schossen im Handumdrehen jeden ab, der ins Wasser gegangen war und schwimmend zu entkommen versuchte. Captain Helmer tat seine Arbeit zuverlässig.

Raoul hörte sich selbst zufrieden lachen beim Gedanken an die vor seinen Augen sterbenden Indianer. Mit Hilfe *seines* Schiffs. Mit *seiner* Kanone. Mit *seinen* Schützen.

Schließlich liefen sie noch einmal langsam und gleichmäßig die ganze Länge der Insel am Ufer entlang, mit nur kurzen Zwischenstops, in denen die Kanone jeweils noch einmal in den Inselwald feuerte. Kingsbury änderte für jeden Schuß das Visier, so daß mit der Zeit die gesamte Insel von den Kanonenschüssen bestrichen wurde.

Raoul fand, alles, was hier vom Schiff aus getan werden konnte, sei geschehen. Das Blut im Wasser war ein befriedigender Anblick, und es verstärkte nur seine Begierde, Blut an den eigenen Händen zu haben.

Er kletterte hinauf zum Ruderhaus und sagte: »Fahren Sie zum Südende der Insel, Captain. So nahe heran, wie Sie können. Wir gehen an Land.«

Helmer starrte ihn an, enthielt sich indessen jeden Kommentars.

War auch besser so, dachte Raoul. Er zog seine Pistole aus dem Halfter und sah nach, ob sie geladen und gespannt war. Auch sein Bowiemesser holte er aus der Scheide, wog es in der Hand und prüfte die Schneide mit dem Daumen. Es war schwer wie ein Fleischerbeil. Keine Sorge, es würde seine Dienste tun, es war scharf genug. Bei Gott, und wie es schneiden sollte! Er steckte es zurück in die Scheide.

Vor Erregung rülpste er unwillkürlich. Seine Hände waren unruhig, und er fühlte sich am ganzen Körper, als wüchse er und blähe sich auf. Er wollte Indianer töten. Er war besessen davon. Er wollte in ihrem Blut waten. Vielleicht fand er sogar Schwarzer Falke selbst und nahm ihm den Skalp ab mit seinem großen Bowiemesser! Hoffentlich waren noch Hunderte Rothäute am Leben und versteckten sich dort auf der Insel. Er mußte sie zu Hunderten töten!

Es schien ewig zu dauern, bis das Schiff die ganze Insellänge bis an das untere Ende entlanggefahren war.

Er zwang sich zur Ruhe. Nach dem pausenlosen Kanonenbeschuß der Insel und nachdem sie bereits so viele im Wasser abgeschossen hatten, konnten eigentlich nicht mehr viele auf der Insel sein. Einen richtigen Kampf gab es bestimmt nicht mehr. Die noch übrig waren, befanden sich in einer hilflosen Lage.

»Wenn wir an Land sind«, sagte er zu Helmer, »fahren Sie hinüber zu den Truppen am Mississippi-Ufer und berichten General Atkinson, daß wir die Mehrheit der Sauk gefunden haben. Er soll so viele Leute zu uns herüberschicken, wie nur auf die *Victory* gehen.«

Die *Victory* hatte einen sehr geringen Tiefgang und kam deshalb sehr nahe ans Ufer heran. Raoul und sein Dutzend Smith County Boys konnten in nur noch knietiefes Wasser abspringen und mit den aufgepflanzten Bajonetten, den Pistolen und den Pulversäcken über dem Kopf an Land waten. Das Wasser war allerdings kalt, selbst durch Raouls Flanellhose, und seine Stiefel quietschten.

Das Schiff drehte mit stampfender Maschine und dicken, schwarzen Rauchwolken aus den beiden Schornsteinen ab. Allein sein Anblick, dachte er, mußte den verdammten Indianern doch schon die Knie weich machen vor Angst.

Sie kletterten die Uferböschung hoch und standen auf ebenem Grund. Direkt am Waldrand hinter dem Ufer lag der Leib eines Indianers, aus dem die Eingeweide wie lange Bänder gequollen waren. Seine Augen starrten offen ins Leere.

Richtig, der Anblick gefällt mir.

»Denkt daran«, sagte er zu seinen Leuten, »wir machen keine Gefangenen.«

»Na, dann los«, sagte Hodge Hode, »räuchern wir die Waschbären raus aus dem Wald.«

Im gleichen Moment fuhr ihm ein Pfeil durch den Hals und sah hinten wieder heraus.

Raoul blieb das Herz stehen, um gleich danach um so heftiger weiterzuschlagen, als wolle es ihm die Brust sprengen.

Hodge fiel sein Gewehr aus der Hand, und er sank röchelnd zu Boden.

Raoul kniete sich neben ihn, faßte den Pfeil direkt hinter der scharfen Spitze und zog ihn mit einem Ruck nach hinten heraus. Als das gefiederte Ende durch Hodges Hals fuhr, würgte es ihn, und seine Zunge hing ihm aus dem Mund.

Raoul beugte sich über ihn und fluchte halblaut. Das konnte einfach nicht wahr sein.

Inzwischen kamen weitere Pfeile geflogen. Seine Leute schossen als Antwort eine massive Salve zwischen die Bäume. Das stoppte die Pfeile erst einmal.

Der Pfeil hatte Hodge die Schlagader und die Luftröhre verletzt. Er atmete pfeifend durch das Loch der Wunde, und Blut kam pumpend aus ihm heraus gespritzt und färbte seinen ganzen Bart rot.

»Nichts mehr zu machen«, sagte Armand, der sich neben Raoul zu ihm niedergekniet hatte.

»O nein«, röchelte Hodge mit letzter Kraft.

Raoul wurde übel, als er sah, wie sich Hodges Mund mit Blut füllte, das dann aus ihm herauslief, und der Körper des kräftigen Mannes schlaff wurde und sich seine Augen verdrehten.

»Die Bastarde holen wir uns!« zischte er. Hodges Tod hatte ihm die Knie weich gemacht und ließ ihn zittern, aber er würde den Teufel tun und es zeigen.

Sie stiegen über am Boden liegende dicke Äste, die die Kanone von den Bäumen abgefetzt hatte, und drangen in den Wald ein. Er stürmte voran. Fichtenzweige schlugen ihm ins Gesicht.

Ich muß wahnsinnig sein, einfach so in den Wald zu stürmen. Jede Sekunde kann uns allen blühen, was Hodge passierte.

Schrilles Kriegsgeheul gellte ihnen von vorne entgegen, und wieder kamen Pfeile geflogen.

Er war wild darauf, blindlings in den Wald zu schießen. Es war ja nur das reine Glück, daß ihn noch keiner dieser Pfeile getroffen hatte. Er zwang sich gleichwohl, nicht zu schießen, bevor er nicht ein eindeutiges Ziel hatte.

Dann kamen braune Gestalten von überall auf sie zu. Sie sprangen vorwärts von Baum zu Baum. Auf einen schoß er, der gerade zwischen zwei Kiefern war. Er verschwand, aber es war ihm klar, daß er ihn verfehlt hatte. Er riß den Gewehrhahn auf und lud hektisch nach.

Der Indianer war bereits wieder da. Er tauchte keine sechs Fuß entfernt hinter einem Baum auf. Raoul riß das Gewehr hoch und schoß. Der Indianer fiel hintenüber und rührte sich nicht mehr.

Schon stürmte von der Seite her ein anderer tomahawkschwingend auf ihn ein. Raoul warf das Gewehr in die linke Hand und zog sein Bowiemesser. Der Indianer hatte geweitete, wilde, erschreckende Augen. Sein hochgereckter Arm ließ seine ganze Brust völlig deckungslos. Seine Rippen zeichneten sich so deutlich ab, daß man sie zählen konnte. Raoul sprang vor und stieß zu. Der springende Indianer fiel in die Klinge. Sein Arm mit dem Tomahawk fiel auf Raouls Unterarm herab, hatte aber keine Kraft mehr, auch nur seinen Ärmel zu durchschlagen. Er stemmte den Fuß in den Leib des toten Indianers und zog sein Messer wieder heraus.

Während der Indianer noch stürzte, hatte Raoul wahrgenommen, daß er keine Gesichtsbemalung hatte. Offenbar war ihnen also die Farbe ausgegangen. Das verschaffte ihm, sogar mitten im Kampf, eine seltsame, tiefe Genugtuung.

Links und rechts von ihm wurde geschossen. Levi Pope feuerte in die oberen Äste einer Ulme und stimmte ein Triumphgeheul an, als ein toter Indianer herabgefallen kam. Man sah kaum noch etwas vor bitter schmeckendem Pulverdampf. Dann trat Stille ein. Der Waldboden war bedeckt mit reglos daliegenden toten Indianern.

Aber auch von Raouls Leuten waren zwei umgekommen. Der eine lag stumm und starr mit dem Gesicht nach unten, der andere auf dem Rükken, den Kopf an einem Baumstamm. Aus seiner Brust ragte ein schwarzweiß gefiederter Pfeil. Seine Augen waren noch offen, aber sie sahen nichts mehr. Die Arme und die leeren Hände zuckten noch. Das sah weniger wie die Bewegung eines Menschen aus und eher wie die eines sterbenden Insekts. Raoul spürte, wie ihm wieder übel wurde. Er mußte sich heftig auf die Lippen beißen, um sich nicht zu übergeben.

Könnte genauso gut ich sein, der da liegt.

Ein weiterer Mann hatte einen Pfeil in den Arm abbekommen. Armand zog ihn mit einem einzigen heftigen Ruck heraus. Der Mann schrie, und Armand hielt ihm den Mund zu.

Alle sahen Raoul stumm an. Jetzt waren sie noch neun. Zwei waren tot. Das Zucken des zweiten hatte inzwischen aufgehört. Warteten sie nur auf neue Befehle, oder waren das anklagende Blicke?

»Sie greifen gleich wieder an!« unterbrach Levi Pope das Schweigen und Raouls Gedanken. »Da hinten rotten sie sich zusammen, ich sehe sie!«

»Rückzug!« befahl Raoul. »Nehmt die Gewehre der beiden Toten mit!« Seine Stimme klang seltsam in der Stille des Waldes.

Sie luden ihre Gewehre nach und zogen sich mit hochgehaltener Waffe bis zur Inselspitze zurück. Die beiden Gewehre der Gefallenen trug Armand. Sie holten umgestürzte Bäume zusammen und schichteten hastig eine Barrikade auf.

Raoul blieb hinter ihr liegen, bis der Schweiß auf seinem ganzen Körper getrocknet war. Mücken und kleine Fliegen stachen ihn pausenlos. Was würden die Indianer machen, angreifen oder nicht?

Es wurde ihm klar, daß er sich in eine ziemlich unvorteilhafte Lage begeben hatte.

Gewehrschüsse krachten, und die Kugeln flogen in das Holz der Barrikade. Braune Gestalten stürmten aus dem Wald heraus. Schlagartig kam ihm die Erinnerung daran, wie die Indianer vor zwanzig Jahren hinter den Dünen am Michigansee hervorgestürmt waren, und einige Augenblicke war er wieder der vor Angst starre kleine Junge von damals. Seine Hände zitterten ihm so sehr, daß ihm fast sein Gewehr aus der Hand fiel.

Sie kamen mit schrillem Geheul. Pfeile und Kugeln flogen über sie hinweg, und sie duckten sich tief hinter ihre Barrikade. Raoul zwang sich zur Konzentration. Er mußte schießen, zielsicher und genau. Er schob den Lauf durch eine Lücke, nahm einen der anstürmenden Indianer aufs Korn und schoß.

Seine beiden einzig verbliebenen engen Gefährten in diesem Krieg, Levi und Armand, lagen zu beiden Seiten neben ihm und schossen ebenfalls. Aber Hodge war tot, er lag nur ein paar Schritte hinter ihm, und das versetzte ihn nahezu in Panik. Irgendwie war es für ihn immer die schiere Gewißheit gewesen, daß dem großen rothaarigen Waldläufer einfach nichts geschehen könne.

Ein wahrer Pfeilregen sauste auf sie hernieder. Sie luden aus den Vorräten, die sie mit an Land getragen hatten, ständig nach und schossen zurück.

Aber immer höher seine Glieder und das Rückenmark hinauf kroch ihm ein nicht unterdrückbares Schamgefühl. Was war er nur für ein verblendeter Narr gewesen! Er war sich so sicher gewesen, daß das Kanonenfeuer vom Schiff die Indianer hier auf der Insel längst erledigt habe, und hatte erwartet, an Land zu gehen sei nichts weiter als ein gemütlicher Spaziergang durch den Wald zum Zählen der Toten und dem Erledigen der paar Hilflosen, die allenfalls noch übrig waren! Statt dessen schien es nun, als seien noch eine Menge Sauk übrig, die keineswegs hilflos, sondern höchst lebendig waren, obendrein wild wie ein Wolfsrudel. Nun saß er mit seinen Leuten hier am Südzipfel dieser verdammten Insel in der Falle. Die einzige Rückzugsmöglichkeit war der Fluß. Im Wasser wären sie erst recht hilflos den Pfeilen und Kugeln ausgesetzt – ganz genauso wie vorhin bei ihrem Beschuß die Rothäute, die davonschwimmen und sich in Sicherheit bringen wollten.

Dann verstummten die Kriegsschreie der Sauk wieder, und das Schießen hörte auf. Er spähte durch eine Lücke zwischen den Baumstämmen. Alles lag still und reglos, nichts war zu sehen.

»Was haben die wohl vor?« fragte Levi. Er hatte sechs schußbereite Pistolen nebeneinander vor sich liegen.

»Den Sturmangriff auf uns werden sie wohl vorbereiten«, sagte Raoul.

Wie lange konnte das noch dauern, bis die *Victory* wieder hier war? Er konnte sie von hier aus sehen, drüben am Ufer, wo sie geankert hatte, ganz weiß, selbst die kleinen Wölkchen aus den Schornsteinen waren weiß. Die Schaufelräder an den Seiten bewegten sich nicht. Aber sie sah sehr klein aus und vor allem sehr weit entfernt. Völlig ausgeschlossen, daß Helmer oder Kingsbury erkennen konnten, daß sie hier in einer lebensgefährlichen Falle saßen.

Was mochten seine Leute, Levi und Armand und die anderen, denken? Immer wieder, schien es, kosteten seine Entscheidungen Menschenleben. Allein, wenn er an Alter Manns Flüßchen dachte – den De-Marion-Strom, wie sie längst sagten –, stieg ihm die Schamröte ins Gesicht.

Oder die Bitterkeit von Eli Greenglove an dem Abend, als er ihn verließ; wie er ihn beschuldigt hatte, Clarissa und die Jungen ihrem schlimmen Schicksal ausgesetzt zu haben; und noch etwas sagte von einem Schock, den er noch erleben werde – was hatte er wohl damit gemeint?

Ein Platschen hinter ihm ließ ihn herumfahren. Das Herz blieb ihm stehen. Ein fast nackter Indianer kam, das Skalpmesser hoch erhoben, aus dem Wasser auf ihn zu.

Er hatte mit zitternden Händen kaum Zeit, sich auf den Rücken herumzurollen und auf den mit gellendem Geschrei auf ihn losspringenden Indianer zu schießen. Dessen lange Messerklinge blitzte in der Sonne auf. Ein langer Schreckmoment nach dem Knall seines Schusses schien gar nicht mehr zu enden. Nichts schien zu passieren. Seine Hände, dachte er dumpf, hatten wohl zu stark gezittert, als daß er sicher hätte zielen können.

Dann endlich brach der Indianer doch in die Knie und sank vornüber; das Messer fiel ihm aus der Hand. Für den Moment war keine Gefahr; Zeit, nachzuladen.

Doch der Indianer war noch nicht tot. Er rollte sich herum und stemmte sich mit den Händen mühsam hoch. Ein langer blutiger Speichelfaden hing ihm aus dem Mund. Raoul war inzwischen ruhig genug, um diesmal sorgfältig zu zielen und eine Kugel in den rasierten braunen Schädel zu jagen.

Da stürmten bereits zwei weitere triefende Indianer aus dem Wasser heraus auf sie zu. Neben ihm krachten Schüsse. Der eine Sauk stürzte hin, dann der zweite, als er eben seinen Tomahawk gegen den rechten Flügelmann ihrer Linie schwang.

Aber der Flügelmann schrie auf. Der Tomahawk des sterbenden Indianers war ihm mitten in das Bein gefahren, durch das Wildleder seiner Hose hindurch.

»Kümmere dich um ihn, Armand!« sagte er zu Perrault.

Armand rannte geduckt hinüber zu dem Verwundeten. Auf dem Weg aber kümmerte er sich zuerst noch um den ihm am nächsten liegenden gefallenen Indianer. Er packte ihn am Kopf und drehte ihn herum. Das Knacken der Knochen war deutlich zu hören.

»Damit es *bien sûr* ist«, sagte er und zeigte grinsend die Zähne unter seinem braunen Bart.

Drei Mann tot, zwei verwundet. Acht übrig. Vielleicht da draußen noch hundert Sauk oder mehr.

Was für eine blödsinnige Zeit zu sterben, wenn der Krieg schon so gut wie vorbei ist.

Er nagte an den Enden seines Schnurrbartes und spähte hinüber zu dem undurchdringlichen Wald. Verdammt, also sollten sie hier noch alle umkommen, er samt seinen Leuten. Daran war wohl nichts mehr zu ändern. Er hatte Angst. Noch schlimmer aber als diese Angst war der Schmerz darüber, was er alles verlor – alles, was ihm doch eigentlich zustand, was ihm das Leben aber nicht hatte gewähren wollen. Und vor allem wollte er doch leben!

Aus dem Wald kamen die Indianer wieder. Einige hatten Gewehre, die anderen Pfeil und Bogen. Es mochten zwanzig sein oder dreißig. Aber sie kamen nicht mit ihrem üblichen Kriegsgeheul, sondern schweigend. Mit großen Augen und zusammengepreßtem Mund. Es sah aus, als marschiere eine Reihe Toter auf sie zu. Und das waren sie ja auch. Sie waren schon so gut wie tot. Sie wußten ganz genau, daß sie starben. Aber dieser kleine Trupp Weißer hier sollte sie begleiten.

Er mußte alle seine Kraft zusammennehmen, um sich nicht vor Angst und Kummer wimmernd hinter seiner Barrikade zusammenzurollen und den Kopf zwischen den Armen zu verbergen. Er zwang sich, zu zielen und zu schießen. Der Indianer, den er sich ausgesucht hatte, stürmte bereits auf ihn los.

Jetzt sind wir erledigt, dachte er immer nur, ein ums andere Mal. *Jetzt sind wir erledigt.*

Langsam – er schien nicht mehr imstande zu sein, sich schnell zu bewegen – schob er eine neue Patrone in sein Gewehr. Ringsherum knallten die Gewehre ohrenbetäubend.

Er blickte hoch. Indianer stürzten zu Boden. Hier einer, dort einer, dann drei, dann noch zwei. Ihre Sturmlinie brach auf.

Teufel, seine Leute schossen gut!

Dann aber hörte er Stimmen hinter sich und sah sich nach ihnen um.

Levi Pope sagte: »Na, das war aber höchste Zeit!«

Hinter ihnen kam eine Sturmreihe von Männern mit Waschbärenmützen und grauen Hemden heran. Sie schossen exerziermäßig über ihre Köpfe hinweg. Er war so von seiner Panik beherrscht gewesen, daß er sie überhaupt nicht hatte kommen hören.

Er wandte sich wieder nach den Indianern um. Vor der Barrikade lagen überall verstreut braune Leiber herum. Einige waren nur noch Schritte von der Barrikade entfernt gewesen. Die übrigen waren auf dem Rückzug und verschwanden wieder unter den Bäumen des Waldes drüben.

Einen Augenblick war er wie gelähmt. Er lag nur da und umklammerte sein Gewehr so heftig, daß ihm die Hände davon schmerzten, und atmete keuchend.

»Alles vorbei jetzt«, sagte Levi Pope gelassen und stand auf.

Auch Raoul mühte sich hoch. Aber ihm zitterten die Beine noch so heftig, daß er kaum stehen konnte. Er sah sich um. Miliz kam quer über die Insel vom Ostufer des Mississippi her.

Offenbar hatten die Trupps, die drüben die Wälder durchkämmten, gesehen, daß hier auf der Insel gekämpft wurde, und waren herübergekommen.

Raoul war noch zu sehr verstört, um sich freuen zu können. Er stand nur da und atmete immer wieder tief durch und sah regungslos der heranmarschierenden Miliz entgegen.

In seinem ganzen Leben hatte er nicht so dringend einen Drink gebraucht wie im Moment. Und ausgerechnet jetzt hatte er keinen Tropfen. Er hatte vergessen, Whiskey mitzunehmen.

Die Truppen waren an der Südspitze der Insel versammelt. Die drei Toten von Raouls Leuten waren mit Decken verhüllt worden. Ein rundlicher Pferdedoktor aus dem Minengebiet bandagierte das Bein des Mannes, der von dem Tomahawk verletzt worden war.

Ein großgewachsener, gertenschlanker Offizier mit einem Zweispitz kam zu Raoul und stellte sich vor. »Oberst Henry Dodge«, sagte er und reichte ihm die Hand. »Wir sind so gut wie Nachbarn. Ich bin aus der Ansiedlung Dodgeville, ein klein wenig nördlich von Galena.«

»Sie ahnen gar nicht, wie willkommen Sie mir sind«, sagte Raoul, der sich noch immer Selbstvorwürfe machte, sich wie ein Narr benommen zu haben. »Es scheint, daß die Sauk noch immer kampfkräftig sind.«

»Schön, daß Sie uns noch ein paar übriggelassen haben. Drüben auf der Nordseite des Gefährliche-Axt-Flusses trieben sich lediglich noch ein paar Dutzend herum. Anscheinend sollten sie davon ablenken, daß der ganze Rest sich hier verbarg. Aber als Sie dann die Insel hier zusammenkartätschten, dachten wir schon, daß für uns gar nichts mehr übrig bleibt, außer die toten Indianer einzugraben. Oder das, was von ihnen übrig ist.«

Anschließend gab Dodge seinen Leuten den Befehl, in zwei Linien hintereinander die Insel zu durchkämmen. Raoul reihte seine kleine Resttruppe in die Mitte der ersten Linie ein.

»Dann los, meine tapferen *Sucker*!« rief Dodge, und die Männer lachten über ihren Illinoiser Spitznamen. Dodge reckte seinen langen Kavalleriesäbel hoch und führte seine Miliz mit ihren aufgepflanzten Bajonetten in den zerschossenen Wald.

Raoul sah sich stromabwärts nach der *Victory* um. Sie hatte eine hölzerne Rampe auf das Flußufer herabgelassen, und über sie gingen blauuniformierte reguläre Truppen an Bord. Wenn sie ebenfalls hier waren, hatten sie genug Soldaten auf der Insel, um die noch übrigen Indianer zehnmal auszuradieren.

Es mußte Zachary Taylors Truppe aus Fort Crawford sein. Denn die fünfhundert Unionssoldaten, die vom Osten heranmarschiert waren, hatte die Cholera dezimiert, wie ihnen zu Ohren gekommen war. Ihr Kommandeur Winfield Scott allerdings war angeblich trotzdem weiter im Anmarsch hierher.

Er drehte sich wieder um und folgte der Truppe über Baumstümpfe hinweg, schob Äste mit dem Gewehr beiseite und hatte alle Muskeln unablässig angespannt in der Angst vor dem Pfeil, der ihn theoretisch jede Sekunde aus dem düsteren Dunkel des Waldes vor ihnen heraus sirrend treffen konnte. Doch kein einziger lebender Indianer war zu sehen. Dafür aber lagen überall viele verstümmelte tote. Er stieg über ein einzeln herumliegendes nacktes, abgetrenntes Bein. Nur der mit roter, weißer und schwarzer Perlenstickerei besetzte Mokassin war noch an seinem Fuß.

Dann aber sprangen plötzlich drei Tomahawks und Keulen schwingende Indianer aus der Deckung umkartätschter Birken hervor. Er schoß zusammen mit den Männern an seiner Seite in Sekundenschnelle. Die Indianer waren durchsiebt, ehe sie noch herangekommen waren.

Er war sicher, selbst einen der drei getroffen und getötet zu haben. Er ging hin, zog sein Bowiemesser und griff sich die lange Skalplocke. Um sie herum schnitt er die Kopfhaut mit der scharfen Messerspitze kreisförmig ein, und als er sie abzog, kam der weiße Schädelknochen zum Vorschein, der sich rasch mit Blut bedeckte.

Die Skalplocke war lang genug, daß er sie um seinen Gürtel binden konnte. Das Haar fühlte sich drahtiger an als das Weißer.

Sie drangen weiter in den Wald vor. Immer wieder spürten sie kleine Gruppen verzweifelter Roter auf, die auf sie einstürmten, nur um alsbald in einem Kugelhagel zu sterben. Auch aus anderen Teilen des Waldes hörten sie in Abständen Gewehrsalven.

Manchmal waren die hohen, schrillen Schreie von Frauen und Kindern zu vernehmen, und danach war wieder Stille.

Er lächelte zufrieden vor sich hin. So gefiel ihm das. Keine Gefangenen.

Jetzt schien das Töten endlich ungefährlich zu sein. Es war allerdings auch nicht mehr wie Sport. Es war einfach wie die Arbeit an einem heißen Tag. Ermüdend, aber befriedigend. Einigermaßen überrascht stellte er fest, daß sie bereits die ganze Länge der Insel durchstreift hatten und gleich am Nordende anlangen würden. Vor ihnen her durch die Bäume flüchteten noch immer Indianer, aber das waren wohl bereits die letzten. Um so mehr Grund, mit triumphierendem Eifer und dem Gewehr im Anschlag hinter ihnen her zu eilen.

Er gelangte auf eine Lichtung und sah sich einem Halbkreis von sechs Indianern mit rasierten Köpfen und schweißglänzenden bloßen Oberkörpern gegenüber. Hinter ihnen kauerten Frauen und Kinder.

Sie riefen ihn an und winkten ihn zu sich. In ihrer Mitte stand ein Mann, der größer war als die anderen, mit den eingeflochtenen roten und weißen Federn eines Tapferen in der Skalplocke. Was für Beleidigungen und Provokationen es auch sein mochten, die er ihm zuschrie, er sah ihn jedenfalls direkt an und richtete auch seine Worte direkt an ihn.

Raoul überlief kalte Angst. Der Indianer war körperlich verbraucht, das sah man, aber sein Knochenbau war noch immer kräftig. Er sah aus, als sei er so wenig aufzuhalten wie ein Tornado. Das Gewehr, das er hielt, sah in seinen gewaltigen Armen und Händen geradezu klein aus.

Die anderen um ihn herum trugen jedoch weder Gewehr noch Bogen, sondern nur Keulen, Messer und Tomahawks. Offenbar waren ihnen sowohl Kugeln und Pulver wie auch die Pfeile ausgegangen.

Sie wollen den Nahkampf Mann gegen Mann. Damit wollen Indianer ihren Mut beweisen.

Ich werde den Teufel tun.

Mit einer fast verächtlichen Geste ließ der große Indianer sein Gewehr zu Boden fallen und hob statt dessen eine rot und schwarz bemalte Kriegskeule mit einem großen Dorn an der Spitze.

»Los, Jungs, zahlen wir es ihnen heim!« rief Raoul. »Alle unsere Leute, die sie umgebracht haben!«

»*Oui*«, rief Armand, »für Marchette!« und legte an. Sein erster Schuß traf einen der Indianer mitten in die Brust und warf ihn um.

Das veranlaßte die Indianer zum Losstürmen.

Raoul zitterte unvermittelt, als der knochendürre Riese, der im Kreis gestanden war, zielstrebig direkt auf ihn zukam und seine große Keule wie einen Schutzschild gegen Kugeln vor sich hielt.

Er zwang sich zur Ruhe, obwohl ihm die Arme zitterten, zielte auf den Kopf des Indianers und schoß.

Und verfehlte ihn.

Ich hätte auf die Brust zielen sollen.

Er verfluchte seine bebende Hand, ließ sein Gewehr fallen und zog die Pistole.

Der braune Hüne ließ aus voller Kehle einen durchdringenden Kriegsschrei los.

Er drückte ab. Er sah den Zündfunken und hörte den Schlag des Bolzens, aber nichts geschah. Er schrie wütend auf. Sein eigener Schweiß mußte das Pulver feucht gemacht haben.

Die Keule fuhr auf die Pistole herab und schlug sie ihm aus der Hand. Er erstarrte vor Schreck. Der Indianer stieß erneut den das Blut erstarren lassenden Kampfschrei aus und hob die Keule wieder hoch.

Raoul griff in Panik nach seinem Bowiemesser, zog es heraus und hatte es mit tödlichem Griff in der Hand. Er drang auf seinen Feind ein. Ein Widerstandsstoß durchfuhr ihn, als die Klinge tief zwischen zwei kräftige Rippen eindrang.

Der Indianer stöhnte schwer auf und torkelte rückwärts. Er schwang seine Keule, aber zu spät. Er traf ihn nur noch mit einem dumpfen Schmerz zwischen Hals und Schulter, aber noch kräftig genug, ihn in die Knie brechen zu lassen.

Dann blickte er direkt in die schwarzen Augen des Indianers über ihm, dessen Knie ebenfalls einsackten. Aber der Blick war starr und tot. Der schwere Körper fiel auf ihn.

Er schrie auf, es war ein wortloser Aufschrei der Raserei, und dann fiel ein roter Schleier über seine Augen. Er hatte das Messer aus dem Toten herausgezogen, und eine nachdrängende Blutfontäne spritzte über ihn hin. Mit einer Anstrengung, die ihm fast den Arm verrenkte, stieß er ihn von sich.

Nach so einem Kampf war es nicht genug, ihm einfach nur den Skalp zu nehmen. Er griff sich kräftig den steif nach oben stehenden dichten, schwarzen, bürstenartigen Haarschopf auf dem sonst rasierten Kopf und zog diesen hoch, um das Messer an die Kehle des Mannes anzusetzen. In einem Taumel von Raserei schnitt und hackte und sägte er, bis er den Kopf des Toten abgetrennt hatte.

Er reckte ihn triumphierend hoch und starrte in die noch immer offenen, aber starren Augen.

»So, du gottverdammtes Indianerschwein. Das hast du dir so gedacht, mich umzubringen, wie?«

In sein Siegesgeheul brach der schrille Schrei einer Frau ein.

Er drehte sich um und sah sich einer hexenartigen, in Decken gehüllten Gestalt gegenüber, die mit dem Finger auf ihn zeigte. Sie schrie und schrie, ohne aufzuhören.

Sie war groß, aber der Hunger hatte sie bis auf Haut und Knochen abmagern lassen. Ihre tief eingesunkenen Augen schienen zu glühen, ihr Kopf sah fast schon wie ein Totenschädel aus. Er glaubte sich einem Schreckgespenst gegenüber.

Er warf den Kopf des Toten zu Boden. Verfluchen wollte sie ihn, das Weib, wie? Er knurrte sie an wie ein Wolf und griff nach ihr. Sie versuchte nicht einmal auszuweichen. Er packte sie an dem dürren Hals und zog sie zu sich heran und setzte ihr das Bowiemesser an die Kehle.

Da begann sie zu singen, in einem schrillen und unheimlichen Klagegezeter, wie er es schon einmal gehört hatte. Wo nur?

Dann wußte er es. Als er dabei war, Auguste und die beiden anderen Indianer zu erschießen, an Alter Manns Flüßchen. Genauso hatten sie dort ebenfalls vor ihrem Ende gesungen.

Sie wandte keinen Blick von ihm. Ihre Augen waren weder von Zorn noch Angst beschattet, sondern klar und im vollen Bewußtsein, daß er sie tötete. Sie fürchtete sich nicht. Er wollte, er könnte ihr Angst einjagen, sie dazu bringen, ihn um ihr Leben anzujammern, aber dann versuchte womöglich noch jemand, ihn davon abzuhalten, daß er es wirklich tat. Ihr Gesang hörte und hörte nicht auf. Rauf und runter.

Verdammte rote Hexe. Er brachte sie schon zum Schweigen.

Er stieß ihr das Messer in die Kehle und zog es zur Seite. Ihr Gesang endete in einem ersterbenden Röcheln.

Aber ihre braunen Augen ließen ihn noch immer nicht los. Aus der Wunde, die er geschnitten hatte, spritzte das Blut, ergoß sich über die ganze Messerklinge und floß heiß über seine Hand. Es strömte an ihrem Gewand hinab und über die goldene Litze an seinem Ärmel. Er blickte starr auf seine rote Hand hinab, und dann zwang ihn irgendeine Kraft, die Lippen hochzuziehen und die Zähne zu fletschen.

Er stieß sie von sich und ließ sie los. Noch immer waren ihre Augen offen, aber ihr Blick erfaßte nichts mehr. Sie fiel zu Boden wie ein Bündel Holz und lag auf dem Rücken mit der großen offenen Wunde im Hals und den nach oben starrenden Augen.

Er stand über ihr und sah, daß etwas Blitzendes aus ihrem Gewand vorne gefallen war, das jetzt neben ihrem Kopf lag. Es hing an einer purpurfarbenen Kordel um ihren Hals. Ein ovales Metalletui voller Blut.

Er hatte das schon einmal gesehen, oder etwas Ähnliches. Er fischte es sich mit der Messerspitze herauf und schnitt die Kordel durch, wischte das Messer an der Jacke sauber und schob es mit einem Ruck in die Scheide an seinem Gürtel zurück. Dann griff er sich das Etui und öffnete es. Augengläser. Runder, goldener Rahmen, dicke Linsen.

Sah genauso aus wie Pierres alte Brille. War das denn möglich? Wie kam diese Indianerin zu ihr? Aus Victoire gestohlen, als die Sauk es niederbrannten?

Oder war der Bastard irgendwie an die Brille seines Vaters gekommen und hatte sie mitgenommen, als er aus Victor floh? Pierres Uhr war damals ja auch verschwunden, und daß Auguste sie gestohlen hatte, lag nahe. Wenn diese Frau da jetzt Pierres Brille hatte... Konnte das sein, daß es diese Sauk-Frau war, mit der er damals zusammengelebt hatte, die Mutter seines Bastardsohnes?

Trotz der Augusthitze, die auf die Lichtung herunterbrannte, schien die Luft um ihn herum plötzlich eisig kalt zu werden. Den ganzen Tag über hatte er im Kampf gegen die Indianer auch mit seiner Angst zu kämpfen gehabt, selbst von ihnen getötet zu werden. Jetzt jedoch erfaßte ihn eine noch größere Angst. Sie war etwas noch Schlimmeres als der Tod, das Gefühl, eine Rache auf sich herabgezogen zu haben, die ihn bis über das Grab hinaus verfolgen würde.

O mein Gott! Ich habe eben Pierres Squaw getötet.

Die Brille starrte ihn an wie anklagende Augen. Eine Gänsehaut lief ihm über den Rücken.

Er klappte das Etui hastig zu und steckte es ein. Wenn es wirklich das von Pierre war, konnte er es nicht wegwerfen.

Die wenigen noch übrigen Indianer, die Frauen und Kinder, saßen weinend und wehklagend mit den Rücken an einem großen Baum und umarmten einander. Einige waren verwundet und schrien vor Schmerzen.

Er erinnerte sich müde daran, daß er Gewehr und Pistole nachladen und das Töten zu Ende bringen mußte. Aber sein ganzer Elan war verbraucht. Er fühlte sich leer und ausgebrannt.

Hinter ihm ertönte ein Kommando: »Feuer einstellen!«

Es war ihm nur recht. Er hatte genug davon.

»Die Bluebellies sind da, da drüben!« sagte Levi.

»Ah, merde!« knurrte Armand Perrault nur. Er stand mit bluttriefendem Bajonett vor einem Leichenberg.

Raoul sah sich um. Der Befehl zur Feuereinstellung war von hinten gekommen, von einem kleinen, untersetzten Offizier, der jetzt, auf die gleiche Weise wie zuvor Dodge, mit gezogenem Säbel herankam. Oberst Zachary Taylor.

Taylor besah sich die rauchende Waldschneise mit all den übereinander- und durcheinanderliegenden Toten, den großen und den kleinen, die braunhäutigen Leiber und die blutgetränkten Gewänder und die starren Augen und die verrenkten Glieder.

»Großer Gott«, stammelte er. Er wandte sich mit kummervollem Blick in seinen hellen blauen Augen an Raoul.

Sofort brauste in Raoul die Hitze wieder auf. »Oberst«, sagte er, »Sie werden wohl verstehen, warum wir...«

Taylors Ausdruck veränderte sich von Betrübnis zu Resignation. »Ich bin seit über zwanzig Jahren hier draußen an der Grenzlinie. Ich sehe hier nichts, was ich nicht schon irgendwann einmal gesehen hätte.« Dann wandte er sich ab, ehe Raoul noch Gelegenheit zu einer Antwort hatte, und rief nach hinten: »Lieutenant Davis!«

Ein hochgewachsener, gutaussehender junger Offizier mit kantigem Gesicht kam herbeigeeilt und salutierte.

»Jeff«, sagte Taylor, »gehen Sie mal voraus und kümmern Sie sich darum, daß jeder Indianer, der hier auf der Insel noch übrig ist, die Chance bekommt, sich zu ergeben.« Dann wandte er sich kopfschüttelnd wieder Raoul zu.

»Wieso sie sich ergeben lassen?« fragte Raoul.

»Es sind ja ohnehin nur noch ein paar übrig«, erwiderte Taylor. »Und die werden wir nicht umbringen. Wenn Sie den Grund dafür wissen wollen: weil ich es nicht für richtig halten würde und weil ich eine Menge unserer Männer kenne, die es genauso wenig für richtig halten würden.«

Er wandte sich an einen seiner Leute, einen rotgesichtigen Mann mit einem blonden Schnurrbart. »Sergeant Benson, holen Sie mir diesen Sauk, den wir gefangen haben, her. Wir müssen mit den Indianern reden. Wir wollen schließlich herausfinden, wohin Schwarzer Falke verschwunden ist.«

Es war Raoul unangenehm, daß Taylor angelegentlich auf seine blutige Hand blickte. Er hätte sie am liebsten auf seinem Rücken versteckt.

Taylor musterte ihn nun auch von oben bis unten. »Gütiger Himmel, Mann, wissen Sie, daß Sie aussehen wie ein Schlächter, über und über voller Blut?«

»Feindesblut«, sagte Raoul.

»Wie ich sehe, haben Sie da einen Skalp am Gürtel«, sagte Taylor. »Es gibt einen Befehl von General Atkinson, der jede Verstümmelung toter Feinde verbietet.«

Raoul spürte, wie er wieder zu zittern begann, aber jetzt bereits wieder vor Zorn. »Einer meiner besten Freunde ist heute neben mir von einem Pfeilschuß durch die Kehle getötet worden.«

»Und das da?« fragte Taylor und deutete auf den abgetrennten Kopf, der vor Raouls blutbefleckten Stiefeln lag. »War das auch Rache für Ihren Freund? Mr. de Marion, ich halte es für besser, wenn Sie auf Ihr Schiff zurückgehen. Ich glaube nicht, daß wir hier noch Ihrer Dienste bedürfen.«

Es waren nicht so sehr Taylors Worte, sondern der Ton von Verachtung und Mitleid zugleich, mit dem er sie sagte, die Raoul in helle Wut versetzten. Er preßte die Faust heftig um den Griff seines Messers.

Taylor hatte eine Pistole und trug einen Säbel, aber er war beträchtlich kleiner als er, und seine stämmige Figur, heute ganz korrekt in blauer Uniform und mit kniehohen befransten Wildlederstiefeln, lud geradezu ein, ihn anzugreifen.

Der Blick von Taylors blauen Augen wanderte gelassen auf Raouls geballte Hand und dann zurück zu seinem Gesicht. Er stand reglos da und wartete nur.

Mein Gott, was denke ich denn da? Ich brauche doch nur mein Messer zu heben, und seine Soldaten knallen mich im gleichen Augenblick ab.

Er winkte wortlos und knapp seinen Leuten zu und machte sich mit ihnen auf den Weg zurück, den sie gekommen waren.

Nach einiger Zeit kam ihnen der Sergeant entgegen, den Taylor zurückgeschickt hatte, um den Sauk zu holen. Der Indianer ging nun neben ihm.

Raoul warf einen Blick auf ihn und blieb wie angewurzelt stehen.

Er fühlte sich, als habe ihn der Pfeil, den er den ganzen Tag erwartet und gefürchtet hatte, nun doch noch getroffen.

Es gibt doch keine Geister.

Aber lebendig sein konnte Auguste doch auch nicht. Er war an Alter Manns Flüßchen erschossen worden.

War das alles etwa der Fluch der Ermordung von Pierres Squaw?

Der Mann, der da vor ihm stand, hatte schon lange gehungert, das war unübersehbar. Sein Kopf war fast ein Totenschädel und eine erschauern machende Erinnerung an die Frau, deren Kehle er soeben durchgeschnitten hatte. Aber seine Abgemagertheit vergrößerte auch mehr denn je seine Ähnlichkeit mit Pierre. Seine Lederleggings waren schmutzig und voller Risse und Löcher. Jeden etwaigen letzten Zweifel beseitigte die dünne Narbenlinie auf seinem Gesicht, die sich vom Auge bis zum Mund zog, und die fünf parallelen Kratzer auf seiner bloßen Brust.

Augustes Augen ruhten brennend vor Haß auf ihm, bis ihn der Sergeant am Arm zum Weitergehen zog. Als der Bastard sich abwandte und weiterging, sah Raoul, daß ihm ein Stück des Ohrs in der Mitte fehlte. Die Stelle war wulstig vernarbt.

Er starrte sprachlos Levi und Armand an, die auf gleiche Weise zurückstarrten. Sie waren ebenso verblüfft.

Die hochmütige und herablassende Demütigung, mit der Taylor ihn weggeschickt hatte, brannte noch in ihm, und jetzt traf ihn auch noch der Schock dieser Begegnung. Doch eines sah er ganz klar: Auguste lebte also noch. Das bedeutete mithin, daß seine Rache an den Sauk doch noch nicht vollendet war. Auguste war ein Verräter. Und ein Mörder. Und er würde von nun an Tag und Nacht nicht ruhen, bis er ihn hängen sah.

21

Die rote Decke

Roter Vogel verzehrte sich in der Hoffnung zu hören, daß Weißer Bär lebte, und konnte nicht aufhören, an ihn zu denken. Sie saß mit gekreuzten Beinen auf dem Boden. Sie hielt Schwimmende Lilie in eine Decke gepackt auf ihrem Schoß. Sie blickte auf den kleinen See hinaus, an dem Schwarzer Falke und die wenigen, die noch bei ihm waren, sich gelagert hatten. Es war ein friedlicher Ort, aber es war schwer, Frieden zu empfinden, nun, da Weißer Bär fort war und die Angst sie beherrschte, was aus ihm und allen anderen, die sie an Alter Manns Flüßchen zurückgelassen hatten, geworden sein mochte.

»Ein angenehmer Ort, dieser See hier«, sagte Eulenschnitzer, der neben ihr saß.

Aber Weißer Bär ist fern von hier.

Der Gedanke an Weißer Bär, der seinen Weg durch das Winnebago-Land machen mußte, beschäftigte sie unaufhörlich. Sie sehnte sich nach dem Moment, da sie ihn hinter ihrer Hütte aus dem Wald unter den weißen Stämmen der Birken auf sich zukommen sähe. Auch Gelbes Haar und Woodrow fehlten ihr. Sie waren ihr wie eine Schwester und ein Bruder geworden. Sie hoffte, daß sie inzwischen außer aller Gefahr seien.

So viele hatten sie an Alter Manns Flüßchen zurückgelassen, Menschen, die immer Teil ihres Lebens gewesen waren – besonders Sonnenfrau, Eisernes Messer und ihre beiden Schwestern. Seit den sieben Tagen des Zuges ihrer kleinen Gruppe mit Schwarzer Falke auf dem Bergpfad ins Chippewa-Gebiet nordwärts hatten sie keinerlei Nachricht vom Rest des Stammes. Die Angst um ihn und ihre Angehörigen zerfraß sie von innen heraus. Sie empfand sie wie ein an ihr nagendes Frettchen.

Eulenschnitzer holte den Zeitsager der Blaßaugen, den Weißer Bär ihm geschenkt hatte, aus seinem Medizinbeutel und ließ dessen goldene Außenschale aufspringen. Roter Vogel sah die schwarzen Markierungen innen und zwei schwarze Pfeile.

Könnte dieses Ding mir sagen, wann Weißer Bär zurückkommt?

Ihr Vater, der alte Schamane, ließ die Uhr an ihrer Goldkette über dem kleinen Kopf von Schwimmende Lilie pendeln. Die goldene Scheibe gab ein stetes tickendes Geräusch mit der Regelmäßigkeit eines Herzschlags von sich. Die braunen Augen des Kindes öffneten sich, und sein noch zahnloser, blütenblätterweicher, geschwungener Mund lächelte.

Adlerfeder, der neben Eulenschnitzer saß, fragte: »Großvater, darf man einen heiligen Gegenstand nur benutzen, um ein Kind zum Lächeln zu bringen?«

Eulenschnitzer lächelte. In den vergangenen Tagen war sein Gesicht noch weiter eingefallen und gealtert. Er hatte inzwischen alle Vorderzähne verloren, und sein Mund war so eingesunken wie der des Säuglings. Nur sein Kinn und seine Nase standen heraus wie eh und je.

»Auch das Lächeln eines Kindes«, sagte er, »ist etwas Heiliges.«

Roter Vogel fragte ihn: »Hast du die Geister befragt, was aus unseren Leuten geworden ist?«

Eulenschnitzer band von der Schnur um seinen Hals einen mit einer perlengestickten Eule geschmückten Medizinbeutel ab, öffnete ihn und ließ seufzend kleine graue Krümel durch seine Finger rieseln.

»Vergangene Nacht«, antwortete er, »habe ich ein wenig von diesen heiligen Pilzen gekaut. Ich habe Bilder aus der Welt der Blaßaugen gesehen – Hütten, die auf eisernen Wegen über das Land fahren, rauchende Boote mit Feuern in ihren Leibern und Ansiedlungen, groß wie die Prärie. Eine große Menge Blaßaugen schien mir zuzujubeln. Ich konnte den

Sinn nicht erkennen. Es sagte mir alles nichts darüber, was am Gefährliche-Axt-Fluß geschehen ist. Vielleicht habe ich zu viel genommen.«

Roter Vogel warf einen Blick auf Adlerfeder. Sein Mund war rund wie ein Kreis, und seine blauen Augen, starr auf Eulenschnitzer gerichtet, waren so groß, daß das Weiße darüber und darunter sichtbar war. Er beugte sich zu ihm vor. Er begehrte, wie sein Großvater und sein Vater ein Schamane zu sein. Es war in jeder Faser seines Körpers zu erkennen.

Sie selbst hatte ja dieses Verlangen auch immer verspürt.

»Laß mich einmal die heiligen Pilze versuchen«, sagte sie. »Sonnenfrau sagt, Frauen können manchmal an Orte sehen, die die Augen von Männern nicht erreichen.«

Eulenschnitzer legte den Medizinbeutel zwischen sich und Adlerfeder auf den Boden und fuhr mit ablehnender, nach unten gerichteter Handfläche harsch durch die Luft.

»Die Magie könnte in deine Milch gehen, und das wäre nicht gut für das Kind.«

Ein bitterer Geschmack von Verletztheit über die Zurückweisung war in ihrem Mund, wenn sie auch zugeben mußte, daß sie wirklich nichts darüber wußte, was der Pilz in dem noch ungeformten Geist des Kindes anrichten würde. Andererseits wußte sie auch, daß Eulenschnitzer das Argument sicher sehr gelegen kam als Ausrede, weil er den Pilz in Wirklichkeit auf keinen Fall einer Frau überlassen wollte.

Adlerfeder rief: »Seht!« und deutete zum Himmel hinauf.

Eulenschnitzer und Roter Vogel blickten nach oben. Sie suchten den wolkenlosen Himmel ab und erblickten hoch oben zwei kleine, langsam kreisende schwarze Silhouetten.

»Adler!« rief der Junge. »Meine Schutzgeister!«

Roter Vogel blinzelte. Ja, es waren die mächtigen Schwingen von Adlern. Sie suchten Beute. Wie die Langmesser und ihre verbündeten Winnebago. Dieses gnadenlose Kreisen machte ihr angst.

Adlerfeder sah mit seinen hellen blauen Augen besser als sie. Sie blickte stolz auf ihn. Er wischte sich mit der Hand über den Mund und lächelte sie an. Sein spitzes Kinn erinnerte sie an Weißer Bär.

»Wenn die Winnebago uns finden, töten sie uns dann?« fragte sie ihren Vater.

Eulenschnitzer machte eine unsichere Handbewegung. »Wir sind zwar nicht verfeindet mit ihnen. Aber sie werden wohl tun, was die Langmesser von ihnen verlangen.«

Adlerfeder sagte mit seltsamer Stimme: »Mutter?«

Sie faßte nach ihm. Sein ausdrucksloser Ton ängstigte sie. Da sie das Kind auf dem Schoß hatte, erreichte sie ihn nicht mehr, als der Junge auf einmal die Augen verdrehte und umfiel.

Sie schrie auf.

Sie legte das Kind auf den Boden und hob ihn auf. Er lag völlig schlaff in ihren Armen. Der Kopf hing zur Seite, sein Mund stand offen.

Nach allem, was sie bis jetzt durchgemacht hatte, war das einfach zu viel. Sie brach in hemmungslose Tränen aus, und ihr Herz schlug so wild wie eine Felltrommel.

»Was ist das, was hat er?« fragte sie ihren Vater. »Tu etwas!«

Eulenschnitzer beugte sich über seinen Enkel, musterte sein Gesicht und beugte sich zu ihm hinab, um an seinem Atem zu riechen.

»Sei ganz ruhig«, sagte er schließlich. »Es hat keinen Sinn, ihn aufzuwecken.«

»Was ist denn mit ihm?« flüsterte sie bebend.

»Das.« Er deutete auf seinen offenen Medizinbeutel mit den Pilzen. »Er muß wohl einige Stücke genommen und gegessen haben, während wir zu den Adlern hinaufsahen.«

Ein Angstschauer überlief sie. »Was hat es für eine Wirkung auf ihn?«

Eulenschnitzer füllte die Pilzkrümel, die er noch in seiner Hand hatte, wieder in den Beutel. »Ich werde alt. Wie konnte ich so etwas tun! Den Beutel offen liegen lassen!«

Adlerfeder war auf eine Geisterreise gegangen. Und ihre eigene Empfindsamkeit für die andere Welt sagte ihr, daß ihm das bestimmt gewesen war. Sie verspürte nun die gleiche Angst um ihn wie seinerzeit um Weißer Bär in jenem lange zurückliegenden Eismond.

»Nein«, sagte sie deshalb. »Es war nicht deine Schuld. Es war der Wille des Erschaffers der Erde. Er hat uns diese Adler geschickt, damit wir unsere Augen von dem Medizinbeutel abwenden.«

Mit übergroßer Vorsicht, um ihn ja nicht aus seinem Zustand zurückzuholen, trug sie den Jungen in ihre Hütte und bettete ihn mit dem Kopf auf die zusammengerollte Decke, in der alles war, was sie noch hatte mitnehmen können.

»Ich bleibe bei dir, bis Adlerfeder wieder zu sich kommt«, sagte Eulenschnitzer. Roter Vogel nahm Schwimmende Lilie wieder in den Arm und drückte sie an sich.

Sie saßen schweigend da und beobachteten den kleinen, reglosen Körper, während die Sonne über den See wanderte. Im Dämmerlicht der Hütte war kaum zu erkennen, ob sich seine Brust atmend hob und senkte. Immer wieder fürchtete sie, er sei schon tot.

Bei Sonnenuntergang, als der See sich in ein Tuch aus Blattgold verwandelte, setzte der Junge sich plötzlich mit großen Augen auf.

»Der Gefährliche-Axt-Fluß!« kreischte er mit der Stimme eines von einem Alptraum heimgesuchten Kindes.

»Adlerfeder!« rief Roter Vogel.

Eulenschnitzer legte ihm eine Hand auf sein Knie. »Sei ganz ruhig.«

»Der Gefährliche-Axt-Fluß!« schrie Adlerfeder jedoch noch einmal und starrte auf etwas, das niemand sah außer ihm. »Der Große Strom ist ganz rot!« Dann schloß er die Augen wieder und fiel zurück auf sein Lager.

Roter Vogel war, als stünde sie kältezitternd mitten in einem Schneesturm. Was der Junge gesagt hatte, war wie das Aufstoßen einer Tür zu einem zweiten Gesicht in ihrem eigenen Kopf, das ihr das furchterregende Bild von Leichen zeigte, die in rotverfärbtem Wasser trieben.

Sie hörte ein Geräusch hinter sich. In plötzlicher Angst fuhr sie herum. Aus dem Birkenwald kam auf einem grauen Pony ein Mann geritten. Der Hufschlag des Pferdes klang hohl unter den Bäumen hervor.

Sie fühlte sich am Rande ihrer Beherrschung und schrie einfach. Sie hatte sich die ganze Zeit schon so sehr gewünscht, genauso wie dieser Reiter möge Weißer Bär zu ihr kommen, daß sie nun einen Augenblick lang wirklich daran glaubte, er sei es. Sein Haar war lang, wie das von Weißer Bär.

Als er näher kam und die Hand grüßend hob, erkannte sie, daß er es nicht war. In seinem vollen Haar steckte die Feder eines Tapferen. Ein Winnebago. Hinter ihm wurde ein zweiter Reiter sichtbar. Ein Überfall? Aber sie kamen langsam herangeritten und ohne Waffen in den Händen.

Der erste Winnebago stieg ab und führte sein Pony die letzte Strecke, bis er vor ihnen stand.

Er hatte vier rote und weiße Federn, je eine an seinen silbernen Ohrringen und zwei im Haar. Ein Kriegeranführer.

Mit Herzklopfen wich Roter Vogel vorsichtshalber zum Schutz des Kindes bis zur Hütte zurück, wo Adlerfeder lag. Eulenschnitzer erhob sich langsam. Sie sah kurz zu ihm hinüber, und als sie sah, wie ernst sein Blick war, spürte sie die Angst in sich hochkriechen.

Der zweite Winnebago kam inzwischen ebenfalls aus dem Birkenwald heraus, ritt herbei und stellte sich neben seinen Anführer. Dieser wandte sich zu seinem Sattel um und griff nach etwas.

Roter Vogel griff sich hastig das Kind, sprang auf und schickte sich an, Alarm zu rufen.

»Warte!« sagte der Winnebago. »Wir sind lediglich zwei, und wir kommen friedlich.« Er sprach Sauk.

Er wandte sich ihr zu und versuchte ein Lächeln. Dann hielt er ein schönes Calumet hoch, dessen Kopf aus rotem Pfeifenstein in der sinkenden Sonne aussah, als glühe er. Der Pfeifenstiel aus poliertem Hickory hatte die Länge eines Männerarmes.

Eulenschnitzer stand hoch aufgerichtet mit der ganzen weißhaarigen Würde seines Schamanenamtes vor ihm.

»Wer bist du?«

»Ich werde Welle genannt«, sagte der Winnebago. »Dies hier ist Der das Wasser erleuchtet. Er versteht kein Sauk.«

Roter Vogel warf einen schnellen Blick in die Hütte nach Adlerfeder.

»Wer ist da drinnen?« fragte Welle leicht mißtrauisch, während sein Begleiter sofort vortrat, um hineinzusehen.

»Mein Enkel«, sagte Eulenschnitzer. »Er ist krank.«

»Das sind sicher viele von euch, und auch hungrig«, sagte Welle. »Es ist höchste Zeit, daß eure Anführer sich eurer Frauen und Kinder erbarmen und diesen Krieg beenden.«

Inzwischen hatten sich Neugierige aus dem Lager eingefunden, um zu sehen, was die Ankömmlinge wollten oder brachten. Die beiden, dachte Roter Vogel, waren sehr mutig, direkt in das Lager von fast fünfzig verzweifelten Menschen zu reiten.

Auch Roter Vogels Mutter war herbeigekommen und hatte sich neben Eulenschnitzer gestellt. Sie fragte, was Adlerfeder denn fehle, und Eulenschnitzer erklärte es ihr flüsternd.

»Kinder essen alles, was sie in die Finger bekommen«, schimpfte sie. »Wenn er wieder zu sich kommt, ist er wahrscheinlich für immer verrückt.«

Roter Vogel unterdrückte nur mühsam einen schmerzlichen Aufschrei.

Nun kamen gemessenen Schrittes auch Schwarzer Falke und der Winnebago-Prophet, und die Menschen öffneten ihnen eine Gasse. Schwarzer Falke trug eines der schweren Papierbündel aus der Beute an Alters Manns Flüßchen unter dem Arm. Er warf ihr einen Blick zu, den sie als vorwurfsvoll deutete, obgleich er ihr doch ausdrücklich versichert hatte, er trage ihr ihre Beteiligung an der Flucht von Gelbes Haar und Woodrow nicht nach.

Fliegende Wolke sprach mit Welle in einer ihr unbekannten Sprache.

Danach erklärte er wichtigtuerisch auf Sauk: »Dieser Winnebago-Krieger ist der Sohn meiner Schwester.«

Glaubt er etwa, das bedeutet, wir sind gerettet? dachte Roter Vogel. Sie hatte schon lange genug von den ständigen Beteuerungen des Winnebago-Propheten, der Sieg stehe nun aber kurz bevor, wo doch von Tag zu Tag nur klarer wurde, daß ihr Weg nirgendshin führte, außer in den Tod.

Welle sagte auf Sauk: »Mein Vater ist ein Sauk. Er hat in den Winnebago-Stamm geheiratet. Ich komme also zu euch als einer, der durch Blutsbande mit euch verbunden ist. Der Häuptling unseres Stammes, Falke, schickt mich.«

»Wie hast du uns gefunden?« fragte ihn Schwarzer Falke.

»Einer unserer Jäger kam hier vorbei und sah euer Lager. Er wollte es nicht riskieren, zu euch zu kommen, aber er sagte mir Bescheid. Ich suche euch schon viele Tage.«

Wolfspfote, dessen Gesichtszüge so scharf und eingefallen waren, daß er fast schon genauso alt aussah wie sein Vater, kam herbei und blieb neben Schwarzer Falke stehen. »Weißt du etwas von unserem Stamm, der den Großen Strom zu überqueren versuchte?« fragte er. Als wolle er sich des Glücks versichern, griff er an die Silbermünze an seinem Hals.

Roter Vogel war plötzlich an Armen und Beinen eiskalt.

Gleich wissen wir es endlich.

Welle und sein Begleiter blickten einander scheinbar endlos lange stumm an.

»Was ist geschehen?« drängte nun auch Schwarzer Falke.

»Die Langmesser haben sie eingeholt«, sagte Welle schließlich. »Die meisten hatten sich auf einer Insel im Großen Strom verborgen. Aber die Langmesser hatten ein rauchendes Boot und schossen von ihm herab mit einer Donnerkanone auf die Insel. Es gab sehr viele Tote. Dann landeten sie auf der Insel und töteten so gut wie alle, die noch übrig waren.«

Um Roter Vogel drehte sich alles.

Sonnenfrau, meine zweite Mutter! Eisernes Messer! O nein! Erschaffer der Erde, laß es nicht so sein!

Bei der Erinnerung an Adlerfeders Aufschrei: *Der Gefährliche-Axt-Fluß! Der Große Strom ist ganz rot!* kroch Eiseskälte überall über sie.

Selbst Schwarzer Falke vermochte einen Aufschrei des Schmerzes nicht ganz zu unterdrücken. Das Buch unter seinem Arm entfiel ihm und polterte zu Boden. Er setzte sich auf den Boden, griff sich eine Handvoll Asche aus Roter Vogels Feuer und warf sie sich auf das Haupt. Die Umstehenden begannen zu wehklagen und umarmten einander kummervoll.

Wiegendes Gras sank an Eulenschnitzers Brust, und beide setzten sich weinend auf den Boden. Wolfspfote stand reglos da mit hängenden Schultern und Armen und grauem Gesicht. Er hatte darauf bestanden, daß seine Frau und seine vier Kinder am Gefährliche-Axt-Fluß mit den anderen versuchen sollten, den Großen Strom zu überqueren, weil er dies für sicherer gehalten hatte.

Roter Vogel schluchzte, drückte ihr Kind an sich und starrte mit tränenblinden Augen in die hinter den Bäumen am Westufer des kleinen Sees untergehende Sonne. Eisernes Messer, dachte sie, war tot, der so stark und immer, wenn sie ihn brauchte, für sie da gewesen war. Ihre beiden Schwestern und deren Männer lebten also vermutlich auch nicht mehr.

Alle trauerten, die einen setzten sich, die anderen gingen ziellos umher oder hielten sich hilflos umarmt.

Zu alledem kam auch noch der Zwischenfall mit Adlerfeder. Die Kälte wich nicht mehr aus ihr.

Als es dunkel war, schürte sie ihr Feuer wieder. Das Kind erwachte und weinte, und sie stillte es. Danach kroch sie in die Hütte, um nach Adlerfeder zu sehen. Seine Augen waren noch immer zu. Seit seinem alptraumhaften Aufschrei war er noch nicht wieder erwacht. Er atmete nur schwach.

Ich ertrage es nicht. Adlerfeder liegt da wie tot, niemand weiß, wo Weißer Bär ist, die meisten meiner Angehörigen sind tot.

Warum bin ich bestimmt dazu, all dieses Leid zu ertragen?

Schwarzer Falke begann laut den Trauergesang für die Toten des Stammes. »Hu-hu-hu-u-u-u-u... Whu-whu-whu-u-u-u-u...«

Alle stimmten in die Klage ein, und Roter Vogel sah, daß sogar Welle und sein Begleiter mitsangen und Tränen vergossen. Es gefiel ihr, daß sie sich an der Trauer beteiligten.

Eulenschnitzer saß neben ihr. Er hielt die Hand seiner Frau Wiegendes Gras. Er sah, soweit es überhaupt in der einsetzenden Dunkelheit zu sehen war, gramgebeugt aus, aber beherrscht.

Die Sauk, dachte sie, waren seit eh und je überall dafür bekannt gewesen, daß sie niemals die Erfordernisse der Ehre mißachteten. Wenn auch nur ein Mann von Schwarzer Falkes Gefolgschaft das Calumet mit Welle rauchte, bedeutete das automatisch, daß Schwarzer Falke sich mit den ihm noch verbliebenen Tapferen den Winnebago ergeben und um Frieden bitten mußte.

Sie sagte also: »Können wir jetzt, bei all den Toten, nicht endlich Frieden schließen? Wirst du die Pfeife mit diesen beiden Männern rauchen?«

Eulenschnitzer antwortete: »Wäre ich allein, täte ich es. Ich werde mich jedoch nicht gegen Schwarzer Falke stellen.«

»Aber wir sind alle, die überhaupt noch übrig sind«, sagte sie. »Einer muß das Calumet nehmen und rauchen.«

Leider, dachte sie mit zusammengebissenen Zähnen, war der Brauch der Sauk nun einmal so, daß es nur ein Mann sein konnte, der es tat.

Mit zunehmender Dunkelheit verebbte das Klagen allmählich. Die beiden Winnebago machten sich ein eigenes kleines Lagerfeuer am Seeufer, nicht weit von Roter Vogels Hütte.

Einer nach dem anderen versammelten sich alle um Welles Feuer. Welle stand davor und hielt die Friedenspfeife noch immer in der Hand. Das Dämmerlicht hinter ihm und der Widerschein des Feuers vor ihm erhellten seine harten Gesichtszüge.

Roter Vogel saß bei Adlerfeder und sah hinüber zu den schweigenden Gestalten um Welle herum, die alle warteten, was er noch zu sagen habe. Er holte würdevoll Tabak aus seinem Beutel an seinem Gürtel und stopfte das Calumet. Dann hielt er einen trockenen Zweig in das Feuer und steckte sie an. Die Flamme brannte hellgelb auf, als er an der Pfeife zog.

Dann räusperte er sich und sprach mit fester, lauter Stimme: »Der Erschaffer der Erde gab uns den heiligen Tabak als Mittel der Friedensversicherung unter uns. Niemand darf ein mit Tabak besiegeltes Abkommen brechen. Unser Häuptling Falke hat mir aufgetragen, euch dies mitzuteilen:

Schwarzer Falke, du hast die Langmesser in große Angst versetzt, ihnen viel Kummer zugefügt und sie gezwungen, dich über Flüsse und Sümpfe und Berge zu verfolgen. Schwarzer Falke, deiner Ehre ist Genüge getan. Falke bietet dir diesen Tabak an und fordert dich auf, diesen Krieg zu beenden, im Interesse eurer Frauen, die hungern und krank sind, und eurer Kinder, die keine Väter mehr haben.«

Ja, so soll es sein. Tut es. Beendet diesen Krieg, ehe auch wir hier alle tot sind.

Sie schöpfte Hoffnung, als sie sah, wie Schwarzer Falke nach der Pfeife griff, die ihm Welle hinhielt. Er nahm sie also und rauchte sie! Doch dann zeigte seine Hand, statt sie zu ergreifen, nur auf die Pfeife.

»Ich werde diese Pfeife nicht rauchen. Ich glaube, die Sauk sollen weiterkämpfen, bis sie nicht mehr weiterkämpfen können.«

Bitte, Erschaffer der Erde, laß doch wenigstens einen einzigen Mann aufstehen und für den Frieden sein!

Welle stopfte noch einmal Tabak in die Pfeife und nahm noch einen Zug. Dann trat er vor den Winnebago-Propheten.

»Zeige deine Weisheit, mein Onkel, und rauche den heiligen Tabak!«

Fliegende Wolke trat einen Schritt zurück und hob den Arm. »Es ist nicht richtig, daß sich die Winnebago in dieser Zeit unserer Not gegen uns wenden. Kehre zurück zu Falke und sage ihm, daß er, wenn er sich uns in unserem Krieg gegen die Langmesser nicht anschließt, erleben wird, daß sie ihm auch sein Land wegnehmen, so wie sie es bei uns gemacht haben.« Und er verschränkte die Arme.

Roter Vogel wurde verzweifelt klar, daß der Winnebago-Prophet in der Tat gar nicht anders konnte, als die Pfeife zurückzuweisen, weil es sonst sein Eingeständnis bedeutet hätte, daß seine ganzen bisherigen Ratschläge falsch waren.

»Und was tust du, Sauk-Schamane?« fragte Welle nun Eulenschnitzer. »Fordern dich deine Geister denn nicht auf, das Calumet zu rauchen?«

»Bitte, Vater, tu es«, flüsterte Roter Vogel. Eigentlich wollte sie es laut hinausschreien. Aber sie beherrschte sich. Sie erinnerte sich nur zu gut der allgemeinen Verachtung, der sie ausgesetzt gewesen war, als sie damals beim Kriegsrat ihre Stimme erhoben hatte. Sie biß sich statt dessen auf die Lippen. Vielleicht hatte sie eben damals durch ihre Unbeherrschtheit und dadurch, daß sie gesprochen hatte, genau die Entscheidung herbeigerufen, die sie eigentlich hatte verhindern wollen. Sie wollte den gleichen Fehler nicht noch einmal begehen.

Eulenschnitzer sagte: »Schwarzer Falke war immer mein Häuptling. Ich folge ihm, wohin er mich führt.«

Roter Vogel stöhnte auf. Jetzt wünschte sie doch, sie hätte etwas gesagt.

Neben ihr regte sich Adlerfeder. Sie blickte kummervoll auf ihn. Aber schon lag er wieder still.

Als nächstem bot Welle die Pfeife Wolfspfote an, der jedoch die Augen schloß, den Kopf senkte und keine Anstalten machte, sie zu nehmen. Der Haarschopf auf seinem Kopf war schlaff und seine Färbung verblaßt.

Sie konnte nichts tun als ohnmächtig zusehen, wie die beiden Winnebago nun von Mann zu Mann im Kreis um das Feuer gingen und jedem das Calumet anboten, das sie alle verweigerten.

»Ich bitte euch«, sagte Welle, »ist denn nicht ein einziger unter euch, der mutig genug ist und dieses Calumet raucht und das Leben von euch allen rettet? Ich bitte euch. Noch mehr Leid und Tod ist nicht nötig.«

Am folgenden oder übernächsten Tag kamen die Winnebago, bei weitem in der Überzahl, zu Schwarzer Falkes ganzen fünfzig Leuten, die er noch hatte. Sie hatten von den Langmessern Gewehre mit reichlich Pulver und Kugeln, und sie machten die Männer nieder und führten die Frauen und Kinder in die Gefangenschaft.

Erschaffer der Erde, ich bitte dich, laß es nicht zu. Laß deine Kinder nicht sterben.

Neben ihr raschelte es. Sie hielt den Atem an. Ihre Hände wurden wieder eiskalt.

Adlerfeder war auf Händen und Knien, kroch aus der Hütte hinaus, rappelte sich hoch und stand aufgereckt da.

Über dem kleinen See hing ein Halbmond. Sie sah Adlerfeders Gesicht, die eine Seite rot im Widerschein des Feuers, die andere bleich im fahlen Mondlicht. Seine hellen Augen waren auf Welle fixiert, und er kam auf ihn zu, klein, aber von unerschrockener Entschlossenheit.

Roter Vogel stand nur da und sah verblüfft zu. Sie war keiner Bewegung fähig. Wie war das möglich?

Adlerfeder stand nun vor Welle und streckte die Hand aus. Einen Augenblick lang herrschte im ganzen Kreis Totenstille. Außer dem Knattern und Knacken des Feuers und dem leisen nächtlichen Rauschen der Birkenblätter war nichts zu hören.

»Nein!« rief Schwarzer Falke dann heftig und mit aufwallendem Zorn. »Tu das nicht!«

»Halt ein!« rief auch der Winnebago-Prophet und griff nach Adlerfeder. Eulenschnitzer aber fiel ihm hastig in den Arm. »Nicht anfassen! Er kehrt gerade von einer Geisterreise zurück!«

Welle aber reichte Adlerfeder feierlich die Friedenspfeife hin.

Auch im Kreis erhoben sich nun Stimmen: »Nein, nein!« Doch niemand wagte es, Hand an den Jungen zu legen.

Viele andere schwiegen. Da wußte Roter Vogel, daß sie keineswegs die einzige war, die wünschte, daß Adlerfeder die Pfeife rauchte.

Sie nahm mit atemlosem Staunen wahr, daß die Geister über Adlerfeder wachten und ihn leiteten. Ihr Sohn war auserwählt worden, die Reste ihres Stammes zu erretten, obgleich seit seiner Geburt gerade erst sechs Sommer vergangen waren. Ihre Lippen begannen zu zittern.

Adlerfeder setzte sich das Mundstück der Pfeife an die Lippen und sog. Es war ein tiefer Zug. Obwohl er erst sechs Jahre alt war und bis zu diesem Tag noch niemals geraucht hatte, verzog er keine Miene über den ungewohnten, beißenden Rauch in seinem jugendlich zarten Mund und hustete auch nicht. Roter Vogel war überaus stolz auf ihn.

Adlerfeder blies den Rauch wieder aus, wie es der Brauch verlangte.

Welle war vor Erleichterung fast zu Tränen gerührt. Seine groben Gesichtszüge bebten.

Adlerfeder hatte einfach das Richtige getan. Bei niemandem konnte auch nur der leiseste Zweifel aufkommen, daß er es mit voller Absicht und klarem Verstand getan hatte. Er reichte Welle die Pfeife zurück.

Schwarzer Falke entrang sich ein neuer Enttäuschungsruf. Der Winnebago-Prophet stimmte laut mit ein.

Aber Roter Vogel war froh. Sie drückte Schwimmende Lilie heftig an die Brust.

Endlich war ihr langes Leiden vorüber.

Adlerfeder drehte sich um und kam zu ihr, aufrecht und mit festem Schritt, als wäre gar nichts Außergewöhnliches passiert und als hätte er nicht fast den ganzen Tag bewußtlos dagelegen. Roter Vogel reichte das Kind hastig ihrer Mutter und streckte die Arme nach ihrem Sohn aus. Er lief in sie, und sie umarmten sich heftig.

»Es war gut, daß du die Pfeife geraucht hast. Sehr gut.«

»Als die Adler über den See geflogen kamen«, sagte Adlerfeder, »flüsterte mir mein Geist-Ich ein, ich sollte etwas von dem Inhalt von Großvaters Medizinbeutel essen. Danach bin ich dann an vielen sonderbaren Orten gewesen und haben viele schlimme Dinge gesehen. Die Langmesser haben viele Leute getötet. Schließlich lag ich in der Hütte und hörte eine Stimme, die mir sagte, wenn jemand das Calumet rauchen würde, sei Frieden. Das Geist-Ich meines Vaters, der Weiße Bär, kam zu mir und sagte mir, ich sollte rauchen.«

Wenn Weißer Bär hier gewesen wäre, hätte er selbst das Calumet geraucht. Ich weiß es.

Eulenschnitzer legte Adlerfeder die Hand auf die Schulter.

»Der Junge ist der Sohnessohn von Eulenschnitzer und auch von Sonnenfrau. Er ist der Sohn von Weißer Bär. Er hat seine erste Vision gehabt. Damit ist klar, daß ihm vorbestimmt ist, ein großer Schamane zu werden.«

Roter Vogel fühlte ihr Gesicht brennend heiß werden.

»Er ist auch der Sohn von Roter Vogel!« sagte sie mit bebender Stimme.

Eulenschnitzer legte die andere Hand auf ihre Schulter. »Ja, auch dein Sohn, Tochter.«

Plötzlich verlor sein altes Gesicht alle Beherrschung. »Alle meine anderen Kinder sind tot«, stammelte er unter Tränen. »Du bist die einzige, die noch übrig ist, Roter Vogel.«

Sie zitterte, als sie Fort Crawford erblickte. Es hatte die Form eines großen Vierecks aus langen, durch Holzpalisaden verbundenen steinernen Häusern. Langmesser in blauen Jacken und mit harten Gesichtern, die Gewehre im Anschlag, bewachten und führten die Sauk. Sie zog die Tuchschlinge, in der sie Schwimmende Lilie auf dem Rücken trug, nach vorne und drückte das Kind an sich. An der anderen Hand führte sie Adlerfeder, der mit einer schweren gerollten Decke beladen war.

»Ihr lagert alle auf dem Feld hier vor dem Fort«, erklärte ihnen Welle. »Wer zu fliehen versucht, liefert alle anderen der gemeinsamen Bestrafung aus.«

Hinter ihr hörte sie einen wortlosen Aufschrei. Sie wandte sich um. Erstaunt erblickte sie eine Gruppe grauer Schatten auf der Wiese vor dem Fort. Es waren Sauk-Frauen. Einige hielten Säuglinge in den Armen, andere größere Kinder an der Hand.

Sie schob Schwimmende Lilie wieder auf ihren Rücken und eilte zu den stummen Frauen in der rasch aufkeimenden Hoffnung, unter ihnen auch Sonnenfrau oder ihre Schwestern zu entdecken. Erst als sie sah, wie tot und leblos und aller Hoffnung bar die Blicke der Frauen waren und wie resigniert ihre Münder, verlangsamte sie ihren Schritt.

Diese wenigen, wurde ihr atemlos klar, waren alle, die von denen noch übrig waren, welche versucht hatten, am Gefährliche-Axt-Fluß den Großen Strom zu überqueren.

Wie Weißer Bär es prophezeit hatte.

Sie erblickte Schnelles Wasser und erkannte sie kaum wieder. Sie hatte sich schrecklich verändert. Es hatte schon begonnen, als die Langmesser damals an Alter Manns Flüßchen ihren Mann Drei Pferde ermordet hatten. Ihr einst rundes Gesicht war eingesunken und schmal, und ihr Kopf ging pausenlos hin und her.

Aber sie erkannte sie. »Bist du das wirklich, Roter Vogel? In Fleisch und Blut? Und ich bin noch nicht auf dem Pfad der Seelen?«

Roter Vogel zog sie an sich.

»Sie haben sie alle getötet«, schluchzte Schnelles Wasser. »Sie haben getötet und getötet und hörten nicht mehr auf. Sogar die kleinen Kinder. Ich weiß nicht, warum ich noch immer am Leben bin. Meine Kinder sind tot. Sie versuchten schwimmend zu entkommen, aber sie haben sie im Wasser erschossen.«

Da kam Roter Vogels jüngere Schwester Wilder Wein gelaufen. Sie fielen sich in die Arme und weinten. Niemals hatte Roter Vogel ihre Schwester mehr geliebt als in diesem Moment.

Wilder Wein sagte: »Ich habe unsere Schwester Rotkehlchennest sterben gesehen. Sie stand vor einem Langmesser und hielt ihren kleinen Sohn an der Brust und flehte um ihr Leben. Aber er lachte nur und erschoß sie einfach. Das Kind fiel zu Boden, und er erschoß es ebenfalls. Die nächste wäre ich gewesen, doch da kam ein Langmesser-Häuptling und machte dem ein Ende.«

»Und Eisernes Messer?« fragte Roter Vogel. »Was ist mit ihm?«

Ihre Schwester wich zurück und starrte mit großen Augen auf sie. »Einer von ihnen hat ihm den Kopf abgeschnitten.«

Und sie wehklagte weinend, und Roter Vogel schrie entsetzt auf.

»Mit einem so großen Messer«, zeigte Wilder Wein und hielt die Hände weit auseinander. »Sonnenfrau hat den Zorn des Erschaffers der Erde auf ihn herabgerufen, und da schnitt er auch ihr die Kehle durch.«

Roter Vogel brach schluchzend auf die Knie nieder. »O nein, hör auf, hör auf!«

Schnelles Wasser und Wilder Wein knieten sich neben sie und hielten sie, und sie weinten gemeinsam.

Roter Vogel klagte und weinte, bis sich Schwimmende Lilie meldete und sie sie stillen mußte. Von den saugenden Lippen an ihrer Brust begann sich allmählich wieder Wärme in ihr auszubreiten, die ihr Leid einlullte und sie etwas beruhigte.

Dann sagte ihre Schwester: »Ich habe Weißer Bär gesehen.«

Roter Vogel richtete sich abrupt auf. Schwimmende Lilie mußte die nährende Brust loslassen und begann zu weinen.

»Weißer Bär lebt?«

Ihre Schwester nickte. »Als die Langmesser uns am Gefährliche-Axt-Fluß alle zu töten begannen, kam er. Er war Gefangener des Häuptlings der Langmesser. Er sagte uns, was der Häuptling uns mitteilen wollte. Wir sollten keine Angst mehr haben. Doch dann erblickte er Sonnenfrau tot auf dem Boden mit durchgeschnittener Kehle. Er fiel schreiend vor ihr auf die Knie und raufte sich die Haare. Die Langmesser mußten ihn zurückhalten. Ich dachte, sie brächten ihn um oder er würde sich selbst töten. Dann schleppten sie ihn weg. Ich glaube, er ist hier drinnen in diesem Fort gefangen.«

Oder vielleicht auch schon tot, dachte sie bitter. *Wie alle anderen.*

In kummervollem Schweigen baute sie auf dem Feld am Fort aus ihrer Decke ein kleines Zelt mit Ästen, die ihr Adlerfeder gesucht hatte. Darunter suchte sie zusammen mit den Kindern Schutz und hielt diese eng an sich gedrückt. Die Trauer nagte an ihren Eingeweiden wie ein Wolf, der versucht, sich herauszubeißen und mit seinen Klauen durchzukratzen.

Der Gedanke, daß Weißer Bär vielleicht hier auf der anderen Seite dieser weißbemalten Steinmauer ganz in ihrer Nähe sein könnte, war schier unerträglich. Er ließ sie stumm und wie unfähig jeder Bewegung. Das ganze Feld umstanden Langmesser und bewachten die Überreste der British Band mit ihren kalten Blaßaugen. Fast wünschte sie sich, einer von ihnen möge sie endlich erschießen und sie damit von aller Qual erlösen. Wenn nicht ihre Kinder gewesen wären... Was sollte ohne sie aus ihnen werden? Adlerfeder und Schwimmende Lilie sollten nicht auch noch sterben.

Später an diesem Tag kam Eulenschnitzer zu ihr gehumpelt. Ein Langmesser mit schmalen Lippen und einem Gewehr war bei ihm.

»Lebe wohl, meine Tochter«, sagte Eulenschnitzer. Er sah sehr alt und müde aus. Es war ohnehin ein Wunder, daß er diesen Krieg überhaupt überlebt hatte. Sie bemerkte, daß er seinen eulengeschmückten Medizinbeutel bei sich hatte.

»Wohin gehst du, Vater?«

»Der Winnebago-Prophet und ich sollen in das Fort hinein zu dem

Häuptling der Langmesser. Ich nehme an, sie erschießen oder hängen uns. Aber ich sehe die Zukunft nicht mehr. Welle sagte mir, daß ihr anderen alle nach Süden zum Felsenfluß geführt werdet. Dort wollen die Langmesser euch bis zum nächsten Frühjahr gefangenhalten. Dann erst dürft ihr über den Großen Strom und zu Der sich gewandt bewegt im Ioway-Land. Kümmere dich um deine Mutter und deine Schwester. Du warst immer das stärkste und klügste meiner Kinder.«

Er reichte ihr seinen Medizinbeutel.

»Wenn ich ihn mit in das Fort nähme, ginge er unserem Volk für immer verloren. Du bist mein Kind. Du mußt jetzt die Trägerin der Geister für die British Band sein.«

Ein goldenes Glühen breitete sich in ihr aus. Sie nahm den Beutel von ihrem Vater entgegen. Er war sehr leicht. Sie preßte ihn an ihre Brust. Sie versuchte etwas zu sagen, doch sie brachte kein Wort heraus.

»Denke immer daran«, sagte Eulenschnitzer, »alle Menschen, auch die Blaßaugen, sind Kinder des Erschaffers der Erde. Welche Macht er dir auch verleihen mag, niemals darfst du sie gegen andere Menschen richten. Wenn dir die Langmesser Leid zufügen, kannst du ihn bitten, dir Kraft zu verleihen, es zu ertragen. Aber bitte die Geister niemals, Gewalt gegen sie anzuwenden.«

»Ja, Vater.«

Selbst wenn sie Weißer Bär getötet haben, werde ich die Macht der Geister nicht gegen sie einsetzen.

»Lebe wohl, mein Kind.«

Sie nahm die Hand ihres Vaters. »Wenn du dort in diesem Fort Weißer Bär siehst, sage ihm, daß ich lebe, und Adlerfeder und Schwimmende Lilie ebenfalls, und daß wir eines Tages wieder vereint sein werden.«

Neben ihr stand Wolfspfote und sah zu, wie Schwarzer Falke, der Winnebago-Prophet Fliegende Wolke und Eulenschnitzer in den von den Gebäuden umschlossenen Hof gingen. Sechs Langmesser mit blauen Jacken und auf sie gerichteten Gewehren folgten ihnen und eine Abordnung von Häuptlingen und Kriegern der Winnebago.

Sie umklammerte den Medizinbeutel in ihrer Hand.

Ihr Blick umwölkte sich. Eine Langmesser-Menge hatte sich zusammengerottet; verzerrte Gesichter, Geschrei. Angst ergriff sie, und sie versuchte laut zu weinen, aber sie konnte nicht. Dann verschwanden die weißen Gesichter, und sie sah eine Erdhöhle im Wald vor sich. Über ihr stand eine Trauerweide, und an sie war ein schmaler Streifen einer roten Decke gebunden. Um sie herum wurde es dunkel.

Sie spürte, wie starke Hände sie hochhoben. Dann wurde ihr Blick wieder klar, und sie erkannte, daß Wolfspfote sie hielt.

»Du bist umgefallen«, sagte er.

»Ich glaube«, murmelte sie, »ich habe den Tod auf dem Weg vor uns erblickt.«

Wolfspfote sah sie ernst an. Er war wirklich sehr gealtert. Er hatte klugerweise seinen roten Pferdehaarschopf abgenommen. Die Langmesser hätten ihn sonst als einen Anführer der Sauk erkannt und auch an ihm Rache nehmen wollen. Jetzt hatte er nur noch einen kurzen, unregelmäßigen normalen Haarwuchs auf der Mitte seiner Kopfhaut und drum herum nachwachsende Stoppeln. Doch die Silbermünze hing noch immer an seinem Hals.

Er sagte: »Was uns auch noch bevorstehen mag, du mußt mehr Mut haben als wir alle. Ich habe nicht vergessen, wie der Geist des Bären vor vielen Wintern zu unserem Lager kam. Ich floh, du bliebst stehen.«

Sie machte eine unbestimmte Handbewegung. »Es war nur Weißer Bär.«

»Aber das wußten wir damals nicht. Von jenem Tag an, da ich floh und du nicht, habe ich mir immer gewünscht, daß eines meiner Kinder deinen Mut und deine Klugheit bekommen möge.«

Sie dachte daran, wie er sie damals in jener Nacht, als sie in der Ratsversammlung aufgestanden war und den Stamm davor gewarnt hatte, in den Krieg zu ziehen, grob beiseite geschoben hatte. Sie dachte an die Demütigung, als er Weißer Bär das Frauengewand überziehen ließ. Doch der Mann, der nun vor ihr stand, war gebrochen und trauerte. Er hatte seinen Krieg verloren. Seine Frauen und Kinder waren in ihm umgekommen, und er selbst sah sich gescheitert. Er hatte nichts mehr, woran er glauben konnte.

Darum sagte sie schließlich nur: »Dann sei den Kindern, die ich habe, ein Vater. Hilf mir, sie zu beschützen.«

Die Sonne brannte auf ihren ungeschützten Kopf herab, und der Staub des Weges erstickte sie fast. Es war der Mond der trockenen Flüsse, die heißeste Zeit des Sommers. Jeder Schritt schmerzte sie, weil jeder Schritt sie weiter von den Langmessern entfernte, die vielleicht Weißer Bär gefangenhielten. Vielleicht. Es war ihr nie gelungen, es zu erfahren.

Seit dem dritten Tag ihres Zuges nach Süden am Großen Strom entlang waren die Sohlen ihrer Mokassins durchgelaufen. Sie stolperte in den tiefen Radspuren der Wagen der Blaßaugen auf dem Weg; die Sonne hatte sie steinhart gebacken.

Als die Langmesser sie mittags rasten ließen, holte sie aus ihrer gerollten Decke Weißer Bärs Messer. Mit ihm schnitt sie Streifen von ihrem Rehledergewand und band sie sich um die Füße. Auch von Adlerfeders Lederhemd schnitt sie Streifen und band sie um seine Mokassins, damit sie länger hielten.

Plötzlich stand ein Langmesser mit einem dicken blonden Lippenbart vor ihr und streckte fordernd die Hand aus.

»Gib mir das. Messer verboten.«

Er redete die Sprache der Langmesser, von der sie genug kannte, um ihn zu verstehen. Aber das Messer konnte sie nicht hergeben. Es war alles, was sie noch von Weißer Bär besaß. Sie umklammerte den Hirschhorngriff heftig und war entschlossen, den Mann oder auch sich selbst lieber damit zu erstechen, als es herzugeben.

Sie versuchte ihm verständlich zu machen, daß dies ein Wertgegenstand war, der ihrem Mann gehörte, einem Schamanen. Doch sie hatte nicht die Worte seiner Sprache dafür.

Er wiederholte nur: »Keine Messer« und bekam ein zornrotes Gesicht. Seine Hand lag auf dem Kolben seiner Pistole.

Wolfspfote kam herbei. Er faßte sie mit starkem Griff an den Handgelenken, entwand ihr das Messer und reichte es, den Griff voraus, dem Blaurock.

Sie verstand wohl, warum er das getan hatte, trotzdem war sie zornig auf ihn.

»Das war das Messer, das Weißer Bär von seinem Vater hatte.«

»Er hätte dich getötet«, sagte Wolfspfote. »Und wir sind nicht imstande, gegen sie zu kämpfen.« Sie sah die ganze Hoffnungslosigkeit in seinen Augen und legte ihm begütigend die Hand auf den Arm. Als die Langmesser ihnen dann den Weitermarsch befahlen, blieb er an ihrer Seite.

Sie war den ganzen Tag über hungrig. Am Ende des Zuges folgte ein Proviantwagen. Die Soldaten bekamen dreimal täglich Fleisch und Brot. Für die Sauk gab es nur Maisbrei auf Blechtellern, die sie im Fluß abwuschen und zum Proviantwagen zurückbrachten. Mehrmals täglich wurde ihnen erlaubt anzuhalten, um aus dem Fluß zu trinken. Sie betete, daß sie genug Milch für Schwimmende Lilie behalten möge.

Sie sang das Lind vom Gehen, um ihr Leid zu vergessen und es ihr zu erleichtern, immer weiter einen Fuß vor den anderen zu setzen.

Wir gehen auf diesem Pfad und folgen dem Wild.
Singt dabei, o ihr Krieger und Squaws!
Ich träumte heut nacht, daß meine Mokassins
Feuer fingen, als sie den Boden berührten.

Als sie lauter sang, stimmten andere ein. Nach einer Weile sang auch Wolfspfote mit seiner tiefen Stimme mit.

Fünf Blaujacken-Langmesser ritten vor ihnen her und fünf am Ende des Zuges. Sie waren etwa hundert, vorwiegend Frauen und Kinder und höchstens zwanzig Männer. Alle waren sie müde, hungrig und gebrochen an Geist und Seele. Alle mußten sie inzwischen zu Fuß gehen. Die letzten Pferde waren ihnen in Fort Crawford weggenommen worden.

Sie erinnerte sich an die Abschiedsworte ihres Vaters. *Du mußt jetzt die Trägerin der Geister für die British Band sein.* Wolfspfote hatte ihr gesagt, sie besitze den Mut und die Klugheit, sich dem Tod auf ihrem Wege zu stellen.

Was dem Rest ihres Volkes jetzt auch bevorstehen mochte, sie wollte ihm helfen, es zu überleben, das schwor sie sich.

Sie kamen an einen kleineren Fluß, den Fieber-Fluß. Er mündete in den Großen Strom. Am Ufer lag, an Land gezogen, ein Flachboot zum Übersetzen von Menschen. Die Langmesser hatten heftige Wortwechsel mit den Bootsmännern, die sich, so viel verstand sie, weigerten, die Indianer zu transportieren. Sollen sie doch hinüberschwimmen, sagten ihre

Gesten. Doch der Fluß war zu tief und die Strömung zu stark für halbverhungerte und erschöpfte Menschen.

Während der Streit sich noch hinzog, kamen weitere neugierige Blaßaugen herbei. Es mußte also einen größeren Ort in der Nähe geben. Der offene Haß in den Augen dieser Leute ließ sie bis ins Mark erschauern. Sie hatte Angst. Aber wie sehr mußten vor nur einem oder zwei Monden diese Leute vor der British Band Angst gehabt haben... Jetzt waren sie, oder was von ihnen übrig war, ihnen auf Gnade und Barmherzigkeit ausgeliefert.

Schließlich wurde der Anführer der Langmesser sehr laut und nachdrücklich und zog sogar seine Pistole. Der Anführer der Bootsmänner machte unter Kopfschütteln eine zornige Geste zu dem Flachboot hin. Der Langmesser-Führer holte Münzen aus seiner Satteltasche und reichte sie dem Bootsmann hinunter. Dann begannen die Langmesser sie auf das Boot zu treiben.

Es brauchte drei Fahrten, bis alle Sauk am anderen Ufer waren. Inzwischen hatten sich Hunderte Blaßaugen am Flußufer bei der Fähre versammelt, Männer, Frauen und Kinder.

Roter Vogel war mit ihren Kindern bei der letzten Fahrt. Geschrei und Beschimpfungen begleiteten sie. Man warf faules Gemüse nach ihnen, Erdklumpen und sogar Steine. Sie zog das Kind vom Rücken wieder nach vorne, um es besser schützen zu können. Eine weiche Tomate traf sie am Ohr. Gelächter folgte. Weil sie ihre schützenden Hände um keinen Preis von ihrem Kind nehmen wollte, konnte sie sich den Saft und die Reste nicht abwischen. Sie liefen ihr in den Hals. Eilig lief sie auf die Fähre.

Als sie am anderen Ufer wieder an Land stolperte, atmete sie noch immer schwer, aber hauptsächlich vor Erleichterung. Dann wischte ihr jemand die Reste der faulen Tomate ab – Wolfspfote. Es war tröstlich, ihn in der Nähe zu wissen.

Als sie am nächsten Morgen weiterzogen, trug Wolfspfote Adlerfeder, dem die Mokassins inzwischen schon von den Füßen gefallen waren. Er setzte ihn sich auf die Schultern. Roter Vogel lächelte ihm dankbar zu, Wolfspfote erwiderte den Blick traurig, seufzte dann und sah zu Boden. Er blieb den ganzen Tag über mit Adlerfeder auf seinen Schultern neben ihr und schlief in dieser Nacht auch in ihrer und ihrer Kinder Nähe.

Am folgenden Tag führte sie der Weg über endlose ebene Felder, die überwiegend mit Mais bepflanzt waren und sich am Ufer des Großen Stroms entlangzogen. Kurze Zeit erinnerte es sie an die Maisfelder in Saukenuk, und sie erfreute sich daran. Doch dann fiel ihr ein, daß von nun an in diesem Land alles Korn von den Blaßaugen gepflanzt wurde.

Zu ihrer Linken stiegen Steilküsten auf, die über dem Strom standen wie Statuen von Geistern. Vor ihnen kamen an einer Hügelseite zahlreiche Häuser der Blaßaugen in Sicht. Ganz oben auf dem Hügel stand ein Fort mit einer Mauer aus aufrecht stehenden Baumhölzern drum herum. Vor ihnen am Weg erwartete sie eine große Menschenmenge.

Sie stand nicht neben dem Weg wie in der letzten Ansiedlung. Sie blokkierte den Weg.

Sie hatte ein Gefühl, als kenne sie diesen Ort, obwohl sie noch nie hier gewesen war. Aber nach kurzer Weile begriff sie es. Weißer Bär und Gelbes Haar hatten ihr so oft von dem Ort erzählt, wo sie gelebt hatten, dem Ort seines Vaters Sternenpfeil. Das große Haus auf dem Berg, in dem sie gewohnt hatten, mußte ebendieses dort oben sein. Und das Gebäude mit der Mauer drum herum war dann wohl der Handelsposten des Onkels von Weißer Bär, dessen, der ihn verjagt und später an Alter Manns Flüßchen beinahe getötet hätte.

Je näher sie kamen, desto deutlicher hörbar wurde das erregte Geschrei der Menge, die auf sie wartete. Sie nahm vorsorglich das Kind wieder in ihre Arme. Sie sah sich nach Wolfspfote um und war froh, ihn nach wie vor an ihrer Seite zu sehen. Er setzte Adlerfeder jetzt ab. Der Junge hielt sich an ihrem Rock fest.

Aber wenn dies der Ort war, wo Weißer Bär gelebt hatte, dann war es auch der Ort, an dem Wolfspfote mit seinen Kriegern viele Männer, Frauen und Kinder getötet hatte. Dann war dies der Ort, wo die große Kanone die Silbermünze, die er noch jetzt um den Hals trug, in ihn schoß. Wenn ihn diese Leute nun erkannten? Wieder war sie froh, daß er seinen roten Haarschopf nicht mehr trug. Und jetzt sah sie auch, daß er die Münze unter sein Lederhemd geschoben hatte.

Gleichgültig, ob sie ihn nun persönlich erkannten oder nicht, an dem allgemeinen Haß dieser Leute hier auf ihr Volk war nicht zu zweifeln.

Angst ergriff sie, als sie sich ihrer Vision in Fort Crawford erinnerte – Tod auf ihrem Weg. Sie versuchte stehenzubleiben, aber sie wurde von hinten weitergeschoben. Die berittenen Langmesser am Ende des Zuges trieben sie alle voran.

Als sie der wartenden Menge näher kamen, erkannte sie, daß in der ersten Reihe fast nur Männer standen. Sie hielten alle Keulen oder Steine in den Händen. Die Knie wurden ihr weich, und sie glaubte, sich nicht länger auf den Beinen halten zu können. Sie hatte nicht mehr die Kraft weiterzugehen, direkt ihrem Tod entgegen, den sie vor einigen Tagen vorausgesehen hatte. Aber sie wurde weiter vorwärtsgeschoben, ob sie wollte oder nicht. Die Langmesser begannen Befehle zu schreien, um die Sauk zum Weitergehen zu veranlassen, doch keiner wollte der erste sein, der auf diese aufgebrachte Menge traf.

Der Soldat mit dem blonden Schnurrbart ritt voraus und sprach mit den wartenden Leuten. Er ruderte mit den Armen, um ihnen zu bedeuten, den Weg frei zu machen. Aber sie schrien ihn nieder.

Dann drängte die Menge vorwärts.

Die Blauröcke wichen seitlich in die Felder aus.

Roter Vogel konnte nicht mehr sehen, was sich vorne tat, weil Wolfspfote sich vor sie gestellt hatte.

Adlerfeder klammerte sich in Panik an sie, daß ihr Bein schmerzte. Sie preßte den Säugling eng an sich in der Hoffnung, ihn so zu beschützen, auch wenn sie etwa von einem Stein getroffen und zu Boden stürzen würde.

Sie töten uns alle.

Die Schreie der Blaßaugen dröhnten ihr in den Ohren. Steine, manche größer als eine Männerfaust, flogen durch die Luft. Rings um sie her sah sie Frauen und Kinder zu Boden fallen.

Dann vernahm sie plötzlich einen Schlag, der ihr die Ohren singen ließ, und Wolfspfote sank auf den unebenen Pfad nieder.

Männer drangen mit erhobenen Prügeln und mit Steinen in den Händen auf ihn ein. Adlerfeder ließ unvermittelt ihren Rock los und drängte sich in die Menge der Sauk hinter ihr. Sie sah ihn im Gedränge der Beine verschwinden.

Dann rief jemand: »Roter Vogel!«

Sie preßte Schwimmende Lilie an sich und sah sich in Panik um. Wer hatte da ihren Namen gerufen?

Dann sah sie sie. Am Rand der Menge, mit ihren blonden Zöpfen und blauen Augen. Sie winkte. Gelbes Haar versuchte, sich wild durch die Menge drängend, zu ihr durchzukommen.

Es waren noch andere Leute bei ihr. Eine stämmige Frau schob und stieß sich durch die wütende Menge um sie herum und rief ihnen zu aufzuhören. Auch ein Mann mit sandfarbenem Haar stellte sich gegen die tobende Menge.

Weißer Bär hatte eine Tante und einen Onkel in diesem Ort hier.

Aber die Menge war längst nicht mehr zu halten und drängte weiter voran. Sie sah die wenigen, die sich der allgemeinen Wut entgegenstellten, nicht mehr.

Die Männer schlugen auf Wolfspfote ein. Ein großer breitschultriger Mann mit dichtem braunem Bart holte mit einer Keule aus.

Roter Vogel schrie ganz unwillkürlich in der Sprache der Blaßaugen: »Nein, bitte!«

Der Mann hielt inne und starrte sie an.

»Ihr habt meine Frau umgebracht!« brüllte er sie an. Sein Speichel flog ihr ins Gesicht. Und er griff nach ihr.

Sie schrie und schrie. Seine Hand griff nach dem winzigen Kind, das in Angst und Schmerz aufschrie. Roter Vogel versuchte ihn zu beißen und zu treten und sich von ihm zu entfernen. Aber er schwang seine Keule und schlug sie ihr an den Kopf. Der Schlag lähmte sie und lockerte ihren Griff um das Kind. Der braunhäutige Mann entriß es ihr.

Ihre Schreie zerrissen ihr schier die Kehle. Der Mann wandte sich von ihr ab und hielt das Kind hoch über seinen Kopf. Er verschwand in der drängenden und schiebenden Menge und mit ihm das Kind. Sie schrie, kreischte, kämpfte, schlug um sich, um ihm nachzukommen und das Kind wiederzuholen, aber sie wurde gestoßen und zurückgehalten und zu Boden geworfen.

Die Stimme versagte ihr. Sie kroch durch Schmutz und über Steine. Über und neben ihr waren die Beine der Männer und die Röcke der Frauen, und mitten darin lag ein kleiner, regloser Körper in einer jetzt blutgetränkten Decke.

Dann stoben die Leute in alle Richtungen auseinander. Sie kroch weiter, bis sie bei ihrem Kind war und es in die Arme nehmen konnte. Sie setzte sich auf und hielt das kleine Bündel in ihrem Schoß. Ihre Hände waren blutig. Sie sah hinab auf das kleine Kind mit dem faltigen Gesicht, aus dessen Mund Blut lief. Es regte sich nicht mehr. Arme und Beine waren schlaff. Kein Laut. Kein Atemzug.

Sie fühlte, wie ihr die Sinne schwanden. Dann legte sich ein schwarzes Tuch über ihre Augen.

Als sie wieder erwachte, saß Gelbes Haar neben ihr und hielt sie im Arm und schluchzte. Neben ihr stand die dicke Blaßaugen-Frau mit tränennassem Gesicht. Sie hatte eine rote Decke in der Hand und hielt sie ihr nun hin.

Beim Anblick des fremden weißen Gesichts schrie sie auf und drückte das Kind in ihren Armen an ihre Brust. Sie wich auch vor Gelbes Haar zurück, die auf dem Boden saß und ihr Gesicht in den Händen verbarg.

Die dicke Frau legte die Decke auf den Boden vor sie hin und trat wieder zurück. Aber nach ein paar Schritten schon würgte es sie, und sie übergab sich hustend und keuchend. Der Mann mit dem sandfarbenen Haar eilte zu ihr und kümmerte sich um sie.

Roter Vogel beobachtete den Kummer von Gelbes Haar und der dikken Frau verständnislos und wie aus weiter Ferne. Sie empfand zu viel Schmerz, um noch irgendein Gefühl für jemand anderen aufzubringen. Sie begriff, daß die Frau ihr die Decke gegeben hatte, damit sie darin Schwimmende Lilie einwickelte. Sie rutschte zu der Decke und griff sie sich und wickelte sie um das blutige Bündel in ihrem Arm, ohne hinzusehen.

Das helle Rot der Decke, dachte sie, würde Schwimmende Lilie warm halten.

Nur wie aus der Ferne hörte sie die Schreie um sie herum. Auch andere wurden offenbar mißhandelt.

Gelbes Haar weinte noch immer so heftig, daß sie nicht sprechen konnte. Sie kam neben sie und legte ihre Hand auf die Decke.

Die Menge, die die Sauk angegriffen hatte, hatte sich jetzt auf einem Feld neben dem Weg versammelt. Die zehn berittenen Langmesser hatten endlich eingegriffen und sie zurückgetrieben. Zu spät.

Die dicke Frau schien Roter Vogel vergessen zu haben. Sie taumelte fort, weg von den Sauk, und schrie auf die Leute auf dem Feld ein. Roter Vogel konnte nicht verstehen, was sie schrie, aber ihre Stimme war voller Zorn. Einige der Leute antworteten ihr, aber mit gedämpften Stimmen, die sie von hier aus kaum noch hören konnte.

Sie war nicht imstande aufzustehen. In ihren zitternden Beinen war keine Kraft mehr.

»Adlerfeder!« schrie sie. Und sie rief ihren Sohn wieder und wieder.

Dann kam er und stand vor ihr. »Ist Schwimmende Lilie jetzt tot? Haben sie sie umgebracht?«

»Ja«, sagte Roter Vogel.

Adlerfeder begann zu weinen. »Warum haben sie meine kleine Schwester getötet?«

Sie fühlte eine Berührung an ihrer Schulter. Es war Wolfspfotes Hand. Seine Stirn war aufgeschlagen und blutete. Eines seiner Augen war geschwollen und geschlossen.

»Ich dachte, sie hätten dich umgebracht«, sagte sie.

»Das wäre das Beste gewesen.«

»Nein«, widersprach sie, »wünsche dir so etwas nicht.«

Dann nahm sie die Stille wahr. Gelbes Haar hatte zu weinen aufgehört. Sie und Wolfspfote starrten einander an.

Da war sie, dachte Roter Vogel: die Gelegenheit für Gelbes Haar zu ihrer Rache an Wolfspfote, für den Tod ihres Vaters und ihre eigenen Leiden. Sie brauchte nur laut zu sagen, wer Wolfspfote war: der Anführer der Krieger, die Victor überfallen hatten. Der sie selbst gefangen und entführt hatte. Alle Langmesser zusammen wären nicht imstande, die Leute davon abzuhalten, ihn auf der Stelle totzuschlagen.

Aber Gelbes Haar seufzte nur und legte den Arm um Roter Vogel. Wollte sie gar keine Rache? Roter Vogel war zu sehr in ihren Kummer verstrickt, um groß über irgend etwas nachzudenken.

Wolfspfote sagte: »Noch vier sind tot und viele verletzt. Wir tragen unsere Toten von hier fort. Ich denke, die Langmesser werden uns erlauben, daß wir sie erst später auf unserem Weg, weit weg von hier, begraben.«

Sie ließ sich von ihm, ohne ihr totes Kind einen Augenblick loszulassen, bei den Ellbogen fassen und auf die Beine hochziehen. Aber auch Gelbes Haar ließ sie keine Sekunde los. Sie begann still zu weinen.

Wolfspfote sagte: »Auch wenn du dein Kind beweinst, warten viele Verletzte auf deine Hilfe. Sonnenfrau hat es dich gelehrt, und du bist die Frau von Weißer Bär und die Tochter von Eulenschnitzer. Du bist die einzige, die so etwas kann.«

»Ich habe kaum noch Arzneien übrig«, sagte sie.

»Du kannst zumindest für die Verwundeten beten«, sagte Wolfspfote. »Und wenn wir die Toten begraben, kannst du für uns alle zu ihren Geistern sprechen.«

Du mußt jetzt die Trägerin der Geister für die British Band sein.

Einer der Langmesser kam und sprach mit Gelbes Haar. Roter Vogel verstand, daß er ihr sagte, sie könne nicht bei den gefangenen Sauk bleiben.

In der Art, wie sie gelernt hatten, sich miteinander zu verständigen, sagte Gelbes Haar ihr, daß sie gerne selbst gestorben wäre, wenn sie Schwimmende Lilie hätte retten können. Und sie versprach, für die jetzt noch übrigen zu tun, was in ihrer Macht stand.

»Du, ich, Schwestern«, sagte Roter Vogel.

Gelbes Haar legte noch einmal die Arme um sie, und das tote Kind war zwischen ihnen. Sie beugte sich vor und küßte Roter Vogel auf die Wangen, und ihre Tränen netzten Roter Vogels Gesicht.

Roter Vogel blickte zu dem Langmesser auf, der mit Gelbes Haar gesprochen hatte. Sein Mund unter seinem gelben Bart verzog sich abfällig.

Gelbes Haar begann wieder zu schluchzen, und sie umarmte Roter Vogel noch heftiger. Sie sah, daß Weißer Bärs Tante und Onkel sie sanft wegzuziehen versuchten.

Der berittene Soldat schrie Gelbes Haar nun zornig an. Würden sie sie etwa erschießen, wenn sie nicht ging?

Sie hatte nun selbst Angst um sie und machte sich von ihr los.

Die dicke Frau und ihr Mann zogen Gelbes Haar endgültig fort, deren Schluchzen aber nur lauter wurde und sich zu Schreien steigerte: »Mein Kind!«

Diese Worte kannte sie auch in der Sprache der Blaßaugen. Es war ja auch wahr, dachte sie. War Gelbes Haar nicht im Geburts-Wickiup bei ihr gewesen? War sie nicht in jedem Augenblick des beginnenden Lebens von Schwimmende Lilie dabeigewesen? Und war sie nicht genauso wie sie Weißer Bärs Frau?

Sie empfindet den gleichen Schmerz wie ich.

Ihr lautes Weinen und Wehklagen ebbte ab, als die Tante und der Onkel von Weißer Bär sie weiter fortgeleiteten und sie dabei halb trugen. In den Kommandoschreien der Langmesser, die die Sauk aufforderten, sich zu erheben und weiterzuziehen, ging ihre Stimme dann endgültig unter.

Als sie, immer noch mit dem toten Kind im Arm, weiterstolperte, sah sie auf die im Feld stehende Menge. Sie schrien nicht mehr und warfen auch keine Steine mehr. Sie standen nur da und starrten. Vielleicht war ihr Rachedurst gestillt?

Ihr Blick begegnete dem des braunbärtigen Mannes, der ihr Schwimmende Lilie entrissen hatte. Er sah, wie sie ihre tote Tochter im Arm hielt, aber sein Gesicht war noch immer rot und haßverzerrt.

Sie kannte genug von seiner Sprache, um verstanden zu haben, was er geschrien hatte: *Ihr habt meine Frau umgebracht.*

Bei seinem Anblick fühlte sie sich schwer wie ein Stein. Nichts konnte Schwimmende Lilie ins Leben zurückbringen. Die winzigen Füße ihres Kindes waren bereits auf dem Pfad der Seelen. Nur ihr eigener Tod konnte sie von diesem Schmerz befreien.

Wolfspfote hatte sich Adlerfeder wieder auf die Schulter gesetzt und schritt auch jetzt wieder neben ihr. Sie merkte, daß auch jemand auf ihrer anderen Seite ging, und sah hin. Es war eine gebeugte, gealterte Frau mit traurigem Gesicht. Sie brauchte einen Moment, bis sie begriff, daß es ihre eigene Mutter Wiegendes Gras war.

Viele Schritte später, als ihr Weg durch einen Wald führte, ließen die Langmesser sie halten. Sie schnallten kleine Schaufeln von ihren Sätteln und gaben sie einigen Männern, die damit fünf Gräber aushoben und die Toten – drei Frauen, einen Mann und ein Kind – darin aufrecht sitzend bestatteten.

Das Grab für Schwimmende Lilie grub Wolfspfote, und er ließ Adlerfeder mithelfen. Ehe Schwimmende Lilie mit Erde bedeckt wurde, riß Roter Vogel einen Streifen der roten Decke ab, die ihr die dicke Frau gegeben hatte, und legte sie neben das Grab.

Als alle fünf Gräber geschlossen waren, sah sie die Augen aller auf sich gerichtet. Sie wußte, daß sie von ihr erwarteten, ungeachtet aller eigenen Trauer die Riten zu vollziehen.

Als erstes sang sie die Totenklage.

In deine braune Decke, o Erschaffer der Erde,
hülle deine Kinder ein und trage sie fort.
Nimm sie wieder auf in deinen Leib…

Als sie geendet hatte, sprach sie zu den Toten.

»Ihr habt keine Schuld mehr an den Missetaten«, sagte sie. »Ihr habt keine Schuld mehr zu begleichen und kein Versprechen mehr zu halten. Ihr seid eurem Glauben treu geblieben und in Ehren euren Pfad bis zu diesen Gräbern gegangen. Bleibt nicht hier und sinnt auf Rache an denen, die euch getötet haben. Große Freude erwartet euch im Westen. Der Geist der Eule wird euch zeigen, wie ihr eure Füße auf den Pfad der Seelen zu setzen habt. Geht jetzt auf eure Reise.«

Danach brachen alle Trauerzweige von Bäumen am Wasser und steckten sie in die Grabhügel. Roter Vogel nahm nun den Streifen der roten Decke und band ihn an die Zweige auf dem Grab von Schwimmende Lilie.

Dein Pfad auf dieser Erde, meine Tochter, war sehr kurz. Aber die Erde ist jetzt gerade auch kein sehr guter Ort für uns. Und viele, viele Brüder und Schwestern der Sauk gehen den Pfad der Seelen gemeinsam mit dir. Geh nun in den Westen, und eines Tages folgen dir dein Vater und dein Bruder und ich, und dann sind wir wieder alle vereint.

Während sie von dem Grab zurücktrat, fiel ihr wieder ein, wie sie erst vor zwei Tagen weit oben im Norden dieses Grab im Geiste gesehen und darüber die Besinnung verloren hatte. Mit sinkendem Mut begriff sie, wie schwer auch die Gaben eines Schamanen, nach denen sie sich ihr ganzes Leben gesehnt hatte, auf dessen Schultern lasten mußten.

Die Langmesser saßen stumm neben dem Weg und ließen, während ihre Gefangenen die Toten begruben, ihre Pferde grasen. Sie schienen sich nicht zu sorgen, daß irgend jemand zu fliehen versuchte. Wohin konnte sich hier in diesem Gebiet ein Sauk auch schon wenden? Einstmals mochte es ja so gewesen sein, daß sie sich überall hier auf dieser Seite des Großen Stroms völlig frei bewegen konnten. Jetzt aber wurden sie von allen, die hier lebten, gehaßt.

Roter Vogel wußte nicht, ob die Soldaten sich vielleicht schämten, weil sie es zugelassen hatten, daß die ihrer Obhut anvertrauten Gefangenen getötet worden waren. Vielleicht war es ihnen ganz recht gewesen, vielleicht war es ihnen aber auch gleichgültig.

Als die Sauk zurückkamen, standen sie schweigend und ausdruckslos auf, stiegen auf ihre Pferde, und der Zug setzte sich wieder südwärts in Bewegung.

Wolfspfote schritt auch jetzt unbeirrbar neben Roter Vogel und Adlerfeder. Roter Vogel fehlte das vertraute Gewicht des Kindes auf ihrem Rücken oder an ihrer Brust, und sie begann wieder zu weinen. Ihre Brüste, aus denen nun niemand mehr die Milch saugte, begannen zu schmerzen.

Sie waren lange Zeit schweigend gegangen, als Wolfspfote sagte: »Ich habe mein Versprechen nicht erfüllt, Roter Vogel. Du hast mich gebeten, deine Kinder zu beschützen. Ich habe meine eigenen Frauen und Kinder in den Tod geschickt, und jetzt habe ich deine Tochter nicht gerettet. Ich bin kein Mann.«

Die Blaßaugen hatten Wolfspfote zwar nicht körperlich totgeschlagen, dachte sie, aber sie hatten ihn seelisch getötet. Sie wollte versuchen, seinen Geist zu heilen. Nichts konnte ihr Schwimmende Lilie zurückbringen, aber diesem Mann hier konnte sie neue Lebensfreude verleihen.

Als sie an diesem Abend zum Schlafen anhielten, lag sie lange wach und blickte hinauf in den Nachthimmel. Adlerfeder hatte sich an sie geschmiegt. Wolfspfote und ihre Mutter waren in der Nähe.

Auf einen Baumast über ihr setzte sich ein Vogel.

Selbst jetzt in der Dunkelheit der Nacht konnte sie eher spüren als sehen, daß sein Gefieder so rot war wie der Streifen der Decke, den sie am Grab von Schwimmende Lilie hinterlassen hatte. Er hatte eine schwarze Maskenzeichnung um die Augen und einen roten Federschopf auf dem Kopf.

Der Vogel flog auf einen weiter entfernten Ast, und sie glaubte seine Aufforderung zu verspüren, ihr zu folgen. Sie erhob sich, ohne daß jemand der Schlafenden es bemerkte, und ging an einem der Wache haltenden Langmesser vorbei, der jedoch nur durch sie hindurchblickte.

Der rote Vogel schwirrte zu einer schwarzen Öffnung im Steilufer über dem Fluß, und sie folgte ihm. In der Höhle konnte sie nichts erkennen außer dem schwachen Schimmer roter Vogelschwingen weit vor ihr. Es waren viele Biegungen in der Höhle, und sie drang tiefer in sie ein.

Weiter vorne wurde Licht sichtbar. Mit jedem Schritt wurde es heller, und ihre Augen konnten sich allmählich daran gewöhnen, so daß sie nicht geblendet war, als sie schließlich eine hell erleuchtete Kammer erreichte.

Die Wände der Kammer stiegen hoch auf, hart und weich zugleich und so glatt wie Eis, und glitzerten in einem Licht, das hinter ihnen zu sein schien. Sie vernahm Murmeln und Rascheln und erblickte in Nischen überall eingeritzte Abbilder von vielerlei Getier, Pflanzen und Vögeln. Sie blickte nach unten auf ruhelos in einem Teich, der fast den gesamten Boden bedeckte, herumschwimmende Fische.

In der Mitte des Wassers war eine kleine Insel, und auf ihr stand eine riesige uralte Schildkröte auf ihren vier faltigen, graugrünen Beinen.

Willkommen, Tochter, sagte die Schildkröte.

22

Der Renegat

Raoul saß auf der Kante seines Stuhls im Verhandlungsraum von Fort Crawford und wartete, daß die Wachen Auguste hereinbrachten. Neben ihm saßen in einer Reihe sieben Milizoffiziere, die alle als Zeugen gegen die Indianerführer aufgetreten waren.

Er merkte, daß er vor Aufregung zitterte.

Das heute soll der Tag sein – es war fast ein Gebet, wenn er auch nicht wußte, wer ein solches Gebet wohl erhören sollte –, *der Tag, an dem sie ihn aufhängen. Ich will den Bastard hängen sehen.*

Heute sollten die Armeekommandeure, die Schwarzer Falke besiegt hatten, den Anführern der Sauk und Fox ihr Schicksal verkünden. Die weniger bedeutenden sollten zuerst drankommen, also war Auguste jetzt gleich an der Reihe.

Er beobachtete lebhaft, wie Auguste, flankiert von zwei Soldaten, den Raum betrat, mit Handschellen um die Gelenke und einer eisernen Kugel am Ende der Kette, mit denen seine Füße gefesselt waren. Der Anblick des Mischlings in Ketten war besser als ein guter Schluck Old Kaintuck.

Er hatte Auguste seit dem Tag, an dem sie sich diesen kurzen Augenblick lang so überraschend auf der verdammten Flußinsel an der Mündung des Gefährliche-Axt-Flusses begegnet waren, nicht mehr gesehen. Jetzt fiel ihm auch wieder die Lücke an Augustes rechtem Ohr auf. Sie war teilweise von darüber herabfallendem Haar verdeckt. Aber deutlich war zu erkennen, daß sie das Ohr in eine obere und untere Hälfte trennte. Die erst teilweise vernarbte Wunde war rot.

Elis Kugel ist ihm also statt mitten durch die Stirn nur durch dieses Ohr gefahren. Bei Eli kann das weiß Gott kein Zufall gewesen sein. War es das, was er meinte, als er sagte, ich würde oben im Michigan-Territorium schon noch meine Überraschung erleben?

Seine Finger in seinem Schoß bewegten sich unruhig. Dieser zahnlükkige alte Bastard hatte ihn also mit voller Absicht angelogen, als er behauptete, Auguste erschossen zu haben. Aber warum? Was hatte er davon, wenn er dafür sorgte, daß Auguste am Leben blieb?

Augustes dunkle Augen weiteten sich, als er Raouls Blick begegnete. Der Haß in ihnen traf Raoul quer durch den ganzen Raum wie ein Hammerschlag. Er erinnerte sich an die Frau, der er die Kehle durchgeschnitten hatte.

Seine Mutter. Aber selbst ihr Tod war noch keine volle Entschädigung für Clarissa und Phil und Andy. Und für das Niederbrennen von Victoire.

Auguste wandte ihm den Rücken zu und stellte sich den drei Kommandeuren an ihrem langen Tisch, hinter dem eine große amerikanische Fahne an die Wand genagelt war.

Den Vorsitz hatte Generalmajor Winfield Scott, der endlich aus dem Osten eingetroffen war, um die Reste dieses Krieges abzuwickeln. Raoul hoffte nur, er habe die Weisung von Präsident Jackson in der Tasche, kurzen Prozeß mit diesem ganzen Pack zu machen und es schnellstens an den Galgen zu bringen. Er hatte ja auch aufmerksam zugehört, was er alles gegen den Mischling vorzubringen gehabt hatte. Allerdings, seine Phantasie-Uniform war nicht sehr vertrauenerweckend. Goldene Epauletten, weiße Feder auf der hohen Mütze, die er jetzt neben sich gelegt hatte. Aber sein Gesicht war dafür seriös. Schwarze, gerade Brauen, scharfe Nase, schmaler Mund. Erbarmen oder Nachsicht war in diesem Gesicht, das sich jetzt Auguste zuwandte, wirklich nicht sichtbar.

Neben Scott saßen auf der einen Seite Oberst Zachary Taylor und auf der anderen der weißbärtige Brigadegeneral Henry Atkinson, der die regulären Truppen und die Miliz gemeinsam in der Schlacht am Gefährliche-Axt-Fluß befehligt hatte.

Scott warf einen Blick auf ein Papier vor ihm und sagte: »Auguste de Marion, zuweilen auch Weißer Bär genannt, in Oberst Taylors Bericht sind Sie als einer der Rädelsführer des Aufstands von Schwarzer Falke benannt. Es liegen Zeugenaussagen vor, wonach Sie ein Renegat und Mörder sind.«

Auguste blickte kurz zu Raoul hinüber und sagte dann: »Habe ich das Recht zu erfahren, was gegen mich ausgesagt worden ist?«

Scott schüttelte den Kopf. »Dies hier ist nur eine Anhörung und noch kein Kriegsgerichtsverfahren. Haben Sie etwas zu Ihrer Verteidigung vorzubringen?«

»Ich habe meinem Volk geraten, Frieden zu bewahren«, sagte Auguste. »Aber die British Band ist meinem Rat nicht gefolgt. Ich kann also nicht gut ein Rädelsführer sein. Im übrigen habe ich in meinem ganzen Leben noch niemanden getötet, also bin ich auch kein Mörder. Was die Behauptung angeht, ich sei ein Renegat, so stelle ich fest, daß ich als Sauk geboren bin. Ich bin so wenig ein Renegat wie jedes Mitglied meines Stammes, das Schwarzer Falke folgte.«

Seine Stimme war fest, kräftig, deutlich und laut. Raoul bemerkte, daß ihm sein Akzent stärker erschien, als er ihn in Erinnerung hatte. Vermutlich, weil er inzwischen wieder bei den Indianern lebte und fast ein Jahr lang ausschließlich deren Sprache benützt hatte.

Ist das wirklich erst ein Jahr her, seit ich ihn aus Victoire hinausjagte? Es scheint doch schon eine ganze Ewigkeit her zu sein.

Scott sah seine beiden Beisitzer an.

»Nach unseren Informationen«, sagte Zachary Taylor, »sind Sie aber amerikanischer Staatsbürger.«

»Sir«, antwortete Auguste, »mein Vater war Pierre de Marion. Er war amerikanischer Staatsbürger, und weil er es wünschte, habe ich sechs Jahre als Weißer gelebt. Aber meine Mutter war eine Frau vom Stamm der Sauk. Sie hieß Sonnenfrau. In meinem Herzen bin ich immer ein Sauk geblieben.«

»Ihr Herz«, sagte Scott, »ist rechtlich irrelevant. Was haben Sie in diesem Krieg konkret gemacht?«

Raoul hörte mit heftig pulsierendem Blut in seinem Kopf, was Auguste nun von den Ereignissen an Alter Manns Flüßchen berichtete. Auguste nannte ihn namentlich, drehte sich zu ihm herum und zeigte auf ihn.

»Dann kam er auf mich zu, um mich zu erschießen. Ich unternahm einen Fluchtversuch in das hohe Gras, und Eli Greenglove, einer seiner Leute, schoß auf mich.« Er faßte an sein verstümmeltes Ohr. »Es war dunkel, sie waren alle betrunken, und es gelang mir zu überleben, weil ich mich tot stellte. Als Schwarzer Falke erfuhr, daß seine Parlamentäre einfach erschossen worden waren, glaubte er, keine andere Wahl mehr zu haben, als weiterzukämpfen. Erst von diesem Zeitpunkt an begann die British Band mit Überfällen auf die Weißen.«

Raoul sprang zornig auf. »Sir, ich muß darauf entgegnen!«

Scott wandte sich ihm mit stahlhartem Blick seiner blauen Augen zu. »Das wird nicht nötig sein, Oberst. Ein kompletter Bericht der Ereignisse an Alter Manns Flüßchen liegt mir bereits vor.«

Raoul glaubte einen leicht abschätzigen Unterton aus Scotts Virginia-Akzent herauszuhören und merkte, daß er rot wurde.

Scott beriet sich halblaut mit Taylor und Atkinson. Raoul setzte sich langsam wieder und trommelte nervös mit den Fingern auf sein Knie. Er blickte hoch und direkt in das steinerne Gesicht Augustes, dessen gefesselte Hände zu Fäusten geballt waren. Er zwang sich aber, Augustes Blick standzuhalten.

Schamane. Er kann doch wohl keine Gewalt über mich haben.

Aber was geht in ihm vor, was plant er?

Scott sagte: »Wir haben schriftliche Aussagen von Miß Hale und von dem Knaben Woodrow Prewitt vorliegen, wonach Auguste de Marion und seine Squaw die beiden beschützt und für sie gesorgt haben, während sie Gefangene der Sauk waren, und daß er sie schließlich sogar in Sicherheit brachte.«

Raoul knirschte mit den Zähnen und blies den Atem durch die Nase aus. Er wollte, er könnte dieser Nancy Hale eine mit dem Handrücken in ihr hochnäsiges Gesicht geben. Die Rothäute hatten ihren Vater ermordet und sie selbst entführt und sie natürlich auch vergewaltigt, obwohl sie das nie zugeben würde, also wie zum Teufel konnte sie den Mischling auch noch verteidigen?

Scott fuhr fort: »Es sieht so aus, als hätten wir keinen konkreten Beweis dafür, daß dieser Mann den Vereinigten Staaten oder einem unserer Bürger Schaden zugefügt oder etwas zuleide getan hätte. Dennoch liegen schwerwiegende Anklagen gegen ihn vor, wie zum Beispiel, daß er den Überfall der Sauk auf Victor angestiftet habe. Falls er dem Gesetzessinne nach kein Indianer ist, was dieses Anhörungsgremium hier nicht kompetent entscheiden kann, dann sind alle kriegerischen Handlungen, an denen er teilnahm, Verbrechen gegen das Volk von Illinois. In diesem Falle aber muß seine Schuld oder Unschuld von einem ordentlichen Zivilgericht festgestellt werden. Der zuständige Gerichtsbezirk wäre dann die County, in welcher er bei seinem Vater lebte und wo sich die Dokumente und die Zeugen befinden.«

Raoul konnte sich nun kaum noch beherrschen, um nicht aufzuspringen und triumphierend zu schreien. Er zwang sich, überall hinzusehen, nur nicht auf Auguste. Es war ihm klar, daß es nur zu leicht für alle war, seine Gedanken zu lesen.

»Da können Sie mich auch gleich selbst aufhängen, General«, sagte Auguste ruhig und deutete auf Raoul. »Er beherrscht doch diese County vollständig. Kein Zeuge wird es wagen, für mich auszusagen, und was die Urkunden und Dokumente angeht, so hat er sie alle vernichten lassen.«

»Nun, ohne Dokumente kann aber auch nichts gegen Sie bewiesen werden«, sagte Scott.

Raoul war, als er dies hörte, als öffne sich ein Loch in seinem Magen. Verdammt, was hatte Burke Russell wohl mit Augustes Adoptionsurkunde und Pierres Testament gemacht? Die blöden Indianer hatten ihn umgebracht. Und seine hübsche Frau weigerte sich seitdem, mit ihm auch nur zu reden.

Auguste sagte: »Sir, so viel ich weiß, gibt es in der Smith County nicht einmal ein Gericht, das gegen mich verhandeln könnte.«

Zachary Taylor wühlte in einigen Papieren. »O doch! Einen Monat nach diesem Indianerüberfall gab es eine eigene Wahl dafür. Dabei wurden County Commissioners gewählt und ein Mann namens Cooper zum Richter des wandernden Bezirksgerichts. Ich denke, wir können Weißer Bär, oder Auguste de Marion, ein korrektes Gerichtsverfahren garantieren.«

Raoul ballte die Fäuste. Während er gegen die Sauk gekämpft hatte, war zu Hause alles drunter und drüber gegangen!

General Atkinson sagte: »Also, ich weiß nicht so recht. Bei diesem Überfall sind siebzehn Männer, Frauen und Kinder umgekommen. Wenn man diesen Mann dort vor Gericht stellt, kann man sich ausrechnen, daß es zur Lynchjustiz kommt.«

Wenn es doch nur so einfach ginge. In der Erinnerung an den überaus kühlen Empfang zu Hause, als er gekommen war, die *Victory* für den Krieg auszurüsten, war er sich gar nicht mehr so sicher, daß es wirklich so abliefe.

Ich muß meine Smith County Boys zusammenholen und sicherstellen, daß Cooper das Verfahren entsprechend führt.

Er sah verstohlen auf Auguste. Dessen Gesicht war so verschlossen und ausdruckslos, wie es Indianer zeigten, wenn sie auf keinen Fall ihre Gefühle verraten wollten.

»Schicken wir einfach einen zuverlässigen Offizier mit ein paar Mann nach Victor«, schlug Scott vor, »die diesen Mann dorthin geleiten und dafür sorgen, daß der Prozeß fair abläuft.«

»In Ordnung, Sir«, pflichtete ihm Taylor bei und notierte es. »Ich werde Lieutenant Jefferson Davis und zwei seiner Soldaten damit beauftragen.«

Verdammt! Raoul kochte vor Zorn. Dieser Taylor hatte die Chance sofort beim Schopf gepackt, Davis fortschicken zu können. In Fort Crawford war es ein offenes Geheimnis, daß Davis Taylors hübscher Tochter den Hof machte und Taylor das gar nicht gerne sah.

Scott wandte sich nun ihm zu. »Und nun zu Ihnen, Oberst de Marion. Nach allem, was man hört, sind Sie ein sehr prominenter Bürger dort. Es ist unübersehbar, daß es zwischen Ihnen und Ihrem Neffen böses Blut gibt. Ich mache Sie persönlich für alle Gewaltakte gegen ihn verantwortlich.«

»Jawohl, Sir«, sagte Raoul, äußerlich ruhig, aber schon wieder in hellem Zorn, den Mischling als seinen Neffen bezeichnet zu hören. Ansonsten sah er es als eine leere Drohung an. Sobald Scott erst wieder drüben im Osten war, kümmerte er sich doch nicht mehr um das Schicksal irgendeines Halbbluts draußen an der Grenzlinie.

Scott schenkte Auguste ein kleines Lächeln. »Während des Prozesses gegen Sie werde ich mit den Verhandlungen über einen Vertrag mit den Sauk beschäftigt sein. Und anschließend, denke ich, wird Präsident Jackson – vorausgesetzt natürlich, man hängt Sie nicht – sehr an einer Zusammenkunft mit Ihnen interessiert sein.«

Was war das denn? Vertrag? Zusammentreffen mit Jackson? Raoul glaubte nicht richtig zu hören. Er bebte vor Empörung und konnte einen zornigen Schrei kaum unterdrücken. Sollte das etwa heißen, Scott hatte gar nicht die Absicht, Schwarzer Falke und seine ganze Bande zu hängen? Er wollte die Sauk-Anführer zum Präsidenten bringen?

Aber ganz sicher nicht mit dem Bastard, dachte er und stellte sich, um sich zu trösten, den an einem Seil baumelnden Auguste vor.

Mein Kind! Auguste war, als erstarre er zu Stein. Er saß gebeugt auf der Kante seines Bettes, auf dem eine Maisstrohmatratze lag, in seiner Zelle im Stadthaus von Victor. Er preßte sich die Hände in den Magen, und Tränen liefen ihm über das Gesicht.

Seit ihm Frank Hopkins erzählt hatte, was passiert war, interessierte ihn nicht mehr, was hier in Victor mit ihm geschah. Die Leute dieser Stadt hatten Schwimmende Lilie getötet. Sie konnten ruhig auch ihn töten. Was lag schon daran. Wer wollte noch in einer Welt leben, die sein Kind erschlagen hatte.

Eine tröstende Hand legte sich auf seine Schulter. Er sah auf. Es war Frank mit seinen wie üblich von Druckerschwärze verfärbten Fingern. Sie lagen auf dem blauen Kattunhemd, das man ihm in Fort Crawford gegeben hatte.

Auch Thomas Ford, sein Anwalt, blickte ihn mitfühlend an. Aber was bedeuteten solche freundlichen Gesten nun noch? Nichts. Wie konnten Menschen einen Säugling von der Brust seiner Mutter reißen und erschlagen?

Aber die Kriegertrupps der Sauk haben ebenfalls Kinder getötet. Der Mensch ist grausam, ob weiß, ob rot.

»Ich ginge besser auf dem Pfad der Seelen«, sagte er leise.

Meine Mutter und meine Tochter, Sonnenfrau und Schwimmende Lilie, beide tot.

»Nancy und Nicole haben versucht, es zu verhindern«, sagte Frank. »Aber die Menge war zu groß. Wir kamen nicht hin, bis es zu spät war. Nancy sagte uns, daß das Kind deine Tochter war. Nicole und sie versuchten zu tun, was sie konnten, um deine Frau zu trösten.«

Nach allem, was er wußte, hielt Roter Vogel ihn vermutlich für tot. Er hatte seine Bewacher in Fort Crawford gebeten, sie wissen zu lassen, daß er lebte, aber er hatte keine Ahnung, ob diese Botschaft sie auch tatsächlich erreicht hatte.

Ford, der Anwalt aus Vandalia, den Frank ihm zu seiner Verteidigung besorgt hatte, sagte: »Was da passiert ist, zeigt nur, wie aufgebracht die Leute von Victor noch immer über den Überfall der Sauk sind. Es wird uns wohl nichts übrigbleiben, als einen anderen Gerichtsstand zu beantragen.« Er war ein kleiner, aber schlanker Mann mit rundem Gesicht und hellen, intelligenten Augen. Er trug einen dunkelbraunen Rock mit hohem Kragen bis zu den Ohren und lehnte an der grob behauenen Holzbohlenwand von Augustes Zelle.

Frank sagte: »Viele Leute hier bedauern Auguste aufrichtig. Und nachdem wir diesen Überfall überstanden hatten, haben sich viele von uns geschworen, daß wir in Zukunft den unrechten Zustand, den Raoul und seine Bande darstellen, nicht mehr dulden wollen.«

Ja, aber Raoul ist jetzt wieder da, dachte Auguste. *Und er wird natürlich wieder dafür sorgen, daß alles unter seiner Kontrolle ist.*

Ford sagte: »Auguste soll uns selbst sagen, was er meint. Schließlich geht es um seinen Kopf.«

Auguste holte tief Atem. Der reine Geruch frischen Holzes stieg ihm in die Nase. Es war ein guter Geruch, wenn er ihn auch lebhaft und unübersehbar daran erinnerte, daß der Ort gerade erst wieder völlig neu aufgebaut worden war. Wolfspfote hatte im Juni alles hier niedergebrannt außer Raouls Handelsposten. Wie in aller Welt sollte er hier einen fairen Prozeß erwarten können?

Er sagte: »Wenigstens gibt es ein paar Leute hier, die mich kennen und sich für mein Schicksal interessieren.«

Ford seufzte. »Also gut. Frank, ich brauche von Ihnen eine Liste aller Leute, die in diesem Mob waren, der die gefangenen Sauk attackierte. Keiner von denen darf in die Jury der Geschworenen.«

Die beiden diskutierten die Prozeßtaktik. Auguste sah sich inzwischen in seinem kleinen und dunklen Raum hier im Obergeschoß des neuen Stadthauses um. Es konnte gut sein letzter Aufenthaltsort auf dieser Erde werden. Das einzige Fenster war eine kleine Luke ganz oben an der südlichen Wand, mit Eisenstäben davor, zu schmal, um viel Licht hereinzulassen, geschweige denn, zu ihm hinaufzuklettern und sich durchzuzwängen. Aber der Regen, der an diesem Vormittag draußen fiel, drang durch diese Luke herein, und das machte die Zelle feucht und kühl.

Als Frank diese Zelle baute, hatte er sicher auch nicht im Traum daran gedacht, daß sein eigener Neffe der erste Gefangene darin sein würde.

»Wir haben eine Unmenge zu tun, Auguste«, sagte Ford und riß ihn aus seinen Gedanken. »Bisher konnte ich noch niemanden auftreiben, der Ihre Version der Ereignisse an Alter Manns Flüßchen bezeugt. Otto Wegner, dem Sie das Leben gerettet haben, ist mit seiner Familie fortgezogen, weit hinunter nach Texas in Mexiko.«

Frank sagte: »Zwei Zeugen haben wir immerhin, die aussagen wollen, daß du sie beschützt und niemals an irgendeinem Kriegszug teilgenommen hast, jedenfalls nicht in der Zeit, in der sie Gefangene bei den Sauk waren – Miß Hale und der Junge, Woodrow.«

Die Erwähnung von Nancys Namen versetzte ihm einen Stich. Er wußte zwar, daß sie in Victor geblieben war – als Lehrerin in dem neuen Schulhaus, das Frank ebenfalls gebaut hatte, an der Stelle der abgebrannten Kirche ihres Vaters. Daß sie in der ganzen Woche, die er nun hier war, noch nicht zu ihm gekommen war, schmerzte ihn sehr.

»Frank«, fragte er, »warum kommt Nancy nicht zu mir?«

Thomas Ford sagte: »Miß Hale, Auguste, ist eine sehr intelligente junge Dame, und statt sofort hierherzueilen, um Sie zu besuchen, sobald Sie hier waren, wartete sie, bis ich kam, und fragte mich dann, was sie tun solle. Und ich habe ihr gesagt, es darf nicht einmal ein Hauch davon bekannt werden, daß zwischen Ihnen beiden irgend etwas war. Wenn die Leute auch nur auf den Gedanken kommen, daß sie... einander sehr nahestehen, würde sie sofort als Frau von sehr lockerer Moral gelten – um so mehr, als Sie Indianer sind –, und sie würden ihr bei ihrer Aussage nicht einmal zuhören.«

»Ich verstehe«, sagte er bitter. Aber der Kummer, der seit seiner Ankunft hier auf ihm gelastet hatte, war nun doch etwas leichter geworden. Nancy hatte ihn also nach ihrer Rückkehr zu den Weißen nicht einfach vergessen, wie er zeitweise fast gefürchtet hatte. Er schämte sich nun sogar, daß er überhaupt daran gedacht hatte, sie könnte sich inzwischen gegen ihn gewendet haben. Zumindest beim Prozeß würde er sie auf jeden Fall wiedersehen.

Wie seine Zelle beherrschte der Geruch frischen Holzes auch den Gerichtssaal im Obergeschoß des neuen Stadthauses. Frank mußte wahrhaftig seit Juni praktisch Tag und Nacht ohne Pause gearbeitet haben, dachte er. Selbst mit dem halben Dutzend Arbeiter, die er dafür angeheuert hatte, war es ein Wunder, wie er daneben noch Zeit gefunden hatte, auch seine Zeitung zu schreiben und zu drucken.

Richter David Cooper, ein Mann mit einem kantigen Gesicht und stechenden blauen Augen, saß an einem langen Tisch, hinter ihm Stander mit den Fahnen der Vereinigten Staaten und von Illinois. Vor sich hatte er einen Zimmermannshammer liegen. Vermutlich von Frank ausgeborgt, dachte Auguste. Er hatte noch eine vage Erinnerung daran, daß Cooper damals nach dem Begräbnis seines Vaters ebenfalls anwesend gewesen war und etwas zu Raoul gesagt hatte. Er hörte die Verlesung der Anklage durch Cooper stehend an. Sie lautete auf Mittäterschaft an der Ermordung von zweihundertdreiundzwanzig Bürgern des Staates Illinois durch die British Band der Indianerstämme der Sauk und Fox.

Hinter ihm saßen die drei Blauröcke, Lieutenant Davis und seine beiden Corporals. Der Ankläger Justus Bennett und sein Assistent saßen an einem dritten Tisch. Da der Gerichtssaal noch nicht ganz fertig war, saßen die zwölf Geschworenen an der Seite des Raumes in zwei Kirchenbänken, die man aus der Presbyterianischen Kirche dafür herangeschafft hatte.

Er kannte nur drei der Geschworenen. Robert McAllister war ein Farmer, dessen Familie Wolfspfotes Überfall in ihrem Rübenkeller versteckt überlebt hatte. Tom Slattery war der Hufschmied. Und Jean-Paul Kobell war Stallknecht in Victoire gewesen. Er hatte keinen Grund anzunehmen, daß einer dieser drei persönlich etwas gegen ihn hatte, wenn sie auch vielleicht guten Grund haben mochten, alle Sauk zu hassen. Die übrigen waren ihm völlig unbekannt. Sie mußten also erst nach seiner Rückkehr zu den Sauk nach Victor gekommen sein.

Hinter den Prozeßbeteiligten drängten sich an die fünfzig Bürger der Smith County als Zuschauer auf Stühlen und Bänken, die sie selbst mitgebracht hatten. An den Wänden entlang standen weitere Zuhörer.

In der ersten Stunde des Prozesses wurde Raoul de Marion, der erste Zeuge der Anklage, gehört. Er saß auf einem Stuhl neben dem Richtertisch.

Auguste hörte ihm nur mit kalter Wut zu. Zum ersten Mal hörte er einen Bericht über den Krieg zwischen der British Band und der Bevölkerung von Illinois aus dem Blickwinkel der wohl meisten Blaßaugen hier. Eine Mordbande von Wilden war in den Staat eingefallen. Die tapferen Freiwilligen hatten sich an ihre Verfolgung gemacht, viele Kameraden dabei verloren, aber am Ende gesiegt und die nur allzu gerechtfertigte Vergeltung ausgeübt, indem sie die meisten dieser räuberischen Banditen erledigten.

Bennett, schmal und mit seinen runden Schultern immer etwas schlangenhaft, wandte sich Thomas Ford zu. »Ihr Zeuge, Sir.«

Ford, im Gegensatz zu Bennett immer von sehr gerader Haltung, stand auf und ging auf Raoul zu. »Mr. de Marion, warum haben Sie am Abend des 15. Septembers 1831 eine Kopfprämie von fünfzig Silberdollars für jeden ausgesetzt, der Ihren Neffen Auguste de Marion töten würde?«

»Einspruch«, meldete sich Bennett sofort von seinem Platz aus. »Das hat nichts mit dem Verhalten des Angeklagten in dem Krieg von Schwarzer Falke zu tun.«

»Im Gegenteil, Euer Ehren«, konterte Ford. »Es ist die Erklärung dafür, warum mein Klient überhaupt in diesen Krieg hineingeriet.«

»Ich lasse die Frage zu«, sagte David Cooper.

Nachdem Ford seine Frage wiederholt hatte, sagte Raoul: »Ich kann mich nicht erinnern, eine Prämie ausgesetzt zu haben.«

»Ich kann Ihnen mindestens zehn Zeugen bringen, die das aus Ihrem Mund gehört und die gesehen haben, wie Sie den Beutel mit dem Geld hochhielten.«

»Nun, er hat mich herausgefordert. Er versuchte mich um mein Erbe zu bringen.«

»Offenbar aber hatten Sie sich doch bereits des Familienbesitzes bemächtigt, und sogar mit Waffengewalt. War es denn nötig, noch weiter zu gehen und Ihre Männer anzustiften, ihn zu töten?«

»Ich befürchtete damals schon, daß er genau das tun würde, was er dann ja auch tatsächlich getan hat: die Sauk gegen uns aufzuhetzen und sie dazu zu benützen, mir den Besitz wieder zu entreißen.«

Ford wandte sich an die Geschworenen, und die Zuhörer sahen seinen ungläubigen Blick. Auguste vertraute Ford. Er schien zu wissen, was er tat. Trotzdem war ihm nach wie vor unbehaglich, sein Leben in den Händen eines anderen zu wissen, mochte er auch noch so kompetent sein.

»Und warum schickten Sie sich an, Auguste zu erschießen, als er an Alter Manns Flüßchen mit einer weißen Fahne zu Ihnen kam?«

»Er versuchte uns in einen Hinterhalt zu locken.«

Ford seufzte, legte die Hände auf dem Rücken zusammen und entfernte sich einige Schritte von Raoul. Er warf der Jury einen verzweifelten Blick zu, als wollte er sagen: *Was soll ich mit so einem Mann anfangen?*

Dann drehte er sich abrupt wieder um und sagte: »Mr. de Marion, 1812, Sie waren noch ein Junge, waren Sie da nicht von dem Ereignis betroffen, das seitdem als das Massaker von Fort Dearborn bekannt ist?«

»Einspruch!« meldete sich Bennett erneut. »Das hat nichts mit dem Angeklagten zu tun, gegen den hier verhandelt wird.«

»Es soll den Charakter des Zeugen beleuchten, Euer Ehren!« sagte Ford.

»Ich lasse Sie die Frage stellen«, sagte Cooper. »Antworten Sie bitte, Mr. de Marion.«

Raoul beugte sich vor, und sein Gesicht lief dunkel an. »Weiß Gott, daß ich in Fort Dearborn dabei war!«

»Und Sie haben damals mit ansehen müssen, wie Ihre Schwester von Indianern auf schreckliche Weise ermordet wurde, nicht wahr? Es trifft doch zu, daß Sie damals auch zwei Jahre Gefangenschaft und Sklaverei erdulden mußten?«

»Jawohl.« Es war fast nur ein heiseres Flüstern.

Ford sagte: »Mr. de Marion, nach diesen schlimmen Erlebnissen in Ihrer Knabenzeit muß es für Sie wohl der Gipfel der Beleidigung gewesen sein, daß Ihr eigener Bruder versuchte, einen Indianer in die Familie aufzunehmen. Ich nehme einmal an, daß Ihre Anklagen und Vorwürfe gegen Auguste weniger von Missetaten herrühren, die er persönlich begangen hat, sondern von Ihrem Haß auf ihn wegen der bloßen Tatsache, daß er Indianer ist?«

Justus Bennett war bereits aufgesprungen. »Einspruch! Der verehrte Vertreter der Verteidigung stellt keine Fragen, sondern hält ein Plädoyer zur Diffamierung des Zeugen!«

Cooper nickte. »Stattgegeben.« Er wandte sich den Geschworenen zu und sagte: »Die Jury wird vergessen, was der Verteidiger soeben gesagt hat.«

Auguste schüttelte den Kopf. Wie sollte ein Geschworener etwas, das er soeben klar und deutlich gehört hatte, einfach vergessen? Aber er hatte in all den Jahren seines Lebens unter den Weißen niemals einem Prozeß beigewohnt. Jetzt, bei diesem Prozeß gegen ihn selbst, wurde ihm klar, daß ihm die Denkweisen der Blaßaugen tatsächlich noch fremder waren, als er bisher geglaubt hatte.

Der nächste Zeuge der Anklage war Armand Perrault.

Bei seinem Anblick brach Auguste der kalte Zornesschweiß aus. Er war es gewesen, hatte Frank gesagt, der Roter Vogel ihr Kind entrissen hatte.

Armand Perrault vermied es auf dem Weg zum Zeugenstuhl, Auguste anzusehen. Bisher hatte er ihm stets, sooft er ihn gesehen hatte, haßerfüllte Blicke zugeworfen. Heute bewies er, indem er es zum ersten Mal nicht tat, nur seine Schuldgefühle.

Auguste spürte schmerzende Knoten in seinen Muskeln. Wäre er allein mit ihm gewesen, er hätte sich noch diese Sekunde auf ihn gestürzt und ihn mit bloßen Händen umzubringen versucht. Hier in diesem überfüllten Gerichtssaal waren ihm die Hände nicht nur äußerlich gebunden. Er umklammerte seine Kette so heftig, daß es schmerzte.

Dann spürte er den festen Griff einer Hand auf seinem Arm. Ford neben ihm ließ ihn wissen, daß er spürte, wie es um ihn stand.

Armand Perrault, von Bennetts Fragen geführt, wiederholte in seiner Aussage Raouls Behauptung, daß die drei Friedensunterhändler in Wirklichkeit die Vorhut einer Angriffstruppe der Sauk gewesen seien.

»Warum ist ihnen dieser Punkt so wichtig?« fragte Auguste Ford flüsternd.

»Weil sie Sie zum Mörder stempeln können«, antwortete Ford aus dem Mundwinkel, »wenn sie beweisen, daß Sie die weiße Miliz an Alter Manns Flüßchen in eine Falle zu führen beabsichtigten.«

Als er an der Reihe war, den Zeugen zu befragen, sagte Ford: »Also Sie haben tatsächlich einen von Schwarzer Falkes Parlamentären erschossen, nicht wahr?«

»Ja«, sagte Armand und zeigte seine Zähne unter seinem braunen Bart. »Und ich habe ihn nicht verfehlt.«

»Sie haben vor drei Wochen auch ein indianisches Kind auf der durch die Stadt führenden Straße getötet, nicht wahr?«

»Daran erinnere ich mich nicht.«

Ford reckte die Hände zur Balkendecke hoch. »Na hören Sie mal, Mr. Perrault. Hundert oder mehr Leute haben mit ihren eigenen Augen gesehen, wie Sie das Kind seiner Mutter entrissen!«

»Das waren die gleichen Indianer, die hierhergekommen waren und meine Frau ermordet hatten, *Monsieur Légiste*!«

»Mr. Perrault, dieses Kind war zu der Zeit, als Ihre Frau ermordet wurde, noch nicht einmal geboren!«

Wenn ich hier jemals herauskomme, Perrault, bringe ich dich um. Ich schwöre es beim Geist des Weißen Bären.

Es überlief ihn kalt bei diesen Gedanken. Eulenschnitzers Warnung kam ihm in den Sinn, die Macht der Geister gegen irgendeinen anderen Menschen anzurufen. Jedem Schamanen, der so etwas tat, drohten schreckliche Folgen.

Aber wie die Dinge stehen, werde ich ja sowieso gehängt. Was kann mir denn noch Schlimmeres widerfahren?

Hinter sich hörte er Raoul, der nun bei den Zuhörern saß. »He, Bennett, wollen Sie denn nichts sagen? Was hat das mit dem Mischling zu tun?«

»Ruhe im Saal!« gebot Cooper und klopfte mit dem Zimmermannshammer auf den Tisch.

Bennett stand unsicher auf. »Euer Ehren, ich habe Mr. Perrault als Zeugen dafür aufgerufen, was an Alter Manns Flüßchen passierte. Ich vermag den Grund nicht zu sehen, warum der Verteidiger den anderen Vorfall hier zur Sprache bringt.«

»Nun gut, Euer Ehren«, sagte Ford kühl. »Ich habe keine weiteren Fragen an diesen Babykiller.«

Auguste sah, wie das Gesicht Armand Perraults, soweit es wegen des Bartes überhaupt erkennbar war, blaß wurde.

Bennett rief bereits wieder: »Einspruch!«

Ford tat verletzt. »Was in aller Welt ist falsch daran, wenn man einen Spaten einen Spaten nennt?«

»Nun, Mr. Ford«, sagte Cooper, »wenn Sie bitte versuchen würden, sich einer etwas gehobeneren Ausdrucksweise zu befleißigen.«

»Gewiß, Euer Ehren. Ich habe keine Fragen mehr an diesen ... Kindermörder.«

Während Ford sich umdrehte, um zu seinem Platz zu gehen, bemerkte Auguste, wie Richter Cooper rasch einen Anflug eines kleinen Lächelns unterdrücken mußte. In seinem Herzen, das ihm seit seinem Eintreffen in Victor schwer gewesen war, begann sich ein leiser Hoffnungsschimmer zu regen. Der Prozeß schien tatsächlich nicht nach dem Gesetz der Lynchjustiz abzulaufen.

Doch gleichwohl brannte nach wie vor der Haß auf Armand Perrault in ihm wie Feuer. Er beobachtete ihn, wie er zu seinem Platz zurückging.

Dann überlief ihn eine Gänsehaut. Direkt hinter dem hageren Lieutenant Davis sah er Nancy sitzen, nur zwei Stuhlreihen entfernt. Ihre tiefblauen Augen weiteten sich, als sie ihn ansah. Ihr Lächeln war wie das Coopers nur ein sekundenlanger Anflug. Aber sie wurde rot dabei und schüttelte fast unmerklich den Kopf.

Er verstand. Wie Ford es ihm angekündigt hatte, war sie als Zeugin für ihn aufgeboten, und die Öffentlichkeit hier durfte niemals erfahren, was sie einander bedeutet hatten. Ihr ganzer Indianerhaß würde alsbald überkochen, und sie würden ihn, wenn sie schon sonst nichts täten, allein dafür hängen, daß er mit einer weißen Frau geschlafen hatte. Er nickte ebenfalls kaum wahrnehmbar als Antwort und zwang sich, nicht weiter zu ihr hinzusehen.

Neben ihr saß Woodrow. Er hielt ihre Hand. Er brauchte seine Gefühle noch nicht zu verbergen und lachte ihm ganz unbefangen zu. Er lächelte zurück. Aber gleichzeitig überkam ihn bei seinem Anblick die Sehnsucht nach Adlerfeder. Von ihm getrennt zu sein war ebenfalls wie ein Messer in seinem Herzen.

Ich weiß noch nicht einmal, ob Adlerfeder überhaupt noch lebt.

Traurigkeit wegen Schwimmende Lilie ergriff ihn.

Dort saßen auch Frank und Nicole nebeneinander, mit einem ihrer kleineren Kinder – Patrick war es wohl –, das Nicole auf dem Schoß hatte. Auch der Anblick dieses Kindes brachte ihn fast zum Weinen.

Dann sah er Elysée und Guichard, zwei alte Männer, Seite an Seite nebeneinander sitzend. Grandpapa hatte jetzt sein eigenes Haus, wenn auch nur ein kleines oben auf einem Hügel im Norden der Stadt, ebenfalls gebaut von Frank. Ein junger Arzt namens Surrey, der vor kurzem zugezogen war, sah regelmäßig nach ihm.

Schade, daß sie einen neuen Doktor hier haben.

Schade, daß die alte Gram Medill gestorben war. An einer Infektion, hatte er gehört, die sie Dr. Surrey nicht behandeln lassen wollte.

Die meisten Zuhörer kannte er nicht. Es waren Leute, die ihn feindselig oder neugierig anstarrten.

Eine gutaussehende junge Frau mit schwarzem Hut und schwarzem Kleid erregte seine Aufmerksamkeit. Sie hatte seltsam eindringliche Augen, aber ihr Mund war fest zusammengepreßt. Es war nicht erkennbar, ob sie Haß oder Mitgefühl für ihn empfand. Dann fiel ihm wieder ein, wer sie war. Pamela Burke, die Witwe des Stadtbeamten, dem ein Sauk bei dem Überfall den Schädel mit einer Keule zertrümmert hatte. Nicole hatte ihm bei einem ihrer Besuche in seiner Gefangenenzelle Russells Tod erzählt und geschildert, wie Pamela danach darauf bestanden hatte, die Kanone zu zünden, die dem Überfall ein Ende machte.

Vermutlich möchte sie am liebsten diejenige sein, die mir das Seil um den Hals legt.

Der Anklagevertreter rief nun Levi Pope als Zeugen auf. Der schlaffe Hinterwäldler hielt seine Waschbärenmütze in der Hand, als er zum Zeugenstuhl ging. Es war das erste Mal, daß Auguste ihn ohne Gewehr in der Hand sah. Ohne Gewehr sah er ganz fremd aus. Bennett stellte auch ihm seine üblichen Fragen über die Ereignisse an Alter Manns Flüßchen, bis Thomas Ford aufstand und seine Fragen an ihn zu richten begann.

»Also, Levi. Als diese drei Indianer, unter ihnen Auguste, mit der Friedensfahne in euer Lager kamen, woher wußten Sie denn da, daß es nur Betrug war?«

Levi runzelte kopfschüttelnd die Stirn. »Na ja, als wir gesehen haben, daß der Wald voller Indianer war.«

»Aha. Nun haben wir in der Verhandlung bisher schon oft gehört, daß der Wald voller Indianer war. Wie viele Indianer haben Sie denn gesehen?«

»Das war nicht ich, der sie gesehen hat. Das waren die Kundschafter, die Oberst de Marion losgeschickt hatte.«

»Also Sie selbst haben kein Anzeichen gesehen, daß die Indianer Sie in eine Art Falle locken wollten?«

»Tja... Nein, Sir.«

»Und als Sie dann in den Wald im Norden von Alter Manns Flüßchen ritten, haben Sie da irgendwelche Indianer gesehen?«

»Nein, Sir. Da waren sie wohl alle schon geflüchtet.«

»Gut, und wann sind Sie nun tatsächlich auf Indianer getroffen?«

»Ja, wir sind etwa eine Stunde am Fluß entlanggeritten. Zu der Zeit war es schon stockfinster. Sie kamen von einem Berg herunter mit Geschrei und Gebrüll auf uns zu.«

»Also ein Frontalangriff. Wenn die Indianer aber tatsächlich einen Hinterhalt planten, was hatten sie dann davon, diese drei Männer in Ihr Lager vorauszuschicken und sie die Kapitulation anbieten zu lassen?«

Levi Popes Gesicht wurde immer länger, während er über diese Frage nachdachte. »Ja, das weiß ich auch nicht.«

»Mr. Pope, halten Sie die Indianer für dumm?«

»Jedenfalls war es eine Dummheit von ihnen, diesen Krieg anzufangen.« Levi grinste Ford zufrieden an. Seine Antwort gefiel ihm. Auch aus dem Publikum kam vereinzelt zustimmendes Gelächter. Levi Popes Frau allerdings, sah Auguste, eine hagere, blasse Frau, blickte stirnrunzelnd auf ihren Mann, als sei sie sehr ungehalten über seine Aussage.

Ford nickte und machte eine Kunstpause, während der er ein paar Schritte hin und her ging, wobei er gemächlich die Geschworenen und die Zuschauer musterte, bis es wieder ganz still war.

»Vielleicht«, meinte er dann, »vielleicht, Mr. Pope, dachten die Indianer aber auch, daß es ein dummer Krieg war. Vielleicht war das sogar der wahre Grund, warum Schwarzer Falke die drei Tapferen in Ihr Lager schickte.«

»Einspruch!« rief Bennett. »Mr. Ford stellt reine Mutmaßungen an.«

»Euer Ehren«, sagte Ford, »die Behauptung von Oberst de Marion und auch von anderen, daß der Versuch der Indianer, Frieden zu schließen, nur ein hinterhältiger Trick war, ist eine reine Mutmaßung!«

Richter Cooper brummte: »Also, bleiben wir bei dem, was die Leute wissen, und nicht, was sie zu wissen glauben.«

»Ganz meine Meinung, Euer Ehren«, sagte Ford, »solange auch die Anklage angehalten wird, sich daran zu halten.«

Auguste krampfte sich der Magen zusammen, als er seinen Anwalt so scharf mit dem Richter sprechen hörte. Er hatte einige Hoffnung auf Cooper gesetzt. Er wollte nicht, daß er gegen ihn eingenommen würde. Doch dann ließ er sich gleich wieder zurücksinken und seine gefesselten Hände fallen. Was sollte es? Wozu? So und so hatte er hier keine Chance.

Ford kam wieder an seinen Tisch und lächelte ihm grimmig zu. Levi Pope ging leicht verwirrt auf seinen Platz im Publikum zurück. Richter Cooper erklärte die Verhandlung für heute für beendet und gab bekannt, daß morgen die Verteidigung ihre Zeugen aufrufen sollte.

Auguste stand ohne große Hoffnung auf und beugte sich nach unten, um die Eisenkugel an seiner Fußkette aufzuheben. Vielleicht, dachte er, war das Gesetz der Lynchjustiz womöglich doch besser. Es würde zumindest nicht sein Leid verlängern und ihn mit allem, was er in diesem vergangenen Jahr geliebt und erlitten und verloren hatte, noch einmal konfrontieren. Früher und später endete er ja sowieso wie sie alle – im Grab.

Am nächsten Tag saß zunächst Nicole auf dem Zeugenstuhl und beantwortete Fords Fragen mit ihrer weichen, melodischen Stimme.

Ford fragte: »Mrs. Hopkins, stimmen Sie mit der Aussage Ihres Bruders überein, daß Auguste ein Renegat und Mörder ist?«

Nicoles rundes Gesicht lief sogleich zornig an. »Bei Gott, ganz gewiß nicht! Auguste hat sich niemals gegen uns gewandt. Er hat die Smith County verlassen, weil Raoul ihn hätte umbringen lassen, wenn er geblieben wäre. Auguste hat niemals jemand etwas zuleide getan.«

Fords nächste Zeugin war Pamela Russell. Als er das lebhafte Gemurmel der Zuschauer hörte, nachdem ihr Name aufgerufen worden war, fragte sich Auguste, was wohl eine Zeugin, deren Mann bei Wolfspfotes Überfall auf Victor getötet worden war, zu seinen Gunsten sagen konnte. Sie klammerte sich an eine große Handtasche in ihrem Schoß.

Ford fragte sie: »Mrs. Russell, hat Ihr verstorbener Ehemann Ihnen irgendwelche Papiere zur Verwahrung gegeben, die Auguste de Marion betreffen?«

»Nicht ausdrücklich, aber er hat solche Dokumente in unserem Haus aufbewahrt und mir dies gesagt. Nach seinem Tod habe ich sie weiterhin sicher verwahrt.«

»Und was für Dokumente sind das?«

»Eine Adoptivurkunde und ein Testament.«

»Warum bewahrte er diese Papier zu Hause auf und nicht im Amt?«

Pamela Russells Blick aus ihren dunklen Augen huschte kurz in den Zuschauerraum. Offenbar, vermutete Auguste, suchte sie Raoul.

»Raoul de Marion, der meinen Mann niemals vergessen ließ, daß er ihm seine Stellung verdankte, hatte angeordnet, beide Dokumente zu vernichten.«

»Das ist eine Lüge!« rief Raoul aus dem Zuhörerraum.

Justus Bennett sah Raoul an und sagte: »Oberst de Marion, bitte. Was diese Frau aussagt, kann unserer Sache sehr nützlich sein!«

»Na gut«, rief Raoul zurück. »Aber seien Sie vorsichtig!«

»Nun, Mrs. Russell«, forderte Ford sie auf fortzufahren.

»Burke wußte genau, daß es gesetzwidrig war. Statt die Adoptionsurkunde und das Testament also zu vernichten, brachte er sie heim und bewahrte sie in seinem Tresor in unserem Keller auf. Der Tresor hat das Niederbrennen unseres Hauses durch die Indianer unversehrt überstanden.« Sie machte eine kleine Pause und blickte über Ford hinweg. Dann wiederholte sie: »Die Dokumente sind erhalten geblieben.«

»Haben Sie sie dabei, Mrs. Russell?«

Sie öffnete den Verschluß der großen Handtasche in ihrem Schoß und holte zwei gefaltete Dokumente heraus. Sie reichte sie Ford, der sie mit großer Geste entfaltete und sich dann dem Richter zuwandte.

Er fragte: »Euer Ehren, gestatten Sie, daß ich diese Dokumente dem Gericht vorlese?«

»Bitte sehr«, sagte Richter Cooper.

»Zuerst die Adoptionsurkunde«, sagte Ford.

Auguste verspürte einen Kloß in seiner Kehle, als Ford die Bekundung von Pierre de Marion vom 16. August 1825 verlas, daß er seinen leiblichen Sohn, fortan bekannt unter dem Namen Auguste de Marion, als seinen rechtmäßigen Sohn anerkannte und ihm alle Rechte und Privilegien einräumte, zu denen ihn dieser Status berechtigte.

Er bedeckte seine Augen mit der Hand.

Es hat ihm so viel bedeutet.

»Und jetzt«, sagte Ford, »das Testament. ›Ich, Pierre de Marion, wohnhaft auf dem Besitztum namens Victoire, in der County Smith im Staate Illinois, mache das folgende Testament, welches alle früheren Testamente und Willenserklärungen aufhebt...‹«

Es war das Testament, gegen das er, Auguste, angekämpft hatte, bis Pierre ihn schließlich mit dem Rauchen des Calumets darauf festlegte. Die letztwillige Verfügung, die das Château und alles dazugehörige Land ihm, Auguste, vermachte. Es waren noch eine Reihe Geldzuwendungen an Dienstpersonal erwähnt, darunter zweihundert Dollar für Armand und Marchette Perrault. Unter den Zuhörern wurden nun Unmutsäußerungen laut. Raoul hatte, indem er sich den Besitz aneignete und das Testament unterdrückte, auch diese Zuwendungen verhindert. Er würde sich heute wohl noch einigen Ärger mit seinen Dienstboten anhören müssen, dachte Auguste nicht ohne Befriedigung. Sogar einschließlich dieses Schweins Perrault.

»Die Anklage möchte direkt Einsicht in diese Dokumente nehmen«, erklärte Bennett, als Ford mit der Vorlesung zu Ende war.

»Aber selbstverständlich«, sagte Cooper. »Sie können jederzeit Einsicht nehmen. In meiner Gegenwart.«

Nachdem Ford die beiden Dokumente den Geschworenen zum Weiterreichen gegeben und sie dann Cooper wieder auf den Tisch gelegt hatte, wandte er sich an Bennett.

»Ihre Zeugin.«

Bennett machte eine Bewegung in die Luft vor dem Richtertisch. »Keine Fragen. Mrs. Russell, die von diesen Wilden zur Witwe gemacht wurde, hat sicher genug gelitten.«

Pamela Russell blieb indessen auf ihrem Stuhl neben dem Richtertisch sitzen und hielt ihre Tasche umklammert. Ihr Busen, sah Auguste, wogte heftig.

»Das ist alles, Pamela«, sagte Cooper sanft. »Sie können gehen.«

Sie stand auf. Sie sah aus, als sei sie in Trance. Dann ging sie langsam durch den ganzen Raum zur Tür hinten. Auguste beobachtete sie. Sie blieb vor Raoul stehen, der ziemlich weit hinten saß und sie verblüfft ansah, als sie mit dem Finger auf ihn deutete.

»Raoul de Marion«, rief sie zornig, »wie können Sie es wagen, mich eine Lügnerin zu nennen! Das, was Sie meinem Mann sagten, waren Lügen von Ihnen! Mein Mann hatte zuvor in seinem ganzen Leben noch keinen Gewehrschuß abgefeuert, und er mußte dann kämpfen und sich töten lassen, weil Sie jeden Mann, der nur mit einem Gewehr umgehen konnte, mitnahmen! Ich hoffe, diese Dokumente brechen Ihnen den Hals!«

Vor Erregung hatte sie rote Flecke auf den Wangen. Dann verbarg sie ihr Gesicht in den Händen und lief hinaus.

»Wieso haben Sie sie nicht unterbrochen, Richter?« schrie Raoul, als sie draußen war.

»Nun, ich war der Meinung«, entgegnete Cooper gleichmütig, »sie sollte sagen können, was sie zu sagen hatte.«

Ford sagte: »Die Verteidigung ruft Miß Nancy Hale in den Zeugenstand.«

Augustes Herz begann heftig zu schlagen, als er Nancy, groß und aufrecht, in einem blaßvioletten Kleid zum Zeugenstuhl gehen sah. Genau was er damals vor einem Jahr, als sie ihn zum ersten Mal aufgefordert hatte, sie zu lieben, befürchtet hatte, war nun wirklich eingetreten. Er liebte sie inzwischen – wie unmöglich diese Liebe nun auch war – genauso stark wie Roter Vogel.

In Beantwortung der zurückhaltenden Fragen Fords erzählte Nancy, wie sie gefangengenommen worden war und Auguste eingegriffen hatte, um sie, und nach ihr auch Woodrow, zu beschützen. Sie berichtete, wie er sein Leben riskiert hatte, um sie und Woodrow sicher zurück in die Freiheit zu geleiten, und dabei dann selbst in Gefangenschaft geraten war.

Bennett erhob sich zum Kreuzverhör.

»Miß Hale, dies mag eine Frage sein, die zu beantworten Ihnen vor aller Öffentlichkeit schwerfallen mag. Aber sie ist wichtig für diesen Prozeß. Es ist allgemein bekannt, daß Indianer wenig Respekt für die Tugend weißer Frauen zeigen. Was ich Sie also jetzt frage, ist...«, er machte eine Pause und beugte sich vor, »...sind Sie irgendwelchen Dingen schamloser Natur ausgesetzt gewesen, während Sie Gefangene bei den Sauk waren?«

»Einspruch!« rief Ford diesmal. »Die Frage ist schamlos. Sie hat mit diesem Verfahren nichts zu tun.«

Richter Cooper blickte Bennett an. »Was ist der Zweck Ihrer Frage?«

»Die Verteidigung hat uns eine Menge sehr verschlungener Pfade entlanggeführt, Euer Ehren. Ich versuche Tatsachen festzustellen, die Aufschluß über den Charakter des Angeklagten geben.«

»Ich gestatte die Frage«, sagte Cooper, wenngleich leise und mit zögernder Stimme. Bennett wandte sich daraufhin triumphierend und sichtlich zufrieden wieder an Nancy und wiederholte seine Frage.

Nancy blickte ihm kühl in die Augen. »Ich habe sie bereits beantwortet. Auguste de Marion beschützte mich. Es ist mir niemals ein Leid geschehen.«

Bennett kniff die Augen zusammen. Raoul, dachte Auguste, hatte sich mit ihm keinen schlechten Mann für seine Zwecke genommen. Er haßte Bennett bereits dafür, daß er Nancy quälte.

»Schön, aber was ist mit Auguste de Marion selbst? Haben Sie nicht sogar in seiner Hütte gelebt? Hat er sich Ihnen jemals in unzüchtiger Absicht genähert?«

»Ganz bestimmt nicht!« sagte Nancy. »Ja, ich habe in seiner Hütte gelebt. Aber die Situation war vollkommen ehrbar und anständig. Seine Frau und sein Kind waren immer anwesend.«

Aus dem Zuhörerraum bellte Raoul: »Wahrscheinlich gefiel ihr das auch noch. Sie hat ja immer schon ein Auge auf den Mischling gehabt!«

Auguste spürte Hitze in seinem Nacken. Er hatte das Bedürfnis, Raoul zu ermorden. Man würde ihn aber nicht zu ihm lassen. Der Versuch, ihn anzugreifen, würde schon das Bild bestätigen, das Bennett von ihm zu zeichnen versuchte – das eines mörderischen Wilden.

Er zwang sich, ruhig sitzen zu bleiben.

Freilich, dachte er, als er tief durchatmete, um sich zu beruhigen, objektiv gesehen verschwieg Nancy natürlich einen Teil der Wahrheit. Bennett und Raoul spürten das genau. Ihre Wortwahl – schamlos, unzüchtig – machte die Wahrheit bereits zur Lüge.

Er und Nancy hatten ihre Liebe in Ehren vor der British Band öffentlich bekräftigt. Jetzt hatte er das Gefühl, an einen Waldboden gefesselt zu sein, wo Wiesel und Krähen an ihm nagten und auf ihn einhackten. Wieso eigentlich sollten oder mußten er und Nancy ihre Liebe vor diesen haßerfüllten Leuten hier verbergen?

Aber er hörte empörte Reaktionen auf Raouls Zwischenruf.

»Schockierend!« sagte jemand.

»Kein Gentleman würde so etwas sagen!«

Lieutenant Davis hinter ihm sagte zu einem seiner Soldaten: »Wäre ich nicht im Dienst, würde ich diesem Widerling eine Lektion erteilen!«

Dann rief jemand mit dem Akzent von Victoire laut: »Raoul, dein Vater hat recht. *Tu es un sauvage!*«

Cooper hämmerte mit seinem Holzhammer auf seinen Tisch, bis wieder Ruhe war.

Thomas Ford rief: »Master Woodrow Prewitt, bitte in den Zeugenstand.«

Woodrow ging an Auguste vorbei, der ihn mit Sympathie anblickte und dabei sogleich wieder Sehnsucht nach seinem Sohn Adlerfeder verspürte.

In der Befragung erzählte Woodrow, wie Weißer Bär und Roter Vogel ihn wie einen Pflegesohn behandelt hätten und wie Weißer Bär ihnen am Schluß zur Flucht verholfen hatte.

Als Bennett zum Kreuzverhör an der Reihe war, stellte er sich bedrohlich vor ihn hin. »Hast du vergessen, junger Mann, daß du wirkliche weiße, christliche Eltern hattest? Hast du vergessen, was die Indianer ihnen angetan haben?«

»Nein, Sir«, antwortete Woodrow leise.

»Nun, wie kannst du es dann so darstellen, als wären diese Halbindianer und seine Squaw wunderbare Leute? Sie hielten dich schließlich in Gefangenschaft!«

»Sir, mein Pa pflegte mich vor dem Frühstück und nach dem Abendessen zu verprügeln. Meine Ma lag so gut wie immer betrunken im Bett. Weißer Bär – Mr. Auguste – aber war gut zu mir. Und seine Missus ebenso. Bei ihnen zu leben war eine Freude.«

»Freude!« Bennett sah angewidert aus.

»Jedenfalls«, setzte Woodrow achselzuckend hinzu, »wär's das gewesen, wenn uns die Soldaten nicht dauernd durch die Gegend gejagt hätten.«

Stiefelschritte lärmten durch den Raum. Raoul stürzte von hinten nach vorne.

»Der Knabe lügt doch!« schrie er. »Ich bin in die Gefangenschaft von Indianern geraten, als ich in seinem Alter war. Deshalb weiß ich sehr genau und nicht nur vom Hörensagen, wie gut sie sind! Ich habe Narben genug, die es beweisen! Die weiße Squaw dieses Halbbluts hat dem Jungen schon die passenden Versprechungen gemacht, damit er hier lügt! Laßt mich den nur in die Hände bekommen, ich prügle die Wahrheit schon aus ihm heraus!«

»Setzen Sie sich hin, Sir!« donnerte nun Lieutenant Davis, der aufgesprungen war und sich vor Raoul hinstellte. Raoul stand nahe genug, daß Auguste den Whiskeygeruch wahrnahm, der von ihm ausging.

»Sie haben sich hier gar nicht einzumischen«, fuhr Raoul Davis an.

»Da irren Sie sich«, sagte Davis gleichmütig. »Ich habe den ausdrücklichen Auftrag von General Winfield Scott und Oberst Zachary Taylor, dafür zu sorgen, daß dieser Mann hier einen ordentlichen und fairen Prozeß bekommt.«

Richter Cooper klopfte mit seinem Hammer. »De Marion, ich werde nicht zulassen, daß Sie die Verhandlung stören!«

Doch Raoul schrie ihn über Davis hinweg an: »Vergessen Sie bloß nicht, Cooper, wer Sie sind und wer ich bin. Wenn Sie diese schwarze Richterrobe nicht anhaben, sind Sie nichts als ein kleiner Farmer, der sein Land von mir gekauft hat und seine Ernte an mich verkauft.«

Cooper war aufgestanden und mahlte mit den Zähnen. »Das reicht jetzt, de Marion. Setzen Sie sich hin.«

Raoul blickte langsam von einer Seite auf die andere. Er starrte Auguste voller Haß an. Auguste spürte, wie in ihm selbst auch Haß aufwallte.

Raoul und der Lieutenant standen sich eine Zeitlang stumm gegenüber. Dann drehte Raoul sich um und ging zurück an seinen Platz. Auguste, dessen Aufmerksamkeit von der Szene abgelenkt gewesen war, sah jetzt, wie sich überall im Zuhörerraum Männer ebenfalls wieder hinsetzten. Er wußte nicht, ob es Raouls Leute waren.

Er bekam Magenkrämpfe, als ihm bewußt wurde, wie dünn doch die Schranke war, die diesen Prozeß davor bewahrte, sehr abrupt beendet zu werden. Raoul konnte zweifellos jederzeit seine Halunkenbande auffordern, ihn hier einfach hinauszuschleppen und auf der Stelle aufzuhängen. Kein Mensch könnte sie daran hindern, kein Richter und keine drei Unionssoldaten.

Ford rief nun ihn selbst in den Zeugenstand. Er hatte so lange regungslos gesessen, daß er nun leicht taumelte, als er sich erhob. Ford stützte ihn.

Als er sich auf den Zeugenstuhl setzte, spürte er, wie er vor all den harten, ernsten und ausdruckslosen Blaßaugen-Gesichtern, die ihn anblickten, zu zittern begann. Bärtige Männer, die Tabaksaft in Spucknäpfe spuckten. Frauen, die ihn unter ihren Huträndern musterten. Er suchte nach den ihm freundlich gesinnten Gesichtern im Raum – Nancy, Woodrow, Elysée, Guichard, Nicole, Frank.

Ford begann: »Nun haben wir, Auguste, von vielen Leuten verschiedene Bruchstücke Ihres Lebens gehört. Wären Sie irgendein Sauk-Indianer, dann säßen Sie hier nicht vor diesem Gericht. Sie wären bei Ihrem Volk oder was von ihm übriggeblieben ist. Aber weil Sie unter uns Weißen gelebt haben und Ihr Vater ein Weißer war und Sie einen Anspruch auf das Erbe eines Weißen besitzen, werden Sie hier des Verrates und des Mordes beschuldigt. Ich möchte, daß Sie uns jetzt einmal selbst Ihr Leben erzählen und auch, wieso Sie sowohl Indianer wie Weißer sind.«

Auguste vergaß, als er sprach, die ihn beobachtenden Gesichter. Er sah Sonnenfrau vor sich und Sternenpfeil, Schwarzer Falke und Eulenschnitzer, Roter Vogel und Nancy, Saukenuk und Victoire, Alter Manns Flüßchen und den Gefährliche-Axt-Fluß.

Als er geendet hatte, dankte ihm Ford freundlich und setzte sich. Bennett war an der Reihe. Er kam auf Auguste zugeschlendert und fixierte ihn mit kleinen und bösen Augen.

»Dafür«, sagte er, »daß Sie in der Ratsversammlung der Sauk und Fox für Frieden plädierten, haben wir natürlich nur Ihre eigene Aussage hier, nicht wahr? Und auch dafür, daß Sie angeblich nur als Friedensunterhändler in das Lager des Vorhut- und Spähtruppbataillons von Oberst de Marion kamen, haben wir lediglich Ihre eigene Behauptung, richtig?«

»Richtig«, sagte Auguste bitter. »Weil nämlich alle meine Zeugen tot sind.«

»Drücken Sie hier nicht auf unsere Tränendrüsen«, überfuhr ihn Bennett. »Der Gerichtssaal ist voll von Leuten, deren Angehörige erstochen, erschossen, skalpiert, in Stücke gehauen und zu Asche verbrannt wurden. Und zwar von Ihren Indianern!« Er erhob seine Stimme. »Und während all das geschah, standen Sie hinter Ihren roten Freunden! Sie hetzten sie auf, zu töten und immer noch mehr zu töten!« Dann wandte er sich mit angewidertem Gesicht ab. »Ich habe keine weiteren Fragen mehr an Sie.«

Cooper fragte: »Hat die Verteidigung noch weitere Zeugen?«

»Nein, Euer Ehren«, sagte Ford.

Auguste sank auf dem Rückweg zu seinem Platz der Mut. Er hatte das sichere Gefühl, Bennett habe ihn damit endgültig erledigt, daß er die Leute hier daran erinnerte, was die Sauk ihnen angetan hatten.

Er sah Ford an, dessen rundes Gesicht ausdruckslos und verschlossen war. Auch bei ihm also keine Hoffnung mehr. Gut, Ford hatte sein Bestes getan, dessen war er sicher. Aber auch er hatte gegen diesen ganzen Haß in Victor so wenig eine Chance wie Schwarzer Falkes British Band gegen die Armeen der Vereinigten Staaten.

Sie werden mich hängen.

»Augenblick noch!« kam da plötzlich eine Stimme vom Eingang her. »Er hat sogar noch zwei Zeugen!«

Ein großer Mann mit Schnurrbart kam mit einer Krücke und einem Holzbein nach vorne gehumpelt. Und bei ihm war ein hagerer Mann mit kleinem Kopf und einem zahnlückigen Grinsen, an dessen langem Arm ein Gewehr hing.

Er brauchte nur einen Moment, um Otto Wegner und Eli Greenglove zu erkennen.

Mit einem Schlag erwachte seine Aufmerksamkeit wieder, während die beiden durch den Mittelgang zwischen den Zuhörerstühlen nach vorne kamen.

Cooper hob warnend die Hand und sagte: »Mr. Greenglove, Sie müssen dieses Gewehr weglegen, bevor Sie noch näher kommen.«

»Ist in Ordnung«, sagte Greenglove und reichte es einem von Lieutenant Davis' Soldaten, der aufgestanden war, um ihm den Weg zu verstellen. »Hab's auch nur gebraucht, um sicherzustellen, daß ich überhaupt hier reinkam.«

Ford ging zu Auguste und sagte leise: »Scheint so, daß die beiden zu Ihren Gunsten aussagen wollen. Wollen Sie, daß wir sie hören?«

»Wegner wird wohl hier sein, um mir zu helfen«, antwortete er. »Aber warum Greenglove hier ist, weiß ich nicht.« Seine Überzeugung, daß Greenglove ihn absichtlich nicht totgeschossen hatte, fiel ihm ein. »Aber ich habe schließlich nichts zu verlieren«, meinte er achselzuckend.

Ford begann mit Wegner und fragte ihn, wieso er hier in Victor erscheine, wo doch allgemein bekannt war, daß er nach Texas gewandert sei.

»Ich kam mit meiner Familie nur bis New Orleans«, sagte Wegner. »Wir haben da Ausrüstung gekauft, um uns der Siedlung San Felipe de Austin anzuschließen. Und dann kam dieser Gentleman zu mir.« Er deutete auf Eli Greenglove, der inzwischen in der ersten Zuhörerreihe saß. »Er erzählt mir, Herr Auguste kriegt in Victor den Prozeß gemacht. Sofort nehmen wir beide das nächste Dampfschiff. Ich bezahle für uns beide, für ihn und für mich, von meinen Familienersparnissen. Das sage ich Ihnen nicht, um mich selber zu loben, sondern um zu zeigen, wieviel er mir bedeutet.« Und nun zeigte Wegner auf Auguste, der mit heißem Gesicht und einem Würgen im Hals zu Boden blickte.

Ford nickte ernst. »So viel mir bekannt ist, Mr. Wegner, waren auch Sie bei Alter Manns Flüßchen? Und was ist Ihnen dort passiert?«

Wegner berichtete nun von den Ereignissen, genauso, wie Auguste sie in Erinnerung hatte. »Und so habe ich dann mein Bein verloren«, schloß er, »aber mein Leben behalten, und zwar nur dank Auguste de Marion, dem ich nie was Gutes getan habe.«

Hätte ich ihn ins Sauk-Lager zurückgeschleppt, hätte ich ihm wahrscheinlich sogar sein Bein retten können.

Ford sagte: »Mr. Wegner, wir haben hier gehört, daß Auguste de Marion ein Mörder und Verräter seines Landes ist.«

»Alles Lügen!« sagte Otto Wegner nachdrücklich. »Nach den Kriegsregeln hatte er jedes Recht, mich zu töten, aber er hat es nicht getan. Er ist der christlichste Mensch, der mir je begegnet ist.«

Er weiß wohl nicht, daß ich niemals an irgendwelche andere Geister als den Erschaffer der Erde und die Schildkröte und den Bären geglaubt habe.

Auf dem Rückweg vom Zeugenstuhl blieb Wegner bei Auguste stehen und faßte seine beiden Hände. »Ich bin sehr froh, Herr Auguste, daß ich herkommen und für Sie aussagen konnte. Sie sind ein großer Mann, Herr Auguste!«

Auguste mußte mit den Tränen kämpfen und murmelte seinen Dank nur. Vielleicht konnte ihm Elysée das Reisegeld hierher ersetzen, falls der Preuße nicht zu stolz war, es anzunehmen.

Dann begann Ford Eli Greenglove über Alter Manns Flüßchen zu befragen.

»Verdammt, es waren überhaupt keine Indianer in irgendeinem Hinterhalt in den Wäldern«, sagte Greenglove mit seinem schleppenden Akzent. »War doch sonnenklar, was vorging. Da waren einfach nur ein paar Kundschafter, die aufpassen wollten, was mit ihren Parlamentären passierte. Die meisten von uns hingen ja schon mächtig am Whiskey zu der Zeit, und ein paar haben also diese Kundschafter entdeckt und sind gleich in Panik geraten. Oberst de Marion hat damit eine schöne Ausrede gehabt, uns zu befehlen, die drei mit der weißen Fahne auf der Stelle abzuknallen.«

»Sie haben also Auguste erschossen?« fragte Ford.

»Ja, das Ohr da hat er von mir.« Und er deutete auf Augustes verstümmeltes rechtes Ohr. »Ich hab' gehofft, daß er klug genug ist, Opossum zu spielen, nachdem ich ihm eins aufgebrannt habe.«

»Und wieso haben Sie sich entschlossen, ihn nicht wirklich zu erschießen? Hätten Sie es für Mord gehalten?«

Greenglove kicherte verächtlich. »Lieber Gott, so was war für mich noch nie ein Argument. Nein, nein, das war wirklich ganz einfach.« Er machte eine Pause, und im ganzen Saal herrschte atemlose Stille. »Ich habe dem Jungen da das Leben allein aus dem Grund gerettet, weil ich wollte, daß Oberst de Marion meine Tochter Clarissa heiratet.«

Dann brach er plötzlich in Tränen aus. Sie rannen ihm über das knochige Gesicht, und es schüttelte ihn richtig.

Ford sah ihn verblüfft mit großen Augen an und drehte sich schließlich mit fragendem Blick zu Auguste um, der ihn jedoch genauso verständnislos ansah. Einen Mann wie Eli Greenglove weinen zu sehen war nun wirklich etwas, was er noch nicht erlebt hatte.

Bennett brach schließlich das verlegene Schweigen. »Euer Ehren, ich sehe wirklich nicht, was die Tochter dieses Mannes mit unserem Fall zu tun haben soll.«

Doch nun verengten sich Greengloves feuchte Augen zornig zu einem Schlitz. »Wenn Ihr nur einen Augenblick das Maul haltet, Advokat, sag' ich's Euch schon. Meine Tochter hat sieben Jahre lang mit Raoul de Marion zusammengelebt und ihm zwei Kinder geboren, aber heiraten wollte er sie nicht, weil sie ihm dafür nicht gut genug war. Nein, er wollte die Tochter des Predigers. Die Dame da, Miß Hale.« Er deutete in den Zuhörerraum. »Nur hat sie eine Schwäche für Mr. Pierres Jungen gehabt, für Auguste, und ich hab' schon gesehen, er auch für sie. Also dachte ich mir, solange er am Leben ist, besteht immer noch die Chance, daß sie mit ihm durchbrennt. Folglich achtete ich darauf, daß er am Leben blieb.«

Auguste sank schon wieder der Mut. Wenn die Jury glaubte, was Greenglove da erzählte, dann mußte sie doch zwangsläufig davon überzeugt sein, daß zwischen Nancy und ihm etwas war, nachdem sie von den Sauk entführt und in Gefangenschaft gehalten wurde.

Greenglove fletschte seine restlichen braunen Zähne. »Aber dann mußte dieser Schweinekerl Raoul hingehen und Schwarzer Falkes Abgesandte mit der weißen Fahne abknallen. Bis dahin war kein richtiger Krieg. Hätte er die Abgesandten zu General Atkinson weitergeschickt, wäre die ganze Geschichte im Mai zu Ende gewesen. Alle umgekommenen Weißen, Soldaten oder Farmer, Männer, Frauen oder Kinder, sind in Wirklichkeit die Opfer von dem da!« Sein knochiger Finger zeigte auf Raoul. »Und nicht zuletzt meine Tochter Clarissa und meine beiden Enkelkinder!«

»Deine Tochter, Greenglove, war eine Schlampe!« schrie Raoul. »Und wenn sie hundert Jahre alt geworden wäre, hätte ich sie nicht geheiratet!« Er war von seinem Platz aufgesprungen. Neben ihm saßen Perrault und noch einige andere seines Gesindels.

»Ach ja?« sagte Greenglove fast flüsternd, aber doch laut genug, daß jeder im Saal es hören konnte. »Seid nur froh, Oberst, daß ich mein Gewehr abgegeben habe.«

Ford sagte: »Ich denke, das genügt. Mr. Bennett, möchten Sie ein Kreuzverhör des Zeugen?«

Von hinten rief Raoul: »Der Mann, Richter, ist ein Deserteur von meinem Milizbataillon. Er ist seit drei Monaten flüchtig. Was er sagt, ist absolut wertlos.«

Cooper blickte Greenglove mit gerunzelter Stirn an, dann Raoul. »Ich vermag nicht zu sehen, was das an seiner Aussage ändert. Vor allen Gerichten werden selbst verurteilte Kriminelle als Zeugen gehört.«

Ford hakte sofort nach. »Ganz genau. Und wenn der Mann sogar seine Verhaftung riskiert, indem er hier erscheint, dann macht dies seine Aussage nur um so glaubwürdiger. Gar nicht zu reden davon, daß er sogar die lange Reise bis nach New Orleans macht, um Mr. Wegner hierherzuholen.«

»Nein«, widersprach Bennett, »das beweist gar nichts über seine Ehrlichkeit. Höchstens, daß er sich an Raoul de Marion rächen will.«

Cooper klopfte mit seinem Hammer. »Die Aussage steht. Was sie wert ist, hat die Jury zu entscheiden. Lieutenant Davis, sorgen Sie dafür, daß Ihre Corporals Mr. Wegner und Mr. Greenglove sicher bis zur Stadtgrenze geleiten. Danach, Lieutenant, möchte ich Sie unter vier Augen sprechen. Inzwischen können die Anwälte beider Seiten ihre Plädoyers vorbereiten.«

Flankiert von den beiden Soldaten marschierten Otto Wegner und Eli Greenglove im dumpfen Klopftakt von Wegners Holzbein aus dem Saal.

»Fahr zur Hölle, Eli!« knurrte ihm Raoul zu, als er an ihm vorbeikam.

Aber Greenglove lachte. »Da hab' ich eine bessere Idee, vom alten Otto hier. Ich fahr' nach Texas!«

Sie gingen hinaus, und im Gerichtssaal trat Stille ein.

Hatte ihn die Aussage der beiden nun gerettet oder nicht? überlegte Auguste. Sie hatten zwar wohl die Wahrheit über die Ereignisse an Alter

Manns Flüßchen erzählt, aber seit wann bedeutete den Blaßaugen die Wahrheit etwas?

Wenn die zwölf Männer dort an der Seite des Raumes auf ihren Bänken entschieden, daß er hängen sollte, dann hängten sie ihn eben, und wenn ihr Jesus-Geist persönlich hereinkäme und die Wahrheit über ihn aussagte.

Nachdem er das Massaker am Gefährliche-Axt-Fluß erlebt hatte, gab es da noch irgendeinen Zweifel daran, daß alles, was die Blaßaugen im Sinn hatten, die Tötung, Ausrottung aller Roten war?

Cooper und der Lieutenant unterhielten sich halblaut am Richtertisch. Dann rief Cooper Bennett zu seinem Plädoyer auf, und Bennett erhob sich und ging hinüber zu den Geschworenen, vor denen er sich aufbaute.

»Was die angeblichen Dokumente, die Adoptionsurkunde und das Testament Pierre de Marions, angeht, so ist die Behauptung von Mrs. Russell, daß Mr. Raoul de Marion deren Vernichtung angeordnet habe, nichts als das Nachplappern eines Gerüchts. Sie hat keinerlei direktes Wissen, daß Mr. de Marion ihrem Mann so eine Anweisung erteilt hat. Viel bedeutsamer ist da schon etwas anderes. Wenn Pierre de Marion also Auguste tatsächlich adoptiert hat, dann bedeutet dies, daß Auguste US-Bürger ist, und folglich ist dann seine Teilnahme an den kriegerischen Taten des Volkes der Sauk gegen die Vereinigten Staaten Hochverrat. Auguste ist gegen seine eigene Flagge in den Krieg gezogen.

Weiter. Ganz gleich, ob Raoul de Marion seinen Neffen aus Victoire zu Recht oder zu Unrecht verjagt hat, eines ist sicher. Auguste kehrte zur British Band mit einem tiefen Groll gegen diesen Ort und seine Bewohner zurück. Deswegen, sage ich Ihnen, beschloß er, wenn er selbst schon kein weißer Landeigentümer sein konnte, alle anderen weißen Landeigentümer zu vernichten.

Und dazu hatte er auch die Macht, weil die Indianer auf ihn hörten. Sie kannten ihn als Zauberdoktor und wußten auch, daß er bei den Weißen erzogen worden war. Also benützte er seine Macht, um Schwarzer Falke in den Krieg zu treiben. Er ist ein Komplize des Mordes an allen weißen Männern, Frauen und Kindern, die von seinen Stammesgenossen ermordet wurden.«

Er wies anklagend auf ihn. »Auguste de Marion oder von mir aus auch

Weißer Bär, oder wie er sich sonst zu nennen beliebt, ist als Hochverräter und Schlächter seines eigenen Volkes zu hängen.«

Im Zuhörerraum erhob sich zustimmendes Gemurmel, und von Raoul kam ein lautes: »Verdammt richtig!«

Augustes Gefühl, daß seine Lage hoffnungslos war, verstärkte sich. Bennett hatte den Geschworenen genau das gesagt, was sie alle hören wollten – die Version der Wahrheit, die ihnen erlaubte zu tun, was sie ihm in Wirklichkeit wünschten.

Ford stand nun auf und fuhr sich über die Augenbrauen. Es war heiß für Ende September. Auch er ging quer durch den Saal, um sich vor die zwei Geschworenenreihen in ihren geborgten Kirchenbänken hinzustellen.

»Meine Herren Geschworenen, auch ich habe 1831 unter General Edmund Gaines gegen die Sauk- und Fox-Indianer zu den Waffen gegriffen. Ich habe also keine Vorurteile etwa zugunsten der Indianer. Ich versuche lediglich, Sie zu bitten, diesen einen Mann da zu verstehen, über den Sie zu befinden haben und dessen Leben in Ihrer Hand ist.

Sie müssen zwei Fragen entscheiden: Erstens, hat Auguste de Marion dadurch Hochverrat gegen die Vereinigten Staaten begangen, daß er von September 1831 bis August 1832 bei der British Band der Sauk und Fox lebte und mit ihr zog? Zweitens, ist Auguste de Marion schuldig des Mordes an irgendeinem Bürger der Vereinigten Staaten oder des Staates Illinois?

Also, ist Auguste ein Verräter an diesem Land? Nun, mir scheint erst einmal, er hat eine doppelte Staatsbürgerschaft – die der Vereinigten Staaten und die des Volkes der Sauk und Fox. Und weit entfernt davon, eines oder beide Völker zu verraten, hat er im Gegenteil versucht, Frieden zwischen ihnen zu stiften. Das einzige, was er jemals gegen die Vereinigten Staaten in die Hand nahm, war eine weiße Fahne.

Hat er Morde begangen? Alles, was wir wissen, ist lediglich, daß niemand ihn jemals die Hand gegen einen anderen Menschen erheben sah. Otto Wegner hat Ihnen erzählt, daß Auguste die Gelegenheit hatte, ihn zu töten, ihn statt dessen aber rettete. Bei großer Gefahr für sich selbst.

Sie haben Pierre de Marions Testament gehört, das erklärt, warum

Raoul de Marion, der sich absolut widerrechtlich das unter dem Namen Victoire bekannte Besitztum aneignete, ein so großes Interesse daran hatte, diesen jungen Mann buchstäblich zu Tode zu hetzen.

Dieser junge Mann hat buchstäblich alles verloren, was ihm lieb und teuer war. Seinen Vater und seine Mutter. Seine Heimat und sein rechtmäßiges Eigentum hier in Victor. Und ebenso seine Heimat bei den Sauk.

So gut wie sein ganzer Stamm, seine Angehörigen und die Freunde seiner Jugend sind umgekommen. Jeder, der hier in Victor lebt, weiß zu seinem eigenen Kummer, was hier in diesem Ort mit seiner Tochter im Säuglingsalter geschehen ist. Seine Frau und sein Sohn sind in Gefangenschaft, und er kann nicht bei ihnen sein und für sie sorgen. Wer von Ihnen allen, dem auf grausame Weise so viel genommen worden wäre, wäre nicht verrückt vor Kummer geworden?

Er hat so viel verloren. Alles, was ihm geblieben ist, ist sein Leben. Ich bitte Sie, nehmen wir ihm nicht auch das noch!«

Ford setzte sich. Allseits betretenes Schweigen herrschte. Auguste versuchte, seinen Schamanengeist auszuschicken, damit er die Zukunft erkunde: wie die Geschworenen entscheiden würden. Aber sein Geist prallte nur gegen eine undurchdringliche Wand.

Er blickte zu einem der nicht verschlossenen Fenster. Draußen war ein blauer Nachmittagshimmel mit einigen wenigen weißen Wolken. Hier drinnen in diesem Gerichtssaal schienen Himmel und Sonne, Prärie und Fluß Welten entfernt zu sein.

Richter Cooper sagte: »Gentlemen der Jury, wir haben oben einen Raum für Sie vorbereitet. Wir schicken Ihnen Essen und Getränke nach Ihren Wünschen. Es sind auch Pritschen aufgestellt für den Fall, daß Sie sich heute nicht mehr entscheiden können.«

Auguste sah zu, wie die zwölf Geschworenen hinter dem Richtertisch die Treppe hinaufgingen, und fühlte sich nicht imstande, etwas anderes als das Schlimmste zu erwarten. Er überlegte, wie es wohl sei, gehängt zu werden, das grobe Seil um den Hals. Das Blut, das in den Kopf schoß. Die in Schwärze versinkende Welt. Der in aussichtslosem Kampf sich wehrende Körper, der abgewürgte Atem, die schmerzenden Lungen und zum Schluß das stillstehende Herz.

Ein rauhes Lachen schreckte ihn auf. Hinten im Zuhörerraum stand Raoul mitten unter seinen Leuten nahe der Tür. Neben ihm stand Armand Perrault. Raoul sah zu ihm her und lächelte. Und er wußte, was dieses Lächeln bedeuten sollte.

Die Geschworenen mochten entscheiden, wie sie wollten. Sein Schicksal war so oder so besiegelt. Für ihn gab es kein Entkommen vor dem Tod.

23

Scharfes Messer

Gegen Abend rief Lieutenant Davis Auguste aus seiner Zelle und brachte ihn nach unten in den Gerichtssaal.

»Der Richter hat nach Ihnen geschickt. Die Geschworenen haben offensichtlich das Urteil gefällt.«

Als er den Gerichtssaal durch die Tür hinten wieder betrat, begegnete ihm als erstes erneut der Blick Raouls. Seine unverhüllten Rachegelüste standen ihm noch immer in den Augen geschrieben und ließen ihm das Blut wie geschmolzenes Metall in den Adern fließen.

Durch die Seitentür kamen die Abgesandten der Geschworenen herein. Robert McAllister, ihr Sprecher, warf ihm einen Blick zu und übergab David Cooper ein gefaltetes Blatt Papier.

»Er hat Sie angesehen«, flüsterte ihm Ford zu. »Nach einer alten Erfahrung unter uns Anwälten gibt es nur einen Schuldspruch, wenn die Geschworenen den Angeklagten nicht anblicken.«

Cooper las den ihm überreichten Zettel und seufzte laut, als sei ihm die Nachricht eine schwere Last, griff zu Gänsekiel und Tinte und schrieb sich etwas auf. McAllister sah ihm zu, blickte über die Schulter und seufzte auf die gleiche Weise, ehe er noch einmal Auguste anblickte.

Schließlich nickte er, nahm die Notiz des Richters entgegen und ging mit den Geschworenen wieder nach oben.

»Tja«, sagte Richter Cooper ganz allgemein in den Gerichtssaal, »es scheint, daß die Jury von einem Urteilsspruch noch weit entfernt ist. Sie kann sich über viele Dinge nicht einigen. Ich habe deshalb angeordnet, daß sie oben bleibt und noch weiter berät. Es sieht so aus, als gäbe es vor morgen keinen Urteilsspruch. Der Angeklagte kommt zurück in seine Zelle. Die Verhandlung wird morgen früh um neun Uhr fortgesetzt.«

Ohne hinsehen zu müssen, wußte Auguste, wer da gegangen war, als hinten die Tür heftig zugeschlagen wurde. Raoul.

In der folgenden Nacht lag er auf seiner Maisstrohmatratze und überlegte, ob er versuchen sollte zu fliehen, wenn sie ihn wieder holten. Auf der Flucht erschossen zu werden wäre immer noch ehrenhafter, als sich schafsgeduldig hängen zu lassen. Er wünschte, er könnte Roter Vogel und Adlerfeder noch ein letztes Mal sehen. Und Nancy käme ihn besuchen. Oder zumindest Nicole, Grandpapa oder Frank. Doch Lieutenant Davis hatte ihm gesagt, aus Gründen seiner eigenen Sicherheit dürfe heute abend niemand in das Gebäude hinein.

Die Tür wurde aufgeschlossen. Er stand sofort auf.

»Kommen Sie«, sagte Davis, »wir holen Sie hier raus.«

Sie sind gekommen, mich zu töten. Es wäre nicht das erste Mal, daß ein unbequemer Indianer »auf der Flucht erschossen« würde. Doch sein Schamanengeist sagte ihm trotzdem, daß Davis so vertrauenswürdig sei wie einer seiner Sauk-Stammesbrüder.

»Wieso? Vor dem Urteil?«

»Die Geschworenen haben ihr Urteil heute gefällt. Nicht schuldig.«

Nicht schuldig! Freude durchströmte ihn, und er war so überrascht, daß er wie angewurzelt dastand und die offene Zellentür anstarrte.

Als er sich von der ersten Verblüffung erholte hatte, folgte er Davis nach draußen. In einer stillen Seitenstraße warteten die beiden Corporals mit Pferden. Im Licht eines Dreiviertelmondes glitzerte der Strom silbern und schwarz. Die Klippen drüben auf dem Ioway-Ufer sahen aus wie die Silhouetten gewaltiger Bisons unter einem sternenübersäten Himmel.

Im Mondschein ritten sie aus dem Ort, Davis voran, dann Auguste, die beiden Corporals als Nachhut. Nach den Wochen der Haft fröstelte er in der Nachtkühle.

Sie kamen am Handelsposten vorüber. Hier war die Straße breiter, und die drei Soldaten nahmen ihn vorsichtshalber in ihre Mitte. Zweifellos war Raoul dort drinnen und betrank sich und freute sich lachend schon auf den Anblick des am Seil baumelnden Auguste.

Sie trabten den nach Victoire weiterführenden Weg entlang. Sein Herz begann schneller zu schlagen, als sie dem Ort näher kamen, der seine zweite Heimat gewesen war.

Die Überreste des niedergebrannten großen Herrenhauses standen oben auf dem Hügel wie das Skelett eines gewaltigen Urtiers. Schwarzverkohlte Balken ragten in den Nachthimmel. Dort hatten Menschen einen blutigen und schlimmen Tod erlitten. War der Ort nun verwunschen? Verflucht?

Er verspürte den Wunsch, noch einmal dort hinaufzusteigen, die Ruinen fortzuräumen und alles neu aufzubauen. Ein schönes Haus hinzustellen, so wie er sie im Osten gesehen hatte.

Ich könnte so viel mit diesem Land anfangen, aber hier fliehe ich schon wieder einmal und überlasse es ein weiteres Mal Raoul.

Dann lag Victoire hinter ihnen, aber die Sehnsucht danach verließ ihn nicht und blieb an ihm hängen wie der Geruch einer Geliebten.

»Morgen früh sind Sie schon weit außerhalb des Zugriffs Ihres Onkels«, sagte Davis neben ihm.

Er erhebendes Gefühl überkam ihn bei dem Gedanken, der Freiheit schon fast wieder nahe zu sein, näher als je in diesen letzten Wochen.

»Ich verstehe es nicht«, sagte er. »Wenn ich nicht schuldig bin, wieso muß ich dann heimlich fliehen?«

»Es ist Ihnen ja sicher bewußt«, erklärte ihm Davis, »daß Ihr Onkel und seine Bande nur auf den Urteilsspruch warteten, um Sie, ganz gleich, wie er ausfiele, sofort zu ergreifen und draußen an den nächsten Baum zu hängen. Weil dem Richter dies ebenfalls klar war, schrieb er diese Notiz, als ihm der Sprecher der Geschworenen den Zettel mit dem Urteilsspruch ›Nicht schuldig‹ brachte. Nämlich daß er sagen werde, die Jury sei noch zu keinem Urteil gekommen, damit sie über Nacht noch in ihrer Klausur bleiben mußte und wir Sie inzwischen heimlich aus der Stadt schaffen konnten. Die Geschworenen waren einverstanden, diese Unbequemlichkeit auf sich zu nehmen. Wem gefiele es schließlich schon, wenn er einen Angeklagten für nicht schuldig erklärte und gleich danach zusehen müßte, wie er hinausgeschleift und aufgehängt würde?«

Auguste spürte sein Herz überströmen. Die Geschworenen hatten ihn tatsächlich verstanden – und ihm geglaubt!

»Ich habe nicht einmal Gelegenheit gehabt, mich bei Mr. Ford zu bedanken.«

»Er fühlt sich bedankt genug, wenn er weiß, daß Sie sicher fortgekommen sind.«

Beim Weiterreiten schwand seine Freude jedoch bald wieder. Die Stadt, in der er sechs Jahre lang zu Hause gewesen war, hatte ihn zwar von Schuld freigesprochen. Doch gleichwohl mußte er sie bei Nacht und Nebel verlassen – und nun schon zum zweiten Mal! Das war schwer erträglich.

Und wieder war es wegen Raoul, weshalb er die Genugtuung über seinen Sieg nicht auszukosten vermochte.

Immer stärker kam im Rhythmus des trabenden Pferdes der Schmerz wieder nach oben. Er sah seine tote Mutter vor sich, am Boden wie eine weggeworfene Puppe, mit schreckgeweiteten Augen und durchgeschnittener Kehle, ihr ganzes Gewand blutgetränkt. Sie mußte gerächt werden. Wie konnte er es zulassen, daß der Mann, der sie kaltblütig ermordet hatte, weiter frei herumlief? Er rief stumm den Geist des Bären um Rache für Sonnenfrau an – und erinnerte sich sogleich daran, daß er dies nicht tun durfte. Man durfte als Schamane keinen Geist gegen einen anderen Menschen anrufen. Aber ganz egal, wenn er Raoul selbst nichts antun durfte, dann wünschte er doch, daß ihm etwas angetan wurde, welchen Preis er selbst auch dafür zahlen mußte.

Außerdem ließ er auf seiner neuen Flucht hier wieder die Menschen zurück, die ihm etwas bedeuteten. Elysée, Nicole und Frank.

Und Nancy.

»Ich muß wieder zurück, schon bald«, sagte er.

Davis starrte ihn verständnislos an. »Zurück? Großer Gott, wozu das denn?«

Jetzt war es an ihm, überrascht zu sein. Was für eine Frage! War es nicht die selbstverständlichste Sache der Welt, nach Victor zurückzukehren und Raoul zu stellen?

»Ich gehöre genauso nach Victor wie zu den Sauk.«

Ein zweites Mal, das war ihm inzwischen klar, würde er Victor nicht einfach sang- und klanglos verlassen.

»Wohin reiten wir übrigens, und wieso nach Osten?« fragte er.

Und Davis sagte: »In Victor sind Sie zwar freigesprochen worden, Auguste, aber Sie sind nach wie vor Kriegsgefangener. Ihre Zukunft liegt in der Hand des Präsidenten der Vereinigten Staaten.«

Es fiel ihm wieder ein, was General Winfield Scott nach der Anhörung in Fort Crawford gesagt hatte. *Vorausgesetzt, in der Smith County hängt man Sie nicht, wird Präsident Jackson sehr an einer Zusammenkunft mit Ihnen interessiert sein.*

Bei dem Gedanken an ein Zusammentreffen mit Andrew Jackson überlief es ihn kalt. Was konnten er und Scharfes Messer einander zu sagen haben?

Er beugte sich weit in den schmalen Fensterschlitz der dicken Steinmauern von Fort Monroe. Durch das Eisengitter davor blickte er hinaus auf das weit sich hinziehende blaugraue Wasser. Nach Osten zum Horizont hin erstreckte sich flaches Tiefland, die andere Seite der Chesapeake Bay. Er drückte die Stirn an die Eisenstäbe und konnte so auch südwärts blicken, wo sich der endlose Ozean dehnte, über den die Blaßaugen in ihrer drängenden Suche nach neuem Land gekommen waren.

Eine leichte Brise kühlte seine schweißnasse Stirn etwas. Es war zwar der Mond der fallenden Blätter, aber noch immer so heiß wie im Sommer.

Schwarzer Falke hatte seit ihrer Ankunft hier nur wenig gesprochen. Er konnte sich denken, warum. Er hatte die riesigen Steinfestungen hier gesehen und sie mit den Holzforts der Langmesser verglichen, die er in seinem eigenen Land belagert hatte. Er hatte inzwischen begriffen, was er ihm damals über das wahre Ausmaß der Macht der Langmesser nicht hatte begreiflich machen können. Wenn er allerdings redete, klang es noch immer so überheblich wie eh und je.

»Warum soll ich die Kleidung des Feindes tragen müssen?« sagte er soeben. Er stand in seinem Lendenschurz und starrte verächtlich die Uniform an, die ihm ein Soldat auf sein Bett gelegt hatte. Auguste bewunderte ihn wegen seines noch immer schlanken und muskulösen Körpers. Es war schwer zu glauben, daß dieser Mann bereits siebenundsechzig Sommer und Winter erlebt hatte. Er hatte die Mundwinkel abschätzig nach unten gezogen, als er die hohe Mütze mit der roten Feder aufsetzte und die dunkelblaue Jacke mit ihren Goldlitzen und den Messingknöpfen, die etwas hellere blaue Hose und das weiße Lederkoppel anprobierte.

»Scharfes Messer«, sagte er zu ihm, »wünscht dir seinen Respekt zu erweisen, indem er dir die Kleidung eines seiner Kriegshäuptlinge gibt.«

Natürlich ist es aber auch seine Methode, dir zu zeigen, daß du jetzt sein Untertan bist.

Auch Eulenschnitzer sagte: »Es ist ein Zeichen der Gastfreundschaft. So wie Häuptling Falke uns neue Lederkleidung gab, als wir uns den Winnebago ergaben.«

Auguste fühlte noch einmal den Stolz nach, den er empfunden hatte, als er die erstaunliche Geschichte von Adlerfeders Rolle dabei vernahm. Ein Knabe von noch nicht einmal sieben Sommern, dessen Vision ihn veranlaßte, hinzugehen und den Krieg zu Ende zu bringen, war ganz zweifellos für große Dinge bestimmt.

Eulenschnitzer sah etwas seltsam aus mit seinen langen weißen Haaren und der Muschelkette um den Hals, in einem pfauenblauen Frack und enger grauer Hose. Auch er selbst trug Blaßaugen-Kleider, einen Anzug mit dunkelbrauner Jacke. Der Winnebago-Prophet war ähnlich angezogen, in grünen und grauen Farbtönen. Beiden, Eulenschnitzer und Fliegende Wolke, hatte er gezeigt, wie man diese Kleidung trug, und jetzt standen sie in ihr steif und unbehaglich in dem Raum, den sie miteinander teilten, und warteten darauf, daß auch Schwarzer Falke seine Militäruniform anzog. Eulenschnitzer ermunterte ihn noch: »Die amerikanischen Blaßaugen sind auch nicht mehr deine Feinde. Du hast dein Zeichen auf ihr Friedenspapier gesetzt.«

»Und dies ein für allemal«, bekräftigte Auguste und bemühte sich, überzeugend zu sprechen, weil er sich daran erinnerte, daß Schwarzer Falke auch früher schon Verträge unterzeichnet und dann doch nicht eingehalten hatte.

Schwarzer Falke seufzte. »Die Geister Hunderter von Toten vom Gefährliche-Axt-Fluß schreien mir zu, daß die Amerikaner nach wie vor unsere Feinde sind.«

Das war ganz der alte Schwarze Falke, dachte er, immer über alte Fehler nachbrütend, ewig Vereinbarungen mit den Blaßaugen bereuend, die nun einmal getroffen waren. Ständig unversöhnlich.

Er wird sich nicht mehr ändern. Das Ändern ist an uns.

Eine Hoffnung hatte ihn auf der ganzen Reise nach Osten unablässig bewegt. Sie hatte einen ganzen Monat gedauert, mit dem Dampfschiff bis Cincinnati, wo er zu Schwarzer Falke und seiner Begleitung stieß, weiter mit Pferdekutschen und der erstaunlichen neuen Erfindung der Blaßaugen, der Eisenbahn. Er mußte, hatte er sich überlegt, einen Weg finden, wie die Sauk in einer vollkommen von den Blaßaugen beherrschten Welt weiterleben konnten. Es war seine Aufgabe, denn er verstand als einziger beide Sprachen.

»Möchtest du noch einmal üben, was du Scharfes Messer sagen willst?« fragte er Schwarzer Falke.

»Ja«, sagte Schwarzer Falke. »Wird er überrascht sein, wenn ich ihn in seiner eigenen Sprache anrede?«

»Er wird sogar sehr überrascht sein. Er wird merken, daß du ein sehr kluger Mann bist.«

Mit Mühe und vielen Pausen wiederholte Schwarzer Falke noch einmal seine Ansprache auf englisch, die ihm Auguste auf seinen eigenen Wunsch hin eingelernt hatte. Schwarzer Falke hatte ihm genau erklärt, was er sagen wollte, und er hatte es ihm übersetzt und es den alten Häuptling Wort für Wort auswendig lernen lassen.

Eulenschnitzer sagte lächelnd: »Auch dies, Weißer Bär, ist genau das, was du in deiner Vision gesehen hast. Schwarzer Falke mit Scharfes Messer in dessen Haus.«

Ja. Aber damals habe ich dir auch gesagt, daß das keineswegs bedeute, Schwarzer Falke habe Scharfes Messer besiegt.

Er hatte aber nicht das Herz, Eulenschnitzer an die traurige Realität zu erinnern. Er zog es statt dessen vor, Schwarzer Falke, der dies noch immer lediglich widerwillig geschehen ließ, in seine Uniform zu helfen.

Sie brauchten zwei Tage von Fort Monroe bis nach Washington. Als der Termin bei Scharfes Messer näher rückte, beschlichen ihn mehr und mehr Ängste. Falls Jackson und Schwarzer Falke in Streit gerieten, mochte der Präsident sie alle kurzerhand lebenslang ins Gefängnis werfen lassen – oder er ließ sie sogar unauffällig töten. Er war immerhin der mächtigste Mann zwischen den beiden Ozeanen.

Sie übernachteten in der Schiffskabine. Er träumte, daß er hilflos und mit leeren Händen dastand, während Raoul mit einem gewaltigen Messer auf ihn zukam.

Am nächsten Tag gegen neun Uhr morgens fuhren Schwarzer Falke und seine drei Berater in einer offenen Kutsche die Pennsylvania Avenue hinab, begleitet von Langmessern zu Pferde in Viererreihen vor und hinter ihnen. Das Hufgeklapper kam Auguste fast gespenstisch vor. Es war erst einige Monate her, daß eben diese Langmesser Schwarzer Falke und seine British Band wochenlang vor sich hergejagt hatten. Jetzt bildeten sie sein Ehrengeleit. Diese Veränderungen konnten einen schwindlig machen.

Er hielt seine Augen offen und nahm die Hauptstadt der Vereinigten Staaten begierig in sich auf. Ein weites Gewirr großer Ziegel- und Holzhäuser. Die Pennsylvania Avenue war eine morastige Auffahrt, mit tiefen Radspuren und breit wie ein Kornfeld. Hinter ihnen stand auf einem Hügel das Gebäude, das Capitol genannt wurde, eine ungeheuer große Steinkonstruktion, gekrönt von drei niedrigen Kuppeln. Die Luft war stickig, feucht und heiß. Schwere graue Wolken hingen über ihnen, und er sehnte sich nach dem trockenen Klima von Illinois.

Blaßaugen und viele ihrer schwarzhäutigen Sklaven säumten die Avenue unter den Pappeln zu deren Seiten. Sie winkten Schwarzer Falke freundlich zu und klatschten Beifall. Von Zeit zu Zeit hob Schwarzer Falke ernst und feierlich die Hand zum grüßenden Dank.

Auguste hatte für diese Fahrt durch Washington eigentlich eher ein Spießrutenlaufen, begleitet von haßerfülltem und zornigem Geschrei, erwartet. Zu seiner großen Überraschung hießen diese Leute hier sie indessen willkommen, als seien sie Helden. Das gab ihm Hoffnung. Vielleicht lernte sein Volk doch, mit diesen Menschen auszukommen.

Die Größe des Präsidentenhauses schließlich war einfach überwältigend. Es war drei-, viermal größer als ganz Victoire. Es stand hinter einem eisernen Zaun am Westende der Pennsylvania Avenue. Und das alles nur für den Großen Weißen Vater, dachte er. Die Tatsache, daß das gewaltige Haus völlig weiß gestrichen war, machte es noch eindrucksvoller.

Bei den Sauk hatten Farben schon immer eine besondere Bedeutung gehabt. Er fragte Jefferson Davis, der in ihrer Eskorte mitritt, was das Weiß des Präsidentenhauses bedeutete.

Davis lächelte trocken. »Na ja, um die Brandflecken zu verdecken, die die Rotröcke 1814 hineinbrannten.«

Nun, wie dem auch sei, es paßte doch gut zusammen, wenn der Große Vater der Weißen auch in einem weißen Palast lebte! Er vermochte den Kitzel der Erregung nicht zu unterdrücken, als blauberockte Offiziere sie die Stufen zum Eingang hinaufgeleiteten.

Eulenschnitzer steckte eine Hand in die Jackentasche und holte die goldene Uhr heraus, die einmal Pierre de Marion gehört hatte, und lächelte ihm zahnlos zu.

»Du hast mir einmal gesagt, ich könnte diesen Zeitsager dazu benützen festzustellen, wann die Blaßaugen etwas tun. Sieh her. Einer der Langmesser hat mir das gesagt.« Er deutete auf das Zifferblatt. »Wenn der lange Pfeil hier ist und der kleine dort, treffen wir mit Scharfes Messer zusammen.« Er hatte auf die römischen Ziffern XII und XI gedeutet: elf Uhr.

Sie warteten auf Scharfes Messer im Ostzimmer des Präsidentenhauses, wohin man sie geführt hatte. Einer der Offiziere hatte den vier Sauk bedeutet, sich in einer Reihe aufzustellen, Schwarzer Falke ganz rechts, Auguste ganz links. Er schloß daraus, daß er für die Langmesser das Mitglied der Delegation mit dem niedrigsten Rang war, hatte aber nichts gegen diese Einschätzung, sondern fand sie in Ordnung. Ein Dutzend Offiziere flankierte sie, Oberste, Majore, Captains und Lieutenants, alle in blauen Jacken mit Goldlitzen.

Obgleich er noch nie Anlaß gehabt hatte, an seinen Schamanenvisionen zu zweifeln, war er doch überrascht, wie genau er diesen Raum, in dem sie nun standen, damals gesehen hatte – die Fensterreihen mit ihren blauen und gelben Vorhängen, die drei glitzernden Kerzenleuchter und die vier riesigen Spiegel in Goldrahmen einander gegenüber, dazwischen der riesengroße blaue und gelbe Teppich mit rotem Rand. Unter jedem Spiegel ein Kamin. Vier Kamine, um einen einzigen Raum im Winter warm zu halten!

Der lange Pfeil auf Eulenschnitzers Uhr war von der XII bereits auf die VI vorgerückt, und der alte Mann begann bereits die Fähigkeit seines Instruments, ihm etwas mitzuteilen, zu bezweifeln, als ein schwarzer Diener eine Tür am anderen Ende des Raumes öffnete und sämtliche Langmesser Haltung annahmen und ihre Hacken zusammenknallten. Scharfes Messer kam langsamen Schrittes herein.

Andrew Jackson sah in Wirklichkeit genauso aus, wie er ihn in seiner Vision erblickt hatte, nur noch furchterregender. Welcher Rote es auch immer gewesen sein mochte, der ihm einst den Namen Scharfes Messer gegeben hatte, er hatte den Namen treffend gewählt. Mit seinem langen, schmalen Gesicht und seiner ungewöhnlich hageren Figur sah er wirklich wie eine lebendig gewordene Messerschneide aus. Ein weißer Haarschopf stand ihm steif vom Kopf ab, und dicke weiße Augenbrauen überschatteten die Augen, die wie Stahlsplitter blitzten.

Es fiel ihm ein, was Raoul vor über einem Jahr zu ihm gesagt hatte: *Das möchte ich doch erst mal hören, was ein alter Indianerkiller wie Andy Jackson zu dir sagen würde.*

Er war sich nun deutlich der Tatsache bewußt, daß er hier genau der Macht gegenüberstand, die die Sauk vernichtet hatte. Dieser Mann hatte sogar mit eigener Hand Hunderte Indianer getötet. Er hatte ganze Stämme und Völker aufgescheucht und nach Westen getrieben. Er war der Anführer der endlosen Schwärme mörderischer, räuberischer Blaßaugen, die die roten Völker Landstrich um Landstrich von ihrer angestammten Heimat vertrieben. Dieser Mann war es, der verfügt hatte, daß Weiße sich das ganze Land vom einen bis zum anderen Ozean aneignen und in Besitz nehmen sollten.

Er glich in seiner gläsernen Zerbrechlichkeit einem Eiszapfen. Er bewegte sich nur schrittweise, wie unter großen Schmerzen. Offensichtlich litt er an vielen Gebrechen und alten Wunden. Aber es war zu erkennen, daß ein unbändig kraftvoller Wille ihn allen diesen Krankheiten und Leiden zum Trotz aufrecht und in Bewegung hielt.

»Wer von Ihnen ist derjenige, der Englisch spricht?« fragte Jackson. Auguste hatte erwartet, eine Donnerstimme zu hören, aber sie war schrill wie ein Messer auf einem Schleifstein.

Mit einem verkrampften Gefühl im Magen sagte er: »Das bin ich, Mr. President.« Erst heute morgen noch hatte ihm Davis eingeschärft, daß dies die korrekte Anrede Jacksons sei. »Mein Name ist Weißer Bär, aber ich heiße auch Auguste de Marion.«

Auch jetzt, als Jackson sich ihm direkt zuwandte, spürte er es wie einen über ihn hinwehenden Eishauch.

»Oberst Taylor hat mir einen langen Brief über Sie geschrieben. Ich möchte mich später noch mit Ihnen unterhalten. Sagen Sie jetzt erst einmal Ihrem Häuptling, daß ich mich freue, ihn hier als Freund begrüßen zu können. Sagen Sie ihm, daß zwischen mir und den roten Kindern Friede herrschen soll, solange das Gras wächst und die Flüsse strömen.«

Ein Gespräch später? Was hatte Jackson im Sinn? Er dachte unentwegt darüber nach, während er für Schwarzer Falke übersetzte.

Schwarzer Falke fragte: »Soll ich jetzt zu ihm in seiner Sprache reden?«

»Das wäre sicher kein schlechter Zeitpunkt«, antwortete er ihm.

Schwarzer Falke trat einen Schritt vor, so daß Eulenschnitzer, Fliegende Wolke und er hinter ihm blieben. Er war kleiner als Jackson, aber seine Brust und seine Schultern waren breiter. Er sah auch stärker und gesünder aus, obwohl sie beide im selben Alter sein mochten.

Schwarzer Falke hob grüßend die rechte Hand und sagte auf englisch: »Ich bin ein Mann. Und du bist ein Mann wie ich.«

Jackson war zunächst völlig verblüfft, blieb aber dann in aufrechter Haltung stehen und sah Schwarzer Falke während seiner ganzen Rede starr in sein bronzenes Gesicht. Schwarzer Falke sagte seine eingelernte Rede langsam, Wort für Wort, auf.

»Wir hatten nicht angenommen, dein Volk besiegen zu können. Ich habe das Kriegsbeil ausgegraben, um Rache zu üben für das viele und große Unrecht, das uns angetan worden war und das wir nicht länger ertragen konnten. Wäre ich nicht bereit gewesen zu kämpfen, hätten die jungen Männer gesagt, Schwarzer Falke ist zu alt, um noch Häuptling zu sein. Sie hätten gesagt, Schwarzer Falke ist ein Weib. Sie hätten gesagt, er ist kein Sauk. Also habe ich den Kriegsruf angestimmt. Du bist ebenfalls ein Kriegsführer und verstehst mich also. Ich brauche nicht mehr zu sagen. Ich fordere dich auf, mir die Hand in Freundschaft zu reichen, und dann wollen wir zu unseren Völkern zurückkehren.«

»Das war eine sehr gute Rede«, sagte Jackson. »Man hat mir nicht gesagt, daß du Englisch sprichst, Häuptling.«

Auguste übersetzte es für Schwarzer Falke in Sauk.

Schwarzer Falke sagte: »Sage ihm, daß du mir die Worte eingeübt hast, die ich eben in seiner Sprache zu ihm gesagt habe.«

Jackson brummte. »Ich verstehe. Wie gesagt, Weißer Bär, du und ich, wir müssen uns unterhalten. Sage ihm jetzt, daß wir ihn dann zu seinem Volk zurückschicken werden, wenn wir sicher sind, daß wir von diesem keine Schwierigkeiten mehr befürchten müssen.«

Er wollte ihm spontan antworten: *Praktisch alle, die dir Schwierigkeiten verursacht haben, wie du sagst, gibt es nicht mehr.* Aber er beschränkte sich darauf, Jacksons Worte genau zu übersetzen.

Warum will er mit mir sprechen? Die Sache gefiel ihm ganz und gar nicht. Hatte Scharfes Messer etwa irgendein Doppelspiel gegen Schwarzer Falke im Sinn?

Schwarzer Falke sagte: »Sage dem Großen Vater, daß die Sauk Ruhe geben, solange die Blaßaugen sie ihrerseits in Ruhe lassen.«

Als er das übersetzte, beschlich ihn das ungute Gefühl, daß Schwarzer Falke vielleicht noch hier im Präsidentenhaus die Feindseligkeiten erneut beginnen könnte.

Jackson antwortete: »Wir haben eurem Stamm niemals etwas angetan. Wir erwarten nur, daß Vereinbarungen eingehalten werden, wenn wir Land von jemandem kaufen.«

Da stehen sich zwei Starrköpfe gegenüber, dachte er. Schwarzer Falke hatte nicht so unrecht gehabt, als er in seiner Begrüßung sagte, daß sie einander glichen.

Als er Schwarzer Falke die Antwort Jacksons übersetzt hatte, erwiderte jener: »Sage ihm, daß ich darüber viel nachgedacht habe und daß ich nicht glaube, daß man Land kaufen und verkaufen kann. Der Erschaffer der Erde hat es uns zum Gebrauch gegeben. Wenn jemand sein Land verläßt, können es andere benützen. Aber es ist keine Sache wie ein Topf oder eine Decke, die der Besitzer wegtragen kann. Es gehört vielmehr allen Kindern der Erde.«

Diese Worte Schwarzer Falkes beunruhigten ihn. Er hatte das zunehmende Gefühl, daß der Sturm gleich losbrechen werde. Er wußte, daß Jackson als Mann von hitzigem Temperament galt. Er war ein Mann, der schon andere im Duell getötet hatte. Schwarzer Falke lief Gefahr, sich neue Schwierigkeiten einzuhandeln – und damit ihnen allen –, wenn er fortfuhr, derart unverblümt und offen mit Scharfes Messer zu sprechen.

Er überlegte sich, ob er seine Übersetzung etwas abmildern und verbindlicher halten sollte. Aber dann fand er, daß er das nicht tun konnte, weil es Betrug wäre. Auch gebot die Loyalität, Scharfes Messer exakt zu übermitteln, was Schwarzer Falke sagte. Also übersetzte er genau und sorgfältig, wenn auch innerlich mit zunehmender Unruhe, als er Jackson die Stirn runzeln und den Kopf schütteln sah.

Jackson sah dann auch bei seiner Antwort ihn an und nicht Schwarzer Falke.

»Ihr Indianer begreift einfach nicht, daß Land die Quelle aller Segnungen der Zivilisation ist. Genau das ist der Grund, warum der weiße Mann so viel reicher und mächtiger ist als der rote. Bei uns hat jedes Stück Land seinen rechtmäßigen eigenen Besitzer, und dieser macht guten Gebrauch von seinem Land, um aus ihm Wohlstand zu schaffen.« Er winkte ab. »Schon gut, das brauchen Sie nicht zu übersetzen. Ihr Häuptling und ich können uns über diesen Punkt ohnehin im Moment nicht verständigen.«

Er war froh und erleichtert, daß Jackson über das, was Schwarzer Falke gesagt hatte, nicht ärgerlich geworden war.

Jackson ging steif und mit ernstem Gesicht einen Schritt auf Schwarzer Falke zu und streckte ihm die Hand hin. Schwarzer Falke nahm sie, und sie tauschten einen feierlichen Händedruck aus, wobei sie sich starr anblickten.

Dieser Händedruck schickte ihm einen kalten Schauer über den Rükken. Er bedeutete, daß nun Schwarzer Falkes Krieg mit den Blaßaugen beendet war.

Die weißen Offiziere zu ihren Seiten applaudierten. Nach einem Moment des Zögerns klatschten dann auch er, Eulenschnitzer und der Winnebago-Prophet Beifall.

»Lieutenant Davis«, sagte Jackson, »begleiten Sie den Häuptling und die beiden älteren Medizinmänner und zeigen Sie ihnen das Präsidentenhaus und den Garten.« Dann wandte er sich an Auguste und musterte ihn mit seinen blauen Augen. »Weißer Bär – Mr. de Marion –, darf ich Sie zu einem privaten Gespräch unter vier Augen in mein Büro bitten.«

Auguste schlug das Herz heftig, als er Jackson folgte. Zwei Soldaten eskortierten ihn. Sie gingen die Treppe hinauf. Jackson hatte offensichtlich bestimmte Anliegen an ihn, und angesichts seines Rufes – *der alte Indianerkiller* – waren es wohl kaum welche, die den Sauk besonders helfen würden, wenn man sie ihm erfüllte. Aber was war die vermutliche Folge der Verweigerung? Gefängnishaft? Tod?

Jacksons Büro war ein großer Raum, hell, mit großen Glasfenstern. Auf seinem polierten Eichenschreibtisch türmten sich die Akten.

Die beiden Soldaten stellten sich zu beiden Seiten der Tür auf. Außerdem stand bei ihrem Eintritt bereits ein dritter mit aufgepflanztem Bajonett starr und bewegungslos wie eine Holzstatue in einer Ecke. Hatte Jackson ständig eine solche Wache oder nur, wenn er Indianer zu Besuch hatte?

Jackson ließ sich umständlich und mühsam in einen großen Mahagonisessel nieder und lud ihn mit einer Geste ein, sich ihm gegenüber in einen bequemen Sessel mit geschwungenen Armlehnen und Beinen zu setzen.

»Es wäre mir recht«, begann er ziemlich abrupt, »wenn Sie sich überlegen würden, sich hier in Washington niederzulassen, Mr. de Marion. Ich glaube, Sie könnten hier sowohl für Ihr indianisches Volk wie für die Vereinigten Staaten von Nutzen sein. Ich war sehr beeindruckt davon, wie Sie diese Rede für Schwarzer Falke vorbereitet und ihm einstudiert haben. Zack Taylor hat mir geschrieben, daß Sie ein bemerkenswert gebildeter Mann sind. Es gibt ja bereits eine ganze Menge Leute, die sich zwischen der weißen und roten Rasse hin und her bewegen, aber die meisten sind natürlich Gesindel – Analphabeten und Trunkenbolde, die sich in den Armeevorposten und Forts herumtreiben. Sie hingegen scheinen ein Mann von Bedeutung sowohl in unserer weißen Welt wie bei Ihren Stammesgenossen zu sein.«

Auguste fühlte Eiseskälte in sich hochkriechen. Jackson wollte, daß er für ihn arbeitete. Er merkte, wie sich Widerstand in ihm regte, sich den offenkundigen Erwartungen des Präsidenten so ohne weiteres zu fügen. Andererseits mußte er fürchten, daß eine Ablehnung sich schlecht für die Sauk auswirken könnte.

Er schüttelte den Kopf. »Sie überschätzen mich, Mr. President. Ich bin keineswegs ein Mann von Bedeutung in der Welt der Weißen. Ich hatte dort meinen Platz, ja, aber der wurde mir genommen. Unter den Sauk – gut, da bin ich, was Sie einen Medizinmann nennen würden. Aber auch dort – ich habe sie angefleht, nicht in den Krieg gegen die Weißen zu ziehen. Und sie haben nicht einmal auf mich gehört.«

Jackson wischte seinen Einwand mit einem Wink seiner langen, knochigen Hand beiseite. »Man sieht trotzdem, daß Sie die Fähigkeit besitzen, Dinge zu bewegen. Ich habe einen Posten für Sie in meinem *Bureau of Indian Affairs.* Wenn Sie sich dort verdient machen, können Sie eines Tages der Leiter dieses Amtes sein und damit zuständig für die Angelegenheiten aller indianischen Stämme unter dem Schutz der Regierung der Vereinigten Staaten.«

Er war völlig überwältigt. Dieses Angebot Jacksons übertraf seine kühnsten Erwartungen bei weitem. War er im Irrtum, wenn er gleichwohl die Stimme in sich spürte, doch lieber abzulehnen?

Nein. Er mußte dieses Angebot ablehnen. Jackson hatte zweifellos nur die Absicht, ihn in Wirklichkeit gegen sein eigenes Volk zu benützen.

Er blickte fest in seine stahlharten Augen. »Sie erwarten doch noch weitere Schwierigkeiten mit den Indianern, Mr. President, nicht wahr?«

Jackson runzelte die Stirn. »Warum sagen Sie das?«

»Bisher haben Sie dem roten Mann versichert, er könne westlich des Mississippi in Frieden leben. Aber inzwischen können Sie das gar nicht mehr versprechen.«

»Sie sind tatsächlich ein Medizinmann, Mr. de Marion. Wie haben Sie das geahnt?«

Auguste fühlte sich wie auf dünnem, trügerischem Eis, das jeden Moment einbrechen und ihn ertrinken lassen konnte. Er durfte nicht zu kühn bei diesem allgewaltigen Mann sein.

»Ich weiß, daß General Scott einen Vertrag mit Der sich gewandt bewegt geschlossen hat, daß die Sauk einen Landstreifen von fünfzig Meilen entlang des Mississippi abtreten – auf dem Westufer, wohlgemerkt.«

Jackson ballte die Fäuste so heftig, daß seine Knöchel weiß wurden. »Es war nicht vorgesehen, daß Sie von diesem Vertrag vor Ihrer Rückkehr in Ihr Sauk-Land Kenntnis bekommen sollten.«

»Wir sind über tausend Meilen hierhergereist, Mr. President«, sagte Auguste. »Wir haben mit vielen Leuten gesprochen und sie mit uns.«

»Und mit jemandem wie Ihnen bei der Reisegesellschaft, der perfekt Englisch spricht, war es dann wohl unvermeidlich, daß Sie es erfuhren. Weiß Schwarzer Falke davon?«

»Nein, Sir.«

Jacksons Lächeln war verräterisch.

Er glaubt ernsthaft, ich bin bereit, Schwarzer Falke zu hintergehen.

Bevor Jackson etwas sagen konnte, fuhr er deshalb fort: »Er wäre sehr ungehalten, wenn er es wüßte. Er würde bei Ihnen dagegen protestieren. Und das würde zu nichts Gutem führen und nur das jetzt mühsam hergestellte Einvernehmen zwischen Ihnen beiden wieder belasten.«

Scharfes Messers Lächeln wurde noch breiter. »Das ist genau das taktvolle und diplomatische Verhalten, das ich von Ihnen erwartet habe, und genau der Grund, warum ich Sie hier haben möchte.«

Auguste war nicht wohl in seiner Haut, aber es war ihm klar, daß er dem Präsidenten sagen mußte, wo er wirklich stand.

»Mr. President, wenn Sie die roten Völker zwingen, auch Land westlich des Großen Stroms aufzugeben, wo sollen sie dann überhaupt noch leben? Es ist absehbar, daß sie bald nicht mehr genügend Jagdland haben werden.«

Jackson breitete die Hände aus. »Wenn Versorgungsmängel auftreten, können die Leute durch unsere Indianerbeauftragten versorgt werden, bis sie neue Lebensbedingungen gefunden haben.«

Von Regierungsagenten abhängig sein, die sie von der Hand in den Mund leben ließen? Das wäre nur eine andere Art Gefangenschaft.

Mit wildem Herzklopfen entschloß er sich, ungeachtet aller etwaigen Folgen ganz offen mit ihm zu reden. »Mr. President, Sie suchen jemanden, der die Indianer über die Tatsache beschwichtigen soll, daß man ihnen ihr Land stiehlt.«

»Mr. de Marion! Die Vereinigten Staaten begehen keine Diebstähle!« In Jacksons Augen blitzte es gefährlich auf.

Ich muß versuchen, mutig zu reden, ohne aber dabei grob zu werden.

»Ich hatte keine Beleidigung im Sinn, Mr. President. Aber es verhält sich tatsächlich so, daß der rote Mann glaubt, es handle sich um Landdiebstahl.«

Jackson blickte ihn stirnrunzelnd an, als sei er sich gar nicht so sicher, ob das sarkastisch gemeint war. Auguste war sich selbst nicht so ganz sicher.

»Genau das«, sagte Jackson dann. »Der rote Mann begreift nicht, was vorgeht. Und eben da können Sie mithelfen, dies zu ändern.«

Auguste zögerte. Er hatte keine Zeit nachzudenken. Er war nicht darauf vorbereitet, Entscheidungen zu treffen, die seine ganze Zukunft bestimmten und womöglich zur Folge hatten, daß auch die gesamte Zukunft seines Volkes in einem einzigen Moment verspielt wurde. Denn hier in Washington zu bleiben mochte sehr wohl das Beste sein, was er für die Sauk tun konnte. Mit Jackson zusammenzuarbeiten konnte ihm die Möglichkeit geben, sein Volk zu beschützen, vor Gefahr zu warnen, ihm Angriffe zu ersparen.

Andererseits war seine längst feststehende Ablehnung des Angebots Jacksons auch keineswegs die Entscheidung eines momentanen Impulses. Sein ganzer Lebensweg führte zu dieser allein möglichen Konsequenz. Dieser Weg mochte seine Windungen haben und manchmal durch Schattenbereiche führen, aber zu Scharfes Messer führte er mit Sicherheit nicht. Jackson war ein bei weitem besserer Mann als Raoul, sicherlich. Aber sie standen nun einmal beide auf der gleichen Seite, der Seite der Enteigner.

»Was der rote Mann nicht versteht, Mr. President, ist, wieviel er tatsächlich aufgibt.«

»Nun, Schwarzer Falke sagt doch selbst, Land kann nicht gekauft und verkauft werden«, antwortete Jackson. »Und das heißt doch letztlich, es gehört dem, der den besten Gebrauch davon machen kann.«

Jeder besitzt sein eigenes Land und verteidigt es gegen alle später Kommenden, dachte Auguste, das war tatsächlich der Dreh- und Angelpunkt der Denkart und Lebensweise der Weißen.

»Ich verstehe durchaus«, sagte er, »daß Sie sich in der Verantwortung für Ihr Volk fühlen, ihm Land zu erschließen. Aber ganz gleich, ob dies ein legales oder ein illegales Unterfangen ist, ob gerecht oder ungerecht, ich fühle mich nicht imstande, dabei mitzuhelfen, daß mein Volk oder andere rote Völker von dem Land vertrieben werden, auf dem sie jetzt leben.«

Jacksons Gesicht schien deutlich härter zu werden. »Sie hätten wirklich eine Menge für die Indianer bewegen können, wenn Sie mein Angebot angenommen hätten. Ich bin schon überrascht, daß ein Mann Ihrer Intelligenz und Bildung es vorziehen sollte, weiterhin in einem Lendenschurz durch die Wälder zu streifen.«

Er erinnerte sich an Nancys Worte von einst. *In Wigwams leben und jagen.*

Jackson griff in die Brusttasche seiner schwarzen Jacke und holte eine Brille heraus. Sie sah der Pierres sehr ähnlich, und das ließ ihn mit Trauer an Sonnenfrau denken und daran, was wohl aus dem Brillenetui seines Vaters geworden war, das er ihr gegeben hatte. Jackson beugte sich vor und zog ein Blatt aus einem der Aktenstöße auf seinem Schreibtisch.

»Lassen Sie sich von einem der Soldaten zu Ihren Freunden bringen.«

Ein paar Tage darauf besuchte ihn Jefferson Davis in seiner neuen Bleibe, einem kleinen keilförmigen Raum in einem der Türme des Forts Monroe.

»Sie sind verlegt worden, wie ich sehe«, sagte er mit leichtem Lächeln.

Auguste nickte. »Sieht so aus, als wollte Präsident Jackson mich von Schwarzer Falke und den anderen fernhalten.«

»Sieht so aus, ja«, nickte Davis. »Er hat vor, den Häuptling Schwarzer Falke zusammen mit Eulenschnitzer und dem Propheten auf eine Tour durch die großen Städte zu schicken. Nächsten Monat steht seine Wiederwahl an. Natürlich ist aber auch die Absicht dabei, Schwarzer Falke konkret vor Augen zu führen, gegen wen er tatsächlich steht. Im übrigen hat er keinen Zweifel daran gelassen, daß Sie nicht mit von der Partie sein sollen.«

»Nun ja«, sagte Auguste achselzuckend, »er hat mir ein Amt angeboten, und ich habe abgelehnt.«

Davis' bleiches und hageres Gesicht überzog ein warmes Lächeln. »Es ist nicht gerade üblich, zum Präsidenten der Vereinigten Staaten schlichtweg nein zu sagen. Na, jedenfalls kommen Sie auf die Art früher nach

Hause. Die anderen werden sicher nicht vor nächstem Jahr in eure Sauk-Reservation in Ioway zurückkehren. Ich selbst reise morgen ab, zurück zu Zachary Taylors Kommando in Fort Crawford. Und auftragsgemäß kommen Sie mit mir, damit ich Sie wieder bei Ihren Leuten abliefere.«

Auguste antwortete nicht. Er ließ sich schwer auf sein Bett fallen, das er an das kleine Fenster in der Turmwand gezogen hatte und von dem man einen Ausblick auf die Durchfahrt hatte, die Hampton Road hieß.

Wollte er denn zurück zu seinem Volk? Der Gedanke, der ihm bei dem Gespräch mit Andrew Jackson gekommen war, fiel ihm wieder ein. Jeder besitzt sein eigenes Land, das ist die Denkart und Lebensweise der Weißen.

Aber er sehnte sich danach, Roter Vogel und Adlerfeder wiederzusehen. Ging es ihnen gut? Oder waren sie krank? Er wollte Roter Vogel in den Armen halten und mit ihr gemeinsam Schwimmende Lilie betrauern. Und diese wunderbare Geschichte, die ihm Eulenschnitzer von Adlerfeder und dem Calumet erzählt hatte... Er wollte Adlerfeder sagen, daß er seine Sache gut gemacht hatte.

Aber zu den Sauk zurück? Er wußte doch inzwischen, besonders nach dem Gespräch mit Jackson, welche Zukunft ihnen bevorstand. Nie mehr würden sie den Großen Strom sehen. Stück für Stück ihr Land verlieren. Beschränkt sein auf ein Gebiet, das bei weitem kleiner war als das, auf dem sie sich bisher bewegt hatten. Nicht mehr frei dort jagen können, wo sie wollten. Womöglich auch noch darauf angewiesen, die Indianeragenten um Lebensmittel bitten zu müssen, wie Jackson es ihm geschildert hatte. Sie konnten nicht mehr wie seit Urzeiten ihre Häuptlinge selbst wählen, sondern bekamen sie von den Weißen zugewiesen. Männer wie Der sich gewandt bewegt, die sich sowohl der Blaßaugen wie ihrer eigenen Völker klug zu bedienen wußten, um ihren eigenen Vorteil zu sichern. Ein elendes Leben. Mit einem Wort, das Leben von Gefangenen; ein Sklavenleben.

Erinnerungen gingen ihm durch den Kopf. Die Worte der Schildkröte: *Du wirst der Wächter des Landes sein, das deiner Obhut anvertraut wurde.* Die leblosen braunen Augen Sonnenfraus, die ihn am Gefährliche-Axt-Fluß angestarrt hatten. Das verkohlte Gebälk von Victoire auf dem nächtlichen Fluchtritt im Licht des Dreiviertelmondes.

Er dachte an die endlosen Äcker und Weiden rings um Victoire. An den Urteilsspruch »Nicht schuldig«. An die harten, aber ehrlichen Augen David Coopers.

Wenn er Victoire von Raoul zurückholen könnte...

Dann hätte er etwas, das er Roter Vogel und Adlerfeder anbieten konnte. Wenn er seinen rechtmäßigen Platz in der Welt, die die Weißen aufbauten, zurückgewänne, könnte er seine Frau und seinen Sohn dorthin holen, um diesen Besitz mit ihnen zu teilen.

»Was ist?« riß ihn Davis aus seinen Gedanken. »Freut es Sie gar nicht, zu Ihren Leuten zurückzukommen?«

Er schüttelte den Kopf. »Nein.«

»Haben Sie denn eine Alternative?«

»Ich könnte mehr für mein Volk tun, wenn ich in der Welt der Weißen bliebe. Nicht als Jacksons Judas. Aber als Herr von Victoire.«

Davis trat erstaunt einen Schritt zurück. »Herr von Victoire! Haben Sie den Verstand verloren, Mann? Gerade erst haben wir Sie mühsam aus Victor herausgeholt!«

»Würden Sie mich statt nach Ioway zu den Sauk begleiten?«

Davis schüttelte den Kopf. »Dazu bin ich nicht ermächtigt.«

»Bin ich denn noch ein Gefangener?«

»Sagen wir so: Sie sind Gast von Uncle Sam. Was allerdings nicht heißt, daß ich Uncle Sams Geld dafür ausgeben darf, Sie hinzubringen, wo immer Sie hin möchten.« Er legte die Stirn in Falten und dachte nach. »Ich könnte Sie natürlich bereits in Galena aus meiner Obhut entlassen, statt Sie auch noch den Rest des Weges hinüber nach Ioway zu bringen. Das würde keinen Unterschied machen, finanziell gesehen. Nicht, daß ich bereit dazu wäre, aber wenn Sie es einrichten könnten, von dort allein nach Victor zu gelangen?«

»Ich werde meinem Großvater schreiben, daß er mir ein Pferd nach Galena schickt.«

»Wissen Sie, wenn Ihr Großvater bei Verstand ist, dann sagt er Ihnen, Sie sollen auf jeden Fall über den Mississippi hinüber in die Reservation.«

»Mein Großvater ist durchaus bei klarem Verstand, aber er liebt mich auch und will mich bestimmt wiedersehen.«

»Mein Gott, ist Ihnen denn nicht klar, daß Sie noch vor Sonnenuntergang am nächsten Baum hängen, wenn Sie sich in Victor auch nur sehen lassen?«

»Nicht, wenn ich Raoul überrumple.«

Davis schüttelte den Kopf. »Das ist Wahnsinn. Ich lasse Sie sehenden Auges in Ihren Tod rennen.«

Die Betrachtung der Sache mit Davis' Augen verunsicherte ihn und machte ihm angst. Vielleicht sollte er es sich doch noch mal überlegen. Warum auch nicht: zurück nach Ioway in ein ungefährdetes Leben in der Wärme der Geborgenheit beim eigenen Stamm... Warum sich einem schießwütigen, von Raoul angeführten primitiven Mob aussetzen? Es war ja in der Tat hoffnungslos. Es bedeutete mit absoluter Sicherheit seinen Tod...

Aber da sah er vor seinem inneren Auge wieder die weiten Felder und Wiesen, das wiederaufgebaute große Herrenhaus, den Reichtum des Besitzes und was er alles mit ihm anfangen konnte... Kehrte er allem jetzt einfach den Rücken, würde er es fortan den Rest seines Lebens bereuen.

Er sagte: »Es ist kein Selbstmord. Sicher, ich riskiere mein Leben. Aber wenn ich nicht versuche, das mir angetane Unrecht zu beseitigen, was ist dann das ganze Leben noch wert?«

Davis seufzte. »Man muß kämpfen für das, woran man glaubt, das stimmt, selbst wenn es aussichtslos zu sein scheint. Ich nehme an, eben dies ist, was Sie und Schwarzer Falke die ganze Zeit getan habt.«

Doch jetzt, da er sich bereits entschieden hatte, erfaßte ihn erneut Angst. Er mußte gegen Raouls ganze Bande antreten. Sie waren Dutzende, er war allein. Nicht einmal der Geist des Bären konnte ihm so viel Kraft und Fähigkeiten verleihen, dies zu vollbringen.

Die einzige Möglichkeit war, Raoul allein zu stellen. Ein Hinterhalt? Nein, auf diese Art würde die Stadt und würden Raouls Leute, selbst wenn er Erfolg hätte, ihn niemals als Herrn von Victoire akzeptieren.

Andrew Jackson, der Mann, mit dem er sich erst vor kurzem unterhalten hatte, war als großer Duellant bekannt. Während seiner Jahre in Victoire hatte er mehr als einmal davon gehört, daß Raoul sich solche Zweikämpfe mit anderen geliefert hatte. Pierre und Elysée hatten immer nur mit Abscheu davon gesprochen, daß Raoul auf diese Weise ein Dutzend Menschen oder mehr getötet hatte.

Ein Duell. Das war es wohl, worauf es hinauslief. Wenn es ihm gelang, Raoul in einem Duell zu töten, konnte und würde ihn niemand mehr daran hindern, Victoire wieder in Besitz zu nehmen. Ohne Raoul waren seine Leute führerlos.

Sicher, Raoul hatte schon viele Menschen getötet und er selbst noch keinen. Aber der Geist des Bären würde auf seiner Seite kämpfen. Sollte er nicht siegen, dann war es ohnehin besser, im Kampf um seinen rechtmäßigen Besitz gestorben zu sein, als den Rest seines Lebens in der Bitterkeit der Niederlage dahinzuleben.

Einige Tage vor ihrer Abreise aus Fort Monroe überredete er Davis, ihn seinen täglichen Spaziergang unten auf dem Exerzierplatz zur gleichen Zeit machen zu lassen wie Eulenschnitzer.

Der Anblick des alten Schamanen machte ihn traurig. Eulenschnitzer hatte trotz der Wärme des Tages eine graue Armeedecke um die Schultern und ging mit steifen Schritten. Die Augen unter den schwer gewordenen Lidern zeigten kein Erkennen, bis er dicht vor ihm stand.

Dann aber faßte er seine Hände, und Auguste bemerkte etwas, das er bisher noch nie an ihm wahrgenommen hatte, und diese plötzliche Erkenntnis erschütterte ihn.

Er hat die gleichen Augen wie die Schildkröte.

Er war gespannt auf Eulenschnitzers Reaktion, als er ihm nun sagte: »Ich kehre zur Stadt der Blaßaugen zurück, in das Haus von Sternenpfeil. Ich will mein Land von meinem Onkel zurückholen.«

Eulenschnitzer schloß die alten Augen. Nach kurzem Zögern sprach er, und seine Stimme macht ihm angst. Es war die entrückte Singsangstimme, mit der er immer seine Prophezeiungen vor dem Stamm verkündet hatte.

»Wenn ein Mann oder eine Frau ein Unrecht erleiden, das zu groß ist, um es ertragen zu können, dann wird ein böser Geist in ihnen geboren, ein Geist des Hasses. Der böse Geist zerstört jeden, in dem er wohnt. Der böse Geist bemächtigt sich eines Mannes und treibt ihn so weit, daß er schließlich anderen Dinge antut, die wiederum deren Haß auslösen, und so pflanzt der böse Geist sich immer weiter fort. Ich glaube, so ein böser Geist lebt in deinem Onkel.«

Auguste brach, als er diese warnenden Worte vernahm, der kalte

Schweiß aus. Er dachte an die Aufwallungen von Haß, die ihn stets überkamen, wenn er nur an Raoul dachte. War der Geist des Hasses, der sich in Fort Dearborn in Raoul gesenkt hatte, etwa dabei, jetzt auf ihn überzugehen?

»Ich habe meinem Vater mit dem Rauch des heiligen Tabaks versprochen«, sagte er, »das Land, das er mir übergab, zu behalten und zu verteidigen.« Er sagte es nicht nur als Erklärung für Eulenschnitzer, sondern auch, um sich selbst daran aufzurichten. »Der Tabak hat dich und Schwarzer Falke verpflichtet, in Ehre zu kapitulieren, als Adlerfeder ihn rauchte. Ich muß mein so besiegeltes Versprechen ebenfalls halten.«

Doch er verspürte weiterhin diese innere Eiseskälte, als Eulenschnitzer ihn, jetzt mit klarem und ernstem Blick, hart an den Handgelenken faßte. »Lasse den bösen Geist in deinem Onkel nicht in dich selbst kommen. Achte darauf, daß dein Versprechen deine Triebfeder bleibt, wenn du dein Land zurückgewinnen willst, nicht der Wunsch nach Besitz, so wie die Besitzgier der Blaßaugen. Und versuche vor allem nicht, dich deiner Schamanenkräfte zu bedienen, um deinem Feind Schaden zuzufügen. Sonst wird Leid über dich kommen.«

»So werde ich es halten«, versprach er. Aber er war sich seiner gleichwohl nicht ganz sicher. Wie konnte er wirklich nach all dem Bösen, das er erduldet hatte, sicher sein, daß er nicht doch seine größten Kräfte zu Hilfe nehmen würde, wenn dies der einzige Weg sein sollte, Raoul zu überwinden?

Der Griff der knochigen Finger an seinen Handgelenken wurde noch härter. »Weißer Bär, gebrauche dein Herz nicht dazu, dieses Land zurückzugewinnen, sondern dazu, deinen Weg weiterzugehen.«

Und Schmerz war in den Gesichtszügen Eulenschnitzers mit ihren tiefen Altersfalten erkennbar. Auguste verdrängte die Erkenntnis, daß sie beide nun denselben Gedanken hatten: daß dies ein Abschied für immer war.

24

Die Herausforderung

Er folgte der nur schwach erkennbaren Silhouette Guichards und seines Pferdes und ging schwer atmend den steilen, schmalen Pfad hinauf, der sich durch die bewaldete Bergseite dahinzog. Er führte sein Pferd am Zügel. Auf halber Höhe gelangten sie an eine flache, ebene Lichtung. Er roch Holzrauch. Gelber Lichtschein drang aus den Fenstern einer Hütte und versprach Sicherheit.

Während er im Schutz der Dunkelheit wartete, brachte Guichard die Pferde in den Stall und klopfte dann an die Tür.

»Wir sind da, Monsieur«, rief er nach drinnen und drückte die Tür auf.

Auguste sah in das Licht eines Dutzends Kerzen auf einem ringförmigen Lüster. Auf der anderen Seite des Raumes am Kamin fiel ein Buch zu Boden, eine Kentucky-Decke wurde beiseite geworfen, und lange, dürre Beine unter einem Nachthemd schwangen sich von einer Chaiselongue.

»Nicht aufstehen, Grandpapa«, sagte er. Aber Elysée war schon auf und kam mit ausgestreckten Armen auf ihn zugehinkt und verbarg sein weißhaariges Haupt an seiner Brust. Er hielt seinen Großvater fest umarmt. Dessen Umarmung war nicht mehr so kräftig wie einst oder noch vor einigen Monaten, als er ihn in seiner Gefangenenzelle besucht hatte.

Es war traurig zu sehen, wie ihn das Alter zusehends schwächer und hinfälliger machte.

Die Leiter herunter von der Kammer oben unter dem Dach kamen zwei weitere bloße Füße unter einem Nachthemd, sprangen die letzten Sprossen herab, und Woodrow eilte in Augustes Arme.

»Ich bin hier, seit wir wissen, daß du kommst. Damit ich Miß Nancy gleich sagen kann, daß du da bist.«

Nancy. Sein Herz schlug wieder schneller in der Erinnerung an ihre Zeugenaussage, wie sie für ihn ausgesagt und Raouls Bösartigkeiten zurückgewiesen hatte. Er sehnte sich danach, sie zu sehen und in den Armen zu halten.

Aber durfte er sich so intensive Gefühle für sie erlauben, wenn er hoffte, Roter Vogel hierherzubringen?

Zu weit vorausgedacht. Es kann durchaus sein, daß ich Roter Vogel nie wiedersehe.

Bereits jetzt konnten sich dort draußen seine Feinde sammeln.

»Lebst du noch immer bei Miß Nancy, Woodrow?«

»Sie hat mich adoptiert.« Er blickte verlegen auf den kleinen chinesischen Teppich am Boden. »Damit bin ich doch auch eigentlich dein Sohn?«

Er verstand, was Woodrow meinte. Er hatte Nancy nach Sauk-Brauch zu seiner Frau gemacht, und das wußte Woodrow natürlich. Aber er sah Elysées fragenden Blick und wußte, daß er wahrscheinlich Probleme haben würde, es ihm später zu erklären. Jetzt im Moment aber war Zögern fehl am Platze. Er umfaßte Woodrows hagere Schultern.

»Ich bin stolz darauf.«

»Und ich bin stolz auf dich, Weißer Bär. Ich freue mich, daß du zurückgekommen bist. Ich laufe zu Miß Nancy, sobald ich mich angezogen habe.« Er hastete die Leiter hoch.

»Guichard, hole Nicole und Frank«, sagte Elysée, zog Auguste mit sich und drückte ihn auf einen Stuhl.

»Aber sie schlafen doch, Grandpapa«, wandte er ein.

»Sie wären böse, wenn ich sie nicht wecken ließe«, sagte Elysée. Sein Falkengesicht war ernst und bestimmt. »Außerdem ist es am sichersten, wenn wir uns nachts treffen.«

Sofern es überhaupt eine sichere Zeit hier für ihn gab, dachte er. Seine Feinde hier hatten Augen und Ohren auch in der Nacht.

Er zog den Reitrock aus, den Guichard ihm in Galena gegeben hatte, und setzte sich auf den einfach gezimmerten Stuhl bei der Chaiselongue, dicht am wärmenden Feuer. Er bemerkte eine Pistole und ein Gewehr auf einem Gestell über dem Kaminsims mit zwei danebenhängenden Pulverhörnern. Guichard goß drei kleine Brandys ein, kippte einen davon selbst und stellte die anderen beiden und die Karaffe in Reichweite auf ein kleines Tischchen.

»Ich fühlte mich zehn Jahre jünger«, sagte Elysée, »als ich Raoul mit seinem Gesindel im Gerichtssaal bei der Nachricht, daß man dich heimlich aus der Stadt geschafft hatte, dunkelrot anlaufen sah.« Er wischte sich sein nasses Gesicht mit einem blauen Tuch ab. »Ich weine so leicht. Ich werde alt.«

»Ich weine auch, Grandpapa.«

Elysée blickte ihn ernst, aber mit noch immer feuchten Augen an. »Genug geweint also. Erzähle mir alles, was du seit dem Prozeß erlebt und gesehen hast.«

Er beschrieb ihm die Reise nach Washington und seine Zusammenkunft mit Andrew Jackson.

Woodrow, der inzwischen fertig zum Fortreiten heruntergekommen war, hörte noch zu, wie Auguste Schwarzer Falkes Rede an Jackson wiederholte. Dann schüttelte er ihm feierlich die Hand und ging.

»Sei vorsichtig, hörst du«, rief Auguste ihm nach.

Elysée fragte: »Was ist Präsident Jackson für ein Mensch?«

»Sein Spitzname Old Hickory paßt ganz gut. Er ist hart. Sehr hart.«

Er erzählte ihm von seiner Ablehnung des Angebots Jacksons und wie er daraufhin von Schwarzer Falkes Reisegesellschaft ausgeschlossen worden war.

Elysée sagte kopfwiegend: »Ein Regierungsamt hätte dir zweifellos eine glanzvolle Karriere eröffnet.«

Auguste schüttelte aber den Kopf. »Ich wußte, was Jackson wirklich im Sinn hatte und wozu er mich benützen wollte. Der Geist des Bären würde mir das Herz aus dem Leibe reißen, wenn ich mich je zu so etwas hergäbe.«

Elysée zog die Brauen hoch. »Glaubst du noch immer an diese Dinge, den Geist des Bären und das alles?«

Er dachte an seinen Entschluß, sich in der Welt der Weißen zu bewähren. Gleichwohl, der Geist des Bären war für ihn so wirklich wie sein Großvater vor ihm.

»Ich glaube nicht nur daran, Grandpapa, ich weiß es.«

Elysée kam nicht mehr zu einer Antwort. Nicole kam in Tränen aufgelöst zur Tür hereingestürmt, Frank und Guichard hinter ihr her. Er hielt seine Tante gerührt in den Armen und freute sich daran, wie kräftig sie sich noch immer anfühlte. Guichard brachte aus einem anderen Raum hinten Stühle herbei und stellte sie zu ihnen ans Feuer. Sie setzten sich davor, mit dem Rücken zur dunklen Nacht draußen.

»Dieses Versteckspiel von Haus zu Haus ist nicht sicher«, sagte Nicole. »Raoul läßt uns vermutlich alle ständig beobachten. Er weiß nur zu gut, daß ihm Victoire nicht gehört, solange Auguste am Leben ist.«

Frank sagte: »Wahrscheinlich hat er schon erfahren, daß dich Präsident Jackson aus Washington entlassen hat und zurückkehren ließ. Wir bekommen hier laufend Nachrichten aus dem Osten über die Tour von Häuptling Schwarzer Falke, und dein Name war darin niemals erwähnt.«

»Wißt ihr irgend etwas von den Überlebenden meines Volks?« fragte er.

»Die gefangenen Sauk«, sagte Nicole, »die damals hier durchkamen, werden auf Rock Island festgehalten.«

»Dann muß ich dorthin«, sagte er, »und Roter Vogel und Adlerfeder finden.«

Die Eröffnung, daß sie noch immer hier in Illinois waren, weckte in ihm mehr denn je das Bedürfnis, sie so schnell wie möglich aus Hunger und Angst und Gefangenschaft zu befreien und sie beide hierher nach Victoire zu holen.

Und ich werde das tun. Sofern ich am Leben bleibe.

»Willst du zu den anderen Sauk nach Ioway zurück, wenn du deine Familie gefunden hast?« fragte Frank.

Er schüttelte den Kopf. »Nein, ich muß hier meinen rechtmäßigen Platz einnehmen. Ich kann nicht mehr als Sauk leben. Wenn wir überleben und weiterleben sollen, dann müssen wir leben wie die Weißen. Jeder muß sein eigenes Land haben und bebauen. Ich will meinem Volk zeigen, daß dies möglich ist und wie man es macht. Ich will mir Victoire zurückholen.«

Es wurde ganz still im Raum. Ein Holzklotz im Feuer brach knackend auseinander, und Funken flogen gegen den Schirm.

Auguste sah sie alle der Reihe nach an. In Elysées Augen war Besorgnis. Nicoles rundes Gesicht war schreckensbleich, und Frank sah äußerst beunruhigt aus. Guichard stand an der Wand und nippte an einem Brandy.

Frank sagte: »Aber was ist mit Raoul? Er wird dich umzubringen versuchen.«

»Es wäre ja nicht das erste Mal. Soll er es nur versuchen. Ich habe die Absicht, ihn herauszufordern.«

»Das kannst du nicht.« Nicoles Stimme war schrill. »Er hat Dutzende Leute.«

»Er wird sich mir von Mann zu Mann zum Kampf stellen müssen. Er kann sich so lange halten, wie seine Meute ihn für den Stärksten und Tapfersten hält. Schon jetzt respektieren sie ihn längst nicht mehr so wie früher. Er hat zu viele Fehler gemacht. Einige dieser Fehler haben Todesopfer unter seinen eigenen Leuten gefordert. Wenn er versucht, mich umzubringen, ohne mit mir zu kämpfen, verliert er in ihren Augen noch mehr. Und wenn er den Respekt seiner eigenen Leute verliert, hat er alles verloren.«

Nicole sagte: »Aber du forderst einen heraus, der schon viele getötet hat.«

Das ist wahr. Und er hat auch Eisernes Messer getötet, den größten und stärksten der ganzen British Band.

»Ich muß es tun«, sagte er nur. »Ich habe noch nie jemanden getötet, aber ich kann trotzdem mit Waffen umgehen. Ich muß es meiner Mutter zuliebe tun. Und für alle Sauk, die er getötet hat. Damit der letzte Wille meines Vaters erfüllt wird. Ich glaube, der Geist des Bären wird mir beistehen.«

Wenn er sich nun noch einmal umstimmen ließ, konnte er nur noch aufgeben und flüchten.

Elysée stöhnte auf. »Wieder der Geist des Bären! Auguste, denk einmal daran, wie viele Männer schon in alle möglichen Schlachten gezogen sind und alle gehofft haben, Gott oder die Engel oder irgendwelche Heiligen würden ihnen helfen. Und sie sind einfach nur umgekommen.«

Er wollte, er könnte es erklären. Vielleicht existierten für die Weißen keine Geister. Aber er wußte, daß seine Visionen wahr waren. Der Geist des Bären war nicht einfach nur ein Teil seines eigenen Bewußtseins. Er hatte sein Eigenleben. Er hatte ihm immerhin die Narben seiner Klauen auf der Brust hinterlassen. Und den Abdruck seiner Pranke neben Pierre bei dessen Tod, als er seinen Geist mit sich nahm.

»Wenn es falsch wäre, daß ich gegen Raoul kämpfen will, Grandpapa, dann hätte ich eine Warnung empfangen.«

Elysée schüttelte traurig den Kopf. Aber auch er selbst war traurig. Grandpapa weigerte sich, zur Kenntnis zu nehmen, daß es über seine Überzeugungen hinaus noch viel mehr auf der Welt gab.

Die Seth-Thomas-Uhr auf dem Kaminsims schlug ein Uhr und schreckte sie alle hoch. Ein Uhr nachts. Auguste merkte, daß er hundemüde war. Er hatte eine wochenlange Reise hinter sich, mit der Eisenbahn und mit dem Dampfschiff, in Kutschen und zu Pferd. Er war erschöpft. Doch es war nur körperliche Müdigkeit. Jetzt, da er wieder hier in Victor war, war er erregt, und sein Geist war hellwach.

Frank legte ihm seine von Druckerschwärze verfärbte Hand auf die Schulter. »Hör zu, Auguste. Selbst wenn es dir gelingen würde, Raoul zu töten, würdest du Victoire nicht zurückerhalten.«

»Wieso?«

»Es hat hier große Veränderungen gegeben. Die Leute sind nicht mehr der Meinung, daß jeder Mann ein Gewehr tragen und sich sein Recht selbst holen sollte. Sie haben es ja erlebt, wie es nur dazu führt, daß Banden wie Raoul und sein Gesindel alle Macht an sich reißen und alles zu kontrollieren versuchen. Sie haben sich entschlossen, daß Leute, die von ihnen gewählt worden sind, die Verwaltung innehaben sollen. Das hat Männer wie David Cooper und Tom Slattery zu ihren Ämtern verholfen. Slattery ist jetzt der Sheriff hier.«

Elysée sagte: »Der *Victor Visitor* hat auch viel zu diesen Veränderungen beigetragen.«

Frank wies das bescheiden von sich und fuhr fort: »Direkt nach deinem Prozeß hat eine Gruppe Männer hier in Victor und von den Farmen in der Umgebung eine Selbsthilfeorganisation gebildet, die sich *Regulators* nennt, wie es sie auch anderswo schon gibt. Der letzte Anstoß war ihre Empörung darüber, daß dich die Armee bei deinem Prozeß beschützen und dich nach deinem Freispruch heimlich aus der Stadt geleiten mußte. Sie sind entschlossen, Gesetz und Ordnung zu gewährleisten, und Slattery hat sie alle als Hilfssheriffs eingeschworen, damit das, was sie tun, auch wirklich legal ist. Seitdem herrscht große Spannung zwischen den *Regulators* und Raouls Bande, aber die *Regulators* sind in der Überzahl und auch von ihrer Einstellung her den anderen überlegen.«

»Um so besser«, sagte Auguste, »warum sollten die *Regulators* mich dann nicht bei meinem Kampf gegen Raoul unterstützen?«

»Weil Duelle ungesetzlich sind. Du müßtest wieder vor ein Gericht dafür, wegen Mordes. Und, verlasse dich darauf, Cooper würde dich hängen lassen, so sehr es ihn auch vielleicht schmerzen würde.«

»Wenn du Raoul nicht tötest«, ergänzte Nicole, »dann kommst eben du um und er behält Victoire.«

Er fühlte sich wie in einem Netz aus dicken Seilen gefangen und eingeschnürt. Sein Stamm und sein eigenes Herz schrien nach Rache, auch wenn er Victoire damit nicht zurückgewann. Aber es wäre tatsächlich Wahnsinn, Raoul um den Preis zu töten, dafür gehängt zu werden.

»Was kann ich denn dann überhaupt noch tun?« fragte er leise.

Nicole sagte: »David Cooper hat noch immer die Dokumente, die beweisen, daß Pierre dich adoptiert und dir Victoire vererbt hat.«

Einen Augenblick lang schöpfte er daraus Hoffnung. Er konnte gegen Raoul also im Gerichtssaal kämpfen, und niemand mußte getötet werden.

Nein. Er wischte den Gedanken fort.

»Sie haben mich zwar des Mordes freigesprochen. Aber es ist sicherlich illusorisch zu erwarten, eine Jury aus Neusiedlern in Illinois würde es zulassen, daß ein Indianer der größte Landbesitzer der County würde.«

»Aber ja«, sagte Nicole, »denn sie wüßten ja, daß sie, wenn sie für dich und gegen Raoul stimmen, sich auch für unsere ganze Familie entscheiden, nicht nur für dich persönlich.«

»Selbst wenn es ein faires Verfahren gäbe«, sagte er resigniert, »würde ich nicht sein Ende erleben.«

»O doch«, sagte Frank. »Denn die Angst vor den *Regulators* würde Raoul vor einem Mordversuch an dir zurückschrecken lassen.«

Es war ihm, als zöge sich das Netz der Seile nur noch weiter zu. Vor drei Monaten war sein Leben in der Hand zwölf Weißer gewesen. Jetzt verlangte Frank von ihm, erneut auf fremde Weiße zu vertrauen. Und es schien, als hätte er keine andere Wahl.

»Habe ich denn überhaupt keine andere Möglichkeit?« Es war wie ein qualvoller Aufschrei.

»Du sagtest doch, du wolltest wie ein Weißer leben«, erinnerte ihn Frank. »Dann mußt du auch anfangen, wie zivilisierte Weiße zu denken und zu handeln. Du mußt deine Gerechtigkeit beim Gesetz suchen.«

Nur hatte er allerdings, dachte er, mehr als einmal diese sogenannten zivilisierten Weißen erlebt, die immer darauf pochten, daß man sich an ihre Gesetze halten müsse, sich selbst aber keinen Deut darum kümmerten. Er saß resigniert auf seinem Stuhl. Seine Hände hingen kraftlos zwischen seinen Knien herab.

»Also gut, ich will mich an euren Rat halten.«

Nicole kam zu ihm und strich ihm über das Haar. »Du kannst immer auf uns zählen, Auguste. Wir stehen dir bei!«

Die Bedrohung durch Seil oder Kugel oder Messer schien für den Augenblick etwas weiter weg zu sein.

Guichard legte Holz in das Kaminfeuer nach und begann davon zu reden, daß er nach Vandalia gehen werde, um dort einen Anwalt zu suchen – vielleicht auch diesmal wieder Thomas Ford – und ihn mit der Einreichung der Klage gegen Raoul zu beauftragen. Es bestehe zwar durchaus die Möglichkeit – oder sogar Wahrscheinlichkeit –, daß sie erfolglos blieb. Aber er würde sie wenigstens lebendig überstehen.

Die Uhr schlug inzwischen zwei.

Ein scharfes Klopfen an der Tür schreckte sie auf. Alle verstummten angesichts der möglichen Gefahr, die draußen lauerte.

Guichard ging zur Tür, öffnete einen Spalt, riß sie dann aber sogleich weit auf.

Das erste, was Auguste sah, waren das blonde Haar unter der Haube und die blauen Augen. Sein Herz schlug so heftig, daß es ihn vom Stuhl hochriß. Er nahm kaum noch wahr, daß der kleine Serviertisch neben ihm umstürzte und seinen Brandy verschüttete.

Er lief Nancy mit offenen Armen entgegen.

Es war, als blickten ihn die Augengläser auf dem Tisch anklagend an, dachte Raoul.

Wieso hole ich sie immer wieder heraus und starre sie an?

Als schürfe man eine kaum geschlossene Wunde immer wieder neu auf, damit sie ständig wieder zu bluten anfing und nie ganz zuheilte.

Er drückte das silberne Etui vorsichtig zu. Schon vor langer Zeit hatte er es gesäubert und poliert, aber nach wie vor sah er es so wie damals, voller Blut von der Indianerin, die er kurz zuvor getötet hatte.

Er legte das Etui zurück in die Schublade.

Armand Perrault saß ihm gegenüber und knurrte abfällig.

Raoul ignorierte ihn, griff sich sein Whiskeyglas und nippte daran, um dann mit der Zunge über seine Bartenden zu fahren.

»Was wollt Ihr denn mit diesen blöden Augengläsern?« sagte Armand grob. Er füllte sich sein Glas aus Raouls Krug nach. »Werft sie doch endlich weg!«

Als er sein Glas hochgehoben hatte, war auf Raouls poliertem Ahornschreibtisch ein nasser Ring zurückgeblieben. Der Schreibtisch war bereits voll von eingetrockneten Ringen, obwohl er erst vor zwei Monaten aus Philadelphia gekommen war. Sie sahen aus wie Eulenaugen, die so starrten wie die Augengläser.

Aber nichts war Raoul augenblicklich gleichgültiger als Ringe auf seiner Schreibtischplatte, genauso wenig wie er einfach keine Energie aufzubringen vermochte, Victoire wieder aufzubauen. Da wohnte er lieber in seinem Handelsposten. Seit Augustes zweiter Flucht aus Victor hatte er überhaupt keine Energie mehr für irgend etwas. Nächstes Frühjahr, sagte er sich ständig vor, nächstes Frühjahr wollte er wieder zu arbeiten beginnen.

Und so saß er bis tief in die Nächte hinein in seinem Büro mit Armand, und sie tranken und erzählten sich immer wieder die gleichen Geschichten von ihrem Krieg gegen Schwarzer Falke. Vorne in der Wirtsstube saßen noch mehr Männer, aber die meisten wollte er nicht einmal mehr sehen. Nur Armand, aber der war auch länger bei ihm als sonst wer. Nicht, daß er ihn übermäßig gemocht hätte. Aber er war an ihn gewöhnt.

Armand hatte sich schließlich zähneknirschend mit Raouls Beteuerung zufriedengegeben, er habe das Testament Pierres gar nicht gelesen, bevor er es verbrannte, und ihm überschwenglich gedankt, als er ihm die zweihundert Dollar nachbezahlte; und er war bereit, Pierres Großzügigkeit einfach nur als Bestechungsversuch noch aus dem Grab heraus anzusehen.

Raoul starrte auf die Schreibtischflecken. Die Schublade war noch immer offen, das Silberetui noch sichtbar. »Es war die Brille meines Bruders.«

»Das weiß ich doch. Eben deshalb. Wozu sie behalten? Ihr habt ihn doch gehaßt, Euren Bruder!«

Raouls Hand fuhr heftig auf die Tischplatte nieder. »Halt den Mund! Was weißt du denn davon?«

Was für Gefühle habe ich wirklich für Pierre? Liebe ich ihn auf gewisse Weise noch immer? Behalte ich deshalb seine Brille?

In einem plötzlichen Impuls gegen das Wegschließen in der Schublade steckte er das Silberetui in seine Jackentasche. Vermutlich, dachte er, wollte Armand sowieso nur, daß er es wegwarf, um es dann zu holen und zu versilbern.

Armand sagte: »Euer Bruder hat mir Hörner aufgesetzt. Und dann haben seine Indianerfreunde meine Frau auch noch umgebracht. *Mon Dieu,* wie gerne wollte ich seinen Bastardsohn hängen sehen!«

Raoul konnte Armands ewiges Gejammere um die tote Marchette nicht mehr ertragen. Als sie gelebt hatte, hatte er doch nur Schläge und Verachtung für sie übriggehabt. Das Liebesverhältnis mit Pierre war das einzige Gute gewesen, das sie in ihrem ganzen Leben gehabt hatte. Aber er sagte nichts. Schließlich war er selbst in dieser Hinsicht kaum weniger verwundbar, was seine Behandlung von Clarissa anging, als sie noch lebte.

»Du kriegst die Gelegenheit, ihn abzuknallen«, sagte er. »Er ist auf dem Weg hierher.«

Vor fast einer Woche hatte er von einem Sergeanten in Fort Crawford erfahren, daß Andrew Jackson den Mischling wieder zurück in den Westen geschickt hatte. Sich vorzustellen, daß dieser Wurm vom Präsidenten empfangen worden war!

Wenn Auguste so schnell reiste, wie die Nachricht ihm vorauseilte, mußte er inzwischen fast hier sein. Sein Informant hatte ihm auch erzählt, daß man ihn mit einer Militäreskorte in die neue Sauk-Reservation in Ioway geleiten sollte. Aber er hatte keinen Zweifel, daß er statt dessen hierher nach Victor käme.

Kam er nach Victor, dann führte natürlich sein erster Weg direkt zu Nancy Hale. Oder er schickte zumindest nach ihr. Bestimmt hatte sie bei Gericht damals gelogen, was ihr Verhältnis zu ihm betraf. Die Boys, von denen er ihr Haus beobachten ließ, teilten ihm sofort mit, wenn Auguste ankam.

Armand nickte eifrig. »*Le Bon Dieu* möge mir diese Chance geben. Aber wieso seid Ihr so sicher, daß er kommt?«

»Weil er nachweisen kann, daß Pierre Victoire ihm vermacht hat. Cooper hat ja die Dokumente, und Cooper hat ihm auch zur Flucht verholfen, also weiß er Cooper auf seiner Seite.«

»Zwei Fetzen Papier«, sagte Armand wegwerfend. »Die kann man leicht verschwinden lassen.«

»So, und wie zum Teufel kriege ich sie von Cooper? Er hat seine *Regulators* um sich herum!«

Armand lehnte sich weit in seinem Stuhl zurück, daß er knarzte, faltete die Hände über seinem mächtigen Bauch, über dem sein grobes Hemd sich spannte, und sah ihn mit funkelnden Augen an. »Cooper weggeputzt, und es gibt auch keine *Regulators* mehr!«

Leicht gesagt; wenn es nur so einfach wäre.

Er schenkte sich einen weiteren Whiskey ein und sagte: »Ach, Armand, du bist fast genauso blöd wie ein Indianer.«

Armands Augen wurden einen Moment lang eng und blitzten voller Haß auf; es erinnerte ihn daran, wie er als Pierres Verwalter diesen immer angeblickt hatte.

»Möcht' Euch schon bitten, *mon colonel,* aufzupassen, wie Ihr mit mir redet.« Armands Stimme klang wie zwei aufeinanderreibende Mühlsteine. »Ich bin der letzte Freund, den Ihr noch habt. Otto Wegner und Eli

Greenglove haben sich gegen Euch gewandt, Hodge ist tot und Levi Pope zu den *Regulators* übergelaufen.«

Da hat er leider nur allzu recht. Außer ihm habe ich keinen Freund mehr. Und auch keine Familie. Was ist eigentlich los mit mir?

»Zum Teufel, Armand, es ist nun einmal nichts anderes als blöd, davon zu reden, man könnte gegen die *Regulators* kämpfen. Wir legen Cooper um und haben einen Krieg gegen das ganze Land am Hals.«

»Da bin ich anderer Meinung, *mon colonel*. Ich glaube, wir können die *Regulators* durchaus in ihre Schranken weisen. Wenn wir ihnen nur ein wenig den Schneid abkaufen.«

Das geht auf mich.

Der Whiskey und der Zorn hätten ihn fast zuschlagen lassen, aber eine plötzliche Angst, daß Armand sich dann auch noch gegen ihn wenden würde und er dann ganz allein wäre, hielt ihn zurück.

Er brütete eine Weile vor sich hin, bis er wieder zu sprechen anhub.

»Warte, bis ich im Frühjahr die Bleimine wieder aufmachen kann. Dann reiten wir beide hinauf nach Galena und beschaffen uns dort die härtesten und skrupellosesten Bergleute, die wir finden können. Denen machen wir von vornherein klar, daß sie zwei Jobs bei uns haben, nämlich Blei zu fördern und gegen die *Regulators* zu kämpfen. Haben wir genug hier unten beisammen, dann gehen wir Cooper und seine Bande bei der nächsten Wahl frontal an. Ich lasse Whiskey fließen und Geld springen, und unsere Leute schlagen jeden zusammen, der bekundet, nicht so wählen zu wollen wie wir. Keine Sorge, Armand, wir holen uns die Smith County wieder zurück.«

Vorne im Hauptraum wurden auf dem Holzboden einige Schritte hörbar. Dann klopfte jemand an die Bürotür. Raoul mühte sich aus seinem Stuhl und seinem angenehmen Whiskeydusel hoch.

»Wer ist da?« wollte er brummig wissen.

Es war Josiah Hode, ein magerer, rothaariger Jugendlicher in einem dunklen Kattunhemd und mit einer Arbeitshose. An der Seite trug er ein großes Jagdmesser. Hodges verwaister Sohn. Er kam atemlos zur Tür herein.

So wie der hätten mein Andy und Phil auch ausgesehen, wenn sie größer geworden wären.

Der Gedanke tat ihm weh. Weil Andy und Phil tot waren und weil er sie niemals wirklich geliebt hatte.

»Was gibt's denn, Josiah?«

»Jemand kam zu Miz Hales Tür geritten und klopfte heftig dran. Ich bin bis zum Zaun rangeschlichen. Als sie wieder rauskamen, habe ich gesehen, es war dieser Woodrow, der bei ihr lebt. Sie holte hastig ihr eigenes Pferd, und dann ritten sie zusammen weg.«

»Bist du ihnen gefolgt?«

»Weit genug jedenfalls, daß ich gesehen habe, sie sind hinauf zum Haus vom alten Mr. de Marion.«

»Er ist also dort!« sagte Raoul. Und ein Gefühl überkam ihn wie auf der Jagd, wenn an einem frostigen Morgen plötzlich ein Bock mit breitem Geweih aus dem Wald tritt. Er ballte die Faust und hieb sie heftig auf den Schreibtisch. Dann zog er die Schublade auf, holte einen Beutel mit Geld heraus und warf sie wieder zu.

Er zählte neun spanische Silberdollar hin. »Die teilst du zwischen euch dreien auf, Josiah. Für eure Wachsamkeit.« Einen zehnten Dollar drückte er ihm extra in die Hand. »Der ist für dich, für die Nachricht.«

Josiah bleckte erfreute die Zähne. »Oh, vielen Dank auch, Mr. de Marion!«

»Armand«, sagte er, »ich will sofort zwanzig Mann haben. Hol sie zusammen, und erwartet mich dann am Tor.«

»Entendu, mon colonel.«

Raoul dachte einen Augenblick nach. Sein ursprünglicher Plan war ja gewesen, Auguste zu hängen. Aber sie konnten den *Regulators* schlecht eine Leiche auf dem Präsentierteller servieren.

»Wir schaffen ihn raus zur Bleimine, da erledigen wir ihn. Ich kenne da Gänge, wo kein Mensch jemals irgend etwas findet.«

»Kann ich mitkommen, Mr. de Marion?« fragte Josiah. Die Bewunderung in seinem Blick wärmte Raoul das Herz.

Er lächelte den Jungen an. »Na klar, Josiah. Bring das Gewehr von deinem Dad mit. Ich zeige dir, wie wir hier in der Smith County das Indianerproblem wirklich lösen.«

»Wissen Nicole und Grandpapa über uns Bescheid?« fragte Auguste Nancy, als sie nebeneinander an dem Zaun aus gespaltenen Holzklötzen saßen, den Guichard um Elysées Garten herum gebaut hatte.

»Ich habe es Nicole gesagt«, sagte sie. »Ich hatte Angst, daß sie mich verurteilen würde, aber irgend jemandem mußte ich mich einfach anvertrauen. Sie war jedoch sehr verständnisvoll und lieb. Keine Spur von Tadel.«

»Sie versteht es.« Seine Stimme klang erstickt. Er wußte nicht, woher er Nicole so gut kannte – vielleicht aus ihren Blicken oder manchem verräterischen Klang ihrer Stimme –, aber er war sich sicher, daß ihre eigenen Wünsche kaum kleiner waren als sie selbst. Noch größer war gewiß ihre Großzügigkeit. Sie brachte für das Begehren einer anderen Frau nach einem Mann alles nur erdenkliche Verständnis auf.

Nancy legte ihre Hand auf die seine, und sein Atem ging sogleich schneller. Ihr Gesicht schien seine Augen magisch anzuziehen, und im wächsernen Licht des Mondes erschien sie ihm schöner, als er sie jemals gesehen hatte. Ihre Wangen waren runder geworden. Als sie noch eine Gefangene bei den Sauk war, war ihm gar nicht bewußt geworden, wie abgemagert sie damals gewesen war.

Wir haben alle ausgesehen wie die nächste Mahlzeit für die Bussarde. Aber selbst damals konnte ich mich nicht an ihr satt sehen.

Er spürte, wie sein Blut in Wallung geriet. Er hatte keinen anderen Wunsch, als sie einfach auf der Stelle in die Arme zu nehmen, in den Wald hinter dem Haus zu tragen und über sie zu kommen. Geradeso, wie jeder Sauk und seine Frau nach langer Trennung es zu tun pflegten. Sein Hunger nach ihr, aber auch der ihre nach ihm war so offenkundig und beherrschte sie alle beide so sehr, daß sie kaum noch an irgend etwas anderes denken konnten.

Aber was war mit Roter Vogel? Obwohl sie Nancy rückhaltlos als seine Frau wie sich selbst akzeptiert hatte, schien es doch irgendwie unrecht, jetzt Nancy zu lieben. Es war recht gewesen, als sie mit ihnen bei der British Band gelebt hatte. Hier in Victor aber war es das nicht.

»Ich wußte, daß du wiederkommen würdest«, sagte Nancy. Sie spürte sein Begehren, jedoch nicht sein Zögern, und näherte sich ihm mit ihren Lippen so weit, daß er sie fast schon schmecken konnte.

Er wich eine Spur zurück, um sich von ihrer Nähe nicht völlig überwältigen zu lassen.

Er mußte das Thema wechseln, beschloß er. Und er erzählte ihr von seinem Plan, hierher zurückzukommen, um Raoul offen herauszufordern. Und wie Frank ihn überredet hatte zu versuchen, sich Victoire auf legalem Weg zurückzuholen.

»Die Schildkröte sagte mir damals, ich müsse der Wächter des Landes sein und dafür sorgen, daß kein Blaßauge je durch Diebstahl von den Sauk zu Wohlstand kommt«, sagte er. »Wenn ich mir Victoire von Raoul zurückholen kann, hat mein Volk einen Platz, wo es zu dem Land zurückkommen kann, das ihm einst gehörte.«

»Wie meinst du das? Daß dein Stamm hierherzieht und auf dem Besitz lebt?«

»Nein. Als Stamm können sie nie mehr nach Illinois zurückkehren. Aber einzelne Familien könnten kommen und eine Weile hier leben. Sie könnten ihre Kinder herschicken, um sie hier lernen zu lassen. Im übrigen könnte ihnen ganz allgemein mit dem Wohlstand, den der Besitz abwirft, geholfen werden, ganz gleich, wo sie sind.«

Sie drückte seine Hand. »Willst du auch Roter Vogel und Adlerfeder hierherholen?«

Möchte sie, daß ich nein sage? Nein. Sie sorgt sich ebenfalls um sie. Wir waren eine Familie.

»Ja«, sagte er, »ich werde sie herholen, falls es mir gelingt, Victoire von Raoul zurückzugewinnen.«

Sie schloß die Augen, und er wußte, daß es sie traf. Und das vertiefte seinen eigenen Schmerz.

Sie ließ seine Hand los und verknotete ihre Finger in ihrem Schoß. »Natürlich hat Roter Vogel den ersten Platz in deinem Herzen. Aber wie soll sie hier mit dir leben? Hier, wo ihr ein Mob Weißer ihr Kind aus den Armen gerissen und getötet hat?«

»Diese Frage habe ich mir auch schon oft gestellt. Ich will abwarten, was Roter Vogel selbst dazu sagt.«

Es fiel ihm ein, was Sonnenfrau gesagt hatte, als Pierre gekommen war, um ihn nach Victoire zu holen. *Ich könnte nicht den ganzen Tag in die Augen von Blaßaugen sehen. Mein Herz würde vertrocknen.* Ganz gewiß hatte Roter Vogel noch viel mehr Anlaß, den Anblick von Weißen zu hassen, als Sonnenfrau vor sieben Jahren.

Konnte er denn selbst hier leben? Er sprach nun ständig davon, sich Victoire zurückzuholen und wie ein Weißer zu leben, aber standen nicht auch ihm unentwegt alle die Toten auf dieser blutgetränkten Insel im Mississippi vor der Mündung des Gefährliche-Axt-Flusses vor Augen? Konnte er denn wirklich unter den Menschen leben, die dies getan hatten?

Nancy sagte: »Möchtest du auch dann noch in Victoire leben, wenn Roter Vogel nicht hierherkommen will?«

Er sah Roter Vogels schmales Gesicht vor sich, ihre Schlitzaugen und die schwarzen Haarfransen, die in ihre Stirn fielen. Er fühlte ihre schlanken Arme um sich, wie sie ihn so viele Nächte in ihrem Wickiup umschlungen gehalten hatte. Er erinnerte sich an die Liebe und Angst in den Augen von Adlerfeder, als er damals Abschied nahm, um Nancy und Woodrow in die Freiheit zu geleiten. Der Schmerz über die Trennung von ihnen beiden erfaßte ihn so heftig, daß er am liebsten in Tränen ausgebrochen wäre.

»Ich weiß es nicht, Nancy. Der Weg, dem ich folge, ist dunkel. Ich muß einen Schritt nach dem anderen tun.«

Die kühle Nachtluft trug einen Laut an sein Ohr. In der Ferne, oben auf den Klippen der Steilküste, sprach ein Mann mit leiser Stimme. Eine andere Stimme antwortete. Ein Stiefel knirschte auf Kies. Eine zuschlagende Tür.

Die Haare im Nacken sträubten sich ihm.

Er hob den Kopf und lauschte, als öffneten sich seine Ohren weiter, um jedes kleinste Geräusch aufzunehmen. Es waren sehr weit entfernte Laute. Kein Blaßauge hätte sie auch nur wahrgenommen.

»Was ist?« fragte Nancy.

Die Geräusche schienen von der Stadt her zu kommen. Wer konnte so lange nach Mitternacht noch auf sein?

»Ich höre Männer miteinander sprechen, ziemlich weit weg.« Er lauschte ein paar angehaltene Atemzüge lang. »Jetzt höre ich nichts mehr.«

Offenbar machte ihn Victor übermäßig mißtrauisch.

Nancy sagte: »Und was wird aus uns beiden, wenn Roter Vogel wirklich hierherkommt?« Sie nahm seine Hand zwischen ihre beiden Hände und streichelte seine Finger. »Ich liebe dich, Auguste, heute mehr denn je. Zuvor hing mein Leben von dir ab. Jetzt aber weiß ich, daß ich dich auch aus meinem freien Willen liebe.«

»Auch ich liebe dich, Nancy.«

»Aber du liebst auch Roter Vogel, mehr als mich.«

»Nicht mehr als dich. Auf eine andere Weise höchstens. Manchmal komme ich mir selbst vor wie zwei verschiedene Menschen.«

»Bei den Sauk konntest du uns beide, mich und Roter Vogel, als Frau haben. Und dort, wo ich eine Gefangene war und auch glaubte, ich könne jeden Augenblick sterben müssen, ohne dich jemals geliebt zu haben, habe ich das hingenommen. Aber wenn Roter Vogel hier leben würde, wäre das unmöglich. Wir beide könnten uns nur in aller Heimlichkeit treffen. Das könnte ich nicht mein ganzes Leben lang.«

Er hatte gewußt, daß dieses schmerzliche Problem eines Tages auftauchen würde. Es war ja auch der Grund gewesen, warum er sich damals immer wieder gegen Nancys Liebe gewehrt hatte.

»Ich verstehe«, sagte er. Die Worte versengten ihm schier die Kehle.

Aber jetzt würde ich auch nicht einen Moment missen wollen, den ich mit ihr zusammen war, auch wenn es die Erlösung aus diesem schmerzlichen Dilemma bedeutete.

Er hatte keinen anderen Wunsch, als sie in die Arme zu nehmen und zu spüren, wie auch sie ihn umarmte. Aber er widerstand mit Macht und blieb unbeweglich sitzen und grub nur die Finger in seine Schenkel.

Er hörte Nancy mit entschlossener, aber trauriger Stimme sprechen. »Wenn Roter Vogel als deine Frau hierherkommt, gehe ich fort. Vielleicht kehren wir in den Osten zurück, Woodrow und ich.«

Sie verstummte abrupt, weil ihr unter Tränen die Stimme versagte. Der Zaun, an dem sie saßen, zitterte von ihrem Schluchzen.

Etwas zerbrach in ihm, und seine Augen begannen zu brennen, als ihm Tränen über das Gesicht liefen. Er rückte vom Zaun weg und streckte die Arme nach ihr aus.

»Es tut sehr weh«, sagte er, »dich gerade erst wiedergesehen zu haben und dann von dir zu hören, daß du mich für immer verlassen willst.«

Sie kam in seine Arme und preßte ihr nasses Gesicht an das seine. Ihre Lippen suchten heiß und verlangend seinen Mund. Ihre Arme schlangen sich um ihn, und ihre Hand streichelte ihn im Nacken. Er spürte, wie sie ihn an sich zog und ihre Beine sich ihm öffneten.

Es war unausweichlich, daß sie einander angehörten. Sie konnten nicht dagegen an.

Er preßte die Hand auf ihre Brust und genoß ihre Weichheit und spürte, wie ihre Brustwarze sich aufgerichtet hatte und durch Kattun und Seide hindurch an seine Handfläche drängte.

Dann hörten sie plötzlich Schritte im Gebüsch unten am Hügel.

Er erstarrte und strengte alle seine Sinne an.

Das heiße Blut in seinen Adern schien mit einem Schlag zu eisigkaltem Wasser zu werden.

»Auguste, um Gottes willen«, flüsterte sie.

»Jemand kommt«, sagte er. Er spürte, wie sie sich zitternd an ihn preßte.

Er hörte viele Männer sich nähern. Sie versuchten, sich leise fortzubewegen, und kamen durch den Wald herauf. Aber Blaßaugen konnten nur selten lautlos durch Gebüsch und über am Boden liegendes Laub gehen.

Kaum weniger als Angst verspürte er plötzlich Zorn auf sich selbst. Am liebsten hätte er sich die Faust an den Kopf geschlagen. Er hatte die Stimmen doch schon zuvor gehört, weiter weg, noch im Ort. Er hätte sie doch beachten müssen. Er hätte doch wissen müssen, wo sie waren und was sie bedeuteten.

Sein Gehör sagte ihm, daß sie sich in einem Halbkreis heranarbeiteten, den sie, je näher sie Elysées Haus kamen, immer enger zogen. Sein Herz flatterte, setzte einzelne Schläge aus, um danach nur noch heftiger zu schlagen.

Nancy faßte nach seiner Hand.

»Schütze uns Gott, Auguste!« flüsterte sie. »Ich höre sie jetzt auch. Dein Onkel muß erfahren haben, daß du hier bist. Du mußt fort.«

»Ins Haus, schnell!«

Im vorderen Raum von Elysées Haus saßen Frank und Nicole am Kaminfeuer. Die anderen waren schlafen gegangen. Nancy stürzte sich in Nicoles Arme.

»Wir müssen die *Regulators* verständigen«, sagte Frank, als ihn Auguste informiert hatte. Er schüttelte Woodrow wach, der auf der Chaiselongue schlief.

»Lauf durch die Schlucht auf die andere Bergseite hinüber«, sagte er zu ihm, »und sage Richter Cooper, daß Raoul und seine Leute hier sind, um Auguste zu töten.« Er warf einen besorgten Blick auf Auguste. »Vielleicht ist es am besten, du gehst gleich mit Woodrow mit. Bei Cooper bist du in Sicherheit.«

Doch Auguste lehnte ab. »Nein. Wenn ich jetzt flüchte und sie fangen mich, dann bringen sie mich mit Sicherheit um. Ich tue das, wozu ich hergekommen bin. Wenn Raoul kommt, werde ich ihn herausfordern.« Sein Herz schlug so heftig, daß seine Stimme zitterte.

»O nein, Auguste!« rief Nancy.

Woodrow wartete zögernd an der Tür.

»Sie sind schon fast da.«

»Lauf!« schrie ihn Frank an. Woodrow rannte los.

»Sei vorsichtig!« rief ihm Nancy nach.

»Raoul herauszufordern«, sagte Frank, »ist einfach Wahnsinn!« Er ging zum Kaminsims und griff nach Elysées Pistole.

»Frank!« rief Nicole. »Das kannst du nicht machen!«

»Habe ich denn eine Wahl?« antwortete Frank nur. Er nahm eines der Pulverhörner, setzte sich und begann die Pistole zu laden.

»Frank«, sagte Auguste, »es sind zu viele. Wenn du versuchst, gegen sie zu kämpfen, kommst du bestenfalls dazu, einmal mit dieser Pistole zu schießen, dann bist du tot.«

Frank sagte: »In ein paar Minuten sind Cooper und die *Regulators* hier. Wir müssen Raoul also lediglich ein wenig hinhalten.«

»Bitte«, sagte Auguste, »laß mich hinausgehen und allein mit Raoul reden.«

»Kommt nicht in Frage«, wehrte Elysée ab. Er stand in seinem langen Nachthemd in der Tür seines Schlafraums und deutete auf Guichard, der mit ihm gekommen war.

»Lade mein Gewehr, Guichard.«

»Grandpapa, nein!« rief Auguste. Er hätte am liebsten seine Arme um den alten Mann geworfen und ihn so beschützt.

Aber Elysée sagte nur achselzuckend: »Vielleicht können wir sie, wie Frank sagt, ohne zu schießen eine Weile hinhalten. Du läßt dich nicht blicken, Auguste. Sie können nicht mit Sicherheit wissen, daß du da bist.«

»Das werde ich auch nicht zulassen«, sagte Auguste. »Ich gehe jetzt. Ich folge Woodrow.« Er ging zur Tür.

Sie können schon draußen vor der Tür sein.

Sind sie es, dann kann ich wie geplant Raoul direkt gegenübertreten.

Er machte die Tür mit einem Ruck auf – und blickte direkt in Raouls triumphierend lächelndes Gesicht. Es leuchtete gelb im Widerschein des Kerzenlichts aus dem Haus.

Hinter ihm standen seine Leute mit ihren Gewehren.

Raoul konnte Augustes Gesicht nicht erkennen. Auguste stand im Gegenlicht mit dem Rücken zu den Kerzen. Aber er erkannte das versehrte Ohr, wenn es durch das lange Haar auch teilweise verdeckt war. Er wog seine Patronenpistole locker in der Hand. Diesmal sollte es kein Verfehlen mehr geben.

Jetzt. Ziehen, zielen und abdrücken. Er ist nicht mal bewaffnet.

Aber hinter ihm, sah er, stand Frank Hopkins mit einer Pistole und Papa mit einem Gewehr. Wenn er Auguste jetzt erschoß, hatte er keine Zeit nachzuladen, und sie hatten freies Schußfeld auf ihn. Selbst wenn sie nicht zurückschossen, waren sie danach Zeugen gegen ihn.

Hinter Frank erkannte er Nicole und Nancy Hale, die ihn mit aufgerissenen Augen anstarrten. Beim Anblick Nancys begann er unwillkürlich mit den Zähnen zu knirschen. Seine Hand um den Pistolengriff spannte sich.

Wie konnte sie mich verschmähen und sich wieder mit diesem Rothautbastard einlassen?

»Komm raus, Mischling«, forderte er Auguste auf. »Mag ja sein, daß dich ein Geschworenengericht freigesprochen hat, aber wir alle hier wissen, daß du trotzdem schuldig bist, weil du deine Sauk damals zu dem Überfall hier bei uns angestiftet hast.« Lauter fuhr er fort: »Und du, Papa, und Frank, ihr wißt nicht, was ihr tut, wenn ihr ihm auch noch helft! Seine Indianer haben doch auch euch umzubringen versucht!«

»Der einzige Anlaß, Raoul«, sagte Auguste, »für die Sauk damals, hierher nach Victor zu kommen, warst du. Du bist ein Lügner und ein Narr und ein Feigling. Und ein Dieb und ein Mörder.«

Er trat einen Schritt vorwärts und schlug ihm ins Gesicht.

Es kam so unerwartet, daß Raoul zu verblüfft war, um zu reagieren. Der Schlag war nicht einmal ein besonders heftiger; er schmerzte nicht. Er war vor allem eine demonstrative Geste der Verachtung.

Dann aber stieg sein Zorn hoch, flammte empor wie ein Waldbrand. Er hob die Pistole. Augustes ungeschützte Brust war keinen Fuß weit von ihm entfernt.

Aber Auguste sprach, bevor er noch schießen konnte: »Willst du etwa einen unbewaffneten Mann erschießen, Raoul? Nur zu, beweise allen hier, daß du tatsächlich ein Feigling bist. Als du mir Victoire geraubt hast, warst du auch nicht bereit, mit mir zu kämpfen. An Alter Manns Flüßchen – jetzt der De-Marion-Strom, nicht wahr? – stand ich genauso mit leeren Händen vor dir wie jetzt, und auch da hast du versucht, mich einfach niederzuknallen. Du hast einfach nicht den Mut, fair mit mir zu kämpfen.«

Raoul merkte, was Auguste da sagte, war gar nicht an ihn selbst gerichtet, sondern an seine Leute hinter ihm. Er fühlte sich übertölpelt und wurde zornig.

Schieß, verdammt noch mal. Schieß endlich, damit er das Maul hält.

Nein, es ist zu spät. Sie haben alle gehört, was er gesagt hat.

»Du hast Angst, von Mann zu Mann mit mir zu kämpfen. Ich habe dich schon damals an dem Tag, als du mich aus Victoire vertrieben hast, dazu herausgefordert, und du hast gekniffen. Ich fordere dich jetzt erneut heraus, Raoul!«

Die Antwort sprudelte wie von selber aus ihm heraus. »Einverstanden! Ich wähle die Waffen – deinen Hals und ein Seil!« Während er es aussprach, sank ihm jedoch schon der Mut, und ihn überkam ein unbehagliches Gefühl.

Nicht einer seiner Leute hinten lachte.

Armand sagte: »Nun, Raoul, worauf wartet Ihr? Ihr habt schließlich schon Hunderte Indianer umgebracht, und ein paar waren stärkere Kerle als der da. Gönnt ihm doch sein Duell!«

Einen Augenblick lang war Raoul versucht, sich umzudrehen und seine Pistole auf Armand zu richten. Der miese Kerl, wurde ihm klar, revanchierte sich jetzt für alle Verachtung, die er ihn hatte spüren lassen.

»Ich bin bereit, Bastard«, sagte er mühsam beherrscht, »mit dir zu kämpfen, jetzt oder irgendwann. Von mir aus gleich jetzt. Aber ohne Zeugen, die gegen den Sieger wegen Mordes aussagen können.«

Auguste antwortete kühl: »Ich müßte ein Narr sein, dir und deinen Leuten zu vertrauen.«

»Das wirst du schon müssen«, sagte Raoul, »denn die Wahl hast du nicht. Meine Leute passen schon auf, daß es ein fairer Kampf ist. Nichts anderes wollen sie.« Er konnte die Bitterkeit in seiner Stimme nicht verbergen. »Und jetzt komm mit, oder ich schieße dich noch hier in dieser Tür nieder.«

Da aber stellte sich Frank Hopkins, die Pistole auf Raoul gerichtet, neben Auguste in die Tür.

Raoul überlief angesichts der auf ihn gerichteten runden Mündung ein kalter Schauer. Er hatte davon gehört, daß Frank bei dem Überfall der Indianer erstmals geschossen hatte. Dieser Tag damals schien ihn verändert zu haben. Er war jetzt ein Mann wie jeder andere und ging mit der Waffe um wie jeder andere.

Frank sagte: »Er kommt nicht mit dir. Und es wird kein Duell geben. Verschwinde jetzt von diesem Haus.«

Raoul lachte fast. Was wollte der denn mit seiner Wichtigtuerei angesichts von über zwanzig bewaffneten Leuten?

Die Pistole in seiner Hand konnte allerdings sein Ende bedeuten. Solange Frank schußbereit auf ihn zielte, konnte er schlecht Auguste niederschießen.

Er zielte also nun auf Franks Brust.

»Geh rein, Frank«, forderte er ihn mit unheildrohender Schärfe auf.

Aber zu seiner Verblüffung scherte Frank sich nicht um diese Aufforderung, sondern stellte sich so überraschend vor Auguste, daß er fast abgedrückt hätte.

Gleich darauf nahm er noch eine weitere Bewegung im Türrahmen wahr und blickte in die funkelnden Augen seines Vaters. Elysées Gewehr zielte auf ihn, und der Gewehrlauf zitterte nur wenig.

Raoul entschied, sein bester Angriff sei Auslachen. »Schaut euch die Beschützer des Bastards an! Ein Schwächling, der niemals auch nur eine Pistole halten konnte, und ein lahmer alter Mann im Nachthemd!«

Kichernde Laute hinter ihm ermutigten ihn.

Trotzdem war ihm klar, daß er in einer unangenehmen Falle saß. Seine Pistole war zwar auf Frank gerichtet, aber dessen Pistole und das Gewehr seines Vaters auf ihn. Würde Elysée wirklich auf ihn schießen, wenn er Frank niederschoß?

Er zog mit seiner Handfläche den Hammer seiner Pistole zurück, die Mündung immer noch auf Franks Brust gezielt.

»Papa, Frank, ihr geht jetzt alle beide aus dem Weg, oder Frank ist ein toter Mann!«

Doch als er sie beide ansah, war ihm, als fiele der Boden unter seinen Füßen weg. Weder Elysée noch Frank reagierten. In Franks hellblauen Augen stand feste Entschlossenheit. Der Mann, der nie hatte töten wollen, war bereit, sich niederschießen zu lassen.

Ich muß als erster schießen.

Er hörte Nicole aufschreien, als sich sein Finger um den Abzug spannte.

Frank und Elysée wurden beiseite geschoben, und er blickte direkt wieder in Augustes Augen, in denen ein dunkles Feuer brannte.

Erschieß den Mischling jetzt, und es ist endlich für allezeit vorbei.

Und er drückte heftig ab. Der Hammer fiel, und die Pistole krachte und spuckte rotes Feuer und weißen Rauch.

Pistole und Gewehr, die auf ihn gerichtet waren, gingen zugleich los, und eine blendende und bitter schmeckende Wolke fuhr ihm mitten ins Gesicht. Aber er blieb unverletzt stehen.

Elysée und Frank hatten beide geschossen, doch, weil Auguste sich so unerwartet zwischen sie geschoben hatte, ihr Ziel verfehlt.

Als sich der Rauch verzog, sah Raoul einen schwarzen Punkt auf der linken Seite von Augustes weißem Hemd. Er wurde im nächsten Augenblick zu einem sich ausbreitenden roten Fleck.

Augustes Augen waren geschlossen. Er fiel nach hinten um, auf Nicole. Seine Knie knickten ein, und er sank zu Boden. Nicole fing ihn auf und bettete ihn auf die Erde.

Eine Triumphfontäne stieg in ihm hoch.

Endlich! Endlich habe ich den Hundesohn erledigt!

Aber unter dem Triumph lag wie frostiges Wasser unter einer nur dünnen Eisdecke bereits die Furcht, was nun geschehen werde. Er merkte, wie ihm die Knie zu zittern begannen.

Er sah, wie ihn Nancy Hale voller Haß und Abscheu anstarrte.

Na gut, wenn ich dich nicht haben konnte, dann soll er dich auch nicht haben.

»Sie selbst haben mich zu ihm geführt, Nancy«, sagte er grinsend, als er sah, wie sich ihr Gesicht in Pein verzerrte. »Wie Sie so eilends hierhergeritten sind, wußte ich, daß wir ihn hier finden würden.«

»Ich bete drum, daß Sie auf ewig in der Hölle brennen, Raoul de Marion!«

»Gut gebrüllt, Predigerstochter!« lachte er.

»Mon colonel!« rief da Armand plötzlich. »Da kommen welche! Das müssen *Regulators* sein! Wir sollten ihnen auflauern! Zeit, uns zu verstecken, bleibt nicht mehr!«

»Nein«, sagte Raoul. »Aber wir müssen diese Bande hier zum Schweigen bringen.«

Er deutete auf Frank, Elysée, Guichard und Nicole, die eben Auguste ins Haus trugen.

Werden sie mich wirklich wegen Mordes vor Gericht stellen? Mich? Das kann ja wohl nicht sein.

Er starrte auf die leere Türöffnung. Hatte er Auguste auch wirklich endgültig erledigt? Er sollte wohl besser hineingehen und nachsehen. Aber dort drinnen waren drei bewaffnete Männer, und wenn er Auguste wirklich getötet hatte, hielt sie wohl nichts davon ab, auch ihn zu erschießen.

War wohl am besten zuzusehen, daß er von hier wegkam. Wirklich, die ganze Familie aufgeregt, die *Regulators* im Anmarsch ... es war wohl die beste Idee.

Er hörte Nancy schreien. Sie schrie unentwegt. Nicole erschien plötzlich in der Tür.

»Jetzt bist du endgültig nicht mehr mein Bruder. Ich werde als Zeugin gegen dich aussagen, und Papa und Frank ebenso.« Sie brach in Schluchzen aus, fing sich aber dann wieder. »Für diesen Mord wirst du hängen und anschließend, genau wie es Nancy gesagt hat, in der Hölle brennen!«

Mord, sagte sie. Dann ist der Bastard also wirklich tot.

Er verspürte eine große Erleichterung. Endlich hatte er diese große Last von seinen Schultern, die ihn niedergedrückt hatte, seit Pierre den Wilden als Knaben aus den Wäldern mitgebracht hatte.

Doch die Erleichterung währte nur kurze Zeit, dann kam die Angst wieder. Seine Beine zitterten noch immer. Er verspürte den Wunsch, einfach nur die Flucht zu ergreifen, sich auf ein Pferd zu schwingen und aus der Smith County fortzureiten, immer weiter fort.

Er hatte diesmal ja nicht irgendwen getötet. Das war kein Mord wie alle anderen. Das war kein namenloser Indianer oder irgendeine Flußratte, die man in einem Kneipenstreit niederstach. Das war der Sohn seines Bruders. Und die Leute drinnen in diesem Haus hatten Auguste geliebt.

Die Angst fiel ihm ein, die er verspürte hatte, als er in Fort Crawford in seine Augen geblickt hatte, und er spürte sie wie einen kalten Atemhauch in seinem Nacken. Medizinmann. Konnte er ihm nach seinem Tode noch etwas antun? Konnte er ihn dann noch verfolgen?

Er verdrängte diese Gedanken. Hirngespinste. Kindische Ängste. Davon befreite man sich, wie ein Hund sich das Wasser aus dem Fell schüttelte.

Er hatte nie beabsichtigt, ihn vor Zeugen einfach niederzuknallen. Und jetzt diese Situation. Die *Regulators* kamen, fanden den Toten im Haus und ihn mit seiner praktisch noch rauchenden Pistole in der Hand. Und er war nicht darauf vorbereitet, gegen sie zu kämpfen. Der Prozeß gegen ihn würde nicht einmal so lange dauern wie der gegen Auguste.

Er mußte irgendwo untertauchen, bis er mehr Leute zusammenhatte.

Die Bleimine.

Selbst wenn sie dort nach ihm suchten – er kannte sie besser als sonst wer. In ihr würden sie ihn niemals finden. Es gab höchstens noch zwei oder drei Männer, die schon vor dem Indianerkrieg in der Mine gearbeitet hatten, und bei denen konnte er sich darauf verlassen, daß sie den *Regulators* nicht helfen würden. Auch war er sich völlig sicher, daß es Teile der Mine gab, die niemand kannte außer ihm selbst.

»Sagt uns, was jetzt geschehen soll, *mon colonel*!« forderte ihn Armand auf. »Kämpfen wir?«

»Nein«, sagte Raoul. »Es sind zu viele.«

Er zog ihn mit sich bis zum Rand der Lichtung nahe Elysées Haus.

»Ich verschwinde. Bei Tagesanbruch kann ich aus der County heraus sein. Ich komme in ein paar Wochen wieder, vielleicht dauert es auch einen Monat. Bis dahin wird sich die Aufregung gelegt haben. Ich werde neue Leute mitbringen, die wir brauchen, um mit diesen *Regulators* aufzuräumen.«

Sie sollten ruhig alle denken, daß er geradewegs aus der County flüchten wollte. Die *Regulators* sollten ruhig auf der ganzen Chegacou-Straße nach ihm jagen und auf der nach Galena und auf der nach Fort Armstrong. Inzwischen versteckte er sich in der Bleimine, bis sie es aufgaben. Dann konnte er in aller Ruhe weg aus der County. Und es war am besten, wenn niemand seine wahren Pläne kannte.

»Was wird aus uns, *mon colonel*?« In Armands Augen war Vorwurf. Er hatte wohl das Gefühl, von ihm im Stich gelassen zu werden. Aber was zum Teufel erwartete er denn von ihm? Er tat doch das Beste für sie, was er tun konnte. Würde er sie jetzt in den Kampf hetzen, kämen sie doch alle darin nur um!

So wie er viele seiner Leute am De-Marion-Strom und am Gefährliche-Axt-Fluß in den Tod geschickt hatte.

»Zerstreut euch für den Augenblick. Bestreitet, überhaupt dabeigewesen zu sein. Und wartet auf meine Rückkehr.«

»Das wird nicht leicht werden für uns, *mon colonel*!« brummte Armand unzufrieden.

»Ich komme wieder«, versprach Raoul. »Und wenn ich zurück bin, wird in Victor alles wieder wie in den alten Zeiten.«

Und damit verschwand er im Wald hinter Elysées Haus. Solange die *Regulators* noch vorne den Berg heraufstürmten, konnte er sich hier auf der anderen Seite gefahrlos im Mondschein bis zum Handelsposten durchschlagen.

Als er allein und rasch durch den Wald huschte, den er seit Kindesbeinen kannte, fühlte er sich plötzlich wieder leichten Herzens. Gut, mochte er augenblicklich auch auf der Flucht sein, so hatte er doch das Wichtigste vollbracht. Er hatte Auguste getötet. Er mußte jetzt einen Winter durchstehen, vielleicht einen sehr harten. Aber im nächsten Frühjahr kam er zurück, und danach war alles wieder wie in seinen besten Tagen. Bevor er erfahren hatte, daß Pierre einen Sohn hatte. Und als er noch wie ein König in Smith County geherrscht hatte.

25

Die andere Welt

Für Nancy war der junge Dr. Surrey nichts weiter als eine gesichtslose Kleiderpuppe im schwarzen Gehrock und mit gerüschtem weißem Hemd. Obwohl ihn Woodrow um drei Uhr morgens aus dem Bett geholt und er sich über eine Stunde lang um Auguste bemüht hatte, zeigte er keine Anzeichen von Müdigkeit. Wieso, um Himmels willen, war er nicht müde? Jetzt, als er ging, war Auguste noch immer ohne Bewußtsein.

Aber eine gewisse Hilflosigkeit in seinem runden und vollkommen ausdruckslosen Gesicht verwandelte Nancys Kummer und Angst in Zorn. Sie hätte ihn am liebsten an den Schultern gepackt und gerüttelt, bis er schwor, Augustes Leben retten zu können.

»Die Kugel durchbohrte seine linke Lunge«, hatte er gesagt. »Aber zum Glück war es ein glatter Durchschuß, so daß ich nicht hineingraben und sie herausholen muß. Schon so mancher Doktor hat einen angeschossenen Mann auf diese Weise ganz getötet.«

Sie kam noch einmal zu ihm. Er war ihre letzte Hoffnung, und sie wollte ihn nicht einfach so gehen lassen.

»Abgesehen davon, Doktor, daß Sie ihn nicht ganz getötet haben, was haben Sie für ihn getan?«

»Ich habe ihm die Wunde vorne und hinten mit Mull verbunden, damit sie zu bluten aufhört. Dann habe ich noch Bandagen angelegt. Ich habe Mrs. Hopkins angewiesen, wie sie den Verband wechseln soll. Und jetzt ist er in der Hand des Allmächtigen.«

Des Erschaffers der Erde, würde er sagen.

»Lieber wäre mir, er hätte Ihre Hand gelenkt, Doktor!«

»Miß Nancy, da Ihr Vater ein Gottesmann war, bin ich sicher, daß Ihre Gebete für Auguste erhört werden. Sorgen Sie dafür, daß er bleibt, wo er ist. Lassen Sie ihn im Bett seines Großvaters und kämpfen Sie um sein Leben. Wahrscheinlich wird er Fieber bekommen, womöglich sogar eine Lungenentzündung. Die getroffene Lunge arbeitet nicht mehr. Er atmet nur mit dem anderen Lungenflügel. Er wird im Delirium liegen, und Sie müssen ihn irgendwie ernähren, mit Suppe am besten, die kann er wahrscheinlich schlucken. Sein Körper wird um das Leben kämpfen, während sein Geist schläft. Ich werde jeden Tag nach ihm sehen.«

Sie fragte mit schmalem Mund: »Sagen Sie mir ehrlich, glauben Sie, er kommt durch?«

»Eine solche Wunde, Miß Hale, überlebt im allgemeinen nur einer von vieren.«

Nancys Schultern sanken herab. Sie wußte, dieser Arzt konnte nichts mehr tun.

»Gute Nacht dann, Dr. Surrey.«

Sie kam zurück in das Schlafzimmer und hörte das Rasseln von Augustes Atem, wenn bei jedem Atemzug Blut in die verletzte Lunge strömte. Sein Gesicht war im Kerzenschein gelblich wächsern wie Bienenwachs. Er lag unter dem Baldachin von Elysées Bett mit den massiven vier Pfosten, zugedeckt bis zum Hals mit einer Steppdecke. Seine Arme lagen zu beiden Seiten ausgestreckt, die Finger leicht gekrümmt.

Sein Atem rasselt so sehr, daß wir es wenigstens merken werden, wenn er aufhört.

Es war ihr, als würde sie selbst auf einer schwarzen Woge von Trauer fortgespült.

Elysée saß am Bett und starrte unverwandt in das Gesicht seines Enkels. Er schien dem Tod ebenso nahe zu sein wie er selbst. Hinter ihm stand Guichard, die Hand wie eine Klaue auf der Schulter seines Herrn.

Nicole fragte mit kummervollen Augen: »Was können wir noch für ihn tun?«

»Der Doktor sagt, es liegt jetzt nur noch an ihm selbst und an Gott«, sagte Nancy.

Elysée knurrte: »Und wo war Gott, als das passierte?«

Wäre Auguste bei Bewußtsein, dachte Nancy, würde er den Erschaffer der Erde um Hilfe anflehen. Niemals hatte sie in den Lagern der British Band erlebt, daß er einen Verwundeten oder Kranken aufgegeben hätte. Er hatte seine Heilmittel angewendet, sich dann in Trance versetzt und getanzt und gesungen, um die Hilfe seiner Geister anzurufen, und mit dem Leidenden gekämpft, bis entweder dessen Seele ihren Körper verlassen oder die Heilung sichtbar begonnen hatte. Anfangs waren auch ihr seine Praktiken unsinnig und unzivilisiert erschienen. Aber er hatte sich seiner Aufgabe mit solcher Hingabe und Intensität gewidmet, daß sie ihn, während sie ihn dabei beobachtete, noch mehr zu lieben begonnen hatte. Mit der Liebe war auch der Respekt vor dem, was er tat, gewachsen.

Aber er ist auch nicht der einzige, der dieser Berufung nachgeht.

Vielleicht war es genau das, was er jetzt brauchte: jemand seines eigenen Volkes, der die Geister für ihn rief.

Wenn er nur bei Bewußtsein wäre, dann könnte er ihr sagen, was sie tun sollte.

Roter Vogel hatte ihm doch immer geholfen.

Sie erinnerte sich an das letzte Mal, da sie Roter Vogel gesehen hatte, klein, ausgezehrt, mit ihrem toten Kind im Arm. Roter Vogel brauchte vermutlich mehr Hilfe, als sie selber geben konnte.

Aber sie wußte, was für erstaunliche Heilkenntnisse auch sie hatte. Hatte sie ihr nicht einmal erzählt, daß sie selbst gerne ein Schamane wäre wie Weißer Bär und ihr Vater Eulenschnitzer?

Es war besser, zu ihr zu gehen, als hier zu sitzen und zuzusehen, wie Auguste starb.

»Ich gehe zu seinem Volk«, sagte sie abrupt. »Ich hole jemanden, der ihm helfen kann.«

»Kein Sauk wird hierherkommen wollen«, sagte Frank. »Nicht nach dem, was passiert ist, als sie durch Victor geführt wurden.«

»Sie schon«, sagte Nancy.

Schwerer, kalter Regen trommelte auf das Lederdach ihres zweirädrigen Wagens. Ein Sergeant kutschierte sie in das Lager der Sauk vor der Mauer von Fort Armstrong. Ein Dutzend spitze Armeezelte, deren durchnäßte Leinwand schwer durchhing, auf einem morastigen Feld war alles, was sie sehen konnte. Kein Mensch ließ sich blicken. »Ich weiß nicht, Ma'am«, meinte der Sergeant, »wie Sie hier irgend jemand finden wollen.« Sie schätzte ihn ein paar Jahre älter als sie. Er hieß Benson und hatte tomatenrote Wangen und einen blonden Schnurrbart, der so dick war, daß man kaum noch seinen Mund sah.

Nun zeigten sich in den Zelteingängen da und dort die ersten dunklen Gesichter. Das Elend dieser Frauen und Kinder, die langsam herauskamen, rührte sie fast zu Tränen. Manche hielten sich Decken über die Köpfe. So standen sie im Morast und blickten ihr entgegen.

Sollte ich mich nicht freuen, die Sauk so erniedrigt zu sehen?

War sie es nicht ihrem Vater schuldig, fragte sie sich, Genugtuung darüber zu verspüren, was aus den Leuten geworden war, die ihn ermordet hatten? Gar nicht zu reden von allem, was sie ihr selbst angetan hatten? So hochmütig waren sie gewesen mit ihren gelben und roten Streifen im Gesicht und den Federn im Haar, damals an dem Tag, als Wolfspfote sie bei dem Überfall auf Victor, das sie niederbrannten, angeführt hatte. Jetzt aber drängten sie – oder was von ihnen noch übrig war – sich hier elend auf einem morastigen Feld in schäbigen, ausrangierten Armeezelten.

Doch tatsächlich verspürte sie weder Triumph noch Befriedigung über diese endgültige Niederlage der Sauk. Durch Auguste waren sie auch ihr Volk geworden.

Es war ihr plötzlich unbehaglich, hier bequem und trocken in ihrem Wagen zu sitzen und auf die ärmlichen Gestalten im Schlamm und in der Nässe hinabzublicken. Wenn sie im Regen standen, konnte sie das auch. Sie sprang ab.

»Ma'am!« rief Benson verwirrt. Aber er machte keine Anstalten, ihr zu folgen.

Im Handumdrehen waren ihr Hut, ihr Schal, ihr Kleid tropfnaß. Sie achtete nicht darauf. Die Leute, denen sie gegenüberstand, waren genauso durchnäßt. Sie forschte nach Gesichtern, die sie kannte. Aber alle standen sie da wie Standbilder aus Schlamm, schmutzigbraun von oben bis unten.

Dann hörte sie jemanden rufen. »Das ist Gelbes Haar!« Sie hatte genug Sauk gelernt, um es zu verstehen, und suchte nach der, die es gerufen hatte. Natürlich kannten sie sie alle als die Blaßaugenfrau, die entführt und fast gemartert worden wäre und die später dann geflohen war. Sie mußten glauben, sie sei wiedergekommen, um anzuklagen und zu bestrafen.

Und jetzt, da sie sie erkannt hatten, wichen sie alle in ihre Zelte zurück.

»Nein, wartet!« rief Nancy. Sie wollte ihnen sagen, sie müßten keine Angst haben, aber sie wußte nicht, wie. Roter Vogel war immer die einzige gewesen, mit der sie sich hatte verständigen können. *Angst* war nicht unter den Wörtern gewesen, die sie ihr auf Sauk beigebracht hatte.

Dann stand ein Mann vor ihr. Sein Blick war leer, sein Gesicht mager und schmutzig. Er kam ihr bekannt vor. Er streckte ihr die Hände entgegen. Er schien zu sagen: »Hier bin ich, mich suchst du, nimm mich mit.«

Ganz plötzlich erkannte sie Wolfspfote.

Sein Haar war nachgewachsen und hing in kurzen schwarzen Strähnen herunter. Aber sein edles Gesicht war noch erkennbar. So sehr sie es anfangs auch gehaßt hatte, immer hatte es sie später an die Stiche von römischen Statuen erinnert, die sie einmal gesehen hatte.

Sie verstand, was er ihr zu sagen versuchte. Wenn sie gekommen sei, den Mörder ihres Vaters zu finden und den Mann, der sie gefangengenommen und entführt hatte: Hier war er. Ihr ausgeliefert auf Gnade und Barmherzigkeit.

Alles hatte er offenbar verloren, aber nicht seinen Mut.

»Was ist, bedroht der Indianer Sie, Ma'am?« rief der Sergeant aus dem Schutz des Wagens.

»Aber nein«, sagte sie und lächelte Wolfspfote zu. Es war schmerzlich anzusehen, wie der einst so stolze Krieger nur noch ein armseliger, elender Schatten seiner selbst war.

Sie versuchte ihm in einem Gemisch aus Sauk, Englisch und Gesten, wie sie sich mit Roter Vogel immer verständigt hatte, klarzumachen, daß sie nicht gekommen sei, um Rache zu üben, sondern einzig und allein Roter Vogel suche.

Doch da stand Roter Vogel bereits vor ihr.

Wie Wolfspfote hatte auch sie sich so sehr verändert, daß sie sie im ersten Moment gar nicht erkannte, sich jedenfalls nicht sicher war, daß sie es sei. Sie war abgemagert bis zu einem Skelett, und alle die Dinge, die sie mit der Erinnerung an sie verband, die Federn und Perlen, die gefärbten Muschelschalen und die auf ihrem Gewand aufgemalten Figuren, waren nicht mehr da. Sie klammerte sich barhäuptig an eine Decke, die sie um die Schultern hatte, und der Regen tropfte ihr aus dem Haar und von ihren Zöpfen. Sie trug nicht mehr das Rehledergewand, das sie immer angehabt hatte, sondern ein schäbiges, zerrissenes billiges Baumwollkleid. Es war ihr viel zu groß und unten am Saum voller Schlamm. Und darunter sah sie ihre bloßen Füße. Ihre Zehen sanken in den Morast ein.

In den kalten Regen, der ihr ins Gesicht peitschte, mischten sich die heißen Tränen, als sie Roter Vogel ihr zulächeln sah.

»Ich bin froh, meine Schwester Roter Vogel wiederzusehen«, sagte sie in ihrer beider besonderen Sprache. »Wo ist dein Wickiup?«

Roter Vogel sagte etwas zu Wolfspfote. Es war zu leise und zu schnell, als daß sie es verstanden hätte. Er murmelte offenbar zustimmend, drehte sich um und ging zu einem der Zelte weiter hinten. Sie sah ihm nach, und er erbarmte sie mit seinen hängenden Schultern und seinem Schlurfen wie ein alter Mann.

Roter Vogel bedeutete ihr, zu ihrem Zelt mitzukommen.

»Wo gehen Sie hin, Ma'am?« rief ihr der Sergeant nach.

»Ist schon in Ordnung!« rief sie ihm laut über die Schulter zu, um den Regen zu übertönen. »Das hier ist die Frau, die ich suche!«

Sie sah noch, wie der Sergeant den Kopf schüttelte. Was wollte denn eine Weiße in den dreckigen, krankheitsverseuchten Zelten dieser Indianer hier?

Der Herr möge seine Augen und sein Herz öffnen.

Zuerst schien es im Zelt stockdunkel wie in einer mondlosen Nacht zu sein. Der Gestank der ungewaschenen und durchnäßten Menschen drehte ihr fast den Magen um. Sie griff nach Roter Vogels Hand, nicht zu heftig; ihre Knochen fühlten sich zerbrechlich an.

Roter Vogel erklärte ihr, daß sie kein Holz hatten, um ein Feuer anzumachen. Die Langmesser hatten zwar versprochen, ihnen welches zu bringen, doch bis jetzt waren sie nicht damit gekommen. Hier im Zelt war es genauso kalt wie draußen, und sie hörte Frauen und Kinder husten.

Wie es Sauk-Brauch war, saßen sie erst einmal eine Weile stumm beieinander. Ihre Augen gewöhnten sich allmählich an das Halbdunkel, bis sie Roter Vogels Gesicht deutlich erkennen konnte. Sie sah Adlerfeder, der sie mit seinen großen blauen Augen stumm ansah, auch er bis zum Skelett abgemagert und mit einer Haut wie gedehntes braunes Leder. Er dauerte sie. Sie begrüßte ihn mit einem Klaps auf seinen Arm. Wenn sie nur für ihn tun könnte, was sie für Woodrow getan hatte. Dann erkannten sie vier Frauen und zwei kleine Mädchen, die sich weiter hinten aneinandergedrängt hatten.

Sie brach das Schweigen. »Roter Vogel, Weißer Bär braucht dich.«

Roter Vogel stöhnte voller Schmerz auf, und ihre Schlitzaugen verengten sich. Sie wollte wissen, was mit Weißer Bär geschehen war.

Nancy erfuhr nun, daß Roter Vogel seit dem Tag, da er das Lager Schwarzer Falkes verlassen hatte, um sie und Nancy in die Freiheit zu geleiten, nichts mehr von ihm wußte. Sie selbst wußte von Auguste, daß er versucht hatte, Roter Vogel zu benachrichtigen. Verdammte Soldaten, die sich offensichtlich nicht die Mühe gemacht hatten, ihr die Nachricht zu überbringen – und es zweifellos auch nicht der Mühe wert gefunden hatten!

Nach ihrem Bericht, daß sie Weißer Bär vor vier Tagen verlassen hatte und daß er mit einer Kugel in der Brust bewußtlos dalag, sah sie Tränen auf Roter Vogels Wangen.

»Der Blaßaugen-Doktor sagt, er kann nichts mehr tun«, schloß sie. »Du bist die einzige, die jetzt noch helfen kann. Du kennst die Heilkunst der Sauk. Du hast mir gesagt, du wolltest Schamane sein.«

»Nein«, sagte Roter Vogel gelassen. »Ich *bin* Schamane.«

Diese Eröffnung verblüffte sie.

»Sagtest du nicht, die Männer ließen es nicht zu?«

Roter Vogel erklärte ihr, lange habe sie gar nicht begriffen, was es bedeute, ein echter Schamane zu sein. Sie hatte immer geglaubt, zum Schamanen könne man nur von einem anderen Schamanen gemacht werden. Doch jetzt wußte sie, wenn die Menschen zu einem kamen und Hilfe von einem erbaten, dann war man Schamane. Und die Leute kamen zu ihr.

»Ich bin auch zu dir gekommen«, sagte Nancy. »Du kannst Weißer Bär helfen.«

Roter Vogel gab einen hilflosen Laut von sich, der besagen sollte, das könne sie nicht. Die Soldaten hier würden sie nicht aus dem Lager lassen.

Nancy griff in ihre Handtasche und holte ein gefaltetes Blatt Papier heraus. »Ich habe mit General Winfield Scott gesprochen. Dies hier besagt, daß du mit mir kommen darfst.«

Roter Vogel saß im feuchten Stroh und blickte auf ihre im Schoß gefalteten Hände. Nancy wartete gespannt darauf, daß sie etwas sagte.

Nach einer Weile fragte Roter Vogel mit einer Stimme voller Schmerz und Ungewißheit, ob Weißer Bär sie denn überhaupt sehen wolle.

Die Frage schockierte Nancy. Es war ihr gar nicht in den Sinn gekommen, daran zu denken, daß Roter Vogel jemals an Augustes Liebe zu ihr zweifeln könne.

Als sie sich von ihrer Überraschung erholt hatte, sagte sie: »Bevor sein Onkel ihn niedergeschossen hat, sagte Weißer Bär mir, daß er hierherkommen und dich und Adlerfeder suchen und holen wolle. Du bist die erste in seinem Herzen, Roter Vogel!«

Roter Vogel blickte sie traurig an. Sie sei nicht die erste in seinem Herzen, sagte sie. Das war der Besitz, der ihm entrissen wurde.

Nancy war erneut schockiert und setzte bereits zu einer Entgegnung an, daß das nicht stimme. Aber sie begriff, daß sie das gar nicht sagen konnte. Denn Auguste war ja tatsächlich zuallererst nach Victor geritten.

Aber er stirbt doch.

»Willst du sein Leben retten oder nicht?« fragte sie also nur.

O ja, natürlich, das wollte sie, wenn der Erschaffer der Erde bereit war, ihr dabei zu helfen. Aber im Halbdunkel des Zelts sah Nancy wieder Tränen auf ihrem Gesicht.

»Also kommst du mit mir?«

Roter Vogel senkte ihr schmerzverzerrtes Gesicht. Mußte sie dazu an den Ort zurückkehren, wo man ihr Kind getötet hatte?

Bei der Erinnerung daran brach auch Nancy in Tränen aus und umarmte Roter Vogel so wie damals an jenem schrecklichen Tag.

»Ich werde Schwimmende Lilie immer in Erinnerung behalten«, sagte sie. »Ich habe mit um sie gekämpft. Für mich war sie auch mein Kind.«

Sie hielten einander schweigend eine Weile umarmt. Dann holte Nancy die Realität wieder ein, und sie dachte daran, daß die geringste Verzögerung den Unterschied zwischen Augustes Leben und Tod ausmachen würde. Ein Schauer überlief sie, kälter als die kalte Feuchtigkeit in diesem Zelt.

»Roter Vogel, er stirbt, wenn du nicht mitkommst. Du mußt kommen.«

Roter Vogel seufzte. Sie wußte, es stimmte. Und daß sie mit Gelbes Haar gehen würde.

Nancy war erleichtert. Wenn es irgendeine Hoffnung für Auguste gab, dann lag sie bei Roter Vogel.

Eines aber mußten sie mitnehmen, sagte Roter Vogel. Auf ihrem Marsch hierher hatte ihr ein Soldat Weißer Bärs Messer abgenommen, das mit dem Hirschhorngriff. Es war eben der, mit dem Nancy gekommen war, der mit dem roten Gesicht und dem gelben Schnurrbart. Und es sei gut, meinte sie, wenn Gelbes Haar es von diesem Soldaten zurückfordern würde, damit sie es Weißer Bär mitbringen könne. Es würde ihm Kraft verleihen.

»Ich habe Geld mitgenommen«, sagte Nancy. »Wenn es sein muß, kaufe ich es von ihm zurück.«

Ich muß es zurückhaben, und wenn ich ihn umbringen müßte.

Roter Vogels Augen verschwammen, als sie auf Weißer Bär niederblickte. Sie wollte aufschreien, sich in Tränen über ihn werfen. Ihr Verlangen, ihn mit offenen Augen sie anblicken zu sehen und seine Stimme zu hören, war so stark, daß es schmerzte. Sie erinnerte sich an die Nacht seiner ersten Vision, als sie glaubte, er erfriere. Sie dachte an die vielen Sommer, als sie getrennt waren, und an die Nächte, in denen sie zusammenlagen. Sie dachte an die arme erschlagene Schwimmende Lilie und an Adlerfeder mit seinen blauen Augen, den sie in Wolfspfotes Obhut zurückgelassen hatte.

O komm zurück zu mir, Weißer Bär!

Noch nie hatte sie jemanden zu heilen versucht, der dem Tod so nahe war. Als sie mit Gelbes Haar angekommen war, hatte der Großvater gesagt, Weißer Bär habe inzwischen gelegentlich die Augen geöffnet und gesprochen. Aber seitdem war er jeden Tag wieder kürzere Zeit wach gewesen.

Sie sah, daß Weißer Bär bereits in der anderen Welt wanderte. Nur noch ein Faden verband seinen Geist mit seinem Körper.

Sie ließ alle Liebe, die sie für ihn empfand, durch sich fließen und ihr Kraft verleihen. Sie spürte die Augen von Gelbes Haar auf sich gerichtet und auch die des Großvaters und seines alten Dieners, aber sie beschloß, das alles nicht zu beachten. Sie hockte sich auf den Fußboden neben Weißer Bärs Bett und rollte die Decke aus, in der sie ihre Heilmittel hatte und alles, was ihr Weißer Bär hinterlassen hatte, als er sie am Gefährliche-Axt-Fluß verließ.

Ihr Blick fiel dabei auf das Bündel sprechenden Papiers, das ihm so teuer gewesen war und von dem er gesagt hatte, es heiße »Das verlorene Land des Glücks« oder so ähnlich. Es war Kraft und Stärke in diesem Bündel von Wörtern. Sie legte es vorsichtig an seine linke Seite in die Nähe seiner Wunde. Auf seine andere Seite legte sie das Messer, das Gelbes Haar ihr wiederbeschafft hatte.

Ihre drei Medizinbeutel legte sie auf dem Boden aus, entnahm einem von ihnen etwas Ulmenrinde und reichte sie Gelbes Haar hin.

»Mach ihm Tee daraus. Das gibt ihm Kraft, wenn er erwacht.«

Dann zwang sie sich, sich von Weißer Bär abzuwenden, und verließ das Haus. Ihre Decke und den mit einer perlengestickten Eule verzierten Medizinbeutel nahm sie mit. Sie ging über die kleine Lichtung um die Hütte herum und in den Wald. Dort, wo niemand sie sehen konnte, öffnete sie ihren Medizinbeutel wieder und holte fünf der kleinen magischen Pilzstückchen heraus, die sie intensiv kaute und dann langsam schluckte.

Dann legte sie ihre Hände auf die Knie und breitete ihre Decke aus. Rundherum lag überall braunes, rotes und gelbes Laub von Eichen, Ahornen und Ulmen, und sie häufte einen ganzen Berg davon auf die Decke, knotete diese zu einem Bündel zusammen und kehrte damit in das Haus zurück. Dort streute sie die Blätter vorsichtig über Weißer Bärs ganzen Körper. Sie hörte den Großvater etwas zu Gelbes Haar sagen. Gelbes Haar kam daraufhin zu ihr und sagte ihr leise, der Großvater fürchte, das Laub sei nicht sehr sauber und mache Weißer Bär womöglich nur noch kränker.

Wie sollte das Laub nicht rein sein? Es kam doch aus dem Wald fern jeder Ansiedlung. Doch sie sagte nur: »Muß tun, was ich weiß. Wenn ihm falsch erscheint, muß trotzdem tun oder kann gar nichts sonst tun.«

Sie hörte, wie Gelbes Haar leise mit dem Großvater sprach, während sie selbst sich wieder neben dem Bett an dessen Ostseite auf den Boden niederließ. Sie verstand die Worte nicht, begriff aber, daß es der alte Mann seufzend billigte.

Der Kummer und die Angst, daß Weißer Bär sterben könnte, ließen sie innerlich zittern. Sie atmete tief durch und ließ die Kraft dieser Gefühle sie wieder durchfließen und in ihren Geist eingehen und sie auf die Reise drängen, auf die sie nun gehen mußte.

Sie mußte die andere Welt aufsuchen und ihren Schutzgeist finden.

Sie begann den Gesang der Medizinfrau, wie Sonnenfrau ihn sie gelehrt hatte.

Laß mich durch das Dunkel
in das Licht der anderen Welt wandern.
O mein roter Vogelgeist, flieg zu mir
und singe mir von der anderen Welt.

Laß mich den Kreis zur Sonne durchschreiten
in die Nacht, die diesen Mann gefangenhält.
O mein roter Vogelgeist, singe mir
und flieg mit mir in die andere Welt.

Sing und fliege,
sing und fliege
durch den Kreis zur Sonne
in die andere Welt,
in die Nacht.

Sie ließ den Gesang in einem einfachen, sich wiederholenden melodischen Summen ausklingen, das ganz allmählich, mit der Hilfe des magischen Pilzes, ihre Seele aus ihrem Körper löste.

Sie stand auf. Aber die drei anderen Leute im Raum vor dem Bett sahen sie nicht aufstehen. Sie blickte auf ihren noch dasitzenden Leib. Sie sah auf Weißer Bär nieder, durch das Laub, das sie über ihn gestreut hatte, bis auf seine Haut.

Fünf matt leuchtende Streifen liefen von seinem Schlüsselbein bis zu seinem Bauch. Die Narben seines Schutzgeistes.

Sie sah das Loch in seinem Körper zwischen den Rippen und wie es verlief. In den acht Tagen, die er inzwischen hier lag, hatte die Wunde sich geschlossen. Wenn er es überlebte, verheilte sie langsam ganz. Aber in seiner Brust hatte sich Wasser angesammelt, und je länger er bewußtlos lag, desto mehr füllte dieses Wasser seine Brust, bis er in ihm ertrank.

Man mußte seinen Geist aus der anderen Welt zurückholen.

Sie begann den Kreis zur Sonne hin zu gehen, um Weißer Bärs Bett herum, von Osten nach Süden, Weißer Bär immer zu ihrer Rechten. Sie ging vorbei an Gelbes Haar, an dem Großvater und an seinem altem Diener. Sie standen alle starr wie Statuen und sahen nichts. Sie umschritt die Westseite des Bettes. Der Kopf des Bettes stand an der Nordseite des Raums, aber sie ging einfach durch diese Wand hindurch, machte einige Schritte entlang der Nordseite der Hütte, kam dann wieder durch die Wand herein und vollendete ihren Kreis.

Als sie neun Kreise um das Bett gegangen war, sah sie an der Ostwand des Raumes den kreisrunden Eingang einer Höhle, und sie ging ohne Zögern hinein.

Sie konnte nicht erkennen, woher das Licht in der Höhle kam, aber deren krumme Wände waren ihr deutlich sichtbar. Gelegentlich kam sie an Malereien vorbei. Sie kannte sie. Sie hatte sie schon bei ihrer ersten Reise in die andere Welt gesehen, nach dem Begräbnis von Schwimmende Lilie. Sie sah den Wolf, den Coyoten, den Elch und den Büffel. Fast ganz unten am Boden der Höhle kam sie an Malereien der Forelle, des Hechts, des Lachses und anderer Fische vorüber. Sie sah nach oben, und dort war die Eule, der Schutzgeist ihres Vaters.

Der Pfad ging abwärts und wurde immer enger, bis sie mit dem Kopf fast an die Decke stieß und ihre Schultern schon die Wände berührten. Dann kam sie um eine Biegung, und dahinter schien ihr ein helles, blaues Licht entgegen.

Die Höhle öffnete sich hoch auf einem Hügel wieder ins Freie, und sie blickte hinab auf eine weite Ebene mit hohem, gelbem Gras, das sich wiegte wie Wellen auf dem Ozean.

Eine schwarze Wolke von Krähen flog aus dem Gras auf und mit heiserem Krächzen über sie hinweg.

Und dann hörte sie diesen wunderbaren Gesang.

Sie erkannte ihn sofort. Es war der Gesang ihres Schutzgeistes, des Kardinals. Ein blutroter Blitz huschte vorüber, und dann saß der Vogel auf einem Zweig einer Blaufichte oben auf dem Berg. Eines seiner hellen Augen hatte einen schwarzen Ring, und mit diesem blickte er zu ihr her. Er warf sich so stolz in die rotgefiederte Brust wie einst nur Wolfspfote in den besseren Tagen.

»Weißer Bär ist dort draußen auf der Prärie«, zwitscherte der Geist des Kardinals. »Er jagt seinen Onkel.«

»Kann ich ihn heilen?« fragte sie.

Der Vogel zirpte ein fröhliches Ja. »Er hat sich verirrt. Er wandert mit seinem anderen Ich, dem Geist des Bären. Er wird die andere Welt nicht verlassen, ehe der Bär seinen Onkel findet.«

Roter Vogel überlief ein Schauder. »Was macht sein Schutzgeist mit seinem Onkel?«

»Was geschehen muß, muß geschehen«, sang der Vogel. »Falls Weißer Bär die Freiheit hat, in seinen Leib zurückzukehren.«

Sie fühlte sich noch immer unbehaglich. Ein Schatten wie ein unvermuteter Präriesturm schien über die Landschaft zu fallen.

Der rote Strich schwirrte davon über das endlose Gras, und sie rannte den Berg hinab, bis die Halme hoch über ihrem Kopf zusammenschlugen. Sie sah nichts als überall um sie herum gelbe Halme wie Speere. Nur oben über ihr war eingerahmt von den Grashalmen ein Stück helles Blau zu erkennen. In dessen Mitte aber stand der Geist des Vogels in der Luft, und seine schwirrenden Flügel waren ein unscharfes Rot. Sie kämpfte sich durch die hohen Grashalme voran und ließ sich dabei von dem Vogel über ihr leiten.

Der Geist des Vogels flog immer weiter. Aber auch sie ermüdete nicht, wie es in der normalen Welt der Fall gewesen wäre bei diesem pausenlosen Vorwärtsdringen durch das Gras. Die Sonne konnte sie nicht sehen, aber deren Licht schien sich überhaupt nicht zu verändern. Und wie lange sie auch wanderte, immer schien dasselbe Geviert wolkenlosen Himmels über ihr zu bleiben.

Dann stand Weißer Bär vor ihr.

Er war nur mit einem ledernen Lendenschurz und Mokassins bekleidet. Sein langes Haar war mit einem perlenbesetzten Band zusammengebunden. Die Narbe in seinem Gesicht hob sich als weiße Linie von seinem sonnengebräunten Teint ab. Sie blickte auf seine bloße Brust und sah die fünf glänzenden Striemen von der Bärenklaue und die kleine, nur nabelgroße Schußwunde.

Sie blickte ihm tief in die dunklen Augen. Und sie sah seine Liebe zu ihr in ihnen und badete darin wie in einem warmen Fluß. Sie kannte alle seine Gedanken und wie glücklich und überrascht er war, sie hier zu sehen.

Ich hatte mich hier draußen verirrt. Du bist gekommen, mich zu holen.

Er streckte die Arme nach ihr aus, und sie eilte in sie. Sie spürte seine Arme um sich, obgleich er ein Geist war und sie ebenso. Sie legte ihren Kopf an seine Brust mit den Narben und lauschte auf seinen Herzschlag. Würde sie ihn, drüben in der Welt des Fleisches, jemals wieder so halten?

Dann brach ein riesiger weißzotteliger Kopf durch die Mauer aus Gras um sie herum, und gewaltige goldfarbene Augen betrachteten sie. Weißer Bär hatte ihr früher schon seinen Schutzgeist beschrieben, aber nie war ihr klar geworden, daß er so gewaltig war. Schwarze Lippen, darin gelbe Zähne so lang wie ihre Finger. Die Krallen fuhren in das Gras und sanken in den Prärieboden ein. Sie erschauerte bei dem Gedanken, was dem Onkel von Weißer Bär geschehen mochte, wenn dieser Schutzgeist ihn fand.

Auf dem Kopf des Bären saß der winzig kleine rote Kardinals-Geist.

Wir suchen nach meines Vaters Bruder, verstand sie Weißer Bärs Gedanken. *Er tötete meine Mutter und viele meiner und deiner Stammesbrüder und Stammesschwestern. Und er schoß mich nieder.*

Der Vogel sang ihr zu: »Ich weiß, wo der Onkel ist, aber ich kann den Bären nur hinführen, wenn du sagst, daß ich es tun muß.«

»Dann sage ich, daß du es tun mußt«, sagte sie, kaum lauter als flüsternd. Was auch nötig war, um Weißer Bärs Leben zu retten, war sie bereit zu tun. Mochte es sie kosten, was es wollte.

Der Vogel schwang sich wieder in die Lüfte, und sein Brustgefieder war wie eine dahinfliegende rote Speerspitze. Der Bär hob seine schwarze Schnauze, die so groß war wie ihre ganze Faust, und dann drehte er sich um und folgte dem Vogel. Der Vogel war schon weit voraus, sie sahen ihn gar nicht mehr, aber der weiße Bär trampelte eine Gasse in das hohe Gras, in der sie ihm leicht folgen konnten.

Gedanken voller Liebe gingen zwischen Weißer Bär und ihr hin und her. Wenn ihre Begegnungen immer so wären wie diese hier, dachte sie, dann könnten sie stets wissen, was in des anderen Herz geschähe, und ihre Liebe wurde dadurch tiefer.

Doch dann erinnerte sie sich an Wolfspfote und das neue Leben, das in ihr wuchs und von dem bisher nur sie allein wußte. Das neue Leben, das Wolfspfotes Wunsch erfüllte, zusammen mit ihr ein Kind zu haben.

Sie fühlte sich wie eine Statue aus Eis. Und im gleichen Augenblick ließ auch Weißer Bär ihre Hand los. Irgendwie wußte sie, daß er sich damit von ihr zurückzog, nicht weil er ihre Gedanken an Wolfspfote erfühlt hatte, sondern weil ihn eigene sorgenvolle Gedanken beschäftigten. Nun war ein Abstand zwischen ihnen, und sie konnte seine Gedanken nicht mehr lesen.

Er schritt noch immer neben ihr, zielstrebig geradeaus, ohne sie anzusehen. Sie blickte ebenfalls auf die gleiche Weise nach vorne.

Sie hatte ein Gefühl, als sei sie hart und grob weggestoßen worden, und das schmerzte.

Es kam ihr vor, als gingen sie so tagelang, immer durch das gleiche hohe Gras, unverändert unter der gleichen Sonne über dem Vorhang aus Grashalmen.

Gelb und blau, gelb und blau, die ganze Welt war auf diese beiden Farben reduziert. Und auf ein einziges Geräusch, das Rauschen der Grashalme.

Dann blieb der Bär stehen. Sie gingen zu ihm und stellten sich an seine beiden Seiten, Roter Vogel rechts und Weißer Bär links.

Sie sah, daß sie vor einem tiefen Erdeinbruch standen, der so tief war, daß sein Grund unten schon im Schatten lag. Der Graben kam im Zickzack von irgendwoher und verschwand wieder irgendwo in der Ferne der Prärie. Ein Strom hellblauen Wassers wand sich unten auf dem dunklen Grund dahin. Das Wasser selbst war es, das der Prärie diese Schnittwunde zugefügt hatte.

Der Geist des Bären tauchte, fuhr hinab in den Erdspalt wie ein lebender Feuerpfeil.

Der Vogel trillerte: »Dort unten verbirgt sich der Onkel von Weißer Bär!«

Neben sich vernahm sie ein Knurren, das so tief war wie fernes Donnerrollen, und die Erde schien zu beben.

Der Vogel flog hoch und schwirrte erst über dem Kopf des Bären, um dann ebenfalls hinunterzutauchen in die Schlucht, hinab zu einem Eingang ins Innere der Erde, der von zwei Holzpfählen und einem Querholz flankiert und gestützt war.

Neben einem dunklen Platz standen verlassene Holzkarren, und eine große Abraumhalde blockierte teilweise den Fluß des Wassers. Sie verstand, daß dies eine Mine war, ein Bergwerk, in dem die Blaßaugen tief unten nach Metallen gruben.

Der Geist des Bären setzte eine Pranke vor die andere und ging mit einer für ein Geschöpf seiner Größe erstaunlichen Grazie und Balance auf einem schmalen Pfad, den sie bisher nicht wahrgenommen hatte, auf dem im Schatten liegenden Grund der Schlucht und hinauf zum Eingang der Mine.

Sie machte den Mund auf, um einen Schrei auszustoßen. Aber der Bär war bereits verschwunden.

Dort drinnen ist jemand.

Ihr Geist-Helfer, der rote Kardinalsvogel, hatte den Riesenbären dorthin geführt. Sie hatte ihn geleitet. Sie hatte nicht die Absicht, ihre Schamanenkräfte zum Schaden eines Menschen zu benützen, nicht einmal jemandes, den sie so haßte wie diesen Onkel von Weißer Bär. Denn Weißer Bär hatte viele Leben gerettet und niemals irgend jemanden getötet.

Obwohl sie hier nur ein Geist war und das Grasland sonnenüberflutet, fühlte sie Kälte und einen Knoten im Magen.

Ich werde etwas verlieren, weil ich dies tat. Ich tat es zwar nur, um Weißer Bär in seinen Körper zurückzuholen. Aber trotzdem werde ich dafür büßen müssen.

Und Weißer Bär ebenfalls.

Laßt einfach nur Weißer Bär weiterleben, betete sie zu den Mächten, die das Leben in die Welt brachten.

Weißer Bär wandte sich ihr zu. *Es ist vollbracht,* sagte seine Geist-Stimme. *Mein anderes Ich hat Raoul de Marion gefunden.*

Sie antwortete ihm: *Dann kannst du jetzt mit mir kommen. Zurück in deinen Leib.*

Zurück nach Hause, flüsterte er. Und sie erschauerte, während sie sich umdrehte und dem Geist des Vogels folgte, der über ihr flog. Wenn er an sein Zuhause dachte, dann meinte er damit das große Haus, das die Blaßaugen Victoire nannten.

Sie öffnete in dem Raum, in dem er lag, die Augen und fand sich wieder neben dem Bett sitzend. Die drei Leute blickten sie an. Gelbes Haar liefen Tränen über das Gesicht. Das verwitterte Gesicht des Großvaters war bleicher als das Fell des Schutzgeistes von Weißer Bär. Der alte Diener hatte gerötete große Augen.

Sie erinnerte sich daran, daß die Sonne tief im Westen gestanden hatte, als sie dieses Haus betrat. Jetzt fiel noch immer Sonne durch das papierbespannte Westseitenfenster und auf das Laub, mit dem sie Weißer Bärs Bett bedeckt hatte.

Doch als sie sich zu bewegen versuchte, schmerzte es sie, als würden ihr Messer in die Knie und Ellbogen gestoßen. So als hätte sie tagelang in derselben unveränderten Position verharrt.

»Seine Augen!« rief Gelbes Haar und deutete auf Weißer Bär. Vom Boden aus konnte Roter Vogel nicht erkennen, was Gelbes Haar sah. Sie stand mit schmerzenden Beinen mühsam auf.

Weißer Bär sah erst sie an, dann Gelbes Haar, und lächelte schwach.

Sie hatte es vollbracht! Er war zurück in seinem Körper!

Eine Woge reiner, unbeschränkter Freude stieg in ihr hoch, und ein Schluchzen kam von ihren Lippen. Sie taumelte auf Gelbes Haar zu und merkte, daß sie gleich umfallen würde. Gelbes Haar fing sie auf.

Sie sah noch, wie sich sein Mund bewegte und er ihr zuflüsterte: »Du hast mich zurückgeholt. Ich werde dich immer lieben.«

»Und auch ich werde dich immer lieben«, sagte sie. Ihre Stimme war nur ein heiseres Krächzen, als habe sie tagelang nicht gesprochen.

Sie sagte zu Gelbes Haar: »Jetzt wird er weiterleben.«

Gelbes Haar dankte ihr lachend und weinend zugleich in ihrer beider besonderen Sprache und rief Gottes Segen auf Roter Vogel herab.

Segen, für mich? Und was ist mit dem Mann im Berg?

»Gib ihm nun den Ulmenrindentee. Später etwas Essen, aber nur wenig«, sagte sie zu Gelbes Haar. »Nur leichtes Essen. Mais ist gut. Später Suppe mit Fleisch.«

Gelbes Haar machte sich eifrig an die Arbeit.

»Muß schlafen«, sagte Roter Vogel. Sie war so erschöpft und müde, daß sie kaum noch deutlich sprechen konnte.

Sie könne sich in dem anderen Raum hinlegen, sagte Gelbes Haar und führte sie fort von dem Bett mit dem Baldachin, an dem sich der Großvater nun weinend über Weißer Bär beugte und ihn an den Schultern hielt.

»War ich fort viele Tage?« fragte Roter Vogel.

Gelbes Haar bekam große Augen. Sie schüttelte den Kopf zu dem Wort »Tage«. Sie versicherte Roter Vogel, sie sei nur einen Augenblick lang verstummt. Sie hatte gesungen, dann die Augen geschlossen, und als sie sie einen Moment danach wieder geöffnet habe, habe auch Weißer Bär die Augen aufgemacht. Und sie umarmte sie so heftig, daß es schmerzte.

Nur einen Moment lang? Jedesmal, wenn sie auf eine Schamanenreise ging, lernte sie etwas Neues.

Gelbes Haar führte sie weiter, den Arm um ihre Schultern, bis zu einem Bett in einem anderen Raum. Sie war in ihrem ganzen Leben noch nie auf einem Blaßaugen-Bett gelegen, aber jetzt setzte sie sich einfach und sank um. Wäre sie nicht so todmüde gewesen, hätte sie nicht einschlafen können. Dieses Bett war viel zu weich als Lager.

Gelbes Haar hob ihre Beine auf das Bett.

Es war das letzte, woran sie sich erinnerte.

Sie schlief einen Tag und eine Nacht und erwachte ausgeschlafen und hungrig. Dem wurde rasch abgeholfen, und sie saß auf einem Blaßaugen-Stuhl an einem Blaßaugen-Tisch und verschlang Stücke gebratenen Schweinefleisches und sonderbar lockere Kuchen, die ihr der alte Diener brachte.

Ihr gegenüber saß lächelnd die dicke Frau, die sie schon einmal gesehen hatte. Sie hatte sie zu trösten versucht, damals, als Schwimmende Lilie getötet wurde. Sie war, das wußte sie, die Tante von Weißer Bär.

Dann stand Gelbes Haar mit Tränen in den Augen in der Tür des Raumes, in dem Weißer Bär lag.

Er wollte, daß Roter Vogel zu ihm kam, sagte sie.

Roter Vogels Hunger war verflogen. Sie erstarrte.

Gelbes Haar weint jetzt. Aber ich werde fortan ewig weinen.

Sie hörte aus der Stimme von Gelbes Haar Angst heraus. Gelbes Haar glaubte, sie werde ihr Weißer Bär nun für immer wegnehmen.

Aber sie wußte es besser. Sie hatte ihre magischen Kräfte dazu benützt, den Onkel von Weißer Bär zu vernichten, und dafür mußte sie nun bezahlen.

Die Erkenntnis war wie eine sich in ihr Herz bohrende Lanze, als sie aufstand.

Die dicke Frau drüben stand zugleich mit ihr auf, kam um den Tisch herum und umarmte sie. Sie roch nach frischgebackenem Brot.

Sie ging an Gelbes Haar vorbei in den Raum zu Weißer Bär. Er saß mit Kissen im Rücken aufgerichtet in dem Bett, in dem er so viele Tage gelegen hatte. Seine Brust war bloß mit Ausnahme des Wundverbandes. Die weißen Binden ließen seine olivfarbene Haut noch dunkler aussehen, und über ihnen sah sie auch die fünf glänzenden Strichnarben.

Das Laub war von der Steppdecke, mit der er zugedeckt war, weggeräumt worden. Auf dem Tischchen neben seinem Bett lag das Bündel sprechenden Papiers mit der Geschichte vom ersten Mann und der ersten Frau und wie sie ihr Land des Glücks verloren. Daneben lag das Messer, das Sternenpfeil ihm geschenkt hatte, als er noch ein kleiner Junge gewesen war.

Als er sie erblickte, erstrahlte sein Gesicht, und er streckte ihr die Arme entgegen. Sie eilte zu ihm. Hinter sich hörte sie einen unterdrückten schmerzvollen Aufschrei, und dann schloß sich die Tür.

Sie warf sich auf das Bett und über ihn, voller Sehnsucht, ihn festzuhalten. Seine Arme um sie waren nicht so kräftig, wie sie sie in Erinnerung hatte. Aber seine Umarmung war fest.

»Du bist zu mir gekommen, während mein Geist auf der Prärie wanderte«, sagte er.

»Der Kardinalsvogel hat mich zu dir geführt.«

»Ich hatte vieles gesehen, bevor du kamst.«

»Was?«

»Die Blaßaugen«, sagte er, »werden sich auch über den Großen Strom hinweg ausbreiten und selbst bis über die Große Wüste hinweg. Es wird kein Platz bleiben für unser Volk.«

»Wenn wir weit genug nach Westen ziehen...«, sagte sie.

Aber er schüttelte den Kopf. »Nein. Sie werden sich bis zu dem Ozean im Westen hin ausbreiten. Die Schildkröte hat es mir gesagt.« Er strich sanft über ihr Haar, und sie legte ihren Kopf an seine Schulter.

Sie hatte das herzzerreißende Gefühl, dies sei das letzte Mal, daß sie so bei ihm lag.

»Es geht dir heute schon sehr viel besser«, sagte sie.

»Du hast mich geheilt. Auch du weißt jetzt, wie man ein Schamane ist.«

Sie hob den Kopf und sah ihm in die Augen. Der Augenblick der Entscheidung war gekommen.

»Ich bin jetzt der einzige Schamane, den unser Volk noch hat«, zwang sie sich zu sagen. »Die wenigen, die noch übrig sind, brauchen mich. Ich muß zu ihnen zurückgehen.«

Seine Augen schlossen sich plötzlich fest, als schmerze seine Wunde stark.

»Bleibe hier bei mir«, bat er.

Seine Worte trafen und durchfuhren sie, so wie die Kugel seines Onkels schmerzhaft durch ihn gefahren war.

»Hier könnte ich niemals bleiben. Aber willst du nicht zu uns zurückkommen, wenn du wieder gesund bist?«

Er schüttelte den Kopf. »Wir können gegen die Blaßaugen nicht mehr ankämpfen und auch nicht vor ihnen davonlaufen. Sie würden uns nur vernichten. Wir können nur lernen, so zu leben wie sie. Das ist unsere einzige Chance.«

»Aber auch das vernichtet uns doch.«

»Nein, es rettet uns.« Seine Nüstern blähten sich, und sein Blick glühte. »Ich kann die Macht nutzen, die mir der Reichtum meines Besitzes hier verleiht, um damit für unser Volk zu kämpfen. Und dabei kannst du mir helfen. Und Adlerfeder. Ich zeige unseren Leuten, wie auch sie sich die Lebensart der Blaßaugen zunutze machen können. Und ich werde mein Land mit ihnen teilen.«

Sie fühlte ihr Herz schwer werden wie einen Stein. Sie begriff, das war bereits die Strafe für ihren Mißbrauch der Schamanenkräfte zum Schaden eines Menschen. Sie verlor Weißer Bär. Sie hatte ihm das Leben gerettet. Er würde weiterleben, aber nicht gemeinsam mit ihr.

Die Klauen des riesigen Bären, der sein anderes Ich war, schienen ihr in die Brust zu fahren und sie auseinanderzureißen. Sie konnte mit diesem Schmerz nicht leben. Sie mußte sich Weißer Bär ergeben.

Ja, ich muß bei ihm bleiben. Ich kann ihn nicht allein lassen. Adlerfeder braucht ihn. Wir werden hier in Sicherheit leben, und in Wohlstand und in Frieden.

Sie würde Adlerfeder holen lassen. Die dicke Tante und der Großvater würden ihn lieben und für ihn sorgen.

Sie versuchte kurz, sich das Leben mit Weißer Bär hier vorzustellen. Einen Moment lang sah sie es deutlich vor sich. Bald löste es sich jedoch in Schwärze auf, und ihr war wieder klar, es konnte nicht gut gehen. Sie aus ihrem Leben mit den Sauk zu reißen wäre genauso, wie eine heilkräftige Pflanze ohne ihre Zustimmung mit ihrem ganzen Wurzelwerk aus dem Boden zu ziehen. Nein, sie würde daran sterben. Es wäre ein langsamer Tod, aber eben deshalb schlimmer als der jetzige Schmerz.

Und dann traf sie noch ein Gedanke wie eine Keule.

Die Kinder!

Ihr Herz wurde so schwer wie ein Berg.

Als Adlerfeder die Friedenspfeife mit den Winnebago geraucht hatte, hatte Eulenschnitzer gesagt, Adlerfeder könne ein größerer Schamane werden als sie alle. Aber nur, wenn er als Sauk aufwuchs.

Schwimmende Lilie war tot. Sie konnte nicht unter denen leben, die sie getötet hatten.

Sie griff an ihren Leib. Dieses Kind dort war nicht von Weißer Bär.

Sie begann laut zu weinen.

Schluchzen schüttelte sie, bis sie glaubte, ihre Rippen brächen. Sie preßte ihre Stirn an seine Brust. Sie hörte ihn schmerzvoll aufstöhnen, aber er fügte ihr mehr Schmerz zu, als sie jemals ihm zufügen könnte.

»Wie kannst du von mir verlangen, hier zu leben, wo sie Schwimmende Lilie getötet haben? Wie kannst *du* hier leben?«

»Was sonst sollte ich tun?«

Ein plötzlicher Gedanke kam ihr. »Die Blaßaugen geben Gold für Land. Nimm ihr Gold für dieses Land, und dann kannst du es mit in das Ioway-Land nehmen und es dort mit unserem Volk teilen.«

»Nein, Roter Vogel«, sagte er traurig. »Was könnten wir in Ioway mit Gold schon anfangen? Die Langmesser haben schon öfters unseren Häuptlingen Gold für Land gegeben, das ist wahr. Aber es war im Handumdrehen weg. Gold allein ist wie ausgesätes Korn. Ohne den richtigen Boden ist es bald verdorben und verloren. Die einzige Möglichkeit, den Reichtum zu nützen, den mir mein Vater Sternenpfeil hinterließ, ist, hier zu bleiben und damit zu arbeiten.«

Sie hatte zu weinen aufgehört. Ihr Schmerz war bereits zu groß für Tränen. Nur beim Tod ihres Kindes hatte sie größeren verspürt.

Eine Zeitlang brachte sie nicht die Kraft auf zu sagen, was nun gesagt werden mußte.

Sie sammelte Kraft von irgendwoher zum Sprechen.

»Dann muß ich dich verlassen.«

Sie wußte, jedes ihrer Worte traf ihn wie ein Pfeil.

Seine Umarmung wurde heftiger. »Ich bitte dich zu bleiben.«

Geist des Kardinalsvogels, hilf mir zu tun, was ich tun muß.

Es tat sicher weniger weh, wenn es sofort geschah. Sie machte sich von ihm frei, stand auf und ging zur geschlossenen Tür.

»Mögest du stets in Ehre deinen Weg gehen, Weißer Bär.«

»Nein, Roter Vogel, nein!« rief er, und jetzt weinte er bittere Tränen. Er verbarg den Kopf in seinem Kissen und hämmerte mit den Fäusten auf die Bettdecke.

Sie konnte es nicht ertragen, ihn so weinen und wie ein verlassenes Kind verzweifeln zu sehen. Da sah sie ihn lieber zornig.

Da schickte ihr der Geist des Vogels, den sie um Hilfe angerufen hatte, eine Botschaft. Sie sah Wolfspfote vor sich, so wie er ausgesehen hatte, als er noch stolz und unbesiegt war, mit seinem roten Haarschopf und der roten Decke um die Schultern und mit schwarzer Farbe um die Augen.

Wieso habe ich das bisher nicht erkannt?

Wolfspfote trug die Zeichen des Vogels, nach dem sie benannt und der ihr Geist-Führer war. Weder sie noch er waren sich dessen je bewußt geworden. Aber es mußte bedeuten, daß sie füreinander bestimmt waren und daß das, was bereits zwischen ihnen geschehen war, geschehen hatte müssen.

Ihr Leben fortan mit Wolfspfote teilen zu müssen und Weißer Bär nie mehr wiederzusehen war, als sagte man ihr, sie sähe keinen Sonnentag mehr.

Aber es war, wie es ihr der Vogel vorgesungen hatte. *Was geschehen muß, muß geschehen.*

Sie atmete tief durch. Sie haßte es, Weißer Bär von Wolfspfote erzählen zu müssen. Wäre er bereit gewesen mitzukommen, wäre es unnötig gewesen, etwas sagen zu müssen. Wolfspfote hätte nicht versucht, sie zu halten. Und wenn sie das Kind einfach für einen oder zwei Monate zu früh geboren erklärt hätte, hätte ihr Weißer Bär verziehen. Jetzt mußte sie Wolfspfote benützen, um Weißer Bär Schmerz zuzufügen.

Schmerz zuzufügen, um ihn dadurch zu heilen.

Aber wenn ich fort bin von hier, wer heilt dann mich? Ist es Schamanenlos, an Wunden zu leiden, die unheilbar sind?

Wenn die Wunden selbst ausgeteilt wurden, ja.

»Du würdest mich auch gar nicht mehr wollen, Weißer Bär«, sagte sie schließlich. »In den vergangenen Monaten, seit du von uns weg warst, war ich die Frau von Wolfspfote.«

Er hob seinen tränenüberströmten Kopf vom Kissen und starrte sie ungläubig an. »Was sagst du da?«

»Wolfspfote hat seine Frauen und Kinder am Gefährliche-Axt-Fluß verloren. Er war wie ein toter Mann. Ich wollte ihn heilen, und ich werde ihn weiter heilen, indem ich mit ihm lebe.«

Seine Augen weiteten sich. Sie sah, wie sich Zornesröte in seinem Gesicht bildete.

Dann sagte er: »Nachdem mein Vater mich mitgenommen hatte, um hier zu leben, hast du sechs Sommer auf mich gewartet, während Wolfspfote dich ständig umwarb. Konntest du ihn nicht diese paar Monate von dir fernhalten?«

Sie hob beschwörend die Hände. »Als er noch ein geachteter Krieger war und seine Familie hatte, bedurfte er meiner Hilfe nicht. Er wollte mich, so wie er eine weitere Feder für sein Haar haben wollte. Jetzt aber wäre er ohne mich so gut wie tot. Und er ist der letzte Tapfere von uns, der überlebt hat.«

»Aber ich brauche dich auch.«

Sie legte die Hände auf ihren Leib. Er war noch flach, aber sie wußte, es war da. »Ich trage ein Kind von Wolfspfote.«

Er zog sich hoch, bis er aufrecht saß, und hieb sich die Faust auf das Knie. Er war noch immer schwer verwundet. Er konnte sich zusätzlich verletzen. Vielleicht stand er sogar auf und riß sich den Verband ab?

Aber als er dann zu ihr aufblickte, sah sie, daß unsägliche Trauer in seinen Augen war.

»Ich liebe dich trotzdem«, sagte er, »was immer du mit Wolfspfote getan hast. Und ich werde *jedes* Kind lieben, das du zur Welt bringst.«

Sie spürte, wie er nach ihr zu greifen, ihr das Herz aus dem Leibe zu reißen und zu zerbrechen versuchte. Sie schrie gequält und taumelte rückwärts.

Sie schrie: »Du versprichst mir alles, nur das eine nicht, um das ich dich bitte – zu unserem Volk zurückzukommen.«

Seine Antwort war so leise, daß sie ihn kaum hörte. »Was ich tue, tue ich doch für unser Volk! Zumindest ein Sauk holt damit Land zurück, das die Blaßaugen uns gestohlen haben.«

Die Welt wurde immer dunkler für sie. Mit jedem Wort, das er sagte, verlor sie ihn etwas mehr.

Sie machte eine Geste mit der flachen Hand, die ein Nein verkündete. »Die Blaßaugen hier in diesem Land sind zu stark für das rote Volk. Und in dir ist sowohl ein Blaßauge wie ein roter Mann, und auch in dir ist das Blaßauge der Stärkere.«

Seine Schultern sanken nach unten. Sie erblickte eine dumpfe Trauer in seinen Augen, die sie an Wolfspfote nach der Ermordung von Schwimmende Lilie hier in Victor erinnerte.

Habe ich ihn so sehr verletzt, daß er wieder krank wird?

Eine plötzliche Angst überfiel sie.

Doch dann hob er den Kopf und sah sie an, und es war wieder Stärke und Kraft in seinem hageren Gesicht.

»Ich werde dich immer lieben, Roter Vogel. Solange dieser Ort hier mir gehört, wird auch immer Platz für dich sein, und für Adlerfeder und für jedes andere Kind von dir. Überhaupt für jeden Sauk. Sag das allen, wenn du zurückkehrst.«

Und ihr Herz war schwer, als sie ihn anblickte, weil sie wußte, sie trennten sich nun für immer.

Er streckte die Arme nach ihr aus, und sie kam noch einmal zu ihm und legte sich neben ihn auf sein Bett, und es tat so weh zu wissen, daß es das letzte Mal war, daß sie Seite an Seite lagen. Sie hätte ihren Schmerz am liebsten laut hinausgeschrien.

Lebe wohl, meine Tochter Schwimmende Lilie. Es mag sein, daß ich nie wieder hierherkommen kann an diesen Ort. Ich hoffe, du hast deine Reise nach Westen begonnen. Aber wenn dein Geist noch hier weilt, dann weißt du, daß dein Vater in deiner Nähe ist.

Sie blieb noch einen langen Moment unbeweglich stehen und blickte zu Boden auf den mit Laub bedeckten Erdhügel. Der Streifen der roten Decke, den sie damals an den Weidenzweig gebunden hatte, war verblaßt. Sie wiegte sich hin und her in den Blaßaugen-Schuhen aus dickem Leder, die ihr Gelbes Haar gegeben hatte. Und sie sang leise ihr Klagelied für Schwimmende Lilie.

Dann drehte sie sich zu Gelbes Haar um, die in der Nähe unter einem Ahornbaum stand.

»Du bringst Weißer Bär hierher. Du zeigst ihm.«

Gelbes Haar nickte.

Sie gingen zurück zu dem Wagen von Gelbes Haar. Er war mit Nahrungsmitteln und Decken beladen, und Roter Vogel trug noch einen schweren Beutel mit Goldmünzen, den ihr Weißer Bärs Großvater gegeben hatte. Wenn sie es klug verwendete, konnte sie mit dem Gold Dekken und Lebensmittel von den Händlern kaufen, Gewehre und Munition und damit den Sauk durch den Winter helfen. Jetzt mußten sie nicht mehr am Fort Armstrong überwintern, sondern konnten über den Großen Strom zu dem Rest ihres Stammes in Ioway.

Die Wunde ihres Herzens schmerzte ohne Unterlaß, und sie saß während der ganzen Fahrt vorgebeugt und hielt ihre Knie umklammert. Als sie die Straße zum Fort Armstrong entlangrumpelten, verspürte sie wenigstens eine kleine Erleichterung darüber, diesen Ort, an dem sie alle so viel erlitten hatten, nun verlassen zu können. Sie versuchte sich einzureden, daß sie auf dem Weg in ein neues Leben war.

Gelbes Haar hatte gesagt, sie verstehe nicht, warum Weißer Bär nicht bei ihnen sei. Sie wollte wissen, ob er Roter Vogel nachfolgen werde, sobald es ihm besser ging.

Sie versteht, aber sie wagt nicht daran zu glauben, daß er nun bei ihr allein bleibt. Sie glaubt, das wäre zu viel erhofft.

Roter Vogel sagte zu ihr: »Er ist noch immer dein Mann, Gelbes Haar. Willst du ihn?«

Gelbes Haar zitterten die Lippen, als sie fragte, ob Roter Vogel denn nicht zu Weißer Bär zurückkomme.

Sie machte eine Bewegung mit der flachen Hand. »Er nicht mit mir kommt. Ich nie komme zurück.«

Da leuchteten die Augen von Gelbes Haar auf wie in Silber gefaßte Türkise. Aber sie legte eine tröstende Hand auf Roter Vogels Arm. Sie wollte den Grund wissen. Wie konnte sie sich von Weißer Bär und von ihr trennen? Schmerzte das nicht sehr?

»Ja, schmerzt sehr«, sagte Roter Vogel leise und starrte auf die morastigen Fahrspuren unter den Rädern ihres Wagens.

Doch Gelbes Haar gab sich damit nicht zufrieden. Wie konnte Weißer Bär sich von seinen Sauk losreißen?

»Blaßaugen-Familie jetzt seine Leute.«

Aber sein Sohn – wie konnte er seinen Sohn aufgeben?

Roter Vogel suchte nach Worten und Gesten, es zu erklären. »Vielleicht eines Tages Weißer Bär kommt und holt Adlerfeder, so wie Sternenpfeil einst ihn.« Sie erinnerte sich gut, wie verzweifelt Weißer Bär gewesen war, als Sonnenfrau ihm eröffnete, daß er gehen und bei den Blaßaugen leben müsse. »An diesem Tag ich sage nicht, Adlerfeder muß gehen oder muß nicht gehen. Adlerfeder entscheidet, was er tun will.«

Gelbes Haar schüttelte den Kopf, und ihre Zöpfe flogen. Sie wiederholte immer wieder nur ein einziges Wort, das Roter Vogel wohl verstand, aber mit dem sie eine Frage stellte, die sie ihr niemals beantworten konnte.

»Warum?«

Sie mühte sich erneut mit den englischen Wörtern. »Sein Land und sein Großvater halten ihn. Er will nicht fort.«

Aber was war mit dem Onkel, der ihn fast umgebracht hätte?

»Dieser Onkel keine Gefahr mehr«, sagte sie.

Eben deswegen mußte ich ihn verlassen.

Wann also würde Roter Vogel Weißer Bär wiedersehen?

Die Frage bohrte sich in ihr Herz wie eine stählerne Pfeilspitze.

Laut schrie sie heraus: »Nie!«

Gelbes Haar wich mit erschrockenen Augen zurück. Roter Vogel seufzte und sank in sich zusammen.

Sie fuhren schweigend weiter. Dann hörte Roter Vogel unterdrückte Laute neben sich, die ihr sagten, daß Gelbes Haar weinte.

Sie griff nach ihrer Hand.

»Du mach ihn glücklich.«

Gelbes Haar wandte aufschluchzend den Kopf ab.

Aber Roter Vogel weinte nicht mehr. Sie hatte keine Tränen mehr und starrte vor sich auf die Straße, die nach Süden führte. Ihr Kummer war zu groß.

26

Blut diesem Land

Raoul François Philippe Charles de Marion erwachte zitternd in absoluter Finsternis und wußte nicht, war es draußen Tag oder Nacht. Sein Herz schlug so heftig, daß es schmerzte. Eine Zeitlang wußte er überhaupt nicht, was ihn eigentlich so schrecklich ängstigte. Dann erinnerte er sich an seinen Traum.

Er mühte sich aus der Decke, in die er sich gewickelt hatte, und setzte sich schwer atmend auf.

Ein weißer Bär war hier in der Mine auf ihn zugekommen. Wie zum Teufel kam er dazu, von so einem Wesen zu träumen? Oben in Kanada, hatte er gehört, gab es solche weißen Bären. Aber er selbst hatte noch nie einen gesehen.

Weißer Bär war Augustes indianischer Name gewesen. Hatte er davon geträumt, daß Auguste ihn verfolgte?

Auguste verwest längst in der Erde. Ich habe ihn selbst getötet.

Noch nach seinem Tod haßte er ihn. Seinetwegen mußte er sich hier verkriechen wie ein Tier in einem Erdloch, wo die absolute Finsternis wie körperlicher Schmerz auf die Augen drückte. Seine Augen waren weit offen, und er bemühte sich angestrengt, die Finsternis zu durchdringen und irgend etwas zu erkennen, bis sie schmerzten. Um ihn war schwärzeste Finsternis. Er sah so wenig wie ein Blinder.

Er hätte wenigstens einem seiner Leute sagen sollen, dachte er, wo er zu finden war. Er verzehrte sich nach Neuigkeiten darüber, was in Victor vor sich ging. Doch wenn er es irgend jemandem hätte sagen können, dann nur Armand. Aber ihm war ja nicht zu trauen. Und sei es nur aus Dummheit, daß er sich hierher zu ihm verfolgen ließe. Oder Drohungen erlag; oder ihn sogar für Geld verriet, wenn Papa eine ausreichend hohe Belohnung aussetzte.

Es wäre Armand ohne weiteres zuzutrauen. Natürlich würde er es tun. Ich sah es ja selbst in seinen Augen, wie er mich verachtet. Er haßte Pierre, aber mich genauso.

Er hatte nur noch zwei Kerzen. Sollte er jetzt eine anzünden? Er konnte es tun, denn er verließ die Mine ohnehin heute noch. Oder heute abend. Er hatte nun lange genug gewartet.

Er wußte längst nicht mehr genau, wie lange er sich nun schon in der Finsternis hier verbarg. Wenn er schlief, hatte er keine Ahnung, wie lange er geschlafen hatte, wenn er wieder erwachte. Eine Uhr war eins der vielen Dinge gewesen, die er bei seiner überstürzten Flucht mitzunehmen vergessen hatte. Nur das silberne Brillenetui Pierres hatte er dummerweise nicht vergessen. Er hatte es in seiner Jackentasche gehabt, als sie vom Handelsposten losgezogen waren, um den Bastard zu fangen. Er tastete jetzt danach. Ein hartes Oval in seiner Jackentasche, noch immer da, wo er es hingesteckt hatte.

Wie lange?

Seine Verfolger hatten die Mine durchsucht, wie er es nicht anders erwartet hatte. Aber inzwischen waren Tage vergangen, seit er ihre Stimmen und das Echo ihrer Schritte überall in den Schächten und Gängen zuletzt gehört hatte. Er war sich ganz sicher, daß niemand außer ihm selbst den Schacht kannte, in dem er sich versteckt hielt. Der Eingang war gerade groß genug, um durchzukriechen, und davor lag eine Abraumhalde, hinter der niemand, der es nicht besser wußte, etwas anderes als den Fels vermuten konnte. Er hatte versucht, beim Hereinkriechen die Halde so wenig wie möglich zu verändern, und, was er zum Durchkriechen beiseite geschoben hatte, hinter sich vorsichtig wieder aufgehäuft.

Trotzdem, es war nicht auszuschließen, daß er auf der anderen Seite irgendwelche Spuren hinterlassen hatte. Und so war er in der völligen Finsternis sitzen geblieben und hatte auf die Geräusche der nach ihm Suchenden gewartet, den Rücken an die feuchte Felswand gepreßt und die Knie eng an das Kinn gezogen. Seine Hände, die Gewehr und Pistole schußbereit hielten, waren eiskalt, als wenn er in einen frostigen Schneesturm geraten wäre. Auch sein Bowiemesser hatte er gezogen und neben sich gelegt. Wenn sie ihn kriegten, dann mußten sie es auf jeden Fall teuer bezahlen. Wenn sie nicht mehr waren als vier oder fünf, rechnete er sich sogar Chancen aus, sie alle zu überwältigen und davonzukommen.

Doch dann hatten sich die Suchgeräusche immer weiter entfernt. Er war froh gewesen über das weiche Tuch von Schweigen, das sich über ihn legte. Und er hatte so lange hier bleiben wollen, wie er es aushielt. Er hatte eine Stelle gefunden, an der Grundwasser austrat, mit dem er seine Trinkflasche immer auffüllen konnte. Dann hatte er in einiger Entfernung von seiner Schlafstelle noch einen Seitentunnel entdeckt, in dem er seine Notdurft verrichtete. Aber er hatte nur sechs Kerzen mitgebracht und Angst, sie aufzubrauchen, weshalb er die meiste Zeit im Finstern sitzen blieb, immer mit dem Gefühl, das eine Mal aus Langeweile und das nächste Mal aus Sorge kurz vor dem Wahnsinn zu stehen.

Eine Feldflasche voller Whiskey hatte er sich mitgebracht, und mit ihr konnte er sich zumindest anfangs die Zeit etwas vertreiben. Aber jetzt war sie längst leer. Seit seinem letzten Schluck, schien ihm, war es schon verdammt lange her.

Er entzündete mit dem Feuerstein und mit dem Stahl einen Streifen Baumwolle und steckte damit die vorletzte Kerze an, die er in ihr eigenes angeschmolzenes Wachs drückte, damit sie stand. Das Licht tat seinen Augen anfangs weh, und sein eigener, bei jeder Bewegung an den grauen Felswänden tanzender Schatten schreckte ihn und war ihm unheimlich.

Sein leerer Bauch knurrte und gurgelte unentwegt, und Vorstellungen von saftigen Steaks und Truthähnen und Enten und duftenden Schweinebraten quälten ihn. Dann holte er sich aus seiner Satteltasche, in die er bei seiner hastigen Flucht wahllos hineingeworfen hatte, was er gerade hatte finden können, Maisfladen und Dörrfleischstreifen und kaute an ihnen. Sie waren strohtrocken und hart, und er mußte lange kauen, bis sie ausreichend mit Speichel durchfeuchtet waren, daß er sie überhaupt schlukken konnte.

Er beschloß, sich bis zum Eingang des Bergwerks vorzuwagen. Sollte draußen Nacht sein, wollte er auch gleich ganz hinaus. Flemings Haus war keine Meile entfernt. Seine Leute waren alle zu den *Regulators* übergelaufen, also verdienten sie es wohl, daß er sich von ihnen ein Pferd verschaffte, mit dem er dann nach Galena hinaufreiten konnte.

Er griff sich seine andere Satteltasche, in der er goldene und silberne Münzen hatte und Wertpapiere der Bank von Illinois. Eine Menge mehr hatte er in seinem Büro im Safe zurücklassen müssen, und vermutlich stahlen sie ihm das alles weg. Aber er holte es sich schon zurück.

Denn mit dem, was er dabeihatte, konnte er sich immer noch eine halbe Privatarmee kaufen.

Galena war jetzt zu dieser Zeit voll von den rauhesten Männern des Nordwest-Territoriums. Und Boom oder nicht, die Mine hatte Arbeit für eine Menge von ihnen. Rauhe Burschen und hungrig obendrein – genau, was er brauchte.

Den scheinbar so allmächtigen Cooper werde ich noch von einem Ast baumeln sehen. Und auf Augustes Grab werde ich pissen.

Er biß in einen Streifen Dörrfleisch. Es war zäh wie Leder, aber er würgte es hinunter.

Sobald ich wieder Herr in der Smith County bin, werde ich Nicole und Frank und ihre ganze Brut zum Teufel jagen. Ich habe Frank und seine verfluchte Zeitung ohnehin lange genug ertragen, nur weil er mit meiner Schwester verheiratet ist.

Wenn Frank Schwierigkeiten machen wollte, dann landete eben seine ganze neue Druckmaschine, die Papa ihm kaufen half, auf dem Grund des Mississippi. Oder vielleicht sollte er am besten gleich Coopers Tanzpartner an dem bewußten Baumast werden.

Ich habe meinen eigenen Vater niedergeschlagen, die Frau meines Bruders ermordet und seinen Bastardsohn dazu. Was hält mich noch davon ab, auch mit meiner Schwester und meinem Schwager abzurechnen? Haben sie schließlich je etwas anderes getan, als mich zu hassen?

Auch der alte Mann war dran, sofern er überhaupt noch am Leben war, und zwar samt seinem brandypickligen Knochenhaufen, diesem Guichard. Es war höchste Zeit, sie alle loszuwerden. De Marion blieb nach wie vor ein führender Name in der Smith County, aber es würde eine neue Familie de Marion sein, nicht mehr diese alte Bande von sentimentalen Indianerfreunden, die nichts verstand.

Und Nancy? Was war mit ihr?

Das Fräulein Lehrerin brauchte selbst eine oder zwei Nachhilfestunden. Sofern sie sich nicht von Auguste hatte bedienen lassen, als sie bei den Indianern gefangen war, hatte sie vermutlich bis heute noch keinen Männerschwanz in sich dringehabt. Wollen doch mal sehen, ob sie ihren Auguste nicht vergißt, wenn sie erst mal gemerkt hat, wieviel Spaß das macht. Sie war noch immer jung genug zum Kinderkriegen; schöne und intelligente Kinder, natürlich.

Und dieser Lümmel Woodrow, den sie da zu sich genommen hatte! Nicht zu fassen, wie der sich vor Gericht nicht entblödet hatte zu erzählen, daß ihn die Rothäute besser behandelt hätten als seine eigenen Eltern. Der packte sein Bündel, genau wie die Hopkinsbande.

Wenn dann die Smith County wieder sein war und Nancy dazu, dann war es an der Zeit, Victoire wieder aufzubauen.

Er hatte das bisher immer vor sich hergeschoben. Weil er es ordentlich machen wollte, wenn schon. Er hatte die verkohlten Überreste bewußt stehen gelassen, um sich selbst und ganz Victor daran zu erinnern, warum man das Indianerpack schließlich aus Illinois hinausgejagt hatte.

Ach was, das war natürlich sich selbst in die Tasche gelogen. Hier in seiner finsteren Einsamkeit ging es nicht mehr, die Wahrheit, die wie ein hackender Bussard an seinem Gehirn nagte, einfach von sich wegzuschieben. Tatsache war, daß ihn jedesmal, sobald er in die Nähe der Ruine des alten Château kam, die Erinnerung an Clarissa und die Jungs überfiel und ihn die Schuldgefühle gnadenlos bedrückten. Er hatte überheblich auf Clarissa herabgeblickt und keine Vatergefühle für die Jungs gehabt, wie es sich gehörte.

Er hatte sie schutzlos gelassen und war schuld daran, daß sie genauso schrecklich wie Hélène umgekommen waren.

Ich habe Andy und Phil genau das Gleiche angetan, was Papa und Pierre mir antaten. Ich war nicht da, als sie mich am dringendsten brauchten.

Und die Sauk hätten Victor niemals angegriffen, wenn ich an Alter Manns Flüßchen nicht Auguste und die anderen beiden Rothäute hätte niederschießen lassen.

Er versuchte sich zu zwingen, nicht immer noch weiter an die Familie zu denken, die er sich, ohne es zu wollen, zugelegt und dann verloren hatte. Ihr Blut war nun einmal vergossen, und nichts machte sie wieder lebendig. Schließlich hatte er auch genug Indianerblut fließen gesehen, um sie zu rächen.

Die indianische Hexe fiel ihm ein, Augustes Mutter, und wie sein Bowiemesser ihr die Kehle aufgeschlitzt hatte und ihr warmes Blut über seine Hände gelaufen war. Mit welchem Fluch hatte sie ihn belegt, ehe sie starb?

Er verdrängte auch sie aus seinem Gedächtnis und dachte an Victoire. Wenn er es wieder aufbaute, sollte es nicht einfach wieder ein neues Blockhaus werden, sondern ein imposantes Steingebäude, das man schon vom Fluß aus sah, das Zentrum seines neuen Reiches aus Dampfschiffen, Eisenbahnen, Vieh, Farmland und Bergwerken. Das Reich Raoul de Marion. Jetzt, da die verdammten Indianer endgültig verjagt waren, jetzt, da auch Pierres Bastard tot war, stand nichts mehr dem wirklichen Reichtum entgegen, den er aus dem bisherigen einfachen Wohlstand der Familie machen konnte.

Alle diese Träume beflügelten ihn. Es war Zeit zu handeln. Er stopfte seinen Proviant in die zweite Satteltasche zurück und hängte sich beide über die Schultern, die leichtere mit dem Proviant vorne auf die Brust, die schwere mit dem Geld hinten auf den Rücken. Er prüfte das Bowiemesser und noch einmal Pistole und Gewehr.

Als er seine Jacke zurückschob, um die Pistole in ihr Halfter zu stekken, spürte er wieder Pierres Brillenetui in seiner Tasche.

Wozu zum Teufel schleppe ich das mit mir herum?

Gelegentlich hatte er sich selbst schon bei dem Gedanken ertappt, daß er es behielt, weil er seinen älteren Bruder in Wirklichkeit ja geliebt habe, allem zum Trotz, was Pierre ihm angetan hatte.

Das Silberetui, sagte er sich, war wertvoll. Die Brille hatte überhaupt keinen Wert. Die Augen, denen sie gedient hatte, brauchten schon seit einem Jahr keine Brille mehr.

Oder?

Er öffnete das Etui. Die Gläser blitzten im Kerzenlicht auf, als seien Augen hinter ihnen.

»Zum Teufel damit!« schrie er zornig und drehte das Etui um und ließ die Brille herausfallen. Sie zerbrach auf dem harten Steinboden mit einem Geräusch, das ihm so laut erschien wie ein Pistolenschuß. Er zertrampelte sie zusätzlich, bis das Glas zu winzigen Splittern zersprungen und das Brillengestell völlig verbogen war.

Dann schleuderte er das Etui in einen Geröllhaufen. Wertvoll oder nicht, weg mit dem verfluchten Ding!

Er brüllte wie von Sinnen hinterher: »Und ich hoffe, du schmorst in der Hölle, Pierre!«

Nein, keine Rede davon, daß er Pierre liebte. Er haßte ihn. Er hatte ihn überhaupt nie geliebt. Immer schon hatte er ihn gehaßt, spätestens seit Fort Dearborn.

Dann begann er aus dem Tunnel zu gehen, in der einen Hand die Kerze hoch über dem Kopf, in der anderen das Gewehr. Er mußte aufwärts gehen. Es war mühsam. Die Geldsäcke in der Satteltasche auf seinem Rükken drückten schwer.

An der Abraumhalde am Eingang seines geheimen Schachtes hielt er an und lauschte. Nichts war zu hören, nur das in seinen Ohren dröhnende Pulsieren des eigenen Blutes. Er räumte Stein um Stein beiseite, bis er hinauskriechen konnte.

Danach tastete er sich so lange durch Gänge und Tunnels und Schächte, bis er keine Ahnung mehr hatte, wie lange er seit dem Verlassen seines eigentlichen Verstecks nun schon unterwegs war. Weit vor sich sah er ein winziges graues Geviert genau in der Mitte der totalen Dunkelheit um ihn her. Allmählich konnte er auch die Wände und den Boden erkennen. Der Mond oder die Sterne mußten dort vorne den Eingang der Mine erhellen. Also war es Nacht. Gut, da konnte er sofort hinaus.

Etwa zwanzig Fuß vom Eingang entfernt kam er an einen seitlich abzweigenden Gang. Er kannte ihn. Da drinnen hatte er vor sieben Jahren den Indianer getötet, der sich dort versteckt gehalten hatte.

Als er vorbeigehen wollte, hörte er ein Knurren.

Ein Tier.

Er fühlte sich, als sei er mit Eiswasser übergossen worden.

Er wich ein paar Schritte zurück, griff an den Abzug seines Gewehrs und hob es mit der einen Hand hoch. Die andere Hand brauchte er weiter für die Kerze.

Das war nicht nur eine Sinnestäuschung gewesen oder ein Traum. In dem Gang war wirklich etwas.

Ein Wolf vielleicht. Oder ein Bär, der sich die verlassene Mine als Wohnhöhle ausgesucht hatte.

Wieder schnüffelnde und knurrende Geräusche. Dann ein so mächtiges Brüllen, daß es die Steine unter seinen Füßen erzittern ließ. Sein Magen krampfte sich zusammen, und er spürte, wie er kaum noch seine Schließmuskeln in der Gewalt hatte.

Dann kratzten Klauen am Fels. Er stellte mit zitternden Fingern die Kerze in eine Wandnische, die sich die Bergleute für ihre Laternen ausgehöhlt hatten, und legte das Gewehr an.

Aus dem Seitengang kam der Bär heraus. Als erstes sah er den mächtigen, zugespitzten weißen Kopf von der Seite und ein golden glänzendes Auge, das auf ihn gerichtet war.

Ein makellos weißer Bär.

Wie in seinem Traum.

Der Bärenkopf wandte sich ihm zu, und das offene Maul zeigte Zähne wie Elfenbeindolche.

Dann erschien der ganze gewaltige Leib. Der Bär war größer als ein Bisonbulle.

Er brüllte ohrenbetäubend wie ein Kanonenschuß. Er stellte sich auf die Hinterbeine und füllte den ganzen Gang, weiß wie eine Schneelawine. Auf das Brüllen folgte ein dumpfes Nachgrollen tief aus seiner Brust. Er war mehr als zehn Fuß entfernt, aber Raoul konnte seinen Atem nach verdorbenem Fleisch riechen.

Er drückte ab. Sein Gewehr donnerte, und das Echo schlug ihm von allen Seiten wie Hiebe an den Kopf. Die Pulverdampfwolke verdeckte das weiße Ungetüm. Seine Ohren dröhnten.

Plötzliche Furcht ergriff ihn, daß der Schuß einen Einsturz des Ganges auslösen könnte.

Doch nichts geschah.

Der Schuß hielt den Bären nicht auf. Als habe er ihn nicht getroffen, kam er mit tappenden Geräuschen auf dem Boden näher, und die Krallen seiner Vorderpfoten schwangen wie eine Reihe Sicheln hin und her.

Ich kann ihn gar nicht verfehlt haben. O gütiger Gott und Heiland, das kann nicht sein.

Blendender Blitz, ohrenbetäubender Knall, stinkender Rauch.

Er hatte aus so großer Nähe geschossen, daß die Kugel das Untier einfach getroffen haben mußte. Aber vermutlich reichten zwei Kugeln nicht aus, weil es ein so gewaltiges Tier war.

Es war jedoch keine Zeit zum Nachladen. Der Bär stand wie ein Turm über ihm, der weiße Leib füllte seine ganze Welt. Augen, Klauen, Zähne blitzten im Schein seiner armseligen Kerzenflamme, die irgendwie nicht ausgegangen war.

Er schrie auf und schluchzte wie ein kleiner Junge in höchster Angst, schaffte es aber dennoch, sein Bowiemesser zu ziehen. Mit diesem Messer hatte er bereits einen bärenstarken Indianer getötet. Aber eine Pranke von der Größe seines Kopfes schlug es ihm aus der Hand.

»O bitte, töte mich nicht«, wimmerte er nun. »Um der Liebe Jesu willen!«

Aber da traf die andere Pranke bereits seine Brust wie ein Vorschlaghammer. Er spürte, wie seine Rippen einbrachen und die Prankenkrallen in seine Lungen fuhren.

Der Atem entwich aus seinem Körper. Seine Kraft flog davon. Er konnte nicht mehr schreien und nicht mehr um sein Leben flehen. Seine Stimme war weg. Aus seiner Kehle kam nur noch Blut. Das letzte, was er sah, war ein gewaltiger aufgerissener Bärenrachen voller gelblichweißer Zähne, die auf ihn zukamen. Und dann rissen noch einmal Klauen durch seine Brust und seinen Leib, und er wußte, dies war sein Ende.

Das Blaßaugen-Rauchboot war ein furchterregendes Ding. Es spie schwarze Wolken und Funken aus zwei schwarzgestrichenen Eisenrohren, die sich in der Mitte eines großen Wasserhauses erhoben. An jeder Seite des Schiffs war ein großes Rad mit Holzbrettern daran, und die Räder und die Bretter schoben das Schiff durch das Wasser.

Roter Vogel stand auf dem Boden aus Holzplanken am Ende des Schiffs und versuchte zu verstehen, wie es zugehen mochte, daß Feuer im Bauch des Schiffes diese Räder sich drehen ließ. Sie spürte, wie das ganze monströse Gebilde auf dem Weg über den Fluß unter ihr vibrierte.

An die hundert Frauen und Kinder mit nur einigen wenigen Männern drängten sich vorne auf dem Boot zusammen und sahen zu, wie das Ioway-Ufer des Großen Stroms immer näher kam. In stillschweigender Übereinkunft wandten sie dem Land, das einst so gut zu ihnen gewesen war und das sie nun für immer verloren hatten, den Rücken zu.

Das glückliche verlorene Land, dachte Roter Vogel.

Bei dieser Erinnerung an Weißer Bär spürte sie einen Stich im Herzen, und sie mußte sich an der Reling des Schiffes festhalten. Sie fühlte einen hohlen Schmerz in sich, als sei sie ausgeweidet wie ein erlegtes Reh.

In der Mitte des Schiffes türmten sich Schachteln und Kisten, Fässer, Säcke und Ballen – die Ausrüstung und die Lebensmittel, die sie mit dem Geld des Großvaters von Weißer Bär gekauft hatte. Nur Pferde hatten sie nicht. Drüben auf dem Ioway-Ufer mußten sie die ganze Last dann selbst tragen, auf einem wahrscheinlich tagelangen Marsch den Landstreifen am Großen Strom entlang, den Der sich gewandt bewegt den Langmessern abgetreten hatte. Irgendwo jenseits dieses Gebiets würden sie dann die Sauk und Fox finden, die so klug gewesen waren, Schwarzer Falke nicht zu folgen. Sie hoffte nur, daß es nicht zu schneien begann, ehe sie angekommen waren.

Wolfspfote sagte: »Ich habe gehört, daß dies genau das Schiff ist, von dem aus so viele unserer Leute am Gefährliche-Axt-Fluß getötet wurden.«

Also das Schiff, von dem aus auch seine Frauen und Kinder umkamen, dachte sie. Sie legte ihm die Hand auf den Arm.

Er sagte: »Sieh dort« und deutete auf Öffnungen und schwarze Stellen auf dem Holz vorne am Bug des Schiffes. »Dort war eine Donnerkanone aufgestellt, und sie schoß auf unsere Leute und tötete sie. So wie die andere, die in der Stadt der Blaßaugen so viele unserer Krieger tötete.« Und er griff automatisch an sein Hemd, worunter die Münze war, die er wieder an einem Lederband um den Hals hängen hatte. Und Roter Vogel dachte an den Tag, an dem Weißer Bär ihm diese Münze aus der Schulter geholt und behauptet hatte, er habe eine Bleikugel in diese Silbermünze verwandelt.

Sie faßte sich ans Herz. Wann würde das aufhören, daß alles sie an Weißer Bär erinnerte?

Sie starrte hinab auf das graugrüne Wasser, das unten am Schiff vorbeiströmte. Sie wurde schwindlig davon. Kein Kanu konnte jemals so schnell fahren, nicht einmal ein großes, in dem viele Männer paddelten. Und keines kam wie dieses rauchausstoßende Schiff geradeaus zum anderen Ufer hinüber, ohne von der Strömung weit flußabwärts getrieben zu werden.

War es falsch gewesen, nicht bei Weißer Bär zu bleiben? Zumal er sie ausdrücklich darum gebeten hatte? Er fehlte ihr so sehr. Es trieb ihr wieder die Tränen in die Augen. Sie hoffte, daß Wolfspfote und Adlerfeder es nicht sahen, und wischte sich hastig die Augen ab.

Am liebsten wäre sie über Bord gesprungen und zurück ans andere Ufer geschwommen. Und wenn sie dabei im Großen Strom ertränke, wäre das immer noch besser, als sich hier einfach forttragen zu lassen, fort von ihm.

Dann erinnerte sie sich daran, daß sie schließlich ihre Entscheidung getroffen hatte, entschlossen, für den Rest ihrer Tage eine Sauk zu bleiben. Und daß auch Adlerfeder ein Sauk sein sollte.

Weißer Bär ist im Unrecht, daß er nicht mitkam, auch wenn es ihm um all das Land ging.

Adlerfeder faßte sie am Arm. »Hab keine Angst, Mutter. Die Blaßaugen werden uns heute nichts tun.« Seine blauen Augen waren traurig. Er hatte wohl bemerkt, wie elend sie sich fühlte.

Wolfspfote lächelte schwach. »Richtig, heute wollen sie uns nur los sein.«

Adlerfeder sagte: »Eines Tages wird uns der Erschaffer der Erde eine Medizin geben, die so stark ist, daß uns die Kanonen der Langmesser nicht mehr treffen.«

Roter Vogel lächelte. »Vielleicht bist du es, der sie findet.«

Wir können es erhoffen. Jetzt, wo wir so viel verloren haben, könnten die Geister uns die neuen Kräfte verleihen, die uns befähigen, den Blaßaugen zu widerstehen.

Aber eines schien ihr sicher: daß der Weg von Weißer Bär nicht der war, den ihr Volk gehen konnte. Denn es war eine Art Sterben, wenn ein Sauk ein Blaßauge wurde.

Wir sind Sauk, oder wir sind nichts. Weißer Bär ist kein Sauk mehr. Mein Mann ist tot.

Sie wandte sich Wolfspfote und Adlerfeder zu. Es gefiel ihr nicht, wie Wolfspfote die Haare wirr vom Kopf hingen, und seine hängenden Schultern gefielen ihr erst recht nicht. Er hatte sich doch einst immer so gerade und aufrecht gehalten. Bevor die Leute von Victor Schwimmende Lilie erschlagen hatten.

Sie legte ihm die Hand auf den Rücken und machte kreisende Bewegungen, und er richtete sich auf. Und als er sie ansah, schimmerte etwas in seinen Augen auf. Sie mußte ihn dazu bringen, daß er sich den Kopf wieder rasierte und wieder wie früher seinen Haarschopf trug. Ihr Volk brauchte einen neuen Führer, einen wirklichen Führer. Schwarzer Falke hatte inzwischen zu viele Fehler begangen, sich zu oft geirrt, und Der sich gewandt bewegt tat alles, was die Blaßaugen von ihm verlangten. Wolfspfote konnte ihr helfen, ihr Volk wieder gesunden zu lassen.

Wie habe ich ihn gehaßt an jenem Abend, als er Weißer Bär verhöhnte und ihm ein Frauengewand überziehen ließ. Aber er hat viel gelitten seitdem und ist jetzt ein klügerer Mann.

Adlerfeder stand an der Reling und blickte über den sich purpur färbenden Fluß hinüber zu den wintergrauen Hügeln am Ioway-Ufer. Hinter ihm stand Roter Vogel und legte ihm die Hände auf seine schmalen, geraden Schultern. Und er hielt sich sehr gerade.

Dann sagte er unvermittelt: »Ich hätte meinen Vater gerne noch ein letztes Mal gesehen.« Über dem Lärm des Rauchbootes und des vorbeistrudelnden Wassers verstand sie es kaum.

Sie schloß die Augen wieder, so schmerzte es, und biß sich auf die Lippen, um sie nicht zittern zu lassen.

Als sie sich wieder in der Gewalt hatte, um sprechen zu können, sagte sie: »Eines Tages wirst du ihn sicher wiedersehen.«

Für jetzt aber mußten Weißer Bär und Adlerfeder getrennt sein. Weil Adlerfeder als Sauk aufwachsen mußte. Ihr Volk brauchte ihn für die Sommer und Winter, die bevorstanden.

Bis er aber erwachsen war, würde sich ihr Volk an sie halten. Die Männer hatten wie Wolfspfote jeden Mut und ihre ganze Kraft verloren. Sie mußte sie ihnen wieder verschaffen.

Ungeachtet aller Blaßaugen würden die Sauk so wieder ihren Weg in die Zukunft finden.

Der Weg von Grandpapas Haus bis zu den Ruinen von Victoire schien den ganzen Vormittag zu erfordern. Als er davor stand und auf den brandschwarzen Kamin starrte, der wie ein alter Totempfahl über ihn emporragte, taten ihm bereits die Beine weh. Er keuchte heftig, aber die frische Winterluft brachte rasch neue Kraft in seine Nüstern und Lungen. Er setzte sich auf einen zerbrochenen Balken, der einmal die Decke der großen Haupthalle getragen hatte.

Er war noch immer schwach von seiner schweren Verwundung und der langen Bettlägerigkeit danach. Selbst jetzt war seine restliche Lunge noch nicht imstande, sich ganz mit Luft zu füllen, und vielleicht war sie es nie mehr.

Es war die längste Strecke, die er je gegangen war. Es war wirklich zu weit gewesen. Aber der helle Dezembertag hatte ihn unwiderstehlich hinausgezogen, und er hatte sein Land sehen wollen.

Mein Land.

Das war es jetzt, ohne Frage. Jetzt, da Raouls Leiche gefunden worden war.

Er war froh, daß keine äußeren Verletzungen an ihm entdeckt worden waren. Daß den Fleming-Kindern, die gestern in der Nähe des Eingangs der Bleimine gespielt hatten und dann in sie hineingelaufen waren, der Anblick eines in Stücke gerissenen Toten, so wie er es befürchtet hatte, erspart geblieben war.

Ginnie, das mittlere der Fleming-Kinder, war einem Roten Vogel, einem Kardinal, in den Mineneingang gefolgt. Und sobald das Mädchen den Toten entdeckt hatte, war der kleine Kardinal wieder hinausgeflogen und verschwunden.

Neben Raoul lagen seine Pistole und sein Gewehr. Beide waren offenbar kurz vor seinem Tod abgeschossen worden. Sein Bowiemesser lag in einiger Entfernung, als habe er es geworfen.

Als er und Grandpapa zu Dr. Surrey kamen, wo die Leiche auf dem Untersuchungstisch lag, war er erschrocken über das gräßlich verzerrte Gesicht Raouls, als sei es in höchstem Schrecken und in Todesangst erstarrt, mit weit offenem Mund, gefletschten Zähnen und weit hervorgetretenen Augen. Nur gut, daß das trübe Halbdunkel in der Höhle dem Fleming-Mädchen diesen Anblick erspart hatte.

Dann hatten sie gemeinsam, Dr. Surrey und er, den Toten sorgfältig untersucht. Es war keinerlei äußere Todesursache erkennbar. Surrey hatte die Ansicht geäußert, Raoul sei offenbar durch das lange Versteckthalten in der Mine dem Wahnsinn verfallen und von seinen eigenen Sinnestäuschungen buchstäblich zu Tode erschreckt worden.

Doch er hatte gewußt, was Raoul getötet hatte. Er erinnerte sich sehr lebhaft an seine Wanderung in der anderen Welt auf der endlosen Prärie zusammen mit Roter Vogel.

Er konnte gleichwohl nur vermuten, wie die Begegnung Raouls mit dem weißen Bären verlaufen war. Sie hatte sich in der anderen Welt abgespielt. Der Geist des weißen Bären mußte Raouls Seele angefallen und zerstört haben – sofern eine Seele zerstörbar war. Und wie die Männer, die auf einer Geistreise starben, weil sie nicht mehr in ihren Leib zurückkehrten, war Raouls Leib die Rückkehr in das Leben versagt geblieben. Der weiße Bär konnte seine Markierungen auch in dieser Welt hinterlassen, wenn er es wollte, aber das tat er üblicherweise nur als Zeichen seines Wohlwollens. Diesmal war seine Markierung allein das von Schrekken entstellte Gesicht des Toten.

Auguste hatte den Preis dafür bezahlt, den weißen Bären gegen Raoul in Anspruch genommen zu haben. Er hatte dafür Roter Vogel verloren.

Für den Rest meines Lebens werde ich keinen Kardinalsvogel sehen können, ohne daß mein Herz wieder und wieder bricht.

Raoul sollte mit einer Messe in dem kleinen Friedhof über dem Fluß beerdigt werden wie jedes andere Mitglied der Familie de Marion. Es sollte keine Rache über den Tod hinaus geben. Père Isaac kam aus Kaskaskia, um an dem Begräbnis teilzunehmen.

Ich fürchte, es wird nicht mehr lange dauern, bis wir neben Raoul auch Grandpapa in die Erde legen müssen.

Seit er begonnen hatte, wieder aufzustehen und zu gehen, schien Elysée immer längere Zeit zu schlafen. Vermutlich, dachte er, würde es einfach so sein, daß er eines Tages nicht wieder erwachte. Wenn er diesem Tag auch mit Trauer entgegensah, waren seine Gedanken an ihn voller Wärme für all das, was er getan hatte und wie er seinen langen Weg in Ehre geschritten war. Es war nun recht, wenn sein Geist ihn verließ und sein Leib zur Erde zurückkehrte.

Ich denke wie ein Sauk.

Und dann brach es plötzlich unerwartet wie eine Woge über ihn herein. Er sah vor sich all das Glück, das er verloren hatte. Er sah die Gärten und Felder und die langen Häuser von Saukenuk. Sie waren kühl und angenehm im Sommer. Und er sah die warmen, schneebedeckten Wickiups im Winter in Ioway. Er dachte an die Jagd und an das Fischen und an die Feste und Tänze. Alle Gesichter derer, die er liebte, erstanden vor dem Bild seiner Erinnerung, Sonnenfrau und Schwimmende Lilie, Adlerfeder, Eulenschnitzer und Schwarzer Falke.

Und Roter Vogel.

Er schrie seinen Schmerz laut hinaus. Der Schrei kam als Echo von dem hohen Kamin der Ruine zu ihm zurück. Er hieb sich die Fäuste wieder und wieder gegen die Brust, bis ihn ein stechender Schmerz in der Wunde von Raouls Kugel durchfuhr. Er wollte nicht aufhören damit, sich selbst Schmerz zuzufügen. Aber es ging nicht mehr. Er ließ den Kopf hängen und weinte bitterlich.

Er hatte zu viel geopfert. Er hatte alles aufgegeben, was er wirklich liebte – um der Gefangene dieses Ortes hier zu werden. Er saß in der Falle dieses Landes. Seines Landes. Der alte Reichtum der de Marions hielt ihn in seinen goldenen Ketten.

Ich könnte das einfach alles hinter mir lassen und fortreiten. Auch jetzt noch. Ein Pferd nehmen und über den Mississippi schwimmen – den Großen Strom – und die Sauk finden und wieder bei ihnen leben. Und frei sein.

Roter Vogel hatte gesagt, daß sie Wolfspfotes Frau geworden war. Der Gedanke ließ Zorn in ihm aufsteigen. Aber er wußte, es war die Heilkundige in ihr, die sie diese Wahl hatte treffen lassen. Sie hatte gesagt, Wolfspfote sei einer der wenigen Tapferen, die der British Band noch geblieben waren. Und daß sie, wenn sie ihn heilte, ihr Volk heilte.

Belog er sich nicht selbst, wenn er glaubte, er könne seinem Volk dort etwas nützen und helfen? Wie konnte er wirklich der großen Macht von Männern wie Scharfes Messer widerstehen, die sich, da bestand kein Zweifel, die Ausrottung der Sauk zum Ziel gesetzt hatten – die Ausrottung aller roten Völker auf dem ganzen Kontinent überhaupt?

Um den Besitz der de Marions blühen zu lassen, mußte er lernen, wie man die damit verbundenen tausend Aufgaben, die er noch kaum kannte, bewältigte. Er mußte, sollte es gelingen, mit ganzem Herzen und ganzer Kraft dabeisein. Dies war die Bürde, die Sternenpfeil, sein Vater Pierre de Marion, ihm übergeben hatte. Und wenn er sie nun übernahm, würde er darüber nicht seine andere Bindung vergessen – die zu den Sauk, die nun so weit weg waren?

Aber es war ja zugleich die Tatsache, daß er auch ein Sauk war, die ihn ebenfalls so unauflöslich an Victoire band. Da war der Nachmittag, an dem er das Calumet mit Sternenpfeil geraucht hatte. Und der Auftrag der Schildkröte, die ihn den Wächter dieses Landes genannt hatte.

Er mußte versuchen, beides irgendwie zu verbinden – der Herr von Victoire zu sein und seiner Bestimmung als Sauk folgen.

Eben dieses Land hier gehörte einst meinem Volk. Wenn ich es jetzt verlasse, wird es nie wieder ihm gehören.

Ich werde meinem Volk den Besitz übereignen. Ich versorge es mit allem, was es benötigt. Ich nütze den Einfluß meines Reichtums bei den Juristen und Politikern zu seinem Schutz, damit es nie wieder von seinem Land vertrieben, nie mehr das Opfer von Massakern wird.

Er stand auf und ging fort von den verkohlten Ruinen von Victoire hinaus auf die weiten Felder drum herum. Die Feldarbeiter hatten im Frühjahr zwar Korn gesät, aber die Sauk hatten es bei ihrem Überfall niedergebrannt, und inzwischen war das Präriegras wieder darüber hochgeschossen. Es hatte allerdings nur Zeit gehabt, brusthoch zu wachsen, bis der Winterfrost es absterben ließ. Er schritt darüber hinweg, bis er auch die Felder dahinter sah, die sich bis zu der Linie in der Ferne erstreckten, wo der gelbe Horizont an den Himmel stieß.

Nancy sollte dieses Land nun mit ihm teilen und ihn lieben, und sie würden gemeinsam Woodrow großziehen und auch eigene Kinder haben. Er liebte Nancy, auch wenn es Stellen in seinem Herzen gab, die nur

Roter Vogel erreichbar waren. Diese mußte er nun verschließen und versiegeln und dann Hand in Hand mit Nancy seinen Weg weitergehen. Die Verse dazu aus seinem Buch von Milton, *Das verlorene Paradies,* fielen ihm ein.

Die ganze Welt lag vor ihnen, in ihr zu wählen
den Ort, wo sie sich niederließen,
geleitet von ihrer Vorsehung.
Und so wanderten sie Hand in Hand
langsamen Schrittes
ihren einsamen Weg durch Eden.

Doch immer würden ihm Roter Vogel und Adlerfeder fehlen.

Und immer würde er den Wunsch haben, als Sauk zu leben. In seinem Herzen würde er immer ein Sauk bleiben. Der Geist des Bären würde immer bei ihm bleiben, um ihn zu geleiten.

Ich habe es nicht vermocht, die Sauk zu überzeugen, als sie mich brauchten. Ich habe sie davor gewarnt, in den Krieg zu ziehen, aber es nicht fertiggebracht, daß sie auch auf mich hörten. Sie brauchen einen Schamanen, auf den sie auch hören.

Er dachte an die vielen – mehr als tausend – Toten, die Schwarzer Falkes Krieg gefordert hatte, und ein plötzlicher Anfall von Trauer zwang ihn auf die Knie.

Er stimmte das Klagelied der Sauk an. »Hu-hu-hu-hu-hu« und breitete weit die Arme und hob das Gesicht lange in den Himmel, wo dünne Wolkenstreifen am Himmel waren. »Whu-whu-whu-u-u-u-u.«

Er riß sich Jacke und Hemd auf. Er kniete und konnte so über den Halmen des Präriegrases überall um sich herum nur noch einen Streifen Himmel sehen. Und so verharrte er lange und klagte über die Toten.

Dann spürte er etwas an seiner Brust herabrinnen, und Angst schnürte ihm das Herz. Als er sich vorhin an die Brust geschlagen hatte, hatte sich da etwa die Wunde wieder geöffnet?

Er blickte an sich hinab. Dunkelrote Tropfen rannen an den Narbenstriemen vom Geist des Bären auf seiner Brust entlang. Er beugte sich vor und streckte seine Hände auf den Boden zu den Wurzeln des Präriegrases. Seine Finger gruben sich in die Asche von Maiskolben und in Graswurzeln. Dann fiel ein hellroter Fleck auf den Boden zwischen seinen Händen und Knien und dann noch einer.

Mein Blut tränkt den Boden. Ich gebe mich selbst dem Land.

»Ich ergreife Besitz von diesem Land für das Volk der Sauk«, sagte er. Er sagte es auf Sauk und wiederholte es auf englisch.

Dann stand er auf und zog das Messer, das ihm Sternenpfeil vor so langer Zeit geschenkt hatte, aus der Scheide an seinem Gürtel.

Jetzt, aufrecht stehend, konnte er über das wogende Präriegras hinwegblicken. Er reckte das Messer hoch gegen den unendlichen Himmel über der Prärie. Er blickte nach Osten, von wo die endlosen Wellen der Blaßgesichter gekommen waren, die sein Volk von seinem angestammten Land verjagt hatten. Von wo aber auch sein Vater und einer seiner Großväter gekommen waren.

Der letzte Schamane der Sauk diesseits des Großen Stroms reckte sein Messer in die Sonne, daß es blinkte.

»Ich werde dieses Land verteidigen!« rief er laut.

Solange er lebte, wollte er sein Blut diesem Land geben.

Nachwort

Der Leser mag vermuten, der Autor habe ein wenig auf Grenzbewohner-Art übertrieben und geflunkert, wenn er einen US-Präsidenten und auch noch drei künftige Präsidenten – zwei der Union und einen der Konföderation – in diesem Roman auftreten läßt. Es ist jedoch tatsächlich historisch überliefert, daß Oberst Zachary Taylor und Lieutenant Jefferson Davis Offiziere jener regulären Armeetruppen waren, die Schwarzer Falke verfolgten. Die Verbindung der beiden wurde sogar noch enger, als Davis Taylors Tochter Sarah heiratete. Davis nahm seinen Abschied und ging mit seiner jungen Frau nach Mississippi, wo sie eine Plantage gründeten. Allerdings wurde die Tochter des US-Präsidenten Zachary Taylor nicht First Lady der Konföderation. Sie starb bereits einige Monate nach der Hochzeit an Malaria. Und nach dem Bürgerkrieg sah Jefferson Davis die Mauern von Fort Monroe erneut von innen – aber diesmal als Gefangener.

Das Treffen Andrew Jacksons und Schwarzer Falkes im »Haus des Präsidenten« – als das das Weiße Haus 1832 bekannt war – ist ebenfalls eine historisch verbürgte Tatsache. Und als danach »Scharfes Messer« die Anführer der Sauk auf eine Tour durch die größten Städte des Ostens schickte – darunter Baltimore, Philadelphia und New York –, begrüßte die Menschenmenge, die von überall kam, um ihn zu sehen, Schwarzer Falke wie einen Kriegshelden – was Jackson natürlich nicht unbedingt im Sinn gehabt hatte. Aber »King Andrew«, wie ihn vor allem seine politischen Gegner nannten, gewann gleichwohl die Wahl von 1832 mit Leichtigkeit. In seiner zweiten vierjährigen Amtszeit erhob der Kongreß seine politische Absichtserklärung, alle Stämme und Völker der amerikanischen Ureinwohner nach Westen jenseits des Mississippi zurückzudrängen, zum Gesetz. Damit mußten selbst die Winnebago und Potawatomi, die neutral geblieben oder sogar Hilfstruppen der Amerikaner geworden waren, ihre Wohngebiete in Illinois und Wisconsin räumen und weiter nach Westen umsiedeln.

Auch Abraham Lincoln war damals im April 1832, dreiundzwanzig Jahre alt, in die Miliz eingetreten und sofort zum Captain der Freiwilligenkompanie der Sangamon County gewählt worden. Im Mai war er einer von denen gewesen, die die toten Milizmänner an Alter Manns Flüßchen begruben. Als seine Kompanie wieder aufgelöst wurde, nachdem die Freiwilligen ihre vierwöchige Verpflichtung abgeleistet hatten, schrieb er sich für zwei weitere kurze Verpflichtungsperioden ein und diente nun als einfacher Mann, bis er im Juli endgültig ausgemustert wurde. Da ihm sein Pferd gestohlen wurde, kehrte er zusammen mit einem Freund teils zu Fuß und teils mit einem Kanu nach Hause zurück – eine Strecke von 250 Meilen südwärts nach New Salem, Illinois. Und wenn auch viele Veteranen des Krieges gegen Schwarzer Falke ihre Taten recht glorifizierten, begnügte er sich immer damit, daß er sagte, der einzige Kampf, den er dabei bestanden habe, sei der gegen die Fliegen und Mücken gewesen.

Thomas Ford, Augustes Anwalt, war von 1842 bis 1846 Gouverneur von Illinois. Seine *History of Illinois*, geschrieben 1847, war eine der historischen Quellen für diesen Roman.

Außer Schwarzer Falke selbst ist die historisch prominenteste Figur in der vorliegenden Erzählung Der sich gewandt bewegt. Ebenfalls ein heute unvertrauter Name ist »Michigan-Territorium« als Bezeichnung für das Land nördlich von Illinois, durch welches Schwarzer Falke mit seinen Leuten auf dem letzten Treck vom »Zitternden Land« bis zur Mündung des Gefährliche-Axt-Flusses zog. Dieses Gebiet wurde danach bald zum Staat Wisconsin. Nach der Aufnahme in die Union 1848 unter diesem Namen erhob der neue Staat sofort Anspruch auf den prosperierenden nördlichen Teil von Illinois einschließlich von Checagou (Chicago). Doch die Politiker in Illinois waren zu dieser Zeit schon vertraut genug mit allen politischen Winkelzügen und wehrten die Forderungen der »Badgers« (= die Bewohner Wisconsins) ab.

Große Teile von Illinois und Wisconsin waren einst Stammesgebiete der Sauk und Fox. Im 17. Jahrhundert waren die Sauk von Kanada herab zugewandert, wo sie von den Kriegen mit den Irokesen verdrängt worden waren. Sie kamen bis in das Gebiet des heutigen östlichen Wisconsin. Im 18. Jahrhundert bildeten sie eine Konföderation mit den Fox und besiedelten gemeinsam mit diesen das heutige südwestliche Wisconsin und nördliche Illinois. Zu Schwarzer Falkes Zeit zählten sie schätzungsweise 4000 Sauk und 1600 Fox und lebten in Siedlungen entlang des Wisconsin-Flusses (damals Ouisconsin geschrieben), des Mississippi und an der Mündung des Felsenflusses.

Mit dem historischen *Louisiana Purchase* von 1803 erwarb die Union auch die Hoheit über diese Siedlungsgebiete der Sauk und Fox. 1804 griffen weiße Siedler eine Gruppe Männer, Frauen und Kinder der Sauk an. Dabei kamen auch drei Weiße ums Leben. Auf Verlangen des Territorialgouverneurs William Henry Harrison schaffte eine Delegation von fünf Häuptlingen der Sauk und Fox einen der dieser Tat Beschuldigten nach St. Louis. Harrison benützte die Gelegenheit dazu, einen Vertrag auszuhandeln, mit dem die Sauk und Fox ihr gesamtes Land östlich des Mississippi einschließlich des heutigen nordwestlichen Illinois und südwestlichen Wisconsin ebenso wie einen Teil des heutigen Missouri an die USA abtraten. Insgesamt verzichteten die Sauk auf nicht weniger als 51 Millionen Morgen – für den Gegenwert von exakt 2234,50 Dollar und einer jährlichen Warenlieferung im Werte von 1000 Dollar. Später erklärte einer der Häuptlinge, die den Vertrag unterzeichnet hatten, daß seine Delegation die meiste Zeit ihres Aufenthaltes in St. Louis völlig betrunken gewesen sei. Der Gefangene, den sie Harrison ausgeliefert hatten, sei »bei einem Fluchtversuch erschossen« worden, habe man ihnen gesagt.

Schwarzer Falke hat weder diesen Vertrag noch dessen spätere Bekräftigungen jemals anerkannt. Mehr noch, er führte seinen Stamm in ausdrücklicher Zuwiderhandlung dagegen jedes Frühjahr nach Saukenuk zurück.

Im Süden der Mitte Wisconsins gibt es eine ausgesprochen ländliche Gegend, die als *Wisconsin Dells* bekannt ist. Dort zeigen die Einwohner Touristen eine Höhle, in der, das schwören sie Stein und Bein, Schwarzer Falke sich versteckt gehalten habe, bis er eben dort von zwei Winnebagos namens Chaetar und Decorah dem Einäugigen gefangengenommen worden sei. Dr. Nancy O. Lurie vom *Public Museum* in Milwaukee hat allerdings eine andere Version des Endes von Schwarzer Falke eruiert, nämlich einen Bericht, den John Blackhawk, ein Enkel eines Winnebago-Häuptlings und trotz des Namens nicht verwandt oder verschwägert mit dem Anführer der Sauk, niedergeschrieben hat. Auch mir leuchtet die Version dieses John Blackhawk mehr ein als die Legende von Wisconsin Dells, und deshalb habe ich mich auch an sie gehalten, wobei natürlich unvermeidlich meine eigenen fiktiven Elemente dazukamen. Dabei bleibt aber ausdrücklich festzuhalten, daß die Episode, in der der kleine Junge durch das Rauchen der Friedenspfeife Schwarzer Falkes Gruppe praktisch zwingt, sich den Winnebago zu ergeben, nicht zu diesen meinen fiktiven Elementen gehört, sondern in dem Manuskript des John Blackhawk vorkommt – ein Indiz dafür, welche geheiligte Bedeutung der Tabak damals bei den Eingeborenen Amerikas hatte.

Ein Detail, über das sich die Historiker überhaupt nicht einig sind, ist der Ursprung des Ausdrucks »O. K.«, der nachweislich nach 1830 Eingang in den amerikanischen Wortschatz fand. Ich schlage hier eine Erklärung vor, die ich noch nirgends sonst gefunden habe, die mir aber nicht minder wie der Bericht des John Blackhawk außerordentlich einleuchtet. Zu jener Zeit war es allgemein üblich, das Wort *old*, alt, als positive Bekräftigung und Verstärkung für schlicht alles zu gebrauchen – von *Old Glory* bis *Old Ironsides* und *Old Hickory*. Als sich Zachary Taylor um die Präsidentschaft bewarb, hatte er bereits seinen Beinamen *»Old Rough and Ready«*. Und das verbreitetste und beliebteste alkoholische Getränk im frühen 19. Jahrhundert in Amerika war der Whiskey, und der beste Whiskey wurde in Kentucky destilliert und war überall bestens bekannt als *Old Kaintuck*. Es war ein Krug dieses Old Kaintuck, den Raoul widerwillig mit Abe Lincoln teilte. Und es scheint mir nur logisch und wahrscheinlich, daß diese übliche Bezeichnung Old Kaintuck bald zu O. K. abgekürzt wurde (schon weil es leichter auszusprechen war, wenn man ein paar davon intus hatte) und dann mit der Zeit zu einem allgemein üblichen Ausdruck für alles wurde, was man gut und in Ordnung fand.